Catherine Coulter
J.T. Ellison
Das gestohlene Juwel

EDITION M

Das Buch

Rasanter Auftakt einer internationalen Thriller-Serie um Ermittler Nicholas Drummond vom Bestseller-Autorinnen-Team Catherine Coulter und J.T. Ellison.

Als seine Kollegin Elaine tot am East River aufgefunden wird, fliegt Detective Chief Inspector Nicholas Drummond von Scotland Yard nach New York und gerät unvermittelt in den Juwelendiebstahl des Jahrhunderts. Der sagenumwobene Koh-i-Noor-Diamant aus der Krone der Königinmutter ist verschwunden, als Elaine für die Sicherheit der Ausstellung *Juwel des Löwen* im Metropolitan Museum of Art zuständig war.

Nicholas Drummond und die FBI-Agentin Michaela Caine stehen vor einem Rätsel, wie der Mord an Elaine und der Diebstahl zusammenhängen - bis sie eine Spur zu dem »Fuchs« entdecken, einem berüchtigten Meisterdieb. Für den Agenten und seine amerikanische Kollegin beginnt eine atemlose Jagd um die halbe Welt, in der sie immer wieder von Jägern zu Gejagten werden …

Die Autoren

Mit bislang 80 Romanen, von denen allein 75 auf der Bestsellerliste der New York Times waren, steht Catherine Coulters Name für Hochspannung im Thriller-Genre. Sie wuchs in Texas auf, schloss ihr Studium in Boston ab und arbeitete als Redenschreiberin an der Wall Street, bevor sie hauptberuflich Autorin wurde. Zusammen mit J.T. Ellison legt sie hier nun den Grundstein zu einer aufregenden neuen Serie. Catherine Coulter wohnt mit ihrem Ehemann, einem Arzt, in Kalifornien.

J.T. Ellison ist eine amerikanische Bestsellerautorin, die sich mit Psychothrillern einen Namen gemacht hat. Die Zusammenarbeit mit Catherine Coulter ist für sie der Beginn einer herausragenden Schreibfreundschaft im Spannungsgenre. Neben ihrer Arbeit als Autorin moderiert sie die renommierte Literatursendung *A Word on Words*. J.T. Ellison ist verheiratet und lebt in Nashville, Tennessee.

CATHERINE COULTER
J. T. ELLISON

DAS GESTOHLENE JUWEL

KRIMI

Aus dem Amerikanischen von Volker Lehmacher

EDITION M

Die amerikanische Ausgabe erschien 2013 unter dem Titel »The Final Cut«
bei G. P. Putnam's Sons, New York.

Deutsche Erstveröffentlichung bei
Edition M, Amazon Media EU S.à r.l.
5 Rue Plaetis, L-2338 Luxembourg
Februar 2018

Die Übersetzung dieses Buches wurde durch AmazonCrossing ermöglicht.

Umschlaggestaltung: semper smile, München, www.sempersmile.de
Umschlagmotiv: © Peter Dazeley / Getty; © OSTILL / Shutterstock
Lektorat: Media-Agentur Gaby Hoffmann, www.profi-lektorat.com
Printed in Germany
By Amazon Distribution GmbH
Amazonstraße 1
04347 Leipzig, Germany

ISBN: 978-1-503-95136-5
www.edition-m-verlag.de

Für J. T. Ellison, weil du mich auf dieser wundervollen Reise begleitet hast. Du bist eine der besten Entscheidungen, die ich je getroffen habe. Ich bin sicher, Nicholas Drummond wird uns noch auf viele weitere fantastische Abenteuer mitnehmen.

Für Karen Evans, meine rechte und meine linke Hand und mein halbes Hirn, die immer das Ruder fest im Griff hat, um mein Boot auf Kurs zu halten.

Vielen Dank euch beiden für eure Hingabe an dieses ganz besondere Projekt und euren Enthusiasmus sowie eure stets gute Laune.

Für Angela Bell, FBI. Vielen Dank für die andauernde Unterstützung. Du bist ein wahrer Schatz. Man stelle sich nur vor, Nicholas Drummond war wirklich der erste Brite im FBI. (Verifiziert durch das FBI!)

Prolog

BAR VENDÔME IM HOTEL RITZ, PARIS
VOR ZWEI JAHREN

Saleem trommelte mit langen Fingern auf den Tisch, warf einen flüchtigen Blick aus dem Fenster in die klare Pariser Nacht. Erneut fragte er sich, wo er bloß blieb. Er war nun schon zehn Minuten zu spät. Saleem war kein Mann, den man warten ließ. Niemand erlaubte sich das. Dieser sogenannte Fuchs hatte das Treffen im Ritz selbst anberaumt, da konnte er wenigstens pünktlich sein.

Sein Blick verweilte einen Moment auf dem Spiegelbild in der Scheibe. Ihm gefiel, was er sah. Der Smoking saß wie angegossen, er wirkte bedeutend, ein Mann, den man respektierte und fürchtete. So, wie sein Vater es ihn gelehrt hatte.

Und doch erlaubte es sich dieser Fuchs, nicht mehr als ein gewöhnlicher Dieb, ihn warten zu lassen.

Er spürte, wie sich Köpfe drehten, und schaute auf.

Eine atemberaubende Frau war an die Bar getreten. Sie trug ein hautenges, schwarzes Kleid, dazu hohe Stilettos mit gefährlich spitzen Absätzen. Ihr glattes, schwarzes Haar war zu einem Knoten hochgesteckt, wodurch die feine Struktur der Knochen ihres Gesichts betont wurde. Ihre Bewegungen waren geschmeidig wie die einer Tänzerin. Alles an ihr mutete exotisch und mysteriös an, mit einem Hauch von Gefahr, wenn sie ihren Kopf so arrogant neigte.

Saleem spürte Verlangen, wie wohl jeder andere Mann in der Bar. Er genoss den Anblick einen Moment lang, wandte sich dann aber wieder ab. Für heute hatte er wichtigere Pläne.

Erneut blickte er auf die Uhr. Verärgert zupfte er die Manschetten zurecht und lehnte sich zurück, den Blick wieder in die sternbedeckte Pariser Nacht gerichtet. Noch fünf Minuten, dann würde er gehen. Sie würden ein neues Treffen ansetzen, diesmal nach seinen Bedingungen. Das würde diesem Fuchs zeigen, wer hier die Zügel in der Hand hielt.

Sein Blick wanderte zurück zu der Frau, die jetzt auf direktem Weg auf ihn zuhielt. Sie ging in gemessenem Schritt, unbeirrt, achtete auf niemand anderen außer ihm. So sehr es ihm auch schmeichelte, das war nicht das, was er jetzt brauchte. Er wollte nur, dass sein Dieb endlich auftauchte und seinen Job erledigte.

Sie trat an seinen Tisch und lächelte freundlich. »Sie müssen Saleem sein. Entschuldigen Sie die Verspätung.«

Ein Kellner folgte ihr, eine Flasche Dom Pérignon in der Hand.

Sie nickte ihm beiläufig zu, damit er ihr den Stuhl zurechtzog.

Saleem starrte sie einen Augenblick sprachlos an, unsicher, was er denken sollte. Was sollte das bedeuten? Hatte der Fuchs diese exotische Schönheit als Unterhändlerin geschickt? Wer war sie? Seine Geliebte?

Geradezu, als ob sie seine Gedanken gelesen hätte, lächelte die Frau erneut. »Nein, ich bin es selbst. Wir haben einen Termin, Saleem.«

Er hatte drei Monate suchen müssen, ehe er den Fuchs endlich gefunden hatte. Und doch hatte er nie auch nur vermutet, dass hinter diesem Namen eine Frau stecken könnte – noch dazu eine so verführerische, die eher nach dem Spielzeug eines reichen Mannes aussah als nach einem international gesuchten Meisterdieb.

Er musterte sie erneut. Sie hatte ohne Zweifel eine fantastische Figur und makellose Haltung, doch es waren ihre Augen, die jeden Mann um den Verstand brachten. Ihre Augen waren von einem klaren, eisigen Blau, die Iris schwarz umrandet, ihre Form leicht asiatisch angehaucht. Er konnte in diesen Augen lesen, wie sehr seine Verwirrung sie amüsierte, während sie ihm Zeit gab, wartete, dass er das Wort ergriff.

Er kam zu dem Schluss, dass diese Frau seinem Zweck sehr dienlich sein würde. Die Tatsache, dass sie eine Frau war, würde sogar helfen. Es war geradezu perfekt.

Durch seine Recherchen wusste er, dass der Fuchs über Fähigkeiten verfügte, die kaum ein anderer Dieb in dieser Welt bieten konnte. Er, oder besser gesagt sie, war geradezu eine Legende. Der Beste der Besten. Schon sein Vater hatte ihm das gesagt und über die Monate hatte er es von allen Seiten immer wieder gehört.

Er kam nicht umhin, sich zu fragen, ob sie das gleiche Talent auch im Bett aufweisen würde. Vielleicht sollte er sie einem Test unterziehen, wenn das Geschäftliche geregelt war. Ja, das Angenehme mit dem Nützlichen zu verbinden, war sicher eine gute Idee. Aber eins nach dem anderen.

Der Kellner hatte ihr inzwischen Champagner eingeschenkt. Sie neigte Saleem das Glas kurz zu.

Zur Antwort hob er seinen Whiskey und nahm einen Schluck. Er blickte ihr in die kalten, blauen Augen, während der vierundsechzigjährige Macallan mit einem glatten Brennen seine Kehle hinabrann.

Als er den Fuchs endlich gefunden hatte, kommunizierten sie über ein ebenso einfaches wie elegantes System. Sie nutzten einen verschlüsselten E-Mail-Account, zu dem beide das Passwort kannten. Saleem meldete sich also bei dem Account an, schrieb seine E-Mail, ohne sie abzuschicken, und speicherte sie bei den Entwürfen. Der Fuchs loggte sich dann später ein, las die E-Mail in den Entwürfen, löschte sie und schrieb die Antwort wiederum in einen neuen Entwurf. So hatten sie die letzten Wochen hin und her geschrieben, immer in kurzen und direkten Nachrichten. Letzte Woche hatten sie dann dieses Treffen vereinbart, das erste und einzige Mal, bei dem sie einander von Angesicht zu Angesicht sehen würden. Seitdem war der Account nicht mehr verwendet worden. Saleem war ein Mann mit Erfahrung, er wusste, wie Frauen tickten, kannte ihre Verhandlungstricks und wie sie bekamen, was sie wollten. Und doch hatte er in all den Wochen nicht einmal vermutet, der Fuchs könnte eine Frau sein. Erstaunlich.

Mit einer beiläufigen Handbewegung deutete er dem Kellner an, ihr Glas erneut aufzufüllen. »Sie meinen also, dass Sie die Mittel haben, mir zu beschaffen, wonach ich suche?«

Sie nickte nur leicht, weiter das leicht amüsierte Lächeln auf den Lippen.

Saleem konnte es nicht ganz einordnen. Machte sie sich über ihn lustig? Sie hatte die ganze Zeit nicht ein Mal den Blick von ihm abgewandt. Er konnte aber kein Taxieren, kein gegenseitiges Kräftemessen in ihren tiefen, blauen Augen erkennen, sie schien eher gelangweilt.

Saleem war mehr geschockt als verärgert.

Um seinen Unmut zu überspielen, nahm Saleem noch einen Schluck Whiskey, dann setzte er das Glas ab. »Nun gut. Kommen wir also gleich zum Wesentlichen.«

Sie schob ein Blatt Papier über den Tisch. Ihre Hände waren schlank und elegant, die Nägel ordentlich kurz geschnitten und mit einem Hauch von Pink lackiert. Als der Unterarm aus dem Ärmel des Kleides glitt, raschelte der Stoff sanft. Sie drehte ihr zierliches Handgelenk in einer anmutigen Bewegung, um ihm das gefaltete Papier zu präsentieren. Alleine durch diese eine unscheinbare Handdrehung erkannte er Generationen ihrer Vorfahren in ihr, die als Geisha dem edlen Gast seinen Tee reichten, ehe sie ihm ein Messer zwischen die Rippen gleiten ließen.

Er entfaltete das Papier und achtete auf einen gleichmäßigen Gesichtsausdruck, zwang sich, keine Reaktion auf die Zahl zu zeigen, die sie niedergeschrieben hatte. Der Preis war eins der wenigen Details, die sie nicht per E-Mail besprochen hatten.

Als er den Blick von dem Papier hob, registrierte er, wie sie ihn eingehend musterte, mit diesen blauen Augen, so tief, dass er in ihnen den Himmel seiner alten Heimat sehen konnte, wenn er nur lange genug hineinschaute. Nur, dass diese Augen jetzt ausdruckslos geworden waren, er konnte nicht mehr als eine unterschwellige Erheiterung in ihnen lesen. Es gefiel ihm nicht, dass sie sich über ihn amüsierte, doch gleichzeitig spürte er einen Schauer, fast schon Angst. Er hatte sich noch nie vor jemandem gefürchtet, sein ganzes Leben nicht, ganz besonders nicht vor einer Frau. Er hasste das Gefühl, und doch konnte er es nicht verdrängen, nicht mit allem, was er von ihr wusste und was sie über ihn zu wissen schien. Das Wissen nagte an ihm.

Es schien, dass sie ihm genug Zeit gelassen hatte. Als sie sprach, war ihre Stimme tief und sanft, und er beugte sich ganz automatisch zu ihr vor, obwohl er sie über die gedämpften Gespräche in der Bar auch so gut hätte verstehen können.

»Sie scheinen überrascht.«

»Etwas.«

»Der Preis ist nichts, wenn man bedenkt, dass das Objekt unbezahlbar ist.« Sie schnippte mit den Fingern und wandte den Blick ab. Diese Geste ärgerte ihn – diese Arroganz. Sie wusste nur zu gut, dass er den Preis zahlen würde. Sicher war es das Doppelte ihres üblichen Satzes, wohl wissend, dass er jede

Summe akzeptieren würde. Eigentlich gab es hier gar nichts zu verhandeln und es war ihnen beiden klar.

Er lehnte sich zurück und beobachtete, wie sie ihr Glas leerte, mit eleganten, geradezu einstudierten Bewegungen. Natürlich würde er zustimmen, es gab niemand anderen, dem er diese Aufgabe anvertrauen konnte. Er brauchte den Besten. So viel Geld, aber sie würde jeden Cent wert sein.

Sie sah entspannt aus, selbstsicher. Dieses Selbstbewusstsein beleidigte ihn, er wollte ihr wehtun.

Erst kurz vor seinem Tod hatte sein Vater Saleem von diesem Meisterdieb erzählt, der nur als der Fuchs bekannt war. In seinen Worten hatte so viel Bewunderung mitgeschwungen. Und doch hatte sein Vater nie auch bloß angedeutet, dass der Fuchs in echt eine Füchsin war. Ob er es gewusst hatte? Natürlich hatte er es gewusst.

Sein Vater hatte den Fuchs als jemand in Saleems Alter beschrieben, doch eben, als sie durch die Bar an seinen Tisch getreten war, hätte er sie um Jahre jünger geschätzt. *Der Fuchs ist der Beste, mein Sohn, niemand kommt ihm gleich. Nur ein einziges Mal ist er gescheitert, und das war keine faire Aufgabe.* Mehr hatte sein Vater nicht äußern wollen. Wann immer Saleem nachgebohrt hatte, woran der Fuchs denn gescheitert war, hatte sein Vater alle Fragen ignoriert.

Jetzt überlegte Saleem, ob dieser Auftrag vielleicht ihr letzter großer Coup werden sollte. Nun, warum denn nicht? Mit dem Geld, das er ihr bezahlen würde, konnte sie sich einen Ruhestand mit Stil leisten, musste nicht mehr das Risiko eingehen, doch eines Tages gefasst und verurteilt zu werden. Sie könnte für immer verschwinden, sich irgendwo niederlassen, nicht mehr über die Schulter schauen. Die Welt würde ihr gehören und er würde ihr die Schlüssel dafür geben.

Der Kellner trat wieder an den Tisch und brachte mehr Champagner.

Als ihr Glas voll war, hob sie es an, Saleem zum Gruß. »Die Hälfte im Voraus. Sind wir uns einig?«

Saleem trotzte ihrem Blick und erhob seinen Whiskey. »Ja, ich denke, damit können wir beide leben.«

Sie stieß mit ihm an und nahm einen kleinen Schluck, um den Vertrag zu besiegeln. Im nächsten Moment stellte sie ihr Glas auf den Tisch und erhob sich.

Also schien sie wohl doch nur für den geschäftlichen Teil hier zu sein. Zu schade. Er konnte sich aber nicht beherrschen, trotzdem nachzufragen. Es war nicht einmal, dass er es so dringend wollte, es war ganz einfach nur die Reaktion, die ein Mann wie er auf eine Frau wie sie nun einmal hatte. »Wir könnten noch etwas bleiben. Zum angenehmen Teil des Abends übergehen.«

Sie verzog keine Miene, doch es kam ihm vor, als ob sie ihn innerlich auslachte. Sie sah ihn lediglich mit einer erhobenen Augenbraue an. »Ich weiß, was Sie unter *angenehm* verstehen, Saleem Singh Lanighan, und ich glaube nicht, dass wir da dieselben Interessen teilen.«

Er prallte innerlich zurück. Er hatte alle Sicherheitsmaßnahmen ergriffen, die man für Geld kaufen konnte, um seine Identität verborgen zu halten. Und doch kannte sie seinen echten Namen und wahrscheinlich mehr. Aber woher?

»Sie kennen meinen vollen Namen?«

Sie tat seine Überraschung verächtlich ab, er erkannte das Raubtier in ihren kühlen, blauen Augen. »Natürlich kenne ich Ihren Namen. Ich weiß alles über Sie.«

Alles? Wusste sie auch, wer sein Vater gewesen war?

Saleem war es gewohnt, in geschäftlichen Angelegenheiten nie die Kontrolle aus der Hand zu geben, seinem Partner stets einen Schritt voraus zu sein. Hinter vorgehaltener Hand nannte man ihn oft den Teufel und ihm schmeichelte dieser Spitzname.

Es zeigte, dass er respektiert, seine Raffinesse anerkannt wurde. Er war derjenige, den man fürchtete, dem man schmeicheln musste. Nicht so hier.

Heute hatte der Teufel seinen eigenen Teufel getroffen und sie trank Champagner. Ob sein Vater auf ihn hinabblickte? Und über ihn lachte?

Der Fuchs schien seine Gedanken diesmal nicht zu lesen oder es interessierte sie einfach nur nicht. »Ich werde meine Bankverbindung in unserer E-Mail hinterlegen, danach schließe ich den Account. Sobald die Hälfte des Geldes eingetroffen ist, die gesamten fünfundzwanzig Millionen, werde ich mit der Aufgabe anfangen – und nicht einen Moment früher. Sie werden nichts mehr von mir hören, bis der Auftrag erledigt ist. Es war eine Freude, mit Ihnen Geschäfte zu machen.«

»Warten Sie.« Saleem hatte sich auch erhoben. Er räusperte sich, zwang sich, leise zu sprechen. Er wusste, wie seine Stimme auf andere Leute wirkte, wie deutlich seine Herkunft herauszuhören war, wie sein gebildeter Akzent oft mit Arroganz gleichgesetzt wurde. »Ich kenne Ihren Ruf, daher sollte es mich wohl nicht wundern, dass Sie herausgefunden haben, wer ich bin. Ich hingegen kenne Sie nur als den Fuchs. Ich will Ihren wahren Namen wissen. Ich denke, für den Preis von fünfzig Millionen ist das nicht zu viel verlangt.«

Der Teufel lächelte gewinnend, doch das kalte Lächeln, das ihm entgegenblickte, ließ sein Blut gefrieren.

»Sie werden nichts bekommen als das, wofür ich bezahlt werde, kleiner Löwe. Oder wäre Löwe inzwischen angemessen? Nach dem viel zu frühen Tod Ihres Vaters sind Sie ja nun der Erbe all seiner Güter und Titel. Werden Sie auch so interessant sein wie Ihr Vater, kleiner Löwe? Werden Sie auch so gerissen und reif sein, bereit, Ihren Lohn zu erkämpfen?«

Sie schwieg einen Moment, in dem sie einander abschätzten. Dann nickte sie abschließend.

Er wusste sofort, dass sie ihn nicht fürchtete, nicht im Geringsten. Aber wenn sie nicht liefern würde, was sie versprochen hatte, würde sie es bitter bereuen. Er würde sie mit eigenen Händen töten.

Seine Stimme wurde lauter. »Wenn Sie für mich arbeiten wollen, werden Sie tun, was ich verlange. Sagen Sie mir Ihren Namen.«

Er hätte schwören können, dass ihr Blick bis in seine Seele drang und all sein Verlangen dort erkannte. »Hab Geduld und die Belohnung wird folgen«, erwiderte sie mit ruhiger Stimme.

Er konnte ihr das nicht erlauben, konnte nicht zulassen, dass sich ein gewöhnlicher Krimineller über ihn stellte, über den Löwen selbst. Sie würde seinen Wünschen Folge leisten. Er griff sie am Arm und zog sie an sich.

Ihre Stimme zeigte keine Regung, nicht die geringste Furcht oder Drohung. »Lassen Sie bitte meinen Arm los, sofort!«

Er drückte kräftiger zu. Sie würde noch bereuen, dass sie ihn so falsch eingeschätzt hatte, seinen Wert nicht gesehen hatte, den er abseits von seinem Bankkonto hatte. Er würde ihr zeigen, wer er wirklich war, was er war, was er mit ihr machen konnte. Er war nun der Löwe und der Löwe nahm sich, was ihm gefiel.

»Den echten Namen«, forderte er. »Ich bestehe darauf.«

So langsam bemerkten die übrigen Gäste, dass hier etwas nicht stimmte. Saleem war klar, dass der Fuchs jegliche Aufmerksamkeit in Bezug auf ihre Person um jeden Preis würde vermeiden wollen. Selbstzufrieden bemerkte er, wie sie lächelte und sich zu ihm beugte, als ob sie ihm einen Kuss zum Abschied geben wollte. Ihre Hand legte sich sanft an seinen Hals; ihre Stimme flüsterte etwas in sein Ohr.

Worte und Berührung ließen ihn erstarren und ihren Arm abrupt freigeben.

Sie trat einen Schritt vom Tisch zurück. »Suchen Sie nicht nach mir, Saleem Singh Lanighan. Ich werde Sie finden.«

Damit drehte sie sich um und verschwand. Er merkte, wie ihr die Blicke aller anderen Männer folgten, bis sie durch die Tür und in der Pariser Nacht verschwunden war.

Saleem ließ sich in seinen Sessel sinken und drückte eine Serviette an seinen Hals, an die Stelle, an der erst vor einem Moment ihre Klinge seine Haut geritzt hatte. Er hatte keine Ahnung, woher sie das Messer gezogen hatte, aber es war beachtlich, dass sie es geschafft hatte, ohne dass es jemand mitbekommen hatte. Er spürte leichten Schmerz, pulsierend, und damit auch die Angst, die Angst vor seinem ganz persönlichen Teufel.

Und doch hatte er einen kleinen Triumph zu verzeichnen, denn als sie ihm die Klinge an den Hals setzte, hatte sie ihm auch Worte ins Ohr geflüstert. Nicht nur Worte, sondern auch einen Namen. Einen Namen, den er schon früher gehört hatte, nicht von seinem Vater, sondern von anderen Männern, geflüstert in dunklen Ecken. Er hatte ihn nie einordnen können, hatte nie gewusst, was er jetzt wusste, und fragte sich, ob der feine Schnitt, aus dem sein Blut in einem winzigen Rinnsal troff, länger bei ihm bleiben würde oder der Hauch ihres Atems und ihrer Worte.

»Meine Freunde nennen mich Kitsune.«

Kapitel 1

Victoria Street, London
Donnerstag, kurz vor Sonnenaufgang

Nicholas Drummond lebte für diese Momente. Seine Schultern waren entspannt, die Hände locker, angenehm warm und einsatzbereit in den dünnen Lederhandschuhen. Sein Herz schlug in einem kontrollierten, gleichmäßigen Takt, er spürte, wie das Adrenalin ihm geradezu Flügel verlieh. Sein Atem bildete weiße Wölkchen in der eisigen Morgenluft, im frühen Januar in London auch nicht anders zu erwarten. Es gab nichts Besseres als eine Geiselnahme, um alle Sinne zu schärfen. Nicholas war bereit.

Dank seiner guten Ausbildung und der jahrelangen Erfahrung fiel es ihm leicht, ruhig zu bleiben und die Situation sachlich zu analysieren, trotz des für die frühe Uhrzeit untypischen Lärms, der ihn umgab. In den morgendlichen Verkehr mischten sich die Sirenen diverser Einsatzfahrzeuge, über welche er wiederum die Rufe der verschiedenen Einsatzgruppen hörte, gelegentlich durchbrochen von dem Kreischen panischer Schaulustiger, wenn die halbautomatische Waffe mal wieder eine Salve ertönen ließ. Die Straßen waren weitläufig abgesperrt, seine Scharfschützen hatte er auf den Hausdächern in einem Radius von drei Blocks positioniert, der Rotor eines Hubschraubers tönte wummernd zu ihm herab. Sein Team kauerte hinter ihm, in einer Reihe an die Wand gepresst, wartete auf sein Signal.

Die Zielperson war gute dreißig Meter von ihnen entfernt in Deckung gegangen, nur wenige Meter vom Eingang zur Victoria Underground Station entfernt. Sie hatten keine freie Sicht auf den Mann, aber er machte auch keinen Hehl aus seiner Position. Nicholas hatte schon gehört, dass sie von dem Mann wenig rationale Handlungen erwarten konnten – was sich schon dadurch zeigte, dass er versucht hatte, noch vor Sonnenaufgang einen heruntergekommenen Kiosk auszurauben. Und statt mit seiner erbärmlichen Beute zu fliehen, hatte er eine Passantin als Geisel genommen und sich hinter dem Kiosk verschanzt. Wo er auch jetzt noch steckte und immer wieder Schüsse in alle Richtungen abgab. Nicholas hatte keine Idee, wo der Mann eine halbautomatische Waffe und genug Munition für den dritten Weltkrieg aufgetrieben hatte. Das war jetzt aber auch nicht die dringlichste Frage, er wollte einfach nur die ganze Angelegenheit zu einem friedlichen Ende führen.

Zumindest lebte die Geisel noch. Es handelte sich um eine Frau mittleren Alters, die jetzt vielleicht zwei Meter vom Schützen entfernt am Boden lag, mit Paketband gefesselt und geknebelt. Sie konnten ihr Gesicht sehen, blutleer und voller Panik. Nur das Paketband verhinderte, dass sie sich bis zur Ohnmacht schrie.

Nein, sie war nicht tot. Zumindest noch nicht. Was rein taktisch gesehen ein Problem darstellte. Eine falsche Bewegung und sie könnte eine Kugel im Kopf haben.

Nicholas warf einen Blick über die Schulter zu Gareth – seinem Stellvertreter und zweitem Leiter ihrer Einsatzgruppe, Detective Inspector Gareth Scott. Gareth wartete mit angespanntem Gesichtsausdruck an den Bordstein gekauert, man konnte die aufgeregte Erwartung in seinen Augen erkennen.

Seine Heckler & Koch MP5 hielt er eng an die Brust gedrückt, im Schulterholster steckte noch eine Glock 17.

Abrupt stellte ihre Zielperson das Feuer ein, für einen Augenblick herrschte himmlische Ruhe.

Nicholas hielt es für unwahrscheinlich, dass ihm schon die Munition ausgegangen war. Ob die Waffe klemmte? Das wäre wirklich zu viel Glück, um darauf zu hoffen. Was dieser Psycho sich wohl gerade dachte? Ob er etwas plante?

Nicholas beugte sich zu Gareth. »Nun gut, der Typ ist also total durchgeknallt. Was haben wir sonst noch?«

»Wir haben ein Foto, von einem der Dächer aus aufgenommen. Unscharf, aber die Gesichtserkennung hat trotzdem einen Treffer geliefert. Der Mann heißt Esposito, ist erst seit letztem Monat aus dem Knast raus. Vielleicht ist er heute zu früh aufgewacht und dachte sich, er bräuchte ein bisschen Aufregung im Leben.«

»Wie kam es zu der Situation?«

»Die Details sind noch unklar. Er hat grandiose vier Pfund erbeutet, alles, was der Kiosk zu der Uhrzeit in der Kasse hatte. Als die Polizei eintraf, hat er sich die Frau geschnappt.«

Esposito hatte wohl genug geplant, eine weitere Salve Kugeln donnerte durch den Morgennebel.

Für einen kurzen Augenblick konnte Nicholas den Kopf des Mannes sehen, aber aus diesem Winkel hätten die Scharfschützen keinen klaren Schuss. Nicht, dass er ihnen die Erlaubnis gegeben hätte, solange die Frau noch so gefährlich nahe im Schussfeld lag. Aber er musste eine Entscheidung treffen, die Zeit wurde langsam knapp.

Ein Blick auf seine Uhr verriet, dass es 7:16 Uhr morgens war, zu dieser Jahreszeit eindeutig zu früh für so einen Einsatz. Kaum genug Licht, um etwas zu erkennen. Wenigstens regnete es nicht, aber die Wolken hingen tief und dicht und trugen weiter zu den ungünstigen Sichtverhältnissen bei.

Weitere Schüsse, dann stellte Esposito das Feuer abrupt wieder ein. »Verpisst euch, ihr Bullenschweine, oder ich leg sie um! Verpisst euch, dann lasse ich sie laufen!«

Zur Antwort fielen einige Schüsse von einer der Einsatzgruppen. »Noch ein Schuss und ich mach die Schlampe kalt, ich schwör's!«

»Immer mit der Ruhe!«, rief Nicholas zurück. »Wir ziehen uns zurück, tun Sie der Frau nichts!«

Als Antwort feuerte Esposito einen Schuss ab, der dicht über Nicholas' Kopf einschlug.

»Das reicht jetzt«, raunte Nicholas. »Holen wir ihn uns!«

»Wollen Sie ihn lebend, Sir?«

»Mal sehen«, antwortete Nicholas. »Erst mal brauchen wir einen besseren Winkel. Folgt mir!«

Tief gebeugt huschte die ganze Reihe im Gänsemarsch über die Straße und ließ sich flach zu Boden fallen, nur Momente, ehe ein Kugelhagel den Schotter an der Stelle hochspritzen ließ, an der sie eben noch gekauert hatten.

Gareth fluchte leise. »Zum Glück kann der Typ nicht gut mit der Waffe umgehen.«

Auf einmal war es so still, dass er den gepressten Atem seiner Kollegen hören konnte. Nicholas war sich recht sicher, dass Esposito ihren Positionswechsel nicht mitbekommen hatte.

»Bleibt cool und in Deckung«, flüsterte er seinem Team zu. Sie waren jetzt nur noch zwanzig Meter entfernt, windabwärts, geschützt durch ein Baugerüst vor der U-Bahn-Station. Eine gute Position, aber wenn Esposito sich bewegte oder auch nur umdrehte, konnte er sie entdecken und das Feuer eröffnen. Gute Deckung bot das Gerüst nicht.

Und als ob er ihre Absicht erraten hätte, griff sich Esposito die Frau, zog sie als lebenden Schild vor sich und zerrte sie einige Meter zurück hinter einen der großen Bauschuttcontainer. Damit war Esposito jetzt lediglich gute zehn Meter von ihnen entfernt und blickte in die andere Richtung. Er kauerte hinter dem großen Container, beugte sich immer wieder vor, um nach Zielen Ausschau zu halten.

Nicholas dachte sich, dass dies ein Geschenk des Herrn sein musste. Der Container stand auf Stützfüßen, fast zehn Zentimeter Freiraum blieben zwischen der Unterseite und dem Boden. Nicholas lächelte, als er geschmeidig zu Boden glitt und seine Glock 17 aus dem Schulterholster zog. Durch diese wertvollen zehn freien Zentimeter bot sich ihm ein klarer Blick auf ein Paar angenehm große und strahlend weiße Nikes, die ein perfektes Ziel abgaben.

Nicholas zielte sorgfältig und betätigte den Abzug. Am Fuß getroffen schrie der Mann auf, hüpfte einbeinig vom Container weg, stolperte und krachte hart auf den Bürgersteig.

»Jetzt, sichert ihn!«, schrie Nicholas in das Funkgerät an seiner Schulter. Noch während der Anweisung sprang er auch selbst schon auf. »Und passt auf, er hat immer noch seine Waffe!«

Sein Team stürmte vor, umkreiste Esposito, der ein paar Meter von seinem eigentlichen Versteck entfernt zu Boden gegangen war. Als er von allen Seiten Polizisten auf sich einstürmen sah, warf er die Waffe verärgert auf den Boden und riss die Hände in die Luft. Die Situation war geklärt. Ohne Tote und mit einem Minimum an Verwundungen.

Ein metallischer Ton aus einem der Lautsprecher zeigte an, dass der Einsatz beendet war.

Gareth klopfte seinem Boss anerkennend auf die Schulter. »Netter Schuss«, kommentierte er, drehte sich dann zum Rest ihrer Leute um. »A-Team, zu mir!«

Aus seiner Gruppe kam tosender Applaus, doch noch ehe er seine Glock weggesteckt hatte, ertönte eine Stimme über den Lautsprecher. »Detective Chief Inspector Drummond, wegen eines Verstoßes gegen die Einsatzregeln sind Sie hiermit disqualifiziert. Melden Sie sich umgehend bei mir zum Bericht.«

Kapitel 2

Gareth schüttelte den Kopf. »Penderley hört sich nicht zufrieden an, Nicholas. Dabei war das doch nicht mehr als eine kreative Konfliktlösung.«

Esposito humpelte zu ihnen, das Gesicht schmerzverzerrt.

Nicholas fürchtete schon, dass die Übung noch in eine Prügelei ausarten könnte, aber Esposito baute sich nur drohend vor ihm auf, den Finger warnend erhoben. »Du hast mir in den beschissenen Fuß geschossen, du blöder Arsch!«

Nicholas konnte nicht anders, er musste einfach grinsen. »So, wie du da gekauert hast, hätte ich dir auch in den Allerwertesten schießen können. Aber deine Nikes haben mich einfach so nett angelächelt, da konnte ich nicht anders.«

»Ja, lach du nur. Ich meine es ernst, Drummond. Ich werde bestimmt eine Woche lang humpeln. Das war gegen die Regeln, deine Aufgabe war es nicht, mich abzuknallen, sondern mich lebendig und unverletzt zu fassen. Regeln sind Regeln, zumindest für den Rest von uns. Diese Hartgummikugeln tun verdammt weh.«

Nicholas rollte mit den Augen. »Es ging hier um das Leben einer Frau. Ich musste eingreifen, Verhandlungen hätten in der Situation nichts gebracht. Du bist selbst schuld, dass du dich so als Ziel angeboten hast. Such dir nächstes Mal ein Versteck, das nicht auf Stelzen steht.«

Gareth lachte, Esposito wandte sich ihm drohend zu, schüttelte dann aber nur einmal die Faust in ihre Richtung und humpelte weg.

Nicholas war klar, dass noch ein Nachspiel folgen würde – er wusste aus eigener Erfahrung, wie sehr diese Kugeln schmerzen konnten. Esposito war ebenso stur wie zäh, dazu auch intelligent. Er würde sich bestimmt eine Rache einfallen lassen, die Nicholas in gleichem Maße schmerzen würde. Aber das war eine Sorge für morgen oder nächste Woche. Jetzt hieß es erst einmal, Penderley zu besänftigen.

»Der wird schon wieder«, beschwichtigte Gareth. »Gib ihm heute Abend ein Pint im *Feathers* aus, dann ist das Thema durch.«

Hoffen wir mal, dass es sich wirklich so leicht beilegen lässt, dachte Nicholas, während er sich auf dem Weg zu seinem Chef machte. Er wusste schließlich, wie nachtragend Esposito sein konnte.

Hamish Penderley, Detective Chief Superintendent der Operational Command Unit der Metropolitan Police, also der Jungs, die in London geschickt wurden, wenn es wirklich brannte, war ein harter Hund der alten Schule, Anfang sechzig und seit gut vierzig Jahren mit den Buchstaben seines Regelbuchs verheiratet. Was sich zu seinen Lebzeiten wohl auch nicht mehr ändern würde. Penderley hatte sich seine Position hart erarbeitet. Ihm war im Leben nichts geschenkt worden, geboren als dritter Sohn eines Barkeepers in Coventry, auf öffentlichen Schulen unterrichtet und stolz darauf.

Zumindest hinsichtlich ihrer Herkunft hätte der Kontrast zu Nicholas kaum größer sein können. Als Sohn reicher Eltern und mit einem alten Namen war der Besuch einer privaten Eliteschule selbstverständlich gewesen. Eine Tatsache, die immer wieder zu Konflikten mit seinen Kollegen führte, die aus weniger wohlhabenden Familien stammten. Zum Glück hatte es aber nie Spannungen mit Penderley gegeben. Zwischen ihnen stellte eher die doppelte Staatsbürgerschaft ein Problem dar – Nicholas war als Sohn eines britischen Vaters in den Vereinigten Staaten zur Welt gekommen und besaß damit automatisch beide Staatsbürgerschaften. Was ihn in Penderleys Augen gleichzeitig weniger britisch machte.

Nicholas bahnte sich seinen Weg durch den Hindernisparcours hin zu Penderleys Platz auf der Tribüne. Mit den Gedanken war er bei Sinn und Unsinn dieser neu verordneten Übungseinheiten. In letzter Zeit herrschte eine so angespannte Stimmung, seit wieder neue Terrorwarnungen für London eingegangen waren. Die Warnungen an sich waren nichts Neues, aber die Metropolitan Police hatte dies zum Anlass genommen, allen Beamten in leitenden Positionen Übungseinheiten zum Auffrischen ihrer Fähigkeiten zu verordnen. Nicholas und sein Team waren alleine in den letzten sechs Monaten bereits viermal zu unangekündigten taktischen Kampfübungen nach Hendon beordert worden. Penderley hatte dabei nichts ausgelassen, um ihnen den Tag zu versüßen – wiederholte Auffrischungskurse zur Waffenbeherrschung, Übungseinheiten zu nachtschlafender Zeit wie diese verdammte Geiselübung. Hauptsache, sie konnten es sich nicht zu gemütlich machen.

Nicholas hatte seine Einwände geäußert, aber auch das war nichts Neues. Er hatte argumentiert, sein Team würde die Waffen und Taktiken im Schlaf beherrschen und Kurse zu Profiling und forensischer Buchhaltung wären als Fortbildungsmaßnahmen viel besser geeignet.

Aber Penderleys Welt war nun einmal unterteilt in jene, die Befehle gaben, und jene, die Befehle befolgten. Penderley hatte ein schrecklich altmodisches Weltbild.

Missbilligung war für Penderley zur Grundeinstellung geworden. Er war sehr groß und sehr dünn, wirkte fast wie eine Fahnenstange, wie er so mit den Händen an den Hüften auf dem Podium stand. Breitbeinig, Fernglas locker vom Hals hängend, den perfekten Überblick über die gesamte Situation. Fehlten nur noch die Reitstiefel. Lediglich ein kleiner Schritt vom leitenden Polizeibeamten zum Leiter der Safari.

Nicholas nahm sich vor, den Mund zu halten. Er wusste, dass er sein Glück besser nicht überstrapazieren sollte. Penderley war nicht für Geduld und eine demokratische Kommandostruktur bekannt. Und seinem Gesichtsausdruck nach war er gar nicht gut gelaunt.

»Sir«, meldete sich Nicholas und stand stramm vor seinem Vorgesetzten. Er musste blinzeln. Gleich den Kommandeuren vergangener Zeiten hatte Penderley es sich nicht nehmen lassen, sich so aufzustellen, dass die aufgehende Sonne über seine Schulter direkt in das Gesicht seines Untergebenen schien.

»Drummond«, antwortete Penderley ebenso knapp. Es klang mehr nach einer Warnung als einem Namen. Nicholas war den Tonfall von ihm gewöhnt. »Sie hatten keine Befugnis, auf Inspector Esposito zu schießen.«

»Nein, Sir.« Nicholas verzichtete darauf, seine Sichtweise weiter auszuführen. Jedes »Aber, Sir …« hätte nur bewirkt, dass Penderleys Geduldsfaden komplett riss.

»Mehr haben Sie nicht zu Ihrer Verteidigung vorzubringen?«

Nein, ich habe eine ganze Menge zu sagen, aber ich bin nicht so blöd, dir die Chance zu geben, mich hier vor versammelter Truppe zur Sau zu machen. Ich habe die Übung ernst genommen, ich wollte die Geisel retten, also habe ich eine Lösung gefunden. Und es hat funktioniert.

Penderley wartete auf Protest. Nicholas konnte es an seinen Augen ablesen. Er war versucht, dem alten Arsch die Meinung zu geigen, hielt sich aber zurück.

»Nein, Sir.«

Penderley stellte sich noch aufrechter, soweit das überhaupt noch möglich war, und verkündete sein Urteil von oben herab. »Dann sind Sie hiermit disqualifiziert.«

»Aber, Sir …«

Jetzt hatte er es doch getan. Jetzt gab es kein Zurück mehr.

Penderleys Haltung änderte sich leicht, er stand jetzt vor der Sonne.

Nicholas blinzelte, bis er ihn wieder klar erkennen konnte.

»Ich habe es Ihnen bestimmt schon hundertmal erklärt, Drummond. Es gibt Regeln in dieser Welt. Und wenn ich die Regeln für eine Übung vorgebe, erwarte ich, dass Sie sich daran halten. Also, Sie werden sich morgen früh wieder hier in Hendon einfinden, mit komplettem Team, und es erneut versuchen. Und diesmal werden Sie sich an die Anweisungen halten. Haben Sie das kapiert?«

Hin und her, vor und zurück. Der ewige Tanz, den die beiden schon seit Jahren aufführten. Penderley hin und Nicholas her, nie zogen sie an einem Strang. Bis es dann irgendwann ernst wurde und man Nicholas brauchte, bis man froh war, dass er den Tag rettete, ohne sich dabei an den Wortlaut der Regeln zu halten.

»Ich agierte unter der Annahme, dass es Ziel der Übung sei, die Bedrohung zu neutralisieren, Sir.«

Hinter ihm ertönte ein verächtliches Zischen. Er sah Esposito, der an die Tribüne gelehnt seinen Fuß massierte und böse in ihre Richtung starrte.

Nicholas ignorierte ihn und wandte sich wieder seinem Chef zu. »Ich habe die Bedrohung neutralisiert und die Geisel gerettet. Ist damit nicht das Ziel der Übung erreicht?«

Penderley lief rot an. Nicholas bereitete sich innerlich darauf vor, was jetzt kommen würde. Aber Penderley seufzte bloß resigniert auf und schüttelte den Kopf. »Sie gehen mir wirklich an die Nieren, Drummond. Morgen früh, fünf Uhr.« Er lächelte und glich dabei einem Wolf, der die spitzen Zähne bleckte. »Und seien Sie pünktlich oder wir sehen uns übermorgen wieder.« Sein Telefon klingelte. »Das wäre alles, Drummond.«

Frustriert wandte sich Nicholas ab und wünschte sich irgendwas, was er treten könnte. Er schaffte es aber, sich zusammenzureißen, und ging lieber direkt zu seinem Wagen. Ein Mann mit geprelltem Fuß, das war doch wohl ein gutes Resultat? Was war denn der Zweck dieser Übung, wenn nicht, die Situation zu klären? Im Ernstfall hätte ihm die Aktion keinen Tritt in den Hintern, sondern einen Schulterklopfer und eine Belobigung eingebracht.

Aber so … wieder um vier Uhr morgens aufstehen. *Ja, Sir. Vielen Dank, Sir. Sehr wohl, Sir.*

Er hatte eben den Gang eingelegt, als Penderley auf seinen Wagen zueilte, wild gestikulierend, um Nicholas' Aufmerksamkeit zu erregen.

Nicholas stieg wieder aus und wartete neben seinem BMW auf seinen Vorgesetzten. »Was ist denn los? Ist etwas passiert?«

Penderley rang nach Atem oder nach Worten. Nicholas war sich nicht ganz sicher. Wie sich herausstellte, nach beidem.

»Nicholas«, erklärte Penderley und legte dabei eine Hand auf seine Schulter. »Es tut mir so leid. Es geht um Inspector York. Sie wurde ermordet.«

Kapitel 3

Metropolitan Museum of Art, New York
Mittwoch, 09:30 Uhr

Die Sicherheitsvorkehrungen waren wirklich beeindruckend, was aber eigentlich keine große Rolle spielte, weil sie inzwischen jedes noch so kleine Detail kannte. Das Met hatte für den Schutz der Ausstellung »Juwel des Löwen« wirklich ganze Arbeit geleistet, vor allem natürlich für den Star der Ausstellung, den ebenso berühmten wie berüchtigten Koh-i-Noor. Schließlich handelte es sich dabei um einen der bekanntesten und wertvollsten Diamanten der Welt, der sich noch dazu in der Krone der Königinmutter befand. Auch hatte man keine Personalkosten bei den Wachleuten gespart, doch sie kannte die Zeitpläne, wusste genau, wer sich die nächste Stunde wo aufhalten würde.

Sie pfiff »Born to be wild« vor sich hin, schlenderte in das Café des Museums und bestellte sich einen Cappuccino. Während sie wartete, achtete sie darauf, gut im Bild der Überwachungskameras zu bleiben. Sie erkannte den einen oder anderen Mitarbeiter der Ausstellung und winkte, lächelte, wechselte ein paar Worte mit ihnen. Sie nickte sogar freundlich einigen Besuchern an den kleinen Tischen zu.

Als ihr Cappuccino kam, drehte sie sich noch einmal für eine besonders gute Aufnahme in die Kamera, damit auch wirklich jeder wusste, wo sie genau in diesem Augenblick war. Dann bezahlte sie, ging zu den Toiletten im Erdgeschoss und von dort auf direktem Weg durch die Tür in den Mitarbeiterbereich.

Am Ende des Flurs führte eine Treppe ins Untergeschoss. Hier stellte sie den Cappuccino ab und zog Handschuhe über. Eilig, aber ohne Hast, glitt sie in den Keller, folgte mit schnellem Schritt den Treppen und Gängen hinab zu einem Raum, in dem sich die äußerste Schnittstelle des elektrischen Netzes für die Sicherheitsanlagen des Museums befand. Hier hielt sie einen Moment inne und lauschte. Nichts. Es war niemand außer ihr hier, kein Laut war zu hören.

Sie griff in die Jackentasche und zog ein praktisches kleines Gerät heraus, das sie sich von einem IRA-Bomber ausgeliehen hatte. Ein doppelter elektromagnetischer Pulsgeber mit analoger Zeitschaltung. Sie summte weiter vor sich hin, während sie das Gerät hinter einer Reihe von Computern platzierte und die Zeitschaltuhr einstellte. Der erste Impuls würde alle Technik ausschalten, und sobald dann der Notstrom übernahm, würde das EMP ein zweites Mal losgehen. Kein bleibender Schaden, aber die gesamten elektronischen Schutzmaßnahmen des Museums würden kurzzeitig ausfallen. Die Computer lahmgelegt, alle Kameras blind, die Alarmsysteme außer Betrieb. Länger als fünf Minuten würde sie sich damit nicht verschaffen können, aber das war mehr als genug.

Zufrieden marschierte sie wieder nach oben, bis hoch in den fünften Stock, wo sie geduldig wartete.

Noch drei Minuten.

Zwei.

Eine.

Dann hörte sie eine Art Knirschen, wie wenn ein Getriebe blockiert, und klack, klack, klack gingen die Lichter aus.

Jetzt konnte der Spaß losgehen.

Kapitel 4

Ausbildungszentrum der Metropolitan Police, London
Donnerstag, 07:45 Uhr

Nicholas spürte die Kälte nicht mehr. Erinnerungen an Inspector Elaine York überschwemmten ihn: ihr ansteckendes Lachen, ihre brillante Auffassungsgabe, ihre sprunghafte Art, wie sie die Welt sah, ihre stete Suche nach dem bisher noch Unbekannten – und so viel mehr. Er dachte daran, wie sie in der Nacht an ihn geschmiegt lag, den Kopf auf seiner Schulter ruhend, der Atem ruhig und gleichmäßig. Wie sie sich flüsternd unterhielten, über ihre Mutter, die eben mit Alzheimer diagnostiziert worden war, oder darüber, was sich ihr Ex jetzt wieder Dämliches geleistet hatte. Aber das war, ehe sie in derselben Einheit gelandet waren, ehe sie für ihn zu arbeiten begonnen hatte. Ihren Bezug zueinander hatten sie jedoch nie wirklich verloren. Die sanften Erinnerungen an vergangene Zeiten vermischten sich fließend mit denen an jene Elaine, die er jetzt kannte, die intelligente, fokussierte Frau, die beim Einsatz an seiner Seite schritt, jeden Befehl ohne zu fragen ausführte und nicht selten mehr als das Geforderte leistete. Es gab nur kein Flüstern in der Nacht mehr, keine kleinen Vertraulichkeiten.

Dennoch reichten seine Gefühle für sie tief und jetzt war sie einfach fort, für immer aus seinem Leben gegangen, von einem Augenblick auf den nächsten. Er erinnerte sich noch gut an jenen Abend vor vier Monaten, den Abend, ehe sie nach New York aufgebrochen war. Ein gutes Dutzend Kollegen hatte sich in ihrem Stammpub, dem berühmten *Feathers*, um einen Tisch versammelt und ihr zugeprostet, ihr Glück mit den Juwelen der Königin gewünscht und sie vor den notgeilen Amis gewarnt.

Es war einfach nicht möglich. Ein brennender Schmerz breitete sich in seiner Brust aus.

»Wie?«

»Erschossen«, führte Penderley aus. »Zwei Schuljungen haben ihre Leiche am East River gefunden. Wir warten noch auf die Ergebnisse der Obduktion, das New Yorker FBI leitet die Untersuchung. Sie werden uns wissen lassen, sobald mehr bekannt wird.«

Nicholas schwieg und Penderley gab ihm einen Moment, um die Neuigkeiten zu verarbeiten. Ihm war klar, wie eng ihre Beziehung gewesen war. Sowohl als Kollegen, die sehr gut zusammengearbeitet hatten, als auch hinsichtlich allem, was sie verbunden hatte, ehe Elaine York letztes Jahr in Nicholas Drummonds Einheit gekommen war. Penderley rieb sich mit den Händen über das Gesicht. Er fühlte sich plötzlich alt, so alt. So was sollte einfach nicht passieren und er konnte sich nicht erklären, wieso es überhaupt hatte geschehen können. Ihre Aufgabe in New York war rein repräsentativ, ein Verbindungsglied zwischen den amerikanischen Sicherheitskräften und der britischen Polizei. Sie war kein Leibwächter oder ermittelnder Beamter, nichts, wo sie in Gefahr hätte kommen sollen. Der Verlust lag Penderley schwer im Magen wie ein unerwarteter Fausthieb.

Man sah, dass Nicholas immer noch damit kämpfen musste, die neue Realität zu akzeptieren. »Ich verstehe das einfach nicht. Man hat sie erschossen? Ermordet? Aber wie ist das möglich? Sie hat doch nur in einem Kunstmuseum gearbeitet, was kann man sich denn da für Feinde machen? Da stimmt was nicht, ich muss nach New York. Sofort.« Nicholas drehte sich auf dem Absatz um.

Penderley ergriff seinen Arm, ehe er in den Wagen steigen konnte.

»Immer mit der Ruhe! Es ist schrecklich, ja, aber sie hat selbst um diese Aufgabe gebeten. Sie hat mich geradezu angefleht, mit den Kronjuwelen nach New York zu dürfen. Man muss sich das mal vorstellen, der wichtigste Schatz unseres Königreichs in den Kolonien ... Ich habe ja gleich gesagt, dass das ein Fehler ist, ein ...«

Nicholas unterbrach seinen Vorgesetzten unwirsch. »Ich muss nach New York, Sir. Noch heute. Ich werde den ersten Flug nehmen.«

Penderley ließ Nicholas' Arm los. »Und Sie meinen, dass das FBI das einfach so hinnimmt? Sie ins Team lässt und in die Ermittlungen einbezieht? Wir reden hier über verdammte Amerikaner, Drummond. Glauben Sie mir, das FBI in New York hat die Sache im Griff, die wollen Sie dort nicht und brauchen Sie auch nicht.«

Nicholas konnte nicht einfach so hier rumstehen und seinen Atem in Wölkchen in den morgendlichen Nebel schweben lassen, während am anderen Ende der Welt jemand Elaine erschossen hatte und frei herumlief. Er musste etwas tun. Einen Versuch noch. »Sir, sie war ein wertvolles Mitglied des Teams, eine gute Kollegin und ein guter Mensch. Ich schulde ihr das einfach. Ebenso, wie ich es jedem anderen Mitglied meines Teams schulden würde.«

»Sie werden hierbleiben, Detective Chief Inspector Drummond, das ist ein Befehl. Vergessen Sie nicht, Sie haben immer noch eine Übung für morgen früh angesetzt.«

Übung? Hatte der Alte komplett den Verstand verloren? Wie konnte man jetzt an Übungen denken, wo Elaine tot war?

»Also, nehmen Sie sich den Tag frei. Ich muss jetzt Elaines Mutter informieren. Das wird eine ziemliche Aufgabe, zu ihr durchzudringen, mit dem Alzheimer und alldem. Aber, um Himmels willen, Drummond, tun Sie nichts Unüberlegtes.«

Damit verließ Penderley ihn und ging zu seinem grünen Jaguar, einem echten Oldtimer.

Nicholas ließ sich hinter das Steuer seines eigenen Wagens fallen und schloss die Augen.

Elaine war tot. Vielleicht hatte es da ja ein Missverständnis gegeben, vielleicht hatten sie die Leiche falsch identifiziert. So was kam vor. Sie war schließlich Ausländerin, und … aber wie oft geschah das und war es wirklich realistisch, sich solche Hoffnungen zu machen?

Er legte den Gang ein und zog das Fahrzeug scharf herum, der Schotter spritzte unter den Reifen auf. Er war froh, dass er Penderley gegenüber nicht seinen Onkel Bo erwähnt hatte, der noch bis vor Kurzem leitender Special Agent des New Yorker FBI gewesen war. Seinen Ruhestand genoss er jetzt als Chef einer kleinen, aber feinen Sicherheitsfirma, die, wie der Zufall es wollte, für die Sicherheit der Ausstellung »Juwel des Löwen« im New Yorker Metropolitan Museum of Art zuständig war. Bo hatte Elaine gut leiden können. Er würde bestimmt für jegliche Hilfe dankbar sein, die Nicholas bieten konnte. Nicholas musste ihn bloß davon überzeugen, ihn an Bord zu holen, ehe Penderley etwas Offizielles dagegen unternehmen konnte.

Die Fahrt vom Peel Center, in dem die Polizeischule Hendon untergebracht war, bis zu Nicholas nach Hause dauerte gut fünfundzwanzig Minuten. Nicholas stellte seinen BMW auf der Straße vor Drummond House in Westminster ab und eilte die Treppe hoch, zwei Stufen pro Schritt. Er hatte die Schlüssel schon fast in der Tür, als sein Butler Nigel für ihn öffnete. In geübter Torero-Manier glitt Nigel beiseite, um seinen Dienstherrn wortlos durchstürmen zu lassen.

»Sie sind früh zurück, Sir. Ich hoffe, es ist alles in Ordnung?«

Nicholas war schon auf halbem Weg die Treppe ins Obergeschoss hinauf und rief über die Schulter zurück: »Nichts ist in Ordnung, Nigel, absolut gar nichts. Holen Sie bitte meine Tasche, ich fliege nach New York.«

Kapitel 5

Westliches Ufer des East River, New York
Mittwoch, 23:50 Uhr

Special Agent Michaela Caine stand etwas abseits und sah den Kriminaltechnikern bei der Arbeit zu. Der schwarze Kokon schloss sich um den leblosen Körper von Inspector Elaine York, dann wurde er auf die Bahre gehoben und abtransportiert. Man hatte Agent Caine gerufen, weil York als ausländisches Mordopfer in die Zuständigkeit des FBI fiel. Bisher wusste sie nur, dass sie von einem einzelnen Schuss in die Brust getroffen und am westlichen Ufer des East River aufgefunden worden war. Sie wusste weiterhin, dass das Opfer vor ihrem Ableben Inspector bei New Scotland Yard gewesen war. Und dass sie auf amerikanischem Boden getötet wurde. Was alle Anlagen aufwies, zu einem ausgewachsenen Albtraum zu werden.

Special Agent Michaela Caine fror. Die Sonne war schon lange untergegangen. Der Tatort wurde inzwischen von vier Scheinwerfern erleuchtet, welche ein unnatürlich kaltes Licht erzeugten und keinerlei Wärme abgaben. Weitere Kriminaltechniker untersuchten das Ufer nach möglichen Indizien, nach jeglichen Hinweisen, wie und warum Inspector York hier in diesem Zustand an Land gespült worden war.

»Mike«, grüßte Milo Zachery sie mit einem Nicken. Agent Caine hatte die Schulzeit über genug unter ihrem Namen gelitten, der geradezu zu Witzen einlud. Seit ihrer Zeit auf der Akademie hatte sie daher darauf bestanden, nur noch Mike genannt zu werden. Ursprünglich als Scherz eingeführt, hatte sich der Spitzname in diesem immer noch von Männern dominierten Umfeld bereits einige Male ausgezahlt.

»Verfluchte Sache, das«, kommentierte Milo mit einem Nicken in Richtung des Tatorts. Milo Zachery war noch nicht lange Dienststellenleiter des FBI in New York, oder SAC, Special Agent in Charge, wie seine Position im offiziellen FBI-Jargon hieß. Er sah nicht glücklich aus und sie konnte es ihm nicht verdenken. Er hatte recht, das Ganze war eine riesige Sauerei, was auch der Grund war, warum sie ihn sofort aus dem Bett geklingelt hatte, als die Identität des Opfers bestätigt worden war. Jetzt war er hier, um sich einen Eindruck der Situation vor Ort zu verschaffen. Zachery war Ende vierzig, gepflegt und durchtrainiert, ein SAC, wie man ihn sich vorstellte. Seine pure Anwesenheit reichte aus, dass Mike unbewusst strammer stand.

»Das wird uns noch eine Menge Ärger bescheren«, sinnierte er mit Blick auf das dunkle Wasser des Flusses. »Unsere geschätzten Kollegen auf der anderen Seite des Teichs werden uns den Krieg erklären, wenn wir auch nur den kleinsten Fehler machen.« Er wies mit der Hand in Richtung des Wagens der Kriminaltechnik. »York war unser Gast, als Attaché unsere offizielle Verbindung zu den Briten für alles, was diese Ausstellung angeht. Das ›Juwel des Löwen‹, der Stolz des Met. Die ganze Angelegenheit wurde vor meiner Zeit vereinbart, ich bin daher nicht komplett auf dem Laufenden, was ihre Aufgaben und Zuständigkeiten waren. Aber alleine schon, dass ein Inspector von Scotland Yard in meinem Revier ermordet wurde, ist echt übel. Und ich könnte darauf schwören, dass es unsere Ärsche sein werden, die geopfert werden.« Er seufzte und wurde wieder sachlich. »Also, was haben wir bisher? Ich muss vorbereitet sein, sobald die Wölfe eintreffen.«

Mike ordnete gedanklich die wichtigsten Eckdaten. »Sie hatte einen Partner hier, Ben Houston, Abteilung Kunstraub und Fälschungen. Ich habe ihn schon informiert, direkt, nachdem ich Ihnen Bescheid gegeben habe, Sir. Er sollte jeden Augenblick hier sein und kann uns dann bestimmt weitere Informationen liefern. Er schien ziemlich tief getroffen. Wie ich gehört habe, mochte er sie wohl wirklich gerne, also mehr als nur eine gute Kollegin. Ich habe da das Zitat ›Schärfer als die Stilettos meines Vaters und schöner als der Sonnenuntergang der Wikinger‹ im Ohr – aber fragen Sie mich nicht, was das heißen soll, Sir.« Zumindest war sie jetzt nicht mehr schön, egal, womit verglichen. Mike spürte eine heiße Welle Zorn aufsteigen und musste sich sammeln, ehe sie in ihrem Bericht fortfahren konnte.

»Viel haben wir noch nicht, Sir«, gab sie zu, die Stimme wieder sicher. »Ein Schuss in die Brust, oben links, kleines Kaliber, keine Austrittswunde. Vermutlich hat der Schuss selbst sie nicht getötet. Außer ihrer Dienstmarke, die sie an ihr Kleid angeheftet hatte, haben wir keine persönlichen Sachen bei ihr gefunden. Ich würde sagen, sie hat nicht lange im Wasser gelegen, aber so kalt wie es ist, könnte das Wasser die Leiche einfach besser erhalten haben. Kann also auch schon etwas her sein. Genaueres wissen wir erst nach der Autopsie. Meine nächsten Schritte wären herauszufinden, wer sie zuletzt gesehen hat, und daraus einen Ablauf bis zu ihrem Tod zu erstellen.«

»Wer hat sie gefunden?«

»Zwei Schüler, die hier heimlich rauchen wollten. Die Leiche hatte sich im Müll am Ufer verfangen, die beiden haben uns direkt gerufen. Wir konnten einige Fußabdrücke am Ufer nehmen, aber ich würde mein Gehalt darauf verwetten, dass die nur von den beiden Jungs stammen. Außer den Spuren, die wohl zu den beiden passen, haben wir nichts gefunden.«

Oben an der Böschung hielt ein Wagen. Special Agent Ben Houston trat zu ihnen, begrüßte Mike und Zachery wortlos mit einem schnellen Handschlag. Er sah gleichzeitig schockiert und erzürnt aus, man konnte auch echten Schmerz in seinem Gesicht wahrnehmen.

Mike fragte sich, wie nahe er Inspector York gestanden hatte.

Zachery nickte ihm zu. »Ben, erzählen Sie uns bitte alles, was uns weiterhelfen könnte.«

Mike bemerkte, wie schwer es ihm fiel, sich zusammenzureißen, den Zorn und die Trauer beiseitezuschieben. »Ja, bitte, Ben«, fügte sie besänftigend hinzu. »Jedes bisschen kann helfen, ich muss verstehen, wer sie war und was sie so machte, damit ich den finden kann, der das hier getan hat.«

Ben schluckte schwer. »Sie war ihre gesamte Laufzeit bei der Metropolitan Police in London. Ihre Kollegen hier im Museum werden bestimmt ihre persönlichen Daten haben. Ich weiß nur, dass sie der Meinung war, dass die ganze Ausstellung hier Wahnsinn sei, dass die Kronjuwelen sicher verwahrt in den Tower in London gehörten.«

Zachery unterbrach mit einer Zwischenfrage. »Gab es irgendwas Verdächtiges, könnte sie irgendwie die Aufmerksamkeit der falschen Leute auf sich gezogen haben? Vielleicht irgendwelche Liebhaber, die einen Groll hegen könnten?«

Ben schüttelte den Kopf. »Sie liebte ihre Arbeit und ging voll in ihren Aufgaben auf. Ein fester Freund oder Liebhaber existierte nicht, zumindest habe ich nie davon gehört. Sie ist – war – eine sehr schöne Frau, aber zu sehr auf ihre Arbeit konzentriert. Ansonsten liebte sie Jogging, letzten November haben wir zusammen an einem Marathon teilgenommen. Ich habe unterwegs Krämpfe bekommen und sie hat abgebrochen, um bei mir zu bleiben. Ich bin schuld, dass ihre Zeit am Ende komplett versaut war.« Er lächelte kurz bei der Erinnerung, musste dann aber wieder schlucken, ließ den Blick über den Tatort schweifen, hin zu dem Lieferwagen der Kriminaltechnik, in dem der unmissverständliche Beweis ihres Ablebens lag. »Sie trank keinen Alkohol, hat nicht geraucht, nichts, was ihrem Körper irgendwie hätte schaden können. Sie hatte nur eine Vorliebe für unseren amerikanischen Kaffee. Wir waren ein paarmal zusammen essen. Sie war Vegetarierin. Sie war – nun, es war angenehm, um sie herum zu sein, sie war immer freundlich. Ja, richtig gutmütig. Ich kann mir einfach nicht vorstellen, warum jemand sie töten sollte. Es ergibt einfach keinen Sinn. Ich meine, warum? Das … das ist alles so verkehrt.«

Zachery nickte, versuchte, Emotionen aus dem Gespräch rauszuhalten. »Sie war also zuständig für die Sicherheit der Kronjuwelen, in der Ausstellung im Met, die diese Woche eröffnet wird?«

Ben nickte. »Offiziell war ihre Aufgabe hier die eines Verbindungsbeamten, das umfasste die Aufsicht über Ankunft, Ausstellung und Rücksendung der Ausstellungsstücke. Sie war jetzt schon vier Monate hier, hatte sich dafür extra eine Wohnung in Murray Hill gemietet.« Sein Blick ruhte starr auf dem harten, steinigen Ufer, der Kiefer angespannt. »Wussten Sie, dass die Briten ihre Kronjuwelen gar nicht hatten aus dem Land lassen wollen? Das Parlament selbst hatte wohl erst darüber abstimmen müssen, ehe man dieser Ausstellung zugestimmt hat.«

Mike war überrascht. »Hört sich nach einer wirklich großen Sache an. Ben, meinst du, dass da ein Zusammenhang bestehen könnte? Vielleicht ein fanatischer Brite, der seine Kronjuwelen aus den Kolonien retten will oder so was?«

»Möglich ist alles, aber der Mord wird doch wohl kaum die Ausstellung selbst stoppen, oder? Sie hatte ja nichts zu sagen, folgte nur den Befehlen und koordinierte die Sicherheit, wirkliche Entscheidungen wurden zwischen den Verantwortlichen weiter oben getroffen, auf unserer Seite, bei den Briten und bei den Versicherungen.«

Zachery nickte zustimmend. »Das mit dem Parlament war mir auch neu, ich hatte bisher nur gehört, dass diese Ausstellung etwas Einmaliges sei und dass sogar Prinz William und Herzogin Kate diese auf ihrem Staatsbesuch nächste Woche hier besuchen werden.«

»Ja, alleine die rechtlichen Aspekte waren ein Albtraum«, erklärte Ben. »Ein zentrales Stück der Ausstellung ist die Krone der Königinmutter selbst, welche mit dem Juwel des Löwen verziert ist, dem Koh-i-Noor. So, wie der Transfer der Juwelen aus Großbritannien hierher organisiert wurde, sind diese rein rechtlich gesehen immer auf britischem Hoheitsgebiet geblieben, bis sie an den endgültigen Ausstellungsort übergeben wurden. Das hat Elaine unter ziemlich großen Druck gesetzt. Seit zwei Tagen sind die Juwelen jetzt im Museum angekommen, ihre Hauptaufgabe war aktuell also nur noch die Mithilfe bei der Organisation der Gala für die Ausstellungseröffnung morgen Abend … oder, besser gesagt, inzwischen heute Abend. Aber auch das war genug Arbeit bei all den hohen Gästen, die geladen wurden, als normaler Mensch kommt man bei so was normalerweise nicht rein. Elaine hat mich aber gefragt, ob …« Seine Stimme versagte.

Mike konnte sich denken, was er hatte äußern wollen. Elaine hatte ihn wohl als privaten Gast zu der Veranstaltung eingeladen. Sie legte ihm verständnisvoll eine Hand auf den Arm. »Es tut mir so leid, Ben.«

In seinem Ausdruck gewann der Zorn wieder die Oberhand. Er schluckte die Trauer hinunter. »Ich werde ins Büro fahren und alle Informationen sammeln, die mit ihrer Arbeit zu tun haben und euch irgendwie helfen könnten. Damit ihr einen guten Einblick in ihre täglichen Aufgaben bekommt und was …« Seine Stimme verlor sich, Ben waren die Worte ausgegangen. Sein Blick war starr auf den East River gerichtet, der träge an ihnen vorbeifloss. Kalt und schwarz unter dem silbernen Mond.

Einer der Techniker pfiff kurz, dann verließ der Transporter den Uferstreifen. Sie blickten ihm nach, bis der Wagen zwischen den Häusern einbog, ein letzter stiller Salut vor ihrem gefallenen Gefährten.

Zachery zog sich die Strickmütze über die Ohren. »Es wird zu kalt, um hier noch weiter rumzustehen. Irgendjemand wollte Elaine York aus dem Weg schaffen. Die Frage ist nur, warum? Ich denke, es muss irgendwie eine Verbindung zur Ausstellung geben. Was, meinen Sie, wird jetzt auf der anderen Seite des Teichs geschehen, Ben?«

Bens Augen waren kälter als der eisige Fluss. »Scotland Yard wird erst prüfen, was passiert ist, und abstimmen, wie es weitergeht. Da haben wir noch ein bisschen Zeit, sollten aber Ergebnisse liefern. Was das Museum betrifft, ich werde selbst zum Met gehen und Dr. Browning informieren, die Kuratorin der Ausstellung. Ich bin gespannt, wie sie darauf reagieren wird, dass Inspector York tot ist. Das NYPD wird sich nicht einmischen, oder?«

Hier schaltete sich Mike wieder ein. »Ich habe schon mit Captain Slaughter vom siebzehnten Bezirk gesprochen, er hat uns jegliche Unterstützung zugesagt, die wir brauchen. Von sich aus werden die nichts einleiten, ich habe aber versprochen, ihn informiert zu halten. Die Ausstellung ist wichtig für die Stadt, wir reden hier über Wagenladungen voll Touristen, die ihr Geld vor Ort lassen werden. Meinem Gefühl nach hat die Polizei schon genug damit zu tun, ich glaube nicht, dass da jemand

Interesse daran hat, sich auch noch einen Mord von großer politischer Tragweite aufzuladen.«

Zachery atmete erleichtert auf. »Gut zu wissen. Es wäre natürlich schön, wenn wir die ganze Angelegenheit hier von der Berichterstattung über die Ausstellung fernhalten könnten, aber das wäre wohl zu viel verlangt. Die Presse wird sich darauf stürzen, ich werde unsere Medienleute darauf vorbereiten. Ihnen einen kleinen Vorsprung verschaffen, um zu überlegen, wie man die ganze Sache am besten verpackt, um die negative Presse einzudämmen.« Er warf einen schnellen Blick auf die Uhr.

»Also, ich sollte dann besser mal. Wenn sich etwas Neues ergibt, bin ich immer mobil zu erreichen, schickt mir einfach eine Nachricht. Auch, falls ihr irgendwas braucht. Haltet mich auf dem Laufenden. Mike, Ben.« Er nickte ihnen zum Abschied zu und verschwand dann gemessenen Schrittes in der Dunkelheit. Seine Schultern schienen nicht mehr ganz so aufrecht, ganz so, als ob das Gewicht von Inspector Yorks Ermordung bereits schwer auf ihnen lastete.

Mike hüllte sich enger in die Jacke, als ein eisiger Windhauch zu ihnen drang und die Wellen auf dem Fluss kräuselte. Sie fragte sich erneut, was Elaine wohl herausgefunden haben mochte. Wen sie so sehr bedroht hatte, dass es einen Mord wert gewesen war.

Kapitel 6

British Airways BA 117
Donnerstag, 09:00 Uhr

Nicholas hatte gerade so noch den Flug um 08:30 Uhr Londoner Zeit erwischt, nonstop nach New York. Sein Dienstausweis von Scotland Yard hatte geholfen, die lächerlich langen Sicherheitskontrollen zu umgehen und den Flieger auf den letzten Gast warten zu lassen. Jetzt konnte er durchatmen, während er westwärts über den Atlantik schnellte. Die Sitzreihen um ihn herum waren beängstigend menschenleer.

Kaum dass die Flugbegleiter per Durchsage erlaubten, dass elektronische Geräte wieder genutzt werden durften, hatte Nicholas auch schon seinen Laptop vor sich und eine Verbindung zum kabellosen Netz des Flugzeugs hergestellt. Als Erstes warf er einen Blick in seinen E-Mail-Eingang. Drei Nachrichten von Penderley. Die Betreffzeilen waren zunehmend ungehaltener formuliert. Eigentlich hatte Nicholas gehofft, dass Penderley nicht ganz so schnell von seinen Plänen erfahren würde. Er ignorierte die Nachrichten; darum konnte er sich später noch kümmern. Erst mal wollte er alles über den Mord an Elaine herausfinden.

Ein blinkendes Symbol auf dem Desktop zeigte ihm eine eingehende Nachricht von seinem Onkel Bo an. Bo Horsley, FBI-Agent im Ruhestand, das Musterbild eines amerikanischen Cowboys und Idol aus Nicholas' Jugendtagen. Jetzt war Nicholas erwachsen und selbst ein Vertreter des Rechts. Die unreflektierte Schwärmerei hatte sich in tiefen Respekt gewandelt. Bo war einer der intelligentesten Männer, die Nicholas je getroffen hatte. Er war auch ein herausragender Bowler und hatte Nicholas immer wieder zu seinem Sport bekehren wollen, der Nicholas aber ein wenig zu amerikanisch war. Er erinnerte sich noch daran, wie seine Bälle einer nach dem anderen in der Rinne gelandet waren. Waren das die korrekten Begriffe? Egal. Er war erleichtert, dass Bo sich meldete. Bo würde verstehen, warum er einfach kommen musste. Bo würde ihm helfen.

Nicholas klickte die Nachricht an.

Lieber Nick,
es tut mir so leid, was mit Elaine geschehen ist. Ruf mich bitte, sobald du kannst, über Skype an, gesicherte Verbindung, wenn irgend möglich. Wir haben noch mehr Probleme.
Alles Liebe, Onkel Bo

Mehr Probleme. War Elaines Tod denn noch nicht genug? Er spürte den inzwischen vertrauten Griff der Trauer, die Leere, die sie mit sich brachte, und schaltete den Computer aus. Nie wieder würde er mit ihr auf ein Guinness ins *Feathers* gehen, nie wieder den Schnurrbart aus Bierschaum an ihrer Oberlippe sehen. Sie nie wieder wegen ihrer Tarotkarten necken, die sie sich jede Woche legen ließ. Aber er würde ihren Mörder finden und den Grund, warum sie sterben musste. Da Penderley es ihm verboten hatte, war sein Entschluss nur noch fester geworden.

Auch wenn es sie nicht zurückbringen würde, konnte er ihr diesen letzten Dienst erweisen.

Er hielt eine Stewardess an, ein hübsches, rothaariges Mädchen, und bat sie um eine Tasse Tee. Onkel Bo würde ihm Kontakt zum FBI verschaffen, sie dazu bringen, ihn in die Ermittlungen einzubeziehen. Er fragte sich, ob er noch einen Job in London haben würde, wenn er nach allem zurückkehrte. Penderley würde wahrscheinlich für die Höchststrafe plädieren, neben der unehrenhaften Entlassung noch die Exekution auf dem Tower Hill, falls er das Parlament zur Wiedereinführung derselbigen überreden konnte. Aber im Augenblick war ihm das alles ziemlich gleichgültig.

Er packte ein Headset aus, startete Skype und rief Bo an. Die Verbindung wurde praktisch im gleichen Moment angenommen. Bos Gesicht füllte den ganzen Bildschirm aus, die Ähnlichkeit zu Nicholas' Mutter war unübersehbar, die Gesichtszüge so vertraut. Er sah müde aus. Nein, mehr als müde, wirklich erschlagen.

»Nick, schön, dich zu sehen. Es tut mir so leid wegen Elaine. Sie war wirklich eine außergewöhnliche Frau. Es war bemerkenswert, wie gut sie mit uns amerikanischen Wilden zusammengearbeitet hat. Ich erinnere mich noch gut daran, wie sie zum ersten Mal in meinem Büro stand und mit großen Augen den Ausblick über die Stadt und den East River bewunderte. Ich habe sie damals auf direktem Weg zum Empire State Building geschickt, damit sie die ganze Stadt sehen kann. Sie wird schwer vermisst werden, von jedem hier im Met.«

»Danke dir, Onkel Bo. Es war immer Elaines Traum, nach New York zu kommen. Sie hatte sogar gelegentlich mit dem Gedanken gespielt, wirklich dauerhaft umzuziehen. Sie muss es da bei euch echt geliebt haben.« Er hielt inne und riss sich zusammen. »Ich kann einfach nicht glauben, dass sie wirklich nicht mehr da sein soll. Onkel Bo, gab es irgendwas, wodurch sie sich Ärger eingehandelt haben könnte?«

»Tut mir leid, aber über den Mord weiß ich auch noch nicht mehr als du, Nick. Leider geht es aber inzwischen um mehr als einfach nur um den Mord an Elaine. Wie gesagt, haben wir noch ein anderes Problem. Ist die Verbindung sicher?«

»Einen Moment, warte kurz.« Nicholas tippte eine Reihe Befehle ein, um ein Programm zu starten, das er vor ein paar Jahren selbst geschrieben hatte. Es bot eine einfache, aber elegante Verschlüsselung. Er gab dem Programm einen Augenblick, um die Codierung des öffentlichen Netzwerks zu überschreiben. »Onkel Bo, ehe ich es vergesse, ich befinde mich gerade mitten über dem Atlantik und bin auf dem Weg zu dir.«

Onkel Bo lächelte einfach nur. »Deine Mom hat mich schon angerufen und vorgewarnt. Also keine große Überraschung. Aber mir war auch so klar, dass es dich nicht in London halten würde. Gut, wie sieht es mit der sicheren Verbindung aus?«

»Ist jetzt so sicher, wie sie nur sein kann, ohne die Integrität des Funknetzes hier im Flugzeug zu gefährden. Ich habe die Reihe für mich alleine, die Reihe hinter mir ist auch frei. Scheint so, als ob nach dem Rummel zu Weihnachten und Neujahr nicht viele Leute unterwegs sind.«

»Kann ich verstehen. Also, ich bin nicht im Museum, ich bin hier gerade in Chelsea. Bei mir sind die FBI-Agenten Dillon Savich und Lacey Sherlock, du hast ja bestimmt schon von ihnen gehört. Die beiden sind gerade wegen eines anderen Falls hier in New York, bei dem es aber einige mögliche Überschneidungen zu unserer Sache geben könnte. Du kannst sie heute Abend bei der Gala im Met persönlich kennenlernen, sie hoffen, da einen gewissen Kopf der Russenmafia zu treffen, der in den Diebstahl eines wichtigen Gemäldes aus dem Prado in Madrid involviert sein könnte. Savich, komm doch vor und sag Hallo zu meinem Neffen.«

Nicholas erkannte das Gesicht sofort, er hatte es schon häufiger in der Presse und im Internet gesehen. Die harten Gesichtszüge zeigten im Augenblick keine Emotionen. Nicholas hatte sich schon des Öfteren gefragt, wie es gekommen war, dass dieser Mann zu einem der besten Computerexperten des FBI aufgestiegen war – rein äußerlich erinnerte er eher an den typisch amerikanischen Footballspieler, man würde ihn auf den ersten Blick für den Mann fürs Grobe halten. Er hatte einen ziemlich dunklen Teint und gestochen scharfe Wangenknochen, dazu dunkle, fast schwarze Augen, die bis in die Seele vordrangen. Nicholas kam nicht umhin festzustellen, dass diese Augen wohl den Teufel selbst und Nicholas' Großvater persönlich in einem Starr-Wettkampf niederringen könnten. Nun, vielleicht nicht den alten Griesgram, das wäre dann doch übertrieben gewesen. Savichs schwarze Haare glänzten feucht, als ob er eben erst aus der Dusche gekommen wäre.

Nicholas nickte ihm nüchtern zu. »Ich habe schon viel von Ihnen gehört, Agent Savich. Freut mich, Sie kennenzulernen.«

Savich erwiderte das Nicken. »Ebenso, Bo erzählt oft von seinem Neffen. Schön, endlich mal das Gesicht zu den Geschichten zu sehen. Das hier ist meine Frau, Agent Lacey Sherlock.«

Der Bildschirm wurde gedreht. Jetzt tauchte eine junge Frau mit hübschen, roten Locken auf. Nicht wirklich leuchtend rot, eher … es war schwierig einzuordnen. Kupfer? Tizianrot? Auf jeden Fall passte es gut zu ihrer hellen Haut und den sommerblauen Augen. Sie bildete einen interessanten Kontrast zu Savich. »Ist mir eine Freude, Nicholas. Sie können mich Sherlock nennen. Und nur um das klarzustellen, Bo redet über nichts anderes als über Sie und dass Dillon sich in Acht nehmen solle, dass Sie ihm nicht den Rang ablaufen.«

Nicholas lachte. »Es ist mir eine Ehre! Ich werde mein Bestes geben.« Dann richtete sich alle Aufmerksamkeit wieder auf Bo und seine Neuigkeiten.

Der Bildschirm wurde erneut von Bos Gesicht eingenommen, der sich vorlehnte und die Stimme senkte. »Wir versuchen, das im Augenblick noch im kleinsten Kreis zu halten. Savich und Sherlock sind aber in alles eingeweiht, hier kannst du also offen sprechen.« Bo sammelte sich kurz, ehe er die Bombe platzen ließ. »Ich weiß nicht, wie ich das besser verpacken soll, Nick, also, geradeheraus: Jemand hat den Koh-i-Noor gestohlen.«

Kapitel 7

Inspector Elaine Yorks Appartement, New York
Donnerstag, 03:45 Uhr

Inspector Elaine Yorks Wohnung lag in der fünften Etage eines neunzehn Stockwerke hohen Appartementkomplexes aus rotem Backstein, mitten in Murray Hill, das bei jungen Berufstätigen als solide, sichere Wohngegend beliebt war.

Aber offensichtlich nicht sicher genug.

Agent Paulie Jernigan von der Spurensicherung wartete schon vor dem Gebäude, als Mike eintraf. Er zeigte den für Techniker der Spurensicherung typischen, leicht gelangweilten Ausdruck eines Mannes, der schon alles erlebt hatte und den nichts mehr überraschte. Man sah ihm das inoffizielle Motto der Spurensicherung geradezu an: *Könnt ihr mich endlich mal anfangen lassen, ich will das Mittagessen nicht verpassen.* Mike vermutete, dass dieser Gesichtsausdruck Teil der Grundausbildung war.

»Alles bereit?«, grüßte sie ihn.

»So bereit es nur geht. Zum Glück gibt es einen Fahrstuhl, das Appartement des Opfers liegt im fünften Stock. Ich hasse es, meine ganze Ausrüstung hochschleppen zu müssen, vor allem zu dieser Uhrzeit.«

Mike stützte eine Hand in ihre Hüfte. »Ich kann dir gerne helfen und eins von diesen Pinselchen tragen, die ihr immer und überall braucht. Der Rest wäre dann doch bestimmt ein Kinderspiel für dich.«

Paulie lachte leicht und hielt ihr die Tür auf. Es war still im Haus, fast gespenstisch, was aber bei der nachtschlafenden Zeit nachvollziehbar war. Mike musste sich zusammenreißen, um nicht automatisch in einen Flüsterton zu verfallen.

Die Türen zum Aufzug schlossen sich mit einem metallischen Wischen hinter ihnen.

»Und, Mike, wie läuft es so mit dem neuen SAC, schon an ihn gewöhnt?«

»Ja, Zachery ist ein echt netter Typ. Natürlich etwas überkorrekt, aber ich mag das. Klar vermisse ich Bo Horsley, wer nicht? Aber ich habe früher schon mal mit Zachery gearbeitet, in Omaha. Er ist echt ein netter Kerl. Hat sich auch immer gut mit meinem Dad verstanden.«

Paulie nickte. »Stimmt, hätte ich ja fast vergessen. Dein Dad ist Polizeichef in Omaha, oder? Zachery ist ihm also nicht auf die Füße getreten?«

»Nein, zumindest hat Dad sich nie über ihn beschwert. Ist zwar gelegentlich mit ein paar der lokalen Agenten vorgekommen, aber Dad hat da seinen patentierten ›Zwing mich nicht, dir wehzutun‹-Blick, der bringt eigentlich alle recht schnell zur Vernunft.«

»Wird aber trotzdem bestimmt kein einfacher Übergang«, sinnierte Paulie. »Ich meine, so, wie Horsley jeden von uns kannte und uns komplett vertraut hat.«

»Gib Zachery etwas Zeit, das kommt auch noch. Wir hier in New York sind halt eine andere Art Kindergarten, als er gewöhnt ist.«

Der Aufzug kam mit einem »Bing« zum Stehen, die Türen öffneten sich zu einem breiten Flur, still wie ein Grab. Hier litt wohl niemand an Schlaflosigkeit. Elaine Yorks Appartement lag am Ende des Flurs.

Paulie kramte einen Schlüssel hervor. »Hab ich eben vom Hausmeister geholt, während ich auf dich gewartet habe. Unglaublicher Typ, ist direkt wieder zurück ins Bett, ohne die geringste Neugier, worum es geht. Ein New Yorker, wie er im Buche steht.«

Kaum dass die Tür zum dunklen Appartement offen war, drang der Gestank auf sie ein. Schwere, tote Luft mit einem Hauch von Verwesung.

Mikes Hand legte sich direkt auf die Glock.

»Bleib lieber zurück, Paulie. Hier stimmt was nicht.«

Kapitel 8

British Airways BA 117
Donnerstag, 09:20 Uhr

Nicholas starrte seinen Onkel ungläubig an. »Gestohlen? Der Koh-i-Noor? Das kann doch wohl nicht wahr sein. Es gibt keinen Edelstein auf der Welt, der besser bewacht wird als dieses verdammte Teil. Ich habe mir sagen lassen, dass deine Sicherheitsvorkehrungen absolut dicht sind. Was ist da passiert?«

Bo schüttelte frustriert den Kopf. »Bisher dachte ich auch, dass es absolut unmöglich wäre, den Diamanten zu stehlen. Aber er ist nun einmal weg. Vor gut zehn Jahren hat das Königshaus erlaubt, dass zwei Kopien angefertigt werden, und eine der beiden steckt jetzt an der Stelle, wo eigentlich das Original sein sollte. Keiner weiß so recht, wie es geschehen ist, wir wissen bislang eigentlich nur, wann es passiert ist – das dafür aber ziemlich genau. Wir hatten gestern einen Stromausfall, bei dem alle Computersysteme offline waren. Fünf Minuten lang hatten wir keine Videoüberwachung, keinerlei Kommunikation oder Aufzeichnungen. Dann war alles wieder da, ebenso plötzlich, wie die Systeme ausgefallen waren. Wir haben natürlich alles genauestens überprüft, zu dem Zeitpunkt wirkte es nur wie ein unerklärbarer Fehler im System, alle Ausstellungsstücke schienen vorhanden zu sein. Da alles an Ort und Stelle war, haben wir uns nichts weiter dabei gedacht und unsere Computertechniker in Ruhe nach dem Fehler suchen lassen.«

Bo nahm einen Schluck Wasser, ehe er fortfuhr. »Dann jedoch hat ein gewisser Peter Grisley aus Arizona bei Dr. Browning angerufen, der Kuratorin der Ausstellung. Dieser Grisley besitzt die beiden Kopien des Koh-i-Noor, oder besser, besaß. Beide wurden gestohlen. Dr. Browning war natürlich besorgt und hat mich umgehend informiert. Auf ihr Anraten hin haben wir daraufhin den Koh-i-Noor getestet und so entdeckt, dass man ihn gegen eine der Kopien ausgetauscht hat.«

Man merkte Bo geradezu an, was für ein Schlag das für ihn gewesen sein musste. »Das war echt übel. Wir haben wirklich jede nur erdenkliche Maßnahme getroffen, aber es ist trotzdem geschehen. Noch dazu auf amerikanischem Boden und im Rahmen einer einmaligen Ausstellung, die es so nie wieder geben wird. Das ist eine echte Katastrophe. Mehr als das. Kriege sind für weniger gestartet worden.«

Nicholas musste ihm zustimmen, so melodramatisch es sich auch anhörte, war doch viel Wahres dran. »Ohne Salz in die Wunde streuen zu wollen, Onkel Bo, wenn die Presse davon Wind bekommt, erlebst du vor dem Krieg auch noch eine Kreuzigung. Die Medien in aller Welt lauern doch bloß darauf, die Amerikaner mal wieder dumm dastehen zu lassen. Und wir wissen beide, dass das kein Außenstehender hätte bewerkstelligen können. Hast du bereits alle Mitarbeiter überprüfen lassen, deren Aufenthalt während des Stromausfalls unbestimmt war?«

»Natürlich, direkt als Erstes. Keiner fehlte. Dabei gibt es aber auch gar nicht so viele Insider, wie man denken mag. Ausschließlich ausgewählte Mitglieder des Museums und der Versicherungsgesellschaften haben Zugang zu dem Bereich, in dem die Kronjuwelen ausgestellt werden. Und, nicht zu vergessen, wir haben natürlich jeden genauestens überprüft, der auch nur annähernd nahe an die gesicherten Objekte rankommt. Hintergrundprüfungen aller Angestellten, ihrer nächsten Familienmitglieder und Haustiere, du kennst das ja.« Er hielt einen Moment inne, ehe er mit kratziger Stimme hinzufügte: »Lediglich eine einzige Person fehlte während des Stromausfalls. Elaine. Und die ist jetzt tot.«

Nicholas war klar, in welche Richtung sein Onkel dachte. »Du meinst, vielleicht ist der Diamant gar nicht aus dem Museum gestohlen worden? Vielleicht hat ihn schon jemand hier in England ausgetauscht oder auf dem Weg zur Ausstellung?«

»Ich wünschte, dass es so einfach wäre. Aber nein, Dr. Browning und Elaine haben den Koh-i-Noor zusammen mit allen anderen Ausstellungsstücken genauestens geprüft, ebenso wie die Leute von der Versicherung. Der echte Edelstein ist garantiert hier eingetroffen und nach der Ankunft aus dem Met gestohlen worden.«

An der Stelle schaltete sich Savich ein. »Wer auch immer es geschafft hat, den Diamanten zu entwenden, war verdammt schnell und versteht sein Handwerk. Wir konnten keinerlei Anzeichen eines Einbruchs finden, nicht einmal Anzeichen, dass jemand im Raum gewesen ist. Das lässt darauf schließen, dass der Diebstahl unentdeckt bleiben sollte, was ja auch fast gelungen wäre, wenn nicht Peter Grisley bei Dr. Browning angerufen hätte. Ohne diesen Wink des Schicksals würden wir heute Abend die Kopie bewundern und keiner hätte eine Ahnung, dass es nicht der echte Koh-i-Noor ist.«

Nicholas wog die Informationen einen Augenblick ab. »Wäre es nicht vielleicht denkbar, dass es einfach ein ganz normaler Stromausfall war und dass der Diamant zu einem anderen Zeitpunkt ausgetauscht wurde?«

Bo schüttelte den Kopf. »Ich kann mir nicht vorstellen, wie das möglich sein sollte.«

»Ihr wisst doch alle, wie herausragend der Schutz im Tower ist, die Beefeater sind alle ehemalige Militärs, an denen kommt keiner vorbei. Also keine Chance, den Edelstein hier zu stehlen«, erklärte Nicholas.

»Das ist bei uns aber ähnlich. Mein Sicherheitsteam ist wie eine Polizeieinheit, alle bewaffnet und gut ausgebildet, und für diese Ausstellung haben wir unsere Vorsichtsmaßnahmen noch einmal verschärft. Alles läuft hier wie eine gut geschmierte Maschine. Ich kenne diese Leute, Nick, und kann für jeden von ihnen die Hand ins Feuer legen. Aber egal, wir müssen trotzdem noch einmal alle überprüfen, noch tiefer gehen, soweit das überhaupt möglich ist. Ich will zuerst alle meine Leute durchchecken, danach ihre Freunde und Verwandten, dann die restlichen Mitarbeiter des Museums. Jeder, der nur irgendwie denkbar ist. Ohne Ausnahmen. Aber unterm Strich – das war ein Meisterdieb.«

Nicholas spielte weiter alle Möglichkeiten durch. »Erzähl mir mehr über deine Sicherheitsvorkehrungen, Onkel Bo.«

Statt Bo übernahm Savich wieder. »Ich habe Bos Team bei der Installation der biometrischen Sicherheitssysteme unterstützt. Alleine für den Zugang zum Ausstellungsraum braucht man schon einen Handabdruck, eine Zugangskarte und einen Code. Und alle Ausstellungskästen sind mit rotierenden binären Schlössern ausgestattet.«

»Dazu kommt eine beachtliche Anzahl Sicherheitskräfte vor Ort und die Tatsache, dass sich zum Zeitpunkt des Stromausfalls jeder dort aufgehalten hat, wo er hingehört«, übernahm Sherlock. »Bo kennt die Leute alle gut genug, keiner von ihnen hätte auch nur die Fähigkeiten, einen solchen Diebstahl vorzunehmen. Das grenzt alles ans Unmögliche, fast wie Zauberei. Außer …«

Bo nickte. »Ja, genau: ›außer‹. Nick, ich habe keine Ahnung, ob Elaine die Fähigkeiten gehabt hätte, so was durchzuziehen.

Fakt ist aber nun einmal, dass sie die einzige Person ist, die während dieser fünf Minuten nicht aufzufinden war.«

»Ich kenne Inspector York sehr gut«, winkte Nicholas ab. »Ich weiß um ihre Stärken und ihre Schwächen. Und ich kann mir nicht vorstellen, dass sie überhaupt die entsprechenden Fähigkeiten hierfür besessen hätte.«

Savich gab sich nicht so leicht zufrieden. »Aber wie viel Expertise hätte sie denn wirklich gebraucht? Ich meine, sie kannte die gesamten Pläne und Sicherheitsvorkehrungen, wusste alles über den Diamanten. Mit entsprechender Vorbereitung hätte sie sich auch bestimmt alle notwendigen Hilfsmittel besorgen können, um den Tausch vorzunehmen.«

Nicholas schüttelte den Kopf. »Ernsthaft? Sie soll also nach Arizona geflogen sein, um dort die beiden Kopien zu stehlen, und niemand soll was bemerkt haben? Hast du die Flugverbindungen überprüft, Onkel Bo?«

»Ja, unseres Wissens nach hat Elaine New York City nie verlassen, zumindest nicht mit einem normalen Linienflug.«

Sherlock führte den Gedanken weiter aus. »Wenn sie also nach Arizona geflogen ist, dann irgendwie im Verborgenen, und wir wissen noch nicht, wie. Oder aber sie hatte Helfer, in Arizona oder auch im Met. Glaub mir, Nicholas, ich will ihr da nichts anhängen, aber ich sehe im Augenblick keine logische Alternative. Aber selbst dann ist ja immer noch die Frage, warum sie getötet wurde. Vielleicht Streit mit ihrem Partner über die Beute? Oder gibt es da noch mehr? Du kennst sie am besten und du meinst, dass sie es nicht gewesen sein kann. Aber kannst du dir da wirklich so sicher sein?«

»Ich kann mir nicht vorstellen, dass Elaine auch nur einen Regenschirm bei schlechtem Wetter mitgehen lassen könnte. Sie war Teil meines Teams, da könnt ihr sicher sein, dass sie erste Klasse war. Sie war in New York, um auf den Koh-i-Noor aufzupassen, den Diamanten zu beschützen, nicht, um ihn zu stehlen. Die Idee ist einfach lächerlich.« Nicholas atmete einen Augenblick durch, beruhigte sich wieder. »Ich hätte ihr mein Leben anvertraut.«

Dagegen konnte niemand mehr etwas sagen.

Nach einem Augenblick des Schweigens sprach Nicholas weiter. »Vielleicht wurde Elaine ermordet, weil sie etwas über den Diebstahl herausgefunden hatte.«

»Aber dann wäre sie doch direkt zu mir gekommen«, zweifelte Bo. »Wenn sie nicht selbst in den Diebstahl verwickelt war und etwas darüber wusste? Nick, ich bitte dich, warum hätte sie denn dann nicht zu mir kommen sollen?«

Nicholas hasste es, ihm recht zu geben, das Argument war allerdings stichhaltig. Aber wie sonst konnte er sie davon überzeugen, dass Elaine unschuldig war? Er musterte seinen Onkel genau, auf einmal schien Bo ihm überraschend alt und matt. Sie wussten alle, dass er als Erster geopfert würde, sobald ein Sündenbock gebraucht wurde. Egal, ob er wirklich an etwas Schuld hatte. Selbst, wenn man den Edelstein ohne Kratzer wiederfinden würde, wäre Bos Sicherheitsfirma für immer und ewig mit der Schmach gebrandmarkt, diejenige gewesen zu sein, die überhaupt zugelassen hatte, dass der Koh-i-Noor gestohlen worden war. Elaine und sein Onkel, beide hätten ihren guten Ruf für immer verloren.

Bo schien seine Gedanken zumindest teilweise gelesen zu haben. »Glaub mir, Nicholas, ich versuche hier nicht, den guten Namen einer Toten zu beschmutzen, um mich selbst zu retten. Aber es gibt da noch mehr, was gegen sie spricht. Gestern früh, etwa eine Viertelstunde, nachdem die Elektrizität wieder da war, kam Elaine zu mir. Sie meinte, ihr gehe es nicht gut und sie müsse sich den Rest des Tages freinehmen. Das passte eigentlich gar nicht zu ihr, ich hatte nur in dem Augenblick zu viel anderes um die Ohren und habe nicht weiter nachgefragt.«

Nicholas gab den Kampf um Elaines Ehre nicht auf. »Gut, Onkel Bo, aber bestimmt existiert noch ein anderes Szenario, an das wir bisher nur noch nicht gedacht haben, mit komplett anderen Akteuren.«

»Nick, ich verspreche dir, dass wir unsere Nachforschungen in alle Richtungen offen halten und allem nachgehen, was nur irgendwie denkbar ist. Ich meine, ich kannte Elaine ja erst ein paar Monate, aber ich kann mir auch nicht vorstellen, dass sie den Diamanten stehlen würde. Leider ist sie nicht mehr hier, um sich selbst zu verteidigen. Die Leute von der Versicherung werden aber sicher auch schnell in diese Richtung denken und da kann ich nichts beeinflussen. Und wir wissen doch alle, dass man niemals einen anderen Menschen so wirklich komplett kennen kann.«

Nicholas nickte, ihm gingen die Argumente aus. »Kümmert sich das FBI in New York um beide Fälle, also um den Mord und den verschwundenen Diamanten?«

Jetzt musste Bo grinsen. Nicholas fühlte sich in seine Kindheit zurückversetzt. Frech, gerissen, Nicholas wusste direkt, dass sein Onkel noch etwas zurückgehalten hatte. »Was ist es, Onkel Bo?«

»Hm, also, nun ja … Das hätte ich vielleicht noch erwähnen sollen, Nick … Wir haben noch niemandem Bescheid gesagt, dass der Edelstein verschwunden ist.«

Kapitel 9

Nicholas starrte die drei grinsenden Gesichter auf dem Bildschirm ungläubig an. »Wie bitte? Es weiß noch niemand von dem Diebstahl? Bist du jetzt komplett verrückt geworden, Onkel Bo?«

»Vielleicht. Aber sieh es mal so: Sobald ich dem Direktor des Museums eröffne, dass der KohiNoor verschwunden ist, wird er sofort alles absperren lassen. Damit würden also auch die Gala und die Ausstellung ausfallen. Die Medien würden sich draufstürzen und uns bei jedem Schritt belagern. In weniger als dreißig Minuten wüsste die ganze Welt davon.«

Sherlock nickte zustimmend. »Sobald wir etwas an die Öffentlichkeit dringen lassen, verlieren wir jeden Vorteil, den wir noch haben. Unsere Chancen, den Dieb zu fassen, würden sich damit in Luft auflösen.«

Bo übernahm wieder. »Ich will uns etwas Zeit erkaufen, Nick. Wir können schlecht ermitteln, wenn die Paparazzi uns selbst beim Pinkeln über die Schulter knipsen. Wir müssen agieren können, ohne bei jedem Schritt die Presse bedenken zu müssen. Vielleicht können wir es auf diese Weise schaffen und den Koh-i-Noor wiederkriegen, ehe jemand etwas merkt.

Deshalb bleibt der Direktor vorerst noch im Dunkeln, bis … na ja, bis ich alles versucht habe, was in meiner Macht steht.«

Eigentlich war das kompletter Wahnsinn und konnte in nichts anderem als in einer Katastrophe enden. Nur dass die Katastrophe ja bereits eingetreten war.

Savich brachte das Gespräch wieder zur Ruhe. »Wir haben einen Plan und Sie können dabei gut helfen, Nicholas. Ich habe den Koh-i-Noor selbst schon gesehen, das ist ein gigantischer Stein. Mehr als hundert Karat. Der ist so unrealistisch groß, dass selbst das Original wie ein Glasstein made in China aussieht.«

»Ja, gut beschrieben«, stimmte Nicholas zu. »Ich habe ihn selbst schon oft gesehen.«

»Und diese Kopie«, erklärte Bo weiter, »die sieht exakt gleich aus. Ernsthaft, ich kann keinen Unterschied feststellen. Die schiere Größe des Edelsteins lässt ihn komplett unwirklich erscheinen.«

Sherlock beugte sich vor. »Also, Nicholas, was wir vorhaben, ist, dass die Gala wie geplant stattfindet. Alle Gäste können staunen, die Kronjuwelen bewundern, ihren Sekt trinken, und keiner wird wissen, dass der Star der Ausstellung fehlt. Für heute Abend wird alles eitel Sonnenschein sein.«

»Ich weiß, es ist gewagt«, gab Bo zu. »Aber es ist auch machbar. Was meinst du, Nick?«

Gewagt war eine freundliche Umschreibung. »Mir gefällt der Gedanke, aber unter einer Bedingung. Onkel Bo, du musst den Direktor einweihen und ihn überreden, mitzuspielen. Erklär ihm, dass wir die Situation kontrollieren müssen, ehe die Medien sich die Story schnappen und wer weiß was daraus fabrizieren. Falls er Schwierigkeiten macht, erinnere ihn daran, dass es auch um seinen Job geht.«

»Er wird schon mitspielen«, folgte Savich dem Gedanken. »Spätestens, wenn wir ihn daran erinnern, dass das Met eine Selbstbeteiligung an der Versicherungssumme hat.«

Bo dachte einen Augenblick nach. »Gut, ich denke, ich kann den Direktor auf unsere Seite ziehen. Aber ich werde ihm beim Kopf meiner heiligen Mutter versprechen müssen, dass wir ihm seinen Stein zurückbringen. Er wird schon mitziehen, weil sein Kopf ebenso in der Schlinge steckt wie unserer. Und wenn Elaine nicht schuld ist, könnte der Dieb heute vielleicht auftauchen. Er weiß ja schließlich nicht, dass wir schon wissen, dass der Edelstein gestohlen wurde.«

»Der Dieb muss jemand sein, der die Sicherheitsvorkehrungen in allen Details kennt«, folgerte Sherlock. »Jemand, der gut geplant hat, welche Schwachstellen er wie ausnutzen kann. Es muss jemand sein, der nahe an der Ausstellung ist, der dir nahesteht, Bo. Also jemand, dem du vertraust. Ich denke, es ist recht wahrscheinlich, dass er oder sie heute auftaucht, und wenn es nur ist, um keinen Verdacht zu erregen. Um mehr Zeit zu erkaufen, für was auch immer er mit dem Diamanten vorhat. Oder aber, was auch sein kann, der Dieb ist schon lange verschwunden. Das sehen wir aber dann, wenn jemand ohne Erklärung fehlt.«

»Wenn Elaine York irgendwie involviert war und dafür sterben musste«, erklärte Savich, »dann ist da ja garantiert noch jemand im Spiel. Und diese Person ist gefährlich, derjenige schreckt offensichtlich nicht vor Mord zurück.«

Sie ließen den Gedanken auf sich wirken, bis Bo einen weiteren Punkt ansprach. »Wir dürfen nicht zu früh preisgeben, was wir wissen. Was sollen wir sagen, warum ihr drei heute anwesend seid?«

»Das ist einfach«, meinte Nicholas. »Erzähl ihnen doch die Wahrheit. Ich bin hier, um herauszufinden, wer meinen Inspector getötet hat. Und zwei weitere FBI-Agenten werden nicht groß auffallen, sag einfach, es seien noch unerwartete ausländische Gäste eingetroffen, die zusätzliche Sicherheitsmaßnahmen erfordern.«

Bo rieb sich einen Augenblick das kantige Kinn. »Das könnte klappen. Der Schlüssel zu dem Ganzen wird sein, heute alle und jeden bei der Gala zu beobachten. Wenn jemand fehlt, wissen wir mehr und können entsprechende Schritte unternehmen. Und ich verspreche euch, wer immer das war, ich werde ihn bis ans Ende der Welt verfolgen.«

»Entweder ist unser Dieb auch ein Mörder oder nicht«, brachte Sherlock es auf den Punkt. »Entweder er ist schon lange geflohen und wird nicht zur Arbeit erscheinen, oder er hält uns für unfähige Idioten und kommt, um sich die Show anzusehen.«

Bo hatte im Verlauf des Gesprächs deutlich an Energie gewonnen, er sah jetzt zumindest nicht mehr so aus, als ob er sich gleich erschießen würde. Aufgeregt rieb er die Hände aneinander. »Wir können das durchziehen, Nick. Ich kann es fühlen. Ich werde jemanden zum Flughafen schicken, um dich abzuholen und direkt zum Met zu bringen.«

Nicholas dankte ihm und verabschiedete sich von allen Beteiligten, dann beendete er den Anruf und schloss die Augen. Wie viel Zeit sie wohl würden kaufen können? Solche Sachen hatten die Angewohnheit, irgendwann ans Licht zu kommen, selbst wenn alle schworen, kein Wort darüber zu verlieren.

Eine Sache, die sein Onkel angesprochen hatte, war ihm im Kopf geblieben und nagte an ihm. *Es muss ein Meisterdieb gewesen sein.*

Ein Meisterdieb, der es durch die Hintergrundüberprüfungen geschafft hatte. Elaine als Verdächtige war einfach lächerlich. Das konnte und würde er nie glauben. Aber ein Meisterdieb, jemand, der entweder dafür angestellt wurde, diesen Diebstahl durchzuführen, oder der den Diamanten aus eigenem Antrieb gestohlen hatte und jetzt meistbietend verkaufen würde, ja, das war schon eher nach seinem Geschmack. Aber das würde kein gewöhnlicher Dieb hinbekommen. Das erforderte schon einen Meister seines Fachs, einen echten Profi. Eine Legende.

Das gab ihm einen Ansatzpunkt. Legenden gab es nicht so viele. Und wenn er den Dieb fand, konnte er Elaines Namen reinwaschen. Das war ein motivierender Gedanke.

Sein Flug würde planmäßig um 11:10 Uhr Ortszeit am John F. Kennedy International Airport landen. Nicholas nahm seine treue, alte Breitling vom Handgelenk und stellte sie auf die in New York verwendete Eastern Standard Time um. Er hatte noch gut sechs Stunden Flug vor sich. Mehr als genug Zeit, um eine Liste der berüchtigtsten Diebe der Welt zusammenzustellen.

Kapitel 10

Inspector Elaine Yorks Appartement, New York
Donnerstag, 04:00 Uhr

Mike zog leise ihre Glock aus dem Holster, ehe sie den Lichtschalter neben der Tür betätigte. Vorsichtig bewegte sie sich um die Ecke, die Waffe voran, in sicherem Abstand von einer potenziellen Gefahrenstelle zur nächsten schwingend. Schritt für Schritt schlich sie langsam durch den Eingangsflur, hin zum Wohnzimmer.

Paulie folgte ihr mit angemessenem Abstand. »Oh nein, das gefällt mir gar nicht.«

Mike arbeitete sich weiter vor, die Pistole immer schützend vor sich. Auf der Couch, halb heruntergerutscht, entdeckte sie den ebenso massiven wie leblosen Körper eines Mannes, dessen Gesicht blutunterlaufen war. Wunden oder ausgetretenes Blut konnte sie nicht erkennen. *Was ist hier passiert, Elaine? Hast du mit dem Typen gekämpft und ihr habt beide verloren? Aber wie bist du dann in den East River gelangt?*

»Meiner fachlichen Meinung nach ein schwerer Fall von tot«, kommentierte Paulie mit der entrückten Neugier, die Kriminaltechnikern wohl zur zweiten Natur wird. »Schau mal hier. Da steckt noch eine Spritze im Oberschenkel.«

»Bleib bei der Leiche. Ich muss erst sicherstellen, dass niemand mehr hier ist.« Als Nächstes sicherte sie das kleine Esszimmer mit der modern-effizienten Küchenzeile, dann kam sie zum Schlafzimmer. Sie hielt den Atem unter Kontrolle und die Waffe stets bereit. Für das Schlafzimmer benötigte sie nicht mehr als einen kurzen Blick, hier war alles unberührt. Was immer in der Wohnung vorgefallen war, es war am Schlafzimmer vorbeigegangen. Anschließend gelangte sie in das Badezimmer, das für eine Wohnung dieser Art erstaunlich groß war. Es glich einem Schlachtfeld.

Eine Lackmalerei von wildem Mohn hing schief an der Wand, der Inhalt von Yorks Make-up-Tasche war wahllos über die Ablagefläche verteilt. Auf dem Schminktisch waren diverse Flaschen umgeworfen worden. Der blaue Badezimmerteppich war in eine Ecke verrutscht, auf dem Boden lag eine Flasche Raumspray. Der Duschvorhang war gewaltsam zur Seite gerissen worden. Hier hatte der Kampf offensichtlich angefangen.

Mike zog ihr Handy aus der Tasche und informierte den Gerichtsmediziner und die Spurensicherung. Sie richtete sich darauf ein, dass die Nacht noch länger werden würde.

Als man Elaine gefunden hatte, hatte sie ihre normale Arbeitskleidung getragen, aber keine Schuhe. Mike versuchte, den möglichen Tathergang im Kopf zu rekonstruieren: Elaine kam von der Arbeit, es war ein langer Tag gewesen. Der Mann, der sie wohl begleitet hatte, blieb im Wohnzimmer und entspannte sich, während sie ins Badezimmer ging. Sie schlüpfte aus den Schuhen, massierte vielleicht die Füße etwas, ging dann zur Dusche. Vielleicht war der Mann aber auch schon vor ihr hier gewesen, im Badezimmer versteckt, und hatte sie angesprungen, als sie nahe genug am Duschvorhang stand. Sie hatte dann wohl um ihr Leben gekämpft. Der Kampf hatte sich von hier ins Wohnzimmer verlagert. Irgendwie musste sie es geschafft haben, die Spritze gegen den Angreifer selbst zu wenden, während er ihr gleichzeitig die Waffe entwunden und sie damit erschossen hatte. Nein, das war alles sehr konstruiert, es schien ihr nicht wahrscheinlich genug. Der Mann war groß und muskulös, nicht gerade jemand, der sich leicht überwältigen ließ. Elaine war bestenfalls einen Meter siebzig groß gewesen, trotz ihrer Ausbildung hätte er sie im Handumdrehen überwältigt.

Also musste wohl eine dritte Person im Spiel gewesen sein. Jemand, der sie beide umgebracht hatte. Das wiederum hörte sich ziemlich wahrscheinlich an.

Mike ging den Weg in umgekehrter Richtung zurück, wieder vom Bad ins Wohnzimmer, betrachtete den umgeworfenen Stuhl, die Sofakissen auf dem Boden, ein zersplittertes Glas bei der Ottomane. Hier hatte der Kampf geendet, genau dort, wo die Leiche lag. Der Mann hatte also mit ihrem Mörder gekämpft und den Kampf verloren. Jetzt war er tot und Elaine irgendwie im Fluss gelandet. Was auch immer hier wirklich geschehen war, der Mörder musste intelligent, schnell und stark sein. Er hatte sowohl einen massiven Muskelberg als auch eine geschulte Polizistin ausgeschaltet. Wahrscheinlich hatte er gedacht, dass Inspector York tot sei und die Wohnung verlassen. Nur, dass sie nicht wirklich tot gewesen war, noch nicht, zumindest nicht, bis sie in den East River gestürzt war.

Paulie stand über dem Opfer. »Irgendwas gefunden?«

»Eine Spur der Verwüstung. Zerbrochene und umgeworfene Sachen, vor allem im Badezimmer.«

»Komm, schau dir das hier an, Mike.«

»Hast du was gefunden?«

»Zuerst dachte ich, sein Gesicht wäre nur angelaufen, wie bei jemandem, der erwürgt wurde. Aber schau dir mal an, wie rot die Haut ist. Und sieh mal die Mundwinkel! Das schwarze Zeug hier.« Paulie beugte sich tiefer und schnüffelte. »Hmmm. Probier du es mal.«

An Leichen zu riechen, würde wohl nie zu einem ihrer Hobbys werden, aber sie folgte seiner Aufforderung und sog den Geruch ein: indisches Patschuli mit Knoblauch, vielleicht Zwiebeln. Und der typische Geruch eines toten Körpers.

»Sag schon, was soll ich hier riechen?«

»Mandeln.«

Sie richtete sich mit einem Ruck wieder auf. »Meinst du Cyanid?«

»Denke schon. In jedem Fall würde ich dir empfehlen, nicht zu nahe ranzugehen. Ich hatte schon ein paar Fälle von Cyanidvergiftungen, das hier sieht dem zumindest sehr ähnlich.«

Mike musterte den Körper aus der Entfernung. »Die Totenstarre ist eingetreten, hat den Anschein, als ob er schon einige Zeit tot ist. Was meinst du, einen Tag vielleicht?« Sie stülpte ein Paar Nitrilhandschuhe über und zog der Leiche behutsam das Portemonnaie aus der Gesäßtasche. »Laut seinem Führerschein haben wir es hier mit Herrn Vladimir Kochen aus Brighton Beach zu tun.«

Paulie kratzte sich am Hals. »Ich will ja keine voreiligen Schlüsse ziehen, aber du weißt schon, dass da ziemlich viele Russen rumlaufen und eigentlich alles von deren Mafia kontrolliert wird?«

»Dann zieh mal weiter deine Schlüsse und verrate mir, was ein Inspector von Scotland Yard mit einem Schläger der Russenmafia in ihrer Wohnung macht? Vielleicht alte Freunde und einfach nur schlechtes Timing?« Ja, ja, nicht sehr wahrscheinlich. Mike massierte sich die Stirn, erste Kopfschmerzen machten sich bemerkbar. »Das wird Zachery bestimmt total gefallen. Aber geht wohl nicht anders, ich muss ihn schon wieder aufwecken.« Aber als sie anrief, nahm er direkt beim ersten Klingeln ab und hörte sich gar nicht verschlafen an.

»Hey, Boss, wir haben hier noch eine Leiche, in Yorks Appartement. Ein Russe aus Brighton. Keine Anzeichen für einen Einbruch, die Wohnung sieht auch nicht durchsucht aus. Aber deutliche Kampfspuren. Der tote Russe hat eine Spritze im Bein stecken. Paulie denkt, es könnte Cyanid sein. Die Techniker sind unterwegs, ich melde mich wieder, wenn wir was rausfinden.«

Zachery stöhnte auf. »Wo um Himmels willen ist diese Frau da reingeraten? Nein, schon gut, das war rhetorisch gemeint. Macht einfach weiter und danke für die Info. Vergesst nicht, Captain Slaughter im NYPD zu informieren, damit er Bescheid weiß und Leute schicken kann, wenn er das FBI unterstützen mag.«

Der nächste Anruf ging also an Captain Slaughter. Dieser hörte sich deutlich verschlafener an, als Mike ihm berichtete, was sie in der Wohnung vorgefunden hatten. Das Gespräch endete damit, dass der Captain ihr versprach, einige Leute für die Absicherung und die Befragung der Nachbarn zu entsenden, solange sie ihn weiter auf dem Laufenden hielt. Er schien nicht wirklich unglücklich darüber, sich diesen Fall nicht aufhalsen zu müssen.

Draußen kamen Sirenen näher. Das musste das Team von der Spurensicherung sein. Schön, dass sie alle so viel Rücksicht auf den Schlaf der Nachbarn nahmen, die würden sich freuen.

Nur fünf Minuten später war auch der neue Gerichtsmediziner eingetroffen. Der Mann hieß Janovich, ein korpulenter Mann mit verschlafenem Blick, Tränensäcken unter den Augen und ersten grauen Strähnen im Bart. Noch jemand, dem sie den Schlaf geraubt hatte.

»Special Agent Michaela Caine«, begrüßte sie ihn mit ausgestreckter Hand. »Wir haben uns …«

»… bei dem Fall in Kirkland getroffen, ich erinnere mich.« Er schüttelte ihr kurz die Hand. »Hat man diese Irren eigentlich gefasst?«

»Ja, wir haben sie geschnappt.«

»Und was haben wir heute hier?«

»Die Wohnung hier gehört Inspector Elaine York, die ermordet aufgefunden wurde. Bei der Überprüfung der Wohnung haben wir noch eine weitere Leiche gefunden, einen Russen.«

»York, das ist die Frau, die man vorhin aus dem Fluss gezogen hat?«

Mike nickte. »Ja, genau. Aber der Typ hier ist bestimmt genauso interessant.« Sie führte ihn zu der Leiche. »Im rechten Oberschenkel steckt noch eine Spritze.«

Janovich strich sich mit langen Fingern über seinen ergrauenden Bart. »Ich muss zugeben, so was sieht man nicht alle Tage.«

»Ich lasse Sie dann mal Ihre Arbeit machen. Es wäre nett, wenn Sie mir den Befund mitteilen könnten.«

Mike wanderte erneut durch das Appartement, ging die diversen denkbaren Szenarien im Kopf durch und versuchte zu bestimmen, was genau hier vorgefallen war. Nur an sich selbst gerichtet murmelte sie: »Das ergibt alles keinen Sinn.«

»Was denn?«

Mike machte fast einen Luftsprung vor Schreck.

Ben hatte sich unbemerkt an sie angeschlichen.

»Was machst du denn hier?«

»Ich konnte nicht schlafen. Zachery hat mir eine Nachricht geschickt, dass ich hier vorbeikommen soll. Ich war ohnehin schon draußen unterwegs, daher hat es nicht lange gedauert.«

»Gut, ich bin auch froh, dass du hier bist. Kannst du vielleicht in der Notrufzentrale des NYPD nachforschen, ob irgendwelche Anrufe von York dort eingegangen sind? Ich werde mir in der Zeit mal den Rest des Gebäudes ansehen. Auf der anderen Straßenseite gibt es wohl eine Sicherheitskamera, davon werde ich mir die Bänder besorgen. Möglicherweise können wir da

York drauf finden – und vielleicht auch unseren Russen. Und mit ganz viel Glück sogar den Mörder.«

Sie war schon am Aufzug angekommen, als ihr Handy klingelte. Sie kannte die Nummer, hatte aber schon seit Wochen keinen nächtlichen Anruf mehr von ihr bekommen, nicht, seit Bo Horsley nicht mehr SAC des FBI in New York war. Ihr war sofort klar, dass etwas nicht stimmte.

»Sir? Was ist passiert?«

»Mike, schön, deine Stimme zu hören, auch wenn die Uhrzeit vielleicht nicht so ideal ist. Aber Zachery hat mich angerufen und informiert, dass da anscheinend noch mehr an Elaines Fall dranhängt, als wir zuerst gedacht hatten. Was hast du bisher entdeckt, Mike?«

In aller Eile gab sie ihm eine Kurzzusammenfassung dessen, was sie in der Wohnung vorgefunden hatte, zusammen mit einigen ihrer besseren Theorien, was vorgefallen sein könnte. »… daher denke ich, dass bestimmt noch eine dritte Person in der Wohnung gewesen sein muss. Aber wie alles abgelaufen ist, da bin ich noch unsicher.«

Bos Leitung war einen Augenblick still, sie meinte aber, ihn im Hintergrund mit jemand anderem reden zu hören. Schließlich drang Bos Stimme wieder klar und deutlich durch das Gerät. »Ich könnte da vielleicht eine schöne Überraschung für dich haben, Mike. Du hast doch bestimmt schon von Savich und Sherlock gehört?«

»Natürlich. Ich habe sogar schon mit Dillon Savich zusammengearbeitet, in einem Fall wegen eines chinesischen Cyber-Crime-Syndikats. Es war beeindruckend, ihm bei der Arbeit zuzuschauen.«

»Er hat seine Vorzüge, ja. Aber in diesem Fall könnte dir wohl eher Agent Sherlock weiterhelfen – ihre Spezialität ist die Tatortaufnahme. Sie ist da in etwa so talentiert wie Savich mit seinen Computern. Ein Blick auf den Tatort, und sie kann dir mitteilen, wann der Täter das letzte Mal die Unterhose gewechselt hat. Die beiden sitzen übrigens hier gerade neben mir und scheinen trotz der Uhrzeit noch putzmunter. Was meinst du, soll ich sie dir mal vorbeischicken? Sherlock meinte schon, sie könne gerne einen Blick auf deinen Tatort werfen, wenn du magst.«

Wie müde muss ich eigentlich sein, dass ich Hilfe an einem so simplen Tatort brauche, dachte Mike bei sich, hatte aber schon zugesagt, ehe der Gedanke abgeschlossen war. Im schlimmsten Fall würde sie sich so nicht alleine die Nacht unnütz um die Ohren schlagen. »Immer gerne, sie sollen nur kommen.«

»Gut«, bestätigte Bo. »Sie sind schon unterwegs. Aber noch eine andere Sache, Mike, du musst mir einen Gefallen tun. Milo meinte, dass es deine Aufgabe wäre, weil du die leitende Agentin für den Fall bist. Mein Neffe Nicholas ist auf dem Weg nach New York. Eigentlich lebt er in London und war bis zu ihrem Tod Elaines Boss. Sein Flieger landet kurz nach elf auf JFK, British Airways. Kannst du ihn vielleicht abholen und auf den neusten Stand bringen?«

Bos Neffe? Fantastisch. Vielleicht können wir ja auch noch Batmans Butler und Zacherys Schwiegermutter in den Fall mit einbeziehen.

Sie wusste natürlich, wer dieser Neffe war, wusste mehr über ihn, als ihr lieb war. Bo sprach ständig von ihm, dem Sohn von Bos Schwester und irgendeinem britischen Aristokraten. Wenn Bo nicht übertrieben hatte, war sein Neffe wohl so eine Art James Bond, der seinen Job als Superspion aus unbekannten Gründen an den Nagel gehängt hatte, um Scotland Yard beizutreten. Und damit nicht genug, jetzt wollte er sich auch noch in New York breitmachen. Ihre Kopfschmerzen wurden schlagartig stärker, als sie sich vorstellte, wie Mr Großspurig hereinmarschieren und sie alle in bestem Oxford-Englisch herumkommandieren würde. So ziemlich das Letzte, was sie jetzt brauchte.

»Wie war noch mal sein Name, Sir?«

»Erinnerst du dich echt nicht, Mike? Egal! Sein Name ist Nicholas Drummond und er ist Detective Chief Inspector bei New Scotland Yard.«

Detective Chief Inspector. Allein der Titel klang schon arrogant und überheblich. Sie warf einen Blick auf die Uhr, es war bereits nach vier. Mit Schlaf würde es heute wohl nicht mehr viel werden.

»Ja, geht in Ordnung, ich hole ihn ab.«

»Danke dir, Mike«, freute sich Bo überschwänglich. Seine Stimme klang ungewohnt energiegeladen.

Mike blickte das Handy einen Augenblick fragend an. »Aber jetzt mal unter uns, Sir. Wir kennen uns ja nicht erst seit gestern. Da ist doch noch mehr, was Sie mir nicht erzählen, oder? Worum geht es bei diesem Anruf wirklich?«

»Wirklich clever, Mike. Deine schnelle Auffassungsgabe war immer deine größte Stärke. Das und deine Diskretion.«

»Schon klar, Sir. Worum dreht es sich?«

Seine Stimme war kaum noch ein Flüstern, als er sie in das bestgehütete Geheimnis einweihte: »Der Koh-i-Noor wurde gestohlen.«

Kapitel 11

Zwanzig Minuten später trafen Savich und Sherlock in Elaine Yorks Appartement ein.

Die Tür des Aufzugs öffnete sich in das kriminaltechnische Äquivalent eines Ameisenhaufens. Savich und Sherlock marschierten durch die Tür am Ende des Ganges ins Zentrum der Aktivitäten und fanden dort eine junge Frau, die gleichzeitig frustriert, ungeduldig und übermüdet schien.

»Agent Caine?«, grüßte Savich sie. »Nett, Sie wiederzusehen.«

»Agent Savich.« Ein Lächeln zeigte sich auf ihrem Gesicht, als sie seine Hand schüttelte. »Ich bin dankbar für jede Hilfe, ich werde aus der Situation hier einfach nicht schlau. Danke noch mal, dass Sie sich mitten in der Nacht die Zeit genommen haben.«

»Es ist nicht wirklich eine Nacht wie jede andere«, winkte Savich ab und stellte ihr Sherlock vor.

»Dann will ich mal gucken, ob ich mehr herauslesen kann«, schlug Sherlock vor. »Damit wir vielleicht alle noch ein paar Stunden schlafen können.«

»Es ist alles so bizarr«, erklärte Mike, nachdem sie auch Sherlocks Hand geschüttelt hatte. »Ich meine, die ganze

Angelegenheit. Also, hier die Leiche mit der Spritze im Bein, Elaine York im East River …«

Savich unterbrach sie freundlich. »Bo hat uns schon über alles informiert, Agent Caine …«

»Bitte, nennen Sie mich doch Mike.«

Er lächelte. »Gerne, aber nur, wenn Sie Dillon zu mir sagen und wir das Siezen sein lassen.«

»Mich nennt jeder nur Sherlock«, fügte Sherlock hinzu.

»Es war schon immer mein Traum, Sherlock zu treffen«, witzelte Mike. »Nur bitte keine Pfeife am Tatort rauchen.« Als nur Schweigen als Reaktion auf den lahmen Witz kam, ruderte sie schnell zurück. »Tut mir leid, ich muss wohl wirklich übermüdet sein.«

Im Flur des Appartements standen noch vier Techniker, die ihnen gelegentliche Blicke zuwarfen. Mike stellte alle kurz vor, ehe sie die Techniker entließ. »Macht einfach eine Pause, vertretet euch kurz die Beine, ja? Fünf Minuten reichen.«

Savich nahm Mike beiseite. »Lassen wir Sherlock einfach mal machen, sie geht am besten alleine durch und verrät uns dann, was sie denkt. Habt ihr die Leiche schon identifiziert?«

»Ja, sein Name ist Vladimir Kochen, ein Russe aus Brighton Beach. Die Gegend gehört traditionell zur Russenmafia.«

Savich nahm Sherlock den Mantel ab und holte seinen Laptop aus der Tasche. »Alles klar, ich werde mal sehen, was MAX über Kochen ausspucken kann.« Er tätschelte sein Notebook fast liebevoll.

Ruhe kehrte im Appartement ein. Sherlock schritt langsam durch das Wohnzimmer. Sie sagte kein Wort, schaute sich nur alles an. Die Leiche. Die Spritze im Bein. Sie musterte alle Details im Wohnzimmer, danach erneut den leblosen Körper. Anschließend wanderte sie in Richtung Flur zum Badezimmer davon.

Einige Minuten später kehrte sie wieder zurück und wandte sich an Mike. »Also, ich hoffe, du hast keine zu hohen Erwartungen. Du musst verstehen, ich bin wirklich gut darin, Theorien zu entwickeln, aber die müssen natürlich nicht zwingend zutreffen, ich kann schließlich nicht hellsehen.«

»Ja, schon klar, ich verstehe das natürlich.«

Sherlock seufzte und schüttelte den Kopf. »Und es tut mir wirklich so leid.« Einen Augenblick schwiegen sie alle und betrachteten den zerwühlten Tatort.

»Ja, wirklich eine schlimme Sache«, stimmte Mike zu. »Hör mal, Sherlock, ich bin euch echt dankbar, dass ihr mitten in der Nacht gekommen seid, du hast es zumindest versucht, also …«

»Nein, du missverstehst mich«, unterbrach Sherlock. Sie trat einen Schritt zu dem toten Russen. »Mir tut diese ganze Situation hier leid, dieser sinnlose Verlust von Menschenleben. Also, zuerst dieser Mann hier. Er ist ein Fußsoldat, ein großer Mann, muskulös, durchtrainiert. Jemand, den man nicht so leicht überwältigt, hier muss man cleverer vorgehen.«

»Ein Soldat?«, fragte Mike verwirrt. »Woran hast du das erkannt? Wir wissen bisher nichts von einem militärischen Hintergrund, aber ich warte noch auf die Unterlagen.«

Savich blickte von seinem Laptop auf. »Nicht die Art Soldat. Was Sherlock meint, ist, dass Vladimir Kochen im Dienst der Russenmafia steht, als Fußsoldat, als Mann fürs Grobe. Hast du schon von den Anatolys gehört?«

Sherlock wirbelte so schnell herum, dass sie fast hingefallen wäre. »Du machst doch wohl Witze, Dillon? Der gehört ernsthaft zu Anatoly?«

Savich lachte kurz auf. »Ja, es ist doch wirklich eine kleine Welt.«

»Ich kenne Anatoly«, erklärte Mike, »und seine nicht ganz einwandfreien Verbindungen. Man sagt, er sei ein Kunstliebhaber und Sammler, außerdem ist er einer der wichtigeren Unterstützer des Met. Das würde schon passen, wenn er da irgendwie seine Finger mit drin hat. Aber wo sollen da die Verbindungen sein? Meintest du das mit der kleinen Welt?« Mike neigte den Kopf fragend zur Seite.

»Nicht ganz. Sherlock und ich sind zwar zur Eröffnung der Ausstellung hier, wir wollten das Juwel des Löwen ganz gerne sehen, aber eigentlich ging es uns darum, mit Andrei Anatoly zu sprechen. Dabei handelt es sich um ein Gemälde meiner Großmutter. Eigentlich ist die ganze Geschichte unserem Diamantenraub nicht unähnlich. Vor Kurzem war ein Kunsthistoriker, der das Lebenswerk meiner Großmutter erforscht, im Prado in Madrid und hat eins ihrer Gemälde dort als Fälschung erkannt. Er hat sofort den Direktor informiert, der sich dann an mich persönlich wandte. Nach dem, was wir herausgefunden haben, wurde das Bild erst vor kurzer Zeit gegen die Fälschung ausgetauscht, was auch zu den Gerüchten passt, die wir von der Abteilung Kunstraub zugespielt bekommen haben. Angeblich hat sich Anatoly wohl einem Informanten gegenüber damit gebrüstet, den *Night Tower* jetzt in seiner Sammlung zu haben.«

Mike war sprachlos. »Der *Night Tower*? Das ist ja nicht nur eine kleine Welt, das ist ja geradezu mikroskopisch. Das ist eins meiner Lieblingsgemälde. Ich war zwar noch nie in Europa, aber ich hatte immer schon mal vorgehabt, Urlaub in Madrid zu machen, damit ich den Prado besuchen kann. Willst du ernsthaft behaupten, deine Großmutter sei Sarah Elliott?«

Savich nickte. »Aber jetzt zurück zu diesem konkreten Teil unserer kleinen Welt! Was zum Teufel macht einer von Anatolys Männern hier mit dem Wächter des Koh-i-Noor?«

Keiner wusste eine Antwort. Also drehte sich Savich einen Moment später wieder zu Sherlock. »Also, was meinst du, was genau hier passiert ist?«

Sherlock wirkte inzwischen wieder richtig frisch, die Aufgabe schien sie neu belebt zu haben. Sie schlenderte in Richtung Badezimmer. Während sie ihre Gedanken erklärte, bewegte sie sich durch den Raum, um ihre Thesen mit den entsprechenden Indizien zu untermauern. »Also, wir suchen nach einem Mörder. Ich bin mir ziemlich sicher, dass es ein Mann war. Die Bewegungsmuster sprechen dafür. Ich denke, er war schon in der Wohnung, was vermuten lässt, dass er sich mit Einbrüchen auskennt. Wahrscheinlich hat er im Badezimmer gewartet, hinter dem Duschvorhang, wollte Inspector York wohl überraschen, mit der Cyanidspritze und der Betäubungspistole als Absicherung, falls es zu Schwierigkeiten kommt. So ist es dann auch gewesen – York muss etwas bemerkt haben, auf jeden Fall fand im Bad ein Kampf statt. Sie muss die Waffe wohl in ihrer Handtasche gehabt haben, daher das Chaos. Im Handgemenge löst sich ein Schuss, York wird getroffen.«

Sherlock kam wieder aus Richtung Badezimmer zurück ins Wohnzimmer. »Spätestens jetzt muss Kochen natürlich gewusst haben, dass da etwas nicht stimmt, und damit hatte der Mörder vielleicht nicht gerechnet. York war durch den Schuss in die Brust ausgeschaltet, also wandte sich der Mann dem gefährlicheren Gegner zu – Kochen sieht ja wahrlich nach jemandem aus, den man nicht im Nahkampf gegen sich haben will. Daher die Betäubungspistole, Kochen geht zu Boden, Spritze ins Bein, Gefahr gebannt.«

Sherlock kniete sich neben die Leiche und deutete auf etwas Schwarzes, das kaum erkennbar unter der Leiche lag. »Kochen war damit ausgeschaltet, aber der kurze Kampf, bis die Betäubung gewirkt hat, muss Elaine wohl die Zeit gegeben haben, die sie brauchte, um das Zimmer zu verlassen. Ihre Pistole hat der Mörder hier unter Kochen gesteckt, vielleicht, um uns auf eine falsche Spur zu lenken, ihm die Schuld am

Mord an Elaine York zuzuschieben. Wäre zumindest meine Vermutung.«

Mike zeigte sich beeindruckt. »Ja«, murmelte sie sprachlos. »Ich … ich denke, das passt, ich kann keine Lücken in dem Ablauf finden.«

»Sind ihre Sachen alle noch hier, Mike?«, fragte Sherlock.

»Ihr Laptop fehlt. Wir haben das Netzteil auf dem Schreibtisch gefunden, aber nicht das eigentliche Gerät. Ihre Tasche wurde durchwühlt, Geld und Karten sind jedoch alle da. Keine Ahnung, ob da sonst noch was fehlt. Ihr Handy haben wir auch gefunden. Die Frage ist, warum hat der Mörder den Computer mitgenommen? War vielleicht irgendwas darauf, was ihm Sorgen gemacht hat? Ich wundere mich auch ein bisschen über die Betäubungspistole, Sherlock, das war mir komplett entgangen …«

Savich winkte ab. »Der Gerichtsmediziner hätte das schnell genug herausgefunden, durch die Rückstände im Blut und die Einstichstelle, spätestens bei der Obduktion hätte er das ebenfalls gesehen. Sherlock hat uns einfach ein bisschen Zeit gespart.«

Mike akzeptierte es schweigend. Es war schon seltsam, sie fühlte sich gleichzeitig erschlagen vor Müdigkeit und doch aufgekratzt. Sie nahm Sherlock kurz dankbar in den Arm und schaute dann Dr. Janovich zu, der inzwischen zurückgekehrt war und sich daranmachte, Sherlocks Theorie zu überprüfen.

Tatsächlich entdeckte er schnell eine Einstichstelle, die nur bisher von der Jacke des Mannes verborgen gewesen war. Überrascht blickte er zu Sherlock auf.

Diese gähnte müde. »Tut mir leid, aber es war ein echt langer Tag. Wenn sonst nichts mehr ist, Mike, dann sehen wir uns … na ja, heute Abend wahrscheinlich. Bei der Gala. Ich weiß, das ist kein leichter Fall, aber wir kommen schon weiter. Versuch vielleicht auch noch, ein bisschen Schlaf zu bekommen, ja?«

»Und halte uns auf dem Laufenden«, schob Savich hinterher. Er schüttelte ihr kurz die Hand zum Abschied und nickte Dr. Janovich zu, dann waren die beiden auch schon weg. Mike blickte ihnen nach, wie sie ins Taxi stiegen und zurück in Richtung Chelsea losfuhren.

Mit einem letzten Blick auf den Tatort beschloss sie, es auch für heute gut sein zu lassen. Gerade zwanzig Minuten später war sie zu Hause. Ihr kam es vor, als hätte sie noch nie etwas so himmlisch Angenehmes verspürt wie ihr Bett.

Kapitel 12

John F. Kennedy International Airport
Donnerstag, 11:10 Uhr

Nicholas war schon einige Jahre nicht mehr in New York gewesen. Das letzte Mal hatte er zusammen mit seiner Mutter Onkel Bo besucht, er erinnerte sich noch gut daran, wie die vier Cousinen Nicholas' Mutter die ganze Zeit angehimmelt hatten. Jetzt kam er unter komplett anderen Umständen. Der Ort war so voller Energie, dass es ihn direkt ungewollt berauschte. Wie gerne hätte er dieses Gefühl mit Elaine geteilt, statt jetzt nur ihren kalten Körper in einer Kiste nach Hause zu bringen.

Direkt nachdem der Flieger aufgesetzt hatte, schaltete er sein Handy wieder ein. Eine neue Nachricht von Onkel Bo.

Agent Mike Caine wartet am Gate auf dich, bis bald.

Er schnappte sich seine Tasche und verließ das Flugzeug. Sein Blick schweifte über die Menschen in der Halle. Mike Caine. Interessanter Name. Was sich die Eltern wohl gedacht hatten? Er musste fast grinsen bei der Vorstellung, dass wirklich

Sir Michael Caine auf ihn zutreten und seine Tasche nehmen könnte.

Kaum dass er in die Haupthalle getreten war, fiel ihm eine Frau auf, die direkt auf ihn zuhielt. Groß, schlank, durchtrainiert, mit blonden Haaren, zum Pferdeschwanz gebunden. Eine dunkle Sonnenbrille steckte in ihrem Hemdkragen, unter der Lederjacke eine merkwürdige Ausbeulung. Sie trug eine Waffe im Hüftholster. Ihr Blick war so bestimmt, wie sie auf ihn zusteuerte und dabei alle anderen Menschen in der Halle ignorierte, dass er stehen blieb und wartete, bis sie direkt vor ihm stoppte.

»Special Agent Michaela Caine, FBI New York. Freut mich, Sie kennenzulernen«, erklärte sie, ohne zu zögern, und schnappte ein Lederheftchen mit Dienstmarke und Ausweis auf, auf dem deutlich die Buchstaben *FBI* zu erkennen waren. Dann reichte sie ihm die Hand. »Sie müssen Bos Neffe sein.«

Etwas überrannt schüttelte er ihre Hand. »Ja, das bin ich. Entschuldigen Sie bitte meine Verwirrung, ich hatte mit jemand Älterem gerechnet. Und eher mit einem Mann, wenn ich ehrlich bin.«

»Ja, passiert mir häufiger. Und ehe Sie es versuchen, ich kenne alle dazugehörenden Witze.«

»So was würde ich mir nie erlauben. Mein Name ist Drummond, Nicholas Drummond. Vielen Dank, dass Sie sich die Mühe machen, mich abzuholen.«

Sie konnte nicht verhindern, dass ihr Hirn dazu direkt »Bond, James Bond« einblendete. Das war also der berühmte Nicholas Drummond, Bos Neffe bei Tag, Superspion bei Nacht. Und jedes bisschen so, wie man sich den nächsten Bond vorstellen würde. Dunkle Haare und Augen, dazu dieses Grübchen am Kinn, unglaublich. Wahrscheinlich hatte er sich vor dem Flug rasiert, der leichte Anflug von Bartstoppeln passte aber gut in sein Gesicht. Ließ ihn gefährlich aussehen. Vom ersten Blick her wusste sie, dass er garantiert stur wie ein Esel sein würde und ein echter Weiberheld. Alleine schon die Art, wie er seine Augen über ihren Körper gleiten ließ. Mit dem würde sie noch viel Arbeit haben.

»Kein Problem. Wo ist Ihr Gepäck?«

Er schaute auf seine Ledertasche, die er im Handgepäck transportiert hatte. Dunkles Leder, weich wie Butter, alleine die Tasche hatte bestimmt mehr gekostet, als sie im Monat verdiente.

»Ich hatte leider keine Zeit, mehr als meine kleine Reisetasche zu packen. Ich habe den ersten Flug genommen, sobald ich davon hörte.«

»Gut, dann wollen wir mal. Mein Wagen steht hier drüben.« Sie verkniff sich jede sarkastische Bemerkung und leitete ihn zum Ausgang der Ankunftshalle. An der Tür angekommen, trat er einen schnellen Schritt vor, um ihr diese aufzuhalten.

So sehr sie die affektierte Art von Mr Superspion auch nervte, kam sie nicht umhin, einen Augenblick seinen Hintern zu bewundern. Noch eine Parallele zu James Bond. Was aber vielleicht nicht das Schlechteste war, wenn er ihr schon die nächsten Tage oder Wochen im Weg rumstehen würde.

Auf dem Weg durch das Terminal bemerkte Nicholas, dass Agent Caine einen forschen Schritt an den Tag legte, sie hielt spielend mit seiner eigenen Geschwindigkeit mit. Ihr blonder Pferdeschwanz wippte dabei wie ein Metronom. Mit einem Blick auf ihr Outfit war er froh, dass sie einen Wagen erwähnt hatte – sie trug Bikerstiefel aus schwarzem Leder, ohne erhöhte Absätze, dazu dunkle Jeans und einen Pullover mit tiefem Ausschnitt über ihrem weißen Hemd. Die schwarze Lederjacke rundete das Outfit ab, das auch zu einem eleganten Motorrad gepasst hätte.

Sie kam ihm ohnehin nicht wie die FBI-Agenten vor, die er bisher getroffen hatte. Was nicht zu viele gewesen waren.

Wenn er sie hätte einordnen müssen, würde er sie wohl als eine Kreuzung zwischen Bikerbraut und Bibliothekarin beschreiben. Wie jemand, der dich geflüstert zurechtweist, wenn du zu laut redest, und dir dann die Lederhandschuhe auf den Po knallt.

An der Rolltreppe ließ er ihr mit höflicher Geste den Vortritt. Sie zog eine Augenbraue hoch. »Danke, und es ist wirklich angenehm, Sie endlich kennenzulernen. Ich habe mehrere Jahre für Ihren Onkel Bo gearbeitet, er hat ständig von Ihnen erzählt. Nicht, dass wir ihm alles abgekauft hätten. Aber wenn ich es richtig verstanden habe, war er wohl der Grund, warum Sie überhaupt erst ein Cop geworden sind?«

Ihre Stimme war angenehm, sanft wie Honig, glatt und tief, ohne erkennbaren Akzent. Also stammte sie vermutlich aus dem mittleren Westen. Er schätzte sie auch recht jung ein, vielleicht Ende zwanzig oder Anfang dreißig. Natürlich war ihm der leicht sarkastische Tonfall nicht entgangen, sie schien ihm nicht wirklich zu vertrauen und freute sich bestimmt nicht über seine Anwesenheit, hatte aber wohl wenig Alternativen. Tja, so leid es ihm auch tat, damit würde sie irgendwie umgehen müssen, denn so schnell würde er nicht wieder verschwinden.

»Ihre Einschätzung ist da durchaus korrekt, Special Agent Caine, mein Onkel neigt tatsächlich gelegentlich zu Übertreibungen«, erklärte Nicholas in feinstem Oxford-Englisch und dankte im Stillen den Rhetorik-Kursen in Eton für dieses sonst so selten genutzte Talent. »Mein Vater war sehr angetan von meiner Entscheidung, New Scotland Yard beizutreten, auch wenn er es nie offen zugeben würde. Mein Großvater hingegen würde es bevorzugen, wenn ich meine Zeit mit erträglicheren Tätigkeiten verbringen würde, das Besteigen von Bäumen sollte das größte Ausmaß an Gefahr in meinem Leben sein, wenn es nach ihm ginge.«

Sie konnte nicht anders, sie musste grinsen, sowohl über seinen übertriebenen britischen Akzent wie auch über den

Gedanken, dass ihre Mutter sich wohl prächtig mit seinem Großvater verstehen würde. Aus der überstrengen Bibliothekarin wurde für einen Augenblick ein einfaches, nettes Mädchen mit Grübchen.

Nicholas ahnte, dass es nur einen Augenblick anhalten würde, aber zumindest war das Eis gebrochen.

Sie lächelte ihn versöhnlich an. »Wir werden uns ja wohl die nächste Zeit ertragen müssen, da wäre es vielleicht angebracht, wenn wir uns duzen? Ich bin Mike.«

»Gerne, ich bin Nicholas.«

»Nun denn, Nicholas. Es tut mir wirklich leid, dass wir uns unter solchen Umständen treffen. Nach allem, was ich gehört habe, war Elaine York eine wirklich gute Polizistin und ein liebenswerter Mensch. Uns allen geht ihr Tod sehr nahe.«

Ihm war klar, dass die Worte größtenteils einstudierte Floskeln waren, zu oft hatte er selbst eine Variante dieses Vortrags nutzen müssen. Aber er spürte, dass sie es trotzdem ehrlich meinte. Wenn ein Kollege starb, ging einem das immer nahe.

»Sie war mir sehr wichtig«, gestand er. »Nicht nur mir, uns allen. Wir werden sie sehr vermissen. Ich will unbedingt herausfinden, was da wirklich geschehen ist und warum man sie ermordet hat.«

Als sie schließlich vor dem Terminal ins Freie traten, schlug der New Yorker Winter unbarmherzig auf Nicholas ein. Er hoffte inständig, dass Nigel daran gedacht hatte, ihm gute Handschuhe einzupacken.

* * *

Während der Crown Vic aus dem Parkplatz glitt, zog der Mann ein Handy aus der Jackentasche. Billigstes Modell, ein typisches

Wegwerfhandy. Das Gespräch wurde beim ersten Klingeln angenommen.

»Ja?«

»Er ist hier. Nicholas Drummond.«

»Wie ist dein Eindruck?«

»Er sieht durchtrainiert aus, groß und kräftig, aber ein bisschen wie ein Schönling. Typisch britischer Bulle, trägt keine Waffe. Ich kann ihn ausschalten.«

»Du weißt, was dein Job ist. Folge ihm und berichte mir, was er und die FBI-Agentin tun. Pass auf, dass sie dich nicht bemerken, und komm ihnen nicht zu nahe. Wenn mehr erforderlich wird, lasse ich es dich wissen.«

»Verstanden, Sir.«

Er steckte das Handy weg und startete die Harley. So ein angenehmes Gerät. Schon eine Minute später hatte er den Polizeiwagen eingeholt. Das Mädel saß am Steuer, machte ihre Aufgabe ganz gut. Er sah, dass sie redeten. Nette Haarfarbe, ob sie wohl naturblond war? Vielleicht gab es später noch Gelegenheit, das zu prüfen. Sie war zwar eine FBI-Agentin, aber er machte sich keine Sorgen, dass sie ein Problem werden könnte. Sie sah eher aus wie das Mädchen von nebenan, das erwachsen spielt. Und der Typ? Mal sehen.

Er konnte geradezu die Stimme seines Chefs hören. *Lass die Finger von ihr, du Trottel.*

Zorn überkam ihn. Er war kein Trottel. Wenn der Kerl ihn nicht so gut bezahlen würde, hätte er ihm schon längst die Meinung gegeigt und seinen Spaß mit diesem Blondchen gehabt. Aber bei der Bezahlung war er gerne bereit, den Spaß etwas zurückzustellen. Und wenn er ganz ehrlich war, wusste er tief im Innersten, dass sein Auftraggeber auch ohne die Bezahlung ein Mann war, den man nicht verstimmen sollte.

Kapitel 13

Noch ehe die Türen des schwarzen Crown Vic geschlossen waren, kam Nicholas schon zur Sache. »Ist die Autopsie an Inspector York bereits abgeschlossen?«

»Ja, die Gerichtsmedizin hat vorhin angerufen, während ich am Flughafen gewartet habe. Die vorläufige Todesursache ist Ertrinken.«

Die neue Information überraschte ihn einen Augenblick. *Ertrunken?* »Ich dachte, man hätte sie erschossen?«

»Man hat sie angeschossen, aber der Schuss war wohl nicht die Todesursache. Erste Ergebnisse des Toxikologieberichts weisen geringe Spuren von Kaliumcyanid auf. Sherlock hatte recht – du wirst sie heute Abend kennenlernen, die Agenten Sherlock und Savich werden auch zu der Gala kommen.«

»Mein Onkel hat mir schon viel von ihnen erzählt, er kann kaum aufhören, von ihnen zu schwärmen. Der unglaubliche Savich, die umwerfende Sherlock, all so was.«

Sie blickte ihn einen Moment an. Das hörte sich ja fast bitter an, erstaunlich von Mr Superspion. Faszinierend, ob auch James Bond nur ein Mensch sein sollte? Obwohl, jetzt lächelte er schon wieder so widerlich charmant.

»Die Schusswunde und das Cyanid haben sie anscheinend so weit geschwächt, dass sie bewusstlos ins Wasser gefallen ist. Wir haben Aufnahmen von der Sicherheitskamera eines Ladens vor ihrer Wohnung, darauf sieht man, wie sie aus dem Gebäude taumelt und in Richtung des Flusses läuft. Wir sind uns noch nicht ganz sicher, warum – vielleicht war es einfach nur das motorische Gedächtnis der Muskeln auf Autopilot, sie folgte der Strecke, die sie normalerweise zum Joggen gelaufen ist. Vielleicht wollte sie auch Hilfe holen, die Strecke führt an einem Krankenhaus vorbei, nur hat sie es nicht bis dorthin geschafft.«

Mike unterbrach den Bericht einen Augenblick, um sich auf eine andere Spur einzufädeln. »Nahe der Hafenanlagen haben wir dann wieder ein Video, auf dem man sehen kann, dass sie nur noch unsicher taumelt. Die Uferbegrenzung an dieser Stelle ist lediglich etwa hüfthoch, auf dem Video hat es den Anschein, als ob ihre Augen geschlossen seien, als sie über die Brüstung stürzt. Wir gehen davon aus, dass sie ohnmächtig geworden und gestürzt ist.«

Er hörte nur »vermutlich ohnmächtig« und betete, dass es so gewesen sei.

Mike umkurvte drei Taxis, die ihr nachhupten und den Finger zeigten, und wechselte auf den Van Wyck Expressway. »Bei der Durchsuchung ihres Appartements haben wir einen toten Russen entdeckt, einen gewissen Vladimir Kochen. War wohl ein Fußsoldat für einen lokalen Zweig der Russenmafia, die Anatolys. Agent Sherlock meint, dass Yorks Mörder ihn mit einer Betäubungspistole erwischt und ihm dann Kaliumcyanid gespritzt hat. Die Gerichtsmedizin konnte das zwar noch nicht offiziell bestätigen, fand aber, dass es sehr wahrscheinlich sei.«

»Wie bitte? Ein Russe? Was hatte denn die russische Mafia in Elaines Appartement zu suchen?«

»Keine Ahnung«, gab Mike mit einem kurzen Seitenblick zu. »Savich und Sherlock waren gestern mit am Tatort. Wenn ich ehrlich bin, verdanke ich die meisten Erkenntnisse den beiden: Sherlock hat den Tathergang recht genau analysiert und Savich die Verbindung zu den Anatolys recherchiert.«

Das Gespräch wurde durch ihr Handy unterbrochen. Dr. Janovich.

Mike meldete sich, wechselte ein paar Worte, lauschte aber vor allem seinen Ausführungen.

»Das war die Gerichtsmedizin«, erklärte Mike Nicholas, nachdem das Gespräch beendet war. »Sherlock hat recht behalten. Sie haben Fentanyl im Blut nachgewiesen, ein recht effektives Betäubungsmittel. Wirkt fast sofort. Andere Frage: Hatte Inspector York eine Dienstwaffe oder eine private Schusswaffe?«

Nicholas dachte einen Augenblick nach. »Ja, sie hatte eine SIG Sauer P226. Sie hat sie aber nicht mit nach New York gebracht.«

»Hat sie je erwähnt, dass sie sich eine 22er geholt hat? Genau genommen eine Taurus PT-22?«

»Mir gegenüber nicht, warum?«

»Wir haben eine 22er in ihrem Appartement gefunden, unter der Leiche des Russen. Die Waffe stammt wohl von einem Schwarzhändler und wurde letzte Woche illegal erworben. Wir gehen davon aus, dass der Täter die Waffe unter die Leiche geschoben hat, um seine Spuren zu verwischen, vielleicht, um es so aussehen zu lassen, als ob York und Kochen sich gegenseitig getötet hätten.«

»Eine gut durchdachte Inszenierung also.«

»Ja. Wir wissen, dass die Taurus PT-22 Elaine gehört, sie hatte sich selbst einen Eigenbeleg ausgestellt und diesen in ihr Portemonnaie gesteckt. Die Ballistik hat auch bestätigt, dass die Kugel in Elaines Brust aus dieser Waffe stammt. Wir konnten keine brauchbaren Fingerabdrücke gewinnen, der Täter muss wohl Handschuhe getragen haben. Die Abdrücke auf den Kugeln stammen alle von Inspector York.«

Der Verkehr um sie herum verdichtete sich langsam, sodass Mike sich gelegentlich auf die Straße konzentrieren musste, ehe sie fortfuhr. »Ich meinte ja schon, dass wir ihr Handy gefunden haben. Das hat auch wenig ergeben, die letzten Anrufe waren alle zu Mitarbeitern im Met und ein paar Anrufe nach England zu ihrer Mutter. Wir haben bereits ihre kompletten Verbindungsaufzeichnungen angefordert, für das Handy und den Festnetzanschluss, aber so was dauert seine Zeit. Vor allem, weil ihr Handyvertrag im Ausland abgeschlossen wurde und über Roaming läuft, da gibt es eine Menge bürokratischer Hürden.«

»Wäre es nicht auch denkbar, dass die Quittung für die Waffe gefälscht war und ihr untergejubelt wurde?«

»Möglich, ja«, zuckte sie die Schultern, glaubte aber nicht daran. Vermutlich glaubte auch er es nicht wirklich. Und selbst wenn, was würde das schon ändern?

»Was ist mit ihrem Laptop? Habt ihr da was Nützliches gesichtet? Elaine hatte einen Tick, sie hat immer alles aufgezeichnet, vielleicht kann uns das weiterhelfen.«

»Leider haben wir den Laptop nicht. Ich denke, dass der Mörder ihn mitgenommen hat. Vielleicht einfach nur, um sicherzugehen, oder vielleicht gab es wirklich etwas Belastendes in diesen Aufzeichnungen.«

Nicholas trommelte mit den Fingern auf das Armaturenbrett. »Sie war ein vorsichtiger Mensch, die meisten Aufzeichnungen werden nicht nur auf ihrem Computer liegen. Sie hatte eigentlich immer Kopien in der Cloud, auch, weil sie ungerne ihren Laptop überall mitschleppte. Ich wusste mal das Passwort für ihren Account, wenn wir Glück haben und sie die Zugänge nicht geändert hat, kann ich da vielleicht was entdecken. Und wenn sie es doch geändert hat, muss ich, sagen wir mal, kreative Methoden ausprobieren.«

»Im Sinne davon, ihren Account zu hacken?«

»So was in der Art«, kommentierte Nicholas ausdruckslos.

Mike warf ihm einen scharfen Blick zu, der ihn fast zum Lachen brachte.

Der Gedanke alleine schien ihr schon zu missfallen. Er konnte es ihr nicht verübeln. Die Arbeit mit dem FBI würde für beide Seiten zu einer interessanten Erfahrung werden.

»Gut, das zu wissen, aber wir haben selbst genug Computerexperten im Büro. Ich würde es bevorzugen, dass einer von denen die Dateien von Inspector York untersucht. Wir wollen ja nicht, dass am Ende der Prozess vor Gericht noch wegen eines Formfehlers der Ermittler scheitert.« Sie blieb zwar ruhig und freundlich, aber die Warnung war nicht zu überhören.

Akzeptiert, dachte er bei sich. »Natürlich, das verstehe ich.« Als ob er sich einfach so zurücklehnen und zusehen würde, wie irgendein Nerd beim FBI seinen Job machte. Zuständigkeitsbereiche schön und gut, aber hier ging es um Elaine und ihren guten Namen.

Kapitel 14

Hinter der Betonbegrenzung des Highways kam die Skyline von Manhattan in Sicht, kalt und unwirtlich. Der Verkehr geriet immer wieder ins Stocken, also holte Mike die Sirene heraus und befestigte sie auf dem Dach. »Tut mir leid wegen des Lärms, aber wir müssen uns beeilen, um in die Innenstadt zu kommen.« Die langsameren Wagen gaben eine Gasse frei, sie konnte Gas geben.

»Wenn mein Onkel dich geschickt hat, um mich abzuholen, kann ich davon ausgehen, dass er dir auch von der anderen Kleinigkeit erzählt hat?«

Also wusste er über *alles* Bescheid. Das gefiel ihr gar nicht. Andererseits, was geschehen war, war geschehen, und wenn sein Hirn ähnlich gut entworfen war wie sein Hintern, konnte er vielleicht noch nützlich sein. Vielleicht. Mit dem richtigen Ausbilder konnte schließlich auch der sturste Rottweiler zu einem patenten Polizeihund werden.

»Du meinst den gestohlenen Diamanten? Ja, ich weiß Bescheid. SAC Horsley … entschuldige, Bo, ich habe mich immer noch nicht daran gewöhnt, ihn so zu nennen, nachdem er jahrelang mein Chef war. Also, Bo meinte, du würdest mir die Details schildern. Wir sind jetzt gerade zum Met unterwegs, da werden wir Bo und die Kuratorin der Ausstellung treffen. Um herauszufinden, wer überhaupt wie viel weiß.«

»Ich kann schon mal weitergeben, was Bo mir bisher berichtet hat.« Nicholas fasste die Ereignisse kurz zusammen.

Mike hörte schweigend zu, nahm jedes Wort auf, ohne zu unterbrechen.

Er spürte, dass sie etwas sagen wollte, nicht über den Diebstahl, sondern über etwas anderes, sich aber zurückhielt. Warum? Wollte sie nach wie vor nicht anerkennen, dass sie beide Partner in dieser Sache waren? Irgendwie musste er diese Mauer aus Misstrauen durchbrechen, ihr negatives Bauchgefühl, das nur daher kam, weil er ein Außenstehender war, der sich in ihre Ermittlungen einmischte. Er brauchte sie auf seiner Seite, zumindest im Moment.

»Ich nehme an, du hast eine Verbindung zwischen Elaine und dem fehlenden Diamanten aufgedeckt, die ich noch nicht kenne?«

Mike wählte ihre Worte sorgfältig, sie wollte den Mann nicht verprellen, zumindest jetzt noch nicht. »Wäre es möglich, dass sie ihre Finger im Spiel hatte? Wäre sie dazu fähig, uns allen über Monate etwas vorzuspielen?«

Er blickte sie genau an, sein Arm entlang der Rückenlehne ausgestreckt. »Ich sage das jetzt nicht, weil sie meine Freundin war, meine Kollegin. Ich habe es auch schon Onkel Bo und Savich und Sherlock erklärt. Einfach schon der Gedanke, dass sie den Diamanten gestohlen haben könnte, ist komplett abwegig, es passt nicht zu ihrer Persönlichkeit. Ich kann mir nicht vorstellen, dass sie das Gesetz brechen könnte, um sich selbst zu bereichern. Und welchen anderen Grund könnte es geben, einen Diamanten zu stehlen? Sie hat immer für die richtige Seite gekämpft, sie hasste Verbrechen regelrecht, wenn du das nachvollziehen kannst.«

Mike nickte. »Kann ich. Hier beim FBI empfindet jeder so. Deshalb stellen wir auch die beste Polizei der Welt – ohne New Scotland Yard zu nahe treten zu wollen.«

»Passt schon. Warum sollte man auch was Böses gegen Scotland Yard sagen wollen?« Einen Augenblick herrschte eisiges Schweigen. Ihr Patriotismus in Ehren, aber er würde es jederzeit mit jedem im FBI aufnehmen. Hier jedoch handelte es sich um mehr als um persönliche Streitereien. »Wollen wir im Endeffekt nicht eigentlich alle dasselbe?«, schlug er daher versöhnlich vor.

Der Sturm war noch nicht vorüber. Er konnte förmlich spüren, wie die Spannung im Wagen greifbar wurde. Drei, zwei, eins – ja, da war es.

Sie drehte sich zu ihm mit diesem leicht geneigten Kopf, einem Tick, den er so langsam zu deuten wusste. »Wir sollten uns aber darüber einig sein, dass aktuell alle Beweise in eine bestimmte Richtung deuten«, erinnerte sie ihn kühl. »Es ist nur eine logische Schlussfolgerung, dass Inspector York in den Diebstahl verwickelt ist. Es geht hier um mehr als nur um Loyalität gegenüber früheren Kollegen, ich hoffe, das ist klar?«

Darum drehte es sich also. Sie machte sich Gedanken, dass seine persönlichen Gefühle sein Urteilsvermögen trüben könnten. Gut, er wäre vermutlich auch misstrauisch, gerade bei Leuten, die neu ins Team kamen – und ganz besonders unter diesen Umständen.

»Kein Problem für mich.«

»Okay.«

Nach einer Minute Schweigen ergriff Nicholas wieder das Wort. »Jetzt, wo wir beste Freunde sind, sollten wir vielleicht mal darüber reden, wie ein unbezahlbarer Diamant aus einer Ausstellung verschwinden kann, die von mehr oder weniger jedem neugierig beäugt wird, während die kompetentesten Sicherheitskräfte der Welt darum herumstehen?«

Mike visierte ihn kurz böse an, akzeptierte den Sarkasmus aber, er war schließlich nicht unverdient. »Ich glaube, wir sind uns alle dessen bewusst, dass es ein Insider gewesen sein muss. Funktioniert eigentlich gar nicht anders. Es muss wohl dieselbe Person gewesen sein, die auch den Stromausfall ausgelöst hat, jemand, der der Ausstellung wirklich nahesteht und Gelegenheit hatte, an die Kopien des Edelsteins zu gelangen, die Peter Grisley besaß. Und jemand, der geschickt genug war, um den Tausch in gerade einmal fünf Minuten vorzunehmen.«

Kapitel 15

»Was haben denn die Kriminaltechniker bisher geliefert? Wie genau wurde der Diamant gestohlen und durch die Kopie ausgetauscht?«

Mike setzte zur Antwort an, der Versuch endete aber in einem Gähnen.

»Nicht viel Schlaf gehabt?«

»Tut mir leid. Ich war fast die ganze Nacht wegen des Falls unterwegs. Ich habe zwar vier Stunden geschlafen, aber wirklich fit bin ich nicht. Ich brauche dringend einen Kaffee, um mich aufzumuntern.«

Mike streckte sich kurz im Sitz und rieb sich über das Gesicht, um wacher zu werden. »Also, wo waren wir … SAC Hors…, nein, Bo, wird uns gleich berichten, was er gefunden hat, und von meiner Seite steht schon ein Technikerteam bereit. Die werden den Raum gleich nach dem Gespräch mit Bo unter die Lupe nehmen, überall Fingerabdrücke sammeln, auch auf der Fälschung des Koh-i-Noor. Und versuchen herauszufinden, wie man die Ausstellungsvitrine aufbekommen hat.«

»Onkel Bo hat mir berichtet, dass in den letzten drei Tagen laut den biometrischen Berichten niemand außer ihm und Elaine den Raum betreten hat. Ausgenommen die fünf

Minuten, in denen das System ausgefallen war, natürlich. Ich glaube wirklich nicht, dass Elaine da mit drinsteckt. Und wenn das alles so stimmt, sitzt der Dieb inzwischen wahrscheinlich schon lange im Flieger, um den Edelstein außer Landes zu bringen. Ich bin da mit Onkel Bo einer Meinung, das war die Arbeit eines Profis, und ein Profi bleibt nicht am Tatort, um sein Genie zu feiern.«

Mike nickte und bedeutete ihm fortzufahren.

»Onkel Bo meinte auch, dass niemand im engsten Kreis der Mitarbeiter der Ausstellung die Fähigkeiten besitzen würde, so was durchzuziehen. Aber da wird man wohl noch einmal alle Hintergrundüberprüfungen auswerten müssen – zumindest für alle, die nahe an den Ausstellungsraum gelangen konnten. Wie viele mögen das sein? Vielleicht ein Dutzend Menschen, maximal?«

»Könnte hinkommen.«

»Außerdem muss viel Geld geflossen sein. Wir müssen also sowohl untersuchen, wer ein Interesse an einem solchen Diebstahl haben könnte, als auch, welche Diebe überhaupt infrage kommen könnten. Ich habe eine Liste all jener Diebe weltweit zusammengestellt, die meiner Meinung nach die Ressourcen und Fähigkeiten für so was hätten.«

Jetzt musste Mike lächeln. »Du erinnerst dich an den toten Russen, den wir in Yorks Appartement gefunden haben? Den Fußsoldaten von Anatoly? Jetzt halt dich fest! Andrei Anatoly wird auch seit Langem verdächtigt, mit gestohlenen Juwelen zu handeln, abgesehen von anderen kriminellen Tätigkeitsbereichen. Ich habe schon einige Leute abgestellt, die Andreis Aktivitäten der letzten Wochen genauestens durchleuchten. Und, falls ich es noch nicht erwähnt hatte: Andrei ist ein Kunstliebhaber und Mäzen, er wird heute Abend auch bei der Gala sein. Vielleicht können wir ihn da für ein kurzes Gespräch gewinnen.«

»Ich nehme an, du weißt, dass Savich und Sherlock ebenfalls mit ihm reden wollen?«

Mike nickte. »Es hat mich total umgehauen, dass Dillon Savich mit Sarah Elliott verwandt ist. Die beiden glauben, dass Anatoly das Gemälde *Night Tower* aus dem Prado in Madrid gestohlen haben könnte. Die beiden Fälle weisen einige Parallelen auf und ich glaube nicht an den Zufall.«

»Ich eigentlich auch nicht. Ich werde meine Liste auf alle Kontakte zu Andrei Anatoly und seinen Leuten überprüfen, eventuell gibt es eine Verbindung. Vielleicht wollte Anatoly ja einen der berühmtesten Diamanten der Welt seiner Sammlung hinzufügen.«

»Wäre denkbar«, stimmte Mike zu. »Wir müssen ebenfalls herausfinden, ob Bo wirklich sicher ist, dass der echte Koh-i-Noor hier eingetroffen ist. Ich meine, wäre doch auch denkbar, dass es schon die ganze Zeit eine Kopie war und es nur niemand gemerkt hat, oder?«

»Haben wir schon bedacht. Der Koh-i-Noor wurde wohl zusammen mit allen anderen Edelsteinen in England getestet, ehe sie verladen wurden, und dann erneut hier in New York nach der Ankunft. Und ein drittes Mal vom Museum selbst, unter Aufsicht der Fachleute von der Versicherung. Da geht es schließlich um astronomische Summen.«

»Die Kronjuwelen sind in speziellen Vitrinen ausgestellt, Sonderanfertigungen aus fünf Zentimeter dickem Sicherheitsglas, kugelsicher und absolut unzerbrechlich. Dazu die technische Überwachung. Der Stromausfall war der einzige Moment, den wir nicht zurückverfolgen können.«

»Ja, eindeutig ein Insider«, stimmte Nicholas zu. Er konnte an Mikes Gesicht ablesen, dass dieser Insider ihr zufolge Elaine York hieß.

Mike zog den Crown Vic über vier Spuren und wechselte auf die Robert F. Kennedy Bridge, welche sie nach Manhattan bringen würde. »Zehn Minuten noch, dann sind wir da. Wenn Gott uns gnädig ist und der Verkehr nicht schlimmer wird.«

Er massierte sich den Nacken. »Noch so früh und war doch schon ein langer Tag.«

»Kann ich mir vorstellen, aber leider wird er noch länger werden. Die Medien werden sich auf uns stürzen, alleine schon wegen des Mordes an Inspector York. Einige der großen Sender haben bereits erste Berichte gebracht. So, wie es normalerweise abläuft, werden jetzt alle versuchen, einander zu überbieten. Sie werden Fragen nach den Zusammenhängen stellen, sogar die Sicherheit der Kronjuwelen in den USA auf den Prüfstand stellen. Und das sind nur die amerikanischen Medien, wie es bei der BBC und der Regenbogenpresse aussieht, will ich gar nicht wissen. Die spitzen bestimmt schon ihre Mistgabeln an und entzünden ihre Fackeln, um ihre heiligen Juwelen zurückzuholen. Und sobald sie etwas über Kochens Verbindung zu Anatoly herausfinden, geht der Spaß erst richtig los.«

Er hatte vorhin im Terminal im Vorbeigehen CNN gesehen, ihr aber lieber nichts davon gesagt. »Tja, also sollten wir wohl froh sein, dass sie noch nichts von dem verschwundenen Koh-i-Noor wissen.«

»*Noch* ist hier das Schlüsselwort. Wenn wir den Diamanten nicht zurückhaben, ehe die Presse Wind davon bekommt …« Ein Schauer überlief sie. »Ich will lieber gar nicht daran denken.«

Nein, stimmte er ihr im Stillen zu, *besser nicht.*

Sie fuhren einige Minuten schweigend, ehe Mike wieder das Wort ergriff. »Gut, eine These, lass mich einfach mal reden, ja? Sagen wir mal, dass Elaine York von Anfang an in den Diebstahl involviert war. Warum hätte sie das tun sollen? Geld wäre das naheliegendste Motiv. Eine Menge Geld. Also knüpft sie irgendwie Kontakt zu dem Russen, stiehlt den Diamanten für ihn und sowohl sie als auch ihr russischer Wachhund werden umgebracht. Wahrscheinlich von den Leuten, denen sie den Diamanten geben sollten. Das würde heißen, dass Anatoly den Koh-i-Noor hat und dass York sowie Kochen von einem anderen seiner Leute umgebracht wurden.«

Da Nicholas schlecht seine Fahrerin erschießen konnte, ließ er sie reden und zwang sich, ruhig zu bleiben. »Gut, gehen wir mal diese These durch. Was käme dann als Nächstes?«

»Alternativ könnte Inspector York natürlich auch einen Plan aufgedeckt haben, die Juwelen zu stehlen, und wurde beim Versuch, die Verbrecher zu stoppen, selbst erschossen.«

»So lieb mir das auch wäre, Onkel Bo hat recht damit, dass sie direkt zu ihm gekommen wäre, sofern sie etwas aufgedeckt hätte. Das können wir also streichen.«

Sie riss den Lenker herum, um einem wild gewordenen Fahrradkurier auszuweichen. »Puh, so ein Idiot! Gut, also lassen wir mal Inspector York beiseite. Gäbe es denn überhaupt Käufer für so was wie den Koh-i-Noor?«

»Es existieren bestimmt private Sammler, die wirklich alles dafür zahlen würden, ein so einzigartiges Objekt zu besitzen. Und dann sind da noch die diversen Länder, die Anspruch auf den Edelstein erheben. Indien fordert fast einmal pro Jahr die Rückgabe, aber auch Pakistan und Iran sehen sich als rechtmäßige Besitzer. Alle drei Länder haben den Edelstein irgendwann in ihrer Geschichte mal besessen, Indien davon am längsten. Königin Victoria war einfach nur die Letzte, der der Stein in die Hände geriet.«

»Iran und Pakistan? Könnte es sich vielleicht um irgendwelche Nationalisten handeln, die aus patriotischen Gründen handeln?«

»Ich bezweifle es, vor allem, wenn Anatoly mit im Spiel ist. Vielleicht hat er auch einfach nur vor, den Stein in viele kleinere Steine zu zerlegen, aber das scheint mir auch nicht so wahrscheinlich. Der Koh-i-Noor ist als Ganzes deutlich wertvoller als zerlegt.«

»Also haben wir es wohl mit einem privaten Sammler zu tun. Jemandem wie Anatoly.«

»Ja, wenn er ausreichende Mittel hat«, nickte Nicholas. »Aber auch, wenn es nicht Anatoly selbst war, hätte ich da noch eine ganze Reihe möglicher Käufer im Hinterkopf, die an einem solchen Stück interessiert wären.«

Kapitel 16

Metropolitan Museum of Art
Donnerstag, 12:30 Uhr

Das Metropolitan Museum of Art, kurz Met, lag an der Kreuzung Fifth Avenue und East 82nd Street, direkt vor dem Hintergrund des herrlichen Central Park. Zwischen den Säulen vor dem Museum hingen drei riesige Banner in Rot, Purpur und Gold, welche die Ausstellung »Juwel des Löwen« ankündigten. Auf jedem war eine meterhohe Abbildung der Krone der Königinmutter zu sehen, zu dem Zeitpunkt der Aufnahme natürlich noch mit dem echten KohiNoor geschmückt.

Mike hatte schon vor einigen Minuten Sirene und Blaulicht ausgeschaltet, damit sie nicht Aufsehen erregen und die Leute auf komische Gedanken bringen würden. Etwa eine Kreuzung vom Met entfernt fanden sie einen Parkplatz, die letzten Meter gingen sie zu Fuß. Vor dem Museum eilten die Menschen im eisigen Wetter von einem geschützten Platz zum nächsten, die amerikanische Flagge ruckelte und knallte im scharfen Winterwind.

Nicholas ließ den Blick über das Museum und den Vorplatz schweifen. Es war wie eine Berufskrankheit: Er machte automatisch die ideale Position für einen Scharfschützen und fünf mögliche Stellungen aus, an denen sich ein Irrer mit einem Gewehr gut verschanzen könnte. Der Verkehr floss, die Passanten liefen an ihnen vorbei, ohne groß auf sie zu achten.

Natürlich würde nichts geschehen, aber irgendwie überkam ihn doch eine Gänsehaut. Er stellte sich vor, wie Elaine hier die letzten vier Monate jeden Morgen die Stufen hochgestiegen war, quicklebendig und sorglos, zum nächsten normalen Tag bei der Arbeit. All ihre Energie, all ihre Zeit, alles war auf diesen Ort konzentriert gewesen.

Tief in seinem Innersten fühlte Nicholas, dass Mike und sein Onkel eigentlich recht hatten. Der Dieb musste jemand sein, der jedes Detail der Ausstellung bestens kannte und der in der Lage war, seine Spuren perfekt zu verbergen. Aber das musste auch auf andere zutreffen, nicht zwingend auf Elaine hinweisen. Er kannte sie, wusste, was für eine Art Mensch sie gewesen war. Ihm würde nichts anderes übrig bleiben, als den Diebstahl aufzuklären, um so auch ihren Mörder zu finden. Und ihren guten Namen zu retten.

Als sie vor den Stufen zum Eingang standen, hielt Nicholas kurz an. »Es scheint, als ob das Museum die Gala für die Ausstellung schon vorbereitet. Das muss ein ziemliches Ereignis werden, oder?«

Mike nickte und zeigte auf die Absperrungen. »Die blauen Gatter hier sollen die geladenen Gäste zu den entsprechenden Eingängen leiten. Die Kollegen vom neunzehnten Revier des NYPD werden helfen, die Straßen abzusichern. Das würde das Met sonst nicht hinbekommen. Die haben zwar gut sechshundert Mitarbeiter, aber mit einer Veranstaltung dieser Größenordnung wäre die interne Sicherheit alleine überfordert. Sieh dir nur mal an, wie gigantisch der rote Teppich ist, den sie über die Treppe rollen werden. Alleine die Parade über den Teppich wird schon eine Show für sich werden. Wir gehen davon aus, dass heute Rekordzahlen erreicht und wir mehr

Paparazzi, Blogger und offizielle Medienvertreter sehen werden als bei allen anderen Eröffnungen des Jahres.«

Am oberen Ende der Stufen registrierte Nicholas eine junge Frau mit einem braunen Pferdeschwanz, die zu ihnen hinabblickte und offensichtlich auf etwas oder jemanden wartete. Als er ihren Blick erwiderte und ihr zunickte, lächelte sie erleichtert. Sie hob grüßend die Hand und winkte sie zu sich hinauf, während sie vorging, zurück in die warme Vorhalle des Museums.

Nicholas machte Mike auf die Frau aufmerksam. »Das ist die Kuratorin, Dr. Victoria Browning. Ich habe mir vorhin auf dem Flug online ihre Unterlagen angesehen. Onkel Bo meinte schon, dass sie hier auf uns warten würde.«

Sie folgten ihr durch den gut gefüllten Eingangsbereich. Während sie sich durch die Besuchermengen drängten, nahm Nicholas mindestens sieben Wachleute wahr, einige davon in Uniform, andere in normaler Kleidung. Wahrscheinlich waren hier noch mehr Sicherheitskräfte unterwegs, bei den Menschenmassen im Foyer konnte er nicht alles überblicken. Der rote Teppich war bereits auf der großen Treppe entrollt, eine leuchtende Spur hinauf zu der noch verschlossenen Tür der Sonderausstellung. Aber auch ohne diese einmalige Ausstellung, die der offiziellen Eröffnung entgegensah, ging es im Museum zu wie in einem Bienenstock.

Dr. Browning wartete am Ansatz der Treppe auf sie. Sie war sehr professionell gekleidet, ein knielanges, graues Kleid über schwarzer Strumpfhose, gehalten von einem sehr breiten, weißen Gürtel. Dazu trug sie schwarze Lederstiefel mit hohen Absätzen. Trotz des eleganten Erscheinungsbilds schien sie erschöpft und abgekämpft, die dunklen Ringe unter den Augen waren trotz des Make-ups deutlich zu erkennen.

»Sie müssen Dr. Browning sein. Mein Name ist Drummond, Nicholas Drummond, von der Metropolitan Police, und das hier ist Michaela Caine, Special Agent des FBI.«

»Freut mich, und ja, ich bin Dr. Browning. Mr Horsley wartet oben auf uns, folgen Sie mir bitte.«

Nicholas meinte, einen leichten schottischen Akzent rauszuhören. Er erinnerte sich an ihren Lebenslauf, sie war in Roslin geboren und aufgewachsen, einem kleinen Dorf unweit von Edinburgh. Er wollte es aber nicht zu direkt ansprechen, damit sie nicht den Eindruck bekam, dass er sie überprüft und ihre Hintergrunddaten gecheckt hatte. »Schön, einen bekannten Akzent zu hören. Ich tippe auf Edinburgh?«

Browning lächelte, die weißen Zähne und leichten Grübchen ließen sie einen Augenblick wie ein kleines Mädchen erscheinen. »Sehr gut, Detective Chief Inspector. Ich komme aus Roslin.«

»Ein sehr schönes Dorf«, erinnerte sich Nicholas. »Aber wahrscheinlich stets voller Touristen auf dem Weg zur Kapelle?«

»Ja, der ›Da Vinci Code‹ war wohl Segen und Fluch für unser Dorf. Aber auch ohne den Film wollte ich da schon immer weg, also habe ich in Edinburgh Archäologie studiert. Nach dem Studium hatte ich das Glück, ein Stipendium für die Forschung auf dem Gebiet Kulturerbe und Kunstraub zu erhalten. Diese Expertise habe ich bei meiner Arbeit im Met gut nutzen können. Ehe ich Kurator für die Ausstellung ›Juwel des Löwen‹ wurde, war meine Hauptaufgabe die Bestimmung der Provenienz von Objekten aus dem Nahen Osten und Indien, zwei Regionen, auf die ich mich spezialisiert habe. Sie wären erstaunt, wie viele Fälschungen wir hier entdecken.«

»Wie ironisch«, merkte Mike an.

Dr. Browning lachte nur kurz humorlos auf. »Agent Caine, Sie können sich das gar nicht vorstellen. Aber lassen Sie uns doch woanders weiterreden, ehe ich noch diese Menschenmengen hier anschreie.«

Sie führte die beiden zu einem übergroßen Transportaufzug. Sie musste sowohl einen Schlüssel umdrehen als auch ihre weiße Zugangskarte über den schwarzen Kartenleser ziehen, ehe sich der Fahrstuhl in Bewegung setzte. Kaum dass die Türen sich geschlossen hatten, sackte sie müde in sich zusammen, ihr Gewicht nur durch die Ecke des Aufzugs gehalten, die Arme vor der Brust verschränkt. »Entschuldigen Sie bitte, aber ich bin komplett fertig. Ich habe nicht wirklich viel Schlaf gefunden. Erst Elaine, dann jetzt der Koh-i-Noor, das war wirklich keine gute Woche. Und jetzt müssen wir auch noch gute Miene zum bösen Spiel machen und die Gala mit einer Fälschung abhalten.«

»Keiner wird wissen, dass es nicht das Original ist«, beschwichtigte Nicholas. »Das wissen Sie so gut wie ich, Dr. Browning.«

Sie lächelte ihn müde an, dankbar für den Versuch. »Aber *wir* werden es wissen.«

Mike unterbrach den Moment. »Kommt es oft vor, dass Sie mit gestohlener Kunst zu tun haben? Ich habe gehört, dass der Prado in Madrid gut ein Viertel der eigenen Sammlung als Fälschungen entlarvt hat, darunter auch ein Gemälde von Sarah Elliott, das gerade erst als Imitation erkannt wurde.«

»Ja, der *Night Tower*, ich habe davon gehört. Kaum zu glauben, oder? Aber um es positiv zu sehen, ich bin Mitglied im Museum Security Network und der Association for Research into Crimes against Art, mit denen wir aktiv zusammenarbeiten, damit alle eventuell gestohlenen Stücke wieder in die Hände ihrer rechtmäßigen Besitzer kommen.«

»Meiner Erfahrung nach gibt es einen großen Markt«, sagte Nicholas. »Nicht nur für gestohlene Kunstwerke, sondern eigentlich für jegliche einzigartigen Artefakte, oder?«

Dr. Browning nickte. »Ja, wir haben deshalb auch engen Kontakt zu der Abteilung Kunstraub und Fälschungen des FBI und informieren sie, wenn wir gestohlene Werke auffinden.

Nur die Situation, dass Ausstellungsstücke von hier verschwinden, ist für mich neu.«

»Mir ist das eigentlich alles neu«, gab Mike zu. »Also, die Aspekte der Kunstwelt. Können Sie uns vielleicht etwas mehr über die Sicherheitsmaßnahmen hier erzählen?«

Dr. Browning zeigte auf den Kartenleser an der Bedientafel des Aufzugs. »Das hier ist ein Beispiel für die Standardausstattung, die wir überall im Museum nutzen. Ohne eine gültige Zugangskarte kann man keinen Aufzug benutzen. Dieser Aufzug hier fungiert ebenfalls als direkter Zugang zu den gesicherten Bereichen, daher braucht man neben der Karte auch noch einen Schlüssel.« Sie wies zu der Glaskugel in einer Ecke des Fahrstuhls hin. »Dazu haben wir eine lückenlose Videoüberwachung rund um die Uhr. Das System ist von höchster Qualität und wir haben keinerlei Hinweise gefunden, dass irgendwo irgendwas unbemerkt durchgegangen wäre.« Sie seufzte müde auf. »Abgesehen von den fünf Minuten Stromausfall natürlich.«

Kapitel 17

Die Kuratorin zog einen Ordner aus der flachen, schwarzen Aktentasche, die neben ihr auf dem Boden stand. »Ich habe hier die Dienstpläne für die letzten drei Tage, einschließlich der Aufgabenverteilung für die Gala heute Abend. Ich muss Sie aber vorwarnen, wir haben ein ziemlich umfangreiches Personal, selbst wenn man nur die Sicherheitskräfte beachtet.« Sie schüttelte ungläubig den Kopf. Nicholas bemerkte die feinen goldenen Creolen an ihren Ohren. »Dieser Diebstahl ergibt einfach keinen Sinn. Ich kenne jeden, der hier arbeitet. Das ist kein Job, den man einfach wegen des Geldes macht: Alle hier lieben die Kunst und das Museum ist unsere Familie. Ich kann mir nicht vorstellen, dass irgendjemand hier so was tun würde.«

»Hat sich in den letzten Tagen vielleicht jemand merkwürdig verhalten?«, forschte Mike.

Dr. Browning schüttelte erneut den Kopf, diesmal energisch genug, dass die Ohrringe hüpften. »Ich habe nichts Verdächtiges bemerkt. Es ist auch niemand abwesend, für die ersten drei Wochen wird jeder hier gebraucht, alle Urlaubsanträge für die Zeit wurden abgewiesen.« Sie runzelte die Stirn. »Natürlich mit

Ausnahme von Elaine. Ich glaube, in den ganzen vier Monaten, die sie hier war, hat sie nicht einen Tag freigenommen, und ausgerechnet direkt nach dem Stromausfall meldet sie sich krank. Das war schon merkwürdig. Wir haben aber um vier den nächsten Schichtwechsel, dann kommen die Leute für die Gala heute Abend. Da müssten wir gut drauf achten, ob jemand fehlt.«

»Der Diamant ist nicht wirklich groß und sperrig, er könnte leicht in einer Jackentasche verschwinden und zur Tür hinausspazieren«, gab Nicholas zu bedenken.

»Das stimmt schon. Einhundertfünf Karat ist für einen Diamanten gigantisch, aber verglichen mit unseren anderen Kunstwerken … Ja, er passt leicht in die Tasche. Wir haben Aufzeichnungen von allen Leuten, die seit Ankunft der Ausstellungsstücke im Museum waren, und gehen gerade alle Videoaufnahmen durch, um zu recherchieren, wer sich wann wo aufgehalten hat. Wir nehmen an, dass der Diamant wirklich während dieser fünf Minuten ausgetauscht wurde, und überprüfen alle Kameras auf Hinweise, ob irgendjemand an einem falschen Ort war, sich irgendwie verdächtig verhalten hat. Sowohl um die mögliche Tatzeit herum als auch danach.«

Mike blickte nachdenklich drein. »Wenn der Diamant tatsächlich noch hier versteckt ist, könnte er eigentlich überall sein.«

»Ja, Mr Horsley hat die Mitarbeiter der Morgenschicht gebeten, noch etwas zu bleiben, bis er alle überprüft hat. Bisher hat sich niemand darüber beschwert oder tiefschürfende Fragen gestellt, aber man wundert sich natürlich schon, worum es geht. Munkelt, dass irgendwas Schlimmes passiert sein muss. Ich glaube nicht, dass wir das lange unter Verschluss halten können. Je mehr Mitarbeiter, desto aktiver die Gerüchteküche.«

Der Aufzug hielt im fünften Stock an.

Dr. Browning führte sie einen Korridor entlang, die Schritte hallten durch die gähnende Stille. Nach einigen Biegungen erreichten sie eine graue Stahltür, die von zwei Männern bewacht wurde, gekleidet in die schwarzen Uniformen von Bos Sicherheitsfirma.

Dr. Browning nickte ihnen zu. »VIP-Tour, Jungs. Wir brauchen nur etwa zehn Minuten.«

Wortlos gaben die beiden den Weg frei.

Nicholas bemerkte, dass beide mit Glocks Kaliber 40 bewaffnet waren. Bo schien wirklich keinen Spaß zu verstehen, wenn es sich um die Sicherheit drehte.

Dr. Browning legte ihre Hand auf den Handabdruckleser, bis ein kurzes Piepen ertönte. »Eine weitere Sicherheitsmaßnahme. Wir haben an allen wichtigen Türen biometrische Abdruckleser.« Sie zog die Zugangskarte durch das Lesegerät und tippte einen Code ein. Die Tür gab ein lautes Zischen von sich, als die beiden Flügel auseinanderglitten. »Pneumatische Türen, die Ausstellungsflächen werden im verschlossenen Zustand als sauerstoffarme Räume gesichert. Hat den angenehmen Nebeneffekt, dass die Juwelen frisch bleiben und länger haltbar sind. Da wären wir also.«

Der Raum hinter der Tür war größtenteils dunkel, das einzige Licht kam aus den drei Vitrinen in der Mitte des Raumes. Hinter dickem Sicherheitsglas sahen sie unglaubliche Schätze: Schwerter und Dolche mit Griffen aus Gold, besetzt mit kostbaren Juwelen, glitzernde Ohrringe und funkelnde Tiaras, dazu eine Unzahl feinst verzierter goldener Kästchen und Schatullen, alles aus dem Tower of London.

Die mittlere Vitrine stand leicht erhöht, eindeutig der Kern der Ausstellung. Hier befand sich auch die Krone der Königinmutter, wunderschön anzusehen auf ihrem Bett aus purpurnem Samt. Nicholas hatte sie schon gelegentlich betrachtet, doch sie raubte ihm jedes Mal wieder den Atem. Mal ganz abgesehen von der Geschichte der Juwelen sahen sie einfach nur fantastisch aus.

Und da war auch der Koh-i-Noor. Durch die geschickte Beleuchtung der Vitrine betont, glitzerte der Edelstein hell wie die Sterne selbst. Er war beeindruckend, von Größe und Form erinnerte er an ein Hühnerei. Und war doch leider nur eine Fälschung. Nicht, dass heute Abend bei der Gala jemand einen Unterschied bemerken würde.

Er konnte die Bewunderung aus Mikes Stimme heraushören. »Das ist ja alles sehr beeindruckend, Dr. Browning, aber …«

Dr. Browning unterbrach sie mit einem freundlichen Lächeln. »Nennen Sie mich bitte Victoria. Und ja, ich weiß. Man sieht ihm nicht an, dass es eine Fälschung ist, oder? Er sieht immer noch so prächtig aus. Das liegt daran, dass die Kopie des Steins absolut meisterhaft gefertigt ist. Glauben Sie mir, für einen Fachkundigen ist die Qualität der Kopie noch beeindruckender. Sie scheint wie für diese Krone gemacht – was ja auf gewisse Art auch zutrifft.«

Nicholas lehnte sich vor und inspizierte den Stein genauer. »Ich könnte keinen Unterschied feststellen. Wie ist das mit dem Test abgelaufen?«

»Peter Grisley ist ein alter Bekannter. Vor einigen Jahren hat man ihm den Auftrag gegeben, den Koh-i-Noor digital zu erfassen. Falls es Sie interessiert, können Sie die Geschichte online nachlesen, es gibt da interessante Artikel zu dem Thema. Ich kann Ihnen gerne einige Ausdrucke anfertigen lassen. Auf jeden Fall hat er mich angerufen und mir erklärt, dass man bei ihm eingebrochen habe und dass die beiden Kopien des Steins verschwunden seien. Er konnte nicht genau sagen, wann der Einbruch stattgefunden hat. Er verbringt den Winter traditionell im warmen Süden, seit November wohnt er in Arizona.

Eigentlich war es purer Zufall, dass er den Einbruch überhaupt bemerkt hat. Er war auf dem Weg hierher, um die Ausstellung zu besuchen, und hat unterwegs kurz zu Hause reingeschaut. Kaum, dass er den Schaden entdeckt hatte, rief er bei mir an, für den Fall, dass da mehr dahintersteckt.« Einen Moment lang sah sie die Ausstellungsstücke traurig an. »Womit er leider auch recht behalten hat.«

Kapitel 18

Hinter ihnen zischte die pneumatische Tür erneut, als Bo Horsley zu ihnen trat.

»Wenn das mal nicht Nicholas Drummond in voller Lebensgröße ist!«, rief er, während er Nicholas mit einem breiten Lächeln in die Arme schloss. »Ich bin froh, dass du hier bist.«

Onkel Bo sah Nicholas' Mutter so ähnlich, dass es Nicholas gelegentlich schon unheimlich vorkam. Er erwiderte die Umarmung und klopfte seinem Onkel auf den Rücken. »Schön, dich zu sehen, Onkel Bo.«

»Tut mir leid, dass es nicht unter besseren Umständen ist, Nick. Mike, danke dir, dass du ihn abgeholt hast. Du siehst gut aus, zumindest für jemanden, der letzte Nacht kaum Schlaf bekommen hat.«

Sie drückte Bo die Hand. »Mir reichen ein bis zwei Stunden, den Rest übernimmt dann das Adrenalin. Das ist zumindest genug, damit ich nicht umfalle. Ich wusste doch gleich, dass Sie es nicht lange im Ruhestand aushalten werden. Gerade mal sechs Wochen und schon arbeiten wir wieder zusammen.«

»Ich hätte auch gerne darauf verzichtet. Aber mal ernsthaft, Mike, ich bin froh, dass du hier bist. Ich wüsste niemand anderen, der mir lieber wäre, um diesen verdammten Diamanten zurückzuholen und rauszufinden, warum Inspector York umgebracht wurde. Danke auch, dass du es vertraulich behandelst.« Er hielt kurz inne, dann wandelte sich sein ernster Ausdruck wieder zu einem Lächeln in Richtung Nicholas. »Zumindest hast du jetzt unseren Kleinen hier, um dir etwas unter die Arme zu greifen. Die gute Nachricht ist, dass der Direktor des Museums unserem Plan zugestimmt hat. Nicht, dass er eine Wahl gehabt hätte, er will ja auch seinen Job und seinen Ruf retten, mal ganz abgesehen von dem Geld, das für das Met bei den Versicherungsbeteiligungen auf dem Spiel steht. Nick, du hast Mike doch schon über alles informiert, was wir besprochen hatten?«

Nicholas nickte.

»Gut. Ich habe hier noch etwas für euch.«

Bo legte ein kleines weißes Kästchen in Mikes Hände. Sie betrachtete es vorsichtig, drehte und wendete es einige Male.

»Ist es das, was ich denke, was es ist?«, fragte Nicholas.

Mike lächelte zur Antwort. »Wenn du meinst, dass es ein EMP sein könnte, ja.« Sie wandte sich zurück zu Bo. »Wo habt ihr es gefunden?«

»Im Keller, bei einer gründlichen Durchsuchung. Damit hat der Dieb gestern den Strom ausgeknipst.«

Mike neigte den Kopf zur Seite, blickte den falschen Koh-i-Noor an, warf das EMP spielerisch in die Luft und fing es wieder auf. »Fünf Stockwerke«, murmelte sie, blickte dann wieder Bo an. »Mir ist klar, dass es kaum eine andere Möglichkeit gibt, als dass der Dieb diese fünf Minuten genutzt hat. Das würde aber bedeuten, dass der Dieb einen Helfer gehabt haben muss, der dieses Gerät angebracht hat, während er selbst sich bereit machte, den Edelstein auszutauschen. Ich befürchte, wir müssen alle Angestellten noch einmal überprüfen, nicht nur jene mit direktem Zugang zu den Ausstellungsstücken.«

»Cleveres Mädchen«, grinste Bo mit einem Ellbogenhieb zu Nicholas. »Du hast recht, Mike. Leider reden wir damit nicht mehr von einem Dutzend Mitarbeiter, sondern von all den Hunderten Menschen, die hier im Met arbeiten. Wir haben uns schon die Unterlagen all jener vorgenommen, die direkten Kontakt mit den Ausstellungsstücken hatten, aber selbst das ist ein ziemlicher Haufen Arbeit. Und dazu kommen dann noch unzählige weitere, etwa Lieferanten, Studenten, die im Museum aushelfen, sogar regelmäßige Besucher des Museums. Wir können einen Abgleich der Sicherheitsvideos des Museums mit der Gesichtserkennung des FBI machen, das sollte zumindest Anhaltspunkte geben, falls irgendjemand hier schon mal woanders aufgefallen ist.«

Er blickte ein wenig betreten in die Runde. »Dummerweise hat der Stromausfall etwas mehr gelöscht als nur die fünf Minuten, auch die Dateien, die gerade geschrieben wurden, als der Strom ausgefallen ist, sind beschädigt und damit weitgehend verloren. Also fehlt uns etwa eine Minute vor dem Stromausfall, was aber leider auch bedeutet, dass wir wohl keine Aufnahme des Saboteurs haben, wie er vor dem Stromausfall durch die Kellertür geht. Aber mal sehen, vielleicht haben wir ja Glück. Nicholas, wenn ich dir die Zugangscodes gebe, kannst du den Abgleich der Gesichtserkennung starten?«

»Klar, kein Problem.«

»Sehr gut. Victoria, Ihre einzige Aufgabe ist es, uns zu helfen, die Gerüchte kleinzuhalten. Alles soll seinen gewohnten Gang gehen, offiziell machen wir hier nur einen Test der Sicherheitssysteme, um zu gewährleisten, dass für die Gala heute Abend alles funktioniert. Könnten Sie bitte die Videoaufzeichnungen von gestern an Nicholas und Mike weiterleiten, damit wir den Abgleich mit der Gesichtserkennung fahren können? Ich bin mal gespannt, wie viele gesuchte

Verbrecher sich in den letzten Tagen hier bei uns aufgehalten haben.«

Dr. Browning lächelte und wandte sich zum Gehen. »Ich sage Bescheid, sobald ich alles habe.«

Nicholas war aufmerksam genug, dass er Mikes Blick bemerkt hatte. Er sah sie mit fragend erhobener Augenbraue an. »Ich hoffe, das ist kein Problem für dich, wenn ich helfe, nach Verdächtigen zu suchen?«

»Natürlich nicht«, beschwichtigte sie ihn, wobei sich ihre Augen aber unmerklich verengten. »Vergiss nur bitte nicht, dass das System noch ziemlich neu ist und wir hier von einer Menge Menschen reden, wir könnten also eine ganze Reihe falsche Treffer bekommen.«

»Ich kenne da ein paar Tricks, die uns etwas Zeit ersparen können.«

Nicholas ignorierte den fragenden Gesichtsausdruck und erinnerte sich daran, wo er hier war. Es wäre wohl besser, nicht zu sehr mit nicht ganz legalen Fertigkeiten anzugeben.

»Gut, gut«, vermittelte Bo. »Mike, wie ist es gestern mit Sherlock gelaufen?«

»Ich muss schon sagen, Sir, sie ist ziemlich beeindruckend. Sie hat verschiedene Sachen erkannt, die mir beim ersten Durchgang entgangen waren. Ihre Version scheint sich auch mit allen anderen Erkenntnissen zu decken, die wir bisher von den Technikern und der Gerichtsmedizin haben.«

»Du musst mich nicht mehr Sir nennen, Bo reicht vollkommen. Noch eine Sache, die vielleicht hilfreich werden kann: Savich war einer der Programmierer für die Grundsoftware, auf der die aktuellen Versionen von VICAP und CODIS aufbauen. VICAP ist unser Erkennungsprogramm für Gewaltverbrechen und CODIS der kombinierte DNS-Index«, fügte er sicherheitshalber hinzu. »Außerdem hat er geholfen, die Gesichtserkennung von New Scotland Yard so anzupassen, dass wir sie im FBI nutzen können.« Bo rieb freudig die Hände aneinander. »Da er und Sherlock ohnehin schon in alles eingeweiht sind, kann uns das bestimmt noch nützlich sein.«

»Das könnte es wirklich werden, beeindruckend«, stimmte Nicholas zu. »Keine Angst, ich versuche, ihn so wenig wie möglich zu nerven.«

»Wie sieht es aus, Bo, können meine Leute kommen und den Raum untersuchen?«, mischte sich Mike ein. »Wir sollten alle technischen Einrichtungen auf Manipulationen prüfen lassen und überall Fingerabdrücke nehmen, inklusive der Vitrinen und der Kopie des Edelsteins selbst. Wenn von eurer Seite alles klar ist, könnten meine Techniker in fünfzehn Minuten hier sein. Ich verspreche auch, dass sie nichts dreckig machen und vor Beginn der Gala wieder verschwunden sind.«

»Ruf sie ruhig«, stimmte Bo zu. »Wir werden sie heimlich reinschleusen, ich will nicht, dass meine Leute erfahren, was hier passiert ist. Wir könnten dein Team als Caterer verkleiden, davon laufen heute Hunderte im Haus rum.«

»Guter Plan.«

Hinter ihnen zischte die Tür erneut. Dr. Browning trat wieder zu ihnen. »Wir wären dann so weit, die Kommunikationszentrale hat alle Unterlagen fertig.« Sie unterbrach sich selbst mit einem Räuspern. »Ich würde bei dieser Gelegenheit gerne noch einmal anmerken, dass ich das alles für eine schreckliche Idee halte. In meiner Verantwortung als Kuratorin des Museums bin ich der Meinung, dass wir den vorgeschriebenen Richtlinien folgen und das Museum vorübergehend schließen sollten.«

Nicholas hatte das Gefühl, dass die Worte einstudiert waren, als ob sie diese Meinung heute nicht zum ersten Mal vorgebracht hätte.

»Zur Kenntnis genommen«, bestätigte Bo. »Und ich verspreche, dass Sie als Erste Gelegenheit bekommen werden, dem Direktor Ihre Bedenken mitzuteilen, falls unser Plan fehlschlagen sollte. Vielleicht können Sie damit ja zumindest Ihren Job retten oder auch den des Direktors. Wir hingegen haben jetzt erst mal andere Prioritäten. Können Sie die Kriminaltechniker hier in den Raum bringen, ohne Aufsehen zu erregen?«

»Wenn wir nicht wollen, dass die Wachleute in der Videozentrale mitbekommen, was hier vorgeht, müssen wir die Sicherheitskameras in diesem Raum abstellen. Und ich hoffe, ich muss nicht extra darauf hinweisen, wie wertvoll die hier versammelten Artefakte sind, nicht nur finanziell, sondern vielmehr ihre kulturelle Bedeutung. Wenn hier nach Spuren gesucht wird, muss ich darauf bestehen, dass ich anwesend bin und über jede Maßnahme informiert werde, um zu verhindern, dass die Objekte beschädigt werden. Ich als Kurator stehe schließlich in der Verantwortung, wenn den Kronjuwelen bei dieser Untersuchung etwas zustoßen würde.«

»Mehr als bisher, meinen Sie?«, konnte Mike sich nicht verkneifen.

Dr. Browning warf ihr einen bösen Blick zu, schaffte es aber, ihre Stimme beherrscht zu halten. »Ich bin mir vollkommen bewusst, dass ich als Erste die Schuld zugeschoben bekomme, wenn der Koh-i-Noor nicht schnellstens gefunden und zurückbeschafft wird.«

»Entschuldigen Sie, Victoria, so hatte ich das nicht gemeint. Ich wollte nicht andeuten, dass die ganze Angelegenheit irgendwie Ihr Fehler wäre. Vertrauen Sie meinen Leuten, sie sind die Besten, die es auf dem Feld gibt. Die werden nichts durcheinanderbringen.«

Die Kuratorin schien immer noch auf eine aggressive Antwort aus, atmete aber einmal tief durch und zwang sich, wieder zu lächeln. »Es tut mir auch leid. Ich glaube, wir stehen alle unter zu viel Stress, Agent Caine. Vielleicht sollten wir uns jetzt besser um die Videoaufzeichnungen kümmern.«

Kapitel 19

Die Kommunikationszentrale bestand aus einer ganzen Wand Monitore. Nicholas zählte zehn Reihen mit je fünf Bildschirmen, dazu separate Workstations, die jeden Winkel des Museums überwachten. Es war beeindruckend und er konnte seine Anerkennung nicht zurückhalten.

Bo seufzte. »Tja, hat uns wenig geholfen. Die ganze Welt wird uns auslachen, wenn bekannt wird, dass der Dieb einfach nur den Strom ausstellen musste.«

»Ganz so einfach war es dann ja doch nicht, Onkel Bo. Ich denke eher, dass unser Meisterdieb gleichzeitig auch ein Experte für Sicherheitstechnik sein muss. Das hilft, damit schränken wir den Kreis der Verdächtigen weiter ein.«

»Nicht zwingend«, wandte Mike ein. »Erstens wird wohl jeder Meisterdieb zumindest die Grundlagen der Sicherheitstechnik beherrschen, und zweitens ist das Gerät hier leicht zu bedienen. Schwierig war wahrscheinlich nur, das EMP überhaupt zu besorgen, danach musste er es bloß noch einschalten und befestigen.«

Sie hatte natürlich recht, Nicholas nickte nachdenklich.

Die vier hatten sich zusammen in Bos Büro begeben, das ein paar Stufen höher als der Rest des Stockwerks lag und mit

Wänden aus Glas versehen war, damit er jederzeit alles und jeden im Blickfeld hatte. Bos Telefon klingelte, er gab ihnen mit einem Handzeichen zu verstehen, dass sie ruhig weitermachen sollten, während er das Gespräch annahm.

»Wie ich schon sagte«, erklärte Dr. Browning, »kommt gleich die Nachmittagsschicht, die ersten Gäste für heute Abend sollten auch so langsam eintreffen.« Sie zeigte auf einen der Monitore, auf dem man ein älteres Paar in vornehmer Kleidung die Stufen zum Eingang hochsteigen sah. Die Paparazzi hatten noch keine Stellung bezogen. Einige von ihnen hatten sich schon zu beiden Seiten des roten Teppichs verteilt, warteten aber noch auf die interessanten Gäste, die ihren Auftritt erst später haben würden. Am Straßenrand sah man schon Übertragungswagen der verschiedenen Sender, so weit der Platz an der Fifth Avenue und den nahe gelegenen Seitenstraßen das Parken ermöglichte. »Wir haben immer eine Reihe Leute, die möglichst früh kommen, um vorher noch etwas zu essen und zu trinken, ehe die Gala beginnt. Wir haben wohl noch gut zwei Stunden, ehe es voller wird.«

»Dann sollten wir uns lieber beeilen«, merkte Nicholas an. »Mike, wann werden deine Leute hier sein?«

»Zehn Minuten noch.«

Bo legte den Hörer auf die Gabel. »Ich denke, ihr seid ja bei Victoria in besten Händen, ich gehe Savich und Sherlock abholen. Wir sehen uns dann in etwa einer Stunde wieder.«

»Geht klar, Onkel Bo. Ruf mein Handy an, wenn irgendwas sein sollte.«

Mike hatte sich schon an einen der Computer gesetzt und tippte wild, zog zwei verschiedene Datensätze zusammen. Das Programm übernahm den Abgleich automatisch, auf einer Seite flogen Verbrecherfotos in rascher Abfolge über den Bildschirm, schneller, als das bloße Auge mithalten konnte. Wie Nicholas wusste, nutzte die Gesichtserkennung die Knochenstruktur für den Abgleich. Das war die sicherste Methode, um einen Treffer zu erhalten.

»Solange das hier läuft«, meinte Mike in Richtung zu Dr. Browning, »könnten Sie uns vielleicht mehr darüber erzählen, wie Peter Grisley die Erlaubnis bekommen hat, die Kopien herzustellen. Könnte er vielleicht irgendwas hiermit zu tun haben?«

»Das bezweifle ich. Er hat damals die offizielle Erlaubnis erhalten, die Formen des Königin-Victoria-Schliffs zu nutzen, die 1852 von Coster für den aktuellen Schnitt des Steins verwendet wurden. Ziel war eine exakte digitale Vermessung des Koh-i-Noor. Die Erlaubnis für die Kopien kam vom Königshaus selbst, im Rahmen eines Forschungsprojektes, an dem er zu jener Zeit arbeitete. Damals hatte sich niemand etwas dabei gedacht, niemand glaubte, dass die Kopien irgendwem schaden könnten. Leider ist es dann doch anders gekommen.«

Mike blickte von der Tastatur auf. »Was meinen Sie mit Königin-Victoria-Schliff?«

Dr. Brownings Augen leuchteten auf. »Ich nehme an, Sie kennen die Geschichte des Steins nicht? Unterbrechen Sie mich bitte, wenn ich langweile, aber die Geschichte des Koh-i-Noor ist so faszinierend. Der Diamant wurde 1850 Königin Victoria geschenkt, damals war er noch einhundertdreiundachtzig Karat groß. Ein riesiger Stein, aber nicht wirklich schön anzusehen. Der Schnitt war schlecht, das Funkeln des Edelsteins kam nicht wirklich zum Tragen. Man erwartet von einem Diamanten einfach, dass er funkelt, aber in dieser Hinsicht war der Koh-i-Noor in seiner alten Form enttäuschend. Er wurde damals bei einer Ausstellung präsentiert, aber durch die schlechte Ausleuchtung, in einem goldenen Käfig mit dunklem Samt, kam er noch schlechter heraus. Die Öffentlichkeit äußerte ihren Unmut, sodass Prinz Albert, der Gemahl von Königin Victoria, einen Edelsteinschleifer mit Namen Coster aus Amsterdam damit beauftragte, den Stein umzuschleifen, von einem Rosenschliff zu einem Brillanten. Hierdurch kam sein Funkeln besser zur Geltung und der Stein konnte endlich die Briten mit seiner Schönheit beeindrucken.«

Die Kuratorin unterbrach ihren Vortrag kurz, da der Datenabgleich aber immer noch lief und bislang keine Ergebnisse gebracht hatte, fuhr sie mit der Geschichtslektion fort. »Als Coster mit seiner Arbeit fertig war, hatte der Stein gerade noch einhundertfünf Karat. Gleichzeitig war er aber um ein Vielfaches schöner geworden. Prinz Albert ließ den Stein in eine Brosche einfassen, die Königin Victoria überreicht wurde. In den folgenden Jahren wurde der Edelstein dann zum Kernstück dreier verschiedener Kronen, erst jener der Königin Alexandra, dann der Königin Mary und schließlich jener der Königinmutter Elizabeth.«

Gerade noch einhundertfünf Karat, dachte Mike. Ihre Mutter hatte einen ziemlich teuren Ehering, darin saß ein Diamant von gerade einmal einem Karat Größe. Die Dinge waren wohl immer nur eine Frage der Perspektive.

»Coster wurden viele Vorwürfe gemacht, weil der Edelstein so viel von seiner Größe eingebüßt hatte. Alle Experten eilten aber zu seiner Verteidigung, versicherten, dass er das Beste aus dem Material gemacht hätte. Mit heutigen Mitteln hätte man bestimmt mehr von dem Stein retten können, mit Lasern für den Schnitt und alldem, aber damals war man ja noch quasi in der Steinzeit, was die Bearbeitung von Edelsteinen anging. Im Vergleich zu heute nicht viel mehr als ein Hammer, ein Meißel und ein Gebet zu Gott.«

Nicholas kam nicht umhin, sich einen Mann im mittelalterlichen Schmiedekittel vorzustellen, einen großen Hammer und groben Meißel in der Hand, der vor sich hinmurmelte: »Bitte, Gott, bitte, bitte, bitte, Gott.« Und zack! Ihm war klar, dass es wohl ein wenig komplizierter abgelaufen war, aber in jedem Fall war die Arbeit sicherlich stark vom Glück abhängig geblieben.

Mike lehnte sich in dem Bürosessel zurück, der unter ihr quietschte. »Ich hoffe, die Frage ist nicht zu dumm, aber wenn der Name des Edelsteins ›Koh-i-Noor‹ ist, warum heißt die Ausstellung dann ›Juwel des Löwen‹?«

Dr. Browning strahlte jetzt wie ein Weihnachtsbaum. »Wörtlich übersetzt bedeutet Koh-i-Noor ›Berg des Lichts‹. Meinem Verständnis nach wäre das aber für das normale amerikanische Publikum nicht reißerisch genug. Ich wollte die Geschichte des Steins mit angesprochen haben, also habe ich genauer auf die ersten Quellen gesehen, nach Indien. Als England im Jahre 1849 Punjab annektierte, wurde der jüngste Sohn des Löwen von Punjab, der vierzehnjährige Maharadscha Duleep Singh, von den Briten dazu gezwungen, den wertvollsten Besitz seiner Familie abzutreten, den Koh-i-Noor. Daher also der Name ›Juwel des Löwen‹. Gefällt er Ihnen?«

Mike lächelte anerkennend. »Sehr sogar. Der Titel ist dramatisch. Und kein Wunder, dass die Inder auf Rückgabe bestehen, wenn er ihnen gestohlen wurde.«

»Man sollte vielleicht noch erwähnen, dass England nicht nur den Stein mitnahm, sondern auch Singh selbst. Nachdem er abgedankt hatte, verbrachte er den Rest seines Lebens im englischen Exil. Der arme Mann durfte jahrzehntelang weder seine Religion ausüben, noch England verlassen.«

Nicholas war inzwischen auf seinem Laptop tätig geworden und hatte ein Foto des jungen Maharadschas herausgesucht. »Nun, vielleicht sollten wir ihn nicht vorschnell bemitleiden. Es scheint so, als ob er ziemlichen Eindruck auf die viktorianische Gesellschaft in den fünfziger Jahren jenes Jahrhunderts gemacht hätte. Wie hier steht, war er wohl charmant und allseits beliebt, wurde zu einem Favoriten der Königin, die schließlich auch als Patin einiger seiner Kinder eintrat. Auch in Schottland war er wohlbekannt, man verlieh ihm den inoffiziellen Titel ›Schwarzer Prinz von Perthshire‹, weil seine Haut deutlich dunkler war als jene der Schotten dieser Zeit. Er war zweimal verheiratet und wurde Vater von acht Kindern, die aber alle kinderlos blieben. Die Linie des letzten Maharadschas starb also mit ihm aus, es war wortwörtlich das Ende einer Ära.«

Mike betrachtete das Bild des jungen Mannes: schlank und elegant, ganz in Grau gekleidet. Seine ausdrucksstarken, dunklen Augen fielen ihr besonders auf. Er hatte allein für die Kamera posiert, seine Haltung signalisierte Stolz und Hochmut. Man konnte keine Anmaßung herauslesen, aber die Haltung von Maharadscha Duleep Singh war eindeutig herausfordernd, jemand, der sich nicht in sein Schicksal ergeben wollte. Sie fragte sich, ob er seine neue Heimat vielleicht irgendwann akzeptiert oder gar lieben gelernt hatte. Man hatte ihn schließlich mit Aufmerksamkeit und Ehren überschüttet, selbst Königin Victoria persönlich. Mit einem letzten Blick auf den stolzen Prinzen fand sie wieder zurück in die Gegenwart. »Hat der Name Königin Elizabeth gefallen?«

Die Kuratorin musste erneut grinsen. »Ich weiß nicht, ob er ihr gefallen hat, aber zumindest hat sie ihn genehmigt.«

Nicholas war immer noch in die Lektüre über den Koh-i-Noor und seinen ehemaligen Besitzer vertieft. »Wusstet ihr eigentlich, dass auf dem Koh-i-Noor ein Fluch liegt und er deshalb nur im Besitz von Frauen der königlichen Familie sein darf?«

Kapitel 20

»Ein Fluch?«, fragte Mike ungläubig. »Was für ein Fluch denn? Du machst doch Witze, Nicholas.«

»Nein, was Flüche angeht, würde ich nie scherzen. Es heißt hier, dass ausschließlich Frauen den Edelstein tragen dürfen, weil er jedem Mann Pech bringen würde. Was ja auch durch die Geschichte nachvollziehbar ist. Indien, Pakistan, Iran – alles Länder, die historisch stets von Männern geführt wurden, die alle den Diamanten in großen, blutigen Schlachten verloren haben. Wie auch zahllose Leben, die zerstört wurden, Familien, die getötet oder auseinandergerissen wurden. Man kann das über die Generationen verfolgen.«

Dr. Browning nickte. »Er hat recht. Der Fluch ist historisch belegt, das erste Mal wird er in einer alten hinduistischen Schrift erwähnt, die aus dem Jahr 1306 datiert. ›*Derjenige, der diesen Diamanten besitzt, wird die ganze Welt besitzen. Aber ihn wird auch alles Unglück dieser Welt treffen. Nur Gott oder eine Frau kann den Diamanten ungestraft tragen.*‹«

»Warum aber nur eine Frau?«, warf Mike verwirrt ein.

»Ich habe einige Forschung zu dieser Frage betrieben. Meiner Meinung nach hängt es damit zusammen, dass in jener Zeit Frauen hohen Wert genossen, als Wahrsagerinnen, weise

Frauen oder gar Magierinnen. In den heiligen Schriften werden diverse Göttinnen erwähnt und viele Sekten verehrten Shakti, das Weibliche. Die Frauen wurden als reine Wesen angesehen, anders als die Männer, die alles taten, um ihre Ziele zu erreichen.«

Dr. Browning sah die beiden Agenten an, die aber ihren Ausführungen offensichtlich gespannt lauschten. »Der indischen Legende zufolge war der Koh-i-Noor der erste Diamant der Welt. Er gehörte einst dem Sonnengott Surya, welcher ihn dem Krishna schenkte. Diesem wurde der Stein dann von einem seiner Dienstboten gestohlen. Und wegen dieses Verbrechens, dem Verrat eines Mannes, wurde der Fluch auf den Stein gelegt.«

»Gibt es noch mehr Nachbildungen des Edelsteins?«, erkundigte sich Mike.

»Nur die beiden«, erklärte Dr. Browning mit einem Kopfschütteln. »Eine davon ist jetzt hier in der Krone, die andere wohl zusammen mit dem Original bei unserem Dieb. Daher der panische Anruf des Erschaffers dieser Kopien, denn Grisley könnte damit auch ziemlichen Ärger bekommen. Wenn herauskommt, dass er die Kopien nicht ausreichend sicher aufbewahrt hat … Aber ich befürchte, angesichts unserer Situation wird da keiner zu genau drauf achten. Mir fällt da jedoch noch etwas ein …« Ihre Stimme hatte plötzlich einen anderen Ton angenommen.

Nicholas war sofort neugierig. »Was denn?«

»Elaine York war dafür zuständig, den Diamanten zu testen, als er hier im Met eintraf. Sie hat einen normalen Diamantentester verwendet, um alle Exponate damit zu überprüfen. Wir haben irgendwo auch die Videoaufzeichnung, auf der man sehen kann, wie sie den Koh-i-Noor testet, lächelt und so etwas sagt wie ›Hervorragend, damit ist also alles in Ordnung‹. Dann schließt sie die Vitrine wieder.«

Sie zuckte mit den Schultern. »Ich weiß nicht, warum sich jeder vor der naheliegendsten Möglichkeit verschließt. Für mich zumindest ist recht klar, woran wir sind. Alle Wege führen nach Rom oder, in diesem Fall, immer wieder zu Elaine York. Die ja leider praktischerweise tot ist. Und der Diamant verschwunden.«

Nicholas' Miene wurde schlagartig kalt und ausdruckslos. »Sie ziehen hier gerade den Namen einer verdienten Beamtin von New Scotland Yard in den Dreck, die ermordet wurde und sich daher nicht wehren kann. Wir werden keinen Sündenbock aus ihr machen, ohne ausreichende Beweise gefunden zu haben. Ich hoffe, das ist klar.«

Dr. Browning wich nicht zurück. »Es tut mir leid, wenn Ihnen der Gedanke widerstrebt, Nicholas, aber die Fakten sind nun einmal die Fakten.«

»Mal etwas ganz anderes, Victoria«, versuchte Mike, das Gespräch in entspanntere Bahnen zu lenken. »Wie war eigentlich Ihr Verhältnis zu Inspector York? Sie haben ja mehrere Monate zusammengearbeitet, sowohl auf Entfernung als auch hier in Person. Ist vielleicht etwas geschehen, warum Sie denken, dass Elaine so etwas getan haben könnte?«

»Nicht wirklich. Ich muss zugeben, dass ich auch nie so etwas von ihr erwartet hätte, ehe der Diamant verschwand. Sie war ein netter Mensch, kompetent und auf die Arbeit konzentriert. Wir haben gelegentlich ein paar Drinks genommen und waren mal zusammen abendessen.« Sie blickte zu Nicholas. »Wir haben sogar über Sie gesprochen.«

»Ach, wirklich?«

»Ja, aber keine Angst«, beschwichtigte Dr. Browning. »Sie hat bloß erzählt, dass Sie beide sich einst sehr nahegestanden hätten. Sie meinte, dass Sie aus einer faszinierenden Familie stammen und in einem alten Haus wohnen, komplett mit Geist und allem. Sie meinte aber auch, dass Sie sehr gut lügen können, aber nur, wenn es sein muss, und dass sie Ihnen trotzdem jederzeit vertrauen würde. Aber das zählt jetzt alles nicht mehr. Der Diamant ist weg und Elaine York ist weg. So, wie ich es sehe, muss es da einfach einen Zusammenhang geben. Entweder war sie selbst irgendwie involviert, oder hier geht etwas viel Schlimmeres vor, das wir noch gar nicht ganz überblicken.«

Nicholas fragte sich, was denn bitte noch schlimmer sein könnte.

Ehe sie das Thema jedoch vertiefen konnten, begann ein rotes Licht vor Mike zu blinken. Sie starrte den Monitor ungläubig an. »Also, ich werd' nicht mehr. Wir haben tatsächlich einen bösen Buben im Museum gefunden.«

Nicholas beugte sich über den Bildschirm. Er blickte auf einen Mann mit dunklem Gesicht, groben massiven Zügen, dunklem Haar und dunklen Augen. Die Nase flach, der Mund eine dünne, spöttische Linie.

»Das hatte ich nicht erwartet, wirklich nicht«, murmelte Mike verblüfft.

»Was denn?«, fragte Nicholas. »Wir haben nach einem Verbrecher gesucht und einen gefunden.«

»Leider sehe ich ihn nicht zum ersten Mal diese Woche. Sein aktueller Aufenthaltsort müsste wohl das Leichenschauhaus sein. Ich darf vorstellen: Vladimir Kochen, der tote Russe, den wir in Elaines Appartement gefunden haben.«

Kapitel 21

Metropolitan Museum of Art
Donnerstag, 17:00 Uhr

»Ich werde sofort nach Brighton Beach fahren und mir Anatoly vornehmen«, erklärte Nicholas. »Er steckt da mit drin. Dass dieser Vladimir Kochen hier im Met war, beweist es.«

»Ich weiß, aber selbst mit gutem Verkehr bräuchten wir eine Dreiviertelstunde«, wandte Mike ein. »Zu dieser Uhrzeit wird der Verkehr eine Katastrophe sein, sogar mit Blaulicht und Sirene werden wir da kaum durchkommen. Rüber nach Brighton Beach und rechtzeitig zurück zur Gala – das werden wir nie rechtzeitig schaffen. Wir sollten besser hierbleiben und beobachten.« Sie dachte kurz nach. »Lass mich schnell einen Anruf machen.« Zu Dr. Browning gewandt fügte sie hinzu: »Victoria, könnten Sie uns einen Moment entschuldigen?«

Dr. Browning schien verärgert, in ihrem eigenen Museum vor die Tür geschickt zu werden. Nach dem, was sie über Elaine erzählt hatte, war es Nicholas aber herzlich egal, wie sie sich fühlen mochte.

»Weißt du, ich kann diese Frau nicht ausstehen«, bemerkte er zu Mike, nachdem Browning den Raum verlassen hatte.

Mike hatte schon ihr Handy rausgeholt und eine Schnellwahltaste angetippt.

»Ben? Kannst du bitte jemanden schicken, um Andrei Anatoly zur Befragung abzuholen? Drei oder vier Agenten sollten reichen, soll aber Eindruck machen. Du kannst ihm sagen, dass es um den Mord an Elaine York geht. Nur unter uns, die Gesichtserkennung hat einen seiner Leute hier im Museum identifiziert: diesen Vladimir Kochen. Du erinnerst dich? Der Typ war hier, also wird Anatoly auch irgendwie mit drinstecken. Gut, danke dir, Ben.«

Sie trommelte mit den Fingern auf der Tischplatte. »Ben Houston ist in der Abteilung Kunstraub und Fälschungen, er kannte Inspector York. Wegen des Treffers … mir war klar, dass Anatoly da irgendwie seine Finger im Spiel hat, schon als Savich herausgefunden hat, dass Kochen für ihn arbeitet. Wir müssen jetzt schnell handeln. Es ist aber klar, dass Anatoly nie irgendwas zugeben wird, selbst wenn es um das Leben seiner Söhne ginge. Was nicht wirklich gut für uns ist, weil wir nicht den geringsten Beweis haben, um ihn festzunageln.«

»Erzähl mir mehr über ihn.«

»Anatoly ist kein guter Mann«, setzte sie mit eisiger Stimme an. »Seine Anwälte sind so schlüpfrig, dass man meinen könnte, sie seien eben erst aus dem Urschleim gekrochen. Wir können versuchen, ihn zu überraschen, ihm zeigen, dass wir wissen, dass er mit drinsteckt. Aber wir können ihn nicht festhalten, solange wir nicht etwas Besseres finden.«

Nicholas war nicht daran gewöhnt, abzuwarten, bis seine Zielpersonen zu ihm kamen, in diesem Fall hatte er aber wohl nicht viele Alternativen. Er nickte höflich.

Mikes Handy summte kurz, als eine neue Textnachricht einging. Sie blickte kurz auf den Bildschirm. »Die Jungs sind da. Wir sollten zum Lieferanteneingang runtergehen und sie reinlassen.«

Fast gleichzeitig klopfte es an die Tür und Dr. Browning trat ein. »Entschuldigen Sie bitte die Störung, aber Ihre Techniker sind angekommen.«

»Ja, ich weiß, sie haben sich eben gemeldet. Wir sind schon unterwegs.«

»Lassen Sie nur«, bot Dr. Browning an. »Ich kann sie abholen und durch die Sicherheitsabsperrungen bringen. Sie können ruhig hierbleiben und Ihre Zeit besser nutzen. Noch eine Sache, der Mann, den die Software ausgespuckt hat – ich kenne ihn. Er war irgendwann letzte Woche hier und hat sich mit Elaine zum Mittagessen getroffen.«

Sie wandte sich schon zum Gehen, als Nicholas sie am Arm fasste und zurückzog. »Los, reden Sie!«

Sie versteifte sich und blickte auf ihren Arm, auf die Stelle, wo seine Finger sie grob umschlossen hielten.

Peinlich berührt ließ er den Arm los und senkte den Kopf. »Entschuldigen Sie bitte, Dr. Browning. Bitte, erzählen Sie uns alles, was Sie wissen.«

Sie blickte weiter die Stelle an ihrem Arm an, sprach gepresst durch einen angespannten Kiefer. »Eigentlich war das schon alles. Ich habe ihn einfach nur hier im Museumscafé gesehen, an einem Tisch mit Elaine. Sie schienen sich gut zu kennen. Es wirkte nicht so, als ob sie in Gefahr wäre oder so was, aber ich habe auch nicht weiter darauf geachtet. Wenn Sie erlauben, lasse ich jetzt Ihre Leute rein. Ich komme nachher wieder, wenn noch was ist.«

Mike nickte. »Natürlich, und danke für die Information.«

Nachdem sich die Tür geschlossen hatte, fuhr Mike Nicholas streng an. »Egal, was sie sagt, ich kann nicht zulassen, dass du grob wirst, klar?«

Nicholas marschierte unruhig in Bos Büro auf und ab. »Aber sie hat auf alles eine Antwort, oder?« Seine Hand fuhr durch sein Haar, das aufrecht stehen blieb. »Entschuldige, es war ein langer Tag.«

»Ja, war es. Ich weiß, wir leiden alle unter Schlafmangel, aber ich befürchte, du machst dir gerade keine Freunde hier im Museum.«

Er tigerte weiter schweigend auf und ab. Jedes Mal, wenn er an ihr vorbeikam, blickte er auf die Kontrollmonitore, als ob er hoffte, dass dort wie durch Magie plötzlich eine Antwort auftauchen könnte.

»Erzähl mir mehr über die Anatolys«, bat er schließlich.

Mit einem Blick auf die weiterhin laufende Gesichtserkennung fragte sich Mike, ob Kochen Elaines Komplize oder Informant gewesen war, ob er vielleicht derjenige gewesen war, der die Stromversorgung mit dem EMP ausgeschaltet hatte. »Die Anatolys sind eine typische Familie in der Russenmafia. Keine zu strengen Strukturen, anders als bei den Italienern. Einen Großteil ihrer Zeit verbringen sie mit Streitereien untereinander, gegen andere Teile der *Bratva*, der Bruderschaft. Hier in New York haben wir sie unter Kontrolle, mit mehr als dreihundert Anklagen alleine im letzten Jahr. Aber sie sind wie die Ratten, vermehren sich im Dunklen, bis sie wieder zum Vorschein kommen. Geborene Opportunisten ohne jegliches Gewissen. Zu ihren Tätigkeitsbereichen gehören Schmuggel, Waffenhandel, Kreditkartenbetrug, Internetkriminalität, aber sie haben auch kein Problem mit brutalem Raub oder Mord.«

Sie musterte noch einmal das Gesicht von Vladimir Kochen, der eindeutig für die letzte Kategorie eingesetzt werden konnte. »Andrei Anatoly ist der Kopf der Organisation und ich muss zugeben, dass ich nicht gerne mit ihm zu tun habe. Er ist intelligent und brutal und zögert nicht, Leute auszuschalten, die sich ihm in den Weg stellen. Er hatte bislang zwei Frauen, von denen er sieben Söhne hat, die wiederum alle in seine Organisation eingebunden sind und bestimmte Geschäftsbereiche kontrollieren. Die machen mir wirklich Angst, rein körperlich sind das echte Tiere, jeder von ihnen doppelt so brutal wie der Vater. Der Vater erweckt wenigstens noch den Anschein von Kultur, gibt sich gerne als reicher Geschäftsmann und Philanthrop. Ist sehr aktiv in der New Yorker Kunstszene, er liebt es, große Auftritte hinzulegen und mit Geld um sich zu werfen. Und er ist sehr schlüpfrig, wir haben ihm noch nie etwas nachweisen können. In der Regel hat er immer genug Strohmänner, die die Drecksarbeit für ihn erledigen.«

»Und was ist mit Kochen?«

»Wie gesagt, Kochen ist einer der Fußsoldaten in der Organisation. Sein polizeiliches Führungszeugnis liest sich wie das Skript für einen Actionfilm. Wir haben schon mehrfach versucht, ihn als Informanten zu gewinnen, aber mit mäßigem Erfolg. Rein oberflächlich hat er sich immer sehr kooperativ gezeigt, aber nie wirklich etwas Brauchbares geliefert. Zum Thema oberflächlich: Seine größten Hobbys sind Geld, Bars und leichte Mädchen.«

»Du meintest, Savich wollte mit Anatoly über den Diebstahl des *Night Tower* aus dem Prado reden. Wie passt das zusammen, dass der Mann als Kunstdieb verdächtigt wird und doch einer der großen Unterstützer des Met ist?«

Mike lachte humorlos auf. »Ja, ist das nicht eine herrliche Ironie? Tatsache ist, dass Anatoly vor allem für Diamantenschmuggel bekannt ist, das hilft ihm auch, große Mengen Geld relativ leicht ins Ausland zu verschieben. Diamanten sind wertvoll und leicht zu transportieren. Aber wir haben ihm eben noch nie was nachweisen können, obwohl eigentlich ständig die eine oder andere Ermittlung gegen ihn läuft, schon seit ich hier beim New Yorker FBI angefangen habe.«

»Hört sich so an, als ob Anatoly zumindest die finanziellen Ressourcen hätte, um so einen Diebstahl vorzunehmen. So nebenbei, hast du eigentlich noch ein anderes Kleid hier?«

»Was?«

»Ein eleganteres Kleid, etwas, das für die Gala heute Abend passt. Ich befürchte, in Cowboystiefeln wirst du da unangenehm auffallen.«

Sie blickte auf ihre Jeans und Stiefel hinab. »Es sind Motorradstiefel. Aber ja, ich habe ein Kleid zu Hause.«

»Dann schick am besten jemanden los, um die Sachen abzuholen.«

Er hatte recht, so viel Zeit war nicht mehr übrig. Sie versandte schnell eine entsprechende Textnachricht und musterte ihn dann. »Und was ist mit dir? Hast du einen Anzug unter der Alltagskleidung, wie Superman in elegant?«

Er lachte. »Nein, den habe ich heute Morgen leider nicht druntergezogen. Aber ich habe einen Smoking in meiner Reisetasche. So was sollte man stets dabeihaben, sicherheitshalber.«

»Ganz wie James Bond, hm?«

»Ich glaube, James Bond musste sich nie Sorgen machen, wo er seinen Smoking gebügelt bekommt.«

»Vermutlich nicht. Ah, da kommt Victoria mit Paulie und Louisa, meinen beiden Kriminaltechnikern. Machen sich ganz gut als Kellner. Dann wollen wir mal, ich gebe den beiden schnell alle Anweisungen, danach können wir uns die Befragung von Anatoly per Liveübertragung ansehen.«

Kapitel 22

Nicholas war beeindruckt: Paulie Jernigan und Louisa Barry verstanden beide offensichtlich ihr Handwerk. Sie lauschten aufmerksam, während Dr. Browning ihnen erklärte, was sie bei den Juwelen und anderen Ausstellungsstücken zu beachten hatten, welche Sicherheitseinrichtungen der Raum hatte und wie sie die Vitrinen untersuchen konnten, ohne sie für die Gala zu ruinieren. Und ohne der Kuratorin ihren ersten Herzanfall zu bescheren.

Paulie ließ Dr. Browning geduldig ausreden, ehe er das Wort ergriff. »Dr. Browning, ich will nicht unhöflich erscheinen, aber wir wissen, was wir tun. Wir setzen Lightning Spray Redwop für die Vitrinen ein. Das ist ein Fingerabdruckspray, das so gut wie keine Spuren hinterlässt und leicht abgewischt werden kann. Wir haben Rain-X-Glasreiniger dabei, wir werden den Raum wahrscheinlich sauberer zurücklassen, als wir ihn betreten haben.«

»Keine Sorge«, fügte Louisa hinzu. »Es wird sehr gut bei den Juwelen funktionieren. Wir haben auch einen Schutzkegel mitgebracht, in den wir sprühen, damit nichts von den Mitteln auf die angrenzenden Ausstellungsflächen gelangt.«

Dr. Browning schien immer noch nicht komplett überzeugt, stand da mit einer Hand in die Hüfte gestützt. »Zeigen Sie mir, wie es funktioniert.«

Paulie und Louisa demonstrierten Technik und Hilfsmittel, was zu einer leichten Entspannung in der Haltung der Kuratorin führte. »Nun gut, das sollte funktionieren. Wir müssen uns aber beeilen, die Gala wird bald beginnen. Vielleicht sollten wir mit den äußeren Vitrinen entlang jener des Koh-i-Noor beginnen und uns nach innen vorarbeiten.«

Sie wandte sich zu Nicholas. »Ich vermute, dass der Dieb von hier gekommen sein muss«, erklärte sie, ging dabei an der Vitrine rechts der Hauptexponate entlang. »Die Schutzverkleidung muss er dann von hier aus geöffnet haben.«

Sie kniete sich zwischen die Reihen und schloss die zentrale Vitrine auf, um ihre Ausführungen zu veranschaulichen. »Wenn es überhaupt Abdrücke zu finden gibt, werden sie am ehesten innerhalb dieser Vitrine sein, sowie am Pavillon selbst. Als Pavillon bezeichnet man die untere Hälfte des Diamanten, also den Teil, wo er wieder enger wird und dann spitz zusammenläuft«, erläuterte sie, den letzten Satz an Nicholas und Mike gerichtet.

»Wir werden auch die Abdrücke von jedem brauchen, der Zugang zu diesem Raum hat«, merkte Paulie an. »Wir müssen alle ausschließen, die sich heute regulär im Raum aufgehalten haben. Ich habe einen tragbaren Fingerabdruckscanner dabei. Mike, hast du hier irgendwas angefasst? Oder Chief Inspector Drummond?«

»Kann schon sein, ohne darauf zu achten«, gab Nicholas zu.

»Meine Abdrücke könnt ihr einfach aus der Dienstakte nehmen.« Mike nickte zu Nicholas. »Ihn kannst du als Erstes übernehmen.«

Nicholas hielt bereitwillig die Hand hin. »Wahrscheinlich schneller so, als meine Dienstakte aus London anzufordern.«

Paulie arbeitete zügig und effizient und weniger als fünf Minuten später saßen Mike und Nicholas erneut in Bos Büro, wo Nicholas sich die Hände mit einem Desinfektionstuch sauber rieb.

Mikes Handy summte noch einmal. Sie las kurz die Textnachricht und wandte sich dann wieder zu Nicholas. »Das war Ben, sie sind im Federal Plaza angekommen. Anscheinend hat Anatoly keine Schwierigkeiten gemacht, gibt sich wohl hilfsbereit und kooperativ. Er hat aber schon seinen Anwalt dabei, die beiden wollten gerade zusammen zur Gala aufbrechen. Ben hat alles so eingerichtet, dass wir zusehen und mit ihm reden können, während er Anatoly befragt.«

Nicholas hätte lieber dem Mann von Angesicht zu Angesicht gegenübergestanden, aber er hatte nicht die Zeit, das Met jetzt zu verlassen. Und irgendwie suggerierte ihm seine Intuition, dass hier irgendwas ganz und gar nicht stimmte, auch wenn er nicht bestimmen konnte, was genau ihn störte.

Mike rief Ben an und schaltete auf Lautsprecher, damit auch Nicholas mithören konnte. »Der Link zur Übertragung kommt gleich, ich richte gerade alles ein. Anatolys Anwalt spielt sich schon ziemlich auf, hat bereits eine unverzügliche Haftprüfung gefordert.«

»Lass ihn ruhig. Nimm Anatoly auseinander, Ben«, spornte Mike ihn an. Mit Blick zu Nicholas fügte sie hinzu: »Höchstens noch fünf Minuten, dann ist alles bereit.«

Nicholas nickte und schnappte sich seine Ledertasche. »Ich werde die Zeit nützlich verbringen.« Er zog seinen Laptop heraus.

»Womit genau?«

»Soll ich wirklich ehrlich sein? Ich weiß, du willst das lieber alles deinen Leuten überlassen, aber wir können es uns nicht leisten, noch mehr Zeit zu verschwenden. Ich werde mal sehen, was ich in Elaines Aufzeichnungen finde. Wie gesagt, hat sie alle ihre täglichen Notizen online gesichert – eine alte Angewohnheit. Wenn wir Glück haben, finden wir etwas darüber, wie sie die letzten Tage vor ihrem Tod verbracht hat.«

»Brauchen wir dafür nicht erst ihren Computer?«

»Nein, sie hat ihre Daten in der Cloud gespeichert, also kann man theoretisch von jedem Rechner darauf zugreifen. Man muss halt nur ihre Passwörter kennen – ohne Passwort wird es natürlich etwas schwieriger, aber lass mich einfach mal machen.« Er wollte ihr nicht direkt auf die Nase binden, dass er schon im Alter von neun Jahren seine ersten zarten Erfahrungen als Hacker gesammelt hatte. Die Verschlüsselung eines Standard-Clouddienstes sollte keine zu große Herausforderung darstellen.

Mike neigte den Kopf leicht. Sie war nicht wirklich begeistert, aber manchmal musste man Kompromisse eingehen, um sein Ziel zu erreichen. »Na gut, solange alles rechtens bleibt. Wir können wirklich jede Information gebrauchen.«

Seine Hände ruhten einen Augenblick auf der Tastatur. *Elaine.* Er hatte sich den ganzen Tag gezwungen, nicht an sie zu denken, und jetzt war die Erinnerung wieder da, ihr Lächeln, wie sie ihn neckte, mit ihm argumentierte. Seine Freundin. Seine Kollegin. Und jetzt würde er in ihre privatesten Gedanken eindringen. Es gefiel ihm nicht, aber Elaine war tot. Sie kümmerte sich wohl nicht mehr um ihre Privatsphäre und er konnte es sich nicht leisten, falsche Rücksicht zu nehmen. Nicht, wenn er ihren Mörder finden und ihren guten Namen retten wollte.

Sie hatte ihre Passwörter geändert, aber er brauchte nicht lange, bis er trotzdem Zugriff auf ihren privaten Bereich hatte.

Elaine war schon immer ein Ordnungsfanatiker gewesen, was sich auch an der aufgeräumten Struktur ihres Onlinefolders zeigte. Er fand direkt den Bereich mit ihren Aufzeichnungen. Sie hatte es sich angewöhnt, jeden Morgen alles festzuhalten, was ihr wichtig erschien – als ungefilterte Notizen.

Nicholas ging direkt zur letzten Datei und sah, dass die Einträge fast eine Woche vor ihrem Tod endeten. Das war seltsam, wenn man bedachte, wie strikt sie ihre täglichen Aufzeichnungen ansonsten eingehalten hatte.

Er öffnete die letzte Datei und arbeitete sich chronologisch umgekehrt vor.

»War das ein Stirnrunzeln? Was ist verkehrt?«

Er blickte vom Bildschirm auf. »Das ist seltsam. Die Datei scheint beschädigt, fast, als ob Teile aus dem Text gelöscht wurden. Sätze, die mittendrin enden oder in denen Wörter fehlen.« Er konnte sich keinen Reim darauf machen. Warum sollte Elaine ihre Gedanken nicht ausschreiben, ihre eigenen Texte zensieren? Oder Teile nachträglich löschen? Er öffnete wahllos einige weitere Dateien der letzten Monate und entdeckte ähnlich zerstückelte Texte in teils mehr, teils weniger fragmentiertem Text. Er konnte sich nicht vorstellen, warum sie so etwas hätte tun sollen. Es konnte nur sein, dass sich bereits jemand anderes in ihren Account gehackt und wichtige Stellen gelöscht hatte, um seine Spuren zu verbergen. Und wie es schien, war dieser Hacker noch aktiv im System, die Fragmentierung der Texte nahm zu, je mehr Dateien Nicholas öffnete.

Der Hacker war gut, sehr gut, wahrscheinlich war es die gleiche Person, die auch Elaine getötet und ihren Laptop gestohlen hatte.

Aber Nicholas war besser. Er hatte noch ein paar Tricks, mit denen er vielleicht Teile der Texte würde retten können. Und sobald sie den Laptop selbst fanden, konnte er die kompletten Aufzeichnungen wiederherstellen.

Er spürte Adrenalin aufsteigen, während seine Finger über die Tastatur flogen. In rasender Geschwindigkeit machte er Screenshots von Elaines Einträgen und speicherte diese auf seinem eigenen Laptop, versuchte, so viele Informationen über Elaines letzte Wochen zu retten, wie er nur konnte.

Als er wieder zu dem Ordner mit Elaines Einträgen wechselte, traute er seinen Augen nicht: Die Datei war verschwunden!

»Oh, Scheiße.«

»Was ist denn? Hast du etwas gefunden, Nicholas?«

Er war sprachlos. Die Einträge verschwanden, einer nach dem anderen. Was er auch versuchte, er konnte keine der Dateien mehr öffnen, um weitere Informationen zu sichern. Egal, was er auch machte, der Verfall nahm nur weiter an Geschwindigkeit zu. Frustriert gab er es schließlich auf, stieß den Laptop von sich und drehte sich wieder zu Mike um.

»Ich befürchte, ich habe Elaine unterschätzt. Die Textfragmente, der fehlende Text, ich dachte, es wäre ein Hacker, der Spuren zu löschen versucht. Ich meine, wie sonst sollten nur Teile einer Datei verschwinden, nicht die Datei selbst? Also habe ich versucht, den Hacker zu stoppen, und dem Server ein Subprogramm untergeschoben, welches jeglichen Löschzugriff auf die Festplatte verhindert. Damit hätte es eigentlich auch unmöglich sein müssen, dass der andere Hacker die Dateien komplett löscht. Trotzdem sind die Dateien weg. Das kann eigentlich nur bedeuten, dass Elaine vorsichtiger war, als ich gedacht hätte. Sie hat ihren Account mit einer Art Selbstzerstörung geschützt, ein Virus, der die Hardware des Servers angreift. Was ich für gezieltes Löschen innerhalb der Dateien gehalten habe, war tatsächlich eine fortschreitende Beschädigung der Festplatten, sodass die Informationen jetzt unwiderruflich verloren sind.«

»Aber warum sollte Elaine ihr Tagebuch mit solch drastischen Maßnahmen schützen?«

»Keine Ahnung.«

Aber sie konnten sich beide den Grund denken. Es musste etwas in diesen Aufzeichnungen gestanden haben, was kein Fremder lesen sollte. Der Gedanke gefiel ihm gar nicht.

»Ich habe einige Fragmente retten können, sehen wir mal, was wir daraus lernen können.«

Seine Finger flogen wieder über die Tastatur und riefen die Screenshots auf, die er eben angefertigt hatte. »Hier, das ist von letzter Woche. *›VK ist dabei‹*. Und am Tag davor der Name *Vlad*, dann fehlt etwas, und danach die Zeitangabe *13:00 Uhr*.«

»Ein Treffen? Steht da noch etwas dazu?«

»Victoria meinte, sie hätte Vladimir Kochen mit Elaine mittags im Museumscafé gesehen, das könnte dieses geplante Treffen gewesen sein.«

Mike lehnte sich über seine Schulter und las mit. »*VK ist dabei*. Nachdem sie ihn am Tag zuvor getroffen hat? Das hört sich doch sehr danach an, als ob sie ihn für etwas angeworben hat?«

Er hasste den Gedanken, aber er konnte sich den Worten nicht verschließen, er hatte es schwarz auf weiß vor sich. Der Beweis in Form ihrer eigenen Worte. Elaine war irgendwie in die Sache verwickelt, zumindest ihre Verbindung mit Anatolys Handlanger konnte niemand mehr abstreiten.

Mikes Handy summte wieder. »Das ist Ben. Sie hatten ein paar technische Probleme, sind aber jetzt fast fertig.« Sie klopfte Nicholas auf die Schulter, auch wenn das Mr Superspion wahrscheinlich gerade nicht wirklich aufmunterte. »Schau mal, wir hören uns erst mal an, was Ben aus Anatoly rausbekommt. Wir sollten auch bald Elaines Kontoauszüge haben, dann können wir sehen, ob irgendwie Geld zu Kochen geflossen ist.«

Nicholas ging den Rest der Aufzeichnungen durch, die er hatte retten können. Hier und da gab es interessante Satzstellen, die aber allein nicht weiterhalfen, die Texte waren zu sehr zerstückelt.

Nicholas rief ein Programm auf, das er während seiner Zeit im Außenministerium geschrieben hatte. Im Prinzip handelte es sich dabei um eine Software, welche über einen Abgleich

Textfragmente komplettierte, indem sie die häufigsten und wahrscheinlichsten Wortkombinationen vorschlug. Er tippte die wenigen brauchbaren Informationen aus den Screenshots ab und gab sie in das Programm ein. Dann lehnte er sich im Bürosessel zurück und beobachtete, wie die Datenbank mögliche Verbindungen prüfte und vorschlug.

»Verdammte Scheiße! Sieh dir das an, Mike.«

Kapitel 23

Mike blickte über seine Schulter auf die komplexen Textmuster, konnte aber nichts erkennen. »Was genau soll ich sehen?«

Nicholas deutete auf eine Wortkombination in der Liste auf dem Bildschirm. »Es ist zwar zerhackt und nur in Fragmenten, aber das hier hört sich brauchbar an. ›*Ich habe Angst, dass es schlimm ausgeht. Ich muss mich irgendwie schützen.*‹ Sie wusste wohl Bescheid, dass etwas geschehen würde.«

»Du meinst, sie hat Kochen nur bezahlt, damit er auf sie aufpasst?«

»Scheint so. Schau mal, hier. ›*Vlad begleitet mich zur Arbeit. Fühle mich schon sicherer.*‹«

»Aber das ergibt doch keinen Sinn, Nicholas. Ich meine, wenn sie sich bedroht fühlte, warum hätte sie dann nicht zu Bo gehen sollen? Außerdem war sie doch selbst bei der Polizei, gut ausgebildet und intelligent. Nein, das passt irgendwie alles nicht. Und vor allem, warum hätte sie ausgerechnet einen von Anatolys Männern als Schutz anheuern sollen?«

Nicholas befürchtete, dass er wusste, wo ihre Gedanken hingingen. Der ermordete Russe war nicht nur ihr Leibwächter, sondern auch ihr Komplize gewesen. »Sie würde Bo davon erzählt haben, wenn sie nicht selbst darin verstrickt gewesen wäre, zusammen mit Kochen.« Es laut auszusprechen, machte dieses Eingeständnis leider auch wahrer und glaubhafter. Aber da blieb dann immer noch die Frage, warum die beiden ermordet worden waren. Seine Intuition sagte ihm, dass sie hier nach wie vor etwas übersahen und dass sie nicht mehr viel Zeit hatten.

Mike blickte von ihrem Handy auf. »Ben hat sich wieder gemeldet, es geht los. Wir können nach der Befragung weiterreden.«

* * *

Nicholas musste zugeben, dass Andrei Anatoly ganz und gar nicht so aussah, wie er ihn sich vorgestellt hatte. Mit seiner silbernen Mähne und der schwarz eingefassten Brille erinnerte er mehr an einen Diplomaten oder Universitätsprofessor, nicht an den Kopf einer Verbrecherorganisation. Er war groß, breit gebaut und herausgeputzt, Nicholas tippte auf Armani. Er wurde soeben in einen kleinen, unpersönlichen Raum mit kahlen, weißen Wänden geführt. Die Ausstattung des Raums umfasste gerade mal einen Tisch und vier Stühle, zwei auf jeder Seite.

»Er scheint ganz schön was herzumachen, oder?«, fragte Mike. »Geradezu die Definition einer Mogelpackung.«

Als Nächster folgte ein großer, eleganter Mann, schlank und fit, mit sonnengebräunter Haut und einem gut sitzenden Anzug, wenn auch nicht von Armani. Man hatte sie ganz offensichtlich auf dem Weg zur Gala abgefangen. Nicholas vermutete, dass Anatoly darüber nicht froh gewesen war. *Gut so.*

Die beiden nahmen Platz, auf der anderen Seite des Tisches setzte sich Special Agent Ben Houston. Entlang der gegenüberliegenden Wand standen noch drei weitere FBI-Agenten, die Arme verschränkt, ihre Dienstwaffen offen zu erkennen. Die drei waren nur zum Beobachten dabei, was sie durch leicht verkniffene Augen taten.

Anatoly lehnte sich entspannt in seinem unbequemen Metallstuhl zurück, als ob er kein Wässerchen trüben könnte, und lächelte Ben freundlich an.

»Der arme Ben. Er hat nicht viel mehr Schlaf bekommen als wir und man sieht es ihm an«, kommentierte Mike. »Ich hoffe, dass er sich zusammenreißt. Der Typ neben Anatoly mag vielleicht aussehen wie ein harmloser Schwätzer, aber er hat die Persönlichkeit und Instinkte eines weißen Hais. Ich hatte schon gelegentlich mit ihm zu tun und ein Spaß war das nie.«

Auf dem Monitor verfolgten sie, wie Ben sich vorstellte und den Männern dankte, dass sie gekommen waren. »Ich würde dann gerne anfangen, wenn ...«

Ehe er richtig anfangen konnte, wurde er auch schon durch den Anwalt unterbrochen. »Agent Houston, mein Name ist Lawrence Campbell, ich bin hier in meiner Funktion als offizieller Rechtsbeistand für Mr Anatoly. Ich möchte hiermit festhalten, dass Mr Anatoly freiwillig anwesend ist, als Zeichen der Hilfsbereitschaft für das FBI. Ich muss jedoch leider betonen, dass Mr Anatoly ein viel beschäftigter Mann ist und auf dem Weg zur Eröffnungsgala im Metropolitan Museum. Wie Sie wissen, ist Mr Anatoly nicht nur ein bekannter Kunstliebhaber, sondern auch einer der größten Unterstützer des Museums. Daher ist seine Anwesenheit bei der Enthüllung der Kronjuwelen heute Abend natürlich unabdingbar. Wir hoffen, dass Sie diese Angelegenheit hier so kurz wie möglich halten werden, um nicht unnötig viel seiner kostbaren Zeit in Anspruch zu nehmen.«

Ben lächelte so freundlich, wie er es nur zustande brachte. »Wir wissen die Kooperation sehr zu schätzen. Vielleicht sollte ich dann gleich zur Sache kommen. Mr Anatoly, könnten Sie uns bitte erklären, wo sich Vladimir Kochen derzeit aufhält? Unseren Informationen nach arbeitet er für Sie.«

Campbell antwortete zuerst. »Mit solchen Fragen verschwenden Sie nur Mr Anatolys kostbare Zeit, Agent Houston. Sie wissen ebenso gut wie wir, dass Mr Kochen gestern ermordet wurde, aufgefunden in, wenn ich mich recht erinnere, der Wohnung einer britischen Polizistin.«

Anatoly nickte. »Ich war erschüttert, als ich von Vlads Tod erfahren habe. Er war ein geschätzter Mitarbeiter bis vor etwa einem Jahr, als sich unsere Wege getrennt haben. Seither habe ich ihn nicht mehr gesehen.«

»Darf ich dann fragen, warum wir in den Telefondaten von Mr Kochen …«, setzte Ben an, blätterte durch einige Papiere, die neben seinem Ellbogen lagen. »Ah, hier ist es. Also, darf ich fragen, warum Mr Kochen Sie letzte Woche mehrmals angerufen hat, sowohl auf Ihrem Mobiltelefon als auch auf Ihrem Festnetzanschluss?«

Anatoly legte Campbell beruhigend eine Hand auf den Arm. Seine Stimme klang entspannt. »Ich habe lediglich erklärt, dass ich ihn nicht mehr gesehen habe, Agent Houston, nicht, dass wir nicht gesprochen hätten. Wenn Sie es unbedingt wissen müssen, Mr Kochen hatte mich gebeten, ihm wieder eine Stelle zu verschaffen. Wir waren gerade in den letzten Verhandlungen, könnte man wohl sagen.«

Nicholas drehte sich zu Mike. »Anatolys Akzent erinnert mich eher an Europa, nicht an Russland. Ich vermute, dass er schon länger in den Vereinigten Staaten lebt?«

»Er ist mit seinen Eltern zusammen immigriert, damals war er zarte zweiundzwanzig Jahre alt. Es ist ihm wichtig, sich anzupassen, daher hat er sich den russischen Akzent bewusst abtrainiert. Er will als Stütze der Gesellschaft wahrgenommen werden.«

Auf dem Monitor sahen sie, wie Anatoly sich vorbeugte, die Hände auf den Tisch gelegt. »Ich kann Ihnen versichern,

Agent Houston, dass ich nicht das Geringste mit dem vorzeitigen Ableben des armen Vlad zu schaffen habe. Es ist mir ein ebensolches Rätsel wie anscheinend Ihnen auch.«

»Können Sie mir dann erklären, warum Mr Kochen nicht mehr für Sie arbeitete? War er freiwillig gegangen oder haben Sie ihn gefeuert?«

»Eine unerfreuliche Geschichte. Er hatte sich einem meiner Söhne gegenüber respektlos verhalten. Yuri kam zu mir und erzählte es mir, daher hatte ich keine andere Wahl, als Vlad zu entlassen. Das war auch Teil dessen, was wir am Telefon besprochen haben. Vlad wollte persönlich erscheinen und sich bei meinem Sohn entschuldigen. Was auch passiert wäre, wenn nicht …« Anatoly zuckte resigniert mit den Schultern.

Nicholas blickte zu Mike. »So kommen wir nicht weiter und Anatoly weiß das genau. Er wird ja auch kaum auf die Polizeiwache spazieren und zugeben, dass er Kochen und Elaine hat ermorden lassen.«

Als ob Anatoly Nicholas gehört hätte, machte sich dieser auf dem Monitor offensichtlich zum Aufbruch bereit. »Ich denke, damit sollte doch hoffentlich alles geklärt sein. Die Gala beginnt bald und es wäre traurig, wenn ich zu spät kommen würde. Wie jeder andere Gast freue ich mich schon sehr auf die Kronjuwelen und insbesondere den Koh-i-Noor.«

Während Anatoly und sein Anwalt sich erhoben, schüttelte Ben nur den Kopf. »Ein paar Fragen hätten wir noch, Mr Anatoly.«

»Was können Sie denn noch für Fragen an meinen Mandanten haben?«, entgegnete Campbell ungehalten.

»Nehmen Sie bitte Platz«, bat Ben mit stählerner Stimme.

Beide blickten überrascht auf, folgten aber der Aufforderung. Der Anwalt tippte ungeduldig mit dem Stift auf die Tischplatte, Anatoly inspizierte demonstrativ gelangweilt seine Fingernägel.

Ben legte ein Foto von Inspector York auf den Tisch.

»Kennen Sie diese Frau?«

Anatoly warf nur einen beiläufigen Blick auf das Foto. Als er antwortete, schien ein wenig mehr russischer Akzent durchzubrechen als zuvor. »Ich habe sie noch nie gesehen. Aber ich werde für ihre Seele beten.«

Ben legte noch drei weitere Fotos dazu, die Nicholas als Aufnahmen des Tatorts erkannte. Er hatte die Bilder selbst noch nicht gesehen und es traf ihn wie ein Hieb in die Magengrube. Es war schwierig, sich auf Anatolys Reaktion zu konzentrieren und gleichzeitig die eigenen Gefühle zu unterdrücken.

Nicholas spürte Mikes Hand auf seinem Arm. »Hast du bemerkt, wie sich die Haltung leicht versteift hat, als er die Fotos betrachtet hat? Er ist ein guter Schauspieler, aber er kennt sie.«

»Ich denke auch. Bei jedem anderen hätte ich vermutet, dass es nur eine natürliche Reaktion auf die Leiche sein könnte, aber wenn man bedenkt, wen wir hier vor uns haben … Ich glaube nicht, dass beliebige Tatortfotos bei ihm noch so eine Reaktion auslösen würden.«

»Es tut uns schrecklich leid, dass wir nicht mehr helfen konnten«, bedauerte Campbell jetzt im Vernehmungsraum. »Wenn es sonst nichts mehr gibt, Agent Houston, es wird wirklich Zeit, dass wir gehen.«

Anatoly erhob sich, sein Anwalt tat es ihm gleich.

»Mike, schnell«, raunte Nicholas. »Sag Ben, er soll Anatoly fragen, ob er den Diebstahl des Koh-i-Noor arrangiert hat.«

Mike starrte ihn an. »Du bist doch verrückt, damit kommt doch alles raus.«

»Das spielt keine Rolle mehr, vertrau mir.«

Sie schickte Ben die Textnachricht und Nicholas erkannte dieselbe Überraschung in Bens Ausdruck.

Ben fing sich aber schnell wieder und lehnte sich im Stuhl zurück. »Mr Anatoly, eine letzte Frage noch. Haben Sie jemanden beauftragt, den Koh-i-Noor zu stehlen?«

Der Kopf des Anwalts lief hochrot an. »Das reicht! Was soll diese Farce hier! Das waren jetzt wirklich genug grundlose Anschuldigungen, wir werden uns das nicht länger anhören!«

Er versuchte, Anatoly aus dem Raum zu schieben, dieser stand aber wie festgewurzelt da.

Nicholas meinte, dass er sogar mehr als festgewurzelt schien, eher benommen, geradezu entsetzt. Das war nicht gespielt. Er sammelte sich, aber als er wieder sprach, war seine Stimme alles andere als fest. »Agent Houston, wollen Sie mir damit sagen, dass der Koh-i-Noor aus der Ausstellung gestohlen wurde?«

»Nein, Sir, ich habe gefragt, ob Sie jemanden damit beauftragt hätten, ihn zu stehlen.«

Jetzt stieg auch in Anatoly der Zorn auf, als es aus ihm herausbrach. »Sie schleppen mich hierher, beleidigen mich und beschuldigen mich jetzt auch noch, das Kernstück der Ausstellung stehlen zu wollen? Ich hoffe, Sie verstehen, Agent Houston, dass ich Tag und Nacht gearbeitet habe, um diese Ausstellung erst zu ermöglichen, um den Koh-i-Noor, ja, um alle Kronjuwelen in die Vereinigten Staaten zu bringen. Mein schwer verdientes Geld finanziert diese Ausstellung. Ihre Anschuldigungen sind einfach absurd! *Poshel na khui, suka, blyad!*«

Im Vernehmungsraum ging Anatolys Schimpftirade auf Russisch weiter, vor dem Monitor grinste Nicholas glücklich. »Scheint so, als ob wir erfolgreich eine Reaktion provoziert hätten.«

»Verstehst du, was er sagt?«

»Grundlegend, ja. Die feineren Details entgehen mir zwar, aber zusammengefasst sind es Sachen, die man nicht vor Damen wiederholen sollte.«

Im Vernehmungsraum hatte sich Anatoly inzwischen so weit beruhigt, dass Ben wieder ein Wort anbringen konnte. »Mr Anatoly, ich danke Ihnen für Ihre Zeit. Einer meiner

Agenten wird Sie und Mr Campbell nach unten begleiten. Wir werden uns bestimmt bald wiedersehen.«

Danach blickte er noch einmal direkt in die Kamera, die Augenbraue fragend erhoben. Im nächsten Augenblick wurde der Bildschirm schwarz.

Nicholas zog ein kurzes Resümee. »Anatoly hat eindeutig gelogen, er kannte Elaine. Ich bin mir auch sicher, dass er Kochen erst kürzlich gesehen hat. Aber seine Überraschung und Entrüstung hinsichtlich des Diebstahls waren echt, er wusste wirklich nichts davon, dass der Koh-i-Noor gestohlen wurde.«

»Aber vielleicht hat er es arrangiert. Vielleicht hat er irgendwie Inspector York und Kochen für seinen Plan genutzt, aber dann ist etwas schiefgegangen und beide wurden ermordet. Denk daran, er hat sieben Söhne.« Sie machte eine kurze Pause und dachte nach. »Die Sache ist nur, warum hätte er Kochen mit Cyanid vollpumpen sollen? So was ist einfach nicht Anatolys Stil.«

Kapitel 24

Metropolitan Museum of Art
Eröffnungsgala der Ausstellung
»Juwel des Löwen«
Donnerstag, 20:30 Uhr

Die Straßen um das Met herum glitzerten gleichermaßen durch den frisch gefallenen Neuschnee wie durch die Juwelen und exquisiten Kostüme der geladenen Gäste. Limousinen und Taxis füllten die Fifth Avenue. Einige wenige Tapfere hatten den Elementen getrotzt und waren zu Fuß gekommen. Die Blitzlichter der Paparazzi spielten verrückt und ließen die Treppen kurzzeitig wie eine Disco erscheinen.

Mike beobachtete, wie die Gäste eintrafen, gleich einer langen Schlange des Who's who von Manhattan, plus einige angereiste Berühmtheiten und ihr Anhang. Hier und da tauchte immer mal wieder die eine oder andere aufsehenerregende Gestalt auf, meist extravagante Künstler oder Models, welche vielleicht der neuesten Kollektion zusätzliche Publicity verleihen sollten.

Nicholas trat zu ihr. »Dein Kleid sieht sehr elegant aus.«

Sie drehte sich zu ihm um und hätte sich beinahe in Pose geworfen und ein Klischee wie »Was, dieses alte Ding?« von sich gegeben – stoppte sich aber gerade noch. Wobei es diesmal fast zugetroffen hätte.

»Satin ist leicht zu pflegen, glücklicherweise. Dein Smoking ist aber auch recht ansehnlich.« Gelinde gesagt. Sein Smoking saß wie angegossen, bestimmt maßgeschneidert. Vom selben Schneider, den auch 007 frequentierte. Sie hoffte fast darauf, dass er seine Manschetten zupfen und einen trockenen Martini bestellen würde. »Zumindest erkennt man nicht auf den ersten Blick das FBI bei der Jagd.«

»Da kann ich wohl nicht mitreden, Agent Caine.«

»Wobei es ja noch nicht wirklich was zu jagen gibt, aktuell können wir ja nicht mehr tun, als die Augen offen halten. Ich will mich ja auch gar nicht beschweren, wir werden nicht alle Tage zu solchen Veranstaltungen eingeladen. Da drüben, an der Treppe, das ist übrigens mein Boss, Milo Zachery. Der mit dem sandfarbenen Haar und der roten Fliege. Ich muss euch bekannt machen.« Damit steckte sie sich das kleine Kommunikationsgerät ans Ohr und kontaktierte ihren Chef. »Sir, ich sende jetzt Nicholas Drummond zu Ihnen.«

Mike blickte ihm nach, wie er sich seinen Weg durch die Menge bahnte, geschmeidig und doch zielstrebig. Sie bemerkte mehr als eine Frau, die ihm nachsah. Sie konnte es ihnen nicht verübeln.

Nicholas hatte sich die rote Fliege als Ziel gesetzt und blieb kurz vor ihr stehen. »Mein Name ist Drummond, Sir. Freut mich, Sie kennenzulernen.«

»Ah, Drummond, sehr schön«, sagte Zachery, während sie die Hände schüttelten. »Es tut mir so leid wegen Inspector York.« Er lehnte sich etwas näher zu ihm, damit er leiser sprechen konnte. »Ich habe gehört, wie Andrei Anatoly ausgerastet ist, als Sie über den Diamanten haben fragen lassen. Bens Einschätzung nach war das nicht gespielt, er meinte, Anatoly habe wohl wirklich nichts damit zu tun. Sehen Sie das auch so?«

Nicholas nickte. »Wie Mike schon meinte, es bedeutet nicht, dass er nicht auch etwas geplant hatte, aber wenn, dann ist ihm jemand zuvorgekommen.«

»Ihr Onkel ist oben in der Kommunikationszentrale. Ah, und dort drüben sehe ich Agent Sherlock an der Bar. Dann kann Agent Savich ja nicht weit sein. Bo hat mir erzählt, dass Sie sich schon online kennengelernt haben.«

Sherlock trug ihre umwerfenden roten Haare auf dem Kopf hochgesteckt, mit einigen Locken über den Ohren gelöst. Das flammende Rot bildete einen interessanten Kontrast zu den baumelnden, schwarzen Ohrringen und dem gut sitzenden schwarzen Kleid, sodass sie ihm in der Menge direkt auffiel. Nicholas meinte, dass sie in echt noch spektakulärer wirkte, die Energie, die sie ausstrahlte, war in der Videokonferenz gar nicht so zur Wirkung gekommen.

Ebenso wie Savich, der jetzt im Ganzen gleich noch eine Nummer beeindruckender aussah. Der kleine Computerbildschirm war seiner imposanten Erscheinung einfach nicht gerecht geworden. Trotz des obligatorischen schicken Anzugs sah er immer noch wie jemand aus, den Nicholas in einer Schlägerei lieber auf seiner Seite wissen würde.

Sherlock bemerkte ihre Blicke und winkte ihnen zu.

Nicholas nickte zurück.

Zachery ermutigte ihn. »Gehen Sie ruhig und bringen Sie die beiden auf den neusten Stand, ich kann mich hier schon alleine amüsieren.«

»Ich wollte Ihnen nur noch schnell dafür danken, dass Sie mich ins Team gelassen haben, Sir«, meinte Nicholas respektvoll.

»Ach, ich hatte da wenig Wahl. Bo hätte mich bestimmt wie ein Steak gegrillt, wenn ich mich geweigert hätte«, winkte Zachery amüsiert ab. »Wenn ich ehrlich bin, macht Ihr Onkel mir Angst.«

»Das hat er so an sich«, grinste Nicholas zurück, ehe er sich wieder zu Mike aufmachte und ihr seinen Arm anbot. »Komm, ich würde Sherlock und Savich gerne mal in Lebensgröße sehen.«

»Gerne.«

Als Savich sie nahen sah, signalisierte er dem Barkeeper, ihnen noch zwei Pellegrino mit Zitrone zu geben.

Sherlock schloss Mike zur Begrüßung kurz in die Arme. »Mike, so schön, dich wiederzusehen. Wobei, wie lange war das jetzt her? Sechzehn Stunden? Das rote Kleid steht dir fantastisch.« Sie ließ ihre Hand auf Mikes Rücken ruhen. »Ich habe zumindest noch gute acht Stunden Schlaf bekommen, ich denke mal, davon kannst du nur träumen. Wie geht es dir?«

»Ehrlich gesagt, ziemlich erschlagen. Die letzten Tage passiert so viel in so kurzer Zeit. Ich habe schon fast Angst, was in den nächsten Minuten geschehen könnte.« Sie blickte zu Savich. »Und ich muss schon sagen, dein Mann sieht beeindruckend aus in seinem Smoking.«

Neben ihnen hörten sie Nicholas mit Savich reden. »Wenn Onkel Bo von Ihrem Laptop spricht, hat er immer so einen verehrenden Tonfall, ihm zufolge ist wohl mehr Magie als Technik in dem Gerät drin.«

»Da hat er nicht ganz unrecht«, gab Savich voller Überzeugung zurück. »Ich bestreue MAX jeden Morgen mit einer ordentlichen Portion Feenstaub.«

Nicholas lachte. »Wenn es hilft. Kann ich auch ein Päckchen davon bekommen?«

Mike trat mit Sherlock zusammen zu ihnen. »Sherlock, eins muss ich aber noch wissen. Ich habe noch nie von zwei Agenten gehört, die verheiratet sind und als Team arbeiten. Wie funktioniert das?«

Savich legte seinen Arm um Sherlocks Hüfte. »Solange sie daran denkt, mich gelegentlich Sir zu nennen, läuft es eigentlich ganz gut.«

»Er hat da so seine ganz eigenen Fantasien«, lachte Sherlock und knuffte ihn gegen die Rippen.

»Onkel Bo meinte, dass ihr auch einen Sohn habt?«, fragte Nicholas.

»Nicholas, du bist ganz offensichtlich nicht auf dem Laufenden, was die Gerüchte des FBI angeht«, übernahm Mike lachend. »Sean ist aktuell eine echte Berühmtheit hier, seit seinem Heiratsantrag für Emma Hunt in San Francisco. Das Video macht immer noch auf YouTube die Runde. Erinnere mich in einer ruhigen Minute daran, es dir zu zeigen.«

Sherlock seufzte und schüttelte den Kopf. »Er bringt doch wirklich täglich was Neues. Aktuell ist Sean gleich in drei verschiedene Mädchen unsterblich verliebt und eine vierte steht schon in den Startlöchern. Ich fürchte, dass er sie vielleicht wirklich alle heiraten will … nicht gerade die Idealvorstellung einer etwas übertrieben romantischen Mutter. Ich sollte vielleicht dazu sagen, dass Sean fünf Jahre alt ist.«

Nicholas hob eine dunkle Augenbraue, halb fragend, halb amüsiert. »Ich hoffe, er führt die Damen getrennt aus? Soll ich mal ein Wörtchen mit ihm reden, so von Mann zu Mann?«

Sherlock lachte. »Da wird Dillon bestimmt drauf zurückkommen. Ich habe gehört, dass sein Dad und Ihr Onkel früher lange Jahre Partner und Freunde waren?«

Savich nickte. »Bo und mein Dad waren echt beste Kumpels. Haben ständig zusammen Grillabende mit den Kollegen abgehalten. Ich erinnere mich noch daran, wie toll das immer für uns Kinder war. Nicholas, es stimmt doch, dass Ihr Vater für das Innenministerium arbeitet, sozusagen beim britischen FBI, ja? War er schwer enttäuscht, dass Sie entgegen den Familientraditionen ins Außenministerium eingetreten und waschechter Spion geworden sind? Und wie kam es eigentlich, dass Sie von dort aus schließlich zu New Scotland Yard gewechselt sind?«

Obwohl sein Ausdruck sich nicht änderte, spürte Mike, wie Nicholas innerlich zurückwich. Anscheinend wollte er nicht darüber reden. Was da wohl vorgefallen sein mochte?

Seine Stimme klang aber ganz entspannt und nonchalant. »Ach, Reisen und fremde Länder, das hat alles seinen Reiz. Böse Spione jagen, Allianzen aushandeln, Kompromisse mit fremden Mächten schließen. Aber nach einiger Zeit geht es doch ziemlich an die Substanz, immer die Unsicherheit, ein Tag hier, der nächste woanders, andauernd wieder eine neue terroristische Bedrohung, die verhindert werden muss ... Ich glaube, ich bin einfach müde geworden und habe Heimweh bekommen. Näher bei meiner Familie leben, mir die Hände auf den Straßen von London schmutzig machen. Und, ehrlich gesagt, man braucht nicht die ganze Welt, London alleine bietet schon genug Herausforderungen.«

Da war aber noch mehr, das konnte Mike spüren. *Interessant.* Sie warf einen Blick auf die Uhr. »Nicholas und ich sollten mal in die Ausstellung reinschauen, ehe die Massen Zugang bekommen. Dr. Browning ist gerade mit zwei Kriminaltechnikern dort, sie versuchen, irgendwelche Spuren zu finden. Im Augenblick bin ich über jeden Hinweis froh, den unsere Spurensicherung bieten kann.«

»Warum gehen wir nicht einfach zusammen?«, schlug Savich vor. »Das Herz des Museums ist bestimmt einen Besuch wert und vielleicht hat Bo inzwischen ja noch mehr Treffer über die Gesichtserkennung gefunden.«

Zu viert machten sie sich zu den Aufzügen auf, durch die Massen hindurch, deren Stimmen wie das Summen eines Bienennests um sie herum dröhnten. Hunderte eleganter Menschen, die sich mit Kristallgläsern zuprosteten und Horsd'œuvres von den Kellnern entgegennahmen, die mit ihren silbernen Tabletts überall durch den Saal glitten. Die Cocktailparty war in vollem Gange und alle schienen sich hervorragend zu amüsieren. Immer wieder wurde Ausschau nach Berühmtheiten gehalten, etwa Mitgliedern der britischen Königsfamilie, von denen einige angekündigt waren. Leider nicht Kate und William, die aus nicht näher angegebenen Familiengründen hatten absagen müssen. Stattdessen musste man mit dem einen oder anderen Herzog oder Minister vorliebnehmen, die vom britischen Botschafter, Sir Peter Westmacott, durch den Saal geführt wurden. Glücklicherweise hatte man es geschafft, alle Paparazzi samt ihren Kameras vor der Tür zu halten.

Mit einem Seitenblick registrierte Mike eine hochgewachsene, schlanke Frau in einem figurbetonten schwarzen Abendkleid, welche in gerader Linie auf sie zuhielt. Oder vielmehr auf Nicholas. Was das jetzt wohl wieder werden würde?

Kapitel 25

Nicholas hatte sie noch nicht gesehen, er stand gerade an der Tür des Aufzugs und ließ Savich und Sherlock den Vortritt. Während Mike noch überlegte, ob sie ihn warnen sollte, drang auch schon die Stimme der Unbekannten zu ihnen, in einem Tonfall, der eindeutig die britische Oberschicht erkennen ließ. Der Akzent war Nicholas' eigenem Tonfall nicht unähnlich.

»Nicky? Nicky Drummond? Bist du das wirklich?«

Nicholas hatte nur einen Augenblick, um *Das kann doch wohl nicht wahr* sein zu denken, dann war sie schon bei ihm. Sie warf beide Arme um ihn, drückte ihn an sich und hielt ihn auf Armeslänge vor sich.

»Nicky, du bist es ja wirklich. Ich wusste ja gar nicht, dass du in New York bist!« Sie musterte ihn eingehend. »Du siehst einfach zum Anbeißen aus, Schatz. Du weißt ja, wie sehr ich diesen Smoking immer geliebt habe.«

Seine Stimme war flach und ausdruckslos. »Pamela, schön, dich zu sehen. Darf ich vorstellen, dies sind Lacey Sherlock und Dillon Savich, hier drüben ist Michaela Caine.« Er bemerkte, dass sie schon gar nicht mehr auf ihn achtete, ihr Blick war starr auf Savich gerichtet. »Dillon, Sherlock, Mike, darf ich euch Pamela vorstellen?«

»Angenehm«, sagte Pamela, den Blick weiter fest auf Brust und Schultern von Dillon Savich gerichtet. »Lady Pamela Caruthers, Gründerin und Herausgeberin von *Beauty in Nature*. Ich bin hier, um über die Gala und die Ausstellung zu berichten, wenn ich nur gewusst hätte, was mich hier sonst noch so alles erwartet …«

Savich ergriff ihre Hand und deutete einen Handkuss an, was Pamela wie ein Schulmädchen kichern ließ, woraufhin wiederum Sherlock an Savichs Seite rückte und sich bei ihm einhakte.

»Wie schade, dass die schönsten Männer immer vergeben sind«, kommentierte Pamela und wandte sich dann wieder Nicholas zu. »Irgendwie erinnert mich das plötzlich alles so an Istanbul, Nicky. Du erinnerst dich? Die Blaue Moschee, die Empfänge in der Botschaft, das war alles so romantisch … Natürlich war das vor unserer Hochzeit.«

Hochzeit? Nicholas ist verheiratet?

Nicholas schien nicht wirklich interessiert, alte Erinnerungen auszutauschen, und hielt Mike mit einer höflichen Aufforderung die Tür des Fahrstuhls auf. »Pamela, seit unserer Hochzeit ist viel passiert und seit unserer Scheidung noch mehr. Ich möchte wirklich nicht unhöflich wirken, aber …«

»Oh ja, wie konnte ich nur so gedankenlos sein«, fiel Pamela ihm ins Wort, die subtilen Andeutungen gekonnt ignorierend. »Das muss für dich natürlich alles viel schlimmer sein, mit den Erinnerungen an Afghanistan, ich erinnere mich noch gut, wie du danach warst, immer diese Stimmungsschwankungen …«

Nicholas räusperte sich und blickte demonstrativ auf seine Uhr.

Pamela ließ sich nicht beirren, war schon beim nächsten Thema angekommen. »Ich habe natürlich alles von Inspector

York gelesen, das muss schrecklich für dich gewesen sein, bist du deshalb …«

Nicholas war dankbar, dass Zachery seine Not bemerkt hatte. »Bo fragt schon nach Nicholas und Savich oben in der Kommunikationszentrale. Mike, könntest du bitte mit mir kommen und den Raum im Blick behalten?«

Erleichtert trat Nicholas in den Aufzug. Als die drei nach oben fuhren, fragte sich Mike, was genau ihre Aufgabe hier sein sollte. Darauf zu achten, ob einer der Gäste zufällig einen Edelstein in Größe eines Hühnereis aus der Tasche holte?

»Hach, einen guten Abgang hatte er schon immer«, bemerkte Pamela mehr zu sich selbst, mit einem letzten Blick auf Nicholas und Savich, die mit der Kabine nach oben glitten. Für Mike hatte sie nur ein höfliches, aber gleichgültiges Nicken übrig, ehe sie mit einem geübten Schwung in der Menge verschwand.

Wenn sie Lady Pamela war, was machte das dann aus ihrem Ehemann? War er Sir Nicholas? War das nicht eher dieser kopflose Geist aus … egal. Was war das mit Afghanistan gewesen?

Das Licht flackerte kurz, einmal, noch einmal. Die Menschen im Saal schienen es nicht bemerkt zu haben oder störten sich nicht daran.

Mike drehte sich zu Zachery um. »Das wäre ja was«, meinte sie mit einem Stirnrunzeln. »Wenn jetzt auch noch die Lichter ausgingen. Das wäre so ziemlich das Letzte, was wir brauchen können.«

»Wahrscheinlich nur der Schnee«, bemerkte Zachery. »Aber unsere Leute oben überprüfen das. Wird aber wohl nicht mehr als eine harmlose Stromschwankung gewesen sein.«

»Ich hoffe es. Können Sie sich das vorstellen? Achthundert Gäste im Saal und plötzlich kein Licht mehr? Hier würde die Hölle losbrechen.«

Ihr Handy klingelte, der Bildschirm zeigte Nicholas' Nummer an. »Einen Augenblick, Sir, es ist Nicholas.«

Seine Stimme klang besorgt. »Mike, hast du das Flackern gesehen? Da stimmt irgendwas nicht. Hier geht etwas vor, komm besser schnell nach oben.«

Kapitel 26

Die Türen des Aufzugs öffneten sich für Mike ins Chaos. Umherstolpernde Menschen, eher Zombies als FBI-Agenten. Überall Husten, tränende Augen. Schreiende Menschen. Ein feiner Nebel waberte über den Boden. Mikes Augen fingen an zu brennen.

Gas.

Nicholas kam aus der Kommunikationszentrale gelaufen, Sherlock über der Schulter, der Körper schlaff. Mike eilte zu ihnen, fühlte Sherlocks Puls. Stark und gleichmäßig. Zumindest war das Gas also nicht tödlich.

Nicholas hustete keuchend, drehte sich dann wieder zur Kommunikationszentrale. Mike brüllte ihm über die Schreie und Warnsignale hinterher. »Was ist passiert?«

Nicholas rief über die Schulter zurück. »Keine Ahnung. Sag Zachery, dass die Kommunikationszentrale ausgeschaltet ist!«

Panik stieg in ihr auf, als sie ihr Funkgerät betätigte. »Sir, wir haben einen Gasangriff auf die Kommunikationszentrale. Alle ausgeschaltet. Wiederhole, alle Agenten ausgeschaltet. Vermute Tränengas.«

Ein Augenblick Schweigen. Dann: »Verstanden, Mike.«

Sie eilte zu Nicholas, der weitere Leute aus der Kommunikationszentrale zog.

Eine ohrenbetäubende Sirene ertönte. Der Feueralarm.

Nicholas klemmte die Türen zur Kommunikationszentrale fest, damit frische Luft in den Raum hinein- und das Gas besser herausströmen konnte. Einige der Leute in der Zentrale regten sich und bewegten sich von selbst auf den Ausgang zu.

Savich kam aus dem Nebel, Bo stützte sich auf ihn. Beide rangen nach Atem und wurden von Hustenanfällen geschüttelt, ihre Augen rot, Tränenspuren über den Wangen.

Mike wischte sich die juckenden Augen und eilte zu Sherlock, die sich stöhnend regte und aufzusetzen versuchte.

»Immer ruhig, ihr seid in Sicherheit. Was ist passiert?«

Sherlock schaffte es, die tränenüberströmten Augen einen Spalt weit zu öffnen. »Gasgranate. Nick war nicht im Raum, prüfte Stromleitungen. Wir anderen wurden kalt erwischt.«

»Hast du gesehen, wer es war?«

»Nein, habe nichts gesehen. Wo ist Dillon? Oh, da bist du. Bist du okay? Hast du was gesehen? Ich stand mit dem Rücken zur Tür, habe die Aufzeichnungen der Überwachungskameras gesichtet.«

»Nein, ich habe auch nichts mitbekommen«, stöhnte Dillon, sank neben ihr gegen die Wand gelehnt zu Boden und lehnte seinen Kopf gegen ihren. »Bist du in Ordnung? Du siehst so verschwommen aus.«

»Wird schon wieder … Meine Augen brennen, aber nichts Schlimmeres. Ich war an der Tür, irgendjemand sagte irgendwas mit Doktor, dann ging alles los.«

Die Türen des Aufzugs öffneten sich wieder: Zachery stürmte hinaus, brüllte den fünf Agenten, die mit ihm gekommen waren, Befehle zu.

»Deine Techniker, Mike«, fiel Nicholas ein. »Wir müssen in den Ausstellungsraum.«

Mike war schon aufgesprungen und rannte den Gang entlang, ihr Kleid wie das rote Tuch eines Toreros hinter ihr her flatternd. Nicholas kam an Zachery vorbei und informierte ihn, ohne langsamer zu werden. »Der Ausstellungssaal! Wir gehen nachsehen!« Damit rannte er den Gang hinter Mike her.

Kapitel 27

Mike hämmerte gegen die massive Stahltür. »Sie ist verschlossen, niemand antwortet. Wie kommen wir da rein?«

»Bo«, sagte Nicholas nur und sprintete den Weg zurück, den er gerade gekommen war. Er fand seinen Onkel neben Savich und Sherlock, als dieser gerade seine Augen ausspülte und versuchte, wieder normal Luft zu bekommen.

»Bo, wir müssen in den Ausstellungssaal!«

»Ich kann euch aufmachen, aber du musst mich führen«, keuchte Bo. »Ich bin so gut wie blind.«

Nicholas ergriff Bo und leitete ihn so schnell es ging den Gang entlang, zurück zum Ausstellungsraum. Erst jetzt fiel ihm auf, dass der Feueralarm wieder abgestellt war.

»Die Karte steckt in meiner Tasche«, erklärte Bo. »Leg meine Hand auf den Abdruckleser, dann zieh die Karte durch das Lesegerät.«

Mike nahm die Karte und folgte den Anweisungen, ein Piepen ertönte. »Sehr gut«, kommentierte Bo. »Jetzt den Zugangscode. 35767336.« Sie tippte die Zahlen ein und hörte, wie die Tür sich entriegelte.

»Bleib hier, Bo«, wies Nicholas seinen Onkel an.

»Bereit«, raunte Mike, die Glock erhoben. Sie hielt drei Finger hoch und zählte drei, zwei, eins, und sie stürmten den Raum.

Kein Rauch hier, kein Gas. Der Raum war wie bei ihrem letzten Besuch nahezu unbeleuchtet, sie erkannten aber die Umrisse zweier regloser Körper zwischen den Vitrinen.

»Paulie? Louisa?« Mike eilte zu ihnen und ging neben ihnen in die Knie. Sie bemerkte eine blutende Wunde an Paulies Kopf, fühlte aber einen Puls. Beide waren hart getroffen, aber nur bewusstlos.

»Nicht tot, Gott sei Dank. Aber so schnell kommen die nicht wieder zu sich.«

Nicholas ließ den Blick durch den Raum schweifen. Irgendwas stimmte hier nicht, er hörte …

Tick. Tick. Tick.

»Wir müssen sie rausschaffen, sofort!«

Mike verschwendete keine Zeit, sondern ergriff die beiden Techniker und zerrte sie aus dem Raum, bis vor die Tür hin zu Bo.

»Wir haben eine Bombe im Ausstellungssaal«, rief Nicholas ihnen zu. »Mike, sag Zachery Bescheid, er soll alle hier rausschaffen und das Bombenkommando rufen. Ich sehe mir die Bombe mal an, damit ich dem Team schon möglichst viele Informationen geben kann.«

Bo schlurfte in seine ungefähre Richtung. »Warte, Nicholas …«

Dieser ließ ihn aber gar nicht erst ausreden. »Ich weiß, was ich tue, Onkel Bo. Mike, bring alle in Sicherheit.«

Damit lief er wieder zurück in den Ausstellungsraum, wo er stehen blieb und angestrengt lauschte. Im jetzt völlig leeren Raum schien ihm das Ticken noch lauter.

Tick. Tick. Tick.

Er hörte, wie Bo sich entfernte und ihm über die Schulter zurief. »Zwei Minuten. Du hast zwei Minuten!«

Nicholas eilte zu den Vitrinen mit den Kronjuwelen. Auf den ersten Blick schien alles normal. Dann bemerkte er aber, dass die mittlere Vitrine, jene mit der Krone der Königinmutter und dem Koh-i-Noor, einen Spalt offen stand. Je näher er kam, desto deutlicher wurde das Ticken.

Tick. Tick. Tick.

Die Krone lehnte in einem leichten Winkel von ihm fort. Er erwartete eigentlich schon eine Verkabelung am Rahmen, stattdessen bemerkte er aber ein gähnendes Loch in der Spitze der Krone. Der Koh-i-Noor fehlte, jemand hatte die Imitation gestohlen. *Nein,* ging es ihm auf. *Keine Fälschung.* Er schlug sich gegen die Stirn. *Verdammte Scheiße.*

Tick. Tick. Tick.

Er konnte es sich nicht leisten, Zeit zu verschwenden. Nicholas ging in die Knie und ließ sich unter die Vitrine gleiten. Hier fand er endlich die Bombe, am Glas befestigt.

Tick. Tick. Tick.

Es gab kaum Licht im Raum, aber er konnte erkennen, dass keine Zeitanzeige an der Bombe angebracht war. Also auch kein Anhaltspunkt, wann ihm der ganze Raum mit all seinen Kostbarkeiten um die Ohren fliegen würde. Er inspizierte den Mechanismus weiter. Mehrere der Drähte waren mit einem Mobiltelefon verbunden. Also könnte die Bombe jederzeit explodieren, wann immer der Bombenleger die passende Nummer wählte.

»Ver…fluchte Scheiße.« Er brauchte mehr Licht. Nicholas zog sich unter der Vitrine hervor, sprang auf und rannte zurück in den Flur, wo Mike neben dem Aufzug auf ihn wartete, Türen geöffnet.

Sie griff seinen Arm. »Wir haben alle draußen. Los, komm, die Jungs vom Bombenteam kommen bestimmt gleich.«

»Keine Zeit – die Bombe hat einen Fernzünder. Sie könnte jeden Moment losgehen, ich muss sie selbst entschärfen. Geh du zu den anderen.«

Er entzog ihr den Arm, sprang in die Kommunikationszentrale und griff sich eine Maglite. Mit der Stabtaschenlampe ausgerüstet, sprintete er wieder zurück in den Ausstellungsraum.

Kapitel 28

Mike dachte eigentlich nicht nach, reagierte mehr instinktiv, als sie ihm nacheilte. Als sie in den Ausstellungsraum kam, sah sie ihn schon unter der Vitrine liegen.

»Nicholas, bist du komplett verrückt? Komm da raus!«

»Ich hätte mir denken sollen, dass du nicht auf mich hörst.«

Sie eilte hinüber und rutschte neben ihn unter die Vitrine. »Ich bin hier und bleibe hier. Sag mir, wie ich helfen kann.«

»Es scheint mir ein Standard-Mechanismus zu sein, Fernauslöser Marke Eigenbau per Handy. Solche Konstruktionen nutzen sie oft für ihre Bomben im Irak und in Afghanistan oder auch für die Westen von Selbstmordattentätern. Die Bombe wird durch Vibration ausgelöst, das Telefon ist auf Vibrationsalarm eingestellt. Sobald die Nummer gewählt wird, geht also die Bombe hoch. Ich werde die Frequenz blockieren, die Abdeckung des Handys entfernen und das Kabel zum Empfänger lösen.«

»Ich will doch schwer hoffen, dass du weißt, was du tust. Gib mir die Taschenlampe, du wirst beide Hände brauchen.«

»Wenn ich was falsch mache, wissen wir das schnell genug. Leuchte mal hier rüber. Gut.«

Innerlich hörte er wieder und wieder die Worte von Tommy Magellan, dem Chef des Bombenräumkommandos in London. Wieder und wieder, in einer sanften und doch so bestimmten Stimme: *Niemals zögern. Wenn du zögerst, bist du tot.*

Nicholas zog sein eigenes Handy aus der Tasche, suchte kurz nach dem richtigen Programm und stellte die Störfrequenz ein. Es würde nicht lange vorhalten, aber eine oder zwei Minuten konnten sie sich damit erkaufen. Er wartete zehn Sekunden, bis der Störsender aktiv war, sodass mögliche eingehende Anrufe blockiert waren, dann klappte er den Schraubenzieher an seinem Schweizer Armeemesser aus.

Kurzes Hebeln später hatte er die Frontabdeckung des Handys entfernt und blickte tiefer in die Eingeweide des Auslösers. Das Handy war direkt mit einem grauen Block verbunden, der grob achtzehn mal dreißig Zentimeter groß war und C4 verdächtig ähnlich sah. Nicholas schätzte ihn auf mehr als ein Kilo Sprengstoff, genug, um neben dem Raum auch noch einen ganzen Flügel des Museums mitzunehmen. Von den Kronjuwelen ganz zu schweigen.

Er zählte innerlich *drei, zwei, eins*, dann durchschnitt er den ersten Draht zum Auslöser. Anschließend nutzte er die flache Seite des Messers, um die Batterie vorsichtig aus dem Handy zu lösen.

Sicher.

Die Zeit lief weiter, das nervenaufreibende Ticken schien den Raum zu füllen, doch er wusste, dass jetzt keine Gefahr mehr von ihm ausging. Die Bombe war von ihrem Zünder getrennt.

Nicholas und Mike drückten sich unter der Vitrine hervor und setzten sich benommen auf. Ihr Gesicht war kreideweiß, aber sie war nicht in Panik verfallen. Als Nicholas die Krone der Königinmutter zurechtrückte, fiel ihm etwas auf. Unter der Krone steckte ein Metronom in Form eines Skelettes.

Tick. Tick. Tick.

Er hielt das Metronom mit dem Finger an.

Stille.

Das Skelett kam ihm bekannt vor. Wo hatte er es nur schon gesehen? Er war jetzt bald vierundzwanzig Stunden auf den Beinen und die Müdigkeit machte sich so langsam bemerkbar. Aktuell lief er eigentlich nur noch auf Adrenalin. Sein Gehirn hinkte seinen Instinkten meist einige Schritte hinterher. Aber da fiel es ihm doch ein.

Bitter flüsterte er in den stillen Raum: »Der Fuchs.«

Mike starrte ihn verwirrt an. »Was für ein Fuchs?«

Er reichte ihr das kleine Plastikskelett.

»Was ist das?«

»Ein Metronom. Eigentlich nur ein Spielzeug, sein einziger Zweck ist es, uns panische Angst einzujagen. Was ja auch ganz gut geklappt hat. Ich meine, du hast es doch beobachtet: Die Bombe sollte über das Handy ausgelöst werden. Hast du schon mal ein Handy gesehen, das tickt? Eigentlich war es klar, wenn die Bombe keinen Zeitzünder hat, muss irgendwas anderes im Raum das Geräusch verursachen. Sie ist echt ein gemeines Biest. Hat ihr Spielzeug auch noch direkt unter die Krone gestellt.« Nicholas musste lachen. »Oh, du cleveres Mädchen!«

»Wer hat was eingestellt? Und warum bin ich clever? Ich habe doch nur die Lampe gehalten?«

»Und ich habe selten jemanden so grazil eine Lampe halten sehen. Aber das meinte ich nicht. Sag mal, ist dir Dr. Browning eben in all dem Chaos irgendwo aufgefallen?«

Ihr Hirn zog so langsam mit seinen Gedankengängen gleich. »Nein. Nein, eigentlich nicht.«

»Weil sie nicht da war«, erklärte Nicholas. »Unsere Kuratorin selbst hat den Koh-i-Noor gestohlen – und zwar nicht gestern oder letzte Woche, sondern erst vor zehn Minuten. Direkt unter unserer Nase.«

»Browning? Aber das ergibt doch keinen Sinn … und was meintest du mit dem Fuchs?«

»Mit dem Fuchs meine ich nicht das Tier, sondern einen ganz speziellen Menschen. Einen, von dem bis eben niemand wusste, dass er eine Frau ist.«

»Nicholas, ich weiß nicht, ob das Gas mich oder dich hier durcheinanderbringt, aber könntest du bitte mal Klartext reden?«

»Der Fuchs«, erläuterte er, »ist einer der berüchtigtsten Juwelendiebe der Welt. Du erinnerst dich sicherlich an die Liste der Diebe, welche die Fähigkeiten und Ressourcen gehabt hätten, einen solchen Diebstahl durchzuziehen? Die Liste, die wir auf Verbindungen zu Anatoly überprüfen wollten? Die Liste umfasst nur eine Handvoll Leute und der Fuchs gehört dazu. Bisher wusste allerdings niemand, wer er ist. Oder besser gesagt, wer sie ist. Nur wir wissen es jetzt.«

»Du willst sagen, dass Victoria Browning dieser Fuchs ist? Ich muss Alarm geben, vielleicht ist sie noch im Museum, vielleicht können wir sie noch schnappen.« Mike steckte sich wieder das Funkgerät ins Ohr und informierte Zachery über die wichtigsten neuen Erkenntnisse. Sie konnte geradezu fühlen, wie sein Hirn die Informationen verarbeitete und entsprechende Maßnahmen ausgab. Als sie die Verbindung unterbrach, hörte sie ihn schon Befehle bellen. »In gerade einmal zehn Minuten kann sie nicht weit gekommen sein.«

Nicholas winkte ab. »Sie ist schon lange weg, das wissen wir beide. Ich bin mir sicher, das Video wird zeigen, wie Paulie oder Louisa Fingerabdrücke am Edelstein nimmt, dabei einen Schlag auf den Kopf bekommt und zu Boden geht. Zwei schnelle Schläge auf die Techniker, zwei weitere auf die nichts ahnenden Wachen vor der Tür, die Gasgranate in die Kommandozentrale. Und schon hatte sie genug Zeit, um in aller Seelenruhe direkt zum Haupteingang hinauszuspazieren. Ein perfekt orchestrierter Ablauf, auf die Sekunde geplant.«

»Vielleicht liegt es ja an all dem Gas hier, aber warte mal … willst du damit sagen, dass der echte Koh-i-Noor die ganze Zeit hier in der Krone war? Nie gestohlen oder ausgetauscht wurde?«

»Genau das will ich sagen. Der Stein war gar keine Fälschung. Falsch war hier leider nur unsere Kuratorin. Sie hat sich eine unglaublich detaillierte falsche Identität verschafft, mit allen erforderlichen Hintergrundinformationen, um selbst den Prüfungen des FBI standzuhalten. Irgendwie hat sie sich die Stelle hier im Museum verschafft und sich bis zur Position der Kuratorin hochgearbeitet. Es ist einfach Wahnsinn, wie viel Geduld das gekostet hat und wie perfekt sie alles geplant hat.«

»Aber warum hat sie bis heute gewartet? Sie hatte doch tagelang Zeit, den Edelstein zu stehlen. Irgendwann, nachdem das Museum geschlossen hatte. Oder am ersten Abend, als die Sammlung geliefert wurde. Warum diese Scharade? Warum erst warten, bis das halbe New Yorker FBI und gut tausend Zeugen im Museum waren, um den Diebstahl zu beobachten?«

»Sie konnte es nicht, zumindest nicht, ohne Aufsehen zu erregen und das Risiko einzugehen, von den Sicherheitskräften geschnappt zu werden. Sie muss den Stromausfall am Mittwoch selbst fabriziert haben. Damit hat sie sichergestellt, dass wir uns alle nur auf diese fünf Minuten konzentrieren, in denen der Koh-i-Noor angeblich gestohlen wurde. Angeblich. Der Zweck des Stromausfalls war also einfach, dass sie sich auf diversen Kameras weitab des Ausstellungsraums zeigen konnte, sodass niemand Verdacht gegen sie schöpft. Eigentlich brillant. Den schwierigen Teil haben dann deine Techniker für sie erledigt. Sie musste nichts mehr tun, als den Edelstein einzustecken, alle auszuschalten und rauszugehen.«

Er nahm ihr das Skelett wieder aus der Hand, warf es in die Luft und fing es wieder auf. »Und wir waren derweil alle bloß darauf konzentriert, einen Dieb zu fassen, und nicht, die angebliche Fälschung zu schützen. Haben alle und jeden verdächtigt, nur nicht die Schuldige. Selbst Elaine …« Seine Stimme verlor sich, ehe er mit Zorn in der Stimme weitersprach. »Wir haben alles geglaubt, was Browning uns aufgetischt hat. Und jetzt hat sie den Koh-i-Noor. Brillant.«

»Wir brauchen das noch, als Beweis.«

»Ich weiß.«

»Meinst du, sie hat Elaine getötet?«, fragte Mike schließlich.

»Ich weiß es nicht. Alles, was wir in den letzten zwei Tagen gehört haben, war ein Netz aus Lügen, um uns an genau diesen Punkt zu bringen, mit den Technikern im Ausstellungsraum, welche den Koh-i-Noor rausholen. Das war die eine Sache, die sie nicht alleine schaffen konnte. Wir müssen wieder ganz am Anfang beginnen. Alles noch einmal von diesem neuen Blickwinkel aus betrachten.«

Die ganze Eleganz von Brownings Plan entfaltete sich vor ihr. »Das Miststück hat uns alle drangekriegt.«

Nicholas hielt das Skelett-Metronom vor sich in die Höhe. »Der Fuchs lässt immer ein Zeichen am Tatort zurück. Etwas, um die Ermittler zu verspotten. Und ich muss sagen, es funktioniert.«

Mike tippte leicht gegen den Kopf des Skeletts. Das Metronom tickte wieder.

Plötzlich klingelte Nicholas' Handy. Beide sprangen auf, Nicholas schob sich instinktiv vor Mike, um sie vor der erwarteten Explosion zu schützen, beide Arme weit ausgebreitet. Nichts passierte, nur sein Handy klingelte erneut. Er ließ die Arme sinken und nahm ab. »Ja?«

Stille. Leeres Rauschen. Dann wurde die Verbindung unterbrochen.

Kapitel 29

George Washington Bridge, New York
Donnerstag, 21:30 Uhr

Ihr blieb nicht viel Zeit. Inzwischen würden sie wissen, wonach sie suchen mussten, aber bis zu dem Anruf bei Nicholas war alles perfekt verlaufen. Amüsiert stellte sie sich vor, welche Panik und welchen Schrecken sie zurückgelassen haben musste. Ihr war auch klar, was die nächsten Schritte sein würden, wie Mike Caine und Nicholas Drummond nach ihr suchen würden. Als Erstes würde man versuchen, den Anruf zurückzuverfolgen, den genauen Ort des Handys festzustellen. Was natürlich auch gelingen würde, früher oder später. Die Herren und Damen Chefermittler würden sich noch so einige Male vor den Kopf schlagen, während sie versuchten herauszufinden, wie genau Dr. Victoria Browning, die hingebungsvolle, kompetente Kuratorin des Metropolitan Museum of Art, den Diebstahl des Jahrhunderts vollbracht hatte.

Sie musste laut lachen. Es war zu schade, dass sie nicht hierbleiben und dem FBI dabei zusehen konnte, wie sie ihren Spuren nachhechelten und ihr doch nicht näher kommen würden. Aber sie wollte ihren Flieger nicht verpassen.

Ihre Ducati Streetfighter glitt geschmeidig durch den abendlichen Verkehr auf der Brücke. Mit einer beiläufigen Bewegung ließ sie das Handy über die Brücke in den Hudson River fliegen. Noch fünf Minuten bis zum Flughafen Teterboro. Ein Vorteil davon, für Saleem Lanighan zu arbeiten, war, dass sie über ein nahezu unbegrenztes Spesenkonto verfügte. Die angemietete Gulfstream stand auf dem Flughafen bereit, aufgetankt und abflugbereit.

Sie beschleunigte, ließ das Motorrad seine Stärken ausfahren, genoss den Kick der Geschwindigkeit, die zwischen ihren Beinen grollende Maschine. Es war vielleicht noch etwas zu früh, um schon zu feiern, aber viel konnte nicht mehr schiefgehen. Bisher war alles exakt nach Plan verlaufen.

Wobei eine Sache ihr doch ein bisschen Kopfschmerzen bereitete. Drummond war nicht Teil ihres Plans gewesen. Er war intelligent, kein Anfänger und jemand, der sich nicht zwingend an die Standardverfahrensvorschriften des FBI halten würde. Nein, Drummond würde die Jagd aufnehmen. Sie wusste, dass er früher als Agent des britischen Außenministeriums geheime Missionen ausgeführt hatte, was ihm eine andere Denkweise bescherte, als sie normalen Polizisten und FBI-Agenten zu eigen war. Man konnte davon ausgehen, dass es ihn nicht groß stören würde, die eine oder andere Regel zu brechen, um Ergebnisse zu liefern. Er könnte zu einem Problem werden.

Eigentlich mochte sie seine Art, sein strukturiertes, systematisches Vorgehen, teils auch emotional intensiv, aber doch auch attraktiv. Es erinnerte sie an Grant. Auch wenn sie jetzt nicht an ihn denken wollte.

Das Flugfeld kam in Sicht. Ohne anzuhalten, zog sie die Maschine durch das Tor zu den hinteren Gebäuden des Flugplatzes, winkte den Wachmännern im Vorbeifahren zu. Gewisse Zahlungen waren geflossen, um sicherzustellen, dass sie anonym bleiben würde. Die Kameras zu diesem Bereich würden eine unerklärliche Lücke in den Aufnahmen aufweisen, während die Wachleute sich für diese zehn Minuten kurz umgedreht hatten. Ihrer Erfahrung nach öffnete ein ordentliches Bündel Geldscheine viele Türen.

Die Kennung auf dem Heck der Gulfstream war abgeändert worden, sodass man nur schwer den Halter würde ermitteln können. Außer dem Pilot war niemand an Bord. Nach ihren Anweisungen hatte er einen Flug nach Vancouver in Kanada eintragen lassen, der Flieger war aber voll aufgetankt und konnte damit auch Ziele jenseits des Atlantiks erreichen. Der Pilot war informiert, dass er weitere Anweisungen erhalten würde, sobald sie in der Luft waren. Man konnte nie vorsichtig genug sein, und jede weitere falsche Spur für das FBI würde ihr Zeit erkaufen.

Ihr war natürlich klar, dass das FBI früher oder später alle ihre falschen Spuren aufdecken würde. Sie vertraute aber darauf, dass sie bis dahin längst verschwunden sein würde.

Sie stellte das Motorrad auf der Rollbahn ab, behielt den Helm jedoch noch auf. Man musste ja nicht leichtsinnig werden, noch war sie nicht außer Landes. Der Rucksack auf ihrer Schulter war ein angenehmes Gewicht. Aus dem Gepäckfach des Motorrads zog sie eine weitere, kleinere Tasche und eilte dann die Stufen zum Flugzeug hoch. Kaum dass sie in der Maschine war, zog der Pilot die Stufen hoch und verschloss die Tür. Erst hier setzte sie den Helm ab, löste den Pferdeschwanz und streckte sich einmal kräftig durch, lockerte die Schultern, den verkrampften Rücken. Sie musste sich ausruhen. Letzte Nacht war sie zu aufgekratzt gewesen, um wirklich Ruhe zu finden. Ein langer Flug kam ihr jetzt gerade recht.

Der Pilot war ein junger Mann, durchtrainiert und angenehm anzusehen. Er begrüßte sie mit einem breiten Lächeln, besonders seine großen, braunen Augen fielen ihr auf. Für ihn musste das wohl ein Traumjob sein, durch die Welt zu fliegen, nie zu wissen, wo er morgen sein würde. Sie hoffte, dass er mit seinem Leben zufrieden war.

»*Bonsoir,* Mademoiselle«, begrüßte er sie mit leichtem Pariser Akzent und bot ihr einen der luxuriösen Ledersessel an.

»Ich bin so weit. Wir können los.«

»Und wohin?«

»Nach Vancouver, das haben wir doch so eintragen lassen? Die exakten Koordinaten bekommen Sie, wenn wir in der Luft sind.«

»Sie sind der Boss, Mademoiselle.«

Ja, das war sie. Sie hörte, wie die Maschinen gestartet wurden, die Gulfstream sich in Bewegung setzte. Sie hatte es tatsächlich geschafft. Nur fünf Minuten später sah sie die Lichter von New York für einen letzten Gruß unter sich vorbeiziehen.

Von ihr Abschied nehmen. Ihr eine gute Reise wünschen. Sie lachte und winkte zurück.

Neben ihrem Sitz klingelte das Telefon.

»Wir haben den New Yorker Luftraum verlassen, Mademoiselle. Wohin jetzt?«

»Paris. Sagen Sie mir Bescheid, sobald wir Europa erreicht haben, ich gebe Ihnen dann die genauen Koordinaten.«

»Verstanden. Im Kühlschrank befindet sich Champagner, wie gewünscht.«

»Vielen Dank.«

Ein 59er Dom Pérignon, sehr nett. Sie goss sich ein Glas ein und kuschelte sich dann tiefer in den Sessel, steckte einen Ohrstecker ein und nahm ihr iPad heraus. Sie tippte hier und da, bis der Bildschirm in einem gespenstischen Grün leuchtete. Man sah schattenhafte Figuren umherstreichen. Die Tonaufnahme war klar, sie hatte die Mikrofone über Verstärker an das Mobilnetz gekoppelt, um ihre Reichweite zu stärken und eine klare Übertragung zu erreichen. Damit konnte sie jetzt jedes Gespräch verfolgen, das im fünften Stock des Met, dem gesamten sicheren Bereich und vor allem auch in der Kommunikationszentrale geführt wurde.

Als sie die Lautstärke aufdrehte, sagte Mike Caine gerade: »Ich verspreche, ich werde diesem Miststück höchstpersönlich eine Tracht Prügel verpassen, sobald wir sie haben.«

Kitsune hob das Glas und prostete dem Bildschirm zu.

»*Bonne chance.*«

Dann rief sie ihren Auftraggeber an.

Kapitel 30

Avenue Foch, Paris
Freitag, 06:00 Uhr MEZ

Eine sanfte Stimme riss ihn aus dem herrlichsten Traum.

»Monsieur Lanighan? Monsieur Lanighan, Sir?«

Er war im Handumdrehen wach, richtete sich schlagartig auf und wäre dabei beinahe mit Colette zusammengestoßen, seiner Sekretärin. Sie hockte neben ihm, noch immer unbekleidet.

»Monsieur Lanighan, ihr privater Anschluss. Ein Anruf für Sie.« Sie reichte ihm das verschlüsselte Mobiltelefon, ein neues Gerät, das er bisher noch nie genutzt hatte, weil nur ein Mensch auf dieser Welt die Nummer kannte.

Endlich. Das Warten hatte ein Ende.

»*Merci*, Colette. Du kannst dich für den Rest der Nacht in deine Gemächer zurückziehen. Das wäre alles.«

Sie glitt von seinem Bett und verschwand ohne ein weiteres Wort, schloss die Tür zum Schlafzimmer hinter sich. Er atmete einmal tief durch und nahm das Gespräch an.

»*Oui?*«

»*Bonjour*, Saleem. Ich hoffe, der Löwe ruht angenehm in seinen Gemächern? Vielleicht mit einer Gespielin, um ihn warm zu halten? Ich habe gehört, in Paris sei es kalt um diese Zeit.«

Sein Herz sprang bis in die Kehle. »Kitsune. Haben Sie meinen Diamanten?«

»Saleem, wo bleiben nur Ihre Manieren? Wir haben uns fast zwei Jahre nicht mehr gesprochen und das ist alles, was ich als Begrüßung bekomme?«

Seine Hand legte sich an die winzige Narbe an seiner Kehle. »Die Höflichkeitsfloskeln können wir abarbeiten, sobald ich weiß, ob Sie meinen Diamanten haben.«

Ihre Stimme war amüsiert, fast gleichgültig. »Ich bin zutiefst verletzt, verehrter Löwe. Dabei war Ihr Vater ein so höflicher Mann. Ja, ich habe Ihren Diamanten. Wir treffen uns heute Abend, Arc de Triomphe. Sobald das Geld auf meinem Konto eingegangen ist, werde ich das gewünschte Objekt übergeben.«

Wenn sie den Code für ihren Treffpunkt nutzte, bedeutete das, dass sie Schwierigkeiten gehabt hatte. »Was ist schiefgelaufen?«

»Nichts. Alles ist gelaufen wie geplant. Die Nachrichten in aller Welt werden in Kürze vom dramatischen Raub des unbezahlbaren Koh-i-Noor berichten, gestohlen direkt unter der Nase des unfehlbaren FBI. Aber ich will keine Risiken eingehen, weil noch ein unberechenbarer Faktor eingetreten ist.«

»Von welchem Faktor reden wir hier?«

»Sein Name ist Drummond, er ist Detective Chief Inspector bei New Scotland Yard.«

»Also nicht mehr als ein normaler Polizist?«

»Ich fürchte, er ist etwas mehr als das. Er war früher Agent des Außenministeriums, und, wie ich gehört habe, ein sehr erfolgreicher.«

Saleem rechnete aus, wer sich wo befand und wann wo eintreffen könnte. Er hatte genug Zeit. Der Koh-i-Noor war so gut wie in seinen Händen. »Ich werde am Treffpunkt sein. Und meine fünfzig Millionen sollten doch wohl ausreichen, dass kein Polizist oder ehemaliger Spion uns in die Quere kommt. Enttäuschen Sie mich nicht.«

»Das werde ich nicht«, versprach sie und legte auf.

Saleem saß einen Augenblick in den abkühlenden Laken, wanderte dann nackt zu dem riesigen Panoramafenster und ließ den Blick über die nachtschlafende Stadt schweifen. Der Pariser Morgen schickte sich an, ihn zu begrüßen. Er legte eine Hand auf das kühle Glas und stellte sich vor, was geschehen würde, sobald der Diamant zu ihm kam, zu seinem wahren Herrn. Ihm würde gelingen, woran sein Vater und all die anderen seiner Vorfahren gescheitert waren. Er würde es sein, der die Steine wieder vereinte. Die Macht des Steins würde ihm gehören, nur ihm alleine, und er würde die Welt nach seiner Vorstellung formen. Als er lächelte, blitzten seine Zähne in der Dunkelheit.

Kapitel 31

Metropolitan Museum of Art
Donnerstag, 22:05 Uhr

Trotz der fortgeschrittenen Stunde umlagerten die Medien das Met, überboten sich in ihren Berichten über die unglaublichen Ereignisse. Bo hatte seine Truppe im Keller des Museums versammelt, fern von den Augen der Journalisten und des Museumsvorstands, der oben mit den Sachverständigen der Versicherungen den Schaden begutachtete und seinem nächsten Herzanfall immer näherkam.

Nicholas hörte zu, wie Mike mit Agent Gray Wharton sprach, einem der Computerexperten des FBI.

»Gray, such dir ein paar Leute zusammen, wir haben einiges zu tun. Wir müssen den Anruf auf Nicholas' Handy zurückverfolgen, so schnell wie möglich. Der letzte eingehende Anruf, keine zehn Minuten her. Außerdem eine Fahndung nach Dr. Victoria Browning, schottische Nationalität, mit Doktortitel von der Universität Edinburgh. Wir müssen uns ihre Visaunterlagen von der INS besorgen und eine Kopie ihres Fotos und Reisepasses an alle Flughäfen, Bahnhöfe, Busstationen und Autovermietungen schicken. Wir brauchen auch ein Team, das ihre Wohnung durchsucht.«

Sie dachte kurz nach. »Gray, du musst wissen, diese Frau hat den Koh-i-Noor gestohlen und wir stehen am Rande einer internationalen Katastrophe. Sie ist unter dem Decknamen ›der Fuchs‹ bekannt und als bewaffnet und gefährlich einzustufen. Schick mir alles, was du finden kannst, umgehend.«

Als Gray Wharton aus der Kommunikationszentrale eilte, wandte sich Mike zu Nicholas. »Komm, Bo wartet auf uns.«

Sie nahmen den Lastenaufzug ins Untergeschoss. Hier redete Bo gerade mit Sherlock, während Savich vor seinem Computer saß und die Finger über die Tastatur fliegen ließ.

Als Nicholas eintrat, wurde er mit großem Beifall empfangen.

Zachery rief ihm zu: »Da ist ja der Held der Stunde! Gute Arbeit mit dem Sprengsatz, Nicholas!«

Bo klopfte ihm auf die Schulter. »Schön, dass deine Zeit bei der Bombeneinheit in London nicht verschwendet war. Gut für uns alle.«

Mike knuffte Nicholas gespielt böse gegen die Schulter. »Du hättest ja auch ruhig sagen können, dass du das nicht zum ersten Mal machst.«

»Ich habe zwei weitere Bombenexperten mit meinen Leuten durch das Museum geschickt«, meinte Zachery. »Nur um sicherzugehen, dass Browning uns nicht noch mehr Andenken hinterlassen hat. Bisher haben sie zum Glück nichts gefunden. Aber ich habe auch eine schlechte Nachricht: Browning hat den Server für die Videoaufzeichnungen des fünften Stocks gehackt und alle Bilder gelöscht, seit Beginn der Gala haben wir keine Informationen mehr, was da oben genau geschehen ist. Savich arbeitet aber daran, möglichst viel von den Dateien wiederherzustellen.«

»Gibt es schon was Neues zu Paulie und Louisa?«, fragte Mike.

»Man hat sie ins Lenox Hill Hospital gebracht, das war das nächste Krankenhaus«, antwortete Sherlock. »Sie haben wohl recht ordentliche Schläge auf den Hinterkopf abbekommen, dazu etwas von dem Spray, das auch in der Tränengasgranate war. Beachtliche Leistung, trainierte FBI-Agenten so komplett zu überraschen. Sie hatte das wirklich bis ins kleinste Detail geplant. Aber die Ärzte meinen, dass sie keine bleibenden Schäden davontragen werden, wird alles schon wieder.«

»Also hätte es noch schlimmer kommen können«, sagte Mike dankbar. »Ich fahre gleich rüber, sobald wir hier fertig sind.«

»Bo, wir müssen auch alles wissen, was du über Victoria Browning hast«, ging Nicholas zum nächsten Punkt über.

Bo hielt ihm eine gelbe Mappe hin. »Ist alles hier drin. Die Kurzzusammenfassung: Sie wurde letztes Jahr im Frühling hier eingestellt, nach einer Bewerbung auf eine Ausschreibung, in der jemand gesucht wurde, der sowohl Museumsführungen leiten und organisieren als auch Sicherheitsaufgaben übernehmen konnte. Ihre Hauptaufgabe war damals, Führungen abzuhalten und dabei ein waches Auge auf die Ausstellung zu halten. In letzter Zeit scheint es sich wachsender Beliebtheit zu erfreuen, überqualifizierte Personen für diese Jobs einzustellen, um zwei Fliegen mit einer Klappe zu schlagen. Der Andrang ist so groß, dass man schon einen M. A. oder Doktortitel in Kunstgeschichte braucht, um überhaupt in die nähere Auswahl zu kommen. Daher kannte sie sich nicht nur mit den Räumlichkeiten und Exponaten, sondern auch mit allen Sicherheitseinrichtungen bestens aus. Sie hat sich schnell hochgearbeitet, vor den Ferien hat sie dann die Position eines Kurators übernommen. Als der ursprüngliche Kurator dieser Ausstellung seine Aufgaben aus gesundheitlichen Gründen nicht mehr wahrnehmen konnte, war Browning die logische Wahl, um für ihn zu übernehmen.

Von da an war sie in jedes Detail der Ausstellung involviert und hat direkt mit Elaine York zusammengearbeitet.«

»Moment mal, sie war gar nicht die ursprüngliche Kuratorin?«, fragte Mike.

»Nein.«

»Ich habe immer angenommen, dass sie die Ausstellung von Anfang an geplant hätte. Erinnerst du dich, Nicholas, wie sie uns von dem Namen erzählt hat? Das ›Juwel des Löwen‹. Sie meinte, dass es so einen schönen Klang habe.«

»Wie praktisch, dass sie so schnell aufgestiegen ist«, meldete sich Sherlock zu Wort. »Was für eine Art Krankheit hat den ursprünglichen Kurator denn befallen?«

»Vertigo, also Gleichgewichtsstörungen. Es muss wohl so schlimm geworden sein, dass er seine Arbeit nicht mehr ausführen konnte und in den Vorruhestand getreten ist«, erklärte Bo.

»Ich bin mir sicher, dass sie da ihre Hände im Spiel hatte. Grassierten irgendwelche Gerüchte, als Browning die Position bekommen hat? Es gab doch sicherlich erfahrenere Kuratoren hier, mit mehr Berufserfahrung, warum dann den Job einem Neuling geben?«

»Das war vor meiner Zeit«, bedauerte Bo mit einem Kopfschütteln. »Ich habe ja erst vor sechs Wochen übernommen. Als meine Firma engagiert wurde, war Victoria schon die Kuratorin. Ich müsste da mal mit dem Direktor und der Personalabteilung sprechen. Aber meine Leute konnten sie alle gut leiden, man konnte leicht mit ihr zusammenarbeiten. Hart, aber fair. Sie hat viel Zeit in ihre Arbeit gesteckt, wie jeder hier, aber ich weiß nicht mehr über ihr Privatleben als ihr Lieblingsgetränk, Cola light. Vielleicht können wir von ihren ehemaligen Kollegen mehr erfahren.«

Nicholas meldete sich zu Wort. »Ich habe auf dem Flug viel über die Ausstellung gelesen. Die Informationen, die man mir zusammengestellt hat, besagten, dass Browning Expertin für die Kronjuwelen sei.«

Bo nickte und tippte auf die Akte. »Stimmt, ist auch mit hier drin. Ich glaube, sie wird wortwörtlich eine *Koryphäe* und *von hervorragender Kompetenz* genannt.«

»Koryphäe? Ist das nicht etwas dick aufgetragen? Ihr Lebenslauf muss doch sicher gefälscht sein«, wandte Mike ein.

»Gefälscht?«, meinte Nicholas mit gehobenen Augenbrauen. »Ja, vermutlich hat sie viel daran herumgebastelt, vielleicht ist auch wirklich alles konstruiert. Aber so was braucht seine Zeit. Und ihre Daten wurden schließlich vom britischen Geheimdienst überprüft, also muss jede Fälschung ziemlich tief reichen und sehr überzeugend sein.« Er wandte sich an Bo. »Ich nehme an, das Met hat auch eine eigene Hintergrundüberprüfung vorgenommen?«

»Ja, das ist hier Standard für alle Mitarbeiter, vom Hausmeister bis zum Vorstandsvorsitzenden.« Bo blätterte in Brownings Akte. »Ihre früheren Stellen, ihre Referenzen, ihre Zeugnisse, alles hat der Überprüfung standgehalten. Nichts ist dabei, was irgendwelche Alarmglocken ausgelöst hätte.«

»Dann müssen wir noch tiefer gehen. Ich wette zehn Pfund, dass Victoria Browning nicht ihr wirklicher Name ist.«

In dem Augenblick meldete sich Savich aus dem Hintergrund. »Ich hab's! Wir haben ein Video aus dem Ausstellungssaal, direkt vor dem Angriff. Kommt, seht euch das an!«

Kapitel 32

Der Bildschirm zeigte ein grobkörniges Video.

»Oh, sie ist echt gut«, kommentierte Bo. »Sie hat den Computer in der Kommunikationszentrale so manipuliert, dass er zu einem bestimmten Zeitpunkt einen lokal isolierten Stromausfall simuliert, der dann wiederum den Notstrom im fünften Stock auslöste. Nur im fünften Stock, wohlgemerkt. Damit waren dieses Stockwerk und der Rest des Museums in unterschiedlichen Systemen, und als sie die Gaskanister in die Zentrale warf, gingen nur die Sirenen für diesen Stock los. Im Rest des Gebäudes hat man nichts davon mitbekommen, bis der Qualm den Feueralarm auslöste. Aber damit hat sie sich genau die Zeit verschafft, die sie brauchte, um den Diamanten zu nehmen und einfach nur rauszutragen.«

»Savich, noch mal zurück, bitte«, bat Nicholas. »Zu dem Augenblick, ehe alles schwarz wird. Schaut mal, hier. Während Paulie den Edelstein aus der Fassung löst, nimmt Browning eine Art Parfumfläschchen aus ihrer Handtasche, sprüht ihn damit an, sprüht dann Louisa an. Beide sind geblendet und ausgeschaltet, fassen sich an die Augen, und Browning zieht ihnen einen mit dem Gummiknüppel über. Dann nimmt sie den Diamanten an sich. Seht nur, wie schnell jede Bewegung ist.

Wenn ich nicht wüsste, worauf ich zu achten habe, hätte ich es vielleicht gar nicht mitbekommen.«

Savich hielt die Aufnahme an, ließ sie dann mit einem Viertel der Geschwindigkeit weiterlaufen.

»Hier, genau hier«, rief Nicholas und zeigte auf den Bildschirm. »Das Spray, dann zieht sie einen Teleskopstock raus und wirbelt herum. Sie muss Kampfsporttraining betreiben, so was macht man nicht einfach so.« Nicholas pfiff leise, es schien fast bewundernd. Man musste ihr das schon lassen, sie war wirklich schnell.

»Teleskopschlagstöcke können ganz schön wehtun«, steuerte Sherlock bei. »Auf den richtigen Körperteilen können sie auch ernsten Schaden zufügen. Paulie und Louisa hatten noch Glück, dass nichts Schlimmeres passiert ist.«

»Gut, hier sehen wir also, wie sie zu Boden gehen«, murmelte Savich, während das Video langsam weiterlief. »Anschließend steckt sie den Diamanten ein. Zur Tür raus, hier bei den beiden Wachen nur das Spray, dann rüber zur Zentrale, Granate rein. Alles in allem weniger als zehn Sekunden, bis alle am Boden lagen. Nun klemmt sie die Türen zur Kommunikationszentrale noch zu, damit alle genug von dem Gas abbekommen, und verschwindet über die Treppe. Die nächste Aufnahme von ihr habe ich zwei Minuten später, als der Feueralarm losgeht. Bo, wenn du die Protokolle durchgehst, wirst du wahrscheinlich feststellen, dass der Feueralarm nicht durch das Gas im fünften Stock ausgelöst wurde, sondern weil sie einen Notausgang benutzt hat, um das Treppenhaus im Erdgeschoss zu verlassen.«

»Und dann spaziert sie einfach so zur Tür hinaus«, stöhnte Nicholas.

»Wir müssen uns mit dem NYPD kurzschließen, sehen, ob die vielleicht Kameras haben, die uns weiterhelfen«, schlug Mike vor.

Bo schüttelte den Kopf. »Ohne richterliche Anordnung werden wir da nicht weit kommen, damit verlieren wir wieder kostbare Zeit.«

Man hörte Savich erneut konzentriert tippen. Augenblicke später war der Bildschirm in fünf Quadrate aufgeteilt, die jeweils Straßenkreuzungen und Einmündungen zeigten. Er betätigte einen Schalter und alle fünf Kameras begannen gleichzeitig, ihre Bilder wiederzugeben.

Bo schüttelte den Kopf. »Du wirst alt. Warum ging das nicht schneller?« Er schnippte mit den Fingern.

Savich grinste zurück. »Also wollen wir mal sehen, wo sie hin ist.«

»Warte mal«, wandte Mike ein. »Hast du dich ernsthaft in das Überwachungsnetzwerk der Stadt New York eingehackt?«

»Nein, natürlich nicht«, entgegnete Savich nonchalant. »Das wäre doch illegal. Das hier sind öffentliche und ungesicherte Kameras der Tourismusbehörden. Damit können wir alle Kreuzungen in unserer direkten Umgebung sehen. Vielleicht sogar noch besser als mit den offiziellen Kameras, die ja neuerdings aus Datenschutzgründen hinsichtlich der Nummernschilder stark beschnitten wurden. Mal sehen, ob wir irgendwo einen Fuchs finden können.«

Er setzte die Aufzeichnungen zum gesuchten Zeitpunkt zurück und spielte sie ab. Mike versuchte, allen Bildschirmen gleichzeitig zu folgen. »Warte, Dillon, hier.« Sie wies auf den Bildschirm oben rechts. Mit einem Klick hatte Savich die Kamera als Vollbild auf den ganzen Monitor gezogen. Dann ging er eine Minute zurück und ließ wieder laufen. Man sah deutlich Victoria Browning mit ihren markanten Schuhen, wie sie in ein Taxi einstieg.

»Sie hat ihr Abendkleid abgelegt, trägt wieder ihre Arbeitskleidung vom Nachmittag. Klug, damit fällt sie auf der Straße weniger auf. Sie ist um 21:39 Uhr an der Ecke Fifth

Avenue und East 85th Street in das Taxi gestiegen und stadtauswärts gefahren.«

Savich stoppte die Aufnahme und zoomte auf die Seite des Taxis. Die Registrierung des Taxis wurde vergrößert, war aber zu pixelig, um etwas zu erkennen. Savich ließ eine Texterkennung über das Bild laufen, um die Buchstaben und Zahlen herauszufiltern. »Registrierung NY670097, ich überprüfe die Daten.«

Zachery kam wieder in den Raum. »Der Leiter des Bombenkommandos hat sich gemeldet. Sie haben jetzt den Rest von der Bombe entfernt, die Browning uns dagelassen hat. Ich soll übrigens ein Lob weiterleiten, Nicholas, das war astreine Arbeit. Vor allem das mit der Störfrequenz war eine gute Idee.«

Savich meldete sich wieder zu Wort. »Ich hab hier was. Das Taxi ist auf einen gewissen Daneesh Himsah zugelassen. Ich habe auch seine Handynummer hier, ich rufe ihn an.«

»Ich hab dir doch versprochen, dass Savich was von seiner Arbeit versteht«, raunte Bo Nicholas zu.

»Er hat gerade einen guten Lauf, mal sehen, was er noch so liefert.«

Die Stimme eines Mannes tönte aus dem Lautsprecher des Handys. »Ja, hallo?«

»Mr Himsah, mein Name ist Special Agent Savich, FBI. Vor etwa einer Stunde haben Sie einen Fahrgast an der Ecke Fifth Avenue und East 85th Street aufgelesen, eine Frau. Wo haben Sie den Fahrgast abgesetzt?«

Klick.

»Unglaublich, er hat einfach aufgelegt.« Savich klang so überrascht, dass der Rest sich ein Lachen nicht verkneifen konnte.

»Setzen wir das NYPD auf ihn an«, schlug Nicholas vor. »Vielleicht wird er im direkten Gespräch …«

Ein Summen unterbrach ihn. Savich klickte den Bildschirm des Laptops an, auf dem eine Nachricht angezeigt wurde. »Eine Textnachricht von unserem Taxifahrer.«

Gast in Taxi. Übergang CT passiert. Ziel Tweed.

Zachery sprang als Erster darauf an. »Tweed, das muss der Tweed New Haven Airport in Connecticut sein. Schreib ihm, er soll einfach weiterfahren, wir werden ihn unterwegs abfangen. Danke, Savich.«

Mike blickte Savich über die Schulter, als er die Antwort an den Taxifahrer tippte.

Weiterfahren wie geplant. Polizei wartet am Flughafen. Danke für Ihre Kooperation.

»Nicholas, wir beide gehen«, bestimmte Mike. »Ich will Brownings Gesicht sehen, wenn wir auf sie warten und sie festnehmen. Gib mir nur einen Augenblick, damit ich aus diesem Kleid raus- und in ein paar Jeans reinkann.«

Kapitel 33

Auf dem Helikopterplatz des FBI wartete ein MD-530 Little Bird auf sie. Zachery hatte ihnen ein ganzes Einsatzteam bereitgestellt, sechs Mann in kompletter Kampfausrüstung, die still auf ihre Befehle warteten.

Man kann es auch übertreiben, dachte Nicholas bei sich. »Mike, brauchen wir das wirklich?«

Ihr Gesicht war emotionslos, die Stimme kalt. »Sie hat schon einmal versucht, uns in die Luft zu sprengen. Ich will kein Risiko eingehen.«

»Wenn man es genau nimmt, hätte sie die Nummer nur ein paar Minuten früher wählen müssen, und wir würden jetzt alle Harfenunterricht nehmen. Hat sie aber nicht. Sie hat extra gewartet, bis wir die Bombe entschärft hatten.«

Sie runzelte die Stirn. »Das ist nicht, was zählt.«

Sie schnallten sich an und zogen Kopfhörer auf, damit sie den Piloten verstehen und sich weiter unterhalten konnten. Ihr Vögelchen hob ab, drehte sich leicht, legte sich dann in eine Rechtskurve und flog Richtung Norden.

Nicholas registrierte, dass Mike sich wie ein Kind freute, das Strahlen in ihrem Gesicht war riesig. Ihre Stimme tönte knackend an sein Ohr, verzerrt durch den Kopfhörer. »Ich liebe diesen Hubschrauber. Ich darf ihn viel zu selten nehmen, um Verdächtige zu verfolgen.«

»Zumindest werden wir damit nicht in den Stau kommen.«

»Maximal fünfzehn Minuten. Wir werden lange vor Victorias Taxi in Tweed eintreffen.«

»Bestimmt.«

Mike blickte ihn fragend an. »Du siehst nicht überzeugt aus, meinst du, dass wir etwas übersehen?«

»Ich kann dem Braten nur nicht so recht trauen, das scheint mir doch alles viel zu viel Glück zu sein.«

Die Stimme des Piloten unterbrach sie. »Fünf Minuten noch bis zur Landung.«

»Danke, Charlie«, gab Mike zurück, blickte wieder zu Nicholas. »Manchmal bekommt man halt ein Pferd geschenkt und ich werde da bestimmt nicht zu genau ins Maul schauen. Wenn unser Glück anhält, können wir die ganze Sache heute noch abschließen, können Browning nach New York zurückbringen und den Diamanten wieder in die Krone setzen. Und das ganze Königreich wird uns zujubeln.«

Charlies Stimme ertönte wieder im Kopfhörer. »Ich habe schon davon gehört, sie haben den Diebstahl bereits im Radio gebracht. Ganz schönes Getue. Ich hoffe, das klärt sich wirklich so einfach.«

»Na klar.« Mike schaute aufmunternd zu Nicholas. »Wenn all das abgeschlossen ist, können wir Browning bestimmt zum Reden bringen, sie wird uns erzählen, wie alles abgelaufen ist und wer mit dem Geld hinter der Sache steht.«

»Wenn wir sie wirklich schnappen«, unkte er skeptisch. »Und selbst wenn, glaube ich nicht, dass sie so leicht reden wird. Kein Dieb von ihrem Ruf würde den Auftraggeber verraten.«

»Von wegen Ehre unter Dieben und so?«

»In ihrem Fall glaube ich wirklich daran, dass sie einem gewissen Ehrenkodex folgt.«

In der Entfernung kamen jetzt die Lichter des Flughafens Tweed in Sicht, der Pilot musste sie wieder unterbrechen. »Tweed Tower hat den Luftraum für uns frei gemacht, wir sind auf direktem Abfangkurs. Sollen wir fortfahren?«

Mike nickte. »Alles wie geplant, Charlie. Das hier ist zwar nicht gerade einer der geschäftigsten Flughäfen, aber wir sollten trotzdem auf eine ganze Reihe Taxis stoßen. Kannst du unser Ziel identifizieren?«

»Ja, ich habe das Taxi im Blick. Wir können den Wagen noch vor dem Flughafen stoppen. Sobald er vom Highway runter ist, werden wir uns direkt vor ihn setzen. Ist die Zielperson bewaffnet?«

»Wissen wir nicht genau. Aber wir sollten besser für alles bereit sein, Charlie.«

Er leitete die Anweisungen an das Einsatzteam weiter. Sechs Köpfe nickten gleichzeitig.

Der Hubschrauber legte sich nach links, drehte eine Schleife über dem Wasser, um dann auf den Highway runterzugehen.

Mike sah hinter dem Taxi Blaulichter aufblinken, fünf Einsatzwagen, die sich in den Verkehr gemischt hatten, drei hinter dem Taxi, zwei vor ihm. Ein perfektes Abfangmanöver, wie es im Buche stand. Das Taxi wurde langsamer und fuhr an den Straßenrand.

Charlie ließ den Hubschrauber einen Moment schweben, die sechs Männer des Einsatzkommandos seilten sich sofort auf die Straße ab. Einen Moment später schon hatten sie den Wagen umzingelt, unterstützt durch die Einsatzkräfte der lokalen Polizei.

Es hatte noch gar nicht angefangen, da war alles auch schon wieder vorbei. Der Fahrer war aus dem Wagen raus, lag auf dem Boden, die Hände hinter dem Kopf, Finger verschränkt. Einer der Männer zerrte Victoria Browning von der Rückbank.

Mike zog den Kopfhörer ab und hörte sie über den Lärm der Rotoren schreien. »Was tun Sie mit mir? Was soll das?«

Kaum dass Charlie den Hubschrauber auf der Straße aufgesetzt hatte, riss Nicholas den Kopfhörer runter und sprang aus der Tür, Mike direkt hinter ihm, die Glock in der Hand.

Noch ehe sie bei ihr waren, brüllte Nicholas ihr schon entgegen. »Wo ist der Koh-i-Noor, Dr. Browning?«

»Ich weiß nicht, wovon Sie reden!« Sie strich das schwarze Haar zurück, das bisher durch die Rotoren des Hubschraubers zerzaust ihr Gesicht verdeckt hatte.

Nicholas ahnte, dass sie diesem Pferd nicht gut genug ins Maul geschaut hatten.

»Verfluchte Hacke. Wer ist denn das?«

Mike senkte die Waffe. »Keine Ahnung. Aber es ist definitiv nicht Victoria Browning.«

Kapitel 34

Mike brüllte über den Lärm des Hubschraubers hinweg: »Falsches Taxi! Wir haben das falsche Taxi!« Sie wollte schon zurück zum Hubschrauber laufen, als Nicholas sie am Arm festhielt.

»Nein, schau. Es ist dieselbe Nummer. Sie hat uns reingelegt. Wieder. Verfluchter Mist.«

Mike wirbelte herum und machte eine abschneidende Bewegung zum Hubschrauber. Charlie ließ den Rotor ausdrehen, das Geräusch wurde erträglicher, normale Gespräche waren jetzt wieder möglich. Die Polizisten schafften die Frau auf den Rücksitz eines Einsatzwagens, den Taxifahrer in ein separates Fahrzeug.

Mike musste sich beherrschen, um nicht gegen die Landekufen des Helikopters zu treten. »Wie ist ihr das jetzt schon wieder gelungen? Ist sie unterwegs raus und hat den Platz mit dieser Frau getauscht? War alles nur ein geplantes Ablenkungsmanöver?«

»Schau mal«, meinte Nicholas und holte sein Tablet raus, auf das Savich die Aufzeichnungen der Verkehrskameras hochgeladen hatte, ehe sie das Museum verlassen hatten. Er ließ das entsprechende Video ablaufen und hielt es genau in dem

Augenblick an, als die Frau in das Taxi einstieg. »Sie trägt die Kleidung vom Vormittag, als wir im Museum angekommen sind, eindeutig. Auch die Frisur und Haarfarbe stimmen, die Größe und Haltung auch. Aber wir sehen nie direkt ihr Gesicht, maximal das Profil.«

Damit zeigte er auf die Frau, die jetzt weinend hinten im Polizeiwagen saß. »Das hier ist wirklich die Frau, die in das Taxi gestiegen ist. Aber es ist nicht der Fuchs.«

Mike starrte weiter den Bildschirm an. »Du hast es wohl recht treffend formuliert. Verfluchter Mist.«

Nicholas klappte das Tablet zu und schlug mit der Faust auf die Hülle. »Natürlich war sie es nicht. Wir reden hier über den Fuchs, einen der meistgesuchten Diebe der Welt. Sie hat sich ein ganzes Jahr darauf vorbereitet, vielleicht länger. Hat mehr als neun Monate in diesem Museum gearbeitet. Also hatte sie genug Zeit, um sich einen guten Fluchtplan zurechtzulegen. Wir hätten gleich wissen müssen, dass sie nicht so nachlässig sein würde. Komm, reden wir mal mit der Frau.«

Mike folgte ihm zum Polizeiwagen und zeigte den Beamten ihren Dienstausweis. »Vielen Dank für die Unterstützung, das war wirklich hervorragende Arbeit. Wir werden jetzt mit ihr sprechen.« Der Polizist nickte und gab den Weg frei, damit Mike sich in den Wagen beugen konnte.

»Kommen Sie bitte, Miss, wir würden Ihnen gerne einige Fragen stellen.«

Die Frau folgte der Aufforderung und kletterte ungelenk von der Rückbank, die Hände noch mit Handschellen hinter dem Rücken gefesselt. Sie hatte lange, dunkle Haare und sah Victoria auch ansonsten recht ähnlich, vor allem jetzt, wo sie die gleichen Sachen trugen. Ähnlich genug, um sie alle an der Nase herumzuführen.

Sie zitterte, weinte und hatte Schluckauf, alles gleichzeitig. Als sie Mikes strenges Gesicht bemerkte, wurden Zittern und Schluchzen sprungartig stärker. Sie wollte offenbar reden, zumindest versuchte sie es, doch durch all die Tränen konnte Nicholas kein Wort verstehen, außer etwas, was sich wie »hat mich dafür bezahlt« anhörte.

Mike seufzte auf und bemühte sich, ruhig und langsam zu reden. »Sie sind nicht verhaftet, Miss, es wird alles wieder gut. Hören Sie bitte auf zu weinen, wir müssen Ihnen einige Fragen stellen. Ich bin Special Agent Caine vom FBI, können Sie mir Ihren Namen sagen?«

Erneuter Schluckauf, die Frau musste mehrmals tief durchatmen, ehe sie verständliche Worte herausbringen konnte. »Tanya. Ich heiße Tanya Hill.«

Mike winkte einen Polizisten herbei, damit dieser die Handschellen abnahm. Sie sahen zu, wie Tanya Hill ihre Handgelenke rieb und die Arme ausschüttelte und sich bemühte, den Schluckauf unter Kontrolle zu bekommen. Sie sprach schließlich mit einer Mischung aus Angst und Selbstschutz. »Ich habe nichts getan.«

»Warum waren Sie in diesem Taxi, warum sind Sie heute Nacht nach Tweed gefahren?«

»Ich sollte nach Dallas fliegen. Da war dieses Vorsprechen, wo Schauspielerinnen gesucht wurden, und, also, da habe ich mich gemeldet, und die Dame hat mich direkt angestellt. Hat mir die Sachen hier gegeben und gesagt, was ich tun soll, also, aus dem Met gehen und in ein Taxi steigen und hierherfahren nach Tweed und von hier ein Flugzeug nach Dallas nehmen. Alles bezahlt, sie hat mir tausendfünfhundert Dollar dafür gezahlt und mir einen Ausweis gegeben und eine Einladung für diese Gala und diese netten Stiefel und alles.«

»Den Ausweis haben Sie jetzt dabei? In Ihrer Handtasche?«

»Ja, Miss, Frau Agentin, Miss.«

Ein Mitglied des Einsatzteams des FBI reichte ihr die Handtasche. »Sie ist sauber.«

Mike zog ein schwarzes Portemonnaie aus der grünen Handtasche. Krokodillederimitat. Hier fand sie einen Ausweis, das Foto der Frau darauf, dazu Namen und Adresse von Dr. Victoria Browning. Mike reichte ihn an Nicholas weiter.

Tanya Hill starrte sie an, die Augen flogen von Mike zu Nicholas und zurück. Das Schluchzen war noch nicht komplett unterdrückt. »Ich habe doch nichts Verbotenes gemacht, wirklich nicht, ich meine, tausendfünfhundert Dollar sind echt eine Menge Geld, und … und ich habe damit schon meine Miete bezahlt, nur durch diesen einen Job. Ich kann das Geld doch nicht behalten, oder? Oh, was soll ich bloß machen, ich habe es schon meinem Vermieter gegeben – der setzt mich glatt auf die Straße, wenn ich das Geld jetzt wieder zurückverlange.«

Nicholas setzte eine beruhigende Stimme auf. »Das Geld können Sie behalten, wenn Sie uns helfen. Erzählen Sie uns alles über die Frau, die Sie angestellt hat.«

Die Erkenntnis, dass sie weder im Gefängnis noch unter der Brücke landen würde, beruhigte sie etwas. Tanyas Tonfall schwang um, von panisch-plappermäulig zu überdankbar-plapperig.

»Also da war diese Anzeige, auf backonstage.com habe ich das gesehen, und da wurden neue Gesichter für eine Realityshow gesucht. Sah alles voll offiziell aus, das schwöre ich, deshalb habe ich mir da auch nichts bei gedacht. Ich habe also meine Mappe hingeschickt und die hat mich angerufen und mir einen Vorsprechtermin gegeben und mich direkt genommen. Sie meinte, ich wäre total perfekt und so. Aber es gibt gar keine Realityshow, oder? War das alles nur gelogen?«

»Ja, Miss Hill, sie hat gelogen. Hat sie Ihnen gesagt, warum Sie nach Dallas fliegen sollten?«

»Nein.«

»Und was hätten Sie dort tun sollen?«

»Über Nacht in einem Hotel bleiben, in der Nähe vom Flughafen, und morgen hätte ich dann zurückgekonnt, wann immer. Einfacherer Job geht gar nicht.«

Mike blickte Nicholas an, der wiederum Richtung Hubschrauber nickte. Sie wartete, bis sie einen Schritt entfernt waren, ehe sie mit gesenkter Stimme sprach. »Ich glaube nicht, dass wir noch mehr aus ihr herausbekommen, selbst wenn wir sie mit in die Stadt nehmen und einem Verhör unterziehen.«

»Denke ich auch.«

Ihr Handy klingelte und Mike seufzte. »Zachery. Ich muss ihm wohl die schlechten Nachrichten überbringen.« Nicholas bekam wenig von dem Gespräch mit, beobachtete aber, wie Mikes Gesichtsausdruck sprungartig von niedergeschlagen zu triumphierend zu erleichtert wechselte.

Sie legte auf und hob die Hand für ein High Five. »Neuigkeiten aus der Zentrale. Sie haben die Spur des Handys aufgenommen, von dem aus sie dich angerufen hat, direkt nachdem du die Bombe entschärft hattest. Das Signal kam von einem Funkturm in Manhattan, jetzt können sie die Spur verfolgen und werden schon bald die Position des Handys haben. Und es gibt noch bessere Nachrichten. Louisa ist wieder auf den Beinen und konnte das Krankenhaus verlassen, Paulie ist noch im Krankenhaus, aber bei Bewusstsein.«

Kapitel 35

Mike wendete sich zum Einsatzkommando um, drehte den Finger wie einen Hubschrauberrotor über dem Kopf und brüllte ihnen zu: »Zurück in den Hubschrauber, Charlie, bereit zum Abflug! Wir werden in der Stadt gebraucht!«

Ehe sie selbst zum Hubschrauber marschierte, ging sie noch einmal zu dem Leiter der lokalen Polizeikräfte. »Danke für die Unterstützung, bringen Sie Miss Hill bitte nach Hause und nehmen Sie ihre Personalien auf, es könnte sein, dass wir noch einmal mit ihr sprechen müssen. Und, auch wenn das vielleicht recht unwahrscheinlich ist, geben Sie ihr meine Nummer, falls ihr noch etwas einfällt. Ach ja, und der Taxifahrer, er hat uns sehr geholfen. Lassen Sie ihn bitte frei und danken Sie ihm für seine Kooperation.« Mike zog fünfzig Dollar aus dem Portemonnaie und reichte sie dem Polizisten. »Er ist einer der Guten, ich hoffe, das ist genug für seine Umstände.«

Als sie neben Nicholas im Hubschrauber saß, erklärte sie den weiteren Plan. »Zachery will, dass wir bei Paulie reinschauen, vielleicht erinnert er sich ja an irgendwas. Charlie, kannst du uns im Lenox Hill Hospital absetzen?«

»Gerne doch, Mike.«

Der Hubschrauber hob in einem Schwung ab und zog mit gesenkter Nase und hoher Geschwindigkeit Richtung Süden zurück in die Stadt.

»Zachery und Bo haben schon mit Louisa gesprochen, aber sie konnte nichts Hilfreiches beisteuern. Außerdem gab es eine erste Pressekonferenz. Bo sagte, es sei der reine Wahnsinn gewesen, mit der Evakuierung und der Bombendrohung und dem Diebstahl des Koh-i-Noor. Dieses letzte Detail hat der Direktor des Met persönlich bekannt gegeben. Inzwischen müsste das auf allen Kanälen laufen und im Internet die Runde machen. Ich hasse es, unter solchen Umständen arbeiten zu müssen. Vor allem, wo wir aktuell nicht mehr haben als den Anruf auf deinem Handy.«

Nicholas tippte mit den Fingern auf seinem Bein herum. »Ehrlich gesagt, bin ich da auch eher skeptisch. Nichts gegen eure Techniker, aber ich glaube nicht, dass da viel mehr draus werden wird als aus dieser Spur hier.«

»Sie weiß bestimmt, wie lange es dauert, so einen Anruf zu verfolgen, also, warum sollte sie da was verbergen? Ich weiß, es ist nur eine kleine Hoffnung, aber immerhin haben wir mit Agent Wharton einen echten Profi im Team, der vielleicht ein bisschen Zeit rausholen kann. Vor allem, weil seine Ex-Freundin bei der NSA arbeitet und ihn noch gut leiden kann. Ich bin mir sicher, dass sie uns da Priorität einräumen kann und dass wir das Signal schnell haben werden.«

»Ja, vielleicht klappt es, vielleicht nicht. Aber sie wird wissen, dass wir es versuchen, und das verdammte Telefon bestimmt nicht mit sich spazieren tragen.« Seine Stimme klang bitter, er brach ab und blickte auf die Lichter von New York, die vor dem Hubschrauber in Sicht kamen.

»Wir werden ja sehen.«

Zehn Minuten später setzte Charlie sie auf dem Hubschrauberlandeplatz des Lenox Hill Hospital ab. Hier nahm sie eine Krankenschwester in blauer Uniform in Empfang, die sie direkt in den dritten Stock führte. Paulie schien wieder bei Kräften. Als sie sein Einzelzimmer betraten, lag er zwar noch im Bett, diskutierte aber schon energisch mit einer Krankenschwester mit resolut kurzem Haarschnitt.

Paulie schien überglücklich, sie zu sehen. »Mike, endlich! Du musst mich retten! Erklär ihr bitte, dass es mir gut geht. Das war nicht der erste Schlag auf den Kopf in meinem Leben, du kennst ja meinen Bruder und kannst dir vorstellen, wie das bei uns zu Hause aussah. Ich muss hier raus, ich muss wieder an die Arbeit. Zachery hat mir von Victoria erzählt und ich will helfen. Es gibt bestimmt massig Spuren, die wir untersuchen müssen.«

Die Krankenschwester würdigte sie keines Blickes. »Ich habe es Ihnen schon dreimal gesagt, Agent Jernigan. Wir müssen auf den behandelnden Arzt warten. Und egal, was Sie sagen, Sie werden nicht vor morgen früh entlassen, da können Sie sich drauf verlassen. Sie hatten eine ordentliche Erschütterung durch den Schlag und wir müssen die Blutuntersuchungen abwarten, um zu kontrollieren, wie stark die Chemikalien noch in Ihrem System sind.«

Paulie blickte böse. »Die reinsten Vampire sind das hier, ich hab schon kaum noch Blut übrig.«

Mike musste schmunzeln. Es war ein gutes Zeichen, dass Paulie seinen Humor nicht verloren hatte.

Die Krankenschwester klopfte Paulie resigniert auf die Schulter. »Manchmal wünschte ich, wir wären Vampire, aber wir verdienen nur unser Geld damit, Blut auszusaugen. Aber keine Angst, in einer Minute bin ich kein Vampir mehr, sondern eine nette Feenprinzessin – ich habe Ihnen etwas gegen die Kopfschmerzen in den Tropf gemischt.«

Mit der Hand noch auf Paulies Schulter wandte sie sich an Mike. »Ich muss nach meinen anderen Patienten sehen. Könnten Sie vielleicht ein paar Minuten bei ihm bleiben, bis die Medikamente einsetzen? Falls er versucht aufzustehen, haben Sie meine Erlaubnis, Gewalt anzuwenden.«

»Natürlich, schwierige Patienten sind meine Spezialität.«

Mike wandte sich Paulie zu, der trotz seines Auftritts doch recht bleich schien. »Du hast das gehört? Wenn du nicht liegen bleibst, muss ich mich auf dich draufsetzen. Außerdem, du solltest dich mal selbst sehen mit deinem Turban. So kannst du doch nicht vor die Tür gehen, du würdest die Kinder erschrecken. Also, hör auf, dich zu sträuben, und lehn dich zurück.«

»Acht Stiche, Mike, mehr war das nicht. Nur ein Kratzer. Wow, was hat die mir in den Tropf getan? Fühlt sich an, als ob ich schweben würde … Sind sonst alle in Ordnung? Louisa meinte, sie habe Glück gehabt, weil Frauen einen härteren Schädel haben als Männer.«

Mike setzte sich zu ihm aufs Bett. »Allen geht es gut. Wir haben nicht viel Zeit, ehe du uns wegdriftest, Paulie, also berichte bitte, was passiert ist.«

»Victoria erzählte uns etwas von dem Fluch, meinte, ich solle besonders vorsichtig sein, weil nur Frauen den Edelstein halten dürften. Also hockte ich da und hatte ihn endlich aus der Halterung raus, um ihn Louisa zu reichen, als Victoria ›Entschuldigung hierfür‹ sagte und mir irgendwas in die Augen sprühte. Ich war so überrascht, dass ich erst gar nicht daran gedacht habe zu schreien, und dann, zack, war alles schwarz. Von da an erinnere ich mich an nichts mehr, nur noch, dass wohl draußen irgendwelche Sirenen losgegangen sind. Tut mir leid, Mike.« Er fing an, leicht zu lallen.

Mike merkte, wie sehr er sich bemühte, noch klar zu bleiben.

Sein Kopf schwang energisch gegen das Kissen. »Aua.«

»Vorsichtig. Kannst du dich wirklich an nichts anderes mehr erinnern?«

Er schüttelte den Kopf.

»Ich weiß bald nicht mehr weiter, Paulie. Wenn wir den Koh-i-Noor nicht finden und zurückbringen, werden die Briten uns den Krieg erklären und wieder das Weiße Haus in Brand stecken. Also gib jetzt nicht auf, denk nach. Da muss doch irgendwas sein, was uns weiterhilft.«

Die Drogen zeigten eindeutig Wirkung. Paulies Augenlider wurden schwer. Er blinzelte ein paarmal, dann schlossen sie sich.

Mike blickte Nicholas an und nickte zur Tür.

Auf einmal flogen Paulies Augen wieder auf, er richtete sich im Bett gerade auf. »Warte! Warte. Da ist was. Sie hat was gemurmelt.«

Paulie ließ sich wieder zurückfallen, massierte mit einer Hand die Stirn. »Oh Mann, die Kopfschmerzen sind höllisch. Ich war eigentlich schon weg, daher bekomme ich es nicht mehr ganz zusammen, aber sie meinte irgendwas von ›Mittag am Park‹.«

Mike horchte auf. »Ein Park? Welcher Park, hast du einen Namen mitbekommen?«

»Leider nicht, mehr bekomme ich nicht mehr zusammen. Tut mir echt leid, Mike.«

»Das muss es nicht, das ist schon fantastisch. Wir folgen der Spur, Agent Savich arbeitet ja auch noch daran, die Audioaufnahmen aus dem Raum zu retten, vielleicht können wir da noch mehr Kontext bekommen. Ruh dich gut aus, ja? Ich sehe morgen früh wieder nach dir.«

Im Aufzug nach unten schaute Nicholas sie mit düsterem Blick an. »Mittag. Ob das morgen Mittag ist? Das gäbe uns weniger als zwölf Stunden Zeit, um ihre Spur zu finden. Und der Central Park ist groß – wenn es überhaupt der Park ist.«

Sie lächelte. »Hab ein bisschen Vertrauen in Savich. Wenn jemand die Daten retten kann, dann er.« Kaum dass sie aus dem Krankenhaus raus waren, holte sie ihr Handy heraus und rief Zachery an. »Sir, wir brauchen dringend die Audiospuren von der Zeit, als Browning Paulie niedergeschlagen hat. Paulie hat gehört, wie Browning etwas von ›Mittag am Park‹ gesagt hat.«

Kapitel 36

Broadway, New York
Nach Mitternacht

Mike und Nicholas waren mit Blaulicht und Sirene unterwegs, auf dem Weg zu der Adresse, die Victoria Browning in ihren Unterlagen angegeben hatte. Der leichte Schneefall hatte aufgehört, die Stadt sah aus wie mit Puderzucker bestreut. Überall auf den Parkbänken und den schmiedeeisernen Gitterzäunen und Toren lag eine feine, weiße Schicht Neuschnee.

Die Straßen waren glatt und fast menschenleer. Mike brauchte alle ihre Fahrkünste, um den Wagen in der Spur zu halten, während sie das südliche Ende des Central Park umkurvten und den Broadway in Richtung Theaterbezirk nahmen. Normalerweise war diese Gegend zu jeder Tag- und Nachtzeit mit Touristen und Partygängern vollgestopft, doch heute schienen glücklicherweise alle normalen Menschen fest in ihren angenehmen Betten eingemummelt. Sie kamen rasch voran.

»Du siehst nachdenklich aus«, meinte Nicholas. »Was ist los?«

»Ich dachte gerade daran, was mein Dad in dieser Situation tun würde. Er ist Polizeichef in Omaha, Nebraska. Nebraska liegt im mittleren Westen …«

»Danke dir, aber Eton unterrichtet amerikanische Geografie. Was würde dein Vater denn in unserer Situation machen?«

»Er hat einen Spruch, den er in solchen Situationen gerne anbringt. Er hat mich immer gelehrt, die Streifen zu prüfen, auch wenn ich sicher sei, dass ich ein Zebra vor mir habe.« Sie umkurvte ein Taxi, dessen einzelner Fahrgast auf der Rückbank sich ins Koma getrunken zu haben schien.

»Und, was meinst du? Ist unser Fuchs wirklich ein Zebra?«

»Bisher noch nicht. Sie ist alles andere, nur kein Zebra, mit all den Hürden und Hindernissen, die sie uns in den Weg geworfen hat. Ich hoffe nur, dass wir in ihrer Wohnung irgendwas Hilfreiches finden.« Sie mussten an einer roten Ampel stehen bleiben und einer alten Frau zusehen, die einen Einkaufswagen, vollgestopft mit einem Sammelsurium seltsamster Besitztümer, über die Straße schob. »Ich hoffe, sie hat einen warmen Platz zum Schlafen. Es wird noch kalt werden.«

Die alte Frau ging zielstrebig vorwärts, schien genau zu wissen, wo sie hinwollte. Ganz anders Nicholas, der sich fühlte wie in einer Schlucht gefangen, mit schwarzen Monolithen zu beiden Seiten. »Es ist gespenstisch, die Stadt zu nachtschlafender Zeit zu sehen, alles verbarrikadiert und der Dinge harrend. In London wird es selten wirklich leise. Aber London ist auch irgendwie komplett anders, nicht so erdrückend, schonungslos.«

»Es ist nach Mitternacht und es schneit. Wer klug ist, bleibt daheim. Ich habe mir immer vorgestellt, wie tief in der Nacht Dinge geschehen, böse Dinge, und die Stadt Sachen weiß, die wir nicht wissen.«

Ihr Handy klingelte. »Es ist Ben.« Sie stellte auf Lautsprecher, damit er mithören konnte.

Ben setzte mitten im Satz an, als ob er einfach nur einen Gedanken fortführen würde. »Wir sind das FBI, die misstrauischsten und zynischsten Menschen der Welt, zumindest sagt man mir das oft. Also, kannst du mir bitte verraten, warum wir ihre Geschichte ungefragt gekauft haben? Browning war es, die überhaupt erst alles angeleiert hat, mit der Geschichte über die angebliche Fälschung. Wir haben ihr alle geglaubt. Haben nicht einmal ihre Behauptungen überprüft. Und jetzt stehen wir wie die Idioten da.«

Mike wusste genau, wie Ben sich fühlte. »Also, Bo hat nachgeprüft. Browning hatte den Diamantentester so manipuliert, dass er ihre Geschichte stützte. Und das geschickt genug, dass Bo es nicht mitbekommen hat. Aber warum hätte er ihre Geschichte auch anzweifeln sollen? Sie hat einen Diebstahl gemeldet, war eine bekannte Person und alle Mitarbeiter im Museum haben ihr vertraut. Sie hat alles nur organisiert, damit Paulie und Louisa ihr Zugang zu der ›Imitation‹ verschaffen. Ziemlich dreister Plan, aber es hat alles perfekt geklappt. Und ja, wir sind Idioten.«

»Entschuldige, ich musste einfach mal Dampf ablassen. Wohin seid ihr unterwegs zu dieser späten Stunde?«

»Ich fahre mit Nicholas zu Brownings Appartement, wir werden das mal ordentlich auseinandernehmen.«

»Sei bloß vorsichtig, Mike. Die Frau ist nicht dumm, die hat mehr Spielzüge in ihrem Repertoire als Harbaugh. Schwer vorherzusehen, was da noch alles auf uns wartet, also, pass gut auf dich auf.«

Sie legte auf und sah Nicholas an.

Dieser lehnte entspannt im Beifahrersitz und versuchte, die halsbrecherische Fahrt zu nutzen, um zumindest ein bisschen auszuruhen. »Ich frage mich, welchen Harbaugh er meinte.«

Mike war überrascht. »Du kennst dich mit American Football aus?«

»Ich gehöre immerhin halb deiner Spezies an«, kommentierte er lakonisch. »Ah, wir sind da.«

Dr. Victoria Browning hatte in fußläufiger Entfernung vom Times Square gewohnt, in einem einfach umwerfenden Gebäude, wie Mike bei allem Neid zugeben musste. Von außen wie von innen. Sie hatten zuvor ihre Vermieterin angerufen, daher wartete jetzt eine rundliche, rubenssche Frau Ende vierzig in der Lobby auf sie. Sie verströmte einen deutlichen Geruch nach Rotwein.

»Ich bin Special Agent Michaela Caine, dies ist Detective Chief Inspector Nicholas Drummond, vielen Dank, dass Sie sich die Zeit nehmen konnten.« Sie hielt der Frau ihren Dienstausweis hin.

»Gillian Docherty. Worum geht es überhaupt?«

Nicholas übernahm. »Wir müssen dringend in eine der Wohnungen, die Sie verwalten, Appartement 2324. Außerdem wären wir Ihnen sehr verbunden für jegliche Unterlagen, die Sie über die Wohnung und insbesondere die Mieterin haben. Es geht um eine gewisse Victoria Browning.«

Dochertys Augen verengten sich. »Ähm, ich glaube nicht, dass ich solche Informationen herausgeben sollte. Oder haben Sie einen Durchsuchungsbefehl?«

»Wir machen uns große Sorgen um Miss Browning, wir befürchten, dass sie in größter Gefahr sein könnte. Wir würden Sie wirklich nicht damit belästigen, wenn es nicht um Leben und Tod ginge.«

»Sie meinen wohl eher *Dr.* Browning. Sie besteht immer auf ihrem Titel. Ich habe ihr die Wohnung selbst vermietet. Was ist denn nicht in Ordnung? Ist sie krank? Oder ist sie in irgendwelchen Schwierigkeiten?«

Nicholas lehnte sich dicht zu der Hausverwalterin und sprach mit leiser, tiefer Stimme. »Genau das wollen wir ja herausfinden. Ganz unter uns, es handelt sich um eine etwas delikate Angelegenheit. Könnten Sie nicht einmal eine Ausnahme machen und uns aushelfen, uns die Tür zu ihrer Wohnung öffnen, damit wir nach dem Rechten sehen können? Wir sind schließlich so was wie die Polizei und wären Ihnen sehr zu Dank verpflichtet.«

Docherty errötete leicht und Mike hätte schwören können, dass sie mit den Wimpern geklimpert hatte. »Nun, also, ich denke, weil Sie es sind …« Sie kramte nach ihrem Schlüsselbund und holte den Hauptschlüssel hervor.

Und Bond schlägt wieder zu. Unauffällig flüsterte sie Nicholas zu: »Kannst du mir bitte ein Tonband mit deiner Stimme dalassen, für den Fall, wenn ich auf besonders sture Zeuginnen treffe?«

Er ignorierte sie gekonnt.

»Du hast sie angelogen.«

»Zugegeben, aber du musst dir keine Sorgen machen, dass ich jetzt komplett entgleise. Ich folge einem höchst komplexen Moralkodex. Wenn sie nicht auf meine höfliche Bitte eingegangen wäre, hätte ich sie zu nichts gezwungen oder überredet. Ich hätte ihr einfach einen Gummiknüppel über den Kopf gezogen und mir die Schlüssel geschnappt.«

»Also, das hätte ich vielleicht sogar gerne gesehen«, schmunzelte Mike.

»Und du hast sie auch angelogen.«

»Bei mir ist das was anderes, das wurde mir so beigebracht.«

»Ich bin mir sicher, du warst Klassenbeste.«

Drei Minuten später standen sie im Aufzug zum dreiundzwanzigsten Stock. Brownings Appartement lag mittig den Gang hinab.

Als sie an der Tür ankamen, hielt Nicholas beide kurz zurück. »Vorsicht. Wie Ben angesprochen hat, müssen wir mit allem rechnen. Und wir haben heute schon eine Bombe entschärfen müssen.«

Kapitel 37

Mike nickte, horchte an der Tür, hörte aber nichts. Sicherheitshalber zog sie trotzdem ihre Glock aus dem Holster. Gillian Docherty schnappte nach Luft.

Nicholas beruhigte sie galant. »Miss Docherty, vielleicht wäre es das Beste, wenn Sie unten auf uns warten? Nur zu Ihrer eigenen Sicherheit natürlich. Es werden vermutlich gleich auch noch weitere Agenten eintreffen, Sie würden uns einen unschätzbaren Dienst erweisen, wenn Sie die Kollegen in Empfang nehmen und hierher geleiten würden. Können wir auf Sie zählen?«

»Aber sollte ich wirklich? Ich meine, gute Güte, was hat sie denn getan? Also, sie ist doch nur ein Doktor, oder?«

»Es ist von äußerster Wichtigkeit, dass Sie die Kollegen hochbringen, sobald sie eintreffen«, betonte Nicholas, während er ihren Ellbogen griff und sie sanft zurück zum Aufzug komplimentierte. Dort nahm er ihr die Akte mit den Mietunterlagen aus der Hand und drückte auf den Knopf, ehe sie widersprechen konnte.

Mike musste es Mr Bin-ich-nicht-großartig schon lassen, er erfüllte die Erwartungen und wurde seinem Ruf gerecht.

Sie schloss die Tür mit dem Hauptschlüssel auf, wartete aber noch auf Nicholas. Als er wieder bei ihr war, zählte sie still bis drei und öffnete vorsichtig die Tür.

Die Wohnung war komplett leer. Auf eine seltsame Art leer. Es gab schon Möbel, aber keinerlei persönliche Gegenstände. In den Regalen keine Bücher, weder Teppiche noch Zeitschriften, nichts, was aus der Wohnung ein Zuhause gemacht hätte. Nichts, was irgendwie zu Victoria Browning gehört hätte.

»Keine Bombe, das ist schon mal eine Steigerung«, bemerkte Nicholas trocken.

Mike drehte sich einmal und zeigte auf die Wohnung. »Es sieht hier aus, als ob alles für eine Besichtigung vorbereitet wäre. Als ob sie schon ausgezogen wäre.«

»Oder besser gesagt, nie eingezogen ist«, korrigierte er, während er zu den großen Fenstern ging und die Vorhänge aufzog. Die Sicht war nicht besonders, das Blickfeld wurde größtenteils von anderen Gebäuden beschnitten, Richtung Norden sah man aber einen kleinen Streifen des Central Park. Tief unten erblickte er die alles bedeckende Schneeschicht und gelegentliche Lichter von Autos, welche den Broadway heraufkamen.

Mike blätterte durch die Unterlagen. »Dem Vermieter zufolge hat sie den Mietvertrag im Juni letzten Jahres unterschrieben und ist am ersten Juli eingezogen. Sie zahlt dreitausendneunhundert Dollar im Monat.«

»Wie viel ist das … etwas unter dreitausend Pfund, oder?«, überschlug Nicholas im Kopf. »Hört sich doch recht günstig an.«

»Du bist wohl Londoner Preise gewöhnt. Für die Größe und Lage ist das hier ganz angemessen.« Mike zitterte. Die Wohnung war nicht geheizt und die Kälte drang durch die einfach verglasten Fenster. Es schien, als ob die Nacht selbst in die Wohnung sickerte und ihren Hals unter dem Kragen der Lederjacke ergriff.

»Aber sind fast viertausend Dollar nicht ziemlich viel für das Gehalt eines besseren Fremdenführers im Museum?«

»Ihrer Personalakte nach lag ihr Jahresgehalt bei 62.000 Dollar, bevor sie die Stelle als Kurator angetreten hat. Was bedeutet, ihr Gehalt hat gerade so ihre Miete gedeckt, aber es wird wohl nicht viel übrig geblieben sein.«

»Ich vermute mal, dass ihr geheimer Geldgeber, der den Diebstahl finanziert hat, auch für die Miete aufgekommen ist.« Nicholas lehnte sich gegen das Fenster. »Für einen Auftrag dieser Größenordnung wird das kaum auffallen, das ist mehr was für die Portokasse.«

»Zumindest wissen wir, dass dieser geheime Käufer nicht Anatoly ist.«

Mike trat neben ihn, warf einen Blick hinab auf die Stadt, die still und schlafend unter ihnen lag. Dann reichte sie ihm ein Paar Nitrilhandschuhe. »Nun denn, dann wollen wir mal.«

Mike nahm sich das Schlafzimmer vor. Sie zog die leeren Schubladen aus dem Schrank und überprüfte die Unterseiten. Nichts. Keine Kleider, weder im Schrank noch in der Kommode. Auch der Wandschrank im Badezimmer war leer und sie entdeckte ebenfalls keine Shampoos oder sonstigen Badeutensilien in der Dusche. Trotz aller Mühe konnte sie nichts finden, kein Geheimversteck, keine vergessenen Sachen, nichts.

»Nicholas, hast du was gefunden?«

»Nein«, rief er aus dem Wohnzimmer. »Die Wohnung ist komplett sauber.«

Sie trafen sich in der Küche wieder. Nicholas öffnete den Kühlschrank. Er war kalt, lief auf voller Kraft, war aber komplett leer und sauber gewischt.

»Sie hat wohl den Aufbruch geplant und alles ausgeräumt und abgewischt. Die Schränke sind leer, das Bad sauber, die Heizung runtergedreht. Ich kann nichts finden, was sie übersehen hätte.«

Nicholas richtete sich auf und stand einen Augenblick in der Küche, dachte nach. *Was hätte ich gemacht, wenn ich an ihrer Stelle gewesen wäre? Um sicherzugehen, dass keine Spuren zu mir führen?* »Nein, sie hat nie wirklich hier gelebt.«

»Aber die Adresse stand in ihrer Personalakte, die Vermieterin selbst erinnert sich an sie, hat wohl häufiger mit ihr geredet. Und es ist die Adresse auf dem falschen Ausweis, den sie Tanya Hill mitgegeben hat.«

»Ja, sie hat die Wohnung angemietet, ohne Frage. Aber sie ist nie wirklich eingezogen. Eine Wohnung, in der man lebt, kann man nicht so sauber halten. Egal, wie vorsichtig sie ist, irgendwas würde bleiben. Aber ein Fuchs ist eben kein Zebra. Sie hat ihre Identität sorgfältig entwickelt, den kompletten Hintergrund ausgearbeitet. Die Wohnung ist nur ein Teil dieses Hintergrunds. Wir können hier nach DNS suchen, so viel wir wollen, werden aber nichts finden. Zumindest keine Spuren von ihr. Wir wissen schon, dass der Name Victoria Browning falsch ist, daher würde ich bei jedem anderen Teil ihrer Identität auch erst mal davon ausgehen, dass er erfunden ist.«

Mike ließ das auf sich wirken. »Meinst du, es gibt irgendwo eine echte Archäologin namens Victoria Browning? Dass sie die Identität einfach nur übernommen hat?«

»Ich werde den Namen mal durch die Datenbanken laufen lassen, während dein Team nach Spuren sucht.«

»Klopf, klopf! Huhu!« Gillian Docherty war zurück, mit drei Technikern der Spurensicherung im Schlepptau. »Ich hab Ihnen was mitgebracht, Inspector Drummond!«

»Ah, Miss Docherty! Sie sind ein Schatz!«

Mike zog die Techniker in die Wohnung. »Nehmt alles auseinander, findet mir irgendwas. Die Frau hat schon zwei Kollegen ins Krankenhaus gebracht. Es scheint hier nicht viel zu geben, aber wenn ihr irgendwas findet, DNS, Fingerabdrücke, was auch immer, sagt mir sofort Bescheid.«

»Alles klar, Mike. Wenn es hier was gibt, werden wir es finden.«

»Danke.«

Sie trat zurück, ließ die Techniker ihre Arbeit aufnehmen. Nicholas sprach mit Gillian Docherty, stellte ihr noch einige Fragen, schien aber auf Stein zu beißen. Nicht, weil sie nicht willig gewesen wäre, sondern, weil sie einfach nichts wusste und nur weiter mit dem netten Briten flirten wollte.

Mike verbannte das ganze Geschehen aus ihrem Kopf, trat ins Wohnzimmer, blickte über die Stadt, ließ alles noch einmal Revue passieren.

Kein Zebra, Dad. Aber irgendwas übersehe ich. Irgendwas Wichtiges. Wenn ich ein Meisterdieb wäre, wie würde ich es angehen?

Ein Kribbeln stieg von ihrem Rücken auf, kroch die Wirbelsäule hinauf.

Ein großer Job. So groß, dass man jedes Detail planen muss. Niemand kann alles wissen. Also würde ich mir jemanden suchen, der Ahnung hat. Ein Insider mit anderer Perspektive, der mir helfen kann und als Sündenbock bleibt, wenn ich weg bin.

Jemand wie Inspector Elaine York.

Manchmal können Zebras verschlagen sein wie ein Löwe.

Kapitel 38

Metropolitan Museum of Art
Freitag, 01:40 Uhr

Savich hatte eine Pizzeria aufgetan, die auch um diese Uhrzeit noch lieferte. Eine Veggie de luxe für ihn und die anderen Vegetarier, ausreichend Peperoni und Salami für die Fleischfresser. Sherlock genoss ihre Peperoni, sichtbar glücklich, etwas zu essen zu bekommen. Savich trat zu ihr an den kleinen Computertisch.

»Vorsichtig, tropf nicht auf dein wundervolles Kleid.«

»Mein wundervolles Kleid riecht so stark nach Tränengas, das wohl nie wieder rausgehen wird, da wäre Pizza eine Verbesserung. Und ehrlich gesagt bin ich zu hungrig, als dass mir das was ausmachen würde.«

In dem Augenblick klingelte Savichs Handy mit der Melodie von Springsteens »Born in the USA«. »Ah, gutes Timing, Nicholas ruft an.« Er hob ab und stellte das Handy auf Lautsprecher. »Ehe du was sagst, Nicholas, lass mich kurz. Wir haben die Büros des Sicherheitsdienstes hier im Met untersucht und eine Reihe Wanzen gefunden. Browning hat wahrscheinlich alles mitangehört, was wir hier besprochen haben. Wir haben zwar alle Sender aufgespürt, aber es kann gut sein, dass in ihrer

Wohnung auch welche stecken. Sag besser den Technikern, dass sie danach suchen sollen. Die Frau war sehr gründlich.«

Am anderen Ende meldete sich Mike. »Sie könnte uns jetzt also zuhören? Gut, wenn du das hörst, Victoria, mach dich bereit, wir kommen, dich zu holen. Savich, gib uns eine Minute, wir gehen gerade vor die Tür.«

Er nahm einen Augenblick nur Schritte und Bewegungsgeräusche wahr, dann meldete sich Mike wieder. »Gut, wir sind sicher.«

»Habt ihr was in ihrer Wohnung gefunden?«

»Ich glaube nicht, dass sie je hier gelebt hat«, meinte Nicholas. »Die Aufzeichnungen der Sicherheitskameras reichen nur einen Monat zurück, in der Zeit ist sie nirgendwo zu sehen. Zum Ende des Monats werden die alten Aufzeichnungen wieder überschrieben. Zumindest hier gibt es nichts, was auf sie hinweist.«

»Bei uns sieht es ähnlich aus«, fuhr Savich fort. »Keinerlei Spuren im Ferntransport, nichts bei Flughäfen, Bahnhöfen oder Bussen. Vielleicht ist sie per Auto unterwegs, etwa Richtung Norden zur Grenze. Wir haben die Grenzstationen informiert, aber das System braucht noch etwas, um alle Leute, die die Grenze passiert haben, mit der Gesichtserkennung abzugleichen. Wir haben unsere Suchmeldung auch an die kanadischen Behörden weitergegeben und an alle Patrouillen auf den Highways geschickt, aber ich befürchte, wir müssen unser Netz noch mehr ausweiten.«

Nicholas meldete sich wieder. »Es kann auch sein, dass sie sich irgendwo in der Stadt verkrochen hat und wartet, dass der Käufer zu ihr kommt. Wir sind uns sicher, dass sie den Edelstein nicht für sich selbst gestohlen hat, sondern dass das eine Auftragsarbeit gewesen sein muss. In jedem Fall geht es um eine Menge Geld für sie.«

»Wir haben fast zwei Uhr morgens. Ich glaube nicht, dass in dieser Nacht noch viel passiert. Lassen wir die Techniker und Datenbanken ihre Arbeit machen und gönnen wir uns selbst etwas Ruhe. Wir werden unsere Kraft noch brauchen und haben bestimmt bessere Ideen, wenn wir die Sache morgen frisch und ausgeruht angehen. Wir haben eine Einsatzbesprechung für 8 Uhr im Federal Plaza angesetzt.«

Mike nickte resigniert. »Ja, du hast schon recht. Aber ich hasse den Gedanken, dass sie dadurch noch mehr Vorsprung gewinnt.«

Zachery lehnte sich von seinem Computer aus näher zu Savichs Handy. »Zeit für eine Pause, Mike. Versuch, etwas zu schlafen, ein bisschen was zu essen. Wir sehen uns in ein paar Stunden. Bis dahin werden die Datenbanken bestimmt mehr Informationen haben. Du wirst schon sehen, wir finden sie. Alles klar?«

»Ja, Sir.«

Sie legten beide auf. Savich steckte sein Handy ein und gähnte.

Manchmal fand man die Antworten nur, wenn man ganz von vorne anfing.

Kapitel 39

Über dem Atlantik
Freitagnacht

Als Mike und Nicholas auflegten, nahm auch Kitsune die Ohrstecker raus und legte sie auf ihr iPad. Agent Savich hörte sich nach einem fähigen Mann an, zu schade, dass sie ihn nicht persönlich kennengelernt hatte.

Natürlich hatte sie Mikrofone in der Wohnung installiert, wie er so richtig vermutet hatte. In allen Räumen, wie auch im Met. Aber auch er hatte sie unterschätzt. Sie hatte ebenfalls im Flur zu ihrem Appartement Sender installiert, bis hin zum Aufzug. Leider hatte sie in den Büros im Federal Plaza keine Wanzen, aber das wäre wohl etwas übertrieben, die Räume des FBI selbst zu belauschen.

Sie musste schmunzeln. Agent Caine klagte, dass sie einige Stunden zurücklagen. Dabei hinkte das FBI mindestens zwei Jahre hinterher. In dem Appartement würden sie nichts finden, die beachtliche Miete war eine gute Investition gewesen. Die einzige Person, die dort Spuren hinterlassen haben könnte, war die Vermieterin, die Spurensicherung hätte ebenso gut ins Bett gehen können.

Wenn sie ihre wirkliche Wohnung gefunden hätten, wüsste sie davon. Die Tür war mit einem Sprengsatz gesichert, das Feuer würde alle ihre Spuren beseitigen. Außerdem hätten die Bewegungsmelder ihr eine Meldung auf das Handy geschickt.

Wobei sie nicht ernsthaft daran glaubte, dass man diese Wohnung überhaupt aufspüren würde. Sie lag einige Blocks entfernt von dem anderen Appartement, mitten in Hell's Kitchen. Sie war auch nie offen in ihrer Museumskleidung nach Hell's Kitchen gegangen, sondern hatte sich unterwegs immer umgezogen und sorgfältig verkleidet, mit Perücke und Baseballkappe, angezogen wie eine Studentin mit bescheidenen Mitteln. Die Miete war noch für ein Jahr im Voraus bezahlt; je nach Situation könnte sie den Sprengsatz an der Tür von ihrem Handy aus deaktivieren oder auslösen. Kitsune wusste, wie man seine Spuren verbarg. Es war ihr über die Jahre so zur Gewohnheit geworden, dass sie kaum noch bewusst daran denken musste.

Nach dem Anruf lehnte sie sich im Ledersessel zurück und ging ihre Optionen durch. Sie hatten noch nichts gefunden, zumindest nichts, was sie nicht einkalkuliert hatte. Es war klar, dass sie die Verbindung zum Teterboro Airport finden würden, das war nur eine Frage der Zeit. Mit etwas Glück würde sie bis dahin schon gelandet und weit weg vom Flugzeug sein.

Aber was war mit Drummond? Sie wünschte, er wäre in London geblieben, wo er hingehörte.

Nicht dass er eine echte Bedrohung wäre. Alles würde gut werden. Sie würde Lanighan treffen, mit ihm das Geschäftliche regeln und ihrer eigenen Wege gehen. Dann könnte sie mit allem abschließen, sich zur Ruhe setzen. Vielleicht auf einer kleinen Insel im Pazifik, wo sie niemandem auffallen und wo nie jemand nach ihr suchen würde. Oder vielleicht würde sie zurückgehen, nach London, vielleicht Grant besuchen und …

nein, das Kapitel lag in der Vergangenheit, sie musste sich davon befreien.

Die Stimme des Piloten ertönte über den Lautsprecher. »Mademoiselle, wir sind in französischem Luftraum. Wohin geht es jetzt?«

Sie drückte die Taste und nannte ihm die Koordinaten. Der Flugplatz lag sehr abgelegen und ließ ihr ausreichend Privatsphäre, sie kannte ihn noch von früheren Besuchen. Ein weiteres Plus war, niemand würde dort die Landung ihres Flugzeugs in offiziellen Papieren festhalten.

Sie nahm einen letzten Schluck Dom Pérignon. Eine Stunde noch bis zur Landung. Danach eine Stunde über die Straße bis zum Treffpunkt. Drei Stunden, um den Ort in Augenschein zu nehmen und sicherzustellen, dass Lanighan sich an ihre Absprachen hielt. Misstrauen war eine ihrer besten Charaktereigenschaften.

Bald schon würde sie noch einmal fünfundzwanzig Millionen auf dem Konto haben, die dann umgehend in kleinere Summen aufgespalten und auf Bankkonten in aller Welt verteilt werden würden. Nicht mehr verfolgbar, auch für Lanighans Leute nicht, falls diese irgendetwas planen und versuchen sollten, um ihre gerechte Bezahlung zu stehlen.

Lanighans Vater hatte einmal versucht, sie zu betrügen. Damals hatte sie einen Manet für ihn besorgt, aus Amsterdam. Die Zahlung wurde von der Bank zurückgerufen, doch der Fuchs war dem Löwen zuvorgekommen. Das Geld war schon unterwegs zu verschiedenen anderen Konten und daher für ihn unerreichbar. Sie hatte ihn angerufen und ihn einen Narren genannt. Er hatte sich entschuldigt. Von da an hatten sie gegenseitigen Respekt für die Intelligenz und Vorsicht des anderen. Er wusste, dass sie sich schützen konnte, und hatte nie wieder versucht, sie zu hintergehen. Aus dem Debakel mit der Zahlung für den Manet war eine einträgliche Geschäftsbeziehung erwachsen, und der alte Löwe war einer ihrer treuesten Kunden geworden. Über die Jahre hatte sie gut die Hälfte seiner Sammlung für ihn beschafft.

Sie blickte auf die schnell vorbeiziehenden Lichter unter ihnen. Es gab keine besonderen Merkmale in der Landschaft, sie musste darauf vertrauen, dass der Pilot auch wirklich ihren Anweisungen folgte. So viel zum Thema Paranoia. Sie konnte aber gut damit leben, weil es sie am Leben hielt.

Den Spitznamen *Fuchs* hatte sie sich hart erarbeitet. Sie war schnell und gewitzt und stets auf alles vorbereitet.

Auf alles.

Sie warf einen Blick auf die Uhr und nahm wieder ihr Handy zur Hand.

Mulvaney. Sie lächelte, als sie seine Nummer eingab. Sie waren jetzt schon seit zwanzig Jahren zusammen. Er war ihr Lehrmeister, ihr Vertrauter, ihre Vaterfigur. Er war derjenige, der stets für sie da gewesen war, in guten wie auch nicht so guten Zeiten, ihr Fels in der Brandung. Der einzige Mensch auf der Welt, dem sie ungefragt vertraute. Mit ihm besprach sie, welche Aufträge sie annehmen sollte, oft gingen sie gemeinsam mögliche Ansätze durch. Er hatte das System entwickelt, über das ihr Geld verteilt wurde, und war immer da, wenn sie Hilfe oder Rat brauchte, was über die Jahre nicht selten vorgekommen war. Kurz gesagt, sie würde ihr Leben für ihn geben. Er war wohl der einzige Mensch auf der Welt, der ihr wirklich etwas bedeutete. Zumindest, bis sie Grant getroffen hatte … *Reiß dich zusammen, Kitsune, das ist jetzt nicht die Zeit.*

Das Telefon klingelte wieder und wieder. Zu dieser frühen Stunde würde Mulvaney wohl auf dem Sonnendeck seiner Villa liegen und die warme Morgenluft genießen, dem Wind lauschen, wie er durch den Zitronenhain unterhalb des Hauses rauschte. Neben ihm ein Buch und der erste einer ganzen Reihe von Espressos.

Was nur so lange dauerte? Es war gar nicht seine Art, einen ihrer Anrufe nicht anzunehmen.

Sie legte auf. Würde es später wieder versuchen. Aber irgendwie nagte es doch an ihr. Es gefiel ihr nicht, ganz und gar nicht. Vermutlich wieder nur ihr Verfolgungswahn, vielleicht war er einfach nur gerade verhindert.

Sie merkte, wie erschöpft sie war. Eine Stunde noch bis zur Landung, dann würde die nächste Phase des Plans beginnen.

Kitsune schloss die Augen und war sofort eingeschlafen.

Kapitel 40

Victoria Brownings Appartement, New York
Freitag, 02:00 Uhr

Nicholas musste Zachery und Savich recht geben. Die Konzentration ließ nach, so sehr sie sich auch bemühten, es wurde wahrscheinlicher, dass ihnen Fehler unterliefen. Es juckte ihn zwar, sich selbst hinter die Tastatur zu klemmen und nach Spuren von Browning zu suchen, aber auch er war inzwischen mehr als vierundzwanzig Stunden auf den Beinen und brauchte Schlaf.

»Mike, lass uns für heute Schluss machen.«

Sie kaute auf der Unterlippe. »Habt ihr irgendwas?«, fragte sie den Techniker, der sich einfach nur als Mouse vorgestellt hatte.

Er schüttelte den Kopf. »Mindestens ein halbes Dutzend Wanzen, die wir deaktiviert haben. Aber abgesehen davon gibt es hier nichts. Ich würde auch darauf wetten, dass wir hier nichts mehr finden, höchstens Spuren von Ihnen und Inspector Drummond.«

Es wäre ja auch zu schön gewesen, wenn ihr mal ein Fehler unterlaufen wäre. Mike seufzte. »Gut, macht bitte trotzdem weiter. Schickt mir eine Nachricht, falls ihr noch etwas finden solltet.«

»Meinst du, dass sie auch hier im Gebäude Kameras hat?«, fiel Nicholas im Aufzug nach unten ein.

»Könnte ich mir gut vorstellen.«

Mike und Nicholas froren, als sie ihr Auto erreichten. Mike drehte die Heizung voll auf und rieb die Hände vor dem Luftauslass. »Also, wohin? Hast du ein Hotel hier?«

»Vanderbilt, bitte. Zwischen der Vierundvierzigsten und Fünfundvierzigsten.«

»Der Yale Club? Ernsthaft?«

»Du kennst ihn?«

Mike lachte. »Nur von außen. Als FBI-Agent in New York gehört es zu unseren Aufgaben, jede Ecke und jeden Winkel der Stadt zu kennen. Wir können gerne mal einen Test machen, ich gegen einen alteingesessenen Taxifahrer. Der Yale Club ist nur ein paar Blocks südöstlich von hier.« Sie blickte sich nach links und rechts um und fädelte sich wieder auf den Broadway ein. »Wenn ich ehrlich bin, kann ich kaum noch erwarten, ins Bett zu kommen. Ein paar Stunden Schlaf hören sich echt gut an.«

»Elaine hat sich damals bei mir beschwert, als sie hierhergezogen ist. Sie hatte ständig Probleme damit, die Entfernungen einzuschätzen, weil die Blocks ja von Ost nach West viel länger sind als von Nord nach Süd. Sie meinte, sie hätte sich so viel verlaufen, dass sie hinterher absichtlich jeden Abend eine Stunde durch die Stadt gejoggt sei, um ein besseres Gefühl zu bekommen.«

Sie schwiegen eine Weile.

Ihr grummelnder Magen unterbrach die Stille.

»Hunger?«

»Verhungert. Ich weiß gar nicht mehr, wann ich das letzte Mal was gegessen habe. Ich bin total erschöpft, aber erst brauche ich noch was zu essen.« Sie lächelte ihm zu. »Was meinst du? Ich bin ganz groß darin, Pizza warm zu machen.«

»Pizza klingt gut.«

Sie hörte aus seiner Stimme mehr heraus, als er sagte, weil sie das Gefühl zu genau kannte. Sie wusste, wie es ist, wenn jemand leidet. Sie wusste, wie es sich anfühlt, wenn man nicht alleine sein will. Nur zu gut. Und damit kam auch wieder die Erinnerung an Jon in ihr hoch. Sie erlaubte dem Schmerz einen Augenblick, von ihr Besitz zu ergreifen. Waren es jetzt wirklich schon fünf Jahre?

»Es sind bloß zehn Minuten bis zu meiner Wohnung. Wenn du magst, kannst du gerne mitkommen, wäre vielleicht einfacher, als wenn wir hin- und herfahren und ich dich morgen wieder abholen muss. Meine Wohnung liegt drüben im Village und ich habe ein sehr bequemes Sofa anzubieten. Und wie war das mit Afghanistan?« Sie verflocht die beiden Fragen übergangslos.

»Wenn das Sofa auch lang genug ist, gerne, und Afghanistan ist vertraulich.«

Möglich, aber irgendwie glaubte sie nicht daran. Zumindest der Teil, der ihn am meisten beschäftigte, war bestimmt nicht vertraulich. Es musste etwas wirklich Schlimmes gewesen sein.

»Garantiert, das Sofa ist über zwei Meter lang und ich habe genug bequeme Decken – und wenn du wegen Afghanistan deinen Job als Spion gekündigt hast, muss es schlimm gewesen sein?«

»Wenn du auch noch einen Schlafanzug in meiner Größe hast, bin ich dabei. Und ich wollte wirklich nicht mehr als wieder ehrliche Arbeit machen und meinen Beitrag leisten.«

»Du bist James Bond, du brauchst keinen Schlafanzug.« Sie überquerte die Ampel bei Dunkelgelb, als sie gerade auf Rot umsprang. »Aber jetzt mal ehrlich, um diese Uhrzeit sollte dein Biorhythmus träge genug sein, dass man dir leichter Informationen entlocken könnte, als du willst.«

»Normalerweise ja, aber das wurde mir abtrainiert«, erklärte er. »Und um auf das erste Thema zurückzukommen, ich schlafe nie nackt, um peinlichen Situationen vorzubeugen. Aber beim Thema Biorhythmus, wie hieß dein letzter Freund denn?«

Sie lachte laut auf. »Das ist vertraulich. Wie war das mit deiner Frau? Sie ist die Tochter eines echten Herzogs?«

Sicheres Gebiet, dachte sie sich, seiner Reaktion nach zu urteilen. Er richtete sich auf und wandte sich ihr zu. »Ein Herzog und gleichzeitig ein sehr reicher Mann, der seiner Tochter gibt, was immer sie haben will. So was, wie ihr Hobby zu finanzieren und sie eine Online-Zeitschrift herausgeben zu lassen, während er alle Rechnungen hier in Manhattan übernimmt.«

»Wie habt ihr euch kennengelernt?«

»In London, bei einer Party. Ich weiß nicht mehr genau. Auf jeden Fall war ich zwei Jahre später in Zürich auf einer Mission, während sie zum Skilaufen in Engelberg war. Wir trafen uns zufällig in einer Bar und es war nett, ein bekanntes Gesicht zu sehen. Sie ließ ihre Freunde für mich sitzen. Von da an ging alles schnell, vielleicht zu schnell.« Er sank wieder im Sitz zusammen und schloss die Augen.

»Entschuldige, das geht mich eigentlich auch nichts an.«

Er hielt die Augen weiter geschlossen. »Ist nicht wirklich ein Staatsgeheimnis. Pamela liebte es, mit einem Spion liiert zu sein. Für sie war das alles eine Welt wie in den Filmen, gefährlich und spannend, auf eine erregende Art. Aber nach etwa sechs Monaten ließ der Reiz des Neuen nach. Ich war viel unterwegs und konnte sie meist nicht mitnehmen. Wenn ich dann wieder in London war, war ich zu erschöpft, um mit ihr in Bars und zu Partys zu gehen und die Nächte durchzufeiern. Und dann kam Afghanistan.« Er zuckte zwar nicht mit den Schultern, es fühlte sich aber so an. »Ich denke mal, danach habe ich mich zu sehr verändert. Sich in London niederzulassen, als Frau eines Polizisten, das war nicht wirklich ihre Vorstellung, wie sie ihr Leben verbringen wollte. Sie ist dir heute bestimmt ziemlich abschätzig und spöttisch vorgekommen. Sie war nicht immer so.«

»Sie ist schon recht eigen, ja.«

»Und sie ist nicht mehr als ein Teil meiner Vergangenheit. Und in meiner Gegenwart will ich nichts als ein Stück Pizza und etwas Schlaf und einen neuen Ansatz.«

»Wir haben heute große Fortschritte gemacht«, sagte sie lächelnd.

Er lachte humorlos. »Wenn es Fortschritt ist, ein ums andere Mal auf eine falsche Spur geschickt zu werden, dann ja. Ich würde mal sagen, sowohl Anatoly als auch Browning haben heute ihre Runden gewonnen.«

Kapitel 41

Mike Caines Appartement, New York
Freitag, 02:30 Uhr

Das Gebäude, in dem Mikes Appartement lag, war ein fünfstöckiger Bau aus rotem Backstein aus den Siebzigerjahren, genau in der Mitte des West Village. Anders als in anderen Teilen von Manhattan war das Village immer von Licht und Leben erfüllt. Nicholas gefiel die Atmosphäre. »Nett. So stellt man sich New York vor.«

Mike ließ ein Taxi durch, ehe sie in die Einfahrt zur Tiefgarage einbog. »Die Eigentumswohnungen hier wurden in den Neunzigern komplett neu gestaltet. Das Haus bietet zwei unschlagbare Vorteile, eine Tiefgarage und einen Portier. Das und die ganzen Restaurants in der Nähe, das ist auch der Grund, warum ich mich für eine Wohnung hier entschieden habe. Außerdem ist das Village natürlich toll. Du hast die *White Horse Tavern* auf der anderen Straßenseite gesehen? Hervorragendes Essen und eine lange Geschichte dazu.«

Sie zog eine Karte aus dem Portemonnaie und steckte sie in den Kartenleser der Garage. Das eiserne Tor schwang nach innen auf. Sie fuhr ins erste Untergeschoss und stellte den Wagen auf dem für sie reservierten Platz ab. »Da wären wir also.«

Nicholas stieg aus, gähnte und erstarrte mitten in der Bewegung. Die Härchen an seinem Nacken stellten sich auf. Die Garage war sehr dunkel und sehr leise, fast wie eine Gruft voller Autos, alle an ihrem Platz vertäut und schweigend, alles reglos und still. Aber wie sollte es auch sonst aussehen. Es war mitten in der Nacht, natürlich wäre hier alles voller Schatten. Aber nein, irgendwas stimmte nicht. Er hatte schon früh gelernt, auf seine Instinkte zu vertrauen. Wenn seine Intuition ihm suggerierte, dass hier etwas nicht stimmte, dann war es klug, sich zumindest etwas vorzusehen. Er hörte, wie Mike ihm etwas erzählte, achtete aber nicht auf ihre Worte. Stattdessen lauschte er auf jeden noch so geringen Laut, der hier nicht hinpasste.

Aber … nichts.

Mike stieg auf der Fahrerseite aus und bemerkte, dass er unnatürlich in der Position verharrte. »Was ist?«, fragte sie, die Hand bereits an der Glock.

Er bewegte sich nach wie vor nicht. Da hörte er es. Atem. Sorgfältiger, beherrschter Atem.

Er nickte in Richtung vor dem Auto, dann lauschte er wieder. Da war es erneut, diesmal nicht nur der kontrollierte Atem, sondern auch schleichende Füße auf Beton.

Urplötzlich sprang ein Mann aus den Schatten, eine Brechstange schwang auf Nicholas hinab. Dieser sprang zurück, schnell, aber nicht schnell genug. Die Brechstange verfehlte seinen Kopf, traf ihn aber noch an der Schulter. Alleine der Schwung reichte schon aus, um ihn zu Boden gehen zu lassen. Aber besser die Schulter als der Kopf. Die getroffene Stelle brannte und sandte Schmerzwellen durch den Körper, er ignorierte jedoch die Signale. Er kam torkelnd wieder auf die Beine, gerade, als auf der anderen Seite des Wagens ein zweiter Schatten lautlos aus der Dunkelheit trat, dicht hinter Mike, die ihn aber nicht wahrzunehmen schien. Nicholas sah ein Bein in einer eleganten Bewegung hochschnellen.

Noch ehe er sie warnen konnte, knallte der Stiefel des Mannes gegen Mikes Kopf. Sie ging mit einem erstickten Schrei zu Boden und rührte sich nicht mehr.

Adrenalin pumpte durch ihn, als der erste Mann sich wieder näherte, die Brechstange schwingend. Nicholas duckte sich unter dem Schlag weg, fing die Brechstange ab und rammte seine Faust mit aller Kraft gegen die Kehle des Mannes.

Der Mann ließ seine Waffe los, griff sich an den Hals und brach in die Knie, panisch nach Atem ringend. Doch Nicholas hatte nur einen Augenblick, ehe auch schon der zweite Mann bei ihm war. Er sah den Stiefel auf seinen Kopf zu sausen, derselbe Tritt, der auch Mike zu Boden geschickt hatte.

Nicholas verlor keine Zeit mit Ausweichen, sondern rückte nahe an den Mann ran. Während der Tritt nutzlos verpuffte, antwortete Nicholas mit einem Kopfstoß, der den Gegner zurücktaumeln ließ, mit rudernden Armen, um das Gleichgewicht nicht zu verlieren.

Ein Schuss erschütterte die Garage, die Kugel verfehlte seinen Kopf nur knapp. Anscheinend hatten ihre Gegner akzeptiert, dass der Überraschungsangriff gescheitert war und keine leise Lösung der Situation möglich sein würde. Sie wollten jetzt wohl mit allen Mitteln den Job erledigen, auch wenn sie dabei das halbe Viertel aufweckten.

Nicholas ging in Deckung und zog Mike mit sich hinter den Crown Vic. Hier beugte er sich über sie und schüttelte sie leicht. »Wach auf, komm schon, wach auf.« Drei weitere Schüsse fielen.

»Schon gut, schon gut«, murmelte Mike benommen und zog sich auf Hände und Knie, während weitere Schüsse ertönten. Sie zog ihr Handy heraus, um Verstärkung anzufordern. Mit der linken Hand zückte sie gleichzeitig die kleine Glock 27, die sie als Ersatzwaffe am Fußgelenk trug, und drückte diese Nicholas in die Hand. Dann wechselte das Handy in die linke, ihre Glock lag sicher in der rechten Hand, während sie nach den Gegnern Ausschau hielt.

Zusammen hockten sie hinter dem Crown Vic, der ihnen als bescheidener Schild diente, und erwiderten das Feuer.

Ihre Angreifer ließen eine Salve von dreißig Schuss auf sie einprasseln, schnell und hart. Mike erkannte das typische Geräusch einer MP5. Die Kugeln zogen Spinnwebmuster über die Windschutzscheibe, durchdrangen die Seitenscheiben und schlugen in den Betonpfeiler hinter ihnen ein, ließen damit Betonsplitter auf sie hinabregnen. Nicholas sah einen feinen Faden Blut von Mikes Nacken hinabrinnen.

Ein Moment der Stille, in dem der Lärm langsam in ihren Ohren abklang, dann das Geräusch eines neuen Magazins, das in die Waffe gesteckt wurde. Der zweite Mann, der Idiot, nahm wieder das Feuer auf. Die meisten Kugeln schlugen wild und ziellos durch die Garage, prallten von anderen Wagen ab und zerschmetterten als Querschläger weitere Scheiben. In dem begrenzten Raum war der Lärm der Waffen ohrenbetäubend.

Eine Kugel streifte fast Nicholas' Kopf und schlug in dem Betonpfeiler hinter ihm ein.

Zu nah. Wer, verdammt noch mal, war das? »Wie weit sind die Cops?«

»Müssten bald hier sein, auf der Seventh Avenue, kommen schnell näher.«

Nicholas erinnerte sich an Esposito und seine Nikes und ließ sich auf den Boden fallen. Bäuchlings am Boden liegend hatte er einen freien Blick auf die Beine des Idioten. Anlegen, zielen, Schuss. Seine Kugel ging unter den geparkten Wagen durch und fand ihr Ziel, der Gegner schrie auf und hüpfte, laut fluchend. Noch ehe Nicholas den Vorteil aber verwerten konnte, war der Mann wieder hinter dem Hinterrad eines massiven SUVs in Deckung gegangen.

Er hatte keine Ahnung, wo der andere Mann war, den er den Treter getauft hatte. Dieser schien aber das Hirn der Operation zu sein. Hatte er den Idioten mit ihnen alleine gelassen? Oder versuchte er, sich von hinten an sie heranzupirschen?

Mehr Kugeln schlugen in den Crown Vic ein, jetzt splitterte auch die Windschutzscheibe. Dann endeten die Schüsse urplötzlich.

Nicholas legte eine Hand auf Mikes Arm, damit auch sie zu schießen aufhörte.

Totenstille. Er hatte den Idioten nur im Fuß getroffen, also war es unwahrscheinlich, dass er tot oder verblutend hinter dem SUV lag.

»Wir sind FBI-Agenten«, schrie Mike in die Stille. »Hört ihr die Sirenen? Ihr seid umzingelt! Werft eure Waffen weg!«

Schweigen. Was war das, eine Stimme? Flüstern, erregt? Sie konnten unter dem eigenen schweren Atem kaum etwas hören. Instinktiv spürte Nicholas, dass die beiden noch da draußen in der Dunkelheit lauerten, sich wahrscheinlich selbst fragten, was sie jetzt tun sollten.

Von links schlug ein halbes Dutzend Kugeln in Mikes Auto ein, von gegenüber der Stelle, wo er den Treter eigentlich vermutet hatte.

Das kam viel zu nah für seinen Geschmack.

Sie lagen jetzt im Kreuzfeuer aus beiden Richtungen, der erste Schütze hatte den Beschuss auch wieder aufgenommen.

Nicholas presste sich eng an Mike, um über den Lärm der Schüsse nicht schreien zu müssen. »Der Idiot steckt oben an der Rampe. Der andere, der dich getreten hat, ist der Anführer. Er liegt hinter dem SUV auf fünf Uhr. Den Idioten können wir wahrscheinlich leichter kriegen, gib mir Deckung, ich schnappe ihn mir.« Damit sprang er auf und rannte zu der Auffahrt. Mike feuerte abwechselnd in beide Richtungen, um ihm Deckung zu geben.

Nicholas erreichte die andere Seite der Garage, nur Sekunden, ehe wieder ein Kugelhagel die Dunkelheit erhellte. Er drückte sich eng an den Pfeiler und beruhigte seinen Atem. Von seiner neuen Position aus konnte er den Idioten sehen und feuerte seine letzten beiden Schüsse auf ihn ab, streifte ihn aber nur. Nicholas sah die Waffe zu Boden fallen, der Idiot selbst jedoch verschwand in der Dunkelheit.

Nicholas spähte in die Finsternis, konnte aber nicht ausmachen, wohin der Idiot verschwunden war, bis er plötzlich einen harten Schlag im Rücken verspürte und zu Boden ging. Er schaffte es, sich auf den Rücken zu drehen, noch nach Atem ringend, als sein Gegner schon auf ihn sprang und Schläge auf ihn einprasseln ließ. Die Faust traf ihn am Mund, Nicholas fühlte die Zähne in die Lippen schneiden und schmeckte Blut.

Mit einem kräftigen Schwung richtete er sich auf und rammte dem anderen Mann den Kopf gegen die Stirn. Das Geräusch von Knochen gegen Knochen hörte sich widerlich an. Sein Gegner taumelte benommen zurück.

Nicholas schlug ihm die Glock gegen den Kiefer. Im nächsten Moment donnerte ein Schuss ganz in seiner Nähe. Der Mann wurde seitlich von ihm weggerissen und fiel mit einem Geräusch wie ein schwerer Sack Fleisch zu Boden. Seine Beine zuckten noch.

Nicholas schob den Körper von sich und ließ sich auf den Rücken fallen. Der Geruch von Blut hing schwer in der Luft.

Mike hatte den Idioten erwischt.

Schwerfällig erhob sich Nicholas auf die Knie, zerrte den leblosen Körper in den Schutz eines Pfeilers und riss ihm die Maske vom Kopf. Er war noch nicht alt, vielleicht Mitte dreißig, mit dunklem Haar. Die leeren Augen blickten starr geradeaus und würden nichts mehr sehen. Blut breitete sich unter ihm aus wie ein Heiligenschein. Er war eindeutig tot.

Nicholas wurde durch Mikes Schrei zurück in die Realität gerissen. »Nicholas, der Treter! Er rennt die Auffahrt hoch!«

Mehr Sirenen ertönten, schnell näher kommend.

Nicholas raffte sich auf und sprintete die Auffahrt hoch, Mike dicht hinter sich. An der Biegung der Auffahrt, die sich zur Straße öffnete, signalisierte er Mike zurückzubleiben, und wurde auch selbst langsamer. Vorsichtig ging er drei Schritte, bis er das Gittertor vor der Einfahrt sehen konnte. Das Tor war fest verschlossen, aber eine kleine Tür im Zaun daneben stand offen.

Von der Straße nahm er Schritte und Rufe wahr. Ohne auf diese zu achten, legte er an Geschwindigkeit zu und sprintete durch die offene Tür. Auf der Straße angekommen, wurde er von blendenden, blinkenden Blaulichtern empfangen, das visuelle Äquivalent des Lärms der Schusssalven, der immer noch in seinen Ohren nachhallte. Ein Polizeiwagen des NYPD hielt mit quietschenden Reifen am Bürgersteig, die beiden Beamten sprangen sofort aus dem Wagen, Waffen im Anschlag. »Halt! NYPD!«

Mike schrie zurück. »FBI! FBI! Nicht schießen!« Sie hielt die Glock über ihrem Kopf, in der anderen Hand ihren Dienstausweis aufgeklappt und gut sichtbar.

Auf ihrer rechten Seite registrierte Nicholas eine Bewegung: eine schwarze Gestalt. Ohne auf die Schreie der Polizisten zu achten, lief er zu der Seitengasse, so schnell, wie es ging, ohne unvorsichtig zu werden.

Mike rannte kurz hinter ihm und brüllte den Polizisten über die Schulter zu. »Hier rüber! Wir brauchen Verstärkung!«

Nicholas sah den Treter jetzt am Ende der Gasse, hinter ihm ein hoher Zaun. Als der Treter sich zu ihm umwandte, meinte Nicholas für einen Moment, weiße, schulterlange Haare unter der Sturmhaube zu erkennen. Dann verzog sich die Maske zu einem Grinsen, während der Mann an den Zaun sprang und sich geschickt an den Gitterlücken hochhangelte. Seine Bewegungen waren schnell und geübt, wie die eines Affen oder Akrobaten. Nicholas' Glock war leer und er wusste, dass er mit seiner Schulter keinen Zaun würde erklimmen können. Jetzt, wo er darauf achtete, fiel ihm auf, wie sehr die Schulter schmerzte, er konnte den Arm kaum heben. Ihm blieb nichts übrig, als dem Mann zuzusehen, wie dieser den Zaun hochkletterte, auf der anderen Seite runtersprang und schnellen Schrittes in der Dunkelheit verschwand.

Mike traf ein und feuerte den Rest ihres Magazins in die ungefähre Richtung, ohne etwas zu treffen. Der Treter war verschwunden.

Schnaufend musterte Mike ihn, schaute dann an sich selbst herunter. Und musste lachen. »Ich glaube das einfach nicht. Echt nicht!«

»Dein Kopf ist in Ordnung? Und was glaubst du nicht?«

»Zieh mal deinen Mantel aus und sieh selbst. Du hast eben eine Schießerei, einen heldenhaften Kampf und eine Verfolgungsjagd hinter dir – und all das im Smoking.«

Er musste leicht lächeln. »Ich befürchte, mein Schneider wird nicht glücklich sein.«

Kapitel 42

Drei weitere Streifenwagen waren dazugekommen, standen auf dem Gehweg und in den Einfahrten. Einer von ihnen hatte sogar zwei Mülltonnen gerammt und umgeworfen.

Die ganze Sache war ein komplettes Chaos, bis sich rumgesprochen hatte, dass es sich hier um FBI-Agenten handelte. Letztendlich fanden sie schließlich einen Sergeanten, der die Leitung übernahm und einige Leute ausschickte, um nach dem Treter zu suchen.

»Wobei das sinnlos sein wird«, seufzte Mike. »Er ist schon lange weg. Er war echt verdammt schnell, Nicholas, ich habe den Tritt gar nicht kommen sehen. Da werde ich wohl noch einige Tage dran denken müssen.« Sie rieb sich die schmerzende Stelle und fühlte erst jetzt das Blut, das ihr über die eine Gesichtshälfte sickerte. »Was ist das denn?«

Nicholas nahm ein Taschentuch von einem der Polizisten an und wischte ihr über das Gesicht. »Das war ein Betonsplitter, wie es aussieht, ein ordentliches Stück. Gut, dass du einen so harten Schädel hast.«

»Gib mir auch ein Tuch, deine Lippe blutet.«

Sie wischte ihm den Mund und das Kinn ab, bis kein Blut mehr kam. »Was ist mit deiner Schulter?«

»Brecheisen«, meinte er nur knapp und versuchte, die Schulter zu bewegen. Besser. Um sie herum rannten überall Polizisten hin und her, um Ordnung in die Situation zu bringen.

»Woher wusstest du es?«

Er versuchte gar nicht erst, sich dumm zu stellen.

Sie merkte, dass er sich vor etwas drückte und antwortete für ihn. »Wieder Intuition, oder?«

»Vielleicht. Irgendwas fühlte sich nicht richtig an, als ich ausgestiegen bin.«

Sie legte ihm eine Hand auf den Bauch. »Versteh mich nicht falsch. Ich will nur kurz deinem Bauchgefühl danken.«

Er musste lachen, er konnte einfach nicht anders. Eine Polizistin, lateinamerikanische Herkunft mit langem, geflochtenem Haar, trat zu ihnen und gab Mike das Portemonnaie des Idioten. Seinem Führerschein zufolge stammte er aus Sacramento, Kalifornien, und hieß Dennis Palmer.

»Bestimmt eine Fälschung«, meinte Mike. »Schau hier, das dreifarbige Hologramm fehlt. Noch mehr Leute mit falscher Identität, Nicholas, das muss irgendwie mit Browning zusammenhängen. Wir scheinen irgendwas richtig zu machen, wenn sie uns schon Leute nachschickt.«

Er nahm den Führerschein und drehte ihn in der Hand. »Oder vielleicht hat Anatoly sie gesandt. Der Treter hatte weiße Haare, sie standen etwas unter der Maske hervor. Sah nach natürlicher Haarfarbe aus, nicht groß gestylt, aber das kann eigentlich nicht sein. Er hat sich bewegt wie ein junger Mann. Sehr schnell und gut trainiert, und ihre MP5 sprechen dafür, dass sie auf alles vorbereitet waren.«

Die Leiche des zweiten Mannes wurde jetzt hochgetragen, begleitet von Leuten der Spurensicherung und einem Detective des siebten Bezirks. Von der anderen Seite näherte sich der Gerichtsmediziner, offensichtlich aus dem Schlaf gerissen, die grauen Haare wie ein Hahnenkamm aufgerichtet. »Der Treter muss der Anführer gewesen sein, da bin ich mir sicher. Wenn der Idiot hier genauso gut trainiert gewesen wäre, hätten die keine Waffen gebraucht.«

Mike blickte sich in der Straße um. »Meine Nachbarn werden begeistert sein, eine Schießerei mitten im Village.« Sie erhob sich und ging zu dem Einfahrtstor und der noch offen stehenden Tür neben diesem, inspizierte das Schloss. »Das erste Rätsel ist gelöst, sie haben das Schloss aufgebrochen. Mit etwas Glück werden die Überwachungskameras uns was zeigen.«

Es dauerte bis halb vier, bis alle Fragen geklärt waren und sie endlich entlassen wurden. Nicholas schnappte sich seine Ledertasche vom Rücksitz des Crown Vic.

Mike stand neben ihm und betrachtete den Schaden. »Ich mochte diesen Wagen echt gerne. Ich habe schon beim Fahrdienst angerufen und die Nachtschicht erwischt. Man hat mir versprochen, dass morgen früh hier ein neuer Wagen auf uns warten wird. Also, nicht wirklich ›neu‹ neu, aber du weißt, was ich meine.«

»Solange er sich bewegt und alle Fenster Glas haben, bin ich zufrieden.«

Sie nahmen den Aufzug in die Lobby. »Ich habe eben mit den Leuten von der Spurensicherung geredet«, meinte Nicholas. »Dein Portier hat nichts mitbekommen, aber sie haben sicherheitshalber trotzdem deine Wohnung überprüft. Scheint so, als ob niemand dort war, aber vielleicht solltest du auch noch mal nachsehen.«

Mike nickte dem Portier zu, der aussah, als ob er vor Aufregung und Fragen bald platzte, hielt aber nicht bei ihm an.

Der Flur im dritten Stock war ebenso leise wie vorhin die Garage, alle Nachbarn waren schon wieder zurück ins Bett gegangen. Daran erkannte man, dass sie in einem Haus mit echten New Yorkern wohnte. All das Geschrei, die Schüsse,

Sirenen und Blaulicht vor dem Gebäude, und keiner achtete groß darauf.

Als sie den Flur entlanggingen, öffnete sich eine Tür, einer von Mikes Nachbarn schaute heraus, ein älterer Herr. »Hallo, Mike, ist alles in Ordnung bei dir? So ein Rotzlöffel in Uniform wollte mich nicht zu dir durchlassen.«

»Alles gut, Frank, danke. Und ja, kein Respekt mehr heutzutage, dabei sollten die froh sein, jemanden wie dich hier zu haben, du könntest ihnen bestimmt noch das eine oder andere beibringen. Wir hatten unten zwei Typen, die uns in der Garage aufgelauert haben. Einer ist tot, der andere geflohen.« Sie nickte Nicholas zu. »Nicholas Drummond, New Scotland Yard. Und das hier ist Frank Pressfield, ehemals 68. Bezirk.«

Die beiden Männer gaben sich kurz die Hand. »Herzlich willkommen in den Vereinigten Staaten, das war wohl ein ziemlicher Empfang, hm?«

»Ja, ist schon was ganz Besonderes«, antwortete Nicholas, musste dabei an Elaine denken.

Zorn, Trauer, Fragen, alles stieg wieder hoch. Dazu eine knochentiefe Müdigkeit und das Wissen, dass ein paar Stunden Schlaf nicht ausreichen würden. Elaine war fort. Sie war als Fremde in einem fremden Land gestorben, alleine der Gedanke ärgerte ihn maßlos. Und wer immer sie auf dem Gewissen hatte, war jetzt hinter ihm und Mike her. Aber warum? Sie waren nicht mehr als zwei Rädchen im Getriebe, es gab Hunderte weiterer FBI-Agenten, die sofort ihren Platz übernehmen konnten.

Wut stieg in ihm auf, Wut auf Victoria Browning und Andrei Anatoly, auf den Mann mit dem weißen Haar, aber er schluckte alles runter, wusste, dass später Zeit für diese Emotionen sein würde.

»Wir hauen uns hin«, sagte Mike gerade zu Frank. »Es war ein langer Tag. Aber danke, dass du dir Sorgen gemacht hast.«

Nicholas nickte ihm noch zum Abschied zu und folgte Mike in ihr Appartement. Sie schaltete das Licht an und schüttelte ihre Lederjacke ab, erst jetzt sah er, wie fertig sie wirklich war. Ihr Hemd war zerrissen, die Jeans von schmutzigen Flecken übersät. Er selbst sah auch nicht besser aus, der angesprochene Smoking war reif für die Tonne.

Aber spielte das eine Rolle, langfristig gesehen?

Nicholas blickte sich in der Wohnung um. Der kleine Flur führte in ein Wohnzimmer auf der rechten Seite. Das Zimmer war nicht groß, verbreitete aber einen angenehm warmen Charme. Es war gemütlich hier. Vor allem die deckenhohen Bücherregale imponierten ihm, die zwei Wände hinter dem Sofa bedeckten, das ihm nachher als Bett dienen würde. Es sah einladend aus. Eine dritte Wand gab ein großes Fenster mit Blick auf die Straße frei. An der letzten Wand hingen mehrere impressionistische Drucke, der Boden bestand aus Eichenbohlen, bedeckt mit bunten Teppichen. Er folgte ihr und inspizierte die kleine Küche, verborgen links vom Eingang, sowie das Schlaf- und das Badezimmer, die beide am Ende eines kleinen Flurs lagen. Ihm fiel nichts auf, was nicht in das Gesamtbild passen würde – weder von Mikes Hand noch durch einen möglichen Eindringling verursacht.

»Alles so, wie es sein sollte«, bestätigte sie. »Die beiden sind bestimmt nicht hier oben gewesen. Wahrscheinlich war das auch nicht Teil des Plans.«

»Wahrscheinlich nicht. Ich mag die Wohnung.«

Mike lächelte. »Klein, aber mein.«

»Wir sollten allerdings nicht vergessen, wie gut unser Fuchs mit Wanzen umgehen kann. Besser, alles zu prüfen. Zu schade, dass wir keine passenden Sachen dafür hier haben …« Er zuckte mit den Schultern.

»Denkst du«, entgegnete sie und ging in die Küche. Er hörte, wie sie in einer Schublade kramte. Kurz darauf kam sie zurück und reichte ihm ein Gerät, das aus einem Stab, einem Satz Kopfhörer und einem Steuerkasten bestand. »Tu dir keinen Zwang an.«

»Wieso hast du einen Superscout NLJ zu Hause?«

»Ob du's glaubst oder nicht, es war ein Weihnachtsgeschenk deines Onkels. Man weiß ja nie, wann man mal verborgene Sender aufspüren muss.«

Sie sah ihm zu, wie er mit dem Gerät durch ihr Zimmer schritt, vom Telefon zur Lampe zu den Lüftungsöffnungen. Sicherheitshalber schaltete Mike im Vorbeigehen auch die Stereoanlage an. Angenehm leise ertönte Diana Kralls volle Stimme und füllte den Raum.

Nicholas trat wieder aus dem Durchgang zur Küche. »Alles klar hier. Ich kann nichts finden.« Er reichte ihr das Gerät, welches sie wieder in der Küchenschublade verstaute. »Ich wünschte, mein Onkel hätte mir auch solche Weihnachtsgeschenke gemacht. Stattdessen bekomme ich traditionell Pullover von Tante Emily. Selbst gestrickt und lila.«

Sie lehnte sich gegen die Arbeitsplatte. »Ich bin froh, dass du mitgekommen bist. Und dass deine Intuition gut funktioniert. Ich glaube, das hat mir eben das Leben gerettet. Danke, Nicholas.« Sie öffnete den Kühlschrank und zog zwei Kartons heraus. »Wenn ich ehrlich bin, kann ich heute an nichts anderes mehr denken als daran, etwas in den Magen zu bekommen. Ich habe hier Peperoni mit Pilzen und einfache Margherita.«

Er nickte zu der Peperoni. »Darf ich helfen?«

»Ja, bitte. Einfach nur, indem du mit mir redest, damit ich hier nicht auf der Stelle einschlafe.« Sie schob die Pizza in den Ofen und stellte die Zeitschaltuhr ein.

Nicholas massierte seine Schulter. Sie sah ihn fragend an, aber er winkte beruhigend ab. »Ich dachte erst, es wäre was gebrochen.«

»Setz dich. Lass mich mal sehen, was ich machen kann.« Mike zog eine Tube Entspannungssalbe aus der Schublade und nahm einen Beutel Eis aus dem Gefrierfach.

Ohne ein Wort zog er den blutverschmierten Smoking und das zerrissene Hemd aus und setzte sich mit nacktem Oberkörper vor ihr hin.

Natürlich war er komplett durchtrainiert, mit definierten Muskeln. Sie bewunderte seinen Körper kurz, wie man ein Kunstwerk betrachtet, dann trug sie etwas Creme auf, massierte langsam, mit kreisenden Bewegungen. Er stöhnte leicht auf.

Erst jetzt bemerkte sie, wie erschöpft sie eigentlich war, dass sie sich kaum noch auf den Beinen halten konnte und dringend Ablenkung brauchte. »Ich glaube, ich habe das noch gar nicht erzählt. Aber als Bo mir damals von dir berichtet hat und davon, wer deine Mutter ist, also seine Schwester, da habe ich direkt meinen Dad angerufen. Er wäre fast durch das Telefon gesprungen. Er ist ein riesiger Fan, ich glaube, er war damals ziemlich in deine Mutter vernarrt, als er sie in der Fernsehserie gesehen hat, wie hieß sie noch, ›Ein Fisch auf dem Trockenen‹? Er hat jede Folge so oft gesehen, dass er sie schon fast mitsprechen kann. Ich denke, ich muss ihn noch anrufen und ihm schonend beibringen, dass der Sohn seiner Göttin heute bei mir übernachtet.«

»Das würde Mutter echt amüsieren. Sie mag so was. Aber, nur damit du sie nicht falsch einschätzt, es ist ihr wichtig, dass die Leute mehr sehen als nur ihr hübsches Gesicht.« Er stöhnte wieder und musste der Versuchung widerstehen, den Kopf auf den Tisch zu legen, während sie Nacken und Schulter kräftiger massierte.

»Ich denke, das geht jedem so, oder ist da was Besonderes?«

»Mein Talent als Polizist habe ich von ihr geerbt«, erklärte er mit gedämpfter Stimme. »Sie ist so eine Art Hobbydetektivin für das Dorf, in dem wir leben, so was wie Miss Marple in echt.

Als ich noch klein war, hat sie mich oft mitgenommen, mir erklärt, was sie woran erkennt und mit mir zusammen erarbeitet, was wir daraus lernen können.«

»Was gab es denn so für Kriminalfälle bei euch? Wer die Wäsche von der Leine gestohlen hat?«

»Ja, unter anderem. Oder wer das Geld aus dem Sammelteller in der Kirche genommen hat oder wie Millie Hightower schwanger werden konnte. Einmal hatten wir sogar einen Mord, bei dem unser Dorfpolizist nicht weiterkam. Sie hat ihn aufgeklärt.« Er richtete sich auf und versuchte, die Schulter zu bewegen. »Viel besser, danke.« Er schien überrascht. »Kann ich kurz die Toilette benutzen?«

»Natürlich.«

Er nahm sich die ruinierten Sachen sowie die anscheinend bodenlose Ledertasche und ließ sie alleine. Als er wiederkam, trug er schwarze Hosen mit einem schwarzen T-Shirt und sah aus, als ob nichts geschehen wäre.

»Wenn Anatoly den Fuchs nicht beauftragt hat, den Koh-i-Noor zu stehlen«, ging er übergangslos zum nächsten Thema über, »und ich denke nicht, dass er es getan hat, dann bleiben nur noch eine Handvoll reicher Sammler, hauptsächlich in Europa. Was wiederum bedeutet …«

Mikes Handy summte. Sie runzelte die Stirn, blickte auf die Anzeige und seufzte. »Entschuldige, Nicholas, aber ich muss drangehen.« Sie stand auf und nahm das Gespräch an, ohne auf eine Antwort zu warten. »Hallo, Timmy. Es ist spät, was ist jetzt wieder los?«

Er musterte ihr Gesicht, das gleichzeitig irritiert und amüsiert wirkte. *Timmy?*

Sie nickte ihm zu und verließ die Küche. Weniger als drei Minuten später war sie zurück, er stand immer noch am selben Ort, mit verschränkten Armen, das Gesicht mit Schnitten und Prellungen übersät, ein Rest getrocknetes Blut am Mund. Trotzdem sah er geradezu entspannt aus. »Wer ist Timmy?«

Sie sah ihn lange an, wandte sich dann dem Ofen zu. »Oh, schau, die Pizza ist fertig.«

»Also reden wir nicht über Timmy?«

Sie sah ihn erneut lange an. »Timmy ist sozusagen mein Afghanistan. Komm schon, Nicholas, lass uns essen. Vielleicht können wir dann noch drei Stunden schlafen, das ist schon wenig genug, also will ich jede Minute davon auskosten.«

Kapitel 43

Neapel, Italien
Vor zweiundzwanzig Jahren

Es war ein schöner Tag, mit klarem, blauem Himmel und strahlender Sonne. Die Art Wetter, die man sich als Tourist an der Amalfiküste erhoffte. Sie war in Spanien an Bord des Kreuzfahrtschiffs gegangen, in Valencia, vorgeblich als Tochter eines taiwanischen Bankiers. Unterwegs hatte sie dann eine leer stehende Kabine gefunden und sich dort einquartiert. Solche Schiffe wimmelten nur so von reichen Frauen mit ihrem Schmuck und ihren Juwelen und sie hatte ein Talent, das Vertrauen solcher Menschen zu gewinnen, Freundschaft vorzuspielen, bis die Wertgegenstände den Besitzer gewechselt hatten. Als sie in Neapel vor Anker gingen, wusste die ganze Crew, dass sie einen Dieb an Bord hatten, aber niemand achtete groß auf das hübsche Teenager-Mädchen.

Die Reise war bislang sogar so gut verlaufen, dass sie übermütig wurde. Bestimmt lag es auch daran, dass sie noch jung und unbeherrscht war und sich selbst für unfehlbar hielt, wie eigentlich alle Teenager. Nur, dass für sie diese Selbstüberschätzung beinahe im Gefängnis gelandet wäre – in Neapel inoffiziell auch als ›neunter Kreis der Hölle‹ bekannt. Allein Mulvaney hatte sie vor diesem Schicksal bewahrt, vor einer Erfahrung, die man niemandem wünscht und die gut auch ihre letzte hätte sein können.

Sie war damals durch die Stadt gestrichen, hatte zusammen mit den anderen Urlaubern vom Schiff die typischen, stickigen Touristenfallen bewundert und dabei immer auf Gelegenheiten geachtet. Die Geschäfte in diesem Teil Neapels waren vollgestopft mit Kitsch, nach dem fragwürdigen Geschmack der Touristen entworfen, damit möglichst viel ihres Geldes für authentische Souvenirs made in China hierblieb.

Zwischen all dem Kram war ihr ein interessantes Stück aufgefallen, ein Ring mit einem quadratischen Saphir, umgeben von kleinen Brillanten. Der Ring hatte es ihr angetan und sie wollte ihn haben. Nachdem die Touristenströme zum Mittagessen verfrachtet worden waren und die Ladenbesitzer sich ihrer wohlverdienten Siesta widmeten, war sie wiedergekommen. Das Schloss des Ladens hatte sie im Handumdrehen geöffnet und sich selbst hereingebeten.

Zu ihrem Unglück hatte der Ladenbesitzer aber ausgerechnet an diesem Tag seinen Hut vergessen. Und weil die Sonne an jenem Tag heiß brannte, kam er nur wenige Minuten später zurück. Er wusste natürlich besser als jeder andere, dass sein Laden eigentlich ausschließlich Ramsch und Fälschungen enthielt, aber das hieß noch lange nicht, dass er eine solche Unverschämtheit durchgehen lassen würde. Vor allem von einem unverfrorenen Teenager-Mädchen, das noch nicht einmal den Anstand besessen hatte, auf den Einbruch der Nacht zu warten. Einiges Gebrüll in unverständlichem Italienisch mit diesem für Neapel so typischen Akzent später traf ein Mitglied der örtlichen Sicherheitskräfte ein, mehr Affe als Mann, wahrscheinlich ein Bruder oder Cousin des Ladenbesitzers. Statt sie jedoch ins Gefängnis zu schaffen, zerrte er sie hinters Haus, während der andere Mann weiter schimpfend folgte.

Hier hinter dem Laden endete der Bürgersteig abrupt an den Klippen, unter ihnen die Bucht von Neapel. Hier warteten zwei weitere Männer, die widerwärtig anzusehen waren. Sie zweifelte inzwischen daran, dass der Affe wirklich ein offizieller Vertreter der öffentlichen Ordnung war. Ungeachtet dessen hielt er sie wie in einem Schraubstock umfasst, während die Männer untereinander diskutierten. Den wenigen Worten nach, die sie hier und da aufschnappte, war die Frage wohl, ob sie direkt über die Klippen segeln sollte oder ob die Männer sich erst noch mit ihr vergnügen konnten. Der Ladenbesitzer war wohl dafür, sie erst auszuziehen, um zu sehen, ob sie irgendwo am Körper Geld versteckt hatte.

Sie wog gerade ab, ob es vielleicht eine gute Idee wäre, ihrem Fänger dahin zu treten, wo er keinen Spaß verstand, und selbst ihr Glück mit einem Sprung über die Klippen zu wagen, als sie einen Mann auf Englisch rufen hörte.

»Kitsune? Kitsune? Wo bist du bloß hin? Das Schiff legt bald ab! Komm schon, mein Schatz, wo bist du? Es wird Zeit für uns!«

Jetzt kam ein Mann zwischen den Häusern um die Kurve in Sicht. Der Fremde war groß, trug elegante Kleidung und einen Panamahut. Als er sie entdeckte oder, besser gesagt, die vier Männer, die um sie herumstanden, hielt er kurz inne, ehe er ohne Eile näher kam.

»Was geht denn hier vor?«, fragte er bestimmt, aber freundlich, in einwandfreiem Italienisch. Sie meinte sogar, denselben Akzent herauszuhören wie bei dem Ladenbesitzer zuvor. Und doch schien der Mann kein Italiener zu sein. Er war zu groß, die Haut zu hell. Er hatte einen leichten Sonnenbrand. Das Jackett hielt er an einem Finger über die Schulter geworfen, wie sie es schon bei so vielen europäischen Männern gesehen hatte. Vielleicht ein Brite. Möglicherweise ein Amerikaner, der sich den hiesigen Lebensstil angewöhnt hatte. Obwohl sein etwas zu langes Haar schon fast weiß schien, schätzte sie ihn auf höchstens Anfang vierzig. Alt genug, um wirklich ein Vater zu sein, aber er wirkte nicht wie jemand, den ein kleines Mädchen Papa nennen konnte.

Die vier Männer standen regungslos, unsicher, was sie tun sollten.

Also wandte der Mann sich mit einem onkelhaften Lächeln ihr zu und wechselte wieder ins Englische, in einem Tonfall, dem man einfach alles abnahm. »Kitsune, was hast du bloß wieder angestellt? Ich hatte dir doch gesagt, dass wir im Palazzo Petrucci zum Mittagessen sind? Du solltest nicht so alleine über die Piazzas wandern.«

Sie schüttelte den Kopf, unsicher, was für ein Spiel er spielte. Innerlich verfluchte sie sich selbst dafür, so dumm gewesen zu sein. Sich wegen so einer Lappalie schnappen zu lassen, sie schämte sich für sich selbst. Sie hatte schon überlegt, ob sie weglaufen könnte, aber die Affen hatten einen Halbkreis vor ihr gebildet. Hinter ihr war nur das Meer, da konnte sie also nicht laufen, sondern nur schwimmen. Wenn sie das Fliegen vorher überlebte.

Der Fremde sprach jetzt wieder zu ihren vier ständigen Begleitern. Sie verstand nicht viel, aber schon Augenblicke später lachten alle wie alte Bekannte. Er reichte ihnen einige Scheine, die meisten dem Ladenbesitzer.

Anschließend drehte er sich zu ihr. »Komm schon, du ungezogene Göre.« Er fasste sie sanft, aber sicher am Arm und führte sie fort. Sie fragte sich, was sie jetzt tun sollte. Kämpfen? Laufen? Einfach mitgehen?

Nun, vielleicht erst mal abwarten. Immerhin war es nur noch ein Mann, das verbesserte ihre Chancen. Als sie zwei Ecken weiter waren, wehrte sie sich leicht gegen seinen Griff. Er hielt sofort an. Dann sah er sie an, jetzt ohne jegliches freundliches

Lächeln. »Jetzt hör mir gut zu, du dummes Mädchen. Du schuldest mir dein Leben. Dafür musst du mir vertrauen.«

»Ich schulde Ihnen gar nichts. Ich hätte springen und schwimmen können, ohne Probleme.«

Er musterte sie, sein Daumen presste sich unangenehm in das weiche Fleisch unter ihrem Bizeps. Im nächsten Augenblick lachte er. »Tut mir leid, dich enttäuschen zu müssen, meine Liebe, aber dafür hättest du erst mal die Felsen am Fuß der Klippe überleben müssen.« Er schnippte mit den Fingern. »Und dann hätten wir keine Kitsune mehr gehabt.«

»Möglich. Aber ich gehe trotzdem nicht mit. Sie wollen mich doch nur vergewaltigen, genau wie die Männer.«

Er blickte sie einen Moment traurig an, danach zuckte er mit den Schultern. Sie wusste nicht, woher der Schlag kam und wo er sie traf, nur, dass alles um sie herum schwankte, als sie wieder zu Bewusstsein kam. Sie setzte sich langsam auf. Sie befand sich auf einem Segelboot, unter der brennenden Nachmittagssonne.

Jetzt wurde ihr alles klar. Er musste ein Sklavenhändler sein, der sie an irgendeinen Scheich verkaufen würde. Sie rollte sich auf die Füße und ließ sich leise ins Wasser gleiten.

Der Mann befand sich oben an Deck, trank einen Espresso und las in einem Buch. Als er sie hörte, trat er schnell zur Seite des Bootes und rief ihr hinterher. »Bis zum Ufer ist es mehr als eine Meile. Ich tu dir schon nichts, komm ruhig zurück. Ich habe sogar einen Vorschlag für dich, einen geschäftlichen. Siehst du die Villa dort oben? Da wohne ich. Komm, lass uns dort zusammen etwas essen. Wenn dir mein Vorschlag nicht gefällt, kannst du gehen, du hast mein Wort. Ich will nichts von dir außer einer Stunde deiner Zeit.«

Seine Stimme klang belustigt und Kitsune wusste, dass sie nicht die beste Schwimmerin war. Sie blickte zu dem Haus – ein riesiger, ausufernder Monolith, die Mauern in weißem Kalkgips. Vier Stockwerke, direkt in die Klippen gebaut. Sie vermutete, dass sie sich hier auf Capri befand, siebzehn Seemeilen von Neapel entfernt.

Also schwamm sie zurück und kletterte die Leiter hoch. An Bord setzte sie sich trotzig auf das Deck und tropfte, während sie ihn anstarrte.

Er warf ihr ein Handtuch zu.

»Kein Sex«, sagte sie bestimmt.

Er führte die Hand zur Brust, als ob sie ihn tief in seiner Ehre getroffen hätte. »Natürlich nicht. Ich bin ein Ehrenmann. Und ich könnte dein Vater sein.«

Vater? Ja, klar. »Was wollen Sie dann?«

»Mittagessen«, erwiderte er lächelnd. »Hast du Hunger?«

Sie nickte. Sie war immer noch jung genug, dass man sie mit dem Versprechen von Essen bestechen konnte, vor allem nach dem ereignisreichen Vormittag.

»Gut. Mein Name ist Mulvaney.«

Er schloss sein Buch, sie sah den Titel. Er sagte ihr nicht viel, die symbolische Bedeutung ging ihr erst viele Jahre später auf. Es war *Der Unsichtbare* von H. G. Wells.

Kapitel 44

Es entwickelte sich eine ungewöhnliche Freundschaft. Jeder Mentor braucht einen Schützling, jeder Meister einen Lehrling, jeder Strippenzieher seinen Gehilfen. So erklärte Mulvaney es ihr.

Sie blieb die versprochene Stunde bei ihm auf der Veranda, hörte ihm zu, während sie Oliven, Käse und Brot verspeisten und Wein tranken. Nach dem Essen gab er ihr noch ein Glas Limoncello. Damit war sie überzeugt. Und auch ein wenig betrunken.

Mulvaney war reich und gelangweilt. Außerdem war er sehr zu seinem Leidwesen für seine Verbindung zu gewissen französischen Nationalisten und ein diesen zugeschriebenes gescheitertes Attentat auf François Mitterrand bekannt. Capri war für ihn eine Art vorübergehender Ruhestand, bis etwas Gras über die Sache gewachsen war. Solange alle Welt sein Gesicht kannte und nach ihm suchte, konnte er schwer seinen eigentlichen Geschäften nachgehen. Dies hier war sein Heim, seine Basis, der Platz, den außer ihm niemand kannte. Außer ihm und jetzt Kitsune.

Er erklärte ihr, dass er einen Partner bräuchte, und ein junges Mädchen, hübsch anzusehen, würde seinen Zwecken ideal dienen. Die da wären, die Wachen eines russischen Industriemoguls abzulenken, während Mulvaney sich Zutritt zu dessen Computer verschaffte und alle Dateien extern speicherte und sich mitsamt den Daten unbemerkt verabschiedete.

Ob sie interessiert wäre, fragte er in fließendem Russisch.

Sie antwortete ihm in fließendem Russisch.

Er sah sie überrascht an, doch sie merkte einfach nur an, dass ihr neue Sprachen schon immer leichtgefallen wären.

Er klatschte in die Hände und lachte laut auf. »Ich hatte schon so ein Gefühl, dass du passen würdest. Wie du so dort standest, aggressiv wie eine in die Ecke getriebene Katze, auf frischer Tat erwischt, den Ring noch in der Hand – du hast ihn natürlich mitgenommen, oder?«

Sie fischte den Ring aus ihrer Tasche und legte ihn auf den Tisch.

Er nickte und sie hörte eine Spur Respekt aus seiner Stimme heraus. »Sehr gut, Kitsune. Immer auf die Prioritäten achten.«

Das Lächeln in seinem Gesicht berührte etwas in ihr, ließ sie glücklich und stolz werden. Es war lange her, seit sie das letzte Mal gelobt worden war. Ihre Eltern waren so schockiert gewesen, als sie im zarten Alter von neun Jahren eine Uhr gestohlen hatte. Aber nun, sie waren nicht mehr hier. Schon seit drei Jahren nicht mehr. Und sie selbst war auf Abenteuersuche gegangen. So bezeichnete sie es am liebsten.

Nach dem Essen und den Getränken waren sie sich einig. Sie würde ihm mit dem russischen Job helfen, und wenn sie erfolgreich wären, dürfte sie bleiben, alles lernen, was er lehren konnte. Er würde sie als Ersatz ausschicken, bis es wieder sicher für ihn war, nach Frankreich zurückzukehren.

Ihre Rolle war, das zu stehlen, was immer er ihr auftrug. Sauber und ohne Spuren. Das jeweilige Zielobjekt hatte sie dem Kunden zu überreichen, danach würde sie zu Mulvaney zurückkehren. Und falls nötig, würde sie töten. Was immer sie tun musste, um den Auftrag auszuführen.

Als Gegenleistung dafür gab er ihr einen sicheren Ort, den sie ihr Zuhause nennen konnte, und bezahlte sie fürstlich.

Sie fragte ihn, warum er sie Kitsune nenne. Er lieferte eine einfache Erklärung: »Du bist schnell wie ein kleiner Fuchs, steckst voller Listen und Tücken. Und man sieht dir das Erbe deiner Vorfahren an, auch wenn deine japanischen Wurzeln nicht mehr sehr ausgeprägt sind. Ich meine, auch einige indische Spuren zu erkennen … Aber in jedem Fall passt der Name zu dir. Zusammen werden wir den Namen zur Legende machen.«

In den folgenden Jahren nahm er Kitsunes natürliches Talent und formte sie zu einer Waffe, gefährlicher als jede Kugel und jedes Messer. Sie erwies sich als äußerst begabt, schnell schon gehörte sie zu den besten Diebinnen der Branche. Noch beachtlicher als ihre Geschicklichkeit waren aber ihre Fähigkeiten bezüglich Tarnung und Verkleidung. Sie konnte ihr Aussehen fast nach Belieben verändern, konnte spielend ein Jahrzehnt älter oder jünger erscheinen. Dies wurde ideal ergänzt durch ihr Sprachtalent, sie lernte mehrere Sprachen und konnte mitten im Satz von einer Sprache zur nächsten wechseln. Hiermit konnte sie sich überall anpassen, unerkannt den nächsten Auftrag auskundschaften, sich in die richtige Position bringen und hinterher unbemerkt verschwinden. Sie schlüpfte einfach von einer Rolle in die nächste und war schon wieder in der Menge verschwunden. Ihren raschen Aufstieg verdankte sie auch ihrer professionellen Haltung – für sie war ein Auftrag nicht mehr als ein Auftrag, den sie völlig wertfrei und abseits konventioneller Moralvorstellungen anging. Stolz war sie darauf, dass sie die Beste war, kein Auftrag war zu schwierig für ihre Fähigkeiten. Wenn sie zurückkehrte, sonnte sie sich stets in seiner Anerkennung, angeregt durch den Triumph, bereichert um das Geld auf ihren diversen privaten Konten.

Sie erinnerte sich immer gerne an einen ihrer ersten großen Aufträge zurück. Damals musste sie nach Berlin, um einen Rembrandt zu stehlen, was erforderte, dass sie sich in den Haushalt des damaligen Außenministers einschlich. Hierfür hatte Mulvaney extra eine neue Identität erstellt, Bettina Genscher, Tochter reicher Eltern aus Wien, und diese an einer renommierten und exklusiven Privatschule eingeschrieben, die auch die Tochter des Ministers besuchte, Liese. Für ihre Rolle musste Kitsune sich einige Jahre verjüngen, um in die Klasse der damals sechzehnjährigen Liese zu kommen. Niemand erkannte, dass Kitsune zu dem Zeitpunkt bereits einundzwanzig war. Schon bald waren Bettina und Liese unzertrennlich. Bettina war regelmäßig bei Lieses Eltern zu Gast. Insbesondere der Minister hatte sie sehr ins Herz geschlossen, das junge Mädchen, das für ihr Alter so ungewohnt charmant und gebildet war.

Nachdem der Rembrandt unter großem Wirbel und unerklärlichen Umständen aus dem Haus gestohlen worden war, blieb Bettina noch einige Wochen auf der Schule, machte ihren Abschluss mit Auszeichnung und nahm unter Tränen Abschied von ihrer besten Freundin und deren Familie.

Für die richtige Bezahlung war Kitsune bereit, jeden Auftrag zu übernehmen, aber ihre große Leidenschaft waren immer Kunstdiebstähle.

Neben den für ihr Gewerbe notwendigen Fähigkeiten hatte Mulvaney auch darauf bestanden, dass sie sich umfassend in anderen Bereichen bildete. Er lehrte sie, wie sie ihr Geld verwaltete, es sicher aufbewahrte und gut investierte. Er brachte ihr bei, wie sie mit Waffen umgehen musste, unterrichtete sie in der Nutzung von Technologie und Sprengstoffen. Sie lernte verschiedene Kampfkünste, erhielt Unterricht darin, sich unauffällig zu verhalten, Grenzen zu passieren, ohne Aufsehen zu erregen, die richtigen Kunden auszuwählen und sicherzustellen, dass sie auch bezahlt werden würde. Und vielleicht als

Wichtigstes brachte er ihr bei, wie man den Auftrag losgelöst von jeglicher moralischen Wertung betrachtete. Ein echter Profi empfand nie Mitleid mit dem Opfer. Entwickelte nie eine Bindung zu den Zielpersonen. Erlaubte sich nie, verletzlich zu werden. Gefühle führten zum Versagen.

Er schickte sie auf die Universität, damit sie den Wortschatz und die Weltgewandtheit entwickelte, um unter der Elite der Welt nicht aufzufallen. Wer sich in den richtigen Kreisen bewegen wollte, musste die entsprechenden Erfahrungen gesammelt haben. Sie beschlossen zusammen, dass Archäologie ideal passen würde. Das Studium der Archäologie umfasste viele Kurse über Kunst und Kultur, man lernte Geschichte und besuchte fremde Länder. Nach fünf Jahren in staubigen Hörsälen und verlorenen Katakomben lieferte sie eine herausragende Dissertation über etruskische Kunst ab und erlangte schon mit fünfundzwanzig Jahren den Doktortitel. Ein stolzer Moment für beide.

Doch nicht nur Kitsunes Fähigkeiten entfalteten sich rasant, ihr Ruf stieg in gleichem Maße. Der Spitzname, den Mulvaney für sie gewählt hatte, war genial. Der Name Fuchs war geschlechtsneutral, sodass kaum einer ihrer Kunden je ahnte, dass sie in Wirklichkeit eine Frau war. Ihr war es lieber so, sie blieb gerne im Verborgenen, lieferte, ohne dass der Kunde sie zu Gesicht bekam.

Mulvaney regte auch an, dass sie sich ein Markenzeichen zulegen sollte, überließ ihr aber selbst die Wahl. Er meinte, eines Tages würde sie so weit kommen, dass ein Opfer ihr Markenzeichen sehen und direkt wissen würde, dass der berühmte Fuchs zugeschlagen hatte. Sie wählte ein kleines Skelett aus Plastik. Mulvaney musste lachen.

Um ihren Ruf aktiv zu stärken, erfand Mulvaney sogar selbst eine Geschichte, in der er als ihr größter Konkurrent auftrat. Im Wettbewerb um die Kunden und die größten Clous ließ er sich ein ums andere Mal von ihr ausbooten, was in den richtigen Kreisen die Runde machte und ihren Ruhm schnell steigen ließ. Die Gewinne aus ihren Aufträgen teilten sie und beide wurden reicher.

Schon bald waren ihre Talente in aller Welt gefragt. Sie konnte es sich erlauben, wählerisch zu werden, und ging immer mehr ihrer Leidenschaft nach, der Kunst. Ihr kleines Plastikskelett wurde zum Albtraum vieler Galerien und Sammler. Und niemand ahnte, dass der Fuchs in echt eine Füchsin war.

Sie stellte nur eine Bedingung.

Keine Schusswaffen. Nie. Selbst Mulvaney erfuhr nie, warum sie eine solche Aversion gegen Schusswaffen hatte, sie sagte lediglich, dass sie ihr zu unberechenbar wären, vor allem in den falschen Händen, und dass sie zu viel Lärm verursachen würden.

Vor zehn Jahren war Mulvaney mehr oder weniger endgültig in den Ruhestand getreten. Sie hatte nie verstanden, warum er aufgehört hatte. Er war immer noch kräftig und voller Energie. Sie bewunderte seine Intelligenz und Erfahrung, kannte niemanden, der so perfekte Pläne schmieden konnte. Doch er meinte, er werde älter, es sei an der Zeit, sich aus dem aktiven Geschäft zurückzuziehen, sich zurückzulehnen und die Sonne zu genießen. Nein, er würde sie nie alleine lassen. Er würde stets für sie da sein, wann immer sie ihn brauchte. Über die Jahre hatte sich eine Art der Liebe zwischen ihnen aufgebaut, die tiefer ging als jene, die einen Vater mit seiner Tochter verbindet. Sie konnte sich einfach kein Leben ohne ihn vorstellen. Er war ein Teil ihrer selbst und sie hatte ihm das auch gesagt. Darauf hatte er sie umarmt, ihr die Wange gestreichelt und ihr einen Kuss auf die Stirn gegeben. Bei ihm fühlte sie sich sicher und behütet. Nur bei ihm.

Er hatte ihr alle seine besten Kunden überlassen, darunter auch Robert Lanighan, Saleem Lanighans Vater. Auf diesem Weg hatte auch Saleem sie gefunden und für seine fanatische Suche nach dem Unmöglichen eingespannt. Ihr den Auftrag gegeben, den Koh-i-Noor zu stehlen, den vielleicht bestgehüteten Edelstein der Welt, Teil der britischen Geschichte selbst. Es reizte sie, es verhieß, der größte und aufsehenerregendste Auftrag ihrer Karriere zu werden.

Und danach könnte auch sie es sich dann leisten, sich zur Ruhe zu setzen. Vielleicht auch auf Capri. Oder an einem anderen, ähnlich netten Ort. Und sich vielleicht ihren eigenen Lehrling zu suchen.

Kapitel 45

Als Lanighan sie das erste Mal kontaktierte, nahm sie sich viel Zeit, um alles gründlich zu überdenken. Ob solch ein Vorhaben überhaupt machbar wäre. Sie wog alle Aspekte ab, diskutierte sie eingehend mit Mulvaney. Lanighan musste drei Monate Überzeugungsarbeit leisten, ehe sie sich überhaupt zum Gespräch bereit erklärte und den E-Mail-Account für ihre Kommunikation einrichtete.

Was Lanighan wollte, war einfach und klar. Er wollte den KohiNoor, zu jedem Preis. Und der Preis war wirklich beeindruckend, mehr Geld, als sie oder Mulvaney je für einen einzelnen Auftrag erhalten hatten. Natürlich hatte Mulvaney ihr empfohlen, den Preis so hoch wie nur möglich zu treiben. Warum auch nicht? Aus irgendeinem Grund wollte Lanighan den Edelstein mehr als alles andere in der Welt. *Sei ruhig dreist*, meinte Mulvaney. Also war sie dreist gewesen.

Ihr war die Wintersonne einer lange vergangenen Zeit wieder in den Sinn gekommen, die, als sie langsam hinter dem Meer versank, den Himmel in ein übernatürliches Glühen hüllte. Damals war Mulvaney aufgestanden und zum Balkon getreten, hatte lange über das wunderschöne Mittelmeer geblickt. Hatte den Hafen betrachtet, die Boote, die Menschen, die sich an den

Tischen vor den Restaurants trafen. Hatte den Schatten beim Wachsen zugesehen. Als er sich schließlich umgedreht hatte, klang seine Stimme meditativ. »Es gibt eine Regel, Kitsune. Eine Regel, die du nie brechen darfst. Du musst mir versprechen, diese Regel nie zu vergessen und nie infrage zu stellen. Kannst du das?«

»Ja, Sir.«

Es hörte sich seltsam an, aus ihrem Munde. Sie hatte noch nie zuvor jemanden genug respektiert, um ihn *Sir* zu nennen.

»Sehr gut. Hervorragend. Das ist also die Regel: Frage nie, warum.«

»Was soll das heißen?«

»Wenn ein Kunde etwas verlangt, ist es deine Aufgabe, ihm seinen Wunsch zu erfüllen. Du kannst selbst entscheiden, ob du den Auftrag annimmst oder nicht. Aber du fragst nie danach, *warum* er haben will, wonach er fragt. Das geht dich nichts an. Verstanden?«

Sie nickte, obwohl sie es nicht wirklich ganz kapierte. Sie konnte es sich auch nicht wirklich vorstellen, etwas zu stehlen, jemanden zu ermorden, ohne den Grund zu kennen. Und je mehr sie darüber nachdachte, desto mehr erkannte sie die Weisheit in seinen Worten.

Sobald sie fragte, warum, würde sie die eigenen Moralvorstellungen mit einbringen, welche ihre Entscheidungen beeinflussen könnten.

Und damit den Auftrag gefährden würden.

Sie nickte wieder und meinte es diesmal so. In all den Jahren danach hatte sie nie danach gefragt, warum ein Kunde wollte, was er wollte.

Aber der Koh-i-Noor war anders. Lanighan war kein Sammler, der seiner Sammlung einfach nur ein weiteres Kunstwerk hinzufügen wollte. Nein, es steckte mehr dahinter, es war geradezu fanatische Besessenheit, jenseits jeglicher Logik.

Warum also? Der Koh-i-Noor war ein einzigartiger Edelstein mit einer langen, blutigen Geschichte, aber trotzdem … Und auch, als er auf ihre Forderungen eingegangen war und eingewilligt hatte, ihr fünfzig Millionen Dollar zu zahlen, wollte sie dennoch den Grund wissen. So sehr, dass sie sich auf die Zunge beißen musste, um ihn nicht zu fragen.

Aber sie schob die Neugier beiseite, sie hatte einen Auftrag auszuführen.

Von klein auf war ihr klar gewesen, dass ihr Aussehen Segen und Fluch zugleich war. Das süße Teenager-Mädchen war zu einer schönen Frau geworden. Diese Schönheit öffnete ihr ebenso viele Türen wie ihre Dietriche. Aber mitunter konnte sie auch hinderlich sein, weil schöne Frauen länger im Gedächtnis blieben. Daher war ihr größtes Talent nicht, wie geschickt sie stehlen konnte, sondern, dass sie ihre angeborene Schönheit verbergen konnte, wann immer es nötig war.

Um sie dann zum rechten Zeitpunkt wieder hervortreten zu lassen.

So ein Zeitpunkt war, als sie sich in London niederließ, um den größten Auftrag ihrer Karriere vorzubereiten und der Königinmutter selbst ihren wertvollsten Schatz direkt aus der Krone zu stehlen.

Sein Name war Thornton. Grant Thornton. Er war früher Unteroffizier der Royal Air Force gewesen, der königlichen Luftwaffe, für seine Dienste ausgezeichnet, ein sowohl hingebungsvoller als auch engagierter Mann. Auch gut aussehend, stark und doch liebenswürdig. Seine neue Aufgabe lag im Tower of London, als neues Mitglied der angesehenen und begehrten Yeoman Warder.

Ein Beefeater, wie der Volksmund sie nannte.

Die Wächter der Kronjuwelen.

Er kam gerade aus seinem dritten Einsatz in Afghanistan, als sie einander in einer Londoner Bar kennenlernten. Noch eine Woche, dann würde er seinen Dienst im Tower of London antreten. Er war stolz wie ein Pfau, trank viel und feierte ausgelassen. Die letzten Nächte mit seinen Kumpels, ehe die neue Aufgabe begann.

Sie schlenderte an ihm vorbei, in einem schwarzen Kleid, das vorne fast bis zum Bauchnabel ausgeschnitten war, hinten bis zur Taille. Er blickte ihr nach, wie eigentlich jeder Mann in dieser Bar, in dessen Brust noch ein Herz schlug.

Später an dem Abend teilten sie einige Drinks. Den nächsten Abend redeten sie. Den darauffolgenden auch. Und nach drei Monaten bat er sie, bei ihm einzuziehen.

Die Rolle der Verführerin hatte ihr nie wirklich gefallen, doch diesmal war es anders. Grant war intelligent und gut aussehend, ein guter Liebhaber. Er behandelte sie gleichberechtigt, nicht als Spielzeug. Sie mochte ihn.

Es war keine Liebe. Das wäre zu weit gegangen. Aber es war nicht der schlimmste Auftrag, den sie bisher gehabt hatte.

Die Beefeaters hatten ihre Wohnungen vor Ort, im Tower of London, in Wohnungen, die noch aus dem 13. Jahrhundert datierten. Ihre Familien lebten hier mit ihnen zusammen, die Frauen und ihre Kinder. Es gab auch einen Pub in der Anlage, einen Arzt und eine Kapelle, alles, was die Männer und ihre Familien für den Alltag brauchten. Die Frauen hatten oft eine Arbeit außerhalb der Mauern, die Männer hingegen hatten kaum einen Grund, um ihr Revier zu verlassen.

Als Grant ihr den Antrag machte, nahm Kitsune sowohl den wunderschönen Ring mit einem Diamanten im Kissenschliff an, als auch das Angebot, zu ihm in den Tower zu ziehen.

Sie bevorzugte es stets, aus dem Inneren heraus zu operieren.

Ihr war natürlich klar, dass sie einer rigorosen Hintergrundprüfung unterzogen werden würde. Genau genommen hatte sie aus solchen Gründen sogar einen gewissen Respekt für die Briten, die solche Sachen ernst nahmen und nicht so leicht einen Fremden in ihre Mitte ließen. Nach dem, was sie gehört hatte, war nur das amerikanische FBI noch strikter.

Sie hatten ihre gewählte Identität so nah an ihrem echten Leben gehalten wie nur möglich. Julia Hornsby war die Tochter eines schottischen Vaters und einer japanischen Mutter, im Ausland aufgewachsen, zum Studium zurückgekehrt. Ihren Abschluss in Kunstgeschichte hatte sie von der Universität Leeds erhalten, bisher aber noch nichts Nennenswertes damit angefangen. Aktuell war sie als hoffnungslos überqualifizierte Hilfskraft in einer wahrlich verstörenden Kunstgalerie in Notting Hill angestellt.

Trotz all seiner militärischen Erfahrung war Grant weiterhin ein vertrauensseliger Mensch geblieben. Die Vertreter der britischen Regierung hingegen nicht so sehr. Um ihre Tarnung zu stärken, kündigte Julia den Job in der Galerie, der sie ohnehin nie weitergebracht hätte, und mietete sich eine eigene Galeriefläche in Peckham an. Diese wurde dann mit diversen billigen Kunstwerken gefüllt, die sie bei Tesco geholt hatte. Hier ging sie pflichtbewusst jeden Tag zur Arbeit. Ihre Wohnung, die in der Nähe der Galerie lag, verfügte kaum über Möbel, dafür war aber jeder Platz vollgestellt mit Gemälden, die in ihren rein äußerlichen Maßen Jackson Pollock in nichts nachstanden, in unterschiedlichen Stadien der Fertigstellung. Falls sie jemals jemand überprüfen sollte, wäre sie nicht mehr als eine weder erfolgreiche, noch bekannte, noch sonderlich motivierte Künstlerin. Was auch ihren bedenklichen Mangel an Einkommen, und im Zuge dessen auch Steuererklärungen, erklärte.

Es war etwas dünn, reichte aber aus. Mulvaney wusste, was er tat. Nach überstandener Hintergrundprüfung durfte sie dann endlich zu Thornton in den Tower ziehen.

Von hier aus sollte der Plan eigentlich recht schnörkellos sein. Die Kronjuwelen wurden von den besten Sicherheitsmaßnahmen der Welt geschützt. Die Sicherheit war computergesteuert, mit ausreichend Redundanz versehen, falls also ein System ausfiel, würde das nächste nahtlos übernehmen. In der Theorie hätte es aber ausreichen müssen, dass sie sich in das System hackte und es zum Absturz brachte, dasselbe dann mit dem nächsten System, das übernahm, und so weiter, bis alles in heillosem Aufruhr und Durcheinander war. Dann hätte sie nur noch Grants Schlüssel zu der Ausstellung stehlen und schnell genug den Diamanten an sich nehmen müssen.

Alles Aufgaben, die sie sich zutraute. Es war nicht der Diebstahl selbst, der ihr Kopfschmerzen bereitete. Es war nicht einfach, ja, aber machbar. Schwierig würde es werden, mit der Beute zu entkommen. Spätestens, wenn mehr als ein Sicherheitssystem ausgefallen war, würden sie wissen, dass etwas nicht stimmte. Also bräuchte sie eine Ablenkung.

Die Anlage wurde rund um die Uhr von Patrouillen gesichert. Nach Einbruch der Dunkelheit tauschten die stoischen Beefeaters ihre rotblauen Uniformen und die Bärenfellmützen gegen schwarze Tarnanzüge sowie automatische Waffen. Kein großer Unterschied mehr zwischen der Touristenattraktion von London und dem Einsatzgebiet in Afghanistan.

Ihre einzige Chance, nach gelungener Aktion zu entkommen, lag darin, Teil des Lebens im Tower zu sein. Wenn man sie kannte, wenn sie die Passwörter der Patrouillen wusste, könnte sie eine Chance haben. Sie würde für einen medizinischen Notfall sorgen müssen, etwas, was außerhalb der Möglichkeiten des ansässigen Arztes lag, sodass man sie in ein Krankenhaus würde bringen müssen. Vielleicht konnte sie es sogar so hinbiegen, dass es schien, als ob sie von den Dieben auf der Flucht verletzt worden war.

Sobald sie dann außerhalb der Mauern war, könnte sie sich ein Gegenmittel geben und mit Lanighans Edelstein in der Tasche entkommen.

Der Plan barg viele Risiken und Mulvaney schüttelte den Kopf, dass sie das auch nur in Erwägung ziehen konnte. Er wusste von dem Mann, den sie verführt hatte, Grant Thornton, und befragte sie eingehend über ihn. Wollte sicherstellen, dass sie sich nicht auch in ihr Opfer verliebt hatte. Denn das war eine der Regeln, einer der Wege zum sicheren Untergang. Nein, sie versicherte ihm, dass sie keine solchen Gefühle für Thornton empfände. Ganz so dumm war sie auch nicht.

Sie war in den letzten Wochen der Vorbereitungen für ihren Plan, als die Queen selbst dem Antrag der Amerikaner zustimmte, anlässlich des diamantenen Jubiläums ausgewählte Stücke der Kronjuwelen im Metropolitan Museum of Art in New York auszustellen. Darunter als Kernstück der Sammlung die Krone der Königinmutter und der Koh-i-Noor.

Also überdachte sie ihren Ansatz. Es würde sie mehr Zeit kosten, aber wenn Lanighan den Diamanten so dringend haben wollte, würde er sicher auch noch etwas mehr Geduld haben. Er hatte schon fünfundzwanzig Millionen investiert und daher wohl wenig Wahl. Und ohnehin wusste er weder von dem alten Plan noch würde sie ihn in den neuen Plan einbeziehen.

Kapitel 46

Zu jedem Job gehört auch eine Portion Glück. Mal mehr, mal weniger, aber etwas Glück braucht man immer. Der Trick war nur, die Wahrscheinlichkeiten so zu verschieben, dass das Glück leichter auf der richtigen Seite landen konnte.

Kaum dass Kitsune von der Ausstellung im Metropolitan Museum of Art gehört hatte, war sie die Stellenausschreibungen aller New Yorker Museen durchgegangen. Und hier schlug das Glück zu. Das Met selbst suchte Mitarbeiter und sie verfügte über alle notwendigen Qualifikationen. Jetzt brauchte sie nur noch etwas, um ihr die Tür zu öffnen, von da aus würde sie dann übernehmen.

Mulvaney erstellte ihr eine neue Identität in Rekordzeit, so schnell, dass Kitsune sich sicher war, dass Victoria Browning schon zuvor existiert hatte. Aber sie klagte nicht, es war ja nur in ihrem Sinne, wenn die Tarnung so durchdacht und sauber wie möglich war.

Während er ihre Bewerbungsunterlagen per Kurier an das Museum schickte, prägte sie sich die Details ein. Danach verbrannte sie alles, erstellte sich alle notwendigen Onlinepräsenzen und bewarb sich auf die kombinierte Stelle eines besseren Museumsführers und Wachmanns. Sie war sich sicher, dass ihre

Fähigkeiten und Qualifikationen ihr die Stelle einbringen würden, und sie wurde nicht enttäuscht. Das Met antwortete in weniger als vierundzwanzig Stunden auf ihre Bewerbung.

Als Nächstes kam Grant an die Reihe. Sie löste die Verlobung und zog aus, was ihn komplett aus dem Ruder warf. Sie selbst hatte auch Schwierigkeiten mit der Trennung, nicht zuletzt mit der Trennung von dem umwerfenden, antiken Ring, den er von seiner Großmutter geerbt und ihr zur Verlobung überreicht hatte. Die ganze Angelegenheit schmerzte mehr, als sie gedacht hatte. Der Schock in seinen Augen, wie er langsam erkannte, dass sie nicht scherzte und wirklich gehen würde. Dass er sie nie wiedersehen würde.

Aber sie verschloss ihr Herz, selbst überrascht von der Intensität ihrer Gefühle. Sie versicherte Mulvaney, dass ihr nichts an dem Mann liegen würde, und er applaudierte ihr dafür.

Die Wohnung wurde gekündigt, die Galerie aufgegeben, der E-Mail-Account geschlossen. Nachdem in London alles geregelt war, blieb ihr noch ein Problem: Victoria Browning hatte braune Augen.

Es waren noch viele Monate bis zur Ausstellung, zu lange, um gefärbte Kontaktlinsen zu tragen. So was klappte gut bei kurzen Jobs, aber nicht bei etwas von dieser Dauer. Wenn jemand genau hinsah, konnte er vielleicht etwas bemerken, wenn sie verrutschten oder herausfielen. Kontaktlinsen waren nie perfekt. Also musste eine Operation herhalten – sie hatte es schon einmal getan, für einen anderen Job. Wenn man sich einmal mit dem Gedanken angefreundet hatte, war es eigentlich nur noch lästig, nicht mehr. Und man konnte die Operation leicht rückgängig machen.

Über Mulvaney hatte sie einen hervorragenden, diskreten Arzt in Bern aufgetan, bei Tag einer der führenden Laser-Ophthalmologen, bei Nacht auch für eher ungewöhnliche

Anfragen offen. Der eigentliche Eingriff war nicht viel anders als bei einer Behandlung des Grauen Stars, wenn die getrübte Linse gegen eine klare Kunstlinse ausgetauscht wird. In ihrem Fall handelte es sich um eine gefärbte Kunstlinse, die über die eigentliche Iris gelegt wurde. Nach zwei Tagen voller Tränen und eines kratzenden Gefühls in den Augen war alles gut verheilt.

Als Nächstes kamen ihre Haare an die Reihe. Normalerweise trug sie ihre Haare kurz, damit sie leichter Perücken unterschiedlicher Länge aufsetzen konnte, doch für diesen Fall brauchte sie lange Haare und eine dauerhaftere Lösung als eine Perücke. Bei einem geschickten Stylisten in der Nähe des Hyde Parks erhielt sie daher hervorragende Haarverlängerungen, die ihr eine Frisur im Stil von Herzogin Kate bescherten, eine lange, wallende Frisur, bei der ihr das Haar über die Schultern fiel. Die neue Frisur war zwar auch noch dunkel, aber einige Schattierungen heller als ihre natürliche Haarfarbe.

Damit waren die Grundlagen gelegt. Jetzt brauchte sie nur noch das passende Outfit für ihre neue Rolle. Für den Arbeitsalltag kaufte sie sich professionelle Kleider und Hosenanzüge, in dezentem Grau und Braun gehalten, ergänzt um einige elegante Abendkleider für offiziellere Anlässe. Ihre neue Schuhkollektion umfasste viel Leder und Wildleder, vorwiegend trendige Schuhe mit hohen Absätzen. Für die Freizeit durchforschte sie diverse Second-Hand-Läden, stellte sich eine Sammlung abgetragener Hemden und Pullover sowie zerschlissener Jeans zusammen, die gut als Lieblingsstücke früherer Zeiten durchgehen konnten. Dazu fand sie einige zehn Jahre alte Sweatshirts der Universität Edinburgh, um ihren Kleiderschrank abzurunden.

So ausgestattet machte sie sich auf den Weg nach New York, zu ihrem neuen Leben.

Das Met gab ihr die Stelle – sie hatte nie daran gezweifelt. Ihre Qualifikationen passten einfach zu perfekt, die neuen

Kollegen beim Met freuten sich sogar, jemanden wie sie gefunden zu haben. Als Nächstes brauchte sie eine passende Wohnung, die zu ihrer Situation passte, nichts Übertriebenes, aber repräsentativ genug, um glaubwürdig zu wirken. Nach einer guten Woche fand sie das Appartement im Archstone Building. Und kurz darauf dann die versteckte Dachgeschosswohnung in Hell's Kitchen, in der sich ihr eigentliches Leben abspielen würde.

Danach war ihre Aufgabe einfach nur noch, sich im Met unverzichtbar zu machen.

Innerhalb weniger Monate hatte man ihren wachen Geist und die schnelle Auffassungsgabe erkannt und zu schätzen gelernt, sie stieg schnell in den Rang eines stellvertretenden Kurators auf. So langsam wurde die Zeit aber knapp. Der Ausstellungstermin war nur noch einige Monate entfernt und als einer von vielen stellvertretenden Kuratoren war sie noch nicht in der idealen Position angelangt.

Daher musste der Kurator verschwinden.

Eine Krankheit. Etwas, das ihn arbeitsunfähig machte, aber nicht tötete. Etwas, was für einen Mann seines Alters nicht zu überraschend käme und ihn mit schwerem Herzen in den wohlverdienten Ruhestand geleiten würde.

Danach waren alle Weichen gestellt. Sie bewarb sich auf die Stelle des Kurators, die sie durch ihre Referenzen und Qualifikationen sofort erhielt. Das Leben war schön.

Kapitel 47

Hauptquartier des FBI, Federal Plaza, New York
Freitag, 08:00 Uhr

Der Besprechungsraum war vollgestopft mit Menschen, die ihren Kaffee tranken, sich unterhielten und die Plunderteilchen vertilgten, die auf mehreren Tabletts aufgetürmt herumstanden.

Dann traf Paulie ein, eine abenteuerliche Erscheinung mit dem Kopfverband und den dunklen Ringen unter den Augen.

Mike eilte zu ihm und drückte ihn an sich. »Paulie, so gut, dich wieder unter den Lebenden zu haben. Wie geht es dir?«

Er legte eine Hand an den Verband. »Mein Kopf dröhnt mehr als alle Taxis von Manhattan, aber zumindest waren die Vampire gut zu mir. Ich werde es überleben. Louisa war schon fleißig, die Proben, die wir im Met gesammelt haben, sind bereits unten im Labor. Fingerabdrücke haben wir aber leider keine, alles, was etwas hätte liefern können, war sauber abgewischt. Aber es war nicht komplett verlorene Zeit, Louisa hatte einen Geistesblitz. Sie ist jetzt gerade im Met und geht das Büro von Dr. Browning durch. Bisher auch keine Abdrücke, aber sie meinte, mit etwas Glück könnten wir vielleicht Spuren von DNS finden.«

Besser als nichts.

»Im Endeffekt sind wir alle ungeschoren davongekommen«, fuhr Paulie fort. »Es hätte schlimmer kommen können. Sie hätte die Bombe zünden können, hat sie aber nicht. Es scheint also, als ob Dr. Browning nur eine Diebin ist, keine Mörderin.«

»Oder sie hat es nicht übers Herz gebracht, unzählige Schätze aus aller Welt zu zerstören«, wandte Nicholas ein.

Agent Gray Wharton legte Paulie eine Hand auf die Schulter, die beiden diskutierten kurz, welche Art Plunderteilchen jetzt die beste Wahl wäre.

Nicholas kam nicht umhin zu bemerken, dass Gray wirklich wie der Stereotyp eines Computerfreaks aussah. Dünn, mit dicker Brille, Anfang vierzig und nicht im Geringsten besorgt wegen der ungepflegten Bartstoppeln an seinem Kinn. Er nickte Nicholas zu. »Geht doch nichts über ein Meeting am frühen Morgen.«

»Ihr Amerikaner scheint Schlaf für überbewertet zu halten«, gab Nicholas lächelnd zurück.

Mike sah Savich und Sherlock in einer Ecke mit Bo tuscheln. Was ging da vor sich?

In dem Augenblick tippte Zachery aber mit einem Stift gegen den Rand seiner Kaffeetasse. »Nun gut, meine Damen und Herren, dann wollen wir mal anfangen.«

Mike setzte sich neben Nicholas und sah immer noch ziemlich mitgenommen aus.

Er hingegen schien topfit in seinem dunkelbraunen Anzug, der wie frisch gebügelt aussah, der passenden blauen Krawatte und dem hellblauen Hemd. Sie fragte sich, wo er die Sachen immer herholte und ob seine kleine Ledertasche vielleicht einen magischen Kleiderschrank eingebaut hatte.

Was sie jetzt brauchte, waren einige Liter heißen Kaffees und den einen oder anderen Schub Adrenalin. Sie bemerkte, wie er unauffällig seine Schulter kreisen ließ. Zumindest war er wohl auch nicht ganz ungeschoren von ihrem kleinen Ausflug davongekommen. Als sie gestern so im Bett gelegen und den Tag noch einmal hatte Revue passieren lassen, war sie fast schockiert gewesen, dass die ganze Sache vielleicht gerade mal fünf Minuten gedauert hatte. In dem Augenblick selbst war es ihr bedeutend länger vorgekommen.

Zachery ging zur Tagesordnung über, ließ seinen Blick über die versammelten Agenten wandern und blickte jeden von ihnen kurz, direkt und persönlich an, während er eine Zusammenfassung der Ereignisse lieferte, vor allem des Angriffs auf Mike und Nicholas in der Garage ihres Hauses. Er schloss mit: »So viel also für alle, die sich fragen, woher die Schrammen auf Nicholas' Gesicht und eine Beule größer als der vermisste Diamant auf Mikes Kopf kommen. Einer der Angreifer ist tot, die bei ihm gefundenen Papiere waren gefälscht, wir haben ihn noch nicht eindeutig identifiziert. Seine Fingerabdrücke sind zumindest nicht in unserem System, wir versuchen gerade, über Interpol anzufragen.«

Mike konnte es zwar nicht begründen, aber ihre Intuition sagte ihr, dass sie nichts finden würden. »Nicholas, erzähl ihnen von dem Treter.«

»Der Treter? Wo kommt der Name denn her?«, fragte Ben.

»Das war der, der Mike gegen den Kopf getreten hat«, erklärte Nicholas. »Ich habe ihn durch die Gasse verfolgt, ehe er mir entkommen ist. Für einen Augenblick ist seine Maske etwas verrutscht, er hat weiße Haare, etwa schulterlang. Seine Bewegungen waren aber absolut nicht die eines alten Mannes. Er war schnell und gut trainiert, der Tritt gegen Mikes Kopf war mustergültig. Ich bin mir auch sicher, dass er der Anführer war. Meiner Meinung nach arbeitet er wahrscheinlich für Victoria Browning, auch bekannt als der Fuchs.«

»Wir werden dem nachgehen«, meinte Zachery. »Also, weil Mike und Nicholas beide gut ausgebildet und schnell sind …«

»Und Glück hatten«, warf Mike ein.

»… und Glück hatten«, nahm Zachery fließend auf, »sind beide mit nicht mehr als einigen Schrammen davongekommen. Es war keine einfache Nacht für uns, aber wir leben alle noch und wissen jetzt, wer der Dieb ist. Wir hatten schon größere Fälle mit weniger Anhaltspunkten.«

Er schaltete einen Bildschirm ein, über den die aktuellen Nachrichten liefen. »Wir haben natürlich alle mitbekommen, was die Medien daraus machen. Es ist ja auch kein Wunder: Ein Diebstahl dieser Art und Größenordnung geht nun mal um die Welt.«

Auf dem Bildschirm sah man Bilder des Met und den Nachrichtensprecher, dessen Mund sich stumm bewegte. »Leider braucht man auch immer einen Schuldigen und den Großteil bekommen wir gerade ab, zusammen mit jedem, der mit dem Met oder Dr. Victoria Browning in Verbindung stand. Ich muss wohl nicht erwähnen, dass Direktor Mueller nicht erfreut ist. Ebenso wie der Präsident höchstpersönlich. Und von den Versicherungen will ich gar nicht erst anfangen, die jetzt schon versuchen, die Verantwortung abzuwälzen, mit Hinblick auf die enormen Zahlungen, die auf sie zukommen, wenn wir den Diamanten nicht zurückholen können.«

Er schaltete das Bild um, jetzt zeigte der Monitor den Koh-i-Noor in Großaufnahme. »Aber leider können wir da aktuell wenig dran ändern. Es gibt keine Ausreden. Wir stehen im Schussfeld, bis irgendwo in der Welt die nächste Katastrophe passiert, um die Medien abzulenken. Daher müssen wir uns jetzt darauf konzentrieren, den Koh-i-Noor wiederzubeschaffen, so schnell es geht. Also, Gray, wo stehen wir in den Bemühungen, Dr. Browning aufzuspüren?«

Gray Wharton stand auf. »So viel wissen wir bisher«, leitete er ein und dimmte die Lichter mit einer Fernbedienung. Der Monitor zeigte jetzt ein Bild von Dr. Victoria Browning, die sie mit einem eleganten Understatement anlächelte. Die

Ähnlichkeit ihrer Pose zu jener der Mona Lisa war so frappierend, dass Mike am liebsten aufgestanden wäre und ihre Hand in das hübsche Gesicht geklatscht hätte.

»Die Person, die wir hier sehen, ist natürlich nicht Victoria Browning. Wir glauben auch, dass nie eine Victoria Browning existiert hat, sondern dass hier Fakten und Fiktion von sachkundiger Hand gemischt wurden, um eine täuschend echte Identität zu fabrizieren. Es ist gut möglich, dass die gesuchte Person tatsächlich britische Staatsbürgerin ist, wirklich achtunddreißig Jahre alt, aufgewachsen und ausgebildet in Schottland. Ihren Papieren zufolge ist sie letztes Jahr im April das erste Mal in die Vereinigten Staaten eingereist, damals mit einem Arbeitsvisum.«

Ein Druck auf die Fernbedienung, und der Monitor zeigte den gefälschten Ausweis von Victoria Browning im Detail. »Wir glauben, dass diese Identität nur für diesen einen Auftrag erstellt wurde. Was bedeuten mag, dass ein gewisser Teil der Informationen zutrifft. Wir haben mit ihren Kollegen im Met geredet und es ist eindeutig, dass sie wirklich eine Expertin in Sachen Kronjuwelen war, und ihre Kontakte in der archäologischen Welt können nicht gefälscht sein. Sie hatte Fachwissen, das darauf schließen lässt, dass sie wirklich einen Doktortitel in diesem Bereich hat, vielleicht sogar tatsächlich von der Universität Edinburgh. Wir versuchen das gerade mit den Unterlagen der Universität abzugleichen.«

Er seufzte frustriert. »Leider kommt aber zu all unseren anderen Problemen ein Schneesturm in Schottland, der aktuell weite Teile des Landes außer Betrieb setzt. Wir haben schon Kontakt zu den entsprechenden Stellen aufgenommen, aber es ist leider aktuell in Schottland niemand erreichbar, der uns die benötigten Daten schicken könnte. Wir gehen davon aus, dass es mindestens einen Tag dauern wird, ehe wir auf dieser Spur Informationen liefern können.«

»Manchmal ist es wirklich schade, dass wir uns an die Regeln halten müssen und uns nicht einfach in das System der Uni einhacken können«, murmelte Ben zu sich, laut genug, damit es alle hören konnten.

Nicholas lächelte nur und ließ seinen Stift durch die Finger wandern.

»Wann hat Browning Elaine York das erste Mal getroffen?«, fragte Sherlock.

»Letztes Jahr«, antwortete Ben. »Elaine hat schon vorher mit Victoria zusammengearbeitet, über E-Mail, ehe sie vor vier Monaten nach New York gekommen ist.«

»Wie war ihre Beziehung?«

»Sie haben sehr gut zusammengearbeitet«, berichtete Ben. »Sie schienen sogar so was wie Freunde zu sein. Sie sind ab und an zusammen ausgegangen, um nach der Arbeit noch ein paar Drinks zu nehmen, oder sind auch schon mal zusammen zum Abendessen gegangen.«

»Haben wir sonst noch etwas Neues hinsichtlich des Mords an Inspector York?«, erkundigte sich Sherlock weiter.

Hier meldete sich Mike. »Ein Mieter in ihrem Haus meinte, dass er am Montag um die Mittagszeit Lärm gehört hätte, vielleicht einen Streit. Den Überwachungskameras nach hat Vladimir Kochen das Gebäude zusammen mit Elaine um Viertel vor zwölf betreten. Eine halbe Stunde später kam sie wieder herausgestolpert, augenscheinlich verwirrt und blutend.«

Sie blätterte kurz durch die Unterlagen, welche die Polizei ihnen geschickt hatte. »Die Aufzeichnungen stammen von einer Sicherheitskamera von der Boutique auf der anderen Straßenseite. Aktuell werden alle Personen, die von dieser Kamera erfasst wurden, mit der Gesichtserkennung abgeglichen. Es ist nicht auszuschließen, dass Browning verkleidet ins Haus gekommen ist, ohne dass wir sie erkannt haben.«

»Oder dass noch jemand im Spiel ist, den wir bisher nicht auf dem Schirm haben«, ergänzte Zachery.

Nicholas wandte sich nachdenklich an Paulie. »Mir geht das einfach nicht aus dem Kopf, Paulie, was du uns gestern Abend erzählt hast, mit den Wörtern, die Browning gemurmelt haben soll. Das mit dem Treffen im Park. Irgendwie stört mich das, ich meine, warum sollte sie das überhaupt laut aussprechen, vor allem zu einem solchen Zeitpunkt?«

»Tut mir leid«, meinte Paulie zerknirscht. »Ich hab da nicht mehr wirklich klar denken können, keine Ahnung, worum es da ging.«

»Dillon«, bezog Mike Savich in das Gespräch ein, »meinst du, dass wir die Tonspur von dem Zeitraum des Angriffs auf Paulie und Louisa irgendwie retten können?«

»Mir sind da gerade noch ein paar Ideen gekommen«, sagte Savich. »Wenn ich hier nicht mehr gebraucht werde, würde ich das ganz gerne sofort ausprobieren.«

Zachery nickte ihm zu, Savich erhob sich und verließ den Raum.

Damit gab Zachery das Wort zurück an Gray, der zum nächsten Bild weiterschaltete. »Hier sehen wir den Sprengstoff und die Behälter, die aus dem Met entfernt wurden. Wir haben alles gestern Nacht noch analysiert. Es ist C4, die chemische Zusammensetzung gleicht einem Sprengstoff, der letztes Jahr im Mai für einen Bombenanschlag in Tripolis genutzt wurde. Die Gasgranate hingegen war herkömmliches Tränengas, kombiniert mit einem Behälter einer bisher noch unbekannten Chemikalie. Wir wissen bisher nur, dass sie bei allen Beteiligten Übelkeit ausgelöst hat, sind uns aber sicher, dass sie keine langfristigen Nachwirkungen hat. Die Stoffe waren eindeutig darauf ausgelegt, das Sicherheitsteam auszuschalten, ohne jemanden zu töten.«

»Irgendeine Spur, wie das C4 ins Land gekommen ist?«, fragte Zachery.

»Nein, Sir. Wir verfolgen auch die Möglichkeit, dass es hier im Land hergestellt und letztes Jahr nach Libyen transportiert wurde.«

Zachery rollte mit den Augen. »Als ob wir nicht schon genug Ärger mit der Presse hätten.« Er wandte sich an Ben. »Wie sieht es bei unseren russischen Bekannten aus, ist da jemand dafür bekannt, Sprengstoff einzusetzen?«

Ben schüttelte den Kopf. »Nicht in diesem Stil. Ich würde eher vorschlagen, dass wir diese Spur an die Terrorabwehr weiterleiten, die haben da vielleicht bessere Ressourcen.«

»Gute Idee. Ich will aber nicht gerne nur sitzen bleiben und auf Ergebnisse warten. Also, irgendwelche Vorschläge, wie wir aktiv vorgehen können, um den Fall weiterzubringen?«

»Andrei Anatoly, Sir«, brachte Mike ein. »Er hat zwar ausgesagt, dass Kochen nicht mehr für ihn arbeitete, aber die Verbindung ist nicht zu leugnen, wenn einer seiner Männer in Elaines Appartement gefunden wird. Vielleicht hatte Anatoly geplant, den Koh-i-Noor zu stehlen, und Browning ist ihm einfach nur zuvorgekommen. Ich denke, wir sollten noch mal mit ihm sprechen.«

»Ben, da kümmerst du dich drum«, wies Zachery ihn an. »Mike, du bleibst an Browning dran und versuchst, mehr über sie herauszufinden.«

»Aber vielleicht gibt es Verbindungen zwischen Browning und Anatoly, die wir nur noch nicht entdeckt haben«, wandte Mike ein. »Verbindungen, die auch zu Inspector York reichen.«

»Möglich«, gab Zachery zu. »Aber die wird Ben dann finden. Du und Drummond, ihr klärt, wie Browning wirklich heißt und wo sie gelebt hat. Irgendwo muss sich eine Spur auftun lassen. Und die werdet ihr finden.«

Mike nickte.

»Gray, du kümmerst dich weiter um die Flughäfen. Irgendwo muss sie ja stecken. Selbst, wenn sie schon außer Landes ist, müssen wir wissen, von wo und wie. Gut, Leute, wir haben einen unbezahlbaren Diamanten zu suchen und alle Medien des Landes schauen uns dabei zu. Wir brauchen Antworten – und zwar schnell.«

Kapitel 48

Mike nahm Nicholas mit in ihr Büro, eigentlich nur eine kleine Nische mit blauen Trennwänden in einem Großraumbüro, direkt um die Ecke des Besprechungsraums.

Er konnte nicht vermeiden, den Vergleich zu seinem eigenen Büro in London zu ziehen, dem großen, abgetrennten Zimmer mit Panoramafenstern. Mike konnte die Arme ausstrecken und beide Wände ihres Büros gleichzeitig berühren.

»Gemütlich.«

»Ja, ja, ich weiß. Aber zumindest kann man hier ungestört reden. Setz dich, ich melde mich im System an und erstelle dir einen sicheren USB-Stick, mit dem du Zugang zu unserem internen Netz bekommst. Da findest du alles, was du brauchst. Unser Computersystem hier ist unterteilt. Grün ist das ungesicherte öffentliche Netz, in dem alle allgemeinen Sachen liegen. Da kannst du auf das Internet zugreifen, E-Mails empfangen, dich in Facebook einloggen oder was auch immer. Rot ist das klassifizierte und gesicherte Netz. Auf das rote Netz gibt es nur intern Zugriff. Weil wir nicht wollen, dass jeder zusehen kann, woran du arbeitest, werde ich dir ein Eckchen im roten Netz einrichten. Aber halt dich bitte zurück, steck deine Nase nicht in Sachen, die dich nichts angehen, ja?«

»Ich? Würde mir doch nie einfallen«, gab er amüsiert zurück.

Ihre Augen verengten sich. »Versuch bloß nicht, mir klug zu kommen«, warnte sie und gab ihm den USB-Stick.

Nicholas war beeindruckt. Er hatte genug Rechenleistung zur Verfügung, um alles über Victoria Browning herauszufinden, was irgendwo digital vorlag. Er hoffte, dass sie wirklich Aufzeichnungen bei der Universität Edinburgh hatte.

Als er sich im System anmeldete, klingelte Mikes Telefon. Sie blickte kurz auf das Display. »Zachery«, meinte sie nur und nahm ab.

Zachery war selbst am Apparat, nicht erst seine Sekretärin. Er klang dringend. »Was immer Savich da gemacht hat, es hat gewirkt. Wir haben die Tonspur für die komplette Zeit des Diebstahls und den Angriff auf Louisa und Paulie. Kommt rüber, das müsst ihr hören.«

»Schon unterwegs.« Mike legte auf. Im Aufstehen nickte sie Nicholas zu. »Savich hat was für uns, komm!«

Eine Minute später standen sie in Zacherys Büro.

Als Zachery sie in Empfang nahm, war das Grinsen nicht aus seinem Gesicht zu bekommen. »Savich hat die Tonspur so weit angereichert, dass wir Browning klar hören können. Paulie hat sich vertan, sie sagt nicht Park, sondern Arc. Französisch. Im Ganzen sagt sie *›L'Arc de Triomphe, Treffen in Paris, morgen Mittag‹*. Und das ist nicht der einzige Durchbruch. Gray hat eine Lücke von zehn Minuten in den Aufzeichnungen des Teterboro Airport gefunden. Der Tower des Flugplatzes hat uns bestätigt, dass in dieser Zeit ein privater Jet abgehoben hat. Browning hat anscheinend zwei Wachen bestochen, damit diese kurz die Kameras ausschalten und wegschauen, während sie an Bord gegangen ist. Wir haben die beiden Männer festgenommen, einer von ihnen hat geredet. Der Flugplan ihrer Gulfstream sah Vancouver als Ziel vor, aber das war natürlich nur vorgeschoben. Von Reichweite und Geschwindigkeit her könnte eine Gulfstream es locker bis Paris schaffen und rechtzeitig eintreffen.«

Er reichte Mike eine Mappe mit den Unterlagen der neusten Erkenntnisse. »Macht euch bereit, eure Maschine startet in einer Stunde. Ich werde alles mit den Franzosen abstimmen, damit euch jemand am Flughafen abholt. Also los, schnappt sie euch und bringt mir den Diamanten zurück.«

Zurück an ihrem Schreibtisch war Mike so aufgedreht, dass sie Nicholas beinahe umarmt hätte.

Dieser grinste auch und rieb sich die Hände. »Vielleicht ganz gut, dass ich nie im Yale Club angekommen bin, meine Tasche ist noch gepackt. Brauchst du noch Reisegepäck?«

Sie schenkte ihm einen leidgeprüften Blick. »Nein, ich habe alles hier.« Sie zog eine Schublade auf und einen Nylonbeutel heraus. Dazu nahm sie sich noch ihren Laptop und die Glock.

»Dann mal los.« Sie warf den Beutel über die Schulter. Er versuchte ihr gar nicht erst anzubieten, die Tasche zu tragen, ließ ihr aber mit einer galanten Handbewegung den Vortritt. Von ihrer Erschöpfung war nichts mehr zu erkennen, sie schritt energisch voran, Rücken und Schultern aufrecht und durchgedrückt. Ihre langen Beine in den Bikerstiefeln legten eine ordentliche Geschwindigkeit vor. Sie sah fit und stark aus und duftete irgendwie auch gut … Jasmin? Vielleicht, es erinnerte ihn an das Parfum, das seine Mutter gerne auftrug. Der gestrige Tag war so vollgestopft mit Ereignissen gewesen, dass er gar keine Zeit gehabt hatte, ausreichend zu würdigen, was für eine gute Figur seine neue Partnerin machte.

Der Aufzug spuckte sie in der Tiefgarage aus, wo Mikes nächster Crown Vic schon auf sie wartete. Ein schwarzer Wagen, der ihren zerstörten Crown Vic adäquat ersetzte. Sie warfen ihre Taschen auf den Rücksitz und machten sich auf.

Der nächtliche Schnee war inzwischen geschmolzen, der Himmel aber noch grau und trostlos. Mike konzentrierte sich auf den Verkehr und schon kurze Zeit später waren sie im Lincoln Tunnel nach Jersey.

»Von wo aus fliegen wir?«, fragte Nicholas, dem die Strecke nicht bekannt vorkam.

»Auch von Teterboro. Damit können wir uns dann direkt vor Ort umsehen und vielleicht noch ein paar Fragen stellen.«

Mike konzentrierte sich einige Zeit auf den dichten Verkehr, ehe sie wieder zu Nicholas blickte. »Du bist so still.«

»Ich gehe nur alle Informationen im Kopf durch. Von allem, was ich über den Fuchs weiß, arbeitet sie alleine. Sie ist bekannt dafür, dass sie sich vor jedem Diebstahl in eine Insiderposition bringt, manchmal Monate im Voraus. In diesem Fall hat die Planung mindestens ein Jahr zuvor angefangen.«

Er blickte sie mit einem Stirnrunzeln an. »Ich kann mir einfach nicht vorstellen, dass ihr solche Fehler unterlaufen. Meines Wissens hat sie noch nie jemanden getötet. Wenn sie also wirklich in Elaines Tod involviert war, muss irgendwas im Plan schiefgelaufen sein. Aber wer weiß? Wäre nicht das erste Mal, dass ich falschliege.«

»Da ist doch noch mehr, du kochst ja regelrecht.«

»Dann dieser Hinweis. Mittags am Arc de Triomphe. Das ist alles zu einfach. Ich fürchte, dass es eine Falle sein könnte.«

Sie schenkte ihm ein überhebliches Grinsen. »Keine Angst, wir gehen ja nicht alleine hin. Du hast Zachery doch gehört, er schickt uns Verstärkung. Victoria macht mir keine Angst.« Sie hob die Augenbrauen. »Was mir wirklich Angst macht, ist der Fluch.«

»Ja, lach ruhig, ich würde aber lieber kein Risiko eingehen.«

»Komm schon, Nicholas«, lachte Mike. »Die Archäologie besteht doch geradezu nur aus Flüchen und Warnungen, um Grabräuber abzuschrecken, oder nicht?«

Nicholas fuhr mit der Hand durchs Haar und ließ seine Schulter kreisen. Er wünschte, er hätte mehr von der Entspannungscreme dabei. Zumindest war ihr Sofa wirklich angenehm gewesen. »Schon, aber schau dir doch nur die Geschichte des Koh-i-Noor an. Da blinken doch Warnsignale links und rechts auf. Wir Briten sind ja wahrlich nicht für unseren Aberglauben bekannt, aber wir wollen auch nichts heraufbeschwören, solange es nicht sein muss. Die Geschichte des Steins ist mit Blut getränkt. Wie gut kennst du dich in der Kolonialgeschichte aus?«

»Ich weiß, wie sehr die Briten ihre Kolonien geliebt haben, nur dass das nicht immer auf Gegenliebe traf, was dazu geführt hat, dass der Tee einige Zeit ziemlich knapp wurde.« Sie grinste so verwegen, dass er einfach lächeln musste. Die Biker-Bibliothekarin war wirklich hübsch, wenn sie gut gelaunt war. Und nicht zu vergessen: Sie war intelligent und schnell, wie man gestern in der Garage gesehen hatte.

»Also, alle Stämme und Länder, die den Diamanten in Besitz hatten, sind inzwischen untergegangen. Darum haben die Briten die Warnung ernst genommen. Wir wollen unser Königreich noch etwas länger behalten.«

»Woher weißt du das alles?«, fragte sie ihn neugierig.

»Mein Urgroßvater, der sechste Baron de Vesci, war einer der letzten Vizekönige von Indien. Der Koh-i-Noor war eins seiner liebsten Themen.«

Ihr Ausdruck verdunkelte sich. »Muss ich dich jetzt Sir Nicholas nennen?«

Er lachte. »Ich habe keinen Titel, Mike. Mein Großvater ist ein Baron und mein Vater sein Erbe. Ich bin einfach nur DCI Nicholas Drummond. Mit dem Familiengeschäft habe ich sonst nicht viel zu schaffen.«

»Dein Vater arbeitet im Innenministerium, oder? Damit ist er doch wahrscheinlich auch nicht Teil des Familiengeschäfts? Und was für ein Geschäft ist das eigentlich?«

»Schon mal von Delphi Cosmetics gehört?«

Sie blickte ihn erstaunt an. »Soll das ein Scherz sein?«

»Mein Großvater ist sechsundachtzig, aber er hat immer noch jeden Tag Meetings mit dem Geschäftsführer. Er hat sogar meiner Mutter eine Aufgabe im Konzern besorgt, obwohl sie nur eine Amerikanerin aus der tiefsten Provinz ist.«

»Euer Lippenstift ist echt gut.«

Er lachte.

»Gut, also nicht die Kosmetikbranche für dich. Was haben denn dein Vater und dein Großvater gesagt, als du ihnen eröffnet hast, dass du ein Spion werden willst?«

»Ich glaube, mein Großvater hat es als waghalsige, romantische Abenteuerlust abgetan, mein Vater hatte da etwas mehr Einblick und wusste um die dreckigen, teils widerlichen Umstände, unter denen wir oft agieren müssen. Niemand traut niemandem, verdeckte Aktionen, die immer mal wieder schiefgehen, viele Karrieren, die in Tragödien enden …« Seine Stimme verlor sich. Er brauchte einen Moment, bis er weitersprach. »Nun, was ich jetzt mache, ist ähnlich wie das, was du machst. Und ich habe jetzt endlich das Gefühl, etwas Sinnvolles zu tun.«

Er konnte sehen, dass sie noch viele Fragen hatte, aber es reichte ihm erst mal. Er war müde und hatte schon zu viel geredet.

Kapitel 49

Gulfstream des FBI, über dem Atlantik
Freitag, 10:00 Uhr

Sobald die Gulfstream ihre Reisegeschwindigkeit von 850 km/h erreicht hatte, kuschelte sich Mike mit Kissen und Decke in ihren Ledersitz und war sofort eingeschlafen. Nicholas war versucht, es ihr gleichzutun, wollte aber erst noch etwas Arbeit erledigen.

Zuerst hackte er sich in die Datenbank der Universität Edinburgh und suchte die Daten von Victoria Browning heraus. Ihr Eintrag war auch mit einem Bild versehen. Ein junges Mädchen lächelte ihn an, mit klaren, braunen Augen unter einem braunen Ponyschnitt, voller Unschuld und Begeisterung. Das Gesicht einer Studentin, welche die Ketten der schottischen Kleinstadt abgeschüttelt hatte und erwartungsvoll auf das Leben in der großen Stadt blickte. Es war nicht das Gesicht einer international gesuchten Juwelendiebin. Wieder einmal war er verblüfft, wie talentiert sie darin war, ihr Erscheinungsbild zu ändern, zu einem komplett anderen Menschen zu werden.

Er grub tiefer. Zehn Minuten später war er an einem Punkt angekommen, wo er beinahe aufgegeben hätte. Dann aber fand er eine Unstimmigkeit. Die elektronische Datei war erst vor zwei Jahren erstellt worden. Es war natürlich möglich und denkbar, dass die Universität erst zu diesem Zeitpunkt die älteren Studentenakten digitalisiert hatte, aber Nicholas wusste es besser. Er hatte schon vor einiger Zeit einen Fall gehabt, in dem ein Terrorverdächtiger an der Universität Edinburgh studiert hatte. Daher wusste er, dass die Daten aller ehemaligen Studenten bereits seit vier Jahren vollständig digital vorlagen.

Ein erster Treffer.

Jetzt dachte er zurück an die Gespräche mit Victoria Browning im Museum, als sie zusammen den Aufzug genommen und über Kriminalität in der Kunstszene geredet hatten. Sie hatte damals erwähnt, dass sie mit dem Museum Security Network und der Association for Research into Crimes against Art zusammenarbeite.

Wie sich herausstellte, besaß das Museum Security Network eine exzellente Firewall, aber nicht gut genug. Es dauerte etwas, dann hatte er Zugang zu ihren Aufzeichnungen. Hier fand er schnell eine Dr. Victoria Browning. Als er weiterforschte, entdeckte er den ersten Eintrag der Daten. Vor zwei Jahren.

Auch auf der Website der ARCA war sie als Mitglied verzeichnet. Beigetreten vor zwei Jahren.

Er trommelte mit den Fingern auf die Armlehne, während er nachdachte. Er ahnte schon, was jede weitere Untersuchung bringen würde. Ihre Unterlagen waren gut und stimmig, Ausweis, Führerschein, jegliche Identifikation. Alles hielt einer Überprüfung stand, jedoch wiesen alle diese Unterlagen dasselbe Manko auf: Victoria Browning existierte erst seit zwei Jahren. Nicholas fragte sich, ob das bedeutete, dass sie diesen Plan schon seit zwei Jahren verfolgte, oder ob es vielmehr hieß, dass sie nicht alleine arbeitete. Dass sie vielleicht einen Partner hatte, einen meisterhaften Hacker, der für sie die digitale Drecksarbeit übernahm. Sie konnte schließlich nicht alles alleine können, sie war auch nur ein Mensch, nicht Wonder Woman. Oder vielleicht nutzte sie einen externen Auftragnehmer, bei dem sie ihre

Identitäten einkaufte. Es war ein interessanter Gedanke, aber einer, den er später würde verfolgen müssen.

Er legte einen groben Ablaufplan an, der mit dem Diebstahl endete. Man konnte wohl mit hoher Wahrscheinlichkeit davon ausgehen, dass der Plan schon seit gut zwei Jahren ausgearbeitet und verfolgt wurde, vielleicht sogar länger. Elaine zufolge war die Ausstellung »Juwel des Löwen« aber erst vor einem guten Jahr beschlossen worden.

Er rief einen Freund an, Miles Herrington, der im Sekretariat der Königin im Buckingham Palace arbeitete. Und der auch die zweifelhafte Ehre hatte, der Schwiegersohn von Hamish Penderley zu sein. Nicholas kannte ihn gut genug, um darauf zu vertrauen, dass er diskret vorgehen würde – sowohl was sein Problem betraf, als auch damit, seinem Schwiegervater nichts von dem Anruf zu erzählen.

Miles ging sofort dran. »Drummond, du alter Hund! Sag schon, hast du den Koh-i-Noor schon zurück?«

»Noch nicht, Miles, aber ich arbeite daran.«

»Versuch ihn bitte in die Finger zu bekommen, ehe wir noch offiziell Amerika den Krieg erklären müssen. Und warte mal einen Augenblick, ich hole schnell den Lord Chamberlain an den Apparat, er redet schon die ganze Zeit von seinen Plänen, dich vierteilen und in Öl sieden zu lassen, sobald du wieder da bist.«

»Und ich freue mich auch, deine Stimme zu hören, Miles.«

»Komm schon, du steckst mittendrin im Skandal des Jahrhunderts, und nach dem, was ich gehört habe, war es auch noch deine eigene Entscheidung. Da kannst du doch hoffentlich kein Rosenbett erwarten, wenn du hier aufschlägst.«

»Ist mir auch klar«, bestätigte Nicholas. Also hatte Penderley erzählt, dass er seinem Befehl nicht nachgekommen war. Das war nicht gut. »Miles, ich fliege gerade nach Paris, um den Dieb hoffentlich bei der Übergabe des Edelsteins zu überraschen. Hast du schon mal vom Fuchs gehört?«

»Ich nehme mal an, du meinst nicht den aus der Geschichte mit dem Igel?«

»Falscher Fuchs, aber das ist jetzt nicht so wichtig. Sag mal, wann genau habt ihr den Plan mit den Amis ausgemacht, die Kronjuwelen nach New York zu schicken?«

»Moment, da muss ich nachdenken. Wir waren mitten in den Planungen für das Jubiläum der Königin, das Met hat uns damals kontaktiert für eine einmalige Sonderausstellung. Das muss vor knapp zwei Jahren gewesen sein. Für das genaue Datum müsste ich nachschlagen.«

»Ich wäre dir dankbar dafür. Ich brauche eine Liste von allen, die damals in den Plan eingeweiht waren. Jeder, der schon damals hätte wissen können, dass der Koh-i-Noor außer Landes gehen wird.«

»Und wofür?«

»Es gab eine undichte Stelle, jemand wusste von den Verhandlungen und hat diese Information weitergegeben.«

Miles schien schockiert. »Du meinst doch nicht, dass einer von meinen Leuten da mit drinsteckt?«

»Es muss schon jemand gewesen sein, der in den ersten Gesprächsrunden dabei war, ja. Aber ob die Informationen absichtlich weitergegeben wurden oder nicht, ist noch unklar. Auf jeden Fall hat einer der meistgesuchten Juwelendiebe der Welt davon gehört, dass die Kronjuwelen in die Staaten gehen. Und den Rest kannst du dir ausrechnen.«

»Verfluchte Tat. Gut, ich stelle dir die Liste zusammen.«

»Danke dir, Miles. Und beeile dich bitte, ja?«

Dann legten sie auf. Jetzt konnte es schnell gehen, hoffte er zumindest. Er warf einen Blick auf Mike, die wie eine Tote schlief. Nur zwei Minuten später tat Nicholas es ihr gleich.

* * *

Mike fuhr abrupt aus dem Schlaf auf. Sie hatte geträumt, dass sie Timmy verfolgte, bereit, ihm eine Ohrfeige zu verpassen, weil er ihren Tennisschläger gestohlen hatte. Aber sie konnte ihn einfach nicht einholen. Sie hoffte, dass das kein Omen war. Sie richtete sich in ihrem Sessel auf und streckte sich.

Neben ihr begann Nicholas sich zu rühren. Als er aufwachte und sie erblickte, grinste er strahlend. »Ich habe Neuigkeiten.«

»Ach, wirklich? Eine Vision im Traum?«

»Nicht ganz.« Er berichtete ihr davon, dass die Identität ›Victoria Browning‹ erst zwei Jahre alt war. Den Teil, wie er sich in die Aufzeichnungen der Universität Edinburgh gehackt hatte, überging er beiläufig. Wobei sie natürlich ahnte, wie er an seine Informationen gelangt war. Er las es in ihren Augen ab, ebenso aber auch, dass sie es ihm für diesmal noch stillschweigend würde durchgehen lassen.

Sie stand auf und holte zwei Flaschen Wasser und einige Sandwiches zum Frühstück.

Das Schinken-Sandwich war eins der besten, die er je gegessen hatte – oder er war halb verhungert. Mike schien es ähnlich zu gehen, sie war schon bei ihrem zweiten Sandwich mit Ei und Salat.

»Also, wie gesagt, die Identität Victoria Browning ist erst zwei Jahre alt, das war ganz zu Anfang der Verhandlungen, den Koh-i-Noor nach Amerika zu bringen. Lange bevor Elaine überhaupt davon wusste. Wer auch immer der Drahtzieher ist, er oder sie hat Kontakte ganz weit oben in der Regierung.«

»Aber es ist immer schwer, Geheimnisse zu bewahren, Nicholas, vor allem bei etwas dieser Größenordnung.«

»Gut, das stimmt auch. Gehen wir mal davon aus, dass der Fuchs einbezogen wurde, sobald es danach aussah, dass der Stein ins Met geschickt würde. Sie erstellte sich also die Identität Browning, kam nach Amerika und wurde im Met angestellt.

Hat sich dort eingenistet, wo sie später den Stein stehlen würde. Das ist für sie typisch.«

»Wer ist sie also? Wonder Woman?«

Er musste grinsen. »Ja, der Gedanke war mir auch schon gekommen. Aber mal ernsthaft, ich frage mich wirklich unentwegt, wer sie wirklich ist und wer sie angestellt hat. Wir haben Paris, London, New York. Einen Plan, der mindestens zwei Jahre Vorlaufzeit hatte. Zu viele Fäden, zu viel Zeit vergangen. Aber irgendwie müssen wir da Ordnung reinbringen.« Damit stand er auf und marschierte im Flugzeug auf und ab, versuchte, sich auf der kleinen Fläche die Beine zu vertreten und ließ seine Schulter dabei kreisen. Besser, eindeutig besser.

Er kam an dem kleinen Kühlschrank der Bordküche vorbei und nahm sich noch eine Flasche Wasser. »Bisher bin ich so weit: Elaines Laptop muss Details zu den Sicherheitsmaßnahmen des Museums enthalten haben. Sozusagen die Blaupausen, die für den Diebstahl genutzt wurden.«

»Und? Browning hat doch auch im Museum gearbeitet, die müsste doch ebenfalls zu allem Zugriff gehabt haben. Wofür hätte sie dann Elaines Laptop gebraucht?«

»Eben. Hätte sie nicht.«

»Und doch hat ihn jemand aus Elaines Appartement gestohlen. Jemand, für den er wichtig war. An wen denkst du?«

»Am ehesten Andrei Anatoly«, meinte Nicholas. »Er wollte den Diamanten. Elaine wollte ihm nicht helfen, also hat er sie getötet und sich selbst geholfen.«

»Aber Elaine hat sich Sorgen um ihre Sicherheit gemacht, hat einen Bodyguard gesucht. Es mag zwar möglich sein, dass sie einfach nicht wusste, dass Kochen früher für Anatoly gearbeitet hat, aber sie kommt mir eigentlich nicht wie eine sorglose oder dumme Frau vor. Ich denke eher, dass sie ganz genau wusste, wen sie da angestellt hat. Denk dran, Nicholas, sie hat Bo nichts von der Bedrohung erzählt, was immer es auch war.«

Irgendwie schloss sich der Kreis hier wieder. Was Mike auch direkt ausführte. »Womit wir erneut bei dem logischen Schluss ankommen, dass sie irgendwie mit dringesteckt haben muss.«

Nicholas trank den letzten Rest Wasser und setzte sich. »Ich glaube, wir brauchen hier ein bisschen Hilfe.«

Er zog sein Handy aus der Tasche und rief in New York an. »Savich? Drummond hier. Ich hatte gehofft, dass MAX heute vielleicht Lust auf etwas Recherchearbeit hat.«

Kapitel 50

»Ich habe schon gehört, dass ihr unterwegs nach Paris seid«, meinte Savich. »Ehe du weiterredest, lass mich erst mal berichten, was es bei mir Neues gibt.«

Nicholas hörte, wie das Handy abgelegt und auf Lautsprecher geschaltet wurde, während Savich sich dem Computer zuwandte. »Ich bin die Akten durchgegangen, die Interpol zu diesem Fuchs angelegt hat. Es existieren Ermittlungen zu mindestens zehn Diebstählen in den letzten zehn Jahren, und das sind nur die, wo man sicher ist, dass es wirklich der Fuchs war. Man kann aber davon ausgehen, dass sie schon vorher aktiv war. Bisher war kein Versuch, ihre Identität aufzuspüren, erfolgreich. Ich denke, der vielversprechendste Ansatz wäre die Zahlung. Wenn man rausfinden könnte, woher jeweils das Geld für die gestohlenen Objekte kam …« Savichs Stimme verlor sich, im Hintergrund hörte man ihn eifrig tippen.

Schön, wenn jemand ähnlich denkt. Das war exakt das, worum er Savich eigentlich hatte bitten wollen. Das Tippen verebbte.

»Es müsste doch herauszufinden sein, wer die jeweiligen Stücke gekauft hat«, führte Nicholas den Gedanken weiter. »Zumindest bei den Fällen, wo die Kunstwerke oder Juwelen später wiedergefunden wurden. Es waren ja eigentlich alles recht aufsehenerregende Fälle.«

»Ich lege erst mal ein geografisches Profil an, in dem ich die Daten der Diebstähle und die jeweils bekannten Tatorte in Beziehung setze. Über das Profil können wir dann ihren Bewegungen folgen und mit größeren oder auffälligen Geldtransfers in der jeweiligen Region abgleichen. Wenn wir dabei Treffer erzielen, können wir daraus ihre letzten Geldgeschäfte ableiten und vielleicht sogar ihren aktuellen Geldgeber bestimmen.«

»Das wäre genau das, was wir jetzt brauchen.«

»Wenn du irgendwelche neuen Informationen findest, schick sie mir bitte sofort. Ich füge dann alles dem Profil hinzu. Je mehr Daten wir haben, desto wahrscheinlicher, dass wir einen Bezug aufspüren, der dir die richtige Richtung weist.«

»Ich habe da noch eine Sache. Du bist ja schon in den Daten, die Interpol über den Fuchs hat. Kannst du bitte überprüfen, ob du da Verbindungen zu Personen aus Indien, Pakistan oder dem Iran findest? Vielleicht hat dieser Diebstahl einen kulturellen Hintergrund. Wer auch immer den Fuchs angestellt hat, verfügt über beachtliche Geldreserven und nicht gerade wenig Geduld. Da steckt noch mehr dahinter, das spüre ich einfach.«

»Instinkte sind nie verkehrt«, stimmte Savich zu. »Ich melde mich, sobald MAX was für uns hat.«

»Danke, Savich, und grüß Sherlock nett von uns.«

Er legte auf, schickte die E-Mail mit seinen neusten Erkenntnissen ab und wandte sich Mike zu, die aber auch gerade am Telefon war und einen Finger hob, um ihm Einhalt zu gebieten. Sie gab einige kurze Antworten am Telefon und machte eifrig Notizen.

Einen Moment später war Mike so weit. »Die Fingerabdrücke, die Browning für die Hintergrundüberprüfung im Met hinterlegt hat, waren Fälschungen. Kein Bezug zu der fabrizierten Identität Browning.«

Nicholas war nicht überrascht. »Wahrscheinlich hat man festgestellt, dass die Fingerabdrücke vor zwei Jahren in der Datenbank des polizeilichen Erkennungsdienstes hinterlegt wurden, oder? Und warum grinst du so?«

»Browning war wirklich sehr gründlich, was ihr Büro angeht. Louisa hat alles untersucht, aber keinerlei hilfreiche Hinweise entdeckt – keine Fingerabdrücke, keine DNS, keine Aufzeichnungen oder persönlichen Gegenstände. Aber es ist eigentlich undenkbar, dass jemand so lange in einem so aktiven Büro arbeitet und wirklich überhaupt keine Spuren hinterlässt. Also hat Louisa weitergeforscht: Sie hat in einem Besprechungsraum einen Stift gefunden, der laut den anderen Mitarbeitern Victoria Browning gehört hat und an dem sich leichte Bissspuren fanden. Und – ta-daa! Volltreffer! Unsere Dr. Browning hat wohl die schlechte Angewohnheit, beim Nachdenken an Stiften zu kauen, und hatte diesen einen Stift offensichtlich völlig vergessen. Nicholas, wir haben Spuren von ihrer DNS!«

»Richte Louisa Lob und Dank aus. Aber wenn ihre DNS noch nicht in der Datenbank ist, bringt uns das nicht wirklich weiter. Außer natürlich, wir schnappen sie.«

»Was nur eine Frage der Zeit ist«, wandte Mike ein. »Du hast bestimmt recht, aber wir können noch viele andere Informationen von der DNS erhalten. Wir können ihre Augenfarbe und die Abstammung ihrer Vorfahren herauslesen. Und durch Umkehr der Mitochondrien können wir nach eventuellen Familienmitgliedern suchen. Louisa meinte, dass wir die Ergebnisse innerhalb von vierundzwanzig Stunden erwarten können.«

»Sehr schön. Noch mehr?«

Er sah ihr zu, wie sie ihren Zopf löste, durch die Haare strich und mit schnellen und geübten Handgriffen den Zopf neu band. »Gray lässt ausrichten, dass er in der Aufnahme aus der Boutique etwas gefunden hat. Am Morgen des Tages, an dem Elaine ermordet wurde, hat ein merkwürdiger Mann das Haus betreten. Sie haben alle Bewohner des Hauses befragt, niemand konnte ihn identifizieren.«

»Ganz sicher ein Mann? Es kann also nicht Victoria Browning in Verkleidung gewesen sein?«

Sie schüttelte den Kopf. »Nein, unmöglich. Er war zu groß und zu dünn. Es ist ziemlich sicher, dass wir damit eine Aufnahme unseres Mörders haben. Und noch mehr. Du erinnerst dich, dass Grays Ex-Freundin bei der NSA arbeitet? Mit ihrer Hilfe konnten wir das Handy finden, von dem aus sie dich angerufen hat. Wie erwartet, eine tote Spur, sie hat das Handy direkt nach dem Anruf in den Hudson River geworfen. Gray hatte aber einen Geistesblitz. Es geht um das Handy, das sie benutzt hat: Solche Geräte kann man in jedem Supermarkt kaufen, oft sogar in Zweierpackungen. Also hat er weitergeforscht und tatsächlich ein Handy gefunden, dessen Seriennummer nur eine Stelle von dem Handy aus dem Hudson abweicht, und von dem in der Nacht nach dem Raub ein Anruf getätigt wurde. Das Handy war zu dem Zeitpunkt mitten über dem Atlantik.«

»Browning?«

»Der Zeitpunkt stimmt. Sie haben die Nummer geprüft, die sie angerufen hat, aber niemand hat abgenommen. Sie hat zweimal in einer Stunde angerufen, ohne Antwort.«

Er lehnte sich im Sessel zurück, rieb sich das Kinn und starrte gerade vor sich hin. Langsam rotierte er die Schulter, die Beweglichkeit schien allmählich zurückzukommen. Er bräuchte eine Rasur. Nicht, dass das jetzt Priorität hätte. Mike meinte sogar, dass er mit den Stoppeln noch verwegener aussähe. Im

Sinne von »Komm mir nicht blöde oder ich beiß dir den Kopf ab«.

Plötzlich sprang er auf. »Natürlich! Sie hat also doch einen Partner. Der Computerexperte, der die Identitäten erstellt hat – er muss mit ihr zusammenarbeiten.«

Sie wollte ihm nicht den Enthusiasmus rauben, aber sie mussten objektiv bleiben. »Möglich, aber vielleicht hat sie auch einfach nur den Kunden angerufen, um ihn zu informieren, dass die Ware auf dem Weg ist.«

»Aber warum sollte der Kunde nicht drangehen? Vor allem, wenn er seit zwei Jahren auf diesen Anruf wartet.«

»Und warum sollte der Partner nicht abnehmen?«

Frustriert ließ er sich wieder in den Sessel fallen. »Ich weiß auch nicht. Aber für einen Job dieser Größenordnung muss sie einfach Unterstützung gehabt haben. Es kommt nur sehr selten vor, dass ein Dieb, oder auch ein Meuchelmörder, komplett ohne Helfer agiert. Jemand, der mögliche Aufträge überprüft, das Finanzielle handhabt, solche Sachen. Es wäre also nur logisch, wenn sie noch jemanden im Hintergrund hätte, jemand, dessen Identität sie um jeden Preis geheim halten will.«

»Aber du selbst hast doch gesagt, dass nichts in ihrem Hintergrund darauf hinweist, dass sie mit einem Partner arbeitet. Dass der Fuchs dafür bekannt ist, alles alleine durchzuziehen.«

»Und ich habe auch schon zugegeben, dass ich mich gelegentlich irre.«

»Dann müssen wir herausfinden, wer und wo dieser Partner ist«, schlussfolgerte Mike. »Wir können es uns nicht erlauben, wieder überrascht zu werden.«

Er lehnte sich über den Gang zwischen den Sitzreihen und klatschte ihr die Hand aufs Knie. »Weißt du, ich glaube, ich muss dir Agent Wharton klauen. Er scheint sein Geld wert zu sein.«

»Ohne Kampf bekommst du ihn nicht. Er ist einer der Besten im FBI.«

In dem Moment klingelte ihr Telefon wieder.

»Zachery«, bemerkte sie und schaltete den Anruf auf Lautsprecher.

Zachery klang aufgeregt. »Mike, lass den Piloten den Kurs ändern. Der Fuchs ist nicht in Paris. Agent Wharton und seine Kontakte bei der NSA haben Glück gehabt. Per Satellitenbild haben sie alle Flughäfen in Europa ausgekundschaftet, die innerhalb der Reichweite einer Gulfstream liegen. Ein Flugzeug mit der passenden Nummer steht auf einem privaten Flugfeld in Megève. Das ist eine kleine Stadt in Frankreich, nahe der Schweizer Grenze. Die französischen Behörden haben den Piloten in Gewahrsam genommen. Unsere Zielperson befindet sich auf dem Weg nach Genf.«

Kapitel 51

Megève, Frankreich
Freitag, 12:20 Uhr

Kitsune verschlief Anflug und Landung komplett, was vielleicht auch besser so war. Der Flughafen von Megève lag tief in den Alpen. Die letzten Minuten vor der Landung boten einen atemberaubenden Blick auf den majestätischen Mont Blanc, doch je näher man kam, desto mehr wirkte es, als ob das Flugzeug jeden Augenblick an einer der Felswände zerschellen würde. Bis man schließlich eine letzte Biegung flog und auf der winzigen Landebahn aufsetzte.

Sie erwachte, als die Räder auf dem Beton griffen und die Maschinen per Schubumkehr abbremsten. Ein ausgiebiges Gähnen und Strecken später suchte sie sich ihren warmen Mantel aus der Tasche. Draußen war es kalt, sie konnte die schneebedeckten Alpen sehen, weiß wie Baumwolle vor dem azurblauen Himmel.

Der Pilot ließ die Maschine ausrollen und kam aus dem Cockpit.

»Benötigen Sie meine Dienste heute noch?«

Sie wog es einen Augenblick ab. Eigentlich hatte sie ihn direkt weiterschicken wollen, aber es wäre vielleicht nicht verkehrt, ein Flugzeug als Rückzugsmöglichkeit für alle Fälle in der Hinterhand zu haben.

»Laufen Sie gerne Ski?«

»Ja, Mademoiselle.«

Sie schenkte ihm ein bezauberndes Lächeln. »Ich brauche einen Tag. Genießen Sie die Abfahrt. Wir treffen uns hier am Sonntagmorgen um sechs Uhr, seien Sie pünktlich.«

Damit ging sie die Stufen hinab zu dem Wagen, der direkt an der Landebahn auf sie wartete. Eine schwarze Limousine, Mercedes, wie bestellt. Der Fahrer hielt ihr die Tür auf.

Als sie eingestiegen war, setzte er sich hinter das Lenkrad. »Wir sind in einer Stunde in Genf, Mademoiselle«, erklärte er auf Französisch.

Die Abtrennung zwischen Fahrer und Fahrgastkabine fuhr hoch, sie schaltete die Lautsprecher stumm. Dann wählte sie erneut Mulvaneys Nummer.

Keine Antwort. Sie legte auf und ließ das Handy in den Schoß sinken. Zu ihrer Rechten floss die Arve, die Straße folgte dem Verlauf des Flusses. Das frische Gletscherwasser gab dem Fluss eine gespenstisch grüne Färbung. Das Bild sah irgendwie falsch aus und trug nicht wirklich dazu bei, ihre eigene innere Stimmung zu heben. Dreimal hatte sie Mulvaney jetzt angerufen. Dreimal hatte er nicht abgenommen. Ihr war klar, was das bedeutete. Er war entweder tot oder gefangen.

Der Gedanke daran schnürte ihr die Gedärme zusammen, doch sie zwang sich, ihre Sorgen beiseitezuschieben. Sie konnte es sich jetzt nicht leisten, sich ablenken zu lassen. Sie hatte noch einen Auftrag auszuführen, musste den Diamanten zu Saleem Lanighan bringen und sicherstellen, dass sie ihre Bezahlung ordnungsgemäß erhielt. Wieder erschien ihr Mulvaney vor ihrem inneren Auge, warnte sie, dass dieser Lanighan nicht dieselbe Art Mensch sei, wie sein Vater es gewesen war. Saleem war niemand, der seine Lektionen schnell lernte. Man konnte dem

Sohn nicht einfach so vertrauen und sollte ihn bestimmt nicht auf die leichte Schulter nehmen.

Sie würde besondere Vorsichtsmaßnahmen für die Übergabe treffen müssen. Sobald sie sich sicher war, dass er sie nicht betrügen würde, könnte sie ihm den Schlüssel zu dem Schließfach geben, in dem sie den Stein deponiert haben würde. Es würde ihm nicht gefallen, aber es war der sicherste Weg für sie.

Und dann war da noch die Frage, wo Drummond steckte. Sie ahnte, dass er nicht weit sein konnte. Und vielleicht sogar näher kam.

Sie nahm einige Anpassungen an Haar und Kleidung vor und blickte aus dem Fenster. In der Entfernung sah sie den Wasserstrahl des Jet d'Eau in die Höhe schießen. Ein wundervoller Anblick, die Fontäne mitten im Genfer See.

Sie warf einen Blick auf ihre Uhr. Sie war ideal im Zeitplan. Genug Zeit bis zum Treffen mit Lanighan. Sie war froh, dass sie vorsichtig genug gewesen war, Ort und Zeit für die Übergabe zu codieren. Selbst wenn Drummond ihr auf der Spur war, würde diese Spur nach Paris führen, nicht nach Genf.

Ein leichtes Lächeln huschte über ihr Gesicht, als sie sich Drummond mitten im Kreisverkehr um den Arc de Triomphe vorstellte. Es war vielleicht etwas kindisch von ihr gewesen, dem FBI mitten während des Diebstahls den codierten Ort zu verraten, aber ein bisschen Spaß musste sein, wenn man schon gegen die nach eigener Einschätzung beste Polizei der Welt antrat.

Wenn sie ehrlich war, machte sie sich aber mehr Sorgen wegen Drummond als wegen Lanighan. Vielleicht sollte sie doch noch ein paar Hindernisse einbauen. Nur für den Fall.

Der Fahrer folgte ihren Instruktionen auf den Punkt. Nur knapp über eine Stunde nachdem sie Megève verlassen hatten, hielt der Wagen am Place de la Fusterie, direkt vor der Filiale der Deutschen Bank.

Kitsune stieg aus und entließ den Fahrer, von hier würde sie alles zu Fuß erreichen können. Dann trat sie in die Bank. Sie hielt sich nicht lange auf, sondern schritt auf direktem Weg durch die Halle und verließ das Gebäude auf der anderen Seite wieder. Es waren nur etwa zehn Minuten zu Fuß bis zur Basilika Notre-Dame. Sie ließ sich Zeit, nahm nicht den direktesten Weg, betrachtete das eine oder andere Schaufenster, um sicherzugehen, dass ihr niemand folgte.

Der Tag war kalt und klar, die Stadt um sie herum von geschäftigem Leben erfüllt. Sie war schon immer gerne nach Genf gekommen, selbst im Winter, wenn der Wind das Wasser des Sees über das Ufer treibt und die Boote und sogar Autos und Promenaden mit einer dichten Eisschicht überzieht.

Bei der Basilika angekommen, wandte sie sich wieder in Richtung des Sees und betrat kurze Zeit später die noble Eingangshalle der Bank Horim.

Nachdem sie hier alles erledigt hatte, widmete sie sich noch einer weiteren kleinen Formalität und war eine halbe Stunde später wieder am Seeufer, am Quai du Mont-Blanc. Sie hatte immer noch Zeit, also gönnte sie sich einen Espresso im Hotel de la Paix, um die Kälte abzuschütteln.

Es war fast geschafft. Sobald das Geld eingegangen und sorgfältig auf diverse andere Konten transferiert war, konnte sie zurück nach Bern, ihre blauen Augen wiederherstellen lassen, und dann nach Capri, zu Mulvaney. Sie wollte nicht daran glauben, dass ihm etwas zugestoßen war, ein Unfall oder ein Herzanfall oder Ähnliches. Nein, alles würde gut sein, er würde sie mit seinem üblichen Lächeln und einem Glas seines geliebten Capri Falanghina begrüßen. Sie würden bald wieder vereint sein und zusammen über ihre Abenteuer in New York lachen.

Bei dem Gedanken musste sie unweigerlich an Grant Thornton denken. Wenn alles vorbei war, vielleicht, ja, vielleicht, würde sie ihm einen Besuch abstatten. Mulvaney würde es gar nicht gefallen, es ging gegen alles, was er ihr beigebracht hatte. Aber es war ihr Leben, sie traf ihre eigenen Entscheidungen. Ob sie damit zu viel forderte? Wahrscheinlich. Aber bei dem Gedanken an ihn schlich sich ein Lächeln auf ihre Lippen.

Fünf Minuten später hatte sie den Espresso ausgetrunken. Es war Zeit.

Kapitel 52

Genf, Schweiz
Freitag, 13:25 Uhr

Saleem reiste mit gefälschtem Pass unter dem Namen Rolph Heyer. Da die Grenzkontrollen weniger streng waren als die Sicherheitsbeamten an den Flughäfen, fuhr er mit dem Auto zum Treffen.

Kurz vor der Grenze hatte sich ein Stau gebildet, der Verkehr lief zähflüssig, teilweise kam es zum kompletten Stillstand. Saleem ließ das Fenster aufgleiten und genoss die kühle Luft. Er fühlte sich gut. Er war nah an seinem Ziel. So nah.

Als man ihn um seine Papiere bat, lächelte er freundlich. Es ging immer nur darum, was für einen Eindruck man machte. Er war entspannt und selbstbewusst, es gab auch nichts, was er fürchten müsste. Niemand konnte sein Gesicht mit jeglichen kriminellen Aktivitäten in Verbindung bringen. Rolph Heyer war ein ehrbarer Geschäftsmann, vorsichtig und vorausschauend und vollkommen gesetzestreu.

Kurze Zeit später war der Pass eingescannt, der Wagen einer kurzen Blickprüfung unterzogen. Rolph Heyer durfte weiterfahren.

Der Rest der Fahrt verlief ohne weitere Zwischenfälle, sodass er nach etwas mehr als vier Stunden auf der Straße Genf erreichte. Sein Handy klingelte. Colette. Endlich.

»Ich hoffe, es sind gute Nachrichten.«

»Sind es, Sir. Der Anruf ist gekommen. Das Paket ist unterwegs.«

Er entspannte sich. »Sehr schön. *Merci*, Colette.«

»Sie sollten mir nicht zu früh danken, Sir. Wir haben Rathbone verloren.«

»Wurde er geschnappt oder getötet?«

»Er ist tot, Sir. Mir wurde gesagt, dass es unmöglich gewesen sei, den Körper mitzunehmen. Es wird aber auch niemand seine Identität bestimmen können, weil er noch nie irgendwo aktenkundig geworden ist, weder in Europa noch in den Vereinigten Staaten. Er ist also keine Belastung.«

Lanighan seufzte. Rathbone war immer einer seiner liebsten Helfer gewesen, tödlich wie eine Klapperschlange und doppelt so schnell, dabei aber auch intelligent, er hatte sich noch nie erwischen lassen. Er war schon seit vielen Jahren in Saleems Diensten und hatte stets jeden Befehl ausgeführt, ohne zu fragen.

»Ein schrecklicher Verlust. Aber das ist der Preis, den wir zahlen müssen. Viele Leben sind bereits der Suche nach dem Koh-i-Noor geopfert worden. Wir werden seiner als Held gedenken.« Nach diesem Nachruf verschärfte sich sein Ton schlagartig. »Also, wohin wird das Paket geliefert?«

»Ins Lagerhaus in Gagny.«

Zufrieden beendete er das Gespräch.

Es stand zu viel auf dem Spiel, als dass er das Risiko eingehen konnte, von Kitsune ausgetrickst zu werden. Zu viel Geld, zu viele Unwägbarkeiten. Sie war nachlässig geworden, das FBI war ihr auf der Spur, seit sie Amerika verlassen hatte. Wahrscheinlich war sie zu arrogant gewesen, hatte unbedingt beweisen müssen, dass der legendäre Fuchs besser war als die beste Polizei der Welt.

Lanighan war ein geduldiger Mann. Ja, er konnte sehr lange warten. Die Macht, die er erlangen würde, war es wert. Aber er musste auch vorsichtig sein und durfte keine Risiken eingehen, vor allem nun, wo nun noch mehr Variablen ins Spiel kamen.

Er hatte sich ein Zimmer im Beau-Rivage genommen, direkt am Genfer See mit Blick auf den Jet d'Eau, wie im Plan vorgesehen. Jetzt stand er auf dem Balkon seiner eleganten Suite und sah der riesigen Fontäne zu, die fast hundertfünfzig Meter in die Luft gestoßen wurde.

Es waren nur noch ein paar Stunden bis zu seinem Treffen mit Kitsune. Sie war inzwischen bestimmt auf dem Weg nach Genf, schon bald würde er das Juwel des Löwen in der Hand halten. Er zitterte vor Erregung bei dem Gedanken an das, was dann kommen würde.

Er schloss die Tür zum Balkon und bestellte sich Raclette und Champagner aufs Zimmer, dann gönnte er sich eine Dusche mit brennend heißem Wasser. Er kleidete sich an und trat wieder auf den Balkon, um einen Cocktail zu genießen, während er wartete.

Der Mont Blanc glänzte in der Entfernung und Saleem konnte einen dieser seltenen Momente des Friedens genießen. Er war alleine, die Erfüllung seines Lebenstraums war zum Greifen nah. Und er hatte eine Absicherung, dass die Übergabe des Koh-i-Noor glatt und erfolgreich ablaufen würde, sogar zu einem deutlich niedrigeren Preis als vereinbart.

Als sein Vater gestorben war, gab es ihm innere Ruhe, dass sein Sohn die Mission fortführen würde, wie auch sein Vater zuvor die Aufgabe von seinem Großvater übernommen hatte. Er selbst hatte Saleem empfohlen, den Fuchs zu beauftragen. Erneut fragte sich Saleem, wie schon so oft in den letzten zwei

Jahren, warum sein Vater ihm nie erzählt hatte, dass der Fuchs eine ebenso schöne wie ruchlose Frau war.

Aber das spielte jetzt keine Rolle. Er war tot und konnte keine Antworten mehr geben.

Das Versprechen der Macht, welche der Stein mit sich bringen würde, war für Saleem nicht nur eine alte Legende, er wusste, dass die Macht wirklich war. Er war der Löwe. Und bald schon würde er den berühmten Koh-i-Noor in der Hand halten und alles, was er je gewollt hatte, würde endlich ihm gehören. Nichts würde ihn aufhalten können. Er spürte es mit jeder Faser seines Körpers.

Kapitel 53

Gulfstream des FBI, über Frankreich
Freitag, 14:25 Uhr

»Die Schweiz, Sir?«, fragte Mike.

»Ja, wir hatten Glück. Die Franzosen hatten gerade einen Satelliten über dem Gebiet, wir haben eine klare Aufnahme. Die Gesichtserkennung hat sie als den Fuchs erkannt, auch wenn ich zugeben muss, dass ich selbst sie nicht erkannt hätte, kaum noch Ähnlichkeit mit Victoria Browning. Sie hat jetzt kurze, schwarze Haare und scheint irgendwie auch kleiner zu sein. Fragt mich nicht, wie sie das geschafft hat.«

Er machte eine kurze Pause und schlug Informationen nach. »Der Wagen, der sie abgeholt hat, war ein schwarzer Mercedes. Sie haben die A40 Richtung Schweiz genommen, dann die A411 nach Genf. Das Kennzeichen war unkenntlich, aber der Satellit hat den Wagen eine Stunde später in der Stadt aufgenommen. Er hat sie vor der Deutschen Bank im Stadtzentrum abgesetzt und ist dann wieder gefahren. Die Genfer Polizei sucht nach ihm, aber wahrscheinlich weiß er auch nicht mehr als der Pilot. Es scheint, als ob sie für jeden Auftrag neue Helfer anheuert, statt jeweils auf vertraute Kontakte zurückzugreifen.«

»Für jemanden wie sie ist das auch sicherer«, merkte Nicholas an. »Auf die Art kann niemand einen ihrer Vertrauten überreden oder zwingen, die Seiten zu wechseln. Haben wir noch Aufnahmen, wo sie nach der Bank hingegangen ist?«

»Nein, wir stehen mit der Genfer Polizei in Kontakt, um Zugang zu den Überwachungskameras zu bekommen, aber bisher haben wir noch nichts Brauchbares. Wir wissen bisher nur, dass sie sich noch in der Stadt aufhält.«

Zacherys Tonfall zeigte an, dass sie vorerst nichts Weiteres zu berichten hatten. »Sobald ihr in Genf landet, wird euch ein Agent in Empfang nehmen. Sein Name ist Pierre Menard, er gehört zu fedpol. Ihr könnt auf ihn zählen, er ist eine echte Bulldogge und hat ein Faible für Amerikaner. Mike, ich habe dir eben seine Nummer auf dein Handy geschickt. Er weiß Bescheid, dass du anrufst.«

»Ich melde mich bei ihm. Wir fahren dann direkt zur Bank, sobald wir angekommen sind. Vielleicht können wir ja herausfinden, was sie dort wollte oder ob sie etwas dagelassen hat. Ich melde mich wieder, sobald wir gelandet sind.«

Sie legte auf und drückte den Knopf für die interne Kommunikation. »Änderung des Flugziels. Wir müssen nach Genf, in die Schweiz. Wie lange brauchen wir dahin?«

»Einen Moment, Agent Caine. Ich gebe den neuen Flugplan ein und melde mich in fünf Minuten wieder.«

Mike ließ den Knopf los und wandte sich Nicholas zu. »Genf?«

»Beste Banken der Welt.«

»Was meinst du, was sie vorhat?«

»Vielleicht hat der Käufer das Geld auf ein Schweizer Konto eingezahlt und sie muss persönlich unterschreiben?«

»Dann ist sie wahrscheinlich schon lange weg, ehe wir eintreffen«, bemerkte Mike enttäuscht.

»Sei nicht so pessimistisch. Sie hat alles vorherberechnet, hat den Anruf mit voller Absicht gemacht, um uns auf eine falsche Spur zu locken. Und trotzdem sind wir hier, ihr dicht auf den Fersen. Wir bekommen sie schon.«

»Meinst du, sie hat mit dem Käufer vorher bestimmte Übergabecodes ausgemacht? Sowas wie ›Treffen mittags am Arc de Triomphe‹ bedeutet ›Genf um acht Uhr abends‹?«

Er nickte. »Ich denke, genau so wird es sein.«

Mike gab es nicht gerne zu, aber so langsam entwickelte sie einen gewissen Respekt vor Browning. »Sie denkt wirklich an alles.«

»Und wir hatten verdammt viel Glück bisher, dass wir ihre Spur hier gefunden haben. Sie wusste natürlich, dass wir sie früher oder später aufspüren werden, aber sie hat bestimmt nicht damit gerechnet, dass wir so schnell sein würden. Also sollten wir das Überraschungsmoment haben. Das letzte Mal haben wir sie unterschätzt. Das nächste Mal müssen wir besser vorbereitet sein.«

Mit einem Knacken ertönte wieder die Stimme des Piloten über den Lautsprecher. »Wir sind unterwegs nach Genf, Agent Caine. Landung in weniger als zwei Stunden.«

Mike drückte wieder den Knopf und bestätigte. »Roger und danke.« Dann nahm sie ihr Handy hervor und suchte die letzte Nachricht von Zachery raus. »Hattest du schon mal mit fedpol zu tun?«

»Mit der Schweizer Bundespolizei? Ja, mehr als einmal, mit gemischtem Erfolg. Interpol wäre zwar eigentlich die bessere Adresse, aber die sind anders aufgebaut als das FBI. Interpol hat keine operativen Agenten, die herumreisen und Verbrecher jagen, das ist eher eine Organisation von Datenermittlern, welche die örtlichen Polizeieinheiten mit Informationen und Datenbanken unterstützt. fedpol arbeitet aber eng mit Interpol zusammen. Ehrlich gesagt, wäre es manchmal schon praktisch, eine einzelne Einheit zu haben, die sich frei in ganz Europa bewegen kann, aktuell gibt es noch so viele bürokratische Hürden in der internationalen Polizeiarbeit, dass man das organisierte Verbrechen nur beneiden kann. Aber für die Schweiz ist fedpol bestimmt die beste Adresse, und durch Kooperationsverträge sollte Menard uns auch ein Stück weit in den angrenzenden Ländern helfen können. Wenn er selbst kooperativ ist.«

Man konnte den Spion im Herzen leicht durchschimmern sehen.

»Zachery meinte, dass er wie eine Bulldogge sei. Außerdem bin ich Amerikanerin, also sollte er zumindest mich mögen. Mal sehen, wie weit wir damit kommen«, erklärte sie, während sie Menards Nummer wählte.

»Menard hier, sind Sie Agent Caine?«

»Ja, bei mir ist Nicholas Drummond von New Scotland Yard.«

»Angenehm, Drummond, ich habe schon von Ihnen gehört. Sie haben für MI-6 gearbeitet, *oui*? Vielleicht haben Sie ja mal einen Freund von mir getroffen, Jacques Bouton.«

Nicholas lachte. »Ja, ich kenne ihn sogar recht gut. Was macht der alte Halunke denn inzwischen so?«

»Nicht mehr viel, er ist im Ruhestand. Aber so ganz kommt man nie los, oder? Er hat sich ein Chalet in Chamonix gekauft, mischt sich aber trotzdem ständig in unsere Arbeit ein. Aber er meinte, dass man Ihnen vertrauen kann, und das will schon was heißen.«

»Das Vertrauen ehrt mich.« Nachdem jetzt erst mal eine Beziehung aufgebaut war, konnte er direkt zum Thema kommen. »Haben Sie unsere Zielperson inzwischen geortet?«

»Wir suchen noch. Die Genfer Polizei war sehr kooperativ, aber wir haben bislang nichts gefunden, was uns weiterbringen würde. Wie lange noch, bis Sie eintreffen?«

»Etwas unter zwei Stunden.«

»Ich werde am Flugfeld auf Sie warten. Einen guten Flug weiterhin.«

Sie legten auf und Nicholas wandte sich Mike zu. »Er hört sich hilfsbereit an, das ist gut. Wenn er ein Freund von Bouton ist, wird er bestimmt auch wissen, wie man die Regeln hier und da etwas biegen kann. Ich will dich ja nicht enttäuschen, aber ich glaube, er mag mich lieber als dich.«

Sie schwieg einen Moment. »Wer ist dieser Bouton?«

»Ein Freund, einer meiner früheren Kontakte. Wir haben vor etwa fünf Jahren in Algerien bei einem besonders unangenehmen Fall zusammengearbeitet. Und dass Menard ihn kennt, ist ein Glücksfall für uns.« Er musterte sie einen Augenblick. »Dir ist doch klar, dass wir gelegentlich über unseren eigenen Schatten springen müssen, wenn wir den Fuchs wirklich fangen wollen?«

Mike trat ihre Stiefel von den Füßen und zog die Beine auf den Ledersessel. »Wir sind nicht hier, um die Regeln zu brechen, Nicholas.«

»Aktuell zählen nur die Regeln des Fuchses.«

Mike schüttelte bestimmt den Kopf. »Komm schon, ich weiß, dass du besser bist als das. Wir beim FBI zumindest nehmen die Regeln ernst und halten uns an das Gesetz, das wir vertreten.«

»Ich weiß.«

»Natürlich weißt du das. Aber du denkst auch, dass der Fuchs etwas mit dem Mord an Elaine York zu tun hat, und du willst deine Rache. Ich kann es dir doch ansehen, Nicholas. Aber unser Job ist es, diesen Fall zu lösen, ohne Gesetze zu brechen.«

Seine Stimme wurde kalt. »Wenn du meinst, dass ich zulasse, dass meine Trauer um Elaine mein Urteilsvermögen trübt, dann kennst du mich schlecht. Anscheinend weiß ich einiges mehr über dich als du über mich.«

»Du weißt gar nichts über mich.«

Er verlagerte sein Gewicht im Sitz, die Augenbrauen erhoben. »Wirklich? Du hast mir von deinem Vater erzählt, der Polizeichef in Omaha ist. Beeindruckende Leistung für den Sohn eines Farmers. Aber auch nachvollziehbar, wenn man bedenkt, dass er zwei Einsätze in Vietnam hatte und dabei ein Purple Heart und einen Silver Star verliehen bekommen hat. Weiterhin sind deine Eltern noch verheiratet und allem Anschein nach auch glücklich. Außer dir ist da noch dein jüngerer Bruder, Timothy. Leider ist mir keine Zeit geblieben, mich über ihn zu informieren, aber wenn man bedenkt, dass er dich mitten in der Nacht anruft, scheint es da wohl das eine oder andere Problem zu geben. Vor allem, da er ja so was wie dein Afghanistan ist …«

Sie unterbrach ihn. »Das reicht. Jeder Idiot könnte das über mich und meine Familie rausfinden, dafür braucht man nicht mehr als Google und ein bisschen Zeit. Das hat alles nichts damit zu tun, wie ich meine Arbeit erledige. Ich wedele halt nicht mit meinem magischen Zauberstab und beschließe, welche Gesetze mir passen und welche nicht. Meine Regeln, wie du sie nennst, sind das, was mich von jenen unterscheidet, die ich jage. Und das sollte bei dir genauso sein.«

Sein Gesicht blieb ausdruckslos und seine Stimme locker, aber sie ließ sich nicht täuschen. »Ich weiß nicht, ob du es mir glauben wirst, aber Elaine war dir sehr ähnlich. Und weißt du was? Ich konnte immer darauf vertrauen, dass sie für mich da war, egal, worum es ging. Ich hoffe, dass ich auch auf dich zählen kann.«

Sie spielte mit der Glock an ihrer Hüfte und zwang sich, die Stimme ebenso locker zu halten. »Du bist doch echt ein Depp, weißt du das? Mach dir keine Sorgen um mich. Ich bin noch nie vor einem Kampf weggelaufen. Aber ich werde dir nicht helfen, Gesetze zu brechen, Nicholas. Wir werden nicht selbst kriminell werden, um Kriminelle zu fassen.«

Kapitel 54

Nicholas antwortete nicht. Er nahm nur sein Handy auf und rief Savich an.

Dieser meldete sich sofort. »Tut mir leid, ich habe noch nichts für dich.«

»Aber ich habe etwas. Unsere Zielperson ist vor einer halben Stunde in die Deutsche Bank in Genf gegangen.«

»Ah, das hilft. Gute Arbeit, ich füge es den Suchparametern hinzu.«

Sie legten auf. Im selben Augenblick meldete sich Mikes Handy mit einem Piepton.

»Endlich«, sagte sie. »Die Videoaufzeichnungen von Elaines Gebäude. Das hat auch lange genug gedauert. Wer bitte bewahrt seine Sicherheitsaufzeichnungen an einem so schwer zugänglichen Ort auf?«

Nicholas ließ sich neben ihr nieder, als sie den Link in ihrem Laptop öffnete. Die Aufnahme zeigte die Kamera in der Lobby des Gebäudes, der Zeitstempel war 10:14 Uhr.

Ein großer, dünner Mann in schwarzem Jackett und schwarzen Hosen trat ins Bild, sie sahen weiße Haare unter der schwarzen Rollmütze hervorstehen. Er bewegte sich bestimmt und selbstbewusst, blickte weder nach links noch rechts, die

Kamera zeigte nie sein Gesicht. Er öffnete die Tür selbst, offensichtlich hatte er einen Schlüssel für das Gebäude. Die Glastür schwang hinter ihm zu, als er an der Kamera vorbeiging, sahen sie einen kleinen Rucksack auf seiner Schulter.

»Das ist der Mann, der uns in der Garage angegriffen hat, Mike, eindeutig.«

Sie spulten das Video im Schnelldurchlauf vor. Um 12:10 Uhr kam der Mann wieder heraus. Er trug jetzt eine Yankees-Baseballkappe und eine hellgraue Jacke gleicher Art. Offensichtlich eine wendbare Jacke. Er hielt den Kopf leicht gesenkt, damit die Kamera keinen klaren Blick auf sein Gesicht bekam. Als er sich an der Tür leicht drehen musste, konnten sie für den Bruchteil einer Sekunde die untere Hälfte des Gesichts sehen, ehe er aus dem Bild verschwand und die Aufnahme endete. Sie meinten, eine Spur eines Lächelns zu erkennen.

»Er sieht ziemlich selbstzufrieden aus«, urteilte Mike, »für jemanden, der eben einen Doppelmord begangen hat.«

»Letzte Nacht schien er auch recht glücklich, während er versucht hat, uns umzubringen. Spiel es noch mal ab!«

Sie sahen erneut zu, wie der Mann das Haus betrat und wieder verließ. »Er ist ein Profi. Er weiß genau, wo die Kameras sind und wie er sie unauffällig umgeht. Ich bin mir nicht sicher, ob das ausreichen wird, um die Gesichtserkennung zu füttern.«

»Zachery meint in der E-Mail, dass sie es versuchen«, erklärte sie. »Was meinst du, für wen er arbeitet? Er sieht nicht wirklich russisch aus, oder?«

»Nein, nicht wirklich. Haben die Kameras auf der Straße einfangen können, wo er hingegangen ist? Ist er in einen Wagen gestiegen oder zu Fuß weitergegangen?«

Sie überflog die Mail. »Das ist alles, was wir haben. Ich bin mir aber sicher, dass sie da noch mehr finden werden.«

»Lass es noch mal laufen. Ich will mir den Rucksack mal genauer ansehen.«

Beide achteten konzentriert auf die wenigen Ausschnitte, die sie hatten.

»Siehst du, hier, wie er rausgeht?«, zeigte Nicholas. »Der Rucksack hängt deutlich tiefer als in der ersten Aufnahme. Er trägt etwas Schweres, was er noch nicht hatte, als er reingekommen ist.«

»Elaines Laptop.«

»Höchstwahrscheinlich. Kannst du Gray bitten, zu recherchieren, was das für ein Rucksack ist? Vielleicht finden wir darüber ja eine Spur.«

»Nicholas, das ist jetzt aber wirklich etwas weit hergeholt.«

»Aber besser als nichts.«

Er war wütend. Es war schon schlimm genug, was alles vorgefallen war, aber jetzt auch noch zu sehen, wie Elaines Mörder grinsend und selbstzufrieden davonspazierte, als ob gar nichts geschehen sei? Es fraß ihn auf. Er musste daran denken, wie Elaine durch denselben Ausgang gestolpert war, blutend und benommen, um nur einige Minuten später tot im Fluss zu enden.

Mike legte ihm die Hand auf den Arm. »Wir werden ihn erwischen. Ganz sicher.«

Erst jetzt fiel ihm auf, dass er seine Fäuste geballt hatte. Er zwang sich, sie locker zu lassen. »Ich hasse es, so im Dunkeln zu tappen. Ich mag es nicht, wenn man mich für dumm verkauft. Wir sind immer noch zehn Schritte hinter denen zurück und das ärgert mich mächtig.«

Kapitel 55

Brighton Beach, New York
Freitag, 14:30 Uhr

Es war früher Nachmittag, der Himmel war grau und bedeckt, trotz des starken Winds. Die Sonne hatte sich heute noch nicht blicken lassen. Auch ansonsten hatte Agent Houston noch nicht viel gesehen, in den letzten Stunden, die er hier die protzige Villa im imitierten Mittelmeer-Stil observiert hatte, war rein gar nichts passiert. Die Anatolys schienen wirklich lange zu schlafen. Bisher kein Licht im Haus, keine Regung, niemand hatte die Zeitung reingeholt oder den Hund ausgeführt. Rein gar nichts.

Er warf einen Blick auf die Uhr. Savich und Sherlock würden bald eintreffen, damit sie zusammen Andrei aus dem Bett klingeln konnten, oder was immer er da drinnen machte. Sie wollten ihm einige Fragen zu dem Gemälde von Sarah Elliott stellen, das aus dem Prado verschwunden war. Bens kunstinteressierte Seele konnte nach wie vor nicht fassen, dass Savich Sarah Elliotts Enkel war.

Ben starrte das stille Haus konzentriert an, als wollte er durch reine Gedankenkraft bewirken, dass etwas passierte. Seine Geduld war bald erschöpft, er wollte nicht länger hier sitzen und auf Savich und Sherlock warten, er wollte endlich da reingehen und die Wahrheit über Elaine und Kochen aus Anatoly herausprügeln.

Frustriert schlug er mit der Faust auf das Lenkrad. Es brachte nichts, an Elaine zu denken. Die Regeln waren die Regeln und das Gesetz war das Gesetz.

Er fragte sich, was Mike und der Typ von Scotland Yard wohl gerade machten. Eigentlich hatte ihm dieser Nicholas Drummond ganz gut gefallen, aber er hatte etwas von einem Draufgänger an sich, der gerne mal fünf gerade sein ließ. Aber zumindest bei der Bombe im Ausstellungssaal war das praktisch gewesen. Wer weiß, was passiert wäre, wenn er dem Protokoll gefolgt und nicht das Risiko eingegangen wäre. Er seufzte. Und sie hatten noch zumindest eine weitere Gemeinsamkeit: Elaine. Ben spürte, wie sich dieser inzwischen vertraute Schmerz in seiner Magengegend regte.

Er war von dem Anblick genervt und gelangweilt. Also ließ er den Crown Vic an, rollte einen Block weiter und wendete – von hier hatte er wieder einen klaren Blick auf drei Seiten des Hauses. Er zog die Bremse an, stellte den Motor aus und lehnte sich zurück, um auf Sherlock und Savich zu warten. Sein Handy klingelte. Sherlock. Sie würden noch eine halbe Stunde brauchen.

Ben tippte mit den Fingern auf das Lenkrad. Er wusste, dass zwei der sieben Söhne noch bei Anatoly wohnten. Ohne ihre Mütter oder Frauen oder Kinder. Nur die drei erwachsenen Männer, einer schlimmer als der andere. Nicht wirklich die Leute, mit denen er ein Bier und eine Partie Poker genießen wollte. Er konnte sich nicht vorstellen, dass sie gute Verlierer wären. Aber auch nicht wirklich Leute, die er zum Brunch einladen würde.

Wobei Ben auffiel, dass er schon lange nichts mehr gegessen hatte. Der Bagel, den er zum Frühstück verschlungen hatte, zählte nicht. Auf dem Weg hierher war er an einer Pizzeria vorbeigekommen, ›Papa Leones‹. Peperoni hörte sich gut an. Nach dem Treffen mit Anatoly würde er Sherlock und Savich auf eine Pizza einladen.

Einmal noch vorbeifahren, dachte sich Ben, und ließ den Wagen wieder an. Als er am Eingang vorbeirollte, stockte er. Die Eingangstür war nicht komplett geschlossen.

Warum war ihm das vorhin nicht aufgefallen? Irgendwas musste sich getan haben, etwas, das ihm entgangen war. Adrenalin schoss durch seine Adern. Er konnte nicht mehr warten. Aber er konnte auch schlecht alleine da reingehen, nicht nach dem Blick, den Andrei ihm gestern Abend zugeworfen hatte. Ein Blick, der in etwa aussagte: *Ob du ohne das Gesicht immer noch so selbstgefällig aussiehst?* Und Anatoly würde das Angebot sicher gerne in die Tat umsetzen.

Keine Zeit, um auf Sherlock und Savich zu warten oder andere FBI-Agenten anzufordern. Also rief er im Revier Brighton an. Drei Minuten später bogen drei blau-weiße Streifenwagen um die Ecke. Den Jungs war natürlich klar, zu wessen Haus man sie da gerufen hatte.

Ben winkte ihnen kurz zu, als sie am Bordstein ausrollten. Aus dem ersten Wagen wuchtete sich ein Mann in fortgeschrittenem Alter, mit Ansatz zur Glatze und beachtlichem Bierbauch. Seine Uniform wies ihn als Sergeant aus, sein Namensschild als *F. Horace*.

»Was haben wir denn für ein Problem, Sir?«

Ben zog seine Dienstmarke und wies sich aus. »Special Agent Ben Houston, FBI. Ich hatte gestern Abend ein nettes Gespräch mit Mr Anatoly bei uns im Federal Plaza. Im Augenblick warte ich auf zwei Kollegen, um einige Folgefragen zu stellen. Leider werden meine Kollegen noch gut zwanzig Minuten brauchen und ich befürchte, dass ich nicht mehr so lange warten kann.« Er zeigte auf Anatolys Haustür. »Die Tür steht offen, aber ich habe seit Stunden niemand reingehen oder rauskommen sehen.«

»Und als pflichtbewusster Freund und Helfer haben Sie sich natürlich gefragt, ob da etwas nicht stimmt. Ich muss schon sagen, ich bin auch ernsthaft besorgt, einfach so die Tür offen zu lassen, da könnte ja wer weiß wer reinspazieren. Wir sollten da mal nach dem Rechten sehen«, stimmte Horace zu und ließ den Verschluss über seiner Dienstwaffe aufschnappen. Er winkte seinen Kollegen zu, wies sie an, hier draußen aufzupassen und die beiden FBI-Agenten reinzuschicken, sobald diese eintrafen. Dann machte er sich mit Ben auf den Weg zur Tür.

Ben musste nur leicht schubsen, die Tür schwang ohne Widerstand auf.

Er verharrte im Eingang. »Riechen Sie das?«

»Blut«, bestätigte Sergeant Horace, inzwischen ganz ohne zu scherzen. »Das gefällt mir alles ganz und gar nicht.« Er legte eine schwammige Pranke auf Bens Schulter. »Nur für den Fall, dass so was hier neu ist für Sie, Agent Houston. Gehen Sie vorsichtig. Berühren Sie nichts. Werfen Sie nichts um. Wir wollen möglichst keine Spuren oder Beweise vernichten, verstanden?«

Ben wusste nicht, wo sein manisches Grinsen herkam. »Alles klar, Sarge. Ich werde doppelt aufpassen.«

Horace lachte nur schroff als Antwort.

Die beiden Männer schritten langsam voran, nebeneinander, die Pistolen in der Hand und entsichert. Sie durchquerten eine große Eingangshalle, die bis in die letzte Ecke mit Kitsch vollgestopft war, von dem Ben vermutete, dass es sich um echte italienische Antiquitäten handelte. Sie folgten dem Geruch durch das Erdgeschoss bis hin in ein enormes Gewölbe, welches die Küche des Hauses beherbergte. Modernste Gerätschaften und blitzsaubere Schränke, alles in perfektem Zustand, abgesehen von den drei Leichen in der Mitte des Raums. Diese saßen aneinandergelehnt, die Hände auf dem Rücken gebunden. Zwei von ihnen waren vornübergekippt, die dritte zur Seite gefallen, als wolle er dem Mann neben ihm ein Geheimnis ins Ohr flüstern. Alle drei waren mit einem Schuss in den Hinterkopf hingerichtet worden.

Sergeant Horace betätigte den Knopf für das Funkgerät auf seiner Schulter. »Wir brauchen die Spurensicherung und den Gerichtsmediziner bei Anatoly. Dreifachmord.« Dann wandte er sich zu Ben. »Wir sollten besser das Haus durchsuchen. Passen Sie auf, wo Sie hintreten.«

Horace ging durch das Erdgeschoss, Ben übernahm das obere Stockwerk, die Glock weiter schussbereit in der Hand.

Im zweiten Schlafzimmer auf der rechten Seite entdeckte er eine weitere Leiche. Ein Mann kaukasischer Abstammung, den Rücken gegen den Türrahmen gelehnt und zu Boden gesackt, mitten in einer Lache aus getrocknetem Blut. Seine Augen waren offen, wenn auch etwas verklebt, und blickten starr in Richtung des Bettes. Er war komplett in Schwarz gekleidet. Seine Hände waren immer noch auf die Wunde im Bauch gepresst, wenn man sich das ganze Blut an seiner Kleidung ansah, inzwischen schwarz und angetrocknet, musste es wohl einige Zeit gedauert haben, bis er verblutet war.

Der Mann war kein Hüne wie die Anatolys. Er musste einer der anderen gewesen sein, einer von denen, die die Anatolys erschossen hatten. Also waren sie mindestens zu zweit gewesen und der oder die Partner hatten diesen hier im Stich gelassen. Ihn einfach hier ausbluten lassen. Das war eiskalt, wirklich eiskalt.

Ben durchsuchte die Taschen des Mannes nach Papieren, fand aber nichts.

Der Raum selbst war ein komplettes Chaos, das Bett zerwühlt, über allem der Geruch von dreckiger Wäsche und, seltsamerweise, altem Toast. Das Zimmer musste wohl einem der Söhne gehören. Vor seinem inneren Auge sah er, wie der

Schütze hereinkommt, der Sohn aber schnell genug seine Waffe greift und ihm eine Kugel in den Bauch verpasst.

Was war dann wohl geschehen? Ob der Sohn dann nach unten gegangen war, nur um auch auf dem Küchenboden zu enden? Er war bewaffnet gewesen und hatte gewusst, dass etwas vorgeht, und es hatte doch nicht ausgereicht. Wer auch immer noch unten auf ihn gewartet hatte, es war ihm nicht schwergefallen, den jungen Anatoly zu überwältigen.

Methodisch untersuchte Ben den Rest der Räume, fand aber nichts mehr. Er trat zum Treppenabsatz und rief nach Horace. »Hier oben ist alles sauber. Eine weitere Leiche, Bauchschuss. Sieht aus, als ob er zu den Einbrechern gehörte.«

»Also ein Vierfachmord? Das verspricht mal ein interessanter Freitag zu werden.«

Ben traf ihn wieder in der Küche. Horace musterte gerade die Leichen. »Hier in der Mitte haben wir Anatoly. Die beiden Jüngeren sind seine Söhne. Scheint so, als ob sie sich diesmal mit dem Falschen angelegt hätten. Aber zumindest haben wir es mit einem umsichtigen Killer zu tun, nett von ihm, sie in die Küche zu schaffen, um nicht die Teppiche zu ruinieren.«

Ächzend richtete sich Sergeant Horace wieder auf. »Aber wie zum Teufel haben sie es geschafft, diese drei harten Jungs zu überraschen? Das ist eine echte Leistung.« Beide blickten die Leichen an.

»Es muss ein eingespieltes Team von Profis gewesen sein, keine Frage«, meinte Ben. »Wie Sie schon meinten, die drei waren kräftig und gefährlich, selbst der alte Anatoly.«

»Plus, die Söhne von Anatoly sind fieser als ein Rudel Krokodile. Der Alte war früher auch so, aber das Alter hat ihn weichgemacht. Früher hätte er jeden persönlich umgelegt, der ihm irgendwie dumm kam. Heute gab er nur noch den Befehl, dass jemand ihn umlegen soll. Hier ist noch was, das sollten Sie sehen.«

Ben folgte Horace in ein Zimmer, anscheinend Anatolys Büro. Der Raum selbst war so gut wie unberührt. Ein Bild, anscheinend ein echter Picasso, war behutsam von seinem Platz hinter dem enormen Mahagoni-Schreibtisch genommen und vorsichtig an eine Wand gelehnt worden. In die Wand dahinter war ein Safe eingelassen, die dicke Metalltür stand offen.

»Wir haben hier noch stapelweise Bargeld, wichtige Papiere und, schau mal einer an, geschätzt ein halbes Kilo Koks«, fasste Horace zusammen.

»Das ist echt seltsam«, wunderte sich Ben. »Auch wenn sie gefunden haben, wofür sie gekommen sind, warum das Bargeld und die Drogen liegen lassen?«

»Wenn ich das alles hier angerichtet hätte«, meinte Horace, »hätte ich doch mindestens den Kram mitgehen lassen. Was mag so Wichtiges in diesem Safe gesteckt haben?«

Ben schob seine Glock wieder ins Holster.

»Keine Ahnung.« Aus Richtung des Eingangsbereichs ertönten Geräusche. Vermutlich waren Sherlock und Savich endlich eingetroffen.

Kapitel 56

Sherlock und Savich musterten die drei Leichen auf dem Küchenboden, während Ben sie über alles in Kenntnis setzte.

»Oben haben wir noch eine Leiche, vermutlich einer aus dem Team der Killer. Wer immer das geschafft hat, muss stark und schnell gewesen sein. Die drei Anatolys waren beileibe keine leichten Opfer, da gehört schon was dazu, die zu überwältigen, zu fesseln und in die Knie zu zwingen. Das waren drei wirklich üble Burschen.«

Sherlock ging in die Knie, musterte die drei Gesichter eingehend, die eingesunkene, graue Haut, die offen stehenden Augen, die blicklos den Boden anstarrten. »Das ist echt übel«, sagte sie. »Wirklich hässlich, aber keinerlei Emotionen, kein Zorn, das war rein geschäftlich. Ich muss schon sagen, beachtliche Beherrschung. Rein, Auftrag erledigt, raus. Wird auch nicht lange gedauert haben.«

»Hört sich korrekt an«, meinte Horace. »Aber wie? Ihnen einfach nur eine Waffe an den Kopf zu halten, wird bei denen nicht klappen. Ich kann mir einfach nicht denken, wie man die dazu bewegen kann zu spuren. Die würden doch lieber die Kugel fressen, als in die Knie zu gehen.«

Sherlock legte ihre Handfläche vorsichtig an Anatolys Gesicht. »Er kann noch nicht lange tot sein, wahrscheinlich heute am frühen Morgen. Der Gerichtsmediziner kann uns da bestimmt eine genauere Angabe machen.« Sie runzelte die Stirn und schnüffelte kurz. »Dillon, rate mal, was ich rieche.«

»Ein geschäftiges Kerlchen«, antwortete Savich.

»Wer ist ein geschäftiges Kerlchen?«, fragte Horace. »Und was haben Sie gerochen?«

»Eben nichts, Sergeant«, erklärte Sherlock. »Wir hatten gestern einen Fall, wo das Opfer mit Cyanid ermordet wurde. Dies hier sieht mir sehr nach demselben Muster aus, nur dass man hier kein Cyanid riecht. Ben, du erinnerst dich? Kochen wurde erst mit der Betäubungspistole ausgeschaltet und dann ermordet. Er war auch ein großer, kräftiger Kerl. Der Killer wollte kein Risiko eingehen. Ich denke, hier ist er ebenso vorgegangen.«

»Und was lässt dich darauf schließen, dass es derselbe Mann war, der auch Kochen und Elaine auf dem Gewissen hat?«, fragte Ben weiter.

Sie nickte in Richtung der Leichen. »Wie gesagt, alle drei sind groß und wehrhaft, ziemlich wilde Burschen und außer Andrei Anatoly alle in bester körperlicher Verfassung. Ich würde meinen nächsten Monatslohn darauf wetten, dass sie alle drei betäubt und bewusstlos hierhergezerrt wurden, wo man sie dann gefesselt und ordentlich aufgereiht hat.« Sie hielt einen Moment inne, schaute sich im Raum um, blickte durch die noch offene Tür in das angrenzende Büro. »Als er dann aus dem Safe entwendet hatte, wofür er gekommen war, verpasste er jedem der Anatolys eine Kugel in den Kopf, steckte in aller Ruhe die Waffe weg und verschwand ungesehen.«

»Kann nicht sein, dass das ein einzelner Mann gemacht hat«, überlegte Horace ungläubig. »Agent Houston hat oben noch einen toten Typen gefunden, offensichtlich von einem der Söhne in den Bauch geschossen.«

»Woraufhin der Sohn schreiend und die Waffe um sich schwenkend runtergestürmt kam«, führte Savich den Gedanken weiter aus. »Hier hat ihn dann der Killer mit der Betäubungspistole erwischt, in die Küche gezerrt und schließlich zusammen mit seinem Vater und Bruder erschossen. Ich bin mir sicher, dass wir seine Waffe irgendwo im Haus entdecken werden, wahrscheinlich in der Eingangshalle unter der Treppe.«

»Er musste sie nicht foltern, weil er schon wusste, wo er findet, was immer er suchte«, übernahm Sherlock wieder. »Er brauchte sie nicht. Warum also hat er sie überhaupt getötet? Vielleicht hat er im Auftrag von jemandem gehandelt, der Anatoly auch tot haben wollte, vielleicht war es einfach nur eine kleine Belohnung, die er sich für einen erfolgreichen Job gegönnt hat.«

»Der Tote oben«, wandte Ben ein, »der ist ausgeblutet. Bestimmt kein schneller Tod. Und sein Partner hat ihn einfach so liegen lassen.«

»Ja, er scheint mir nicht wirklich sentimental zu sein«, sinnierte Savich mit Blick auf die drei Leichen. »Sehen wir uns noch mal den Safe an, vielleicht können wir ja einen Hinweis darauf finden, was der Killer hier wollte. Und wenn jemand hier den *Night Tower* findet, wäre ich sehr zu Dank verbunden.«

Horace starrte ihn verwirrt an. »Was ist denn ein ›Night Tower‹ und warum sollte ein Turm hier im Haus sein?«

Savich lächelte. »Meine Großmutter ist eine Malerin, der *Night Tower* ist eins ihrer Gemälde. Er wurde aus dem Prado in Madrid gestohlen und gegen eine Fälschung ersetzt. Gerüchten zufolge soll Mr Anatoly dahinterstecken.«

Savich lehnte sich vor und betrachtete die Tätowierungen am Nacken eines der Söhne, als ihn ein Tumult an der Tür aufhorchen ließ. Zwei Männer, hünenhaft und kastenförmig gebaut, drängten sich durch die Reihen der Polizisten in die Küche. Als sie die Leichen am Boden sahen, schrie der eine auf, während der andere lamentierend auf Anatolys leblosen Körper zustürzte. Offensichtlich weitere Söhne.

Horace verstellte dem einen den Weg, damit der Tatort nicht gestört wurde, als auf einmal eine Waffe in der Hand des anderen Mannes auftauchte.

Die Zeit schien stillzustehen. Ben sah, wie der erste Mann Horace eine riesige Pranke gegen die Schulter rammte, die ihn bis gegen die Kücheninsel taumeln ließ. Der andere Mann hob die Waffe, doch in einer fließenden Bewegung, so schnell, dass Ben die Details gar nicht registrierte, schwang Savichs Bein hoch, traf die Hand mit der Pistole und ließ Letztere in hohem Bogen durch die Küche fliegen. Dann drehte sich Savich auf der Stelle, lehnte sich vor und hämmerte dem anderen Mann die Handkante gegen die Kehle. Anschließend war alles ruhig, bis auf die klagenden Schmerzensschreie des zweiten Sohnes, der seine Hand umklammert hielt.

In weniger als drei Sekunden war alles vorbei.

Horace starrte Savich sprachlos an. »Wie mein Sohn sagen würde: cooler Move, Alter.« Ächzend bückte er sich nach der Waffe, ließ das Magazin aus der Pistole fallen und brüllte seine Beamten an, die außer Atem und mit panischem Blick hinter den Anatolys in den Raum gestürzt waren und jetzt die Szene beobachteten. »Alles unter Kontrolle hier. Geht zurück auf eure Posten! Und passt jetzt gefälligst besser auf, wir werden nachher noch ein Wörtchen miteinander sprechen!«

Danach lehnte er sich zu dem jammernden Mann hinüber, der inzwischen an der Kücheninsel zu Boden geglitten war. Das Handgelenk sah nicht gut aus, man musste kein Fachmann sein, um zu erkennen, dass es eindeutig gebrochen war. »Yuri, reiß dich mal zusammen, Mann! Ich bin vom NYPD, die hier sind vom FBI. Wir sind die Guten hier, keiner von uns hat deinen Vater oder deine Brüder auf dem Gewissen. Wir haben sie so entdeckt und wollen selbst rausfinden, wer sie exekutiert hat.«

Yuri wischte sich die laufende Nase mit der verbleibenden Hand, blickte aus tränengefüllten Augen zu Horace auf. Sein Bruder kniete nicht weit von ihm, immer noch um Luft ringend, die Hände am Hals.

»Und du auch, Toms. Beruhigt euch. Zumindest hat Agent Savich euch nicht getötet.«

Sherlock stand auf und trat näher, um sich an die beiden jungen Männer zu wenden, die sprachlos auf ihren toten Vater und die beiden erschossenen Brüder stierten. »Yuri, Toms, uns ist klar, wie hart das für euch ist, aber ihr müsst euch jetzt wirklich zusammenreißen.« Sie nickte in Richtung Dillon. »Dieser Mann hier ist nicht gut für eure Gesundheit, wenn ihr nicht ruhig bleibt, klar?«

* * *

Eineinhalb Stunden später standen Savich und Ben vor der Tür der hübschen, italienisch anmutenden Villa und sahen den beiden Wagen nach, in denen die Leichen abtransportiert wurden. Die drei Anatolys in schwarzen Leichensäcken im einen Wagen, der verblutete Angreifer im anderen. Das Haus wimmelte inzwischen nur so vor Kriminaltechnikern der Spurensicherung, uniformierte Polizisten durchstreiften die Nachbarschaft und befragten jeden, der auch nur irgendwas gesehen haben konnte. Savich musste seiner Frau zustimmen: Es musste derselbe Mann gewesen sein, damit stand der Zähler jetzt bei fünf Morden in grob achtundvierzig Stunden. Und vermutlich war es derselbe, der letzte Nacht auch Mike und Nicholas angegriffen hatte.

»Du hältst dich wohl für sehr schlau?«, murmelte er leise vor sich hin. »Und das war bestimmt nicht dein erstes Mal. Ich würde drauf wetten, dass du das schon eine ganze Zeit lang machst.« Er blickte zum Himmel, wo gerade die Sonne durch die grauen Wolken brach. Der Wind war immer noch scharf und beißend, aber das Wetter entwickelte sich so langsam zu einem schönen Wintertag.

Er sah Sherlock aus dem Haus kommen. Savich zog ein Resümee, als sie sich zu ihnen gesellte. »Wer auch immer die drei auf dem Gewissen hat, er scheint Kunst zu mögen, ist aber wohl kein Sammler. Der Picasso, der vor dem Safe gehangen hat, wurde einfach nur behutsam abgestellt. Außerdem habe ich noch zwei Manets, einen Pissarro und einen wundervollen Berthe Morisot an den Wänden gesehen. Alle sehr wertvoll und wir sollten Bens Abteilung prüfen lassen, wie legal sie in Anatolys Besitz gelangt sind. Er war auch nicht an dem Geld oder den Drogen interessiert, wir haben eigentlich keine Ahnung, warum er überhaupt hier war. Was meinst du, hat er gefunden, was er gesucht hat?«

»Ja«, sagte Sherlock bestimmt. »Da bin ich mir ziemlich sicher. Er hat sonst nichts mitgenommen, weil er ein Profi ist und bestimmt mehr als ausreichend für seine Dienste entlohnt wird.«

Savich klappte den Kragen seines Wintermantels hoch. »Aber keine Spur vom *Night Tower*. Ich frage mich, ob wir das Gemälde je finden werden. Anatoly können wir zumindest nicht mehr befragen.«

Sherlock grinste ihn verschmitzt an. »Gib nicht so schnell auf, ich könnte da vielleicht noch eine Überraschung für dich haben.«

* * *

Zwei Stunden später klopften Sherlock und Savich in Begleitung von Louisa und einem Team der Spurensicherung an die Türen eines Büros in Manhattan, dessen Adresse Sherlock in den Aufzeichnungen im Safe gefunden hatte. Ihr war aufgefallen, dass dieses Büro eine erstaunlich gute Sicherheitsausstattung und, verglichen mit der Ausstattung, eine ungewöhnlich hohe Stromrechnung aufwies. Ein kurzer Vergleich mit den Grundrissen des Gebäudes hatte dann eine interessante Unstimmigkeit gezeigt.

Von da aus war es nur noch eine Fleißaufgabe, bis sie den Zugang zu dem geheimen Raum hinter Anatolys Büro gefunden hatten. Der Raum war geräumig und komplett klimakontrolliert, um ideale Bedingungen zur Aufbewahrung alter Gemälde zu bieten. Auch der Brandschutz und die Beleuchtung des Raums wären der Stolz eines jeden Museums gewesen. Mitten in dem Raum stand ein gemütlicher Sessel. An den weißen Wänden hingen zwölf Gemälde. Savich erkannte den *Night Tower* sofort.

Kapitel 57

Genf, Schweiz
Freitag, 15:30 Uhr

Wie versprochen, erwartete Agent Pierre Menard sie auf der Rollbahn des Genfer Flughafens. Er war ein kleiner, gepflegter Mann mit ergrauten Schläfenhaaren, gekleidet in einen eleganten, dunkelbraunen Dreiteiler.

Nicht ganz das, was man sich landläufig unter einer Bulldogge vorstellt, dachte Nicholas.

Nach einer kurzen Begrüßung lud Menard sie in einen weißen Toyota Land Cruiser mit orangen Warnstreifen und dem blauen Schriftzug POLICE an Seiten und Hintertür. Kaum saßen sie alle, fuhren sie auch schon in die Stadt.

Nicholas war schon seit einigen Jahren nicht mehr in Genf gewesen, aber die Stadt hatte sich nicht verändert. Die Architektur war vielschichtig – hochmoderne Bürogebäude, klassische französische Stadthäuser und mittelalterliche Kirchen mischten sich Tür an Tür. Die Stadt beherbergte immer noch die besten Uhrmacher der Welt, wie durch metergroße Schilder an den Häusern verkündet wurde: Rolex, Patek Philippe, Montblanc, Hermès. Hier in der Stadt der Zeit konnte man jeden Luxus finden, den der anspruchsvolle Kunde sich nur wünschte.

Für Mike war die Stadt neu und fremd, sprachlos schaute sie zu, wie moderne Glaspaläste und riesige Parks, eingefasst in neoklassische Linien, an ihrem Fenster vorbeizogen. Sie war zum ersten Mal in Europa und fühlte sich einfach nur fremd und deplatziert.

Menard war nicht wirklich gesprächig, obwohl sein Englisch hervorragend war. Nicholas fragte nach weiteren Details, Menard schüttelte aber nur den Kopf. »Es tut mir schrecklich leid, Inspector Drummond, aber ich weiß auch nicht mehr als das, was ich Ihnen bereits berichtet habe. Wir fahren direkt zu der Bank. Wenn die Polizei irgendwo Spuren von ihr auf den Kameras entdeckt, werden sie uns benachrichtigen. Wer ist diese Frau eigentlich, die Sie verfolgen?«

»Der Fuchs.«

Der Name ließ ihn aufhorchen. »Der Kunstdieb? *Mon dieu.* Kein Wunder, dass Sie selbst gekommen sind. Der Fuchs ist eine Legende. Und Sie sagten, es sei eine Frau?«

»Ja. Wie viel wissen Sie über den Fuchs?«

Menard lenkte mit der rechten Hand, die linke lag am Fensterrand, zwei Finger zusammengelegt, als ob er normalerweise am Steuer rauchen und die Asche durch den Spalt des Fensters rausschnippen würde. »Ich weiß, dass viele Haftbefehle auf sie warten, in vielen verschiedenen Ländern. Meines Wissens stiehlt sie äußerst wertvolle Gemälde aus Museen und privaten Sammlungen, ohne dabei große Präferenzen aufzuweisen. Sie ist auch als herausragender Juwelendieb bekannt, hat wohl schon einige unbezahlbare Objekte erbeutet, wie jetzt den Koh-i-Noor. Bisher haben wir es noch nicht geschafft, sie zu fassen, was für ihre Fähigkeiten spricht.«

»Da klingt ja richtig Bewunderung mit«, merkte Mike an. »Woher kommt das nur, dass jeder sie so anhimmelt? Sie ist nicht mehr als ein gewöhnlicher Dieb.«

»*Mais non*«, tat Menard mit einem Kopfschütteln ab. »Sie ist eine absolut ungewöhnliche *voleuse de bijoux*. Ein Juwelendieb von diesem Maßstab, so viele Jahre gejagt und nie erwischt, nie auch nur erkannt? Der Fuchs ist *magnifique*! Sehen Sie doch nur, so viele Jahre, und erst jetzt erfahre ich überhaupt, dass sie eine Frau ist!« Er schloss mit einem sehr französisch klingenden »Huh!«.

»Ich zumindest plane, ihr ein paar hübsche Armreife aus Stahl zu schenken«, meinte Mike.

Menard murmelte etwas, das sich nach »Viel Glück« anhörte.

Mike warf Nicholas einen Blick zu, dieser zuckte aber lediglich mit den Schultern und rollte die Augen.

»Sie werden es sehen«, fuhr Menard in umgänglichem Ton fort. »Der Koh-i-Noor ist auf allen Kanälen, alle Nachrichten berichten von dem Diebstahl. Selbst die kleinen Dörfer in den Pyrenäen reden von nichts anderem. Das FBI bekommt da ganz schön Ärger, was?«

»Ja«, bestätigte Mike nur.

Menard sah nicht wirklich unglücklich darüber aus, was seine Kollegen in Amerika derzeit erleiden mussten.

»Ich habe auch Blogs gelesen, die von dem Diebstahl berichten. Es ist allerdings schwer zu durchschauen, was dabei wirklich Fakt ist und was nur die ausufernde Fantasie eines Möchtegerns. So viel können die ja gar nicht wissen. Und die britischen Medien schäumen schon vor gerechtem Zorn. Ah, eine schreckliche Sache, was?«

Nicholas nickte. »Kennen Sie irgendeinen Fall, wo der Fuchs auch in einen Auftragsmord verwickelt war? Oder alles nur Diebstähle?«

Menard schnippte aus reiner Angewohnheit wieder mit den Fingern. »Ich erinnere mich an ein Gerücht, ein Mord, vielleicht zehn oder fünfzehn Jahre her. Es ging um einen italienischen Waffenhersteller aus der Nähe von Mailand. Aber da konnte nie etwas nachgewiesen werden, der Fall ist nach wie vor ungeklärt. Seitdem fällt mir nichts ein. Wobei jetzt dieser Diebstahl natürlich alles in den Schatten stellt, man muss sich nur denken, der Koh-i-Noor!«

Er hörte sich so beeindruckt an, dass Mike ihn am liebsten geschlagen hätte.

»Die Medien bringen auch eine Theorie nach der nächsten, wie der Diebstahl mit dem Mord an dieser englischen Polizistin zusammenpasst, dieser Elaine York.«

Jetzt war Nicholas an der Reihe, empfindlich zu reagieren. »Wir gehen davon aus, dass der Fuchs in den Mord verwickelt war.«

»Ich muss sagen, das überrascht mich. Ah, wir sind da.«

Zu ihrer Seite sah Mike den Genfer See mit seiner riesigen Fontäne, dem Jet d'Eau. Die Promenade war gesäumt mit Menschen, die dem kalten Wetter trotzten und den faszinierenden Anblick genossen. Sie stieg aus dem Wagen und stellte sicher, dass ihre Waffe korrekt im Holster saß. Es war nicht wirklich so, wie sie sich ihre erste Reise zu den romantischen Städten Europas erträumt hatte.

Trotz der grellen Sonne pfiff der Wind eisig durch die Straßen. Nicholas schlug den Kragen seines Mantels hoch und blickte Mike an, die in ihrer Lederjacke bereits zitterte.

»Der Wind ist heute brutal«, erklärte Menard. »Aber es ist ein unvergleichliches Schauspiel, wenn er Wellen über den See treibt und das Wasser auf die Straßen spritzt. Wir haben Glück, es ist ein warmer Winter.«

»Sie meinen also, dass das hier noch schlimmer wird?«, fragte Mike ungläubig.

Nicholas lachte. »Und das kommt von einer New Yorkerin? Ich dachte, ihr seid einiges gewöhnt.« Trotzdem stellte er sich hinter sie, um sie vor dem ärgsten Wind abzuschirmen. »Keine Angst, es wird gleich besser. Wir müssen bloß über die Straße in die Bank. Sag Bescheid, wenn du so weit bist.«

Menard war bereits vorgegangen.

»Nicholas, du sprichst doch Französisch, oder?«, vergewisserte Mike sich.

»Ausreichend, ja. Aber Genf ist eine multikulturelle Stadt, hier ist alles dreisprachig. Französisch, Deutsch und Italienisch sind offizielle Sprachen, aber so gut wie jeder hier spricht auch ordentliches Englisch. Du wirst keine Probleme haben, dich zu verständigen, versprochen.«

»Gut. Ich befürchte, mein Highschool-Französisch wird mir nicht viel helfen, damit kann ich bestenfalls noch nach der Toilette fragen. Dann lass uns mal.«

Sie eilten durch den schneidenden Wind über den Place du Rhône, dankbar für jeden Schutz, den sie fanden. Im Inneren der Bank rieb sich Mike erst mal mit den Händen über das Gesicht, um die Kälte zu vertreiben.

Der Manager der Bank eilte ihnen entgegen. Er war ein kleiner, rundlicher Mann mit heiteren Augen und strahlend weißen Zähnen.

»*Bonsoir*, Mademoiselle, Messieurs. Ich nehme an, Sie sind die Agenten von FBI und Bundespolizei, die mir angekündigt wurden?« Seine höfliche Art ließ Mike vermuten, dass er vorgewarnt worden war und dass seine Vorgesetzten ihn angehalten hatten, besonders zuvorkommend zu sein.

»Ja, ich bin Detective Chief Inspector Drummond, das hier ist Special Agent Caine.«

»Und ich bin Agent Pierre Menard von fedpol. Wir brauchen Ihre Unterstützung.«

»Natürlich, natürlich. Mein Name ist Tivoli. Ich und die Deutsche Bank werden alles tun, was in unserer Macht steht, um zu helfen. Wie können wir zu Diensten sein?«

Nicholas reichte Tivoli ein Foto. »Haben Sie diese Frau gesehen? Sie muss heute in die Bank gekommen sein.«

Der Bankmanager begutachtete das Foto und schüttelte den Kopf. »Nein, Monsieur, leider sagt mir das Foto nichts.«

»Sind Sie sicher? Schauen Sie noch mal, sie trägt die Haare inzwischen anders, kurz und schwarz, nicht lang und braun. Sie war vermutlich hier, um etwas in einem Schließfach zu hinterlegen oder abzuholen.«

Tivoli nahm sich das Foto noch einmal vor, schüttelte dann aber erneut den Kopf. »Ich bin mir ziemlich sicher, Monsieur. Es war heute viel los. Einer meiner Angestellten ist krank, daher war ich die meiste Zeit bei den Schließfächern. Sie wäre mir sicher aufgefallen. Die Aufzeichnungen unserer Kameras haben wir bereits an die Polizei geschickt und ich habe mir persönlich alle Aufnahmen des betreffenden Zeitraums angesehen, aber ich kann mich an niemanden erinnern, der auf diese Beschreibung passt. Es tut mir wirklich schrecklich leid.«

»Dennoch vielen Dank für Ihre Mühe, Monsieur Tivoli«, sagte Nicholas enttäuscht.

Sie standen in der Lobby, direkt bei der verschnörkelten Eingangstür.

»Und was nun?«, fragte Mike.

Nicholas rieb sich mit der Hand über das Kinn. »Der Fuchs ist nicht dumm. Sie wird sicher Vorsichtsmaßnahmen ergriffen haben, für den Fall, dass sie verfolgt wird. Einfach so bei der Deutschen Bank vorzufahren, das scheint mir etwas zu dreist, das passt nicht zu ihr. Aber es gibt ihr eine hervorragende Tarnung. Wahrscheinlich ist sie hier reingekommen«, erklärte er und zeigte auf die Tür am anderen Ende der Lobby, »und hier direkt wieder raus. In dem Fall sucht die Polizei auf den falschen Aufnahmen.«

Menard nickte zustimmend. »Ich werde sofort Bescheid geben, damit auch die anderen Kameras überprüft werden. Einfach so als Erstes zu einer Bank zu kommen, ist schon ein bisschen seltsam, das stimmt.«

»Wir dachten, dass sie vielleicht wegen der Bezahlung hier ist«, erklärte Mike. »Aber wenn das stimmt und es alles nur eine weitere falsche Spur war, können wir nicht einmal sicher sein, dass sie noch in Genf ist.«

»Der Pilot hat angegeben, dass sie ihm den Tag freigegeben hat, um Ski fahren zu gehen. In vierundzwanzig Stunden wollte sie ihn wieder treffen. Ob sie dieses Treffen wirklich einhalten wollte?«

»Wer weiß das schon?«, seufzte Mike etwas resigniert.

»Sie wird noch in der Stadt sein.« Menard ließ sich nicht aus der Ruhe bringen. »Wir werden sie finden. Kommen Sie, nehmen wir ein warmes Getränk zu uns, während ich anrufe und die intensive Suche nach ihr einleite.«

Kapitel 58

Menard kannte die richtigen Leute und, besser noch, die richtigen Orte. In weniger als zehn Minuten waren sie in einem kleinen Café und wärmten sich mit heißem Espresso auf, während sie auf Nachricht von den Technikern warteten, die gerade über den zusätzlichen Aufzeichnungen der anderen Kameras rund um die Deutsche Bank hockten. Mike war dankbar für die Wärme, der Wind des Sees hatte sie bis ins Mark durchgefroren. Nicholas, auch bekannt als Mr Wind-und-wetterfest, schien unbeeindruckt.

»Sind Sie Experte für Kunstraub?«, fragte er eben Menard.

»Ja, bin ich.«

»Wir erstellen gerade eine Liste von Leuten, die sowohl das Interesse als auch das nötige Kapital hätten, um einen solchen Diebstahl in Auftrag zu geben. Ihrer professionellen Erfahrung nach, warum sollte jemand den Koh-i-Noor überhaupt stehlen wollen? Es ist einer der berühmtesten Edelsteine der Welt, man wird ihn also nur schwer verkaufen können. Vorzeigen kann man ihn auch nicht, weil sonst bestimmt irgendjemand den Behörden einen Tipp geben wird. Und die britische Regierung wird nie aufhören, nach dem Edelstein zu suchen, der Dieb weiß das alles bestimmt. Warum also?«

Menard kippte seinen Espresso in einem Zug runter. Mike starrte ihn ungläubig an. Der Kaffee war noch kochend heiß. Seine Kehle musste aus Asbest sein.

Er setzte die winzige Tasse zurück auf die Theke, damit er seine Hände zum Sprechen frei hatte. Ein sehr ausdrucksstarker Mann, dieser Menard, und intelligent, wirklich intelligent. Und ziemlich engagiert. Sie hatten wohl Glück gehabt. Sie fragte sich nur, wann er endlich zeigen würde, dass eigentlich sie, die Amerikanerin, sein bevorzugter Partner war.

»Bei Kunstraub gibt es eigentlich immer drei Möglichkeiten. In diesem Fall, bei diesem ganz besonderen Edelstein, wie auch bei anderen Stücken mit ähnlich bewegter Vergangenheit, sogar vier.«

Er hob die Hand und begann an den Fingern abzuzählen. »Erstens, zum Verkauf. In dem Fall wäre der Dieb einzig hinter dem Geld her, er hätte keinen Stil. Für ihn wäre das alles einfach eine Transaktion unter vielen. Bei diesem Prozedere wäre der Dieb schon lange verschwunden und die Beute außerhalb unserer Reichweite. Zweitens, um den Kunstgegenstand dem rechtmäßigen Besitzer zurückzuführen. Hier hätten wir es mit einem Fanatiker zu tun, einem gefährlichen Menschen. So jemand scheut vor nichts zurück und würde auch morden, wenn man ihm in den Weg kommt. Und drittens, für den Ruhm, ein solches Stück zu besitzen. Ein Sammler, was uns die Arbeit aber schwer machen würde, da er dieses ganz besondere Stück für sich alleine behalten will und es nicht mit dem Rest der Welt teilt.«

»Und was ist die vierte Möglichkeit?«, forschte Nicholas nach.

Menards Gesicht wurde grimmig. »Ein Mann, der den Stein wegen seiner Geschichte haben will, wegen der Legende, die ihn begleitet. So ein Mann wäre nicht minder gefährlich und vor allem unberechenbar, und er würde den Diamanten eher zerstört sehen, als ihn zurückzugeben.«

»Welche Variante halten Sie denn für die wahrscheinlichste?«, erkundigte sich Mike.

Menard spreizte seine Hände. »Ich weiß es nicht, Mademoiselle, aber hoffen wir, dass es nicht die letzte ist.«

Nicholas nahm einen kleinen Schluck von seinem Espresso. Heiß wie Feuer, zähflüssig wie Teer und einfach köstlich. »Haben Sie je davon gehört, dass der Fuchs einen Partner hat?«

»Nein, noch nie. Meines Wissens hat er – sie – bisher immer alleine gearbeitet.«

»Auf dem Flug von Amerika hat sie zweimal dieselbe Nummer angerufen«, erklärte Nicholas. »Niemand ist drangegangen. Mikes Kollegen drüben in Amerika überprüfen gerade die Nummer, wir werden wohl bald wissen, zu wem sie gehört.«

»Tut mir leid. Ich habe noch nie gehört, dass sie mit jemandem zusammenarbeiten soll.«

»Oder vielleicht gegen jemanden? Wie sieht es mit ihren Konkurrenten aus?«, führte Mike den Gedanken weiter.

Menard nickte eifrig, während er dem Barmann signalisierte, dass er noch einen Espresso bräuchte. »Ja, da kann ich weiterhelfen. Es gibt drei, die wohl als ihre engste Konkurrenz betrachtet werden können. Der Erste ist ein Franzose aus Algier, aber den können wir außer Acht lassen, der ist inzwischen tot. Wurde bei einem Einbruch in die Tate Modern von einem Wachmann erschossen und ist noch am Tatort verblutet. Sein Name war Goyo. Der Zweite heißt Ruvéne. Berühmt dafür, dass er drei Cézannes für die russische Regierung … wiederbeschafft hat. Man hat ihn vor zwei Jahren in der Nähe von Prag gefasst, aktuell sitzt er lebenslänglich hinter Gittern.«

Der Espresso traf ein. Menard nickte dem Barmann dankend zu und zog die kleine Tasse vor sich. »Der Dritte wird allgemein nur der Geist genannt. Er ist schon länger im Geschäft als jeder andere, den ich kenne. Keiner weiß genau, woher er stammt, aber er ist berühmt dafür, ausschließlich besonders schwierige und große Aufträge anzunehmen, die den größten Ruhm und Ertrag bringen. Man hat aber seit mehr als einem Jahrzehnt nicht mehr von ihm gehört, also wird er wohl tot oder im Ruhestand sein.«

»Woran konnte man denn erkennen, dass es der Geist war?«, drängte Mike.

»Sprengstoff. Er hat stets einen Sprengsatz als Absicherung hinterlassen, mit einer Warnung dazu, dass das Haus oder Museum, oder was auch immer er gerade ausraubte, in die Luft fliegen würde, wenn man ihn aufhielte. Sobald er in Sicherheit war, hat er den Zünder deaktiviert. Vielleicht etwas grob, aber sehr effektiv. Und er ist jedes Mal damit entkommen.«

Nicholas spürte einen plötzlichen Adrenalinschub, er wandte sich zu Mike. »Hört sich das nicht irgendwie bekannt an? Menard, der Fuchs hat Sprengstoff im Met angebracht, mehr als genug, um die ganze Ausstellung in die Luft zu jagen. Ich habe den Zünder allerdings entschärft, ehe wir erfahren konnten, wie weit sie gegangen wäre.«

Menard schürzte die Lippen. »Interessant. Vielleicht eine Art Hommage an einen der ganz Großen des Geschäfts? Oder reiner Zufall?«

»Ich weiß nicht so recht. Habt ihr eine Beschreibung dieses Geists bei fedpol oder vielleicht bei Interpol?«

»In der Akte über den Geist steht eine interessante Anekdote, die jemand mal einem der Ermittler erzählt hat. Man sagt, dass der Mann als kleines Kind einen Geist gesehen haben soll. An dem Tag sei jegliche Farbe aus seinem Haar gewichen. Mehr haben wir auch nicht.«

Mike und Nicholas horchten spontan auf.

»Das scheint euch irgendwas zu sagen?«

»Ja, tut es«, antwortete Mike, während sie das Video auf ihrem Tablet aufrief und das Gerät zu Menard schob. »Diese Aufnahme haben wir heute bekommen. Stammt von der Sicherheitskamera des Hauses, in dem Inspector York ermordet wurde.« Sie ließ die Aufnahme laufen.

Interessiert schaute Menard bis zum Ende zu. »Ein Mann mit weißem Haar.«

»Könnte das unser Geist sein?«, fragte Nicholas.

Menard zuckte mit den Schultern. »Gut möglich, zumindest denkbar. Kann ich eine Kopie von der Aufnahme bekommen, um sie in die fedpol-Datenbank hochzuladen? Vielleicht gibt das ja einen Treffer.«

Mike schickte ihm die Datei, während Nicholas auf das Tablet wartete. »Es gibt da noch was. Wahrscheinlich hat dieser Mann zusammen mit einem weiteren gestern Nacht versucht, Agent Caine und mich umzubringen. Zum Glück haben wir es überlebt, einer der Angreifer war nicht so glücklich. Dieser hier« – er tippte auf den Bildschirm – »ist dabei entkommen. Ich habe weiße Haare unter seiner Skimaske erkannt. Er war zäh und schnell, auf jeden Fall ein trainierter Kampfsportler.«

So langsam erwärmte sich Menard für den Gedanken. »Also könnte der Geist immer noch lebendig und aktiv sein? Aber warum in New York, warum sollte er euch angreifen oder Inspector York? Er war doch nicht in den Diebstahl des Koh-i-Noor verwickelt, oder?«

»Vielleicht«, setzte Mike nachdenklich an, »ist der Geist ihr Partner, der ihr den Rücken deckt?«

Nicholas schnappte sich das Tablet. »Ich schicke direkt Zachery und Savich eine Mail, um sie davon wissen zu lassen.«

Menards Handy klingelte, während Nicholas die E-Mail tippte. Menard hörte zu, gab nur den einen oder anderen bestätigenden Laut von sich und begann zu grinsen. Dann legte er auf. »Auf geht's.«

Nicholas schrieb noch den Satz fertig und sprang dann auf. »Ihr habt sie gefunden?«

»Nicht ganz, aber wir wissen, wo sie vor zwei Stunden war. In der Bank Horim, ganz in der Nähe.«

Kapitel 59

Die Bank Horim lag nur zwei Straßen entfernt am See entlang. Sie beeilten sich. Nicholas musste sich beherrschen, um auf dem Weg nicht zu sprinten. Sie kamen ihr näher, er spürte es. Fast so, als ob der Fuchs wirklich einen Duft hinterlassen würde, den die Jagdhunde gewittert hatten.

Sie hörten Sirenen. Ein Streifenwagen, angefordert von Menard.

Menard hatte kurze Beine und eine Raucherlunge, er schnaufte, um mit ihnen mitzuhalten. »Die Schweizer Banken betreiben Geschäfte in aller Welt. Horim ist eine sehr diskrete Institution, die viel Wert auf Privatsphäre legt. Sie haben Zweigstellen in Zürich, Genf, Luxemburg und Singapur, dazu Büros in Russland, Hongkong und Israel.« Er musste anhalten, um nach Luft zu schnappen. »Ich kann nur hoffen, dass sie auch so hilfsbereit sind wie Herr Tivoli bei der Deutschen Bank.« Seiner Stimme nach war er da aber eher nicht zuversichtlich.

Sie kamen bei dem Gebäude an und verlangten sofort nach dem Manager. Man geleitete sie umgehend in ein kleines, verglastes Büro, wo nur Augenblicke später eine hochgewachsene, ältere Frau in schwarzem Hosenanzug zu ihnen trat. Ihr rotblondes Haar war zu einer eleganten Kurzhaarfrisur gestutzt.

Sie lächelte nicht, nickte ihnen aber wohlwollend zu, als sie einer nach dem anderen ihre Dienstausweise vorzeigten. »Mein Name ist Marie-Louise Helmut. Was kann ich für Sie tun?«, begrüßte sie sie schließlich mit einem trällernden Akzent.

»Madame Helmut«, setzte Menard an, »wir suchen nach einer Frau, die vor etwa zwei Stunden hier in dieser Bank war. Wir müssen wissen, was sie hier wollte.« Nicholas zeigte ihr Brownings Foto.

Die Managerin musterte das Foto nur kurz, ihre Stimme blieb sachlich und formell. »Selbst, wenn ich diese Person gesehen haben sollte, werden Sie doch hoffentlich verstehen, dass ich nicht befugt bin, solche Informationen herauszugeben. Wir haben sehr strikte Bestimmungen hinsichtlich des Schutzes der Privatsphäre unserer Kunden. Ohne die entsprechenden offiziellen Papiere, befürchte ich, kann ich Ihnen nichts weiter mitteilen.«

Nicholas trat einen Schritt auf sie zu, die Emotionen nur mühsam unter Kontrolle. Nach außen schien er immer noch der charmante, britische Gentleman, jetzt von Dringlichkeit erfüllt.

Das reine Eindringen in ihre persönliche Distanz und die Intensität, die er ausstrahlte, ließen Madame Helmut zurückweichen.

Mike sah deutlich, wie es unter der Oberfläche brodelte und wie sehr er um Beherrschung kämpfen musste. Als er sprach, klang seine Stimme charmant wie eh und je, allerdings jetzt bedrohlich leise. »Madame, es handelt sich hier um einen Fall von äußerster Brisanz. Ich wäre Ihnen sehr dankbar, wenn Sie noch einmal genauer hinsehen würden.«

Sie war eindeutig eingeschüchtert, weigerte sich jedoch, dem Druck nachzugeben. »Wir brauchen die offiziellen Anweisungen, schriftlich, von einem Richter unterzeichnet.«

»Moment«, meinte Menard und zog sein Handy raus. Über die Schnellwahl wurde er direkt mit der lokalen Polizei verbunden. »Menard hier. Ich bin bei der Bank Horim, wir brauchen sofort eine Absperrung vor dem Eingang, schwere Waffen. Personenkontrollen von jedem, der das Gebäude betreten will. Es ist wahrscheinlich, dass unsere Zielperson zurückkehrt.«

Er legte auf und lächelte Madame Helmut freundlich an, reichte ihr dann seine Karte. »Wenn Ihnen noch etwas einfällt, was uns weiterhelfen kann, rufen Sie mich einfach an, jederzeit. Andernfalls wird uns leider nichts anderes übrig bleiben, als hier auszuharren und zu warten, ob sie wiederkommt. Oder bis die offiziellen Papiere eintreffen. Ich hoffe, dass wir Ihren Kunden damit keine Unannehmlichkeiten bereiten, aber ich bin mir sicher, dass sie es verstehen werden, wir sind ja nur um die Sicherheit aller Bürger besorgt.«

»Also wirklich, Monsieur Menard, das ist doch völlig unangebracht. Ich bin nun einmal an die Bestimmungen zum Schutz der Privatsphäre gebunden …«

Nicholas holte das Foto erneut hervor. »Die Privatsphäre Ihrer Kunden interessiert uns wenig, aber diese Frau muss so schnell wie möglich gefunden werden. Sie hat bereits in New York eine Bombe in einem öffentlichen Gebäude gelegt. Es ist also auch in Ihrem eigenen Interesse, uns alles zu erzählen, ansonsten müssen wir leider davon ausgehen, dass Ihre Institution entweder Terroristen unterstützt oder ein mögliches Ziel eines Terroristen sein könnte. Ich bin mir sicher, dass wir damit auch nach Schweizer Gesetzen nicht nur das Recht, sondern auch die Pflicht haben, Ihre Geschäfte einzufrieren, bis wir das Gebäude und alle verdächtigen Geldbewegungen überprüft haben. Und Sie können sich sicher sein, dass wir sehr, sehr gründlich sein werden.«

Sie wirkte, als ob sie Nicholas am liebsten erschießen würde. Da sie ihrer Situation damit aber auch nicht viel geholfen hätte, gab sie schließlich nach. »Sie hat keine Geschäfte bei uns getätigt. Sie hat nur nach dem Weg gefragt.«

Nicholas schien langsam die Geduld zu verlieren. »Hören Sie auf, unsere Zeit zu verschwenden.«

»Aber das ist die Wahrheit! Sie hat keine Bankgeschäfte bei uns getätigt.«

Mike mischte sich ein. »Hier geht es wirklich um Leben und Tod. Die Frau ist auf der Flucht, bewaffnet und gefährlich. Wir müssen einfach wissen, was sie hier wollte.«

Die Bankmanagerin schloss einen Augenblick die Augen. Ihre Stirn runzelte sich, dann drückte sie die Schultern durch, der Entschluss war gefasst. »Die Dame auf dem Foto hat sich für ein Schließfach interessiert. Ich habe sie darüber informieren müssen, dass wir für Neukunden im Sicherheitsbereich aktuell eine Warteliste von zwei Jahren haben.« Sie blickte die Agenten mit einem arroganten Naserümpfen an. »Wir sind nicht die Art Bank, die sich mit Laufkundschaft abgibt, wie man es wohl nennt. Sie war ungehalten, also habe ich sie an die Sages Fidelité am Place de Chevaleux verwiesen. Dort erhält man ähnliche Dienstleistungen ohne Wartezeit. Wenn auch nicht mit derselben Stufe der Sicherheit. Aber das war wohl nicht ihre größte Sorge, es schien alles recht eilig.«

Sie trat einen Schritt zur Tür. »Das ist alles, was ich weiß. Ich muss jetzt zu meiner Arbeit zurückkehren.«

Nicholas platzte fast vor Wut. »Nach alldem wollen Sie allen Ernstes behaupten, Sie haben hier unsere Zeit verschwendet, um jemanden zu schützen, der nur nach dem Weg gefragt hat?«

Sie verschränkte die Arme vor der Brust. »Ich beschütze nicht diese Frau, sondern meine Bank und meine Kunden. Und ich wäre Ihnen dankbar, wenn Sie uns jetzt verließen.«

»Nicht so schnell, Madame Helmut«, widersprach Menard. »Meine Kollegen sind auf dem Weg. Sie werden hoffentlich verstehen, dass wir nicht einfach nur Ihrem Wort vertrauen können, wir brauchen die Aufzeichnungen der Sicherheitskameras, welche Ihre Aussagen belegen.«

Mikes Telefon meldete den Eingang einer neuen Textnachricht. Sie zog das Handy heraus und sog scharf Luft ein.

Nicholas blickte zu ihr. »Was ist los?«

»Monsieur Menard, Madame Helmut, entschuldigen Sie uns bitte einen Augenblick.«

Menard nickte ihnen zu und wandte sich stur wieder Marie-Louise Helmut zu.

Mike eilte vor die Tür, Nicholas dichtauf.

»Was ist denn so wichtig, dass wir mitten aus dem Verhör rausmussten?«

Sie zeigte ihm die Nachricht von Ben.

Nicholas las sie laut vor. »Andrei Anatoly und zwei seiner Söhne sind tot. Ruf mich an, sobald du kannst. Savich hat Neuigkeiten.«

Menard trat zu ihnen vor die Tür.

»Sie lügt wie gedruckt, aber sie wird uns die Aufzeichnungen geben. Ist etwas passiert?«

»Neuigkeiten zu einem anderen Teil unseres Falls in New York«, erklärte Mike. »Und was für welche! Einer unserer früheren Verdächtigen wurde ermordet, ein Mitglied der russischen Mafia namens Andrei Anatoly. Haben Sie schon von ihm gehört?«

»Nein, der Name sagt mir nichts. Was sollen wir jetzt machen?«

»Was wissen Sie über Sages Fidelité?«, fragte Nicholas.

»Die sind deutlich weniger störrisch. Dafür würden sie aber auch einem Rhinozeros ein Schließfach vermieten, wenn es die Gebühren bezahlen könnte. Ich muss hierbleiben und auf die Videoaufzeichnungen warten. Nehmt euch am besten ein Taxi, dann könnt ihr wenigstens ein paar Minuten der Kälte entgehen.«

Menard hob die Hand und fast augenblicklich hielt ein Taxi an. »Wir kommen wieder, sobald wir mehr wissen«, meinte Nicholas und hielt Mike die Tür auf.

Im Inneren der Bank hatte Marie-Louise Helmut den Hörer abgenommen, kaum dass die drei Polizisten vor der Tür verschwunden waren.

Kapitel 60

Im Taxi rief Mike Ben an. Während sie durch die Straßen von Genf fuhren, schaltete sie das Telefon auf Lautsprecher, damit Nicholas mithören konnte.

»Hi, Mike. Gutes Timing.«

»Was in aller Welt ist da bloß los bei euch?«

»Nicht viel, wenn man davon absieht, dass ich bis zu den Knien in toten Mafiabossen stehe und jetzt ein Bier vertragen könnte.«

»Ben, danke dir, aber das ist jetzt nicht die Zeit für Humor. Erzähl mir einfach, was passiert ist.«

Er lieferte ihr eine Kurzzusammenfassung mit allen wichtigen Eckdaten, gefolgt von einigen Gedanken, die sich das Team gemacht hatte. »Sherlock meint, dass es wohl derselbe Typ war, der auch Kochen und Elaine umgelegt hat. Vermutlich also auch derselbe, der dich und Nicholas gestern Nacht in eurer Tiefgarage angegriffen hat. Der tote Partner, tja, den hat er einfach zum Ausbluten zurückgelassen. Savich meint, dass er gefunden hat, was immer er bei Anatoly gesucht hatte.

Noch ehe der Gerichtsmediziner oder die Spurensicherung da war, kamen noch zwei von Andreis Söhnen heim, sahen den Vater und die Brüder und haben verrückt gespielt. Savich musste sie beide ruhigstellen, ich war froh, dass wir ihn dabeihatten. Die beiden wissen aber nichts und auch eine Befragung der Nachbarschaft hat nichts ergeben.

Derweil, was unseren Fuchs betrifft, habe ich auch Neuigkeiten für euch. Unsere Bombenspezialisten haben die spezielle Zusammensetzung des C4 untersucht, das sie im Met verwendet hat. Es wurde in Tunesien hergestellt. Sie vergleichen es gerade mit dem Sprengstoff, der genutzt wurde, um Anatolys Safe aufzubekommen. Die Tests sind noch nicht durch, aber sie vermuten, dass es aus derselben Charge kommt.

Weder Yuri noch Toms wussten, was sonst noch in dem Safe war. Es gibt noch drei Söhne, wir versuchen, sie zu erreichen. Paulie und Louisa nehmen das Haus gerade auseinander, aber bisher haben sie nichts gefunden, was man in so einer Protzvilla nicht erwarten würde.«

»Danke dir, Ben«, sagte Nicholas. »Wir haben möglicherweise den Mann mit dem weißen Haar identifiziert. Wir denken, dass er ein weiterer Meisterdieb sein könnte, der unter dem Alias ›Der Geist‹ operiert. Kann sein, dass er für diesen Auftrag mit Browning zusammengearbeitet hat. Wir wissen noch nicht, wie tief er in den Diebstahl des Koh-i-Noor verwickelt ist, aber er steckt da irgendwie mit drin.«

Ben pfiff erstaunt. »Eine Menge Zufälle, die sich da anhäufen. Und ihr wisst sicher, welche Position die FBI-Direktiven zu Zufällen beziehen.«

»Es gibt keine. Hast du sonst noch was, Ben?«, übernahm Mike.

»Ja, eine Sache noch. Wir haben eine richterliche Anordnung erhalten und Elaines Kontobewegungen untersucht. Sie hat Kochen in drei Raten bezahlt, jeweils fünftausend Dollar.«

»Auch irgendeine Idee, wofür sie ihm das Geld überwiesen haben könnte?«, fragte Nicholas.

»Nein, keine. Passt gut auf euch auf, ja? Da laufen ein paar echt böse Jungs rum.«

»Machen wir. Ruf mich an, wenn ihr noch was entdeckt.«

Sie beendete das Gespräch und wandte sich Nicholas zu. »Ben hat recht. Das ist echt ein Fall, bei dem sich alles immer wieder im Kreis dreht.«

Sein Blick war in die Ferne gerichtet, seine Gedanken woanders. Als er antwortete, klang auch seine Stimme fern und entrückt. »Also hat Elaine Kochen wirklich bezahlt.«

Sie legte ihm eine Hand auf den Arm. »Das tut mir so leid.«

Er schüttelte die Stimmung ab. »Es beweist aber noch nicht, dass sie wirklich eine Mitschuld trägt, Mike.«

Das Taxi verlangsamte und hielt am Bürgersteig an. Der wortkarge Taxifahrer grunzte nur den Fahrpreis: »Macht zwanzig Franken.«

Nicholas reichte ihm einen Schein. »Wir müssen hier raus. Mal sehen, was der Fuchs hier wollte. Vielleicht können wir ja endlich ein bisschen Licht in die Angelegenheit bringen.«

Kapitel 61

Tal der Loire, nahe Chartres, Frankreich
Vor dreissig Jahren

Saleem war acht Jahre alt, als sein Vater ihn zu seinem Großvater mitnahm. Der alte Mann lag im Sterben und wollte vor seinem Tod noch ein letztes Mal seinen Enkel sehen. Auf Wunsch des alten Mannes hatten sie Saleem in das spärlich beleuchtete Arbeitszimmer geführt und für die Audienz mit dem alten Löwen alleine gelassen.

Das einzige Licht im Raum kam durch ein munter brennendes Feuer. Sein Großvater saß auf einem bequemen Stuhl direkt am Kamin, nah genug, um dem gebrechlichen Mann seine alten Knochen zu wärmen. Doch trotz seines Alters hörte er noch sehr gut. Kaum dass die Diener leise die Türen hinter sich geschlossen hatten, sprach er seinen Enkel im Befehlston an. »Komm her zu mir, mein Junge.«

Saleem schob sich vorsichtig näher. Sein Großvater hatte sich stark verändert, seit er ihn zuletzt gesehen hatte. Der Mann, der ihn einst auf den Knien geschaukelt und so herzlich umarmt hatte, war verschwunden. An seiner Statt saß hier nun dieses uralte, graue Ding viel zu nah am Feuer.

Er wusste, dass sein Großvater schwer krank war, aber trotzdem fürchtete sich Saleem vor ihm. Er roch falsch und seine Augenbrauen waren dick und buschig wie haarige Raupen, graue Härchen standen wie Fühler hervor.

Als er in Reichweite kam, schoss der Arm seines Großvaters hervor, schnell wie eine Schlange, und zog ihn näher. Der muffige Geruch des Todes überwältigte ihn. Saleem musste husten.

»Ich muss dir eine Geschichte erzählen, Saleem. Ich sterbe bald, aber es ist wichtig, dass du verstehst.«

»Warum musst du denn sterben, Großvater?«

»Mein Herz ist gebrochen, kleiner Saleem. Es hat ein Loch, das man nicht mehr stopfen kann. Also wird es immer langsamer und schiebt stetig weniger Blut durch meinen Körper. Fühl nur, wie kalt meine Hände sind, wie blau meine Nägel.« Er legte dem Jungen die Hand auf die Stirn.

Saleem fuhr erschrocken auf. Die Hand ruhte kalt wie ein Eiswürfel auf seiner Haut.

»Soll ich mehr Holz nachlegen? Damit es dir wärmer wird?«

Der alte Mann schüttelte den struppigen Kopf. »Es hilft nicht mehr. Hör mir einfach nur zu und pass gut auf. Ich werde dich in ein Geheimnis einweihen, das so geheim ist, dass du es niemals weitererzählen darfst. Verstehst du, was ich damit meine? Was ein Geheimnis ist?«

»Ja. Ich darf es nie jemandem erzählen, sonst sterbe ich.«

Ein Funken der Belustigung zuckte durch die Augen des alten Mannes, für einen Moment sah Saleem wieder den Mann vor sich, als den er ihn in Erinnerung hatte. Er lächelte, froh darüber, seinen Großvater glücklich gemacht zu haben.

»Erzähl es mir, Großvater, ich verspreche, es niemals jemandem zu verraten.«

»Gut, Saleem, sehr gut. Ich muss dir das Geheimnis zuflüstern, komm näher.«

Saleem neigte den Kopf. Während sein Großvater sprach, spürte er den schlechten Atem des Mannes heiß auf seiner Haut. »Du entstammst einer alten und wichtigen Familie, Saleem, und die Männer deiner Familie haben von jeher ein großes und uraltes Geheimnis gehütet. Du siehst dieses Kästchen dort auf dem Tisch? Bring es mir!«

Die Schatulle war aus Palisander gefertigt, klein und braun, und mit einem komplizierten Verschlussmechanismus versehen.

»Wo ist denn der Schlüssel, Großvater?«

»Ich zeige es dir. Bring mir einfach das Kästchen und das kleine Messer, das neben ihm auf dem Tisch liegt.«

Saleem folgte dem Wunsch.

Sein Großvater nahm das Kästchen mit zittriger Hand entgegen, legte es auf dem Schoß ab. Dann hielt er den Elfenbeingriff des kleinen Messers in seinen knotigen Fingern und setzte es am Daumen an. Mit erstaunlicher Präzision schnitt er in den Daumen, sodass einige Tropfen Blut austraten. Statt das Blut abzuwischen, presste er den Daumen auf das Schloss der Schatulle. Die Verriegelung schnappte auf.

Saleems Stimme zitterte. »Blut? Das Kästchen wird mit Blut geöffnet?«

Sein Großvater lächelte. »Nicht irgendein Blut, Saleem. Unser Blut. Das Blut der Löwen. Wir alle sind Nachfahren des Löwen von Punjab und unsere Linie trägt dieses große Geschenk. Wir alleine sind die Wächter des Steins.«

Er klappte den Deckel der Schatulle auf. In ihrem Inneren lag ein Stein von etwa der Größe der Faust seines Großvaters, kristallklar, fast oval, doch ein wenig verformt. Er sah nicht wirklich großartig aufregend aus. Saleem war etwas enttäuscht.

»Dies hier ist unser Schicksal, Saleem. Es ist Teil des ältesten Diamanten der Welt. Einst haben unsere Vorfahren einen großartigen Stein besessen, den Surya, der Sonnengott, an Krishna selbst überreicht hatte. Man sagt, wer immer diesen Stein halte, trage damit alle Macht der Welt in seiner Hand. Eine Macht, die man nicht kaufen kann. Sie kann nur übergeben werden, oder« – seine Stimme verhärtete sich – »mit Gewalt geraubt.«

Er nahm den Stein aus der Schatulle, hielt ihn hoch. Die Flammen spiegelten sich in dem Edelstein, Saleem blickte tief in ihn hinein. Er hätte schwören können, dass er in seinem Inneren plündernde Horden zu Pferde sah, Schreie hörte, wie der Staub unter ihren Hufen aufwirbelte, wie Stahl auf Stahl rasselte.

Saleem sprang zurück, doch die Hand des Großvaters hielt seinen Arm fest umschlossen und zog ihn wieder zurück. »Der Stein spricht zu dir, Saleem, weil du einer der rechtmäßigen Erben bist.«

Der Großvater lächelte. »Schau. Jetzt wirst du sehen, welchen Effekt der Stein auf mich hat. Alleine ihn nur zu halten, gibt mir meine Jugend wieder, macht mein Herz wieder ganz.«

Saleem blickte ihn starr an. Der alte Mann war verschwunden, ausgetauscht gegen einen anderen, viel jüngeren Mann, strotzend vor Gesundheit.

»Großvater, was ist passiert?«

Sein Großvater antwortete nicht. Er legte den Stein zurück in die Schachtel und das Dröhnen verebbte. Der Verschluss schnappte von alleine wieder ein.

»Ohne seine Brüder kann der Stein mich nur für einen Augenblick heilen«, erklärte der Großvater.

Saleem sah, wie das Leben wieder aus ihm wich, er wiederum grau und schlaff wurde und der Geruch des Todes zurückkehrte.

»Dies ist nur ein Teil des Steins, der er einst war. Der geheime Teil. Niemand weiß von ihm, außer uns, die wir das Geheimnis hüten und das Blut des Steins in uns tragen. Du bist jetzt einer der Hüter, Saleem, und sobald ich von euch gegangen bin, wird er deine Aufgabe sein, deine und die deines Vaters. Du musst dein Schicksal erfüllen, Saleem. Du musst die drei Steine vereinen.«

»Wenn du die drei Steine hättest, Großvater, könntest du dann wieder gesund werden? Müsstest du nie sterben?«

»Du darfst nicht so denken, Saleem. Jedes Leben hat einen Anfang und ein Ende.«

Kapitel 62

Der junge Saleem war verwirrt. »Ich verstehe nicht, Großvater.«

»Es heißt, dass kein Mann danach streben sollte, sein Leben durch Magie zu verlängern. Ich will dir die Geschichte der drei Steine erzählen.« Er nahm einen Schluck von seinem Tee. »Einst waren die Steine eins, ein großer, prächtiger Stein, den unser Vorfahr, der Mogul Aurangzeb, in zwei spalten ließ. Auch er war ein Hüter des Steins, wie sein Vater und sein Großvater vor ihm. Doch der Stein und seine Pracht waren bekannt geworden, überall im Land sprach man von seinem unvergleichlichen Reichtum. Es steht geschrieben, dass der Stein so viel wert sei, dass er die Welt für zwei Tage ernähren könnte. Zwei Tage mag sich nicht nach viel anhören, Saleem, aber die ganze Welt, nicht nur ein Dorf oder ein Land oder einen Teil der Welt. Verstehst du, was das heißt? Es bedeutet, wenn du den Stein hältst, wird man dich wie einen Gott ansehen, und so war es auch wirklich bei Aurangzeb.

Den Stein zu halten, gab Aurangzeb aber auch Weisheit und Voraussicht. Er wusste, was kommen würde, ahnte, dass sein Königreich überrannt werden würde, sein Diamant geraubt, seine Länder von Fremden besetzt. Er wusste, dass er es nicht würde verhindern können. Also ersann er einen Plan.

Er ließ den italienischen Edelsteinschleifer Borgio kommen, um den Stein zu schleifen, vorgeblich, um seinen Glanz besser zum Ausdruck zu bringen, sodass er jeden, der ihn erblickt, mit Staunen und Ehrfurcht erfüllt.

Offiziell wurde bekannt gegeben, dass Borgio durch seine Fehler den Stein ruiniert hätte, indem er den beeindruckenden Edelstein mit seinen siebenhundertdreiundneunzig Karat zu gerade einmal einhundertdreiundachtzig Karat herunterschliff. Trotz dieses unglaublichen Versagens präsentierte Aurangzeb der staunenden Öffentlichkeit den kleineren Stein.

Insgeheim war es aber Borgios wahrer Auftrag gewesen, den Diamanten in zwei Stücke zu teilen. Den größeren Teil behielt Aurangzeb und hielt ihn geheim. Er legte ihn in eine Schatulle aus Palisander, die er gut versteckte und an seine Nachfahren übergab. Nur sein Sohn wusste von der Existenz des Edelsteins und so wurde er über die Generationen weitergereicht.«

Seine Finger tippten auf das Kästchen aus Palisander, das vor ihm auf dem Tisch stand.

»Viele Jahre später war der kleinere Teil des Steins als Koh-i-Noor berühmt geworden. Das Schicksal, das Aurangzeb vorhergesehen hatte, ereilte das Land seiner Vorfahren, die Briten raubten Land und Stein von seinem letzten Nachfahren, Duleep Singh, deinem Ur-Ur-Ur-Großvater. Doch der Stein war den Briten nicht genug, sie ließen ihn noch weiter schleifen, um noch mehr Glanz zu erlangen.

Und jetzt hör gut zu, junger Saleem. Der Stein kann nicht zerstört werden. Als die Briten ihn schleifen ließen, wurde der angefallene Diamantstaub in einem Beutel gesammelt, und über Nacht bildete sich hieraus wieder ein kompletter Stein. Die abgefallenen Splitter und Reste hatten sich selbst geheilt und waren zum dritten Stein geworden.«

Der alte Mann musste husten.

Saleem füllte ihm Tee nach und wischte ihm das Kinn ab. Sein Großvater ließ sich in dem Stuhl zurücksinken, seine Stimme klang jetzt weicher, wie aus weiter Ferne.

»Doch der Stein heilt nicht nur sich selbst, er heilt auch die Menschen.« Er zeigte auf das Kästchen. »Wie du jetzt weißt, ist das hier nur ein Teil des eigentlichen Steins. Du musst die anderen beiden Teile finden und den Edelstein wieder vereinen. Sollte es dir nicht gelingen, so ist es deine heilige Aufgabe, diesen einzigartigen Stein an deinen Sohn weiterzureichen, damit dieser unsere Suche fortsetzt. Was meinst du, warum habe ich dir diese Geschichte erzählt und es nicht deinem Vater überlassen, dich einzuweisen, wenn die Zeit an dir ist, die Suche fortzusetzen?« Sein Großvater lächelte. Es war ein seltsames Lächeln, das Saleem fast auflachen ließ. »Ich glaube nicht an Glück und Zufall, Saleem. Ich glaube an gute Planung. Jetzt wissen meine beiden Nachfahren Bescheid. Damit ist es sicherer.«

Saleem blieb sehr still. Er war verwirrt und aufgewühlt. All diese Geschichten von Edelsteinen und Tod und Heilung. Er wusste nicht, was er damit anfangen sollte. Sein Großvater war ein alter Mann, sehr alt. Vielleicht hatte das Alter schon seinen Geist verwirrt. Er verstand nicht, welche Planung der alte Mann meinte.

Er versuchte, seinen Arm aus dem Griff des Großvaters zu ziehen, aber die Hand krallte sich nur umso fester an ihn.

»Die Prophezeiung des Steins, Saleem. Du musst dir die Worte der Prophezeiung merken. Die Welt kennt nur einen Teil davon, den Fluch des Koh-i-Noor:

Derjenige, der diesen Diamanten besitzt, wird die ganze Welt besitzen.
Aber ihn wird auch alles Unglück dieser Welt treffen.
Nur Gott oder eine Frau kann den Diamanten ungestraft tragen.

Allein unsere Familie kennt den zweiten Teil der Prophezeiung, er ist unser Geheimnis:

Krishnas Stein wird einst wieder geeint sein.
Und die Hand, die ihn trägt, wird wieder geheilt.
Bade den Berg des Lichts im Blute einer Frau,
Und wir werden neues Leben und Glück erfahren.«

Saleem wollte nur noch weg und hätte alles gesagt, um sich dem Griff zu entziehen. »Ich werde mich daran erinnern.«

Die Stimme seines Großvaters gewann an Kraft, hallte durch den ganzen Raum. »Der Stein wurde unseren Vorfahren von Surya selbst durch Krishna überreicht und liegt nun in drei Teilen. Den ersten Teil hast du eben zum ersten Mal gesehen. Der zweite Teil befindet sich im Tower of London, geraubt von den britischen Plünderern, die nichts von der wahren Macht des Steins verstehen. Der dritte Teil, entstanden aus den Splittern des Koh-i-Noor, ist 1852 verschwunden, als Königin Victoria den Stein zur Unterhaltung ihres Volkes schleifen ließ. Du und dein Vater, ihr müsst die beiden Steine finden und nach Hause bringen, damit die drei wieder eins werden können.«

Er sank zurück gegen das Samtkissen seines Stuhls, erschöpft. Seine Augen schlossen sich. Saleem wollte nichts, nur aus dem Raum rennen.

Und doch regte sich etwas in ihm, ein Verlangen, den glitzernden Stein noch einmal zu berühren, die Rufe und Schreie erneut zu hören, die Macht und die Erregung zu verspüren.

Der Stein hatte zu ihm gesprochen. Er hatte seine Stimme vernommen.

Saleems Hand kroch auf die Schachtel zu.

Die Augen seines Großvaters flogen auf. Seine Stimme war wieder stark und deutlich.

»Dies ist dein Schicksal, Saleem. Dein Leben wird von dieser Suche verschlungen werden, wie auch mein Leben nur diesem Zweck gewidmet war und auch dein Vater sich dieser Suche aufopfert. Und du musst wissen: Alle vor dir haben versagt. Aber wenn es dir gelingen sollte, Saleem, so musst du den Stein heimbringen.«

»Heim?«

»Zurück nach Indien, in die Kollur-Mine. Du musst die Steine vereinen und den Diamanten der Erde zurückgeben, an seinen angestammten Ort. Wenn dir das gelingt, wird unser Land sich erheben und zu altem Ruhm zurückfinden, die Kraft des Edelsteins wird den Boden stark und fruchtbar machen. Du wirst als Held gefeiert werden, als derjenige, der uns wieder an unseren angestammten Platz in der Welt gebracht hat.«

Er zog den Jungen an sich und umarmte ihn fest.

»Möge das Glück immer mit dir sein, Saleem.«

* * *

Am nächsten Tag führte sein Vater Saleem in die Gärten.

»Hat dein Großvater dir deine Aufgabe übertragen?«

»Ja, Papa.«

»Und verstehst du, was es bedeutet, Saleem?«

Er schüttelte den Kopf. »Nein, Papa.«

Robert Lanighan setzte sich auf eine der steinernen Bänke und hielt seinen Sohn an, es ihm gleichzutun.

»Als ich in deinem Alter war, hat mir dein Großvater die Geschichte der verlorenen Steine erzählt. Auch ich habe damals nicht verstanden, warum diese Aufgabe so wichtig ist. Du bist noch sehr jung, Saleem, aber es ist schon Zeit, dass du stark bist. Stark wie ich.«

Dann bäumte er sich auf und ließ das Brüllen eines Löwen erklingen.

Der junge Saleem kicherte.

»Versuch du es mal.«

Saleem brüllte und brüllte, stampfte durch die Gärten wie ein tänzelnder Löwe, bis sein Vater vor Lachen am Boden lag. Es war eine glückliche Zeit. Saleem gefiel es, seinen Vater lachen zu sehen.

Robert zog Saleem an sich, umarmte ihn eng. »Dein Großvater ist gestern Nacht gestorben. Eine Stunde, nachdem er dir sein Vermächtnis übertragen hat. Du musst ihn immer in deinem Herzen tragen, Saleem. Seine Liebe und meine werden dich ewig rein halten. Du bist jetzt ein Mann der Familie Lanighan und wir werden dort fortfahren, wo dein Großvater aufgehört hat. Irgendwie müssen wir es schaffen, den verlorenen Stein wiederzufinden und den Koh-i-Noor von den Briten zurückzuerlangen. Wir werden die drei Steine vereinen.«

Er blickte seinen Sohn ernst an. »Doch eine Sache musst du wissen, Saleem. Bei dieser Aufgabe geht es nicht um Ruhm oder Reichtum. Erinnere dich stets daran, welche Rolle du spielst, welche Pflicht du hast. Niemand sollte je die Macht des geeinten Steins für sich selbst halten wollen, das würde bloß zu Wahnsinn und Schmerz führen. Nur das Land selbst ist in der Lage, den Diamanten zu tragen. Wenn ich versagen sollte und dir die Aufgabe gelingt, musst du mir versprechen, dass du den Stein in seine Heimat zurückbringst.«

»Ich schwöre es, Vater.«

Und er meinte es so, jedes Wort. Damals, als er acht Jahre alt war.

Jahre später, nachdem sein Vater schwer erkrankt war, wurde die Suche nach dem Stein zu einem fanatischen Rennen. Er schickte Diebe aus, welche den Koh-i-Noor aus dem Tower of London stehlen sollten, doch sie versagten ein ums andere

Mal, bis die Briten Verdacht schöpften, dass mehr als nur normale Gier hinter den Einbrüchen stecken könnte. Es gelang ihm aber nie, die Spur des verlorenen Stücks zu finden, das sich nach dem letzten Schliff in der Zeit von Königin Victoria selbst gebildet hatte. Er schickte Saleem um die ganze Welt, von einer toten Spur zur nächsten, doch der dritte Stein blieb weiterhin verborgen.

Am Ende wurde klar, dass er das Ende seiner Suche nicht mehr erleben würde. Er bat Saleem, zu ihm ins Krankenhaus zu kommen. Gezeichnet durch die lange Krankheit nahm er Saleems Hand in seine, die Haut weiß wie Papier.

»Mein Sohn, ich habe versagt. Mein Versagen bedeutet für mich den Tod, meine Zeit läuft aus. Du musst jetzt unsere Suche weiterführen. Du weißt, welche Macht der Stein hat, und du wirst sie brauchen. Vereine die Steine und heile dich, mein Sohn.«

»Aber mir geht es gut, Vater. Seit meinen Kindheitstagen bin ich nicht mehr krank geworden.«

Sein Vater schüttelte kraftlos den Kopf. Schmerzen zwangen ihn, die Augen zu schließen.

»Du magst jetzt nicht krank sein, aber das wird kommen. Glaub es mir, ich habe es gesehen. Finde den dritten Stein, Saleem, befreie den Koh-i-Noor von den Briten und vereine sie wieder. Nur so kannst du dein eigenes Leben retten.«

Kapitel 63

Rue de Lausanne, Genf, Schweiz
Freitag, 14:45 Uhr

Kitsune ging Richtung Nordwest durch die Stadt, bis sie eine kleine, unscheinbare Gasse neben einer Grundschule erreichte. Sie nahm die Abkürzung über den Schulhof in die Rue de la Navigation und schlenderte die ruhige Einbahnstraße hinauf.

Sie mietete ein Zimmer im Hotel Kipling, verstaute ihre Tasche im Hotelsafe, duschte und kleidete sich an. Dann besuchte sie den Pub Lord Jim an der Ecke, um sich noch etwas zu stärken, ehe sie sich mit Lanighan traf. Der Pub war im englischen Stil gehalten und voll mit gut gelaunten Gästen, die sich schon um die Uhrzeit das eine oder andere Spezialitätenbier gönnten und sich lautstark über das Fußballspiel austauschten, das auf den Flachbildschirmen des Pubs lief. Sie bestellte sich Würstchen mit Kartoffelpüree und fragte sich, wie schon so oft, ob das vielleicht ihre letzte Mahlzeit werden würde. Sie sah Grants Gesicht vor sich und zwang Schwermut und Bedauern zurück.

Das Essen kam. Sie schob sich Gabel um Gabel des Pürees in den Mund und kostete die salzige Zwiebelsoße aus. Sie hatte kein authentischeres englisches Essen mehr gehabt, seit sie nicht mehr an der Themse lebte.

Sie aß langsam und genoss es.

Ein Teil ihrer Vorbereitungen, um den Koh-i-Noor zu stehlen, war es gewesen, ein Experte für den Edelstein und seine Geschichte zu werden, jedes kleine Detail über ihn herauszufinden. Vor allem die Legenden hatten sie fasziniert. Je mehr sie suchte, desto spannendere Erzählungen fand sie, manche von ihnen so fantastisch, dass sie höchstens die Hälfte davon glaubte. Andere erzählten Ausschnitte aus der tragischen Geschichte des Edelsteins, die in den offiziellen Aufzeichnungen nicht erwähnt wurden.

Während ihrer Recherchen bekam sie ein altes Pergament in die Finger, auf dem unter anderem eine Version der Geschichte beschrieben wurde, nach der es nicht einen, sondern zwei Steine gab. Damals hatte sie die Beschreibungen mit Interesse gelesen, aber als absurde Hirngespinste abgetan, auf den übermäßigen Opiumkonsum des Autors geschoben. Sie versuchte sich jetzt, an die Details dieser Geschichte zu erinnern, vor allem daran, welche Aspekte vielleicht doch der Wahrheit entsprechen könnten.

Dem Pergament zufolge war der Mogul Aurangzeb ein wahrer Visionär gewesen. Er wusste, dass man ihn für seinen Diamanten töten würde. Um den Stein zu schützen, befahl er daher dem Edelsteinschleifer Borgio, den Stein zweizuteilen. Während der kleinere Stein unter dem Namen Koh-i-Noor stolz der Öffentlichkeit präsentiert wurde, behielt er den größeren Stein für sich.

Über die Jahrhunderte wurde dieses Geheimnis nur von Vater zu Sohn weitergereicht. Während man um den Koh-i-Noor kämpfte und Blut vergoss, ihn raubte und stahl und wiederbeschaffte und dabei Hunderte von Menschen ihr Leben ließen, ruhte der größere Teil des Steins friedlich und unbehelligt in seinem Versteck.

Die Geschichte auf dem Pergament behauptete, einst sei ein Nachfahre des Moguls blind zur Welt gekommen, und als der Vater den Stein an die Stirn des Sohnes gedrückt habe, hätte dieser die Augen geöffnet und konnte sehen. Dem Stein wurden also Heilkräfte zugeschrieben, wenn man der Legende Glauben schenkte. Was natürlich alles etwas weit hergeholt war. Und ein altes Pergament war nicht der zuverlässigste Zeuge.

Ob Saleem diese Geschichte kannte und wirklich glaubte?

Einhundertfünfzig Jahre später ließ Prinz Albert den Koh-i-Noor durch Coster erneut schleifen, um ihm die aktuelle Form zu verleihen. Ein weiteres Gerücht, das ihr damals als sehr abenteuerlich erschienen war, besagte, dass die angefallenen Splitter und der Diamantstaub in einem Säckchen aus Samt verstaut und sicher weggeschlossen worden waren. Man wollte die Reste nutzen, um daraus Hilfsmittel zum Schleifen und Polieren anderer Diamanten zu fertigen. Dies war damals gängige Praxis, nichts wurde verschwendet, alle beim Schliff anfallenden Reste wurden aufbewahrt und weiterverwendet.

Als jedoch der junge Gehilfe das Säckchen am nächsten Tag aus dem Safe holen wollte, spürte er etwas Sperriges in dem Beutel. Der Geschichte nach hatte sich der Staub über Nacht wieder zu einem Edelstein geformt. Erschüttert berichtete der junge Gehilfe seiner Frau davon und floh dann mit dem Stein nach Deutschland, wo er ihn sicher in den Safe der Familie stecken wollte. Doch noch im Zug nach Berlin wurde er tot aufgefunden. Von dem Stein fehlte jede Spur.

Und somit war ein dritter Teil des Edelsteins entstanden und direkt wieder verschollen.

Drei Steine. Eine Legende, die nur wenige besonders hingebungsvolle Fans des Koh-i-Noor kannten. Die drei Edelsteine vereint zu halten, gäbe die Macht von Zehntausenden von

Männern, hieß es. Ihr Wert sei nicht mehr in Gold zu messen und derjenige, der sie besäße, würde Herr über sein eigenes Schicksal sein wie auch über das Schicksal unzähliger anderer.

Der Fluch jedoch – an den musste man einfach glauben. Über die Jahrhunderte hinweg hatten viele mächtige Herrscher den Koh-i-Noor als ihren Besitz angesehen und alle von ihnen hatten ein böses Ende genommen. Nur Gott oder eine Frau konnte den Stein tragen. Der Teil der Warnung war eindeutig.

Legenden. Geschichten, mit denen die Menschen sich amüsierten, die eine Moral lehren sollten und die ein Verlangen nach Abenteuer und verschollenen Schätzen auslösten.

Ein Stein, gespalten in drei Teile. Einen Teil besaß sie nun. Und der Mann, der ihn haben wollte, schien eindeutig an die Magie der Legenden zu glauben.

Saleems Vater hatte seinerzeit schon einige Andeutungen über die Legende fallen gelassen, und wenn alles wahr war, dann musste die Familie Lanighan den größten Teil des Edelsteins seit Jahrhunderten in ihrem Besitz haben.

Und vom dritten Teil wusste Kitsune, wo er versteckt lag. Mulvaney hatte es ihr erzählt.

Nur ein wahrer Nachkomme der ursprünglichen indischen Linie würde die Macht haben, die drei Steine zu vereinen.

Kitsune schüttelte den Kopf. Sie wusste, was die Prophezeiung verkündete. Aber es schien alles zu sehr aus dem Reich der Mythen und Sagen zu stammen.

Sie bezahlte und warf einen Blick auf die Uhr. Es war Zeit, sich mit Lanighan zu treffen, und dann ihr altes Leben für immer zurückzulassen.

Kapitel 64

Hotel Beau-Rivage, Genf, Schweiz
Freitag, 16:15 Uhr

Ein Gespräch vor dreißig Jahren hatte ihn auf einen kräftezehrenden Weg geschickt. *Vereine die Steine und die Menschen werden geheilt.*

Was ging ihn die Menschheit an?

Seit seinem sechzehnten Lebensjahr hatte Saleem den göttlichen Diamanten haben wollen, nicht für Indien, sondern für sich selbst. Saleems Vater hatte recht behalten. Saleem brauchte die Steine, um sich selbst zu heilen.

Er hatte sich oft gefragt, wie es gewesen wäre, wenn sie den Koh-i-Noor und das verschollene Stück rechtzeitig gefunden hätten. Wäre sein Großvater wirklich geheilt worden? Er hatte mit eigenen Augen das Gesicht gesehen, frei von jeglichem Schmerz oder Spuren des Alters, als sein Großvater nur das eine, große Stück gehalten hatte.

Hätte sein Vater, der an Nierenversagen gestorben war, das sechzigste Lebensjahr erreichen können?

Hätte Saleem selbst die Krankheit seiner Jugend ohne all diese Gifte überstehen können, die sie in seinen Körper gepumpt hatten, und die ihn jetzt in seine verzweifelte Lage brachten? Geheilt, am Leben, aber unfähig, ein Kind zu zeugen?

Erst im letzten Monat war er wieder zu seinem jährlichen Gesundheitstest gegangen, ein Ritual, das er sehr ernst nahm. Der Bluttest hatte einen anormalen Anstieg der weißen Blutkörperchen ergeben. Die Leukämie, gegen die er schon als Kind hatte kämpfen müssen, war zurück. Ihm blieb nicht viel Zeit.

Sobald die drei Steine vereint wären, könnte er sich selbst heilen und würde für immer unsterblich werden. Und heute würde er den Koh-i-Noor erhalten. Auch der kleinste der Steine war endlich in seinem Besitz, die siebenundsiebzig Karat, die beim letzten Schliff angefallen waren. Wenn sein Vater geahnt hätte, dass sein alter Freund Andrei Anatoly den Stein all diese Jahre in seinem Besitz gehabt hatte, er hätte ihn höchstpersönlich getötet.

Aber das spielte jetzt keine Rolle mehr. Anatoly war tot und der kleinste Teil des Steins wartete in einem Safe in Lanighans Pariser Lagerhaus auf seine Brüder.

Er würde nach Paris zurückkehren, die verschlossene Schatulle öffnen, die drei Steine vereinen und endlich geheilt sein. Und danach könnte er einen Sohn zeugen.

Hinter ihm klopfte es sachte an der Tür.

Kapitel 65

Saleem öffnete die Tür zu seiner Suite. Er hatte sie zuletzt vor zwei Jahren getroffen, doch sie sah nach wie vor umwerfend aus. Aber irgendwas war anders, passte nicht ins Bild. Ihre Schönheit war getrübt. Sie war immer noch eine schöne Frau, aber halt nur eine Frau, nicht jene mythische Gestalt, als die er sie in Erinnerung hatte.

Da fiel es ihm auf. »Was ist mit Ihren Augen geschehen?«

Sie machte eine wegwischende Handbewegung. »Ein notwendiges Übel. Kann ich reinkommen oder sollen wir den Austausch im Flur vornehmen?«

Er trat einen Schritt zurück und gab ihr den Weg frei. Hastig steckte er den Kopf zur Tür hinaus und blickte nach links und rechts. Der Flur war leer. Sie war alleine gekommen, wie vereinbart.

Saleem schloss die Tür und drehte sich um, sie beobachtete ihn schon. Dann nahm sie den Rucksack ab, stellte ihn auf den Tisch und öffnete ihn.

»Sie haben den Koh-i-Noor also.«

»Natürlich. Ich würde gerne das Geschäft beenden, damit wir beide getrennte Wege gehen können. Haben Sie den Geldtransfer vorbereitet?«

»Ich will ihn zuerst sehen.«

Sie streckte ihre Hand aus, hielt ihm einen kleinen Umschlag hin, nur wenige Zentimeter groß. »Sie zahlen, danach bekommen Sie den Schlüssel.«

»Schlüssel?«, fragte Saleem. »Was für ein Schlüssel? Wo ist mein Diamant?«

»Sicher verstaut an einem Ort, von dem Sie ihn abholen können. Sobald ich bestätigt habe, dass das Geld auf meinem Konto ist.«

Plante sie, ihn hinters Licht zu führen? Nun, man hatte ihn gewarnt, und es kam nicht ganz unerwartet. »Warum haben Sie den Diamanten nicht mitgebracht?«

Kitsune zog die Hand wieder zurück.

»Haben Sie wirklich gedacht, dass ich mit dem Stein in der Tasche hier hereinspaziere? Denken Sie, ich bin ein Idiot, Lanighan? So läuft das Geschäft nun mal. Sie kennen die korrekten Abläufe. Ich sehe, dass Sie bewaffnet gekommen sind. Ich nehme an, sobald Sie den Diamanten gehabt hätten, wäre eine Kugel meine Bezahlung gewesen?«

Sie umkreisten einander nun. Kitsune achtete genau auf seine Hand, ob er zur Waffe greifen würde. Er war nicht derselbe Mann, den sie vor zwei Jahren kennengelernt hatte. Die Jahre hatten ihn irgendwie verändert.

Er ist verzweifelt, stellte sie fest und erkannte damit das Problem. *Aber warum?* Was war in den letzten zwei Jahren vorgefallen?

Letztendlich spielte es auch keine Rolle. Mulvaney hatte sie gewarnt, dass sie Lanighan nicht vertrauen sollte.

»Ich frage noch ein letztes Mal. Wo ist mein Diamant?«

»Der Koh-i-Noor befindet sich an einem sicheren Ort. Sobald ich mein Geld erhalten habe, sage ich Ihnen, wozu der Schlüssel gehört. Ich halte mein Ende des Geschäfts immer ein. Immer. Sie auch?«

Er wurde wütend. Sie erkannte die Zeichen und wich drei Schritte zurück, verlagerte das Gewicht nach hinten, bereit, sich zu verteidigen.

Wie befürchtet, riss er wirklich die Waffe heraus und stieß sie in Richtung ihrer Brust. »Man hat mich ja gewarnt, Ihnen nicht zu trauen. Sie wollen mein Geld stehlen und den Koh-i-Noor für sich selbst behalten. Das werde ich nicht zulassen. Ich will meinen Diamanten, und zwar sofort!«

Sie war darauf gefasst und drehte sich auf dem linken Fuß aus der Schussbahn. Gleichzeitig schwang ihr rechtes Bein hoch und trat die Waffe aus seiner Hand. Die Pistole rutschte über den Boden, während sie mit einem Ellbogen gegen sein Kinn nachsetzte. Sein Kopf flog nach hinten, der Rest des Körpers folgte, über den Tisch. Sofort sprang sie durch den Raum zu der Waffe. Sie hob die Pistole auf und richtete sie auf ihn, als er sich gerade auf sie stürzen wollte.

Ihre Stimme war kalt wie Eis. »Halt. Keine Bewegung, Lanighan, oder ich werde schießen. Und dann haben Sie gar nichts mehr.«

Er verharrte in der Bewegung und ließ die Arme sinken. Sein Zorn war nur schwer beherrscht, er presste die Worte geradezu zwischen den Zähnen heraus. »Es scheint, als ob die Warnungen gerechtfertigt gewesen seien.«

»Wer sollte so was über mich erzählen? Ich halte mich immer an die Regeln. Sie sind derjenige, der sich hier wie ein Amateur aufführt. Also, Sie werden jetzt mein Geld überweisen und ich gebe Ihnen den Schlüssel, anschließend gehen wir beide unserer Wege und können zufrieden sein, dass unser Ende des Handels eingehalten wurde.«

»Nun gut. Geben Sie mir den Schlüssel, als Zeichen des guten Willens.«

Sie warf ihm den Umschlag zu, ohne die Waffe zu senken.

»Es sind nur fünf Minuten zu Fuß von hier. Jetzt mein Geld.«

»Sie kommen mit mir.«

Sie schüttelte den Kopf. »Wenn Sie versuchen, diesen Raum zu verlassen, ohne mich zu bezahlen, werde ich Sie erschießen und den Diamanten selbst behalten.«

»Wo ist der Diamant?«

»In der Bank Horim. Sie können das Gebäude von Ihrem Fenster aus sehen, Saleem. Vom Balkon aus, zur rechten Seite.«

Er überlegte einen Augenblick, zuckte mit den Achseln und ging zum Balkon. Die Luft draußen war eisig, die Sonne ging rasch unter. Er wandte sich nach rechts und sah das blau-weiße, blinkende Licht, weniger als einen Kilometer entfernt.

»Kitsune. Kommen Sie her.«

»Damit Sie mich runterwerfen können? Nein, danke.«

»Kommen Sie schon!«

Sie rückte vorsichtig näher an die offene Tür. Auch von hier erblickte sie die Lichter sofort. Polizei. Vor der Bank Horim.

In dem Augenblick klingelte ihr Handy, eine gesicherte Nummer. Es war Marie-Louise Helmut.

Die Stimme am anderen Ende der Leitung flüsterte. »Hier sind Leute, die nach Ihnen fragen.«

»Was für Leute?«

»Eine amerikanische Agentin vom FBI, ein Engländer von Scotland Yard und ein Mann von fedpol. Ich versuche, sie so lange wie möglich aufzuhalten, aber sie wissen, dass Sie hier waren. Eine richterliche Anordnung wird wahrscheinlich bald eintreffen, dann kann ich nicht verhindern, dass das Schließfach geöffnet wird.«

Drummond. Sie hatte es geahnt, tief innen drin hatte sie es gewusst. *Aber wie? Wie hatte er sie so schnell gefunden?*

Kitsune konnte nicht zulassen, dass sie das Fach öffneten, nicht, solange der Edelstein darin lag.

»Sie müssen das Schließfach selbst öffnen und den Inhalt entnehmen«, bestimmte Kitsune.

»Das kann ich nicht, der Agent von fedpol ist noch hier.« Ihre Tonlage änderte sich leicht. »Den Engländer und die Amerikanerin habe ich zu Sages geschickt, wie gewünscht. Wenn der dritte Agent auch gehen würde, könnte ich den Inhalt des Schließfachs entfernen.«

Kitsunes Herzschlag beschleunigte sich. Das war zumindest eine Chance.

»Machen Sie, was immer Sie tun müssen«, bestimmte sie. »Enttäuschen Sie mich nicht.«

Rasch wandte sie sich wieder Lanighan zu.

»Wir haben ein Problem, aber ich kümmere mich darum. Wir treffen uns hier wieder, in zwei Stunden.«

Sie wartete keine Antwort ab, sondern wandte sich um und verschwand. Sie ging so schnell und leise, dass er nicht geglaubt hätte, dass sie eben noch dagestanden hatte, hätte er es nicht mit eigenen Augen gesehen.

Kapitel 66

Sages Fidelité, Genf, Schweiz
Freitag, 16:30 Uhr

Sages Fidelité war keine Bank, sondern nur ein normales Geschäftshaus mit einem Schalter, der den Eingangsbereich von den drei Wänden voller Schließfächer trennte. Mike und Nicholas stürzten durch die Tür, die letzten Meter vom Taxi hatten sie laufend zurückgelegt. Der junge Mann hinter dem Schalter blickte erschrocken auf und riss panisch die Arme in die Luft. Er sah so verängstigt aus, dass Mike beinahe lachen musste. Das versprach, einfacher zu werden als eben noch in der Bank Horim.

Einige schnelle Worte später hatten sie geklärt, dass dies kein Überfall war. Der Schaltermitarbeiter, kaum mehr als ein schlaksiger Junge, wahrscheinlich noch zu jung, um sich rasieren zu müssen, stellte sich als Tomas vor, der stellvertretende Manager dieser Filiale. Mike schüttelte innerlich darüber den Kopf, was sich heute schon alles Manager nennen durfte. Er schien nur zu bereit, ihnen mit allem zu helfen, was er wusste. Was leider nicht viel war.

Er musterte das Bild und nickte enthusiastisch. »Ja, sie war hier, am Nachmittag. Sie hat ein Schließfach angemietet. Im

Voraus bezahlt, für zwei Jahre, die Rate für Ausländer. Sie hat irgendwas reingelegt und ist dann wieder gegangen.«

»Zeigen Sie uns das Schließfach.«

Sein ausgeprägter Adamsapfel hüpfte aufgeregt. »Ohne ihren Schlüssel können wir das Fach aber nicht öffnen.«

Nicholas ließ eine Faust auf den Schalter krachen. »Dann holen wir eben einen verdammten Schweißbrenner! Ich will dieses Fach offen haben, jetzt sofort. Und Sie bringen uns in der Zeit die Unterlagen!«

Der Junge wusste, wann es zu ernst war, um sich zu widersetzen. »Nein, nein, bitte, das wird nicht nötig sein. Ich habe einen Hauptschlüssel. Wir dürfen ihn aber eigentlich nicht benutzen – der ist nur für Notfälle gedacht.«

Mike beugte sich einschüchternd vor. »Dies ist ein Notfall. Wir verfolgen eine internationale Terroristin. Öffnen Sie das Schließfach!«

Der Junge schluckte einmal kräftig, nickte dann und zog die Unterlagen heraus, ehe er ins Büro eilte, um den Hauptschlüssel zu holen.

»Ich habe ernste Bedenken wegen der Sicherheit hier«, bemerkte Mike.

»So was würde in einer echten Bank nie passieren. Da hätten wir erst die Polizei holen müssen, um mit richterlichem Beschluss die Schlösser aufzubohren. Aber das hier ist halt nicht mehr als eine bessere Gepäckaufbewahrung, hier gibt es keine echten Sicherheitsstandards.« Er blätterte durch die Anmeldeunterlagen. »So ein Scherzkeks. Sie hat das Fach auf den Namen Duleep Singh angemeldet.«

»Duleep Singh?«, fragte Mike nach. »War das nicht der letzte Besitzer des Koh-i-Noor, ehe er den Briten übergeben wurde?«

»Ja, genau, ein kleiner privater Scherz auf unsere Kosten.«

Der Junge kam mit dem Hauptschlüssel zurück, öffnete das Schloss und trat schnell zurück.

Nicholas zog die graue Box aus der Wand.

Sie war leicht. Sein Herz begann schneller zu schlagen. Sollte es wirklich so einfach sein? Sie würden doch nicht wirklich den Koh-i-Noor gefunden haben?

Er klappte sofort den Deckel auf, ohne die Kiste erst auf dem Tisch abzustellen. Im Inneren lag nur ein Stück Papier.

»Und da hatte ich schon auf den Diamanten gehofft. Aber das wäre wohl auch zu viel verlangt gewesen.«

Er nahm das Blatt Papier heraus. Es war eine Liste mit Nummern. Ohne jeglichen Bezug oder Verbindung, die er erkennen konnte.

»Was ist das?«

Mike nahm ihm das Papier aus der Hand und studierte es. »Das sind Bankdaten. Jede Nummer besteht aus dreizehn Ziffern. Kontonummern. Wir sollten das an Savich schicken, vielleicht findet er Verbindungen.«

»Da steht noch was auf der Rückseite.«

Sie drehte den Zettel um. Hier stand ein einzelner Satz in eleganter Schreibschrift:

Mehr bekommt ihr nicht, lasst mich in Ruhe.

»Meinst du, das ist an uns gerichtet?«, fragte Mike. »Oder ist das für jemand anderen?«

Nicholas blickte auf die Nachricht. »Es kann eigentlich nicht für uns sein. Ich meine, wie sollte sie wissen, dass wir sie hier finden? Aber immerhin sind wir wieder einen Schritt näher.«

Der junge Mann betrachtete sie vorsichtig und zögerlich.

Nicholas ließ die Kiste auf den Tisch fallen und war mit drei schnellen Schritten bei ihm, packte ihn am Kragen und zog ihn zu sich heran. Zeit war kostbar und Nicholas war klar, dass er dem Jungen mit ein wenig gezieltem Druck leicht alle benötigten Informationen entlocken konnte. Mit einschüchterndem Blick knurrte er ihn an. »Was hat sie sonst noch hier gemacht?«

»N… nichts, Sir!«

»Du lügst. Hat sie noch ein Schließfach angemietet?«

Der Junge senkte den Kopf, sagte aber nichts. »Welches Schließfach?«

»Nein, wirklich, Sir, keins, ich schwöre es!«

Nicholas wandte sich zu Mike. »Ruf Menard an, er soll ein paar Leute vorbeischicken, um diesen Mann festzunehmen, Beihilfe zum Terrorismus, das sollte ein paar Jährchen bringen.«

»Wartet, wartet, ist ja schon gut! Sie hat noch ein zweites Fach angemietet.«

Nicholas ließ ihn los. »Sie hat dich dafür bezahlt, dass du schweigst, oder, Tomas? Ehrlich gesagt interessiert uns das nicht, solange du jetzt komplett ehrlich zu uns bist und uns das zweite Schließfach aufmachst.«

Die zweite Box war deutlich schwerer als die erste.

Nicholas trug sie zu dem kleinen Tisch mit der Resopaloberfläche in der Mitte des Raums und hob vorsichtig den Deckel an. Sobald das erste Licht ins Innere der Schachtel fiel, strahlte ihm schon ein kristallines Funkeln entgegen.

Der Koh-i-Noor.

Der Deckel stockte minimal. Nicholas erstarrte sofort in der Bewegung und senkte den Deckel wieder zurück auf die Kiste.

»Keiner bewegt sich!« Seine rechte Hand hielt den Deckel sicher geschlossen, die linke suchte währenddessen in seiner Tasche nach dem Schweizer Taschenmesser mit der integrierten Taschenlampe.

Dann ging er in die Hocke, bis der Deckel auf Augenhöhe war. Er öffnete ihn nur einen Zentimeter und leuchtete vorsichtig in das Innere der Schachtel.

Es war eindeutig der Koh-i-Noor. Allerdings zu allen Seiten umgeben von einem komplizierten Kabelgewirr.

Verfluchter Mist.

Er dankte dem Herrn im Himmel für seine Intuition. Wenn er den Deckel nur etwas kräftiger aufgezogen hätte, würden sie jetzt schon Genf von oben betrachten. Sachte schloss er den Deckel wieder. Ohne sich zu bewegen oder auch nur die Stimme zu heben, wandte er sich an Mike. »Mike, in der Box ist ein Sprengsatz. Schnapp dir den Jungen und macht euch raus hier, ich komme gleich nach.«

Sie zögerte nicht, ergriff sofort Tomas' Arm. »Mitkommen, sofort.«

Er hörte den Straßenlärm, als die beiden das Gebäude verließen, wartete noch einige Augenblicke, um ihnen Zeit zu geben, sich in Sicherheit zu bringen. Dann löste er die Hand von der Schachtel. Er betete, dass sich im Inneren nichts gelöst hatte, eben, als er den Deckel angehoben hatte. Es schien, als ob der Mechanismus die Explosion auslösen würde, sobald der Deckel um mehr als ein Viertel geöffnet würde.

Langsam und vorsichtig wich er zurück. Es war ein gutes Zeichen, dass er immer noch lebte – das ließ darauf schließen, dass er bisher nichts ausgelöst hatte. Das bedeutete freilich nicht, dass sie schon in Sicherheit wären. Es könnte einen sekundären Zünder geben, vielleicht wieder über einen mobilen Sender wie in New York. Sie konnten Gott dafür danken, dass sie bisher noch nicht bis an seine himmlische Pforte geblasen worden waren.

Diese Bombe hier würde er auf keinen Fall selbst entschärfen können, dafür fehlten ihm die Ausrüstung und der Spielraum zum Arbeiten, er käme mit seinem treuen Schweizer

Taschenmesser ja nicht einmal durch die Öffnung an den Mechanismus heran. So gerne er auch eingegriffen hätte, hier brauchte es die Hilfe der entsprechenden Fachleute und ihrer mechanischen Unterstützer, der Bombenräumroboter. Diese hätten vielleicht die Präzisionswerkzeuge, um den Zünder zu entschärfen. Selbst eine kontrollierte Explosion in einer solchen Gegend wäre ein Albtraum.

Er wich vorsichtig zurück, bis er den Türgriff hinter sich spürte. Dann drehte er sich in einer schnellen Bewegung um und fiel fast aus der Tür. Draußen war es eisig kalt, trotzdem sog er begierig Luft ein. *Das war nah dran, Nicholas, zu nah, verdammt.*

Die Glastür schwang hinter ihm zu, seine Augen suchten nach Mike und fanden sie auf der anderen Straßenseite, Tomas neben ihr. Sie schien fahl vor Angst, die Arme wild gestikulierend in der Luft, schrie ihm etwas zu.

Sein Geist registrierte die Schreie, allerdings eher unterbewusst. Ebenso, wie er die Glassplitter eher spürte, als dass er die Explosion hörte. Die heiße Druckwelle warf ihn auf die Straße, Glassplitter und verbogenes Metall überholten ihn, während er stürzte und sich zu einem Ball zusammenrollte, um zumindest den Kopf zu schützen. Seine Ohren klirrten vom Lärm der Explosion, während seine Hände durch die Hitze versengt wurden.

Dann hörte er nichts mehr. Sah auch nichts mehr. Alles wurde schwarz um ihn.

Kapitel 67

Park Saint-Jean, Genf, Schweiz
Freitag, 16:35 Uhr

Von ihrer Position vor dem Park konnte Kitsune beobachten, wie Drummond und Caine mit dem Jungen sprachen, ihn einschüchterten, bis er ihnen gab, was sie verlangten. Sie hatte diesen kleinen Idioten korrekt eingeschätzt, es dauerte nicht lange, bis sie ihn so weit hatten, dass er das Schließfach öffnete. Zumindest hatte er sich an ihre Anweisungen gehalten. Falls ein Mann und eine Frau nach ihr fragen würden, sollte er ihnen das Schließfach mit den Kontonummern zeigen.

Wenn stattdessen Saleem Lanighan gekommen wäre, hätte er andere Anweisungen gehabt.

Aber Drummond hatte den Jungen wohl noch mehr eingeschüchtert, als sie gedacht hatte. Und dieser hatte auch noch die zweite Box geliefert. Jene, die für Lanighan gedacht gewesen war.

Ihr linker Daumen spielte über dem Knopf des Detonators, mit der rechten Hand hielt sie ein Fernglas auf die Lobby der Sages Fidelité gerichtet. Sie war hier sicher, weit genug vom Geschehen entfernt, aber noch in Reichweite des Senders.

Sie sah zu, wie sie über dem Zettel mit den Bankdaten diskutierten. Beobachtete, wie Caine den Zettel drehte und wendete, wie Drummond ihn wieder an sich nahm, die kurze Nachricht las, die sie für ihn hinterlassen hatte.

Mehr bekommt ihr nicht, lasst mich in Ruhe.

Weitere Diskussionen, dann griff Drummond Tomas am Kragen und sie wusste, dass es vorbei war.

Jetzt blieb ihr eigentlich nur noch eine Möglichkeit, ein leichter Druck mit ihrem linken Daumen, und das Problem wäre aus der Welt.

Kein Drummond mehr. Sie erkannte, dass sie vor gerechtem Zorn schäumte, ein Gefühl, das sie an ihre Jugend erinnerte, als sie noch unerfahren und undiszipliniert gewesen war. Sie hatte sich einmal von Emotionen leiten lassen. Der Fehler durfte ihr nicht noch mal passieren. Das war keine Frage von Zorn und verletztem Stolz. Hier ging es um ihr reines Überleben.

Dieses zweite Schließfach war für Lanighan bestimmt gewesen. Und es wäre nur fair und logisch gewesen, wenn er sich selbst damit ins Jenseits gesprengt hätte. Weil alleine die Tatsache, dass er das Fach gefunden hätte, bedeutet hätte, dass er sie hintergangen hatte.

Sie hielt den Sender in der Hand und schaute weiter zu. Nein, sie würde Drummond nicht töten müssen. Sie würde einfach nur zusehen, wie er sich selbst tötete, wenn er die Kiste öffnete.

Sie erinnerte sich an Mulvaneys Stimme, wie er ihr immer und immer wieder einschärfte, dass jeder noch so gute Plan stets einen Alternativplan brauchte, eine Ausfallsicherung.

Alleine der Gedanke an ihren Mentor ließ sie mit den Zähnen knirschen. Sie drängte den Gedanken zurück, sie brauchte jetzt einen klaren Kopf. Sie konnte später noch herausfinden, was mit Mulvaney geschehen war.

Durch das Fernglas registrierte sie, wie Drummond sich versteifte. Er hatte die Bombe entdeckt. Caine zog jetzt Tomas aus dem Gebäude, die beiden rannten über die Straße. Drummond senkte den Deckel wieder ab, eben trat er von dem Tisch weg. Sein Leben lag in ihrer Hand.

Das hatte sie nicht gewollt. Sie hatte nicht gewollt, dass es so endete. Sie schluckte, atmete tief durch, zwang sich zur Ruhe.

Mach es!

Es ging ums Überleben. Zu viel stand auf dem Spiel.

Mach es mach es mach es!

Die Tür ging auf, Drummond war raus – *jetzt! Mach es!*

Ihr Daumen zuckte, dann war es vorbei.

Kapitel 68

Der Wagen erzitterte durch die Druckwelle der Explosion. Kitsune achtete nicht darauf, legte den Gang ein und fuhr los. Sie war sich sicher, dass niemand auf sie achten würde, mit all dem Chaos und den Trümmern der Explosion.

Zwei Blocks weiter, in einer kleinen Seitenstraße, fand sie einen grauen Kleinwagen, einen Fiat, mit laufendem Motor. Der Besitzer war wohl nur schnell in Haus gegangen, um etwas zu holen oder abzuliefern, und hatte die Heizung nicht abstellen wollen. *Perfekt.*

Sie stellte ihren Mietwagen in der Einfahrt eines der benachbarten Häuser ab, warf ihre Sachen in den Fiat und war Sekunden später bereits wieder unterwegs.

Sie zwang sich dazu, ruhig zu bleiben, logisch zu denken, ihre nächsten Schritte zu planen. Der Himmel wurde bereits dunkel. Sie würde schon klarkommen. In ihrer Tasche waren noch die Papiere für zwei weitere Identitäten, die Mulvaney vorsorglich angelegt hatte. Und es gab niemanden, der so etwas besser machte als er. Wo er nur steckte? Egal, sie hatte jetzt genug eigene Sorgen.

Sie fuhr auf direktem Weg nach Westen. Die Grenze lag nur wenige Kilometer vor der Stadt, sie wollte durch sein, ehe man nach ihr suchte.

Alle verfügbaren Beamten würden erst zum Ort der Explosion eilen, darunter bestimmt auch der Agent von fedpol. Madame Helmut hätte damit die Zeit, die sie brauchte, um den Inhalt des Schließfachs zu sichern. Kitsune vertraute darauf, schließlich bezahlte sie auch ein kleines Vermögen für ihre Dienste.

Lanighan hatte sie betrogen, wie von Mulvaney prophezeit. Sie hatte es nicht glauben wollen. Sie erinnerte sich an jene Nacht vor zwei Jahren in Paris, als sie ihn sorgfältig analysiert und abgeschätzt hatte. Sie war damals zu dem Schluss gekommen, dass sein Verlangen, den Koh-i-Noor zu besitzen, stärker sein würde als seine Liebe zum Geld, und dass er sie daher nicht um ihre gerechte Bezahlung betrügen würde. Er war ein Geschäftsmann. Er wusste, wie die Dinge liefen. Was also hatte sich geändert? Warum sah er sie jetzt als Feind an, nicht mehr als Geschäftspartner? Warum hatte *er* geglaubt, dass *sie* ihn betrügen würde?

Ein Dieb, der das Diebesgut zum Treffen mitbrachte, war ein Idiot, kein Profi. Er wusste das natürlich. Sie hätte ihm den Schlüssel gegeben, er hätte sie bezahlt, alle wären glücklich gewesen. Eigentlich hätte alles ohne Probleme ablaufen müssen, stattdessen fiel nun alles auseinander.

Zum Glück hatte sie wie immer vorgesorgt. Diese Maßnahmen würden sie jetzt retten, nicht nur vor Lanighan, sondern auch vor den Behörden.

Sie biss sich auf die Lippe, stark genug, dass sie Blut schmeckte. Für den Augenblick musste das reichen, bis sie Lanighans Blut spüren würde.

Sie zog sich schnell um, packte eine neue Perücke aus und steckte die dazu passenden Ausweise in ihr Portemonnaie. Danach rief sie Marie-Louise Helmut in der Bank Horim an.

»Ist das Paket aus meinem Schließfach sicher?«

»Ja, Madame. Wir hatten eine Explosion in der Nähe, ein glücklicher Zufall, der Agent von fedpol ist auch dorthin aufgebrochen. Ich nehme an, Sie werden das Paket nicht persönlich abholen kommen?«

»Nein. Schicken Sie den Inhalt ins Café Popon in der Rue Henri-Fazy.«

»Ich kenne die Adresse.«

»Ich werde in zehn Minuten dort sein. Ihr Kurier soll in der Damentoilette auf mich warten.«

»In zehn Minuten«, bestätigte Madame Helmut und legte auf.

Kitsune spürte, wie sie langsam die Kontrolle über die Situation zurückerlangte. Noch zehn Minuten, dann hätte sie zumindest den Diamanten wieder. Der Fiat rollte inzwischen durch zähflüssigen Verkehr, sie blickte immer wieder in den Spiegel, um sicherzugehen, dass ihr niemand folgte.

In nur fünf Minuten war sie im Café Popon angekommen. Sie ging zum Tresen, bestellte ein Croissant und einen Kaffee. Über der Theke war ein Fernseher angebracht, der Bildschirm zeigte eine Eilmeldung des lokalen Nachrichtensenders mit den neusten Informationen zu der Explosion in der Innenstadt. Die Bilder zeigten schreckliche Verwüstung, Flammen, die in den Himmel stiegen, Trümmer, die hinabstürzten. Wahrscheinlich die ersten Lokalnachrichten, die es geschafft hatten, den Raub des Koh-i-Noor aus den Schlagzeilen zu verdrängen.

Sie lauschte dem Sprecher, der in schnellem Französisch den Stand der Erkenntnisse herunterrasselte. Drei Verletzte, keine Todesopfer. Also hatte Drummond die Explosion überlebt. Nun, er würde zumindest im Krankenhaus liegen und einige Zeit ausgeschaltet sein. Lange genug, dass sie mit ihrer Beute aus Genf verschwinden und einen neuen Ansatz starten konnte.

Eine junge Frau betrat das Café und marschierte an Kitsune vorbei, direkt in den hinteren Bereich.

Kitsune folgte ihr auf die Toilette.

Die Übergabe lief einwandfrei und professionell, so wie Übergaben laufen sollten. Der Diamant lag angenehm schwer in ihrer Tasche, als Kitsune aus dem Café verschwand. Sie stieg zurück in ihren Wagen und überlegte, dass sie vielleicht doch etwas Hilfe gebrauchen könnte. Und wenn es nur wäre, um ihm eine echte Überraschung zu bereiten.

Kapitel 69

Hotel Beau-Rivage, Genf, Schweiz
Freitag, 16:45 Uhr

Lanighan stürzte zurück zum Balkon, als er die Explosion hörte. Die Druckwelle war stark genug gewesen, um das Geländer erzittern und die Fenster klirren zu lassen. Er sah die Flammen hochsteigen, dann den Rauch, der schwarz und dick den Himmel verdeckte.

Wo war Kitsune? War das ihr Werk?

Nur eine halbe Stunde später klingelte sein Telefon.

Er erkannte ihre Stimme. »Ich brauche Ihre Hilfe.«

Einen Moment war er überrascht, ehe er wieder Worte fand. »Und ich brauche meinen Diamanten.«

»Ich habe ihn bei mir, aber ich kann nicht mehr zurückkommen. Die Brücke zu Ihrem Hotel ist wegen der Explosion gesperrt. Außerdem sind diese Amerikanerin und der englische Polizist hier. Keine Ahnung, wie sie uns so schnell gefunden haben, aber sie sind hier.«

»Ich gehe davon aus, dass Sie die Bombe gezündet haben? Und Sie haben es nicht geschafft, die beiden damit zu töten?«

»Ich habe es versucht, aber sie sind der Explosion entkommen. Mindestens einer von ihnen ist verletzt. Ich weiß nicht, wie stark, aber ich will kein Risiko eingehen. Die beiden werden jetzt im Krankenhaus sein, zumindest für diese Nacht wird man sie wohl dortbehalten. Sorgen Sie dafür, dass sie aufgehalten werden. Sie müssen nicht sterben, ich brauche nur etwas Zeit.«

»Und mein Diamant?«

»Den bekommen Sie in Paris. Sie wissen den Ort und die Zeit.«

Die Stille sprach Bände von seinem Misstrauen. »Nun gut. Ich werde mich um alles kümmern. Und wir sehen uns in Paris.«

Damit legte er auf, die Leitung war tot.

Saleem ließ das Handy in die Jackentasche gleiten, nahm seine Reisetasche und verließ die Suite. Über die Treppe begab er sich in die Tiefgarage. Sicherheitshalber überprüfte er seinen BMW auf Bomben oder ähnliche Überraschungen, die sie hätte hinterlassen können. Zufrieden stieg er dann in den Wagen und war weniger als zwei Minuten nach dem Anruf bereits auf dem Quai du Mont-Blanc. Am besten würde er jetzt noch die Grenze überqueren, ehe die Polizei Sperren wegen der Explosion einrichtete.

Während er sich durch den zunehmenden Verkehr aus der Innenstadt rausfädelte, tätigte er einen Anruf. Beim dritten Klingeln hob jemand ab. Er erklärte kurz, was er brauchte, und legte wieder auf, zuversichtlich, dass seine Befehle wortwörtlich ausgeführt werden würden. Er würde ihr die Agenten vom Hals schaffen, aber dauerhaft. Danach würde er sich seinen Diamanten beschaffen und mit ihr abrechnen.

Er wählte ihre Nummer. Sie antwortete kurz und knapp. »Ja?«

»Alles erledigt. Wie haben Sie es nur hinbekommen, so ein Chaos anzurichten? Mein Vater hat Sie in so hohen Tönen gelobt, dass ich gedacht hatte, der Fuchs würde keine Fehler machen. Ich frage mich langsam, ob Sie wirklich die enormen Summen wert sind, die ich Ihnen bezahle.«

Sie konnte es durch die beherrschten, glatten Worte heraushören. Er wollte immer noch nicht mit dem Geld rausrücken, das er ihr schuldete. Sie wusste aber schon die passende Antwort, die ihr eine gewisse Genugtuung bereitete. »Hören Sie mir gut zu, Saleem. Die Bankverbindung für die erste Teilzahlung war alles, was ich brauchte, um die diversen anderen Konten ausfindig zu machen, von denen Sie über die Jahre Ihre anderen Diebe bezahlt haben. Diese Informationen habe ich in ein Schließfach in der Sages Fidelité gelegt. Wenn die Liste die Explosion überstanden hat, wird das bestimmt sehr interessant sein für die Buchhaltungsexperten der diversen Polizeieinheiten, oder?«

Er war sprachlos vor Schock. Sein Instinkt sagte ihm, dass sie die Wahrheit sprach. Nicht dass es groß etwas ausmachen würde, die Konten wurden nach der jeweiligen Transaktion immer direkt geschlossen. Aber trotzdem, mit genug Zeit … Seine Stimme wurde sehr ruhig. »Miststück.«

Sie lachte nur. »Ja, genau. Also, Sie sind jetzt lieber mal ganz still und hören mir zu. Sie wissen jetzt, dass ich nicht lüge und keine Spielchen spiele. Ich habe die volle Absicht, unsere ursprüngliche Abmachung einzuhalten. Ich weiß, dass Sie ein vorsichtiger Mann sind und dass es unwahrscheinlich ist, dass diese Konten zu Ihnen zurückverfolgt werden. Es ist also nicht mehr als eine Warnung. Wenn Sie weiterhin versuchen, mich zu betrügen, werde ich der Polizei genug Informationen liefern, die direkt zu Ihnen persönlich führen. Ich hoffe, Sie verstehen, dass Ihr Imperium in meiner Hand ist, Saleem. Halten Sie sich an unsere Abmachung.«

»Ich habe nie etwas anderes vorgehabt. Sie machen es mir aber schwer, Ihnen zu vertrauen.«

»Ich habe Ihnen nie einen Grund gegeben, mir zu misstrauen. Sie kennen meinen Ruf. Lassen Sie uns einen Strich drunter ziehen und es morgen erneut versuchen. Denken Sie daran, ich habe den Diamanten bei mir. Jetzt schaffen Sie mir diese Agenten vom Hals.«

Seine Stimme war gepresst, der Zorn unterdrückt. »Anders als Sie versage ich nicht.« Dann warf er sein Handy auf das Leder des Beifahrersitzes und trat das Gaspedal durch. Der Motor heulte auf, als er über die Voie Centrale stadtauswärts beschleunigte.

Auf der anderen Seite zog Blaulicht vorbei, als ein Streifenwagen in der Gegenrichtung in die Stadt jagte.

Sein Blick folgte dem Streifenwagen im Rückspiegel, bis das Blaulicht verschwunden war. Dann war er auf der Autobahn Richtung Grenze und damit auch Richtung Paris. Hier stellte er den Geschwindigkeitsregler auf 120 km/h. Schnell genug, um rechtzeitig anzukommen, langsam genug, um keinen Verdacht zu erregen.

Diese Frau war ebenso dumm wie arrogant. In Paris würde er ihr zeigen, wie viel Macht er wirklich hatte und dass in Wirklichkeit sie in seiner Hand war.

Kapitel 70

Genf, Schweiz
Freitag, 16:45 Uhr

Er hörte seinen Namen aus der Entfernung, spürte Hände, die ihn schüttelten. Er wollte nicht aufwachen. Er wollte lieber wieder in das süße Vergessen sinken, das sich so angenehm an ihn schmiegte. Doch jetzt spürte er Schmerz, stechend und scharf. An seinem Rücken. Also öffnete er die Augen.

Blinkende Lichter. Stimmen. Schreie. Rufe. Vor seinen Augen tanzte alles verschwommen, er schaffte es einfach nicht, den Blick scharf zu stellen. Die Stimme einer Frau an seinem Ohr, ruhig, kontrolliert, Finger, die ihn berührten, leicht wie Federn. »Nicholas? Kannst du mich hören? Antworte mir bitte.«

Ihre Stimme kam ihm irgendwie bekannt vor. Er versuchte, sich an ihren Namen zu erinnern. Mike … Mike Caine? Ihre blonden Haare hingen ihm ins Gesicht. Er streckte seine Hand aus, wusste aber selbst nicht so recht, ob er sich die Haare aus dem Gesicht wischen oder sie umarmen wollte. Aber die Entscheidung wurde ihm abgenommen, als sie ihre Arme um ihn schlang. Er spürte die Wärme ihrer Tränen und musste lächeln. Besser. Selbst der Schmerz war weniger, wenn er so gehalten wurde. Sie war warm und weich und ihr Haar roch nach Blumen und wild wachsendem Gras. Mit einem Hauch Jasmin.

Dann löste sie sich von ihm, der Schmerz kroch wieder über sein Kreuz wie ein heißes Messer. Er schnappte einmal nach Luft, im nächsten Moment war er weg.

* * *

Als er das zweite Mal erwachte, war alles fort. Der Lärm, die Hitze, die Aufregung. Um ihn herum war es still, geradezu gespenstisch still. Etwas Kaltes lag über seinem Gesicht; kühler Sauerstoff wurde in Schüben in seine Nase gepustet. Leise, gleichmäßige Pieptöne erklangen im Gleichschritt mit dem Schlag seines eigenen Herzens, sich langsam beschleunigend. Es roch auch anders, steril und unnatürlich. Ein Krankenhaus. Er war in einem Krankenhaus.

»Nicholas? Du bist wieder wach! Nein, bleib bitte bei mir. Versuch, wach zu bleiben. Hör mir einfach zu. Du kommst wieder in Ordnung.«

Sein Blick gewann langsam Fokus. Mike saß an seiner Bettkante, seine Hand lag zwischen ihren Händen. An einer Wange hatte sie einen schmierigen schwarzen Fleck. Er wollte seine Hand ausstrecken und ihn wegwischen, aber sein Arm war schwer wie Blei.

Sie beugte sich vor und gab ihm einen ebenso schnellen wie leichten Kuss auf den Mund. »Jetzt hör mir mal gut zu, du alter Depp. Sich umbringen zu lassen, war nicht Teil der Vereinbarung.«

Er wollte antworten, aber seine Stimme versagte. Sie flößte ihm einen Schluck Wasser ein. Es schmeckte himmlischer als der reifste Glenfiddich seines Großvaters. Seine Stimme war mehr Krächzen als Sprechen. »Was ist passiert?«

»Du hast das Gebäude in die Luft gejagt.«

Die Erinnerung kehrte zurück, Stück für Stück. Das blauweiße Glitzern des Edelsteins in der Kiste, die roten und orangenen Drähte, die heiße Explosion direkt hinter ihm.

»Nicht ich. Hab Deckel geschlossen.«

»Das hättest du wohl der Bombe sagen sollen. Kaum dass du durch die Tür warst, ist das ganze Gebäude in Flammen aufgegangen. Du hattest ein größeres Stück Glas im Rücken sowie ein paar Schnitte von fliegenden Splittern. Die Ärzte haben aber alles entfernen können. Ach ja, und deine Hände haben leichte Verbrennungen erlitten. Wahrscheinlich hast du auch eine Gehirnerschütterung und vielleicht auch leichte Hörschäden, das wird aber nur vorübergehend so sein. Meine Ohren sind schon fast wieder frei. War eine ziemlich große Explosion.«

Er konnte seinen Rücken nicht spüren, Panik schlich sich sein. »Mein Rücken?«

»Wahrscheinlich nur taub vom Lidocain. Sie mussten die Wunde nähen. Keine bleibenden Schäden, bestimmt wird es noch einige Tage übel schmerzen, aber das wird alles wieder.«

»Sonst jemand verletzt?«

Sie schüttelte den Kopf. »Ein paar Leute sind durchgerüttelt worden, aber nichts Ernstes passiert.«

Er sah sich im Raum um. Ein kleines, weißes Zimmer, ein Stuhl. Die Vorhänge zugezogen. Es kam ihm aber wie Nacht vor. »Wie lange war ich weg?«

»Ein paar Stunden. Du hast wirklich stark geblutet und warst nicht mehr bei Bewusstsein. Ich dachte schon … Also, zum Glück bist du wieder in Ordnung. Tomas hat sich auch Sorgen um dich gemacht. Und ja, ihm geht es gut. Das letzte Mal, als ich ihn gesehen habe, hat er aber gezittert wie ein Blatt im Wind, während er sich durch die Befragung der Genfer Polizei gestottert hat.« Sie legte ihm eine Hand auf die Wange. »Mach so was nicht noch mal, ja?«

»Ich versuche es«, meinte er lächelnd. Es schmerzte, also lehnte er sich zurück in die knisternden Kissen.

»Menard und die Genfer Polizei kümmern sich um alles, was mit der Bombe zu tun hat. Das Feuer war nur auf das eine Gebäude begrenzt, was schon an ein Wunder an Präzision grenzt. Sie hat wohl wieder C4 verwendet. War die Bombe ähnlich wie die im Met?«

»Nein, diesmal war sie mit einem Druckzünder versehen. Die war ernst gemeint, nicht nur zum Angstmachen.«

Mike presste die Lippen grimmig zusammen. »Sie wird rücksichtloser. Erinnere mich daran, sie windelweich zu schlagen, wenn wir sie das nächste Mal sehen.«

Er wollte lachen, aber mit den Schmerzen kam auch die Erinnerung zurück. Er versuchte, sich aufzusetzen. »Haben sie den Diamanten gefunden?«

»Nein, versuch nicht, aufzustehen. Dein Körper braucht noch Ruhe und die Verletzungen könnten aufbrechen.«

Sie drückte ihm sanft gegen die Schultern und schob ihn zurück in die Kissen. Er konzentrierte sich einen Moment nur darauf, die Schmerzen unter Kontrolle zu halten. »Der Diamant. Der Koh-i-Noor. Er war in der Kiste. Die Bombe lag um ihn herum, alles verbunden und so verdrahtet, dass die Bombe explodiert, sobald jemand die Kiste öffnet.«

»Bist du dir sicher, Nicholas?«

»Absolut. Sag ihnen, dass sie nach dem Stein suchen sollen. Wusste dieser Junge Tomas von der Bombe?«

»Nein, wie gesagt, der ist komplett ausgeflippt. Er hat der Polizei wohl auch bereitwillig alles verraten, was er über Browning weiß. Er meinte, dass sie ihn gut dafür bezahlt habe, dass er uns zum ersten Schließfach leitet, dem mit den Nummern darin. Die Bombe war laut Tomas für jemand anderen gedacht, einen großen, kräftigen Mann mit dunklen Haaren und dunklen, stechenden Augen.«

»Der Käufer«, folgerte Nicholas.

»Vermutlich«, stimmte Mike zu. »Wahrscheinlich als Absicherung. Wenn der Deal schiefgelaufen wäre, hätte sie ihn als Rache ausgeschaltet und alle Beweise vernichtet. Aber wir haben Tomas zu stark eingeschüchtert, so sehr, dass er uns beide Schließfächer gezeigt hat. Und – bumm! Ich sollte jetzt besser Menard anrufen und ihm von dem Diamanten erzählen.«

Während sie zum Telefonieren vor die Tür trat, gestattete Nicholas es sich, für einige Augenblicke einfach so dahinzutreiben.

Ein paar Minuten später kam sie wieder und setzte sich auf den Stuhl neben seinem Bett, ohne ihn jedoch zu berühren. »Sie werden darauf achten, aber im Augenblick ist es noch zu unsicher, die Überreste des Gebäudes zu betreten.« Sie lehnte sich vor und blickte ihm tief in die Augen. »Ernsthaft, Nicholas, du hast mich zu Tode erschreckt.«

»Wenn wir sie finden, werde ich ihr persönlich den Hals umdrehen. Also, nachdem du sie windelweich geschlagen hast. Sie hat jetzt zweimal versucht, mich in die Luft zu jagen. So langsam nehme ich das persönlich.«

»Aber sag mal, woher wusstest du es? Du hast die Bombe bemerkt und uns rausgeschickt.«

»Echt?«

»Ja, wirklich.«

Er erinnerte sich nicht. »Moment … Da war irgendwas. Ich glaube, die Kiste fühlte sich irgendwie falsch an. Zu schwer. Ich hatte so ein Gefühl, dass da mehr dran ist, oder besser gesagt mehr drin ist, und dass es gefährlich sein könnte.«

Sie legte ihm wieder die Finger ans Gesicht. »Ich muss dir schon wieder für deine exzellenten Instinkte danken. Du hast mir jetzt in zwei Tagen zweimal das Leben gerettet. Ich bin dir was schuldig.«

»Genau genommen bist du mir zweimal was schuldig, aber wer zählt schon mit.« Er versuchte zu lächeln, es schmerzte aber zu stark. Andererseits, er sollte sich nicht beschweren, er war noch am Leben und hatte keine bleibenden Schäden genommen. »Browning, der Fuchs, wer auch immer sie ist. Sie hat den Einsatz erhöht. Die Aktion heute hätte viele Leute verletzen oder töten können. Mike, wir sind so nah dran, wir können uns jetzt keine Pausen erlauben.«

Sie beugte sich über ihn und strich ihm das Haar aus der Stirn. »Wir werden nicht aufgeben, aber eine Pause muss sein. Zumindest für diese Nacht. Die Ärzte meinen, dass du wohl nur eine leichte Gehirnerschütterung hast, aber sie wollen dich noch unter Beobachtung halten. Gib der Medizin Zeit zu wirken. Wir haben ohnehin die Spur verloren, für den Moment ist sie entkommen.«

Er wollte nicht mehr diskutieren. Ihm war auch klar, dass er sich ohnehin lediglich eingeschränkt würde bewegen können. Es war nicht seine erste Gehirnerschütterung. Wenn er sich zu früh wieder zu stark belastete, würde er nur spuckend am Boden enden und wieder hier eingeliefert werden. Ohnehin hatten sie ihm irgendwas wirklich Nettes in den Tropf getan. Für den Moment akzeptierte er, dass Schweben seine einzige Art der Fortbewegung sein würde. Zudem fühlte es sich wirklich gut an, wie Mike seine Schläfen massierte. Er fühlte sich glücklich und entspannt und ließ einfach alles geschehen.

Eine Stimme drang wie aus weiter Ferne zu ihm. »Recht so, entspann dich. Ich bin hier. Nichts Böses wird passieren.«

Er fühlte sich wie in den Armen seiner Mutter, als er in einen tiefen Schlaf sank.

Kapitel 71

Hôpitaux Universitaires de Genève
Samstag, zu Sonnenaufgang

Nicholas verbrachte eine rastlose Nacht voller seltsamer, durch die Medikamente verursachter Träume. Im Halbschlaf hatte er mitbekommen, wie etwa jede Stunde die eine oder andere Krankenschwester reingekommen war, um ihn mit irgendwas zu stupsen oder zu piksen. Mike hatte in recht unbequemer Position neben ihm auf dem Stuhl geschlafen.

Er wachte auf, als vor dem Fenster die ersten Anzeichen einer Dämmerung einsetzten. Sein Kopf dröhnte weiterhin, die Sicht war aber schon viel klarer. Seine Augen durchsuchten den Raum, bis er die Uhr an der Wand entdeckte. Kurz nach sechs Uhr. Vor gut dreizehn Stunden waren sie in die Sages Fidelité getreten und hatten für einen Moment die Feuer der Hölle auf die Erde geholt.

Es stimmte schon, Mike hatte recht, der Fuchs war vorerst außerhalb ihrer Reichweite, ebenso wie der Koh-i-Noor.

Als hätte sie seine Gedanken gehört, schlug Mike die Augen auf. Sie bemerkte, dass er aufrecht saß, die Augen wieder klar, das Gesicht schon viel frischer, wenn auch ziemlich angeschlagen.

»Komm schon, schlaf weiter.«

»Ich bin wach, mir geht es gut«, erklärte Nicholas. »Hast du von Menard gehört? Haben sie den Diamanten gefunden?«

»Keine Spur davon. Vielleicht hat die Explosion ihn ja zu Sand zerrissen. Keine Ahnung, ob die Hitze einer Explosion ausreicht, um einen Diamanten zu zerstören, aber ich kann mir kaum etwas vorstellen, das so einen Block C4 übersteht.«

»Kommt wohl drauf an, wie nah er dran war. Aber ich denke mal eher, er hat es überstanden, sie haben ihn nur noch nicht gefunden.«

»Ich habe da gestern noch drüber nachgedacht. Ich bin mir gar nicht so sicher, dass es wirklich der echte Koh-i-Noor war. Ich würde eher darauf tippen, dass es eine weitere Kopie war, die Bombe dazu war eine Art Lebensversicherung.«

Natürlich. Die Explosion hatte sein Hirn wohl doch mehr durchgeschüttelt als gedacht.

»Menard und seine Leute konnten bei der Bank Horim übrigens nichts finden. Den Aufzeichnungen der Bank nach wurde wirklich zu der Zeit, als sie in der Bank war, ein Schließfach angemietet. Die Polizei hat es aufbohren lassen, aber nichts darin entdeckt. Die Managerin, Madame Helmut, meinte, dass sie nichts darüber wüsste.«

»Meinst du, sie hat gelogen?«

»Menard ist davon überzeugt. Die Polizei hat weiterhin einen Mietwagen aufgetan, der in einem Hauseingang abgestellt und aufgegeben wurde, in direkter Nähe zu einer Stelle, von der gestern ein Fiat gestohlen wurde. Menard zufolge hat die Grenzpolizei einen Wagen gemeldet, auf den die Beschreibung passt und der gestern gegen zehn Uhr die Grenze nach Frankreich überquert hat. Die Fahrerin war eine Frau, laut Reisepass eine gewisse Stephanie Arle, wohnhaft in Calais, Frankreich. Sie war zwar blond, aber von dem Foto der Grenzstation her ist sie es, eindeutig.«

»Ich frage mich, wohin sie jetzt unterwegs ist.«

»Nach der Grenze haben sich ihre Spuren verloren. Sie hat offensichtlich mehrere verschiedene Identitäten zur Verfügung. Vielleicht hat sie sich irgendwo versteckt oder den Wagen untergestellt und ein anderes Auto gestohlen.« Sie unterbrach sich einen Augenblick. »Aber, wenn du mal zurückdenkst, unsere erste Spur führte nach Paris. Das sind nur knapp über vier Stunden mit dem Auto. Vielleicht fährt sie ja dorthin, um sich mit dem Käufer zu treffen.«

Das hörte sich logisch an. »Haben wir schon etwas Neues über die Kontonummern, die wir in dem Schließfach bei Sages Fidelité gefunden haben?«

»Ich befürchte, von dem Zettel ist nichts übrig geblieben, du musst ihn bei der Explosion verloren haben.«

Was hatte er eigentlich mit dem Zettel gemacht? Hatte er ihn abgelegt? Soweit er sich erinnerte, nicht. »Moment ... schau mal in meiner Hosentasche nach. Nein, warte, in meinem Portemonnaie. Ich glaube, ich habe ihn da reingesteckt.«

Mike zog eine Plastiktasche unter dem Bett hervor, in der die verschmorten Überreste von Nicholas' Sachen steckten. Sie nahm sich die blutverschmierte Hose vor und steckte ihre Hand vorsichtig in die hintere Hosentasche, passte dabei auf, sich nicht an den kleinen Glassplittern zu schneiden, die noch im Stoff hingen. Das Leder des Portemonnaies hatte sich über die Jahre perfekt der Form seines Pos angepasst. Sie gönnte sich einen Augenblick, ehe sie das Portemonnaie öffnete.

Tatsächlich fand sie hier zwischen Dollars, Euros und Schweizer Franken einen kleinen Zettel. Sie zog ihn heraus und wedelte damit triumphierend vor seinem Gesicht.

»Halleluja, Nicholas, du hast mal wieder den Tag gerettet. Oder zumindest den Zettel.«

Er wollte lächeln, überlegte es sich aber auf halbem Weg anders. Jetzt, wo er wieder bei vollem Bewusstsein war, schmerzte alles umso mehr. Vor allem sein Gesicht. Und seine

Augenbrauen. Und seine Ohren. Selbst seine Zähne schienen wund.

»Ruf Savich an. Er kann die Kontonummern in die Datenbank eingeben, an der er gerade arbeitet.«

Mike tippte die Nummern in ihr Handy und schickte die Nachricht zu Savich. Als sie fertig war, blickte sie auf und sah, wie er sie beobachtete. Sie konnte erkennen, welche Schmerzen er hatte. Sie hasste es. Das Miststück konnte was erleben, wenn sie sie endlich hatten.

»Zum Glück hast du deine magische Reisetasche«, scherzte sie locker, hielt dabei seine Hose hoch. »Die Sachen sind wohl ruiniert.«

»Und dabei war das meine Lieblingshose.«

Zumindest ein versuchter Scherz, das war schon mal ein Anfang. Er würde es überleben, Gott sei Dank.

»Louisa hat mir gestern ein Update geschickt, während du noch im OP warst. Die DNS, die wir von Victorias Stift gewonnen haben, hat uns einen Treffer in CODIS geliefert, ein noch lebendes Familienmitglied. Wusstest du, dass wir unser System mit den Datenbanken von Interpol verbunden haben, damit wir auch internationale Treffer erhalten?«

Das hob seine Laune deutlich. »Und?«

»Der Fuchs hat einen Bruder. Und da wir solche Glückspilze sind, wissen wir auch, wo er steckt. Er sitzt im Gefängnis, lebenslänglich ohne Bewährung für Mord. Wir können mit ihm reden, vielleicht finden wir damit mehr über die Frau raus, die wir suchen. Möglicherweise kann er uns sogar einen Tipp geben, wo wir sie suchen können.«

»Wo genau sitzt er?«

»La Santé, Paris. Ich habe schon alles eingeleitet. Sobald du fit genug bist, fahren wir zum Flughafen.«

»Es scheint also alles für Paris zu sprechen. Erzähl mir mehr über ihn.«

»Sein Name ist Henri Couverel. Sein Strafregister aufzuzählen, würde hier zu lange dauern, das reicht von recht alltäglichen Straßensachen bis hin zu Mord. Das meiste dreht sich um Drogen. Bei dem Mord, für den er gerade sitzt, hat er seinen Dealer umgelegt. Man hat den Mann tot aufgefunden, mit mehr als einem Dutzend Stichen getötet, und Couverel hockte mitten in der Blutlache, komplett high. Er passt also nicht im Geringsten zu dem Profil eines Juwelendiebs und Sprengstoffexperten.«

»Also unwahrscheinlich, dass sie je zusammengearbeitet haben?«

»Ziemlich«, meinte Mike. »Seinem Hintergrund nach glaube ich nicht, dass er ihr je nützlich gewesen sein könnte. Sie ist ein Präzisionswerkzeug, über Jahre des Trainings und der Übung geschliffen. Im Vergleich dazu ist er ein Vorschlaghammer. Drogenhandel ist nur der Anfang. Laut seiner Akte ist er auch heroinabhängig und solche Junkies sind nicht gerade für ihre Finesse bekannt.«

Er richtete sich erneut auf, drängte den Schmerz in seinem Rücken zurück und ignorierte das Gefühl der Übelkeit. »Mir geht es gut, lass uns fahren.«

»Wir sind heute wohl ganz der große, böse Bube, den nichts umhauen kann, was, James?«

»Ja. Ja, das bin ich.«

»Leg dich wieder hin, Nicholas. Unser Flieger geht ohnehin erst um acht, egal, wie früh du aufstehst.«

Die Krankenschwester kam, überprüfte seine Werte und nahm ihm Blut ab. Sie bot ihm auch ein Schlafmittel an, worüber er nur kurz lachen konnte. Er schwang die Beine aus dem Bett und wollte duschen gehen. Sein Kopf drehte sich für einen Augenblick, ehe er sicher stehen konnte. Sein Rücken schmerzte, ein dumpfes Pochen an der Stelle, wo die Naht noch frisch war.

Aber es ging. Schmerzhaft, aber es ging.

Die Krankenschwester blieb noch kurz in der Tür stehen. »Wenn das Labor keine Auffälligkeiten entdeckt, können Sie in einer Stunde entlassen werden. Vielleicht sogar früher, wenn man bedenkt, was für ein unverwundbarer Macho Sie sind. Und versuchen Sie bitte, nicht unter der Dusche ohnmächtig zu werden!«

Kapitel 72

Er wollte am liebsten auf allen vieren kriechen, beherrschte sich aber. Nicholas folgte Mike durch die Lobby des Krankenhauses und versuchte, das unangenehm ziehende Gefühl zu ignorieren, das jeder Schritt mit sich brachte.

Die Sonne des gestrigen Tages war einem grauen Himmel gewichen, nur der bitterkalte Wind war geblieben und fegte zwischen den Häusern. Schnee lag in der Luft.

Er kam nur langsam voran, aber es fühlte sich gut an, sich überhaupt zu bewegen. Die frische Luft half ihm, die letzten Spuren der Benommenheit loszuwerden. Am Bordstein wartete ein schwarzer Mercedes auf sie.

»Menard war umsichtig genug, uns einen Wagen zu schicken«, meinte Mike. »Es ist nicht weit zum Flughafen. Und als kleiner Bonus: Der Fahrer ist der, der gestern den Fuchs gefahren hat. Also können wir uns unterwegs noch mit ihm unterhalten und klären, ob er sich noch an irgendetwas erinnert.«

Nicholas hielt Mike die Tür auf, als etwas an seinem Ohr vorbeisurrte. Er hob gerade die Hand, um es wegzuscheuchen, als fünf Löcher in der Seite des Wagens auftauchten.

Er ließ sich seitlich fallen, noch während er auf den Beton aufschlug, schrie er »Deckung, Deckung!« zu Mike – die ihm aber schon dasselbe zubrüllte. Sie hatte ihre Glock gezogen und warf ihm die kleine Glock 27 zu, die sie immer als Zweitwaffe in ihrem Knöchelholster trug.

Weitere Kugeln schlugen in den Wagen ein, als sie das Feuer erwiderten. Er versuchte, Mike Deckung zu geben, während sie den Fahrer aus dem Wagen zog, ihm »Lauf! Lauf!« zurief und ihn in Richtung des Krankenhauseingangs schubste. Während er in Sicherheit sprintete, nahm auch Mike das Feuer auf.

»Ruf den Mann an, der dich geschickt hat«, brüllte Nicholas ihm nach. »Sag ihm, was hier passiert!«

Mike hockte hinter der offenen Tür auf der Fahrerseite.

Nicholas zog die Tür auf der Beifahrerseite auf. »Von wo kommen die Schüsse?«

»Die Straße hinauf, rechte Seite«, rief Mike zurück. »Ich sehe zwei Schützen. Die haben uns festgenagelt.«

Nicholas spähte über den Lauf der Waffe und erspähte die beiden Männer, die sie meinte. Sie hockten an einem Land Rover, nicht unähnlich dem Wagen, in dem Menard sie abgeholt hatte, nur natürlich ohne die Polizeimarkierung.

Er gab zwei Schüsse ab, traf die Windschutzscheibe. Das Glas riss zu einem Spinnwebmuster.

Plötzlich fiel Stille über die Straße, dann hörte man den kräftigen Motor des Land Rover aufheulen. Der Wagen schoss mit quietschenden Reifen nach vorne, auf sie zu. Einer der Schützen feuerte jetzt aus dem Seitenfenster.

»Sie wollen uns rammen! Wir müssen weg hier, wo sind die verdammten Schlüssel?«, brüllte Nicholas.

»Der Fahrer«, schrie Mike zurück. »Er hat sie mitgenommen!«

Nicholas warf sich über den Vordersitz und rammte den Griff der Glock gegen die Plastikabdeckung unter dem Lenkrad, einmal, zweimal, hart. Dann riss er das gesprungene Plastik heraus, zerrte die Kabel hervor. Mike schrie ihm zu, sich zu beeilen, während sie weitere Schüsse auf den jetzt rasch näher kommenden Land Rover abfeuerte.

Er rieb zwei Kabel aneinander und der Motor des Mercedes erwachte brüllend zum Leben. »Rein! Los!«

Nicholas hämmerte schon den Fuß auf das Gaspedal, während Mike noch die Tür zur Beifahrerseite zuzog. Der Mercedes schoss vom Bürgersteig weg, im Kollisionskurs direkt auf den Land Rover zu. Im letzten Moment riss Nicholas das Steuer herum. Die Stoßstange des Land Rover streifte den Mercedes am Kühler, mit einem ekligen Quietschen schrammten die Autos aneinander vorbei.

Die Wucht des Aufpralls schleuderte ihren Wagen herum. Nicholas ließ das Lenkrad elegant gleiten, erlaubte dem Wagen eine Drehung um einhundertachtzig Grad und setzte sich direkt hinter den Land Rover.

»Schalte sie aus«, rief Nicholas, während er den Mercedes beschleunigte und die Distanz verringerte. Auf der Beifahrerseite des anderen Wagens lehnte sich jetzt einer der Schützen aus dem Fenster und ließ einen Kugelhagel auf die Verfolger niederprasseln.

Der Fahrer donnerte über eine Kreuzung, die querenden Autos bremsten mit quietschenden Reifen ab. Nicholas folgte ihm, ohne zu verlangsamen, das Lenkrad schien in seinen Händen ein eigenes Leben zu entwickeln.

»Mach schon, Mike, ziel auf die Reifen!«

»Ich versuche es ja«, gab Mike zurück. »Halt den verdammten Wagen ruhig!«

»Wo zum Teufel wollen die hin?!«

»Ich glaube, wir sind in Richtung Jet d'Eau unterwegs.«

Richtung Nordwesten also. Er sah das Gebäude der Credit Suisse zu ihrer Rechten, als der Land Rover über die Brücke der Rue des Moulins jagte, dann rechts Richtung Quai du

Mont-Blanc abbog und einige Hundert Meter durch die Fußgängerzone am Quai des Bergues donnerte.

Nicholas lenkte den Wagen, um den zur Seite wegspringenden Passanten auszuweichen. »Die Straße wird gleich breiter, versuch, keine Touristen zu töten!«

Sie wies auf einen Polizeiwagen, der mit hektisch blinkenden Lichtern vor ihnen auf die Straße einscherte.

Nicholas zog elegant um den Wagen herum und setzte sich wieder hinter den Land Rover.

Der Mercedes kämpfte sich langsam näher heran, die Drehzahlen inzwischen im roten Bereich. Er dankte Gott, dass er ein Automatikgetriebe hatte.

Den linken Arm aus dem Fenster gestreckt, feuerte er einige Kugeln auf den Wagen vor ihnen, die sich in die Rückwand des Land Rover bohrten, aber die Reifen nicht erwischten. Er fluchte und versuchte es erneut, duckte sich dann schnell wieder ins Innere, als der Fahrer vor ihnen ein schwarzes halbautomatisches Gewehr aus dem Fenster streckte.

»AR-15 im Anschlag, kannst du den Fahrer ausschalten?«

Er zog den Wagen weit nach links, sodass Mike ein freies Schussfeld hatte, duckte sich dann, als die Kugeln des Maschinengewehrs auf ihre Windschutzscheibe prallten und auf Scheibe und Motorhaube pockennarbige Spuren hinterließen.

Nicholas lachte hysterisch. »Kugelsicheres Glas. Das hilft. Mike, bleib hinter der Scheibe und schieß.«

Sie flogen weiter durch die Stadt und zogen wild blinkende Streifenwagen wie ein Magnet an. Hinter ihnen folgte ein Orchester heulender Sirenen. Dazu kamen die schockierten Gesichter und das wütende Hupkonzert der Fahrer, die ihnen entgegenkamen und zu Notbremsungen plus Ausweichmanövern gezwungen waren. Nicholas blendete alles aus, außer der Stoßstange des Wagens vor ihnen, die immer näher kam.

Der Fahrer des Land Rover war gut, der Wagen schwang hin und her und vermied dabei stets, wichtige Sachen zu treffen.

Aber Nicholas war besser. Er hatte den Mercedes jetzt genau hinter ihnen, brüllte Mike ein »Halt dich fest!« zu und trat das Gaspedal durch. Ihr Wagen rammte den Land Rover, ließ ihn zur Seite ausscheren, aber der Fahrer behielt die Kontrolle über den Wagen, während sein Beifahrer eine weitere Salve Kugeln auf sie hageln ließ.

Die Straße verbreiterte sich, jetzt beschleunigten sie so schnell, dass Mike sich mit einer Hand am Armaturenbrett festhalten musste, um nicht umzufallen. Nicholas entschleunigte geringfügig, um den Wagen stabil auszurichten. »Jetzt, die Reifen!«, brüllte er ihr zu.

Mike zielte sorgfältig und zog den Abzug durch, der linke Hinterreifen des Land Rover explodierte kreischend in einer Wolke aus weißem Rauch.

»Sehr gut! Jetzt den rechten!«, feuerte Nicholas sie an.

»Ich versuche es«, rief sie zurück. Sie feuerte noch ein gutes Dutzend Kugeln ab, traf den Reifen aber nicht.

Der See lag jetzt auf ihrer rechten Seite, das blaugraue Winterwasser sah eisig und ungemütlich aus. Die Boote wippten an ihren Stegen, Mike bemerkte, dass sie die Innenstadt verlassen hatten.

»Da vorne, ein Schild! Sechzig Kilometer bis Lausanne!«

Nicholas beschleunigte wieder auf den Land Rover zu. »Wir fahren Richtung Bellevue, der Verkehr wird gleich dichter werden. Ich ziehe neben sie, Mike, du musst gleich das Lenkrad übernehmen.«

»Keine Heldentaten, Nicholas!«

»Würde ich doch nie. Ich schalte nur den Fahrer aus, dann können wir sie von der Straße drängen.«

Autos kamen ihnen hupend und blinkend entgegen, während sie die Straße hinaufflogen.

Nicholas ignorierte sie, drängte den Land Rover mit sorgfältigem Druck auf eine weniger befahrene Straße ab. Sie hatten Glück, dass Wochenende war, der Verkehr zur Rushhour an einem Wochentag wäre hier tödlich gewesen.

Vor ihnen öffnete sich die Landschaft, man sah wieder den See durch die Baumreihen am Straßenrand.

Der Beifahrer lehnte sich jetzt mit dem gesamten Oberkörper aus dem Fenster und zielte auf sie.

»Jetzt, Mike! Halt das Lenkrad und tritt das Gaspedal durch!«

Sie drängte sich zu ihm auf den Fahrersitz, während er mit dem Oberkörper zum Fenster rausrutschte und sorgfältig zielte. Er duckte sich noch einmal hinter die schützende Scheibe, als der Beifahrer trotz der ungünstigen Position sein Maschinengewehr auf sie leerte.

»Mit freundlichen Grüßen, du Arsch«, murmelte Nicholas. Im Rückspiegel des Land Rover sah er für einen Moment die Augen des Fahrers, ein wilder Blick, wie rasend, ehe er das Magazin durch das Fenster der Fahrerseite leerte. Ein feiner Nebel aus rotem Blut spritzte über die Windschutzscheibe, als Nicholas sich wieder in den Mercedes gleiten ließ.

Der Effekt stellte sich umgehend ein. Der Land Rover riss nach links aus, prallte gegen die Barriere aus Beton, welche ihre Spur von der Gegenfahrbahn trennte, und von dort zurück auf die rechte Seite. Rechts der Straße durchbohrte der schwere Wagen die Leitplanke und wurde dabei in die Luft geschleudert. Der Wagen drehte sich einmal, ehe er über die Kante stürzte und kopfüber in Richtung des Wassers rutschte. Am Ufer traf er auf einen alten, hölzernen Steg, den er mit sich in die Fluten des Genfer Sees riss.

Nicholas bremste ihren arg gebeutelten, aber treuen Mercedes ab und zog ihn an den Straßenrand.

Mike sprang sofort heraus und rannte zu der Unfallstelle, Nicholas folgte ihr auf dem Fuße, beide mit gezogenen Waffen. Die Vorsicht war aber unnötig, der Land Rover und seine Insassen sanken bereits in die eisigen Wasser des Sees.

Es war vorbei.

Zu Mikes Verwunderung begann Nicholas zu lachen. »Weißt du was? Mir tut mein Rücken gar nicht mehr weh. Ich fühle mich wie neugeboren.«

Die Sirenen kamen von allen Seiten auf sie zu. Hinter ihnen bremsten Streifenwagen der Genfer Polizei mit quietschenden Reifen, die Straße wurde in beide Richtungen abgesperrt. Polizisten sprangen aus den Wagen, einige eilten zum Ufer, während andere mit ihren Waffen im Anschlag in Verteidigungspositionen gingen und Mike und Nicholas auf Französisch zuschrien, ihre Waffen fallen zu lassen.

Die beiden folgten den Anweisungen, Mike zog ihren FBI-Dienstausweis aus der Tasche. »Ich bin Special Agent Michaela Caine, FBI, dies hier ist Detective Chief Inspector Nicholas Drummond von New Scotland Yard. Wir arbeiten mit Agent Pierre Menard von fedpol zusammen, rufen Sie ihn bitte an.«

Dann blickte sie Nicholas an und schüttelte den Kopf. Ihr Pferdeschwanz schwang ihr ins Gesicht, während sie immer noch schwer atmend nach Luft rang. »Und das nennst du keine Heldentaten?«

Kapitel 73

Menard traf etwa zeitgleich mit den Polizeitauchern ein. Mike und Nicholas tranken gerade heißen Kaffee aus Styroporbechern und wurden von einem ernsthaft übel gelaunten Hauptmann der Kantonspolizei befragt. Eine Schießerei mitten in der Innenstadt, eine Verfolgungsjagd bei Hochgeschwindigkeit mit zahlreichen Auffahrunfällen sowie Sachschäden und schließlich ein Auto mitten im Genfer See versenkt und die zwei Insassen noch vermisst, vermutlich tot – der Polizist war nicht wirklich gewillt, sie einfach so mit einem Klaps auf die Pfötchen ziehen zu lassen, aber Menard zückte seinen Ausweis und übernahm die beiden im Namen von fedpol. Einige höfliche Worte in schnellem Französisch später zog der Polizeihauptmann sich zurück, augenscheinlich noch missmutiger, als er hier eingetroffen war.

Nicholas begrüßte Menard erfreut. »Ich hoffe, es gab keine Verletzten?«

»Durch ein Wunder, nein, abgesehen von den beiden, die ihr in den See gejagt habt«, erklärte Menard. »Was könnt ihr mir über sie erzählen?«

»Beide waren dunkelhäutig und von mittlerer Größe, Ende zwanzig bis Anfang dreißig. Der eine wohl Kaukasier, der andere könnte möglicherweise ägyptischer Abstammung gewesen sein«, antwortete Nicholas. »Ich meine, ein paar Wortfetzen aufgeschnappt zu haben, die mich an Kairo erinnert haben. Warum sie hinter uns her waren, ist eine schwierigere Frage. Entweder hat der Fuchs einige lokale Schläger angeheuert oder die Jungs gehören zu dem Käufer. Aber egal wer sie gesandt hat, solch drastische Maßnahmen zeigen, dass sie die Nerven verlieren. Wir scheinen also auf dem richtigen Weg zu sein.«

Ein Taucher im Neoprenanzug kam an die Oberfläche, das Nummernschild des Land Rover in der Hand.

»Ich bin bloß froh, dass Sie und Agent Caine nicht weiter verletzt wurden«, meinte Menard. »Ich befürchte, der Land Rover war wohl gestohlen, aber wir werden die Nummer überprüfen und sehen, auf wen er registriert ist. Mit etwas Glück finden wir so eine Spur zum Käufer. Sobald wir die beiden Angreifer identifiziert haben, lasse ich es euch wissen. Ich komme heute Abend auch nach Frankreich nach.«

Menard blickte sich zu den Streifenwagen der Kantonspolizei um. »Die Polizei wird euch nicht festhalten, aber vielleicht wäre es das Beste, wenn ihr baldmöglichst aus der Stadt verschwändet. Wir haben euch zwei Plätze im nächsten Flug nach Paris gebucht. Ich werde mich hier um alles kümmern, geht also besser, ehe unser junger Hauptmann es sich doch noch anders überlegt und euch persönlich erschießt.«

Mike legte Menard eine Hand auf den Arm. »Vielen Dank, Monsieur, Sie waren wirklich eine riesige Hilfe.«

Er hob ihre Hand zu seinem Mund und küsste sie leicht. »Es war mir ein Vergnügen.«

Dann reichte er Nicholas eine Glock, Kaliber 40. »Meine eigene, passen Sie bitte auf sie auf. Aber ich befürchte, Sie werden sie noch gebrauchen können.«

Kapitel 74

La Santé, Paris, 14. Arrondissement
Samstagmittag

Der Flug von Genf nach Paris dauerte nur eine knappe Stunde, die Fahrt vom Flughafen Charles de Gaulle aus noch einmal etwa eine halbe Stunde. Nicholas fühlte sich inzwischen schon nicht mehr so gut. Als sie ankamen, war er von einem feinen Schweißfilm bedeckt. Mike machte sich Sorgen, wusste aber, wie stur er sein konnte. Er wollte sich nichts anmerken lassen, also hielt sie ihren Mund.

Die Gefängnisdirektorin persönlich empfing sie am Eingang. Sie war eine beeindruckende Person, Ende vierzig, brünett und wuchtig gebaut, aber mit wohlgeformten, langen Beinen, die eher zum Cancan passen würden als zu den Gängen eines Gefängnisses. Sie stellte sich als Lucienne Badour vor. Ihr Englisch war sehr gut, wenn auch mit starkem Pariser Akzent.

Während der Begrüßung erledigte sie die Formalitäten am Tor und brachte sie in die inneren Hallen des berüchtigten Gefängnisses. Sie hielt noch einmal an, ehe sie durch die erste Tür traten.

»Darf ich nachfragen, warum Sie mit Henri Couverel sprechen wollen?«

Nicholas schüttelte den Kopf. »Das ist leider eine vertrauliche Angelegenheit von höchster Wichtigkeit. Wir müssen unbedingt mit ihm unter vier Augen reden, ohne dass jemand zuhört. Wenn er auch nur vermutet, dass eine Kamera oder ein Tonband aktiv ist, wird er uns vielleicht nicht die Informationen geben, die wir benötigen, und, ehrlich gesagt, dürfen wir keine Zeit verlieren.«

»Geht es um den verschwundenen Diamanten, diesen Koh-i-Noor? Ich habe gestern im Fernsehen gesehen, dass er gestohlen wurde. Die Nachrichten sprechen von kaum etwas anderem.« Sie wandte sich an Mike. »Entschuldigen Sie bitte, wenn ich so neugierig bin. Es ist nur so, Ihr Boss, Milo Zachery, er hat dieses Treffen organisiert und mir ein wenig davon verraten, worum es sich handelt.«

»Ich bin mir sicher, dass er Ihnen vollkommen vertraut, Madame Badour«, erklärte Mike diplomatisch. »Nur bin ich leider nicht befugt, mehr zu verraten, als er bereits preisgegeben hat. Können wir jetzt bitte Monsieur Couverel sehen?«

Badour zeigte ein wunderschönes, typisch französisches Schulterzucken. »Sie können ihn gerne sehen, aber ob er mit Ihnen spricht, ist eine andere Frage. Er ist nicht gerade, was wir einen kooperativen Insassen nennen würden.«

Mike hatte schon genug Gefängnisse besucht. La Santé hatte den Ruf, zu den schlimmsten der Welt zu gehören. Die Selbstmordrate war enorm, die Insassen kämpften nicht nur gegeneinander, sondern auch gegen den Befall durch ansteckende Krankheiten, Ungeziefer wie Ratten und Läuse und die chronische Überbelegung. Sie musste zugeben, die langen, grauen Korridore hoben nicht wirklich die Stimmung. Sie gingen vielleicht zehn Meter weiter, dann gelangten sie an das nächste Tor. Nach dem Schleusenprinzip wurde es erst geöffnet, nachdem das Tor am anderen Ende des Ganges geschlossen und verriegelt war. Sie brauchten gute zwanzig Minuten, bis sie sich durch das Gewirr der Tore und Schleusen gekämpft hatten.

»Madame Badour«, ergriff Nicholas das Wort. »Hat Couverel irgendwelche Wünsche geäußert, die ihm verwehrt wurden?«

»Unzählige. Er kennt die meisten Drogenhändler in Paris, also haben schon Polizisten verschiedenster Bereiche versucht, Informationen aus ihm herauszubekommen. Aber er hat immer seinen Preis. Zigaretten, einen Fernseher, Sonderrechte im Gefängnisalltag. Am häufigsten fragt er jedoch nach einer Sache, die außerhalb meiner Macht steht.«

»Und was wäre das?«

»Er wünscht sich eine Verlegung nach Clairvaux, raus aus Paris, weg von diesem …« Sie brach ab, ließ ihre Hand mit einer umfassenden Geste über die Umgebung schweifen und murmelte ein leises »Dreck«.

»Und wenn ich dafür sorgen könnte? Würde ihn das kooperativer machen?«

Sie musterte ihn einen Augenblick lang. »Dafür müssten Sie aber ziemlich viel Einfluss bei der französischen Regierung haben.«

»Sollte ausreichen«, meinte Nicholas nur.

Mike erinnerte sich daran, dass er bestimmt noch Kontakte aus seiner Zeit im Außenministerium hatte. Sie glaubte ihm ungefragt, dass er so was hinbekommen würde.

Madame Badour schien auch zu diesem Schluss gekommen zu sein. »Nun, ich werde Sie nicht daran hindern, das Angebot zu machen. Wir warten hier auf Couverel, er wird gleich kommen. Er ist nicht gefährlich, also lebt er mit den normalen Gefangenen zusammen. Vier Personen pro Zelle, zwanzig Stunden pro Tag zusammen. Ein paarmal mussten wir ihn in Einzelhaft stecken, aber die letzten zwei Jahre hat er sich recht ordentlich gemacht. Inzwischen hat er Arbeitsrechte bekommen. Er faltet Faltblätter für ein Unternehmen, das uns gelegentlich Arbeit verschafft. Ah, da kommt er ja.«

Selbst an einem Ort wie diesem war Mike schockiert, wie schlimm der Mann aussah. Sein schwarzes Haar war strähnig und schmierig und mit vielen weißen Haaren durchsetzt. Seine Kleidung war dreckig und zerrissen, er hatte sich bestimmt schon eine Woche nicht mehr rasiert und vermutlich ebenso lange nicht mehr gewaschen. Die Insassen französischer Gefängnisse bekamen keine Sträflingskleidung wie in den Vereinigten Staaten, sie waren abhängig von der Hilfe durch Freunde und Familie, um neue Wechselkleidung zu bekommen. Und Couverel schien von beiden nicht viele zu haben.

Sie war sich nicht sicher, ob Couverel in ausreichend guter Verfassung war, das Gespräch zu überstehen, geschweige denn viele weitere Jahre in einem solchen Gefängnis.

Couverel ließ sich schwer auf den Stuhl auf der anderen Seite des einfachen Resopaltischs fallen.

Mike und Nicholas wählten Plätze ihm gegenüber.

Während er sich hinsetzte, wandte sich Nicholas noch Madame Badour zu. »Sie entschuldigen uns bitte?« Es war nicht als Bitte gedacht.

Sie schürzte die Lippen und verließ den Raum. Die Stahltür fiel hinter ihr mit einem lauten Knall ins Schloss, dann waren sie mit dem Gefangenen allein.

»*Parlez-vous anglais?*«, begann Nicholas das Gespräch.

»*Non*«, gab Couverel mit einem Schulterzucken zurück.

Also führte Nicholas das Gespräch in flüssigem Französisch. Mike musste sich konzentrieren, um zumindest halbwegs folgen zu können, angesichts der Geschwindigkeit und der für sie ungewohnten landestypischen Wendungen.

Auch Couverel folgte gebannt seinen Ausführungen, auch noch, als Nicholas plötzlich mitten im Satz ins Englische wechselte.

Lügner. Er sprach also doch Englisch.

»Die Dame hier spricht leider nicht gut genug Französisch, um uns folgen zu können, ich hoffe, Sie haben nichts dagegen, dass ich daher in Englisch fortfahre.«

Erneutes Schulterzucken, ein Funke Belustigung in den Augen. »*Oui, cochon.*«

Nicholas ignorierte die Beleidigung. »Sie sehen Ihrer Schwester recht ähnlich.«

Couverels Augen wurden schmaler. »Ich habe keine Schwester.«

»Natürlich haben Sie eine Schwester. Wir haben einen positiven DNS-Test vorliegen. Wo ist sie?«

Couverel starrte den Tisch an, schnipste mit einem Nagel an der Tischkante.

Nicholas lehnte sich vor, näher an Couverels Gesicht. »Jetzt hören Sie mir mal gut zu. Sie haben Informationen, die ich haben will. Im Austausch dafür kann ich Ihnen etwas bieten, was Sie haben wollen. Einen Transfer nach Clairvaux. Wenn Sie mir die Wahrheit erzählen, kann ich den Wunsch in Erfüllung gehen lassen. Wenn Sie aber lügen« – Nicholas zuckte mit den Schultern und legte beide Hände auf den Tisch – »dann werden Sie weiterhin hier verrotten.«

Kapitel 75

Couverel ließ sich tiefer in den harten Metallstuhl rutschen, kaute einen Moment auf einer rauen, gesprungenen Lippe, ehe er leise antwortete. »Ich will nach Clairvaux. Dann bin ich bereit zu reden.«

»Betrachten Sie es als erledigt«, bestätigte Nicholas. »Sie haben mein Wort. Also, erzählen Sie uns von Ihrer Schwester.«

»Wir wollen ihren Namen wissen, Henri«, warf Mike ein. »Wie heißt sie wirklich?«

»Wir haben sie Victoire genannt. Wir wurden schon vor langer Zeit getrennt, wir waren noch Kinder. Sie ging mit einer Familie nach England und ich blieb hier zurück, alleine. Ich war alt genug, um für mich zu sorgen, sie war noch ein Kleinkind.«

Victoire. Victoria auf Englisch. Wie Gray Wharton meinte, die besten Lügen sind immer um die Wahrheit aufgebaut.

»Unsere Eltern haben uns verlassen, als Victoire fünf Jahre alt war. Ich wusste damals nicht, ob sie gestorben waren oder getötet wurden oder einfach keine Lust mehr auf uns gehabt hatten. Irgendwann später habe ich rausgefunden, dass man sie ermordet hat. Man hat uns in das Waisenhaus von Clef des Champs gesteckt, da sind wir die nächsten fünf Jahre immer wieder ein und aus gegangen. Victoire hat irgendwann eine

Familie gefunden, die sie mochte. Sie haben sie mitgenommen und ich habe sie nie wiedergesehen.«

»Wie hießen Ihre Eltern?«

»Meine Mutter hieß Isobel, mein Vater hieß Henri wie ich.«

»Couverel?«

»*Oui.*«

»Und die Familie, die sie adoptiert hat?«

»Keine Ahnung. Die Frau hatte helle Haare und Augen. Daran erinnere ich mich noch gut. Als klar wurde, dass sie Victoire adoptieren würden, habe ich mich noch so gewundert, weil sie kein bisschen wie sie aussah.«

»Victoire Couverel, wie alt ist sie?«

»Vier Jahre jünger als ich. Ich bin zweiundvierzig.«

Mike war überrascht. Sie hätte ihn auf Ende fünfzig geschätzt.

»Und Sie haben keinen Kontakt mehr gehabt, seit Sie vierzehn waren und Victoire zehn?«, fragte Mike weiter.

»Das stimmt.«

»Wirklich keinen Kontakt, überhaupt keinen?«

»Nein.« Aber sein Blick wanderte nach links unten, beide wussten sofort, dass es gelogen war.

Nicholas verschränkte die Arme. »Henri, unser Deal zählt nur, wenn Sie mich nicht anlügen.«

Couverel schob sich im Stuhl zurück und kratzte sich am Nacken. Irgendwas löste sich dabei. Er betrachtete es einen Augenblick und schnippte es dann beiläufig weg.

Mike schauderte. Couverel fiel es auf, er lächelte sie an. Seine Zähne waren schief, aber in erstaunlich gutem Zustand, wenn man die Umstände hier bedachte.

Seine Stimme klang verträumt. »Wusstet ihr, dass Carlos der Schakal in Clairvaux sitzt? Ich würde ihn gerne mal treffen. Er war auch einige Zeit hier bei uns in La Santé, aber immer nur isoliert. War halt eine Berühmtheit. Vielleicht wollten die auch einfach bloß nicht, dass er uns auf dumme Ideen bringt.«

Nicholas' Geduld wurde geringer. »Henri, Sie bekommen eine persönliche Audienz bei ihm, wenn Sie mir jetzt die Wahrheit erzählen. Wann haben Sie Victoire zuletzt gesehen? Ich weiß, dass es noch nicht lange her ist, Lügen ist also zwecklos.«

Couverel schniefte und zündete sich eine Zigarette an, die er vermutlich irgendwo gestohlen hatte. »Ich habe nicht gelogen. Wir haben uns schon zwanzig Jahre nicht mehr gesehen. Sie kümmert sich nicht um mich und ich kümmere mich nicht mehr um sie. Ich weiß nicht, wo sie ist, oder was sie getan hat, dass du so hinter ihr her bist, *cochon*. Eigentlich ist es mir auch egal. Wenn ihr sie seht, erinnert sie daran, dass sie einen sterbenden Bruder hat.« Er nahm einen langen Zug von der Zigarette und zuckte mit den Schultern. »Wer weiß? Vielleicht schickt sie mir ja Geld. Oder vielleicht ihr Freund.«

Nicholas legte seine Hände beherrscht flach auf den Tisch, als er sich vorlehnte. »Was wissen Sie über Victoires Freunde, Henri?«

Seine Augen flackerten. Das war also die Lüge. Unwillig rückte er mit der Sprache raus. »Vielleicht habe ich von einem Mann gehört, der sie kennt.«

»Weiter.«

»Er ist … wie sagt man? Ein *fantôme, oui*?«

Ein Geist. Nicholas spürte seinen Herzschlag beschleunigen.

»Ein Geist?«, fragte Mike. »Meinen Sie, der Mann ist tot?«

Henri steckte sich an der noch glimmenden Kippe die nächste Zigarette an. »Ja, ein Geist. Aber er ist nicht tot.«

»Ein bisschen mehr als das müssen Sie uns aber schon liefern.«

»Ich kann nicht sagen, was ich selbst nicht weiß.«

»Wie heißt er?«

Schweigen.

Ja, Couverel hatte Angst vor diesem sogenannten Geist. Wer war es bloß?

»Wo haben Sie ihn getroffen?«

Schweigen.

»Kommen Sie schon, Henri«, drängte Mike. »Helfen Sie uns irgendwie weiter.«

»*Un fantôme.* Wer ihn sieht, weiß es.«

»Erzählen Sie uns mehr über die Leute, die Victoire adoptiert haben.«

Couverel bewegte sich nicht, sprach nicht, sah sie nicht mehr an.

Kapitel 76

Couverel sah bemitleidenswert aus, wie er zwischen zwei schlechten Alternativen hin- und herschwankte. Nicholas musterte ihn eingehend und gab ihm Zeit. Einen Augenblick hatte es fast den Anschein, als ob Couverel reden wollte, dann besann er sich aber doch wieder und verfiel erneut in Schweigen.

Nicholas wartete noch einen Augenblick, danach stand er auf. »Gut, Henri, es ist Ihre Entscheidung. So wird es aber auch nichts mit Clairvaux.« Er wandte sich zu Mike. »Komm, wir gehen.«

»Die Familie, die Victoire adoptiert hat … der Mann war eine Art Missionar. Er war viel auf Reisen, in fremde Länder. Ich erinnere mich noch, weil sie gefragt hatten, welche Impfungen Victoire hat.« Er schnippte angeekelt mit den Fingern. »Als ob sie ein Hund wäre, den sie aus dem Tierheim holen.«

Nicholas kam die Geste bekannt vor, Victoria hatte zu irgendeiner Gelegenheit in New York auch so geschnippt, um ihre Verachtung zu demonstrieren. Damals im Met, als sie noch dachten, dass sie auf derselben Seite ständen. Ob sie das von ihren Eltern hatten? Oder hatte Henri doch mehr Kontakt zu Victoire, als er zugab?

Er bezweifelte es aber, Couverel wollte Clairvaux, mehr noch, als er den Geist fürchtete. Nicholas strich sich mit der Hand über das Kinn. Er hatte keine Gelegenheit gehabt, sich zu rasieren, und die Stoppeln wurden dichter. »Impfungen. Ein Missionar. Wollten sie Victoire mit zurück nach England nehmen oder woanders hin?«

»Ich weiß nicht. Und ich schwöre, dass ich nicht mehr weiß. Clairvaux – darf ich dafür dort hin?«

»Ja, Sie kommen nach Clairvaux«, schloss Nicholas das Gespräch.

Er trat zur Tür und drückte den Summer. Nur Momente später öffnete Madame Badour die Tür, damit sie rauskonnten. Sie geleitete Mike und Nicholas durch die ersten beiden Schleusen, ehe sie sprach. »Es sieht aus, als ob Sie Erfolg gehabt hätten?«

Nicholas nickte. »Der Transfer nach Clairvaux wird in den nächsten Tagen offiziell eingeleitet werden. Aber behalten Sie Couverel noch in sicherer Verwahrung, bis ich mich melde. Ich muss erst sicherstellen, dass seine Informationen auch zutreffen.«

»Sie können sich auf mich verlassen, Monsieur Drummond, bei meiner Ehre«, erklärte sie, ohne eine Spur von Ironie.

Sie fanden wieder ihren Weg aus den Tiefen des Gefängnisses durch scheppernde Tore, bis sich Madame Badour an der massiven Zementbank von ihnen verabschiedete, an der sie sie zwei Stunden zuvor abgeholt hatte.

Mike konnte gar nicht schnell genug aus dem Gefängnis kommen. Sie sah Nicholas an, dass auch er ungeduldig darauf wartete, den neuen Spuren nachgehen zu können. Es würde nicht lange dauern, um die Unterlagen zu Victorias Adoption zu finden, dafür gab es staatliche Aufzeichnungen. Und dann der Geist. *Le fantôme.*

»Couverel meinte, dass der Geist ein Freund von Victoire sei«, fing Mike an, als sie alleine waren. »Ich nehme an, dass du ebenso denkst wie ich? Über das *fantôme* von Henri und unseren Meisterdieb, den Geist?«

»Ja, ist mir nicht entgangen. Scheint ein geschäftiger Mann zu sein, dieses *fantôme.*«

Mike nickte. »Das war eigentlich der letzte Hinweis, den wir noch brauchten. Die beiden müssen einfach Partner sein. Vielleicht war es ja seine Nummer, die sie vom Flugzeug aus angerufen hat. In dem Fall können wir ihn vielleicht über diese Nummer aufspüren.«

»Es passt alles, Mike. Menard meinte, dass der Geist ein Auftragskiller im Ruhestand sei. Kein Wunder, dass Couverel solche Angst hatte, uns von ihm zu erzählen. Sein *fantôme* hat schon mindestens fünf Menschen getötet, und das sind nur die Leute in den letzten Tagen, die wir selbst mitbekommen haben. Zumindest hat Henri uns genug berichtet, damit wir die Adoptiveltern auffinden können.«

Er beschwerte sich gar nicht erst, als Mike ihm die Autoschlüssel aus der Hand nahm und sich hinters Lenkrad setzte. Er selbst kletterte neben ihr auf die Beifahrerseite, während sie den Motor anließ. Sofort drang Wärme durch die Heizungsschlitze ihres gemieteten Peugeots. Sie rieb die Hände vor dem warmen Luftstrom. Die Kälte, die sie verspürte, kam aber nicht nur von dem frostigen Winterwetter.

»Du bist so leise. Hast du noch Schmerzen?«

Er hatte Schmerzen. Das Adrenalin der Verfolgungsjagd war irgendwann im Flugzeug abgeklungen. Aber er würde noch etwas länger durchhalten.

»Geht schon. Ich werde mir mal den Mord an den Eltern vornehmen, während wir unterwegs sind. Brauchst du Hilfe, um den Weg zu finden?«

»Nein, das macht schon das GPS. Aber du musst mir noch verraten, wo wir hinwollen.«

»Guter Punkt, ohne Ziel hilft das beste GPS wenig«, gab er zu.

»Ja, und ein Plan passend zum Ziel wäre auch nett.«

»Ich denke, erste Priorität sollte es sein, dass wir etwas zu essen finden, ich bin halb verhungert.«

»Wenn ich mal zurückdenke, ich glaube, ich hatte kein anständiges Essen mehr, seit das alles angefangen hat. Du übrigens auch nicht.«

»Fahr Richtung Westen, du kannst dem GPS den Eiffelturm als Ziel eingeben. Da finden wir unterwegs schon was.«

Sie legte den Gang ein und fuhr los. Gute vierzig Minuten später saßen sie im Café L'Ardoise, jeder einen dampfenden Café au Lait und einige Scheiben Baguette vor sich, während sie auf ihr Essen warteten. Nicholas hatte den Laptop aufgeklappt, er berichtete von den Ergebnissen seiner Recherche, während auch er sich von dem Brot bediente.

»Isobel und Henri Couverel. Interessant, man hat sie wirklich ermordet. Laut den Akten war es ein missglückter Raubüberfall. Henri Couverel war ein Ladenbesitzer, seine Frau eine Künstlerin. Eine Malerin, Öl, Aquarelle und so was. Sie wurden auf offener Straße überfallen und ausgeraubt, haben sich anscheinend gewehrt und wurden erschossen. Der Angreifer wurde nie gefasst.«

»Sie ließen also zwei Kinder zurück«, führte Mike aus, während Nicholas wieder einen Bissen nahm. »Neun und fünf Jahre alt. Weitere Familie gab es keine, nehme ich an? Gibt es vollständige Aufzeichnungen des Waisenhauses?«

»Habe ich noch nicht gefunden, sollte es aber geben. Wir sollten auch über ihren Namen weitere Hintergrundinformationen finden können, Victoire Couverel ist kein besonders alltäglicher Name.«

Er wandte sich erneut dem Computer zu und suchte nach dem Waisenhaus. »Oh, Mist. Das Waisenhaus ist in den Neunzigern niedergebrannt, es gibt also keine Daten online. Die Akten sollten noch in den staatlichen Archiven vorliegen, aber da wird sich niemand die Mühe gemacht haben, das zu digitalisieren. Wir müssen den altmodischen Weg gehen, das wird uns Zeit kosten.«

Er nahm einen weiteren großen Bissen Baguette und spülte ihn mit Kaffee herunter.

Mike spielte mit ihrem Löffel, stocherte abwesend in ihrer Tasse herum und ließ ihren Gedanken freien Lauf. »Der Mord sollte leichter zu verfolgen sein. Auch, wenn der Fall zu den Akten gelegt wurde, muss die französische Polizei Aufzeichnungen dazu haben. Was die Adoptiveltern angeht, können wir ja mal davon ausgehen, dass vieles von der Identität Victoria Browning stimmte. Sie hatte einen schottischen Akzent. Kann man sich natürlich antrainieren, aber so was ist schwer monatelang durchzuhalten, ohne dass es jemandem auffällt. Wir können ja anfangen, indem wir nach Missionaren in der Nähe von Roslin suchen. Ihr Bruder meinte zwar England, nicht Schottland, aber es ist lange her. Vielleicht haben sie Victoire zu sich nach Hause gebracht, ehe sie zu ihren Reisen aufgebrochen sind, oder vielleicht sind sie nach der Mission wieder nach Schottland zurückgekehrt.«

»Guter Gedanke. Ich werde mich um die Adoptiveltern kümmern. Willst du nicht mal deinen beachtlichen amerikanischen Charme erproben, um bei den französischen Behörden an mehr Informationen zu dem Mordfall zu kommen?«

»Wenn der Fall bei den Akten liegt, wird es nicht viel helfen, aber ich rufe mal bei Zachery an. Er hat einen Freund hier, derselbe, der uns auch den Termin im Gefängnis organisiert hat. Vielleicht aber sollten wir erst mal überlegen, wo wir heute schlafen wollen. Und ich bräuchte dringend eine Dusche.« Sie gähnte und machte sich gar nicht erst die Mühe, es zu verbergen. »Ich bin kaputt. Und ich würde mir gerne mal deinen Rücken ansehen. Nach der Verfolgungsjagd in Genf möchte ich lieber ganz sichergehen, dass die Wunden noch korrekt verheilen.«

Er hob eine Augenbraue. »Die Unterbringung ist bereits geklärt. Wir haben ein Zimmer im Ritz, am Place Vendôme. Da können wir dann planen, was unser nächster Schritt sein wird, und ich kann für dich einen Striptease machen, wie ihr Amerikaner so schön sagt.«

Kapitel 77

Hotel Ritz, Place Vendôme, Paris
Samstag, 14:00 Uhr

Als sie im Ritz eintrafen, nahm ein Mann vom Parkservice ihren Wagen entgegen. Mike starrte das ebenso noble wie protzige Gebäude an und fragte sich, wie um alles in dieser Welt sie das in der Spesenabrechnung erklären sollte. Sie konnte sich solch einen Luxus nicht wirklich leisten, wollte es aber Nicholas gegenüber nicht direkt ansprechen. Er sah so glücklich aus, wie er ihr den Arm hinhielt und lächelte, als ob sie hier auf einem Date seien. Sie musste innerlich lachen. Ein ziemlich schräges Date.

Als sie sich bei ihm einhakte, flüsterte er ihr verschwörerisch zu: »Folge einfach meinem Beispiel.«

Sie betraten das Hotel und gingen direkt zur Rezeption. Eine junge Frau, die langen, blonden Haare zu einem gezielt wirren Knoten hochgebunden, blickte von ihrem Computer auf, um sie in Empfang zu nehmen. Als sie Nicholas erblickte, leuchtete ihr Gesicht auf. Sie sprach in raschem Französisch mit der Frau neben ihr, die nickte und schnell weghuschte. Dann trat sie zu ihnen und begrüßte sie erfreut.

»Monsieur DuLac, willkommen zurück im Ritz.«

»*Merci,* Clothilde. *Comment ça va?*«

Sie strahlte ihn geradezu an. »Sehr gut, Monsieur DuLac, vielen Dank. Es ist so gut, Sie wiederzusehen! Bleiben Sie lange?«

»Wahrscheinlich nur eine Nacht, vielleicht zwei.«

Sie blickte auf Mike, die sich plötzlich unangenehm amerikanisch fühlte, zu groß und komplett unpassend gekleidet in ihren Jeans und Motorradstiefeln.

»Ein Zimmer oder zwei?«

»Eine Suite würde gut passen, Clothilde. Mit getrennten Schlafzimmern.«

»Natürlich, Monsieur.« Sie reichte ihm einen Schlüssel. »Soll ich das Übliche aufs Zimmer schicken?«

»Das wäre sehr nett, ja. Und bitte für zwei. *Merci,* Clothilde.«

Mike folgte ihm durch die elegante Lobby, an der Bar Vendôme vorbei.

Nicholas hielt einen Augenblick an, um die Nachrichten auf dem hier angebrachten Flachbildfernseher zu verfolgen. Ein lokaler Nachrichtensender brachte gerade eine Talkshow mit diversen Juwelenexperten, die einander bei dem Versuch anschrien und beschimpften, wer die Amerikaner mehr dafür verteufeln könnte, den Koh-i-Noor verloren zu haben. Er schüttelte den Kopf. So würde es weitergehen, bis sie den Diamanten zurückbeschafft hatten. Sobald sie im Aufzug waren, lächelte Nicholas Mike an. »Ist alles in Ordnung?«

Sie grinste zurück. »Was war denn das alles? Und wer ist Monsieur DuLac? Und will ich überhaupt wissen, was *das Übliche* ist?«

»DuLac ist eine meiner bevorzugten Tarnidentitäten. Als ich noch für das Außenministerium gearbeitet habe, war ich oft in Paris und DuLac hat perfekt reingepasst. Und da man hier daran gewöhnt ist, sah ich keinen Grund, ihnen jetzt groß zu erklären, wer ich wirklich bin. Nebenbei wird man sich jetzt auch gut um uns kümmern. Du kannst dich etwas erfrischen und wir können ein ordentliches Abendessen genießen. Ohne Nahrung und Schlaf werden wir in der Ermittlung nicht weit kommen. Ich brauche ohnehin etwas Zeit mit meinem Computer, um die diversen Identitäten nachzuverfolgen, die wir inzwischen kennen. So langsam haben wir genug Informationen über diese Frau gesammelt, dass wir ein echtes Profil zusammenstellen können. Ich würde glatt behaupten, die Tage der Anonymität sind für unseren Fuchs gezählt.«

Sein Blick wurde ernster. »Aber, noch wichtiger, auch wenn wir immer noch keine Ahnung haben, wer genau dieser Fuchs ist, scheint sie eine Art sechsten Sinn für uns zu haben. Sie hatte vielleicht darauf gehofft, dass die Explosion mich erwischt, aber die Nachrichten werden ihr schnell genug gezeigt haben, dass es keine Todesfälle gab. Und nach unserer Erfahrung in Genf heute Morgen wollte ich lieber vermeiden, unter den Namen Drummond oder Caine in ein Hotel einzuchecken.«

Ein cleverer Kerl. »Du siehst so aus, als ob du eine Schmerztablette vertragen könntest. Die letzte hattest du heute Morgen im Krankenhaus, und nach dem Tag, den wir gehabt haben …«

Wenn er ehrlich war, konnte er eine ganze Handvoll vertragen. Er wollte aber nicht ehrlich sein und antwortete daher nur schroff. »Mike, wenn ich bemuttert werden will, ruf ich zu Hause an.«

Der Lift hielt im dritten Stock. Nicholas führte sie einen in Blau und Gold gehaltenen Flur entlang bis zu ihrer Suite.

»Wusstest du, dass das Ritz das erste Hotel in Paris war, welches private Badezimmer auf den Zimmern eingerichtet hat?«

»Interessant«, meinte Mike. »Aber ich bin inzwischen so weit, dass es mir egal ist, wo das Bad liegt, solange es nur heißes Wasser hat.«

Er öffnete die Tür und ließ ihr den Vortritt. Drinnen wies er ihr den Weg zur linken Seite. Sie eilte begierig zum Bad und nahm dabei weder das riesige Zimmer, mehr ein Gemach eines mittelalterlichen Märchenschlosses, noch den Ausblick wahr. Durch ein Fenster im Bad erblickte sie dann aber sogar ein Stückchen vom Eiffelturm. Es stimmte also tatsächlich: Man konnte ihn wirklich von überall sehen; sie hatte immer gedacht, das wäre nur in amerikanischen Filmen so.

Zum Glück gab es im Badezimmer tatsächlich heißes Wasser und nicht nur das. Ein unglaublicher Duschbereich aus massivem Marmor lud zum Verweilen ein, für nach der Dusche warteten schon butterweiche, sanfte Handtücher in Pfirsichfarben auf sie. Sie blieb eine gute Viertelstunde unter dem dampfenden Wasserfall und spülte nicht nur jeden Rest des Staubs der Reise und jegliche Rückstände der Explosion weg, sondern auch alle Sorgen und Ängste der letzten zwei erschöpfenden Tage ihrer Suche nach einem, wie es aussah, sowohl bestens ausgestatteten als auch ernstlich ungehaltenen Geist.

Unter der Dusche kamen ihr immer die besten Gedanken, also nutzte sie die Gelegenheit. Sie war sich sicher, dass der Fuchs sich in Paris aufhielt. Wo sonst sollte sie sein? Sie dachte an die Adoptiveltern, die Missionare, und an das neue Leben, das der Fuchs bei ihnen erlebt hatte. War es besser gewesen? Oder schlechter? Oder spielte das keine Rolle? Auf jeden Fall hatte es sie zu einem Leben als meisterhafte Kriminelle geführt.

Ein Klopfen an der Tür riss sie aus den Gedanken.

»Verschwinde. Ich komme hier nicht raus. Ich habe in meinem Leben noch keine Dusche so genossen.«

Nicholas lachte. »Vielleicht wirst du anders denken, wenn du meine Neuigkeiten hörst. Savich hat angerufen. Er hat über die Bankkonten eine Spur gefunden. Und das Essen ist da.«

Vor allem Letzteres ließ sie dann doch schnell aus der Dusche treten. Sie trocknete sich mit den herrlich weichen Wolken in Handtuchform ab und warf einen zweifelnden Blick auf ihre dreckige Kleidung. Jeans und Motorradstiefel würden wohl nicht sofort benötigt werden und sie war so schnell unter die Dusche gesprungen, dass ihre Tasche mit den Wechselsachen noch im anderen Zimmer stand. Also zog sie einfach nur einen der kuscheligen Bademäntel über und kam zu Nicholas ins Wohnzimmer.

Er hatte in der Zwischenzeit auch geduscht. Seine Haare waren noch feucht und er roch gut. Anders als sie, in ihrem anonymen Bademantel, sah er elegant wie ein Panther aus, in einem schwarzen Pullover, den Reißverschluss am Hals hochgezogen, und einer grauen Wollhose. Wo verstaute er nur all diese wundervolle Kleidung? Auch seinem magischen Reisegepäck musste doch so langsam der Platz ausgehen.

Auf dem Tisch stand ein Tablett mit einer Auswahl diverser Käse, dazu verschiedene Früchte und Baguette. Die Flasche Wein war schon geöffnet, sie lehnte das Glas aber ab, das er ihr anbot, und goss sich lieber Wasser ein.

»Was hatte Savich also zu berichten?«

»Ich habe ihm gesagt, dass ich dich erst aus der Dusche hole, damit er es uns beiden gemeinsam erzählen kann. Er wird jede Minute zurückrufen.«

»Dann sollte ich mir wohl besser etwas Ordentliches anziehen.«

»Tu dir meinetwegen keinen Zwang an.«

Sie blickte ihn mit hochgezogener Augenbraue an. »In deinen Träumen.«

Nicholas grinste. »Und habe ich gestern auch nur geträumt, oder hast du mich wirklich geküsst?«

»Das war ganz eindeutig nur ein Traum.«

»Und war das ein Traum, als du mich einen alten Depp genannt hast?«

»Der Teil ist wirklich passiert«, erklärte sie, schnappte sich ihre Tasche und verschwand in ihrem Raum.

Als sie einige Minuten später wiederkam, saß Nicholas vor dem Essen. »Komm, nimm dir auch was. Wir sollten die Gelegenheit nutzen, wenn wir Zeit haben, etwas in den Magen zu bekommen.«

Sie bediente sich von der Käseplatte und setzte sich. Mit hochgezogenen Beinen genoss sie Brie und Trauben. Sie sah müde aus und er konnte es ihr nicht verdenken. Er hatte die letzte Nacht zwar unter Medikamenten verbracht, aber doch zumindest zehn Stunden in einem bequemen Bett geschlafen. Er konnte sich nicht vorstellen, dass sie auf dem unbequemen Stuhl viel Ruhe gefunden hatte.

»Nach dem Gespräch mit Savich können wir etwas mit den Computern arbeiten und versuchen, eine Spur zu finden. Wir bleiben über Nacht hier, du brauchst Ruhe.«

Sie ließ ihren Blick durch das Zimmer schweifen. »Es ist nett hier.«

Es war wirklich nett hier, daher hatte er sie herbringen wollen. Ein bisschen Angeberei, bestimmt, aber er wollte ihr auch etwas Gutes tun. Vor allem, nachdem sie sich gestern so um ihn gekümmert hatte.

»Du bist ein guter Partner, Mike«, lobte er sie plötzlich.

Das überraschte sie. Sie musste es einen Moment verarbeiten, ehe sie antwortete. »Weißt du was? Du auch.«

Er lachte. »Wie war das jetzt mit der Naht an meinem Rücken?«

Kapitel 78

Autobahnraststätte Aire de Nemours
Samstagnachmittag

Kitsune hielt kurz an, um einen Espresso zu trinken und schnell die Toilette zu benutzen. Sie schleppte sich nur noch dahin. Es war noch eine gute Stunde Fahrt bis Paris, ein bisschen musste sie noch durchhalten. Bald schon würde der Job erledigt sein, dann konnte sie sich ausruhen. Das war auch ein Grund, warum sie so schwer trainierte: Zwischen den Aufträgen sammelte sie Energie. Sobald sie dann ein Ziel verfolgte, konnte sie Schlaf und Nahrung weitgehend vernachlässigen.

Sie stellte die leere Tasse auf der Theke ab. Die Raststätte war mit Touristen gefüllt, Teenager in engen Jeans und schlecht zusammenpassenden Farben, schamlos flirtend, dazwischen gehetzte Eltern mit Kleinkindern, dazu ab und zu mal ein einzelner Mann, der ihr nachblickte. Aber alles normal. Sie konnte sich nicht daran erinnern, je ein so normales Leben gehabt zu haben.

Sie wandte sich zum Gehen und hörte, wie ihr Handy in der Tasche klingelte. Sie zog es heraus und blickte verwundert auf den Bildschirm. Es war Mulvaney.

Ein Stein fiel ihr vom Herzen. Sie rannte aus dem Gebäude, hechtete in den gestohlenen Fiat und nahm das Gespräch an.

»Mulvaney! Gott sei Dank, ich habe mir solche Sorgen gemacht!« Sie riss sich zusammen. »Es war aber auch Zeit. Ich dachte schon, du wärst tot.«

»Hallo, Kitsune.« Ihr Herz setzte aus. *Nein. Bitte, nein.*

»Lanighan?«

»Sie erhalten Ihren Mulvaney zurück, wenn ich meinen Diamanten erhalte.«

Ihr Herz schlug so stark, dass sie es bis in die Schläfen spürte. Angst schnürte ihr die Kehle zusammen. »Was haben Sie mit ihm angestellt? Wo ist er?«

Das Bild, wer wen in der Hand hielt, hatte sich gerade grundlegend geändert. Lanighans Stimme troff vor Verachtung und Schadenfreude. »Sie werden sich jetzt genau an meine Anweisungen halten. Es wird keine Fehler mehr geben und keinen Versuch, mich um meinen Diamanten zu betrügen. Sie bringen mir den Koh-i-Noor, persönlich, dann lasse ich ihn gehen.«

Wie hatte er Mulvaney finden können? Sie waren immer so vorsichtig gewesen. Und wie hatte er ihn fangen können? Niemand konnte Mulvaney fangen, er war zu intelligent, zu schnell …

Kontrolle, sie musste die Kontrolle behalten. Ruhig bleiben. »Ich verstehe nicht, warum Sie sich all diese Mühe machen. Wir haben eine Abmachung, ich habe mein Wort gegeben und die letzten zwei Jahre meines Lebens damit verbracht, Ihnen Ihren Traum zu erfüllen. Natürlich will ich Ihnen den Diamanten geben.«

Er atmete jetzt schneller, war nahe daran, sie anzubrüllen. »Sie versuchen also auch noch, mir die Schuld zuzuschieben? Sie sind diejenige, die dem FBI Informationen über meine Bankkonten zugespielt hat. Sie sind diejenige, die mir einen

Schlüssel zu einem verminten Schließfach gegeben hat. Sie wollten mich in die Luft sprengen!«

Seine Stimme wurde kalt, er musste hörbar um Kontrolle kämpfen. »Verdammte Schlampe, schon nach dem Messer an meiner Kehle in Paris hätte ich es wissen müssen. Das ist jetzt nur die gerechte Revanche, wir sind quitt, wenn Sie genau das tun, was ich sage. Bringen Sie mir den Diamanten und Sie erhalten Ihren tollen Mentor zurück.«

Sie zitterte vor Wut und konnte sich nicht mehr beherrschen. »Idiot! Der Schlüssel gehörte zu dem echten Schließfach, nicht dem mit der Bombe! Sie lassen Mulvaney sofort frei oder ich verschwinde für immer und nehme den Koh-i-Noor mit. Dann können Sie Ihre drei Steine nie verbinden!«

Auch durch den Hörer war deutlich zu vernehmen, wie er scharf Luft einsog. Sie hatte geahnt, dass er etwas wirklich Schräges mit dem Diamanten vorhatte, und hatte sich wohl nicht geirrt. Er war aus der Balance gebracht, jetzt konnte sie ihren Vorteil ausbauen und vordrängen, Ruhe reinbringen und die Kontrolle zurückerlangen.

»Ja, Saleem, ich weiß, was Sie zu tun gedenken. Wozu sonst sollten Sie den Koh-i-Noor wollen? Alle Männer in Ihrer Familie haben es versucht und sind gescheitert. Warum meinen Sie, dass es bei Ihnen anders sein sollte?«

Saleem ignorierte ihre Worte und sprang ihr direkt verbal an die Kehle. »Sein Blut klebt an Ihren Händen, Kitsune. Jedes Wort, jede Minute, die vergeht, kostet Mulvaney etwas mehr. Ein Finger, ein Ohr, so viel ich tun kann, ehe er stirbt. Das ist mein Ernst. Bringen Sie mir den Diamanten heute Abend um neun Uhr zu mir nach Hause oder ich schneide ihn in kleine Streifen.«

Damit legte er auf.

Kitsune ließ das Gesicht in die Hände sinken. Sie fühlte sich leer durch diesen Fehlschlag.

Sie hatte den Vater bezwungen, sie würde sich auch gegen den Sohn durchsetzen. Irgendwie musste sie wieder die Oberhand gewinnen. Lanighan war verrückt, wenn er ernsthaft glaubte, sie würde ihm den Diamanten persönlich bringen. Damit würde sie ihn ja geradezu einladen, sie und Mulvaney zusammen zu töten. Sie tastete über ihren Rucksack. Der Diamant war in Sicherheit. Jetzt musste sie herausfinden, wo er Mulvaney gefangen hielt und die ganze verfahrene Angelegenheit zu Ende bringen.

Sie legte den Gang ein und verließ die Raststätte, ihre Gedanken rotierten.

Es war nicht das erste Mal, dass einer ihrer Kunden versuchte, sie um die Bezahlung zu prellen. Aber es war das erste Mal, dass ein Auftrag in ihr Privatleben eingedrungen war. Sie konnte immer noch nicht glauben, dass Lanighan es geschafft haben sollte, Mulvaney zu finden und zu fassen. Er war einer der vorsichtigsten Männer, die sie je getroffen hatte.

Ihre Zusammenarbeit dauerte jetzt schon mehr als zwei Jahrzehnte an, mehr als ihr halbes Leben. Und noch nie hatte jemand die Verbindung entdeckt. Wer ihre Namen hörte, wusste nur, dass sie Rivalen in derselben Branche waren. Darüber hatte sie immer mit Mulvaney gelacht, während sie mit einem Glas Krug anstießen, den Mulvaney so gerne trank. Tränen stiegen ihr in die Augen. Sie hatte Angst. Nicht ihretwegen, sondern seinetwegen. Hatte sie etwas getan, um das herbeizuführen? Vielleicht war sie einfach zu naiv gewesen, hatte ihre Sicherheitsvorkehrungen für unfehlbar gehalten? Nicht, dass es jetzt eine große Rolle spielte. Sie musste Lanighan aufhalten, ihr blieb keine andere Wahl mehr.

Sie wollte ihn töten, wollte spüren, wie die Spitze ihres Messers gemächlich durch seine Kehle glitt. Wollte ihm dabei zusehen, wie die Erkenntnis zu ihm durchdrang, dass er tot war.

Ein gerechter Mord. Aber sie musste erst einen Weg finden, um dort hinzukommen.

Denk nach, Kitsune.

Lanighan war mit dem Auto von Paris nach Genf gekommen. Er würde bestimmt nicht riskieren, dass sein Gesicht auf Flughäfen oder Bahnhöfen von einer Sicherheitskamera aufgenommen wurde, solange noch alle Welt von dem Diebstahl des Diamanten sprach. An der Grenze würde man sein Auto durchsucht haben oder er hätte zumindest mit der Möglichkeit rechnen müssen, also konnte er Mulvaney nicht mit in Genf gehabt haben.

Wo dann?

Er musste in Paris sein. Die Stadt des Lichts war das Zentrum von Lanighans Imperium. Ihr erstes und einziges Treffen hatte im Ritz in Paris stattgefunden. Vor diesem Treffen hatte sie sich über alle seine Geschäfte informiert, dabei auch die Adressen und Beschreibungen aller Gebäude und sonstigen Liegenschaften recherchiert, über die Lanighan verfügte. Es gab vier Gebäude im Pariser Raum, in denen er eine solche verborgene Aktion durchführen konnte. Mulvaney wurde also in einem davon festgehalten. Um es noch näher einzugrenzen, würde sie mehr Informationen benötigen.

Saleem Lanighan war nicht der Mann, der sein Vater gewesen war. Er war arrogant und nachlässig und vor allem ein Egoist. Jemand, der glaubte, dass man mit Geld alles lösen könnte. Außerdem war er auch jemand, der sich ungerne auf fremdes Territorium wagte, also würde er seine wertvollsten Besitztümer nahe bei sich behalten. Und zu diesem Zeitpunkt war Mulvaney äußerst wertvoll für ihn.

Kapitel 79

Hotel Ritz, Place Vendôme, Paris
Samstag, 16:15 Uhr

Ein Piepton kündigte eine eingehende Telekonferenz auf Nicholas' Laptop an. Nicholas nahm den Anruf an und Savichs Gesicht füllte den Bildschirm. Mike erkannte die Möbel, eindeutig einer der Besprechungsräume des FBI. Was wiederum bedeutete, dass ihr Gespräch über einen sicheren Kanal von CIVITS lief und sie unbesorgt frei sprechen konnten, ohne Gefahr, dass jemand mithörte. Selbst der Sichtschutz war in dem Besprechungsraum zugezogen. Sie konnten noch nach draußen sehen, aber keine neugierigen Augen konnten ihnen dabei zuschauen.

»Hallo Savich, einen schönen guten Abend«, meldete sich Nicholas.

»Ist Mike inzwischen so weit?«

Nicholas rutschte beiseite, damit Mike auch mit ins Bild kam. »Sie sitzt direkt hier.«

»Hi, Dillon!«

»Hi, Mike. Ich habe MAX den ganzen Morgen angetrieben und er hat mir ein paar hübsche Sachen geliefert. Die Nummern, die ihr mir geschickt habt, passen alle zu Transfers von verschiedenen Banken. Ich habe sie als Liste zusammengestellt und dir geschickt, Nicholas, die Datei sollte inzwischen eingetroffen sein.«

»Ist da, ich habe sie offen.«

»Gut. Das Geld habe ich nicht komplett nachverfolgen können, aber immerhin habe ich es auf drei mögliche Käufer für den Edelstein eingrenzen können. Wie ihr wahrscheinlich wisst, ist es nicht so einfach, an Bankdaten ranzukommen. Nummernkonten sind wohl der beste Weg, unerkannt zu bleiben, wenn man größere Mengen Geld verschieben will. Leider versucht ja kaum jemand, Millionen Dollars mit Western Union zu verschicken.«

Nicholas lachte. »Wobei das uns das Leben so viel einfacher machen würde.«

»Wahrscheinlich, ja. Nach all den Daten, die wir bisher gesammelt haben, würde ich vor allem auf die erste Person in der Liste achten. Ich versuche es noch besser einzugrenzen, werde nach anderen Verbindungen forschen. Wir stellen aber alle drei sofort unter Beobachtung und melden uns, wenn wir mehr rausfinden.«

Nicholas schloss das Kommunikationsfenster und ging die E-Mail von Savich genauer durch. Der erste Eintrag war ein Mann namens Saleem Lanighan.

Mike scrollte durch die beigefügten Fotos. Er war ein stattlicher Mann, mit dunklem Haar und dunklen Augen und einem quadratischen Kinn. Er lächelte auf keinem der Bilder. Er sah für Mikes Empfinden irgendwie grausam aus.

»Ein großer, kräftiger Mann mit dunklen Haaren und dunklen Augen. Die Beschreibung, die wir von dem Jungen bei Sages Fidelité bekommen haben, passt. Die anderen in der Liste sind rein äußerlich komplett andere Typen. Lanighan könnte wirklich der Käufer sein, den wir suchen.«

Nicholas öffnete das angehängte Dossier und las vor.

»Lanighan ist achtunddreißig Jahre alt, in Oxford ausgebildet, wohnhaft in Paris. Er hat einen zweiten Wohnsitz im Loiretal. Er betreibt einen gut laufenden Kunst- und Antiquitätenhandel, den er von seinem Vater übernommen hat. Dazu kommt eine enorme Kunstsammlung, die ihm ebenfalls sein Vater vererbt hat, als dieser vor fünf Jahren gestorben ist. Lanighan wurde die letzten drei Jahre in Folge in den Top 100 des ArtReview aufgeführt. Er ist bekannt für seine karitativen Tätigkeiten und als Mäzen für aufstrebende Künstler und neue Galerien.

Weiterhin sitzt er im Vorstand von drei verschiedenen Unternehmen, beschäftigt fast tausend Menschen in seinem Import-Export-Unternehmen Lanighan Enterprises. Verbunden damit sind regelmäßige Reisen nach China, Singapur, Hongkong und Tokio, wo er immer wieder verborgene Schätze der Kunstwelt aufspürt. Wenn das unser Mann ist, dann ist der Fuchs nicht weit.«

»Er scheint mir einfach zu sehr der respektable Geschäftsmann zu sein, meinst du nicht? Und reich wie Krösus«, bemerkte Mike.

»Natürlich. Ohne das Geld würde es ja auch nicht klappen. Lanighan sieht mir sehr nach dem wahrscheinlichsten Kandidaten aus. An der Oberfläche ein toller Mensch, aber schon bei seinem Vater wurde vermutet, dass große Teile der Sammlung aus Kunstdiebstählen stammen. Wo findet Savich nur immer diese Informationen?«

»Hat Dillon dir nicht von dem magischen Feenstaub erzählt?«

Nicholas nickte. »Ich dachte eigentlich, das sei im Scherz gemeint. Jetzt aber mal ernsthaft, schau, Lanighans Mutter war Amelia Thomas-Collins.« Er lehnte sich zurück, in Gedanken verloren. »Jetzt weiß ich auch, woher mir der Name Lanighan so bekannt vorkam.«

Mike hob die Augenbrauen. »Wieso?«

»Letzten Sommer gab es einen Skandal um die Familie Lanighan, die Geschichte lief mehrere Wochen in den Klatschspalten. Im Kern ging es darum, dass wohl die ganze Familie Lanighan nicht auf legitimen Wurzeln gegründet ist, das Problem war …« Er hielt mitten im Satz inne, die Augen in die Ferne gerichtet.

»Welche Probleme? Nicholas, was ist denn?«

Er sprach langsam. »Lanighan muss wirklich daran glauben, dass er der letzte Nachfahre von Duleep Singh ist. Der letzte Löwe von Punjab.«

»Das Schließfach in Genf lief auf den Namen Duleep Singh.«

»Genau. Du erinnerst dich, als der Koh-i-Noor als Geschenk an Königin Victoria überreicht wurde, kam auch Duleep Singh mit nach England. Er wurde hier schnell der Favorit der High Society, jeder redete von ihm, jeder liebte ihn. Königin Victoria selbst übernahm die Patenschaft für verschiedene seiner Kinder. Insgesamt hatte er acht Kinder mit zwei Ehefrauen, doch keines von diesen hatte eigene Kinder, also ist die Linie mit ihnen ausgestorben. Man sagt, das sei eine der Auswirkungen des Fluchs des Koh-i-Noor.«

»Das Ende seiner Linie.«

»Der große Skandal im letzten Jahr ging darum, dass ein Geschichtsforscher herausgefunden hatte, dass einer von Singhs Söhnen einen außerehelichen Sohn gezeugt hatte, und zwar mit Lady Grace Lanighan, der Gräfin von Wiltshire. Und dieses uneheliche Kind hat dann seine eigene Linie fortgeführt. Er hatte keinen Titel, weil er nur ein zweiter Sohn war. Sehr zum Leidwesen des Grafen von Wiltshire sah der Sohn seinem wahren Vater aber wohl sehr ähnlich.«

Er stand auf und wanderte durch den Raum. »Von so was sprach man damals natürlich nicht, zumindest nicht öffentlich, es war ja noch um die Jahrhundertwende. Ich meine, das Kind sei 1898 oder 1899 zur Welt gekommen, damals warf man einer Gräfin natürlich nicht vor, jemand anderen als ihren angetrauten Gatten in dieser Art zu kennen.«

Nicholas versuchte, sich an die Details zu erinnern. »Historisch gesehen war das Kind auch ohne Bedeutung. Sein älterer Bruder heiratete und hinterließ einen Erben, also war der Titel gesichert und die anderen Verwandten ohne Belang. Die Hauptlinie der Familie starb dann aber im Krieg aus und der Titel ging mit ihnen verloren.«

»Das Ältestenrecht ist doch eine feine Sache.«

Er blickte sie verwirrt an, sie zuckte nur mit den Schultern. »Was denn? Ich sehe auch gern *Downton Abbey*.«

»Also weiter. Wenn Saleem Lanighan also ein Spross dieser unrechtmäßigen Linie von Wiltshire ist, könnte er wirklich ein Blutsverwandter des Löwen von Punjab sein, dem letzten rechtmäßigen Besitzer des Koh-i-Noor, ehe dieser an die englische Krone überging.«

»Das wäre geradezu unglaublich. Aber was bedeutet das, wenn er wirklich dieser Linie entstammt? Gibt ihm das irgendwelche Ansprüche?«

Nicholas setzte sich wieder und verschränkte die Arme. »Das sind jetzt hier alles nur Mutmaßungen. Wenn Saleem Lanighan wirklich dieser Linie entstammt, dann wäre er der rechtmäßige Erbe des Koh-i-Noor. Wobei das nicht wirklich von Belang ist, weil die Briten ihren Anspruch auf den Stein nie aufgeben werden. Aber da steckte noch mehr dahinter, ich komme nur nicht drauf, was da noch war.«

»Ich weiß es auch nicht, aber wir sollten vielleicht besser Kaffee bestellen. Es verspricht, eine lange Nacht zu werden.«

Kapitel 80

Paris, Geschäftsbezirk La Defense
Samstag, 18:05 Uhr

Kitsune betrat den schwarzen Wolkenkratzer, der allgemein nur als Tour Areva bekannt war, als ob sie hier täglich ein und aus ginge. Die Lobby lag still und leer da, nur ein einzelner Sicherheitsmann saß hinter einem halbmondförmigen Empfangstisch. Er lehnte sich im Stuhl zurück, die Füße auf dem Tisch, auf dem Monitor vor ihm lief anscheinend irgendeine Hollywoodproduktion. Der Film war wohl gerade an einer spannenden Stelle, den Schreien und Explosionen nach zu urteilen, anscheinend eine Schlacht oder Actionsequenz. Sein Kopf zuckte zu ihr herum, als sie näher kam, den Film schaltete er aber nicht ab.

»Kann ich Ihnen helfen, Madame?«

»*Bonsoir*«, antwortete sie, ohne anzuhalten, zog einen Ausweis heraus und hob ihn kurz hoch, zu schnell, als dass er wirklich etwas hätte erkennen können. »Mein Freund hat sein Handy im Büro vergessen, ich laufe nur schnell hoch und hole es.«

»Sie müssen sich eintragen.«

Sie drehte sich abrupt zu ihm, nahm ihm den Stift aus der Hand und kritzelte etwas auf das Papier, sichtlich genervt durch die lästige Verzögerung. Sie wartete nicht auf ihn, sondern ging direkt weiter.

»Ich kann das nicht lesen. Wohin wollen Sie?«

»Dreiundzwanzigster. Ich bin in fünf Minuten wieder unten.«

Er nickte. Eine kleine Büroschnecke mehr oder weniger, was konnte das schon schaden. Außerdem wollte er zurück zu seinem Film.

Sie lächelte, als sie den Aufzug erreichte. Im Laufe ihrer Karriere hatte sie das An-Wachmännern-Vorbeigehen geradezu bis zur Kunstform perfektioniert.

Sie nahm den Aufzug bis in den dreiundzwanzigsten Stock, lief dann die letzten zwei Stockwerke über die Treppe.

Lanighans Büros befanden sich am Ende des Flurs. Sein Alarmsystem war auf dem neusten Stand der Technik, was bedeutete, dass Kitsune ein paar Sekunden länger brauchte. Sie faltete ein Heftchen mit Dietrichen auf, ließ den Rake Pick in das Schloss gleiten und zog leicht, bis die Stifte klapperten und schließlich einrasteten.

Die Verriegelung der Tür schnappte auf und aus dem Raum hinter der Tür ertönte sofort ein leises Piepen. Kitsune glitt durch die Tür und öffnete das Abdeckungspanel an der Wand, hinter dem das Alarmsystem alle paar Sekunden leise vor sich hin piepte. Mit geübter Handbewegung brachte sie zwei Klammern an, über die sie einen Zähler an dem System befestigte. Nur wenige Augenblicke später gab der Zähler die Kombination des Passcodes aus. Kitsune tippte die Zahlen ein und überbrückte das System. Der Alarm schaltete sich mit einem leisen Quäken aus, dann war es wieder komplett still.

Sie hatte jetzt geschätzt drei Minuten, ehe jemand beim Sicherheitsdienst feststellte, dass das Sicherheitssystem bei

Lanighan Enterprises ausgeschaltet worden war und bei dem Chef persönlich nachfragen würde. Mit etwas Glück würde der Wachmann unten erst fünf Minuten später informiert werden. Aber in jedem Fall hatte sie keine Zeit zu verlieren.

Wie auch sein Vater war Lanighan vor allem ein Kunstliebhaber. Sein Computer enthielt eine umfassende Liste aller Besitztümer von Lanighan Enterprises, darunter auch eine Liste, wo welches Kunstwerk aufbewahrt wurde.

Natürlich wurden Geiseln nicht im offiziellen Inventar der Firma aufgelistet, daher konnte Kitsune schwer nachschlagen, wo Mulvaney festgehalten wurde. Dafür konnte sie aber sehr wohl eine eigene Geisel nehmen – Lanighans Kunstwerke. Der größte Teil seines Vermögens war in seiner Sammlung gebunden. Wenn sie diese Sammlung aus der Gleichung nehmen würde, hätte sie sein gesamtes Leben in der Hand.

Er hatte den Computer im Energiespar-Modus gelassen und, allem Glück zum Überfluss, kein Passwort eingerichtet.

»Was für ein Dummkopf.«

Kitsunes Talente lagen in der physikalischen Beschaffung. Man sagte, sie hätte die sanftesten Hände der Branche. Mulvaney hingegen, trotz seines langsam fortschreitenden Alters, war mehr auf die digitalen Varianten der Schutzmechanismen und Besitztümer spezialisiert. Unternehmensspionage wurde gut bezahlt und Mulvaney hatte viele der Tools für seine Arbeit selbst entworfen. Kitsune setzte sie nicht selten für ihre Zwecke ein.

Jetzt schob sie einen USB-Stick in den Rechner und kopierte den gesamten Inhalt von Lanighans Festplatte. Der Stick enthielt hierfür einen netten Virus, den Mulvaney entworfen hatte. Direkt nach dem Kopieren löschte er die Ursprungsdatei und alle eventuellen Back-ups und überschrieb den Speicherblock mehrmals. Damit erhielt sie nicht nur eine vollständige Liste seiner Kunstsammlung, sondern auch die einzige Kopie aller seiner Unternehmensdaten. Zahlungsverkehr, Versicherungen, Vermögenswerte, alles. Es würde ihn viel kosten, diese Informationen wiederherzustellen – sowohl Geld als auch Zeit und Arbeit.

Sie zählte den Countdown im Kopf mit, während die Daten verschoben und vom System gelöscht wurden. Sie flüsterte unentwegt zu sich selbst: »Schneller, komm schon, komm schon, schneller …«

Zwei Minuten noch, maximal.

Sie blickte sich in dem geräumigen Büro um, größer als ihre Wohnung in London und mit einem grandiosen Blick über die Stadt. Einen Augenblick lang bewunderte sie die Bilder an der Wand. Hier hing ein kleiner Cézanne, sie war versucht, ihn aus dem Rahmen zu schneiden, einfach nur, weil sie es konnte und es ihn ärgern würde. Würde ihm auch recht geschehen.

Das Kopierprogramm meldete den Abschluss des Vorgangs mit einem Piepton. Sie riss sich los. Vielleicht beim nächsten Mal.

Sie glitt zurück aus der Tür, leise und umsichtig. Danach stellte sie den Alarm wieder an, verschloss die Glastür und rannte die beiden Stockwerke über die Treppe runter. Der Aufzug war noch in ihrem Stockwerk.

Weniger als drei Minuten für die gesamte Aktion. Sie war zufrieden.

Während sie zur Haupttür rausspazierte, hielt sie ihr eigenes Handy winkend über dem Kopf. Der Wachmann achtete jedoch gar nicht auf sie. Einen Moment später war Kitsune in der Nacht verschwunden.

Kapitel 81

Hotel Ritz, Place Vendôme, Paris
Samstag, 19:15 Uhr

Nicholas war in Lanighans Akte vertieft, als es an der Tür der Suite klopfte.

Mike ihrerseits ging gerade die Akten über den Mordfall an den Eltern der Familie Couverel durch, welche die französische Polizei ihnen geschickt hatte. Sie legte den Laptop beiseite und stand auf. »Das muss der Kaffee sein, bleib ruhig sitzen. Und ich befürchte, in den Akten werden wir nichts Brauchbares finden, Nicholas. Der Fall ist inzwischen dreißig Jahre her, seitdem hat sich niemand mehr darum gekümmert.«

Sie ging durch das geräumige Hauptzimmer der Suite und öffnete die Tür. Als selbige mit Schwung gegen die Wand krachte, zuckte Nicholas instinktiv zusammen.

Auch Mike hatte gute Reflexe bewiesen und war hinter einen Sessel in Deckung gehechtet, als auch schon die Polsterung der Lehne aufplatzte. In der Tür stand ein dunkelhäutiger Mann, die schallgedämpfte Pistole in der Hand noch auf den Stuhl gerichtet.

Die Waffe, eine durchschlagskräftige Beretta 92S, suchte sofort wieder nach Mikes Kopf.

Ohne zu denken sprang Nicholas den Mann von der Seite an. Die Überraschung gab ihm einen kleinen Vorteil, doch der Mann geriet nur leicht aus der Balance und musste sich kurz wieder fangen. Als Nicholas mit einem Tritt zum Knie nachsetzte, war er schon wieder bereit, wirbelte herum und sprang zurück. Nicholas' Tritt streifte nur den Oberschenkel. Der Angreifer grunzte vor Schmerz auf, schien aber nicht sonderlich beeindruckt von dem kräftigen Tritt. Die Waffe schwang jetzt zu Nicholas' Brust. Mike war für den Moment vergessen.

Nicholas drehte sich aus der Schussbahn und drängte sich dicht an den Mann, um nach der Waffe zu greifen. Der hatte wohl damit gerechnet, zumindest folgte er der Drehung, um Nicholas ins Leere laufen zu lassen und in dessen Rücken zu kommen. Die beiden Gegner schienen einander ebenbürtig, denn auch Nicholas wiederum hatte diese Aktion einkalkuliert und rammte dem Mann den Ellbogen unters Kinn. Der Kopf flog zurück, Nicholas griff den Waffenarm und schlug seine Faust ins Gesicht des Mannes, einmal, zweimal. Die Fingernägel seiner linken Hand bohrten sich in das Handgelenk, der Mann schrie vor Schmerz auf. Ein Schuss löste sich, trotz des Schalldämpfers geradezu obszön laut, dann fiel die Waffe aus der Hand und rutschte über den Boden. Die linke Faust des Angreifers erwischte Nicholas am Kopf und ließ ihn benommen zurückstolpern.

Hinter sich hörte Nicholas Mike schreien. »Weg von ihm, Nicholas!« Instinktiv wusste er, dass sie eine freie Schussbahn brauchte.

Leider war das auch dem Angreifer klar, der sich jetzt an Nicholas klammerte und ihn als lebenden Schutzschild nahm, ihn zurück zur Tür der Suite zerrte. Aber Nicholas war nicht hart genug getroffen, dass er so leicht zu fassen gewesen wäre.

Vor Mikes Augen wurde der Kampf zu einer wilden Schlägerei. Sie hatte ihre Glock gezogen, aber die beiden

Männer drehten und wendeten sich zu oft, als dass sie einen sicheren Schuss hätte anbringen können. Schlag auf Schlag droschen beide Seiten aufeinander ein, blockten die Schläge des anderen und gingen zum Gegenangriff über. Und zerstörten dabei einen Großteil des Mobiliars.

Der Angreifer erwischte Nicholas hart an der Schulter. Nicholas nahm den Schlag auf und ließ sich von dem Schwung tragen, drehte sich und gelangte damit hinter den Gegner, schwang einen Arm um dessen Hals und rammte ihm auf der anderen Seite die Faust in die Nieren. Ein fieser Hieb, der einen Riesen in die Knie gezwungen hätte, doch der Mann schaffte es irgendwie, mit dem Schlag zu gehen und sich freizuwinden – Mike hatte keine Ahnung, wie ihm das gelang, aber sie musste ihrem Gegner Respekt zollen.

Für den Bruchteil einer Sekunde starrten Nicholas und der Dunkelhäutige einander in die Augen, dann brach Letzterer zur Seite aus und rannte aus der Tür. Mike feuerte ihm zwei Kugeln nach, verfehlte ihn aber.

»Ruf die Polizei, ich schnapp ihn mir«, rief Nicholas ihr über die Schulter zu, während er durch die Tür sprintete.

Der Mann war schon am Ende des Flurs angekommen und stieß gerade den Notausgang zum Treppenhaus auf.

Nicholas jagte ihm nach und schaffte es so eben noch durch die sich schließende Tür, als ein schwarzer Turnschuh an der Treppe nach oben verschwand. Er wollte aufs Dach. Nicholas feuerte drei Schuss nach oben, die Schritte wurden aber nicht langsamer.

Er hörte, wie der Mann oben die Tür aufriss und hinter sich wieder zuknallte, um Nicholas zumindest etwas aufzuhalten.

Oben angekommen, zog Nicholas die Tür vorsichtig auf. Draußen herrschte Stille, von dem normalen Pariser Straßenlärm mal abgesehen. Es war inzwischen dunkel geworden, aber das Umgebungslicht der Straßen rundherum reichte aus, um Formen und Schatten auszumachen. Der aufgehende Vollmond tat sein Übriges.

Hier oben gab es mehr als genug Möglichkeiten, um sich zu verbergen. Die Einfassungen der Kamine und die Auslässe der Klimaanlagen unterteilten das Dach immer wieder, hinter jedem von ihnen konnte der Mann stecken.

Nicholas verhielt sich absolut still und lauschte. Er meinte, von einer Stelle etwa sechs Meter vor ihm schweren Atem zu hören. Langsam schlich er vorwärts, sorgfältig jeden Laut auf dem Kiesboden vermeidend. Noch drei Meter, zwei, lautlos kam er immer näher, als plötzlich die Tür zum Dach aufgestoßen wurde und Licht auf das Dach flutete. Noch ehe Nicholas reagieren konnte, war der Mann bereits aus der Deckung gebrochen und flüchtete, flink wie eine Wachtel, die aus dem Busch aufgescheucht wurde. Nur einen Moment, dann hatte Nicholas schon keine freie Schussbahn mehr.

Mike hockte sich neben Nicholas in die Deckung. »Holen wir uns das Schwein.« Sie konnten gelegentlich Kopf und Körper des Mannes zwischen den Hindernissen auftauchen sehen und eröffneten das Feuer.

In der Entfernung hörte man ein unterdrücktes Grunzen, der Mann stolperte. *Gut,* dachte sich Nicholas, *einer von uns hat ihn erwischt.*

Sie eilten aus der Deckung, holten den unsicher vorwärtsstolpernden Mann schnell ein. Mike löste sich zu einer Seite, um ihm in die Flanke zu fallen. Noch drei Schritte, dann sprang Nicholas, um den Mann zu Boden zu reißen. Sie rollten über den Boden, wanden sich, schlugen, traten, jeder versuchte, die Oberhand zu gewinnen. Nicholas sah Blut, einer ihrer Schüsse hatte getroffen, eine Streifwunde unterhalb des Brustkastens. Wie konnte es sein, dass ihn die Wunde kaum behinderte? Nicholas riss ihn herum, sodass der Mann jetzt auf dem Rücken lag, und drückte seinen Ellbogen in die Wunde, den anderen Arm verkeilte er unter dem Kinn des Gegners.

»Wer hat dich geschickt?«

Der Mann gurgelte. Nicholas löste den Druck etwas, damit er sprechen konnte. Stattdessen bohrte der Mann ihm die Faust in den Rücken, warf Nicholas damit zur Seite ab. Sofort sprang er wieder auf und ließ die Fäuste auf Nicholas einprasseln.

Dieser wich mit einer Rolle aus und sprang selbst auch wieder auf, drängte seinen Gegner zurück. Ein Schlag ins Gesicht und er sah Blut spritzen. Er hatte gut getroffen und dem Mann die Nase gebrochen.

Mike tauchte hinter dem Mann auf und trat ihm in die Kniekehle, sodass er nach vorne zusammenbrach. Nicholas war sofort wieder auf ihm und drückte ihm die Kehle zu.

»Wer hat dich geschickt?«

Der Mann bäumte sich mit aller Kraft auf und schleuderte Nicholas damit gegen die Einhausung einer Klimaanlage. Nicholas taumelte, hielt weiter fest.

Der Mann holte wieder aus, für einen Hieb, gezielt auf Nicholas' Kehle, der eindeutig zum Töten gedacht war. Nicholas schaffte es gerade noch rechtzeitig, seine Hände hochzureißen.

Jetzt trat der Mann wie wild auf ihn ein, Blut tropfte dabei von seinem Kinn auf die Brust. Auch Nicholas hatte sich inzwischen so in den Kampf reingesteigert, dass er fast im Berserkermodus war. Beide schlugen und traten nach dem jeweiligen Gegner.

Mike schrie, um ihn herauszureißen. »Bring ihn nicht um, Nicholas, wir brauchen ihn lebend!«

Doch Nicholas nahm schon nichts mehr außer dem Rauschen des Bluts in seinen Ohren wahr. Er schaffte es, den Mann nach hinten zu stoßen, und ehe dieser sich fangen konnte, schoss Mike ihm eine Kugel ins Bein.

Der Mann schrie laut auf, als sein Bein unter ihm nachgab. Er war zu nah am Rande des Daches.

Nicholas sah, wie er stürzte und fiel, hechtete zum Abgrund und versuchte, den Mann noch am Ärmel zu fassen. Seine Hände waren aber vor Blut zu glitschig, er fand keinen Halt.

Mit einem Schrei stürzte der Mann in den Abgrund. Im Fallen prallte er noch mit dem Rücken auf das Fenster im Dachgiebel unter ihnen, der nächste Halt war der Bürgersteig mehrere Stockwerke tiefer.

Kapitel 82

Mike und Nicholas blickten ihm über den Rand des Daches nach. Mehrere Stockwerke tiefer lag er mit ausgestreckten Armen auf dem Zement, das Gesicht nach unten, das Genick eindeutig gebrochen. Eigentlich wollte Mike es gar nicht zu genau sehen.

Nicholas lehnte sich gegen die Mauer und ließ sich herabsinken.

Mike hockte sich neben ihn und wischte ihm das Blut von Mund und Nase. Dann nahm sie seine Hand und betrachtete die aufgeplatzten Knöchel. »Hätte schlimmer kommen können«, murmelte sie, ihr Blick fiel auf sein blutverschmiertes Hemd. »Du blutest?!«

»Nein, keine Angst, das kommt alles von ihm. Tut mir leid, dass wir ihn nicht lebend haben, Mike.«

»Ich wünschte nur, ich hätte ihn in beide Knie geschossen.«

Nicholas lachte, er konnte einfach nicht anders. Dann zog er sich hoch und sie mit ihm. »Verdammt, was erzählst du da von Blut? Du bist es, die hier blutet – wo hat er dich erwischt?«

Sie blinzelte einmal, stumm und verwirrt, blickte an sich herunter und wurde ohnmächtig.

Er fing ihren erschlafften Körper auf und ließ ihn langsam zu Boden gleiten. Sie blutete unter anderem aus der Nase und einer gesprungenen Lippe. Er riss ihr Hemd auf und zog die Reste herunter. Die Kugel hatte sie im Arm erwischt, direkt im Bizeps, ein glatter Durchschuss. Zum Glück hatte er den Knochen verfehlt.

Er riss den Ärmel ab und benutzte ihn als notdürftigen Verband, anschließend tastete er den Rest des Körpers ab. Keine weiteren Verletzungen. Sie würde durchkommen. Einen Moment zog er sie an sich, still dankbar, danach hob er sie auf und legte sie sich über die Schulter. Er hörte ein gehauchtes Kichern.

»Das kitzelt.«

»Halt still, ich muss dich die Treppe runtertragen.«

Sie lehnte sich entspannt gegen seinen Rücken, damit er sie bis in ihre Suite schleppen konnte.

Der Raum sah aus, als ob dort ein Wirbelsturm gehaust hätte. Wenigstens war das Sofa noch in einem Stück. Er legte sie sanft ab, sie blickte zu ihm auf und lächelte.

»Wir sind schon ein Paar, was? Sehe ich genauso übel aus wie du?«

Er lächelte zurück. »Ich will es gar nicht wissen. Halt still, Mike, ich höre schon die Sirenen. Die Polizei wird jeden Augenblick hier sein. Hast du sie gerufen?«

»Ja, ehe ich dir aufs Dach gefolgt bin. Ich will mich aufsetzen.« Erst jetzt bemerkte sie die gesprungene Lippe, die sie sich zugezogen hatte, als sie von der Tür in Deckung gehechtet war.

»Und wer von uns spielt hier jetzt den Helden?«, fragte er, half ihr aber auf, lockerte den Verband etwas und war zufrieden, dass die Wunde nur noch leicht blutete.

»Wir könnten uns im Partnerlook nähen lassen«, scherzte er.

Sie erwog kurz zurückzugeben, dass sie bei der Narbenkontrolle wohl mehr Freude haben würde als er, verkniff es sich aber. »Wer, meinst du, war das eben?«

»Keine Ahnung. Zumindest ist er jetzt tot. Ich hatte wirklich keine Wahl. Ich kann einfach nicht glauben, dass er so zäh war. Der wollte einfach nicht aufgeben.«

Sie konnte es auch nicht glauben.

»Ich habe noch nie jemanden kämpfen sehen wie dich. Das war echt brutal.«

»Der Stil ist ein Mix aus philippinischem Kali und Karate. Wenn du magst, kann ich es dir beibringen.«

Sie hob herausfordernd eine Augenbraue. »Warte lieber erst mal ab, bis du mich hast kämpfen sehen.«

Kapitel 83

Hotel Ritz, Place Vendôme, Paris
Samstag, 19:35 Uhr

Die Leute der Hotelsicherheit waren nicht gerade glücklich, dass sie sich ihr Dach für eine Schießerei ausgesucht hatten. Der Tote auf dem Gehweg vor dem Haupteingang des Hotels war auch nicht wirklich die Art Werbung, die dem Management vorschwebte. Der örtliche Flic vom Commissariat de Police, ein Beamter, der sich als Monsieur L'Agent Foulard vorstellte, bestand darauf, sie zwanzig Minuten lang zu vernehmen, ungeachtet ihrer Dienstausweise. Erst als Menard eintraf, entließ er sie.

Als Foulard gegangen war, trat Menard zu ihnen. »Ich habe mir sagen lassen, euer Zimmer braucht etwas mehr als nur Staubwischen und frische Handtücher? Erklärt mir doch bitte mal, wie ihr mit einem Auftragskiller auf dem Dach gelandet seid?«

»Mehr Bewegungsfreiheit als in der Lobby«, winkte Nicholas ab.

Menard grinste und zeigte einen Goldzahn. »Agent Caine, man teilte mir auch mit, dass Sie Schwierigkeiten machen? Sie sollten ins Krankenhaus gehen, damit man die Wunde versorgen kann.«

»Ich denke, es ist besser, wenn wir hier zusammenbleiben«, meinte Mike. »Wer auch immer hinter uns her ist, wird nicht einfach aufhören, nur weil wir drei seiner Männer getötet haben.«

»Ah, ja, das«, nickte Menard. »Wir haben die beiden Männer aus dem Genfer See identifiziert. César Arnault und Claude Soutane, beides lokale Jungs, die man für solche Jobs anwerben kann.«

»Wir wissen wahrscheinlich, wer sie angeheuert hat«, erklärte Nicholas. »Ein Mann namens Saleem Lanighan, ein britischer Staatsbürger, der hier in Frankreich lebt.«

»Ich habe schon von ihm gehört. Ein großer Mann in Künstlerkreisen. Wie kommen Sie auf die Idee, dass er dahintersteckt?«

»Alles spricht für ihn. Wenn Sie eine Verbindung zwischen ihm und den Männern in Genf finden könnten, wäre das die letzte Bestätigung, die wir brauchen. Der Mann hier auf dem Dach war aber kein auf die Schnelle angeworbener Dorfschläger, das war ein echter Profi. Zäh, gefährlich und fanatisch versessen darauf, uns tot zu sehen.«

»Die Flics unten haben den Namen O'Brien erwähnt. Wenn das derselbe Mann ist, von dem ich gehört habe, dann habt ihr echt Glück, dass ihr noch am Leben seid. O'Brien ist ein echter Profi, oder war es zumindest. Hat bisher noch jeden Auftrag zu Ende gebracht. Bis heute.«

Menard stand auf. »Ich muss euch wohl nicht daran erinnern, vorsichtig zu sein. Agent Caine, folgen Sie bitte den Anweisungen des Arztes. Halten Sie den Arm in der Schlinge und versuchen Sie, die Wunde nicht durch weitere Kämpfe zu strapazieren. Zumindest für ein paar Tage.«

Mike zuckte mit den Schultern. »Ist nur eine Fleischwunde.«

Menard musterte sie beide streng. »Ich werde nach einer Verbindung zwischen den Männern in Genf und Saleem Lanighan suchen.« Damit verabschiedete er sich und ging runter, um sich dort um das Chaos zu kümmern.

Nicholas' Computer meldete sich.

Savich. Nicholas öffnete den Chat.

»Gut zu sehen, dass ihr beide noch stehen könnt.«

»Ist alles in Ordnung«, wiegelte Nicholas ab. »Aber der Mann, der uns angegriffen hat, ist tot. Menard wird versuchen, eine Verbindung zwischen ihm und den beiden Männern in Genf und Saleem Lanighan aufzudecken.«

Mike und Nicholas informierten Savich über alles, was sie inzwischen herausgefunden hatten, über die Familie Couverel und den Geist, der unzweifelhaft derjenige gewesen sein musste, der Elaine York, Vladimir Kochen und die Anatolys in New York ermordet hatte. Sie erklärten auch die Verbindung zwischen dem Fuchs und dem Geist, die sie vermuteten. »Aber wir wissen immer noch nicht, wer er ist oder wie wir ihn finden können«, schloss Mike die Erklärungen ab. »Wir wissen nur, dass es ihn gibt. Vielleicht ist er nach wie vor in New York.«

Nicholas erzählte Savich von Saleem Lanighan und dessen Abstammung von Duleep Singh, dem Löwen von Punjab, und dem kürzlich zutage gekommenen Skandal um die Gräfin von Wiltshire.

»Ich befürchte, damit hat Sherlock wohl gewonnen«, sagte Savich. »Sie hat darauf geschworen, dass der Diebstahl des Koh-i-Noor irgendwie mit seinen englischen Wurzeln zu tun hat.«

»Tja, ich hoffe, ihr habt nicht um zu viel gewettet, Dillon«, scherzte Mike.

Savich lachte. »Kommen wir nun zu meinem bescheidenen Beitrag. Ich habe eine Spur zu einem der Konten des Fuchses gefunden. In den letzten drei Jahren gab es vier Geldtransfers von der Bank Horim zu einem Konto bei Smith Barney, die dann zu einer Bank in Curaçao weitergeleitet wurden. Von Curaçao aus ist das Geld nach Israel gewandert, wo es auf fünf verschiedene Nummernkonten bei der Bank Horim in Tel Aviv eingezahlt wurde. Komplett sauber und kaum verfolgbar.«

»Über wie viel reden wir hier?«

»Jeder der letztendlich eingehenden Transfers betrug fünf Millionen Dollar.«

Nicholas pfiff beeindruckt. »Also fünfundzwanzig Millionen Dollar? Das wäre eine ganze Menge Geld, wenn das alles für einen einzelnen Auftrag war. Und ich denke mal, dass ein Auftrag wie der Koh-i-Noor nicht komplett im Voraus bezahlt wird, sondern dass da noch eine Rate folgen wird. Wissen wir, wem die Konten gehören?«

»Wie bei Nummernkonten üblich, gibt es keine Namen in den Kontodaten, nur die Nummern. Der Name des Besitzers ist lediglich wenigen Personen in der Bank bekannt, um ihn zu erhalten, müssten wir eine richterliche Anordnung vorlegen. Aber selbst dann würde ich mir nicht zu viel Hoffnung machen, es werden wahrscheinlich doch nur weitere falsche Identitäten sein, die uns nicht weiterbringen. Der Fuchs scheint davon mehr als genug zur Verfügung zu haben.«

»Stimmt auch wieder«, meinte Mike. »Gehen wir mal davon aus, dass das Geld dem Fuchs gehört, warum sollte sie es so kompliziert verschleiern, dann aber doch zur selben Bank zurückleiten? Ist das wirklich die sicherste Art, Geld zu bewegen?«

»Bei der Anzahl von Konten, durch die es geschleust wurde, ja, ziemlich sicher. Ich hätte es auch nie gefunden, wenn ich nicht genau nach diesen speziellen Überweisungen Ausschau gehalten hätte, und ohne die Informationen zur Referenz, die ihr mir geschickt habt. Die Schweizer Banken sind alle gut, aber sie scheint dieser Bank ganz besonders zu vertrauen. Ich würde darauf wetten, dass sie jemanden in der Bank hat, der oder die sich persönlich um die Konten kümmert.«

Nicholas hob fragend eine Augenbraue. »Vielleicht eine gewisse Marie-Louise Helmut?«

»Möglich«, nickte Mike und wandte sich wieder dem Bildschirm zu. »Dillon, hast du irgendwelche direkten Verbindungen zu Saleem Lanighan aufgespürt?«

»Nein, bisher nicht. Ich würde aber darauf schwören, dass das Geld ursprünglich von einem seiner Konten stammte. Das Konto ist inzwischen geschlossen, daher können wir nur schwer einwandfrei nachweisen, dass es zu ihm gehört hat, falls er nicht seinen echten Namen genutzt hat, um das Konto anzumelden. Vielleicht habt ihr mehr Glück an eurem Ende. Da ist aber noch was, Nicholas. Tut mir leid, das sagen zu müssen, aber letzte Woche gab es eine weitere Zahlung vom selben Konto bei Smith Barney, Empfänger war Elaine York, die Summe zweihunderttausend Dollar.«

Nicholas fühlte sich, als ob man ihm die Faust in den Magen gerammt hätte. Das wars dann wohl, wie sollte er jetzt noch Elaines Unschuld beweisen?

Er blieb ruhig und beherrscht. »Danke, Savich. Wir übernehmen von hier aus.«

»Passt auf euch auf.«

Sie klappten den Laptop zu. Nicholas warf einen Blick auf seine Uhr. Kurz vor acht. Mike beobachtete ihn aufmerksam. »Ist alles in Ordnung?«

»Ja, natürlich. Die Frage ist, wie sieht es bei dir aus?«

»Wie gesagt, nur eine Fleischwunde.«

»Das ist glatt gelogen, aber damit kann ich leben. Nun denn, wir wissen, dass Lanighan in Paris lebt. Wir müssen seine Adresse rausfinden. Dann können wir ihn nachher besuchen gehen und schauen, ob er irgendwelche Pläne hat.«

»Und was ist mit dem Fuchs?«

»Wenn sie den Stein bei Lanighan abliefern will, werden ihre Wege sich kreuzen. Wie du schon meintest, sie scheint eine Art sechsten Sinn speziell dafür zu haben, wenn wir sie verfolgen. Vielleicht haben wir ja mehr Glück, wenn wir schneller sind und sie zu uns kommen lassen.«

Kapitel 84

Hauptquartier des FBI, Federal Plaza, New York
Samstagnachmittag

Ben Houston steckte tief in der Akte Anatoly, als Zachery ihn in sein Büro rief.

Ben sammelte seine Sachen ein und wanderte die gut dreißig Meter zu den Büros der leitenden Agenten im zwanzigsten Stock. An einem normalen Tag würden um zwei Uhr nachmittags all die hohen Tiere hier ihre Meetings abhalten. Da heute jedoch Wochenende war, liefen nur einige vereinzelte Nachzügler rum, die noch etwas Arbeit nachholen mussten oder wie er an dringenden Fällen saßen. Selbst Maryann, die inzwischen zum festen Mobiliar des FBI gehörte – seit den Sechzigern war sie die Chefsekretärin eines jeden Dienststellenleiters des New Yorker FBI gewesen –, war nach Hause gegangen. Nur ihr Boss war noch hier.

Als Zachery die Tür hinter ihm schloss und den Schlüssel umdrehte, wusste Ben, dass es um etwas Großes ging.

Irgendwas war vorgefallen.

Zachery leitete ihn zu der ledernen Couchgarnitur, statt zu dem üblichen runden Besprechungstisch. »Du arbeitest jetzt schon seit Stunden ohne Pause, gönn dir mal eine kurze Auszeit.«

Wie eigentlich jeder andere an dem Fall hatte auch Ben in den letzten Tagen immer nur einige wenige Stunden Schlaf gefunden. Es schien sicherer, sich einen Stuhl zu nehmen. »Ich befürchte, wenn ich mich auf die Couch setze, stehe ich nicht mehr auf. Was ist passiert, Sir?«

Zachery stand am Fenster, blickte über den East River Richtung Brooklyn, die Arme auf den Rücken gelegt. »Mike und Nicholas haben den Käufer des Koh-i-Noor gefunden, Savich hat die Identität bestätigt.«

»Wer ist es?«

»Ein reicher Geschäftsmann namens Saleem Lanighan, angeblich wohl ein direkter Nachfahre des Löwen von Punjab, der vor langer Zeit den Koh-i-Noor an Königin Victoria überreicht hat.«

»Sherlock hat also recht behalten«, bemerkte Ben.

»Ja, hat sie. Aber das bedeutet für uns, dass noch mehr Arbeit auf uns wartet, Ben. Die NSA hat die Nummer zurückverfolgt, die der Fuchs vom Flugzeug aus angerufen hat. Der Besitzer der Nummer hat sich letzte Woche in New York aufgehalten, ist aber gestern abgereist, mit Ziel Paris. Wir haben sein Foto durch die Gesichtserkennung laufen lassen und einen Treffer erhalten, ein britischer Staatsbürger, der vor zwei Jahrzehnten an einem gescheiterten Attentat auf François Mitterand beteiligt war. Interpol vermutet, dass dieser Mann unter dem Decknamen ›Geist‹ operiert. Sie schicken uns alles, was sie haben, was aber nicht viel ist.«

Zachery drehte sich wieder zu Ben und trat näher. »Es scheint, als ob der Geist nicht nur Elaine York ermordet hätte, sondern auch Anatoly und seine zwei Männer. Außerdem hat er wohl auch Nicholas und Mike in ihrer Tiefgarage angegriffen. Weiterhin haben wir den zweiten Mann identifiziert, der bei dem Angriff auf die Anatolys gestorben ist. Sein Name war Jason Rathbone, er hat für Saleem Lanighan gearbeitet. Er hatte zwar keine Abdrücke im System, wir haben ihn aber über seine DNS ausfindig machen können.«

Er setzte sich zu Ben, ehe er mit einfühlsamer Stimme weitersprach. »Savich hat mich außerdem darüber informiert, dass letzte Woche eine Zahlung von zweihunderttausend Dollar auf Elaine Yorks Konto eingegangen ist. Also hat sie jemand bezahlt. Wir wissen nur noch nicht, wer es war oder wofür.«

Ben ertrug es nicht. Er hatte stets gehofft, dass sich alles aufklären würde und Elaines guter Name reingewaschen werden würde, wenn sie nur weiterforschten. Und jetzt das. »Ich weiß es auch nicht, Sir.«

Zachery nickte. »Ich auch nicht. Aber wir müssen die Verbindung zwischen Elaine, Anatoly und dem Geist finden. Sie sind alle irgendwie darin verstrickt, wir müssen nur aufdecken, wie.«

Zachery erhob sich wieder und trat zu seinem Schreibtisch. »Ben, wir müssen diesen Geist aufspüren. Wir müssen wissen, was er aus Anatolys Safe mitgenommen hat. Können Sie das für mich rausfinden?«

»Natürlich, Sir, ich mache mich sofort daran.«

Als Ben Zacherys Büro verließ, starrte dieser wieder aus dem Fenster. Ben ging sofort zu seinem Schreibtisch. Als Erstes musste er Mike anrufen und sich über diesen Geist informieren. Er wählte direkt, es nahm aber niemand ab, also sprach er eine Nachricht aufs Band und bat sie, so schnell wie möglich zurückzurufen.

Dann gestattete er sich einen kurzen Augenblick, um den Verlust von Elaine York zu betrauern, ehe er sich daranmachte, ihren Mörder zu finden.

Kapitel 85

Paris
Samstag, 18:30 Uhr

Kitsune suchte sich ein kleines, ruhiges Hotel im Rive Gauche und nahm ein Zimmer, ungesehen. Sie war kaum durch die Tür, als sie auch schon den USB-Stick in ihren Laptop steckte und die Daten hochlud. Hunderte und Aberhunderte von Dateien, jede von ihnen eine wertvolle Verbindung zu Lanighans Besitztümern. Es erfüllte sie mit enormer Genugtuung, seine Welt in ihrer Hand zu halten.

Wenn Mulvaney in Paris war, würde sie ihn in diesen Unterlagen finden.

Sie stellte den Laptop auf dem kleinen Tisch ab und öffnete ihre Tasche. Sie wollte eigentlich direkt weiter, aber es half nichts, sie brauchte ein Mindestmaß an Schlaf und Nahrung. Von der Obstschale an der Rezeption des Hotels hatte sie sich drei Bananen und einen Apfel mitgenommen, dazu hatte sie noch Trockenfleisch und Müsliriegel in ihrer Reisetasche, die sie vorhin an der Autobahnraststätte gekauft hatte. Während die Dateien weiter hochluden, aß sie schnell einen Happen und sprang dann unter die Dusche. Sie stellte sich den Wecker für in zwei Stunden und schlief sofort ein.

Als sie aufwachte, fühlte sie sich zwar immer noch müde, aber doch deutlich fitter als zuvor. Sie nahm eine Handvoll Vitamintabletten mit Ginseng, damit sie wach und konzentriert blieb. Dazu trank sie etwas Wasser und machte sich eine Tasse Kräutertee.

Während sie an ihrem heißen Tee nippte, waren endlich alle Dateien hochgeladen. Sie ging durch die Dateien und Verzeichnisse, bis sie zu den Ordnern mit dem Anfangsbuchstaben S kam. Hier fand sie die diversen sicherheitsrelevanten Dokumente. Sie forstete die Verzeichnisse durch, hoffte auf Protokolle der Sicherheitssysteme für Lanighans Lagerhäuser. Sie hatte Glück und entdeckte schnell einen Ordner mit dem Titel *DropCams.*

Im Inneren des Ordners existierten mindestens fünfzig Feeds von verschiedenen Sicherheitskameras, die sie durchgehen musste. Mit einem Seufzer rutschte sie tiefer in den Sessel und nahm sich den ersten Satz Aufzeichnungen vor.

Im achten Ordner wurde sie endlich fündig. Der Bildschirm war in fünf Quadrate unterteilt, zwei größere, auf denen man das Innere des Erdgeschosses in einem Lagerhaus sah. Dazu drei kleinere Quadrate am unteren Rand, welche einzelne Zimmer im oberen Stockwerk zeigten, eins davon ein großes Büro. Und in diesem Büro sah sie Mulvaney, an einen Stuhl gefesselt, die Arme hinter dem Rücken festgezurrt, einen Knebel im Mund. Er war nach vorne zusammengesackt, doch sie konnte nicht sagen, ob er tot war oder nur schlief. Das Video war nicht detailliert genug, um zu erkennen, ob er noch atmete. Sie sah Lichter aufblitzen, Schatten bewegten sich außerhalb des Kamerabereichs. Wer immer mit ihm in diesem Raum war, machte gerade Fotos.

Sie atmete tief durch, um ihren Zorn unter Kontrolle zu halten. Anschließend prüfte sie die Zuordnung der Datei. Sie kam aus dem Lagerhaus in Gagny, vierzig Minuten von hier.

Bisher hatte sie Lanighan nicht glauben wollen, aber jetzt konnte sie es wohl nicht mehr leugnen. Das war eindeutig Mulvaney, sie hatte ihn mit ihren eigenen Augen gesehen. Sie spürte Tränen aufsteigen, verdrängte das Gefühl aber direkt. Sie würde ihn retten, musste es einfach.

Sie überflog die restlichen Dateien, entdeckte einige weitere Aufnahmen des Lagerhauses in Gagny. Sie öffnete die Ordner und las alle Informationen, suchte sich dazu die passenden Videoaufnahmen der Sicherheitskameras vor Ort.

Es überraschte sie nicht, dass die Außenkameras patrouillierende bewaffnete Wachleute zeigten. Insgesamt zählte sie vierzehn Mann in Kampfanzügen, bewaffnet mit AR-15-Sturmgewehren. Die Wachen zeigten Disziplin und Aufmerksamkeit, die sie als professionelle Söldner auswies.

Wenn man bedachte, welche Werte in dem Lagerhaus aufbewahrt wurden, war es verständlich, dass es gut bewacht wurde. Aber das hier – vierzehn Mann mit schweren Waffen, die in koordinierten Mustern das Gebiet überwachten, das war zu viel, selbst für ein Lagerhaus mit solch wertvollen Objekten. Es konnte nur eins bedeuten: Lanighan wusste, dass sie unterwegs war.

Wenn er den Krieg wollte, den konnte er bekommen. Eine gegen vierzehn war vielleicht nicht die beste Relation, aber sie war schon mit Schlimmerem klargekommen.

Die nächste Viertelstunde verbrachte sie damit, Pläne zu zeichnen und Listen zu erstellen. Sie hatte einen Lagerraum in der Nähe von Paris, in dem sie alles finden würde, was sie brauchte. Für jemanden in ihrer Branche war es unerlässlich, überall auf der Welt kleine Lager mit Hilfsmitteln jeder Art zu errichten, um sich im Falle des Falles schnell neu ausstatten zu können.

Sie warf einen Blick auf die Uhr. Sie sollte Lanighan um 21 Uhr in seinem Appartement in der Avenue Foch treffen, aber sie beabsichtigte nicht, diesen Termin einzuhalten. Sie klappte den Laptop zu und rief ihn an.

Kapitel 86

Avenue Foch, Paris
Samstag, 20:55 Uhr

Lanighan nahm nach dem ersten Klingeln ab.

»Planänderung«, sagte Kitsune. »Wir treffen uns in Ihrem Lagerhaus in Gagny, in dem Sie auch Mulvaney festhalten. Ich bringe Ihren Stein mit, Sie lassen uns beide gehen.«

Er zeigte sich nicht überrascht. Nicht dass sie damit gerechnet hätte. Inzwischen wusste er natürlich, dass sie in sein Büro eingebrochen war, da lag es nahe, dass sie auch herausgefunden hatte, wo er Mulvaney versteckt hielt. Es würde also eher ein Showdown werden als ein Austausch. Sie hatte keinen Zweifel daran, dass er vorhatte, sowohl sie als auch Mulvaney zu töten und den Diamanten an sich zu nehmen.

»Da hält sich wohl jemand für sehr schlau? Gut, aber keine Tricks mehr, Kitsune, oder er stirbt einen langsamen Tod, ein Stückchen nach dem anderen.«

»Ich will, dass Mulvaney zuerst freigelassen wird. Erst dann gibt es den Diamanten. Und ich will einen Beweis, dass er noch lebt. Und den Rest von meinem Geld.«

»Ist das alles?«

»Nein. Ich will auch dabei sein, wenn Sie die drei Steine zusammensetzen. Ich will mit eigenen Augen sehen, wie die Legende wahr wird.«

Sie hörte ihn tief durchatmen, aber als er wieder sprach, war seine Stimme beherrscht. »Ich weiß nicht, wovon Sie reden.«

»Saleem Singh Lanighan, Sohn von Robert Lanighan, Enkel von Alastair Lanighan. Vor vier Generationen hat Ihre Ur-Ur-Großmutter den letzten Löwen von Punjab in ihr Bett gelassen und wurde von dieser Nacht schwanger. Das Kind wurde als Sohn ihres Gemahls ausgegeben, doch ihre Zofe kannte die Wahrheit und hat den Mund nicht gehalten.«

»Bravo, Sie lesen also auch die britischen Klatschzeitungen.«

Sie ließ sich nicht beirren. »Das wahre Blut hat Macht, Saleem. Wenn ich mich nicht sehr täusche, haben Sie schon ein Drittel des Steins, den größten Teil. Dieser wurde von den Männern Ihrer Familie über die Jahrhunderte verborgen gehalten. Ich habe das zweite Stück, den Koh-i-Noor. Ich nehme an, Sie haben einen anderen Dieb damit beauftragt, das dritte Stück des Diamanten zu beschaffen? Von diesem Stück Pferdescheiße, auch bekannt als Andrei Anatoly?«

Er antwortete nicht.

»Das dachte ich mir. Sie hätten mich einfach beauftragen sollen, beide Teile zu stehlen. Aber das haben Sie nicht. Sie haben Mulvaney den zweiten Auftrag gegeben. Und was dann? Sie haben ihm seine Dienste mit Verrat vergolten. Natürlich hatten Sie schon immer vor, auch mich zu betrügen. Das brauchen Sie gar nicht mehr zu leugnen. Sie sind nicht einmal meine Verachtung wert, Saleem. Ihr Vater würde sich im Grab herumdrehen, wenn er Sie jetzt sehen könnte.«

Er schwieg weiter.

»Also, wie gesagt, ich will beobachten, wie Sie die drei Steine verbinden.«

Saleem zögerte lange, bis seine Stimme wieder erklang. »Ich weiß immer noch nicht, wovon Sie reden.«

Also begann sie, die Prophezeiung zu zitieren:

»Derjenige, der diesen Diamanten besitzt, wird die ganze Welt besitzen.
Aber ihn wird auch alles Unglück dieser Welt treffen.
Nur Gott oder eine Frau kann den Diamanten ungestraft tragen.«

»Der Fluch, wie ihn die Welt kennt«, erklärte sie. »Aber das ist noch nicht alles, oder, Saleem?« Mit weicher Stimme deklamierte sie auch die letzten Sätze der Prophezeiung, von der er dachte, dass er der letzte Mensch auf dieser Welt sei, der sie kannte:

»Krishnas Stein wird einst wieder geeint sein.
Und die Hand, die ihn trägt, wird wieder geheilt.
Bade den Berg des Lichts im Blut,
Und wir werden neues Leben und Glück erfahren.«

»Woher kennen Sie die Legende meiner Familie, Kitsune?«

Sie lachte leise. »Erinnern Sie sich, als wir uns das erste Mal von Angesicht zu Angesicht getroffen haben? Ich habe Ihnen erklärt, dass ich *alles* über Sie weiß, Saleem. Sie hätten besser zuhören sollen. Sie sind nicht der erste Lanighan, der nach den Steinen sucht, und nicht der erste, der meine Dienste in Anspruch nimmt. Er hat Ihnen doch sicher von mir erzählt, dem Fuchs. Er brauchte die Steine auch, und genau wie Ihnen ging ihm die Zeit aus.«

Sie hörte ihn schwer beherrscht atmen und wusste, dass sie ins Schwarze getroffen hatte.

»Ihr Vater hatte mich beauftragt, den dritten Stein zu finden. Aber er starb, ehe ich ihn aufspüren konnte. Aber er hat mir auch erzählt, warum die Steine so wichtig sind für ihn.«

Saleem konnte es nicht glauben. Wieso hatte sein Vater ihm nichts davon gesagt? Er hatte Saleem von dem Fuchs erzählt, ihm aber verschwiegen, dass sie eine Frau war. Dass sie Kitsune war. Und jetzt hatte sein eigener Vater auch noch das bestgehütete Geheimnis ihrer Familie mit ihr geteilt, mit einem gewöhnlichen Dieb. Der Geschmack des Verrats lag bitter auf seiner Zunge. Wegen seines Vaters konnte er nichts mehr machen, aber zumindest sie könnte er mit eigenen Händen erwürgen.

»Sie sollten inzwischen wissen, dass ich zu meinem Wort stehe, Saleem. Es ist nicht mehr als ein normaler Austausch. Sie werden den Moment mit mir teilen und ich werde zufrieden aus Ihrem Leben verschwinden, mit meinem Freund und meinem Geld.«

Doch eine Sache ließ Lanighan stocken. Die Worte der Prophezeiung, sie stimmten nicht. Nicht ganz. Sein Vater hatte ihr verschwiegen, dass es das Blut einer Frau sein musste. Aber warum? Langsam wandelte sich seine Bitterkeit zu einem strahlenden Grinsen. Ihre Bitte kam ihm mehr als gelegen. Er würde Colette doch nicht einsetzen müssen.

»Gut. Sie kommen um Mitternacht nach Gagny und wir werden beide erhalten, was wir haben wollen.«

Kapitel 87

Hotel Ritz, Place Vendôme, Paris
Samstag, 20:05 Uhr

Mike tippte einhändig an ihrem Laptop, das Licht des Bildschirms tauchte ihr Gesicht in ein gespenstisches Licht. Sie war zäh, er bewunderte das. Er wusste, wie sehr ein solcher Durchschuss schmerzte, aber sie hatte kaum ein Wort darüber verloren.

»Was gefunden?«, fragte Nicholas.

Mike nickte. »Lanighan hat Büros in La Defense und eine Wohnung in der Avenue Foch.«

»Nicht wirklich überraschend«, meinte Nicholas. »Die Avenue Foch gehört zu den besten Adressen in Paris. Reine Wohngegend, sehr exklusiv, perfekt für jemanden wie Lanighan.«

»Dazu hat er noch diverse Lagerhäuser, in denen er auch seine Kunstsammlung aufbewahrt. Das größte davon liegt in Gagny, etwas östlich des Stadtzentrums von Paris. Seine Sammlung umfasst über zweitausendfünfhundert Gemälde und Skulpturen, sowohl religiöse Objekte als auch weltliche.«

Sie drehte den Laptop, sodass er die Aufnahmen des Lagerhauses in Gagny anschauen konnte. »Für jemanden, der sich sein meistes Geld ergaunert hat, hat er ein unglaublich seriöses Auftreten. Er ist im Kulturrat bei CERN, hat eine Ausstellung im Louvre finanziert, ist Mehrheitseigner bei einem Mode-Start-up, das sich beeindruckend entwickelt hat. Er hat sogar einst ein Gebot abgegeben, um das Auktionshaus Christie's zu kaufen, allerdings ist ihm das nicht gelungen. Außerdem gehören ihm mehrere kleinere Unternehmen, darunter auch, Trommelwirbel, Sages Fidelité. Die haben mehr als hundert Filialen in ganz Europa und Asien. Lanighan ist schwer reich. Er könnte sich so ziemlich alles leisten. Letztes Jahr hat er die Herrscherfamilie von Katar in einer Auktion um ein verloren geglaubtes Gemälde von Pissarro überboten, achtundvierzig Millionen Dollar.«

Mike lehnte sich zurück und schob ihren Arm in eine angenehmere Position. »Hier ist aber noch eine Sache, die ich interessant finde. Lanighan war dreimal verheiratet und man sagt ihm eine ganze Reihe Affären nach. Dabei wird er auch mit einer großen Anzahl reicher und eleganter Damen in Verbindung gebracht. Trotzdem hat er bisher noch keine Kinder. Als Kind war er an Leukämie erkrankt und musste sich einer Chemotherapie unterziehen. Sie ist gut angeschlagen, die Krankheit war besiegt, er hat sie ganz offensichtlich überlebt. Aber, wenn es stimmt, was du über ihn berichtet hast, also, dass er der Letzte einer langen Linie ist und selbst keine Kinder zeugen kann, dann will er vielleicht den Koh-i-Noor aus ganz anderen Gründen haben. Vermutlich ist der Stein für ihn nicht nur ein weiterer besonderer Besitz, sondern etwas ganz Persönliches, die Erfüllung des Vermächtnisses seiner Familie, zum Beispiel.«

»Gut, aber was würde er dann mit dem Koh-i-Noor anfangen?«

»Keine Ahnung. Tut mir leid, das war nur etwas, was mir so im Kopf rumgeschwirrt ist. Ich habe das noch nicht wirklich zu

Ende gedacht. Vielleicht ist er ja bloß ein verrückter Sammler oder er will seine Pflicht als guter Sohn und Nachfahre des Löwen von Punjab erfüllen und ihn an seinen angestammten Platz in Indien heimführen.«

»Mach nur weiter so, deine Gedanken gehen in eine interessante Richtung«, bestärkte Nicholas sie, warf einen Blick auf seine Uhr und stand auf, um seine Jacke anzuziehen. »Vielleicht sollten wir in der Zwischenzeit mal schauen, was Monsieur Lanighan gerade so anstellt.«

Kapitel 88

Nicholas hatte die Hand schon an der Tür, als aus seinem Handy die Melodie von »London Calling« ertönte.

Mike hob die Augenbrauen. »The Clash?«

Er zuckte mit den Schultern. »Eher Nigel.«

»Wer ist denn Nigel?«

»Mein Butler.« Er ignorierte ihren ungläubigen Blick und nahm den Anruf an. »Was gibt es?«

»Sir, hier ist soeben ein Paket für Sie eingetroffen, aus Amerika.«

»Und? Von wem ist es?«

»Von Inspector York, Sir.«

Augenblicklich pumpte Adrenalin durch seinen Körper. »Sofort aufmachen, Nigel.«

Im Hintergrund hörte man, wie Packpapier aufgerissen wurde. »Es ist nur ein USB-Stick. Soll ich ihn in Ihren Computer stecken?«

»Ja, bitte, Nigel. Beeilen Sie sich und schicken Sie mir den Inhalt auf meinen Laptop.«

»Sehr wohl, Sir. Lassen Sie mich wissen, wenn ich noch anderweitig behilflich sein kann.«

Nicholas beendete das Gespräch, klappte den Laptop auf und klickte wieder und wieder auf den Knopf zum Abrufen der E-Mails, bis endlich eine neue Nachricht eintraf. Es gab nur einen Anhang, eine Videodatei. Als er das Video anklickte, füllte Elaines Gesicht den Bildschirm. Es war ein seltsames Gefühl, die Frau zu sehen, die drei Jahre lang ein so wichtiger Teil seines Lebens gewesen war – die er respektiert und bewundert hatte, zu der er solches Vertrauen gehabt hatte – und so viel mehr.

»Das ist ja Elaine York«, kommentierte Mike über seine Schulter. Sie konnte nicht anders, als das Gesicht der Frau auf dem Bildschirm mit jenem der Leiche zu vergleichen, über der sie nur drei Tage zuvor gestanden hatte. Das graue, aufgeblähte Gesicht – nein, sie wollte sie nicht so in Erinnerung behalten. Dann schon lieber so, wie sie sie jetzt vor sich sah, ein eifriges, intelligentes Gesicht mit ernsten Augen, umrahmt von geschmeidigem schwarzem Haar.

»Dann wollen wir mal sehen, worum es geht«, meinte Nicholas und drückte auf Play.

Nicholas, lass mich deine erste Frage direkt beantworten. Warum schicke ich dir dieses Video, statt einfach anzurufen oder eine Mail zu schreiben? Die Antwort ist, ich kann es nicht riskieren, dass jemand meine oder deine E-Mail sieht oder hackt oder dass jemand unser Gespräch mithört. Die Wahrheit ist, ich brauche deinen Rat. Ich befürchte, ich bin da in etwas reingeraten, das zu groß für mich wird.

Aber ich will am Anfang anfangen. Ich habe hier bei der Arbeit im Met eine Frau kennengelernt, Victoria Browning. Wir sind wirklich gute Freunde geworden. Vor zwei Wochen waren wir dann zusammen in einem Club in Manhattan und hatten einige Manhattans zu viel. Ich bin mir sicher, dass du die Ironie zu schätzen weißt. Auf jeden Fall hat sie mir an dem Abend von der Legende des Koh-i-Noor erzählt. Nicht den Teil mit dem Fluch, den kennt ja eigentlich jeder, nein, die Erklärung für den Fluch. Ich konnte es kaum glauben. Sie meinte, es habe ursprünglich nicht nur diesen einen Stein gegeben, sondern es wären drei Steine, die zusammengehörten. Wenn die drei Steine vereint sind, entwickeln sie eine magische Kraft, die den Träger heilen kann. Also nicht einfach ein Wundermittel gegen Krebs oder ein schwaches Herz, sondern jegliche Krankheit und jedes Leiden ist wie weggewischt.

Zuerst dachte ich, Victoria hätte nur zu viel getrunken, aber dann musste ich an meine Mutter denken. Daran, wie ihr Geist langsam von diesem schrecklichen Alzheimer aufgefressen wird. Und ich muss zugeben, dass ich von der Vorstellung fasziniert war. Von dem magischen Diamanten, der alles in Ordnung bringen könnte. Die Vorstellung war so romantisch, so mysteriös. Alleine die Möglichkeit, dass es wirklich echte Magie geben könnte, das war schon immer einer meiner Kindheitsträume. Man muss sich das nur mal vorstellen. Drei Stücke eines riesigen Diamanten, Nicholas, und wir setzen sie zusammen und werden von allem Übel geheilt.

Dann erzählte mir Victoria, dass der Koh-i-Noor einer dieser Steine ist, und jemand in Europa habe den zweiten. Von dem dritten Stein vermutete sie, dass ihn ein Mann hier in New York hätte, aber sie nannte keine Namen.

Auch am nächsten Tag, als der Alkohol vergangen war, musste ich weiter an diese Geschichte denken. Mir war klar, dass ich nie wirklich die drei Steine zusammensetzen könnte, aber alleine das Wissen, dass jemand hier in New York den zweiten Teil des Puzzles halten könnte – ich musste einfach weiter nachforschen. Als ich sie wieder traf, schlug ich ihr also vor, diesen Mann zu besuchen, damit wir feststellen können, ob er den Stein wirklich hätte. Vielleicht könnte man ja mit ihm reden und ihm einen Vorschlag machen. Wenn dann auch der Mann in Europa mitmachen würde, könnten wir eventuell auch den Koh-i-Noor ausleihen.

Victoria meinte, dass wir möglicherweise die zwei Steine würden ausleihen können, aber nicht den Koh-i-Noor. Dass es ausgeschlossen wäre, dass Regierung und Königsfamilie je einem so verrückten Experiment zustimmen würden. Aber ich war wie besessen von dem Gedanken, ich wollte es einfach versuchen. Natürlich hatte ich dabei den Hintergedanken, meiner Mutter diese Magie bringen zu können. Du denkst sicher, dass ich verrückt geworden sei. Vielleicht hast du damit auch recht. Auch Victoria blickte mich an, als ob sie tief in meine Seele schauen könnte. Aber die Idee faszinierte sie anscheinend ebenso wie mich und ich wusste, ich könnte sie überreden, den Mann hier in New York aufzusuchen. Schließlich gab sie nach. Ich lachte noch und meinte, das sei unsere ganz eigene Schatzsuche.

Den Namen des Mannes erfuhr ich erst, als wir schon vor seiner Tür standen, im vierunddreißigsten Stock eines gigantischen Wolkenkratzers im Stadtzentrum. Es war Andrei Anatoly, ein gefährlicher Mann, böse durch und durch. Aber das wusste ich da noch nicht. Auch nicht, dass er Teil der russischen Mafia ist. Er bat uns hinein, Victoria kam direkt zum Thema und fragte ihn, ob er einen ganz besonderen Diamanten in seinem Besitz hätte.

Anatoly starrte sie an, dann mich, als ob er sich unsere Gesichter einprägen wollte. Was, wie sich herausstellte, genau zutraf. Dann legte er den Kopf in den Nacken und lachte schallend. Er meinte, er hätte keine Ahnung, wovon wir sprächen, und bat uns zu gehen.

Am nächsten Tag informierte mich meine Bank, dass zweihunderttausend Dollar auf mein Konto eingezahlt worden wären. Als Verwendungszweck war nur der Kommentar »Lass es ruhen« eingetragen. Ich fragte Victoria, ob sie etwas von dem Geld wisse, aber sie meinte, sie habe auch keine Ahnung. Sie vermutete, dass Anatoly uns wohl bestechen wolle, um uns fernzuhalten. Aber warum sollte ein Mafiaboss zu solchen Mitteln greifen? Ich fragte sie auch danach, aber sie schüttelte nur den Kopf. Ich bot ihr an, das Geld mit ihr zu teilen, aber sie bestand darauf, dass ich mein

Glück nicht zu sehr anzweifle und das Geld für meine Mutter nutze. Mir war klar, dass auch sie nicht wollte, dass ich der Sache zu weit nachgehe.

Ich glaube inzwischen, dass es Victoria selbst war, die mir das Geld überwiesen hat. Nur, warum? Vielleicht fühlt sie sich schuldig, weil sie mir von dem Diamanten erzählt und damit Anatoly in mein Leben gebracht hat.

Also habe ich das Geld behalten. Ich weiß, Nicholas, das war falsch und dumm von mir, aber wenn ich daran denke, wie dringend meine Mom das Geld braucht, um für ihre Pflege und Behandlungen zu bezahlen …

Und ich habe mich an die Anweisung gehalten und habe nicht mehr nach dem Diamanten geforscht. Trotzdem habe ich am nächsten Tag bemerkt, dass mir zwei Männer folgten, Schlägertypen. Da wurde mir auch klar, dass Anatoly das Geld nicht geschickt hat und dass ich ein echtes Problem habe.

In der Cafeteria des Met traf ich dann einen Russen, Vlad Kochen. Er meinte, dass mir russische Schläger folgten, aber dass er sich für mich darum kümmern könnte. Es wäre lächerlich gewesen, wegen so was zu Bo zu gehen, vor allem, nachdem ich das Geld behalten hatte. Und ohnehin, was hätte ich ihm schon sagen können? Also habe ich Kochen bezahlt, dass er auf mich aufpasst. Er meinte, er kümmere sich um alles. Und tatsächlich habe ich die Typen danach nicht wiedergesehen. Dafür tauchte aber ein anderer Mann auf, der mich auch offensichtlich beobachtete. Ein älterer Mann, groß und dünn, mit weißen Haaren. Irgendwas an ihm machte mir Angst, mehr Angst, als mir diese Schläger gemacht hatten. Ich fragte Vlad nach ihm, aber er wusste auch nicht, wer das sein könnte.

Um sicherzugehen, habe ich Vlad gebeten, mir eine Pistole zu besorgen.

Das war eigentlich schon alles, Nicholas. Nur, was kommt jetzt? Ich weiß es nicht, aber ich werde das Geld meiner Mutter schicken. Ich weiß nicht, woher es kommt, aber das ist mir inzwischen auch egal. Mom braucht es.

Und was Victoria angeht, ich glaube, sie geht mir aus dem Weg. Vielleicht tut es ihr schon leid, dass sie mir überhaupt von der Geschichte mit den Diamanten erzählt hat. Oder vielleicht hat sie auch Angst.

Ich muss schon sagen, das Leben ist nie so, wie man es sich vorstellt. Mein ganzes Leben lang hatte ich heimlich gehofft, dass Magie existiert, dass es das Unbekannte, das Unerklärliche wirklich gibt. Man sollte sich vorsehen, was man sich wünscht. Ich vermisse dich, Nicholas. Ich hoffe, bei dir ist alles gut, hoffentlich hast du Penderley noch nicht erwürgt. Oder er dich.

Und damit wurde der Bildschirm schwarz.

Kapitel 89

Nicholas musste sich sehr beherrschen, um den Laptop nicht durch den Raum zu schmeißen. Warum war sie nicht früher zu ihm gekommen, oder hatte den Anruf riskiert, oder irgendwas? Dann könnte sie jetzt noch am Leben sein.

Er drehte sich zu Mike um. »Und wir haben uns eben noch gefragt, wofür Lanighan den Stein haben will. Jetzt haben wir einen Grund. Ich denke, du warst schon sehr nah dran, Mike. Er ist krank und er will den Stein haben, aber nicht als letztes Andenken, sondern weil auch er an die magische Heilkraft glaubt. Er will den Stein zusammensetzen und sich selbst heilen. Wir müssen Ben und Zachery informieren. Ich denke, damit steht jetzt außer Frage, was aus Anatolys Safe gestohlen wurde.«

»Recht wahrscheinlich«, meinte Mike. »Ben hat eben angerufen, während das Video noch lief. Wir sollten ihn zurückrufen.« Sie wählte seine Nummer, er nahm sofort ab.

»Endlich! Ich warte schon die ganze Zeit, dass ihr mich zurückruft. Ich habe große Neuigkeiten, wir haben wohl den Mann identifiziert, der hinter dem Alias ›Der Geist‹ steckt. Wir haben hier einen Treffer über die Gesichtserkennung bei einem Abgleich mit alten Daten von Interpol. Der Mann ist vor gut zwei Jahrzehnten schon einmal auffällig geworden, damals ging es um ein Attentat auf François Mitterand. Wir haben nur Basisdaten, aber das ist schon mal besser als nichts. Sein Name ist William Mulvaney, Anfang sechzig, eins fünfundachtzig groß, schlank und mit weißen Haaren. Und wir hatten wohl in allen Punkten recht. Er hat nicht nur Elaine und Kochen auf dem Gewissen und euch angegriffen, sondern auch Anatoly und seine Söhne erschossen. Wir wissen nur noch nicht, was er aus dem Safe genommen hat.«

»Da können wir weiterhelfen«, meinte Mike. Dann erzählte sie ihm von Elaines Video und was alles geschehen war. »Es heißt also, dass die drei Steine zusammen jeden Kranken heilen können. Wir denken, dass Saleem Lanighan wirklich daran glaubt. Daher steckt er mit seinem Geld hinter dem Diebstahl und den Angriffen.« Sie machte eine kurze Pause, damit er alles verarbeiten konnte. »Und, Ben, das bedeutet auch, dass Elaine nichts mit dem Diebstahl des Koh-i-Noor zu tun hatte. Sie war komplett unschuldig an der ganzen Sache.«

Ben schwieg einen Moment. »Gut. Das ist sehr gut. Aber, wenn Elaine nichts damit zu schaffen hatte, warum musste Mulvaney sie dann töten?«

»Weil sie zu viel wusste«, erklärte Nicholas. »Sie wusste von dem dritten Stein und er konnte nicht das Risiko eingehen, dass sie jemandem davon erzählt. Damit hätten wir zu schnell die Spur zu Lanighan gefunden, dem Mann in Europa, der den letzten Stein hat.«

Ben seufzte. »Alles so sinnlos. Aber vielleicht hilft euch das weiter: Wir haben erfahren, dass Mulvaney gestern nach Paris geflogen ist.«

Nicholas antwortete bedächtig. »So langsam fügt sich alles zusammen. Danke, Ben.«

Alle schwiegen für einen Moment. »Passt bloß auf euch auf«, sagte Ben dann. »Savich war übrigens fleißig in Hinsicht auf Lanighan, die Überwachung steht, wenn ihr ihn beobachten wollt.«

»Wir sind schon fast auf dem Weg zu ihm, um neun sind wir da«, erklärte Nicholas. Nachdem Mike aufgelegt hatte, rieb er sich die Hände. »Gut, einen Anruf noch, dann können wir.«

Er wählte Miles Herringtons Nummer, aber niemand antwortete. Nicholas seufzte resigniert. Es half nichts. Widerwillig wählte er die private Nummer seines Chefs, Hamish Penderley, und machte sich auf alles gefasst. Nachdem er inzwischen zwei volle Tage alle E-Mails und Anrufe seines Vorgesetzten ignoriert hatte, würde er wohl die eine oder andere Erklärung abgeben müssen.

Penderley überraschte ihn jedoch. Er meldete sich wie erwartet schroff. »Wurde aber auch Zeit, dass Sie sich melden.« Die ebenfalls erwartete Standpauke blieb jedoch aus.

»Entschuldigen Sie, Sir, aber ich hatte recht viel um die Ohren.«

»Ja, das kann ich mir vorstellen. Wir haben von der Explosion in Genf gehört. Das war ziemlich knapp, oder?«

Nicholas war erleichtert. Anscheinend hatte sein Chef noch nichts von den anderen beiden Angriffen vernommen. »Ja, Sir. Ich werde wohl eine hübsche Narbe am Rücken als Erinnerung daran zurückbehalten. Haben Sie etwas von Miles gehört? Er wollte für mich einer undichten Stelle im Palast nachgehen, über welche die Pläne für die Ausstellung des Koh-i-Noor durchgesickert sein könnten.«

»Mein Schwiegersohn meldet sich leider nicht so oft, wie er sollte.«

»Ah, nun, wenn er sich meldet, könnten Sie ihm bitte ausrichten, dass ich auf seinen Rückruf warte?«

»Ist das alles, warum Sie angerufen haben, Drummond? Sie verstoßen gegen einen direkten Befehl und fliegen nach Amerika, dann verlangen Sie von mir, dass ich meinem Schwiegersohn

Nachrichten von Ihnen überbringe? Ihre Nerven scheinen ja zumindest nicht gelitten zu haben.«

»Tut mir leid, Sir, ich wollte nicht respektlos erscheinen. Ich arbeite mit dem FBI zusammen, die waren äußerst kooperativ. Wir haben inzwischen herausgefunden, wer Elaine umgebracht hat, es war ein Auftragsmörder namens William Mulvaney, den man auch unter dem Decknamen ›Der Geist‹ kennt. Wir meinen auch zu wissen, warum er sie getötet hat. Sie war bei der ganzen Geschichte unschuldig, es war alles nur ein schreckliches Missverständnis.«

Penderley schien zufrieden. »Ich wusste gleich, dass Elaine da nichts mit zu tun haben kann. ›Der Geist‹, sagen Sie? Ich habe schon von ihm gehört. Eine Legende. Man erzählt sich, er sei damals erst ein Junge gewesen … Es gab da den Verdacht, dass er hinter einer Reihe Bombenanschläge in Nordirland steckte, als ich noch auf der Polizeischule war. Wir haben damals die Absperrungen bemannt, da war so viel los, dass sie die Auszubildenden geholt haben, um die echten Polizisten zu unterstützen. Ich werde das mein Lebtag nicht vergessen. Soweit ich weiß, ist er vor einigen Jahren von der Bildfläche verschwunden. Man ging davon aus, dass er tot sei.«

»Offensichtlich lebt er noch. Gibt es noch mehr, was Sie mir über ihn erzählen können?«

»Wir haben ein ganzes Dossier über ihn in unserer Datenbank, aber auch da ist das meiste dürftig und voller Lücken. Aber es ist sicher, dass er gefährlich ist, Drummond, wahrscheinlich gefährlicher als Sie. Halten Sie mich auf dem Laufenden. Und, Drummond, passen Sie gut auf sich auf.«

»Wird gemacht, Sir.«

Er legte auf. Zumindest hatte der Anruf ihn zuversichtlich gestimmt, dass er noch einen Job haben würde, wenn er nach alldem wieder zurückkehrte. Obwohl Penderley bestimmt einen Weg finden würde, ihn für die Schmach bezahlen zu lassen. So was wie Übungseinheiten zu nachtschlafender Zeit in Hendon für die nächsten sechs Wochen. Aber zumindest würde er nicht auf der Straße landen.

Mike schaute ihn fragend an.

Er grinste nur wie wahnsinnig.

»Es ist fast neun. Lass uns mal sehen, was Lanighan so vorhat.«

Kapitel 90

Avenue Foch, Paris
Samstag, 21:05 Uhr

Fünf Minuten nach neun hörten sie ein Auto starten. Der Wagen kam aus der Garage und hielt vor dem Haus, während sich die Tür öffnete und Lanighan persönlich heraustrat. Er sah nicht zufrieden aus. Sie blickten ihm nach, wie er in den wartenden Wagen stieg und die Tür hinter sich zuschlug. Die Räder des Mercedes quietschten, als das Auto mit starker Beschleunigung um die Ecke zog. Was ihn wohl so aufgebracht hatte?

Nicholas gab ihnen einen Augenblick, ehe er ihnen folgte.

»Verlier sie nicht aus dem Blick, Mike, sie sind schnell unterwegs.«

Sie waren inzwischen schon im Kreisverkehr um den Arc de Triomphe. Seine Beifahrerin nickte und behielt dabei gleichzeitig den Wagen vor ihnen und die Karten-App auf ihrem Smartphone im Auge.

»Sie sind noch vor uns, dort, gerade an der Champs-Élysées vorbei. Folge dem Kreisverkehr weiter, sie scheinen zur Avenue de la Grande-Armée zu wollen, letzte Ausfahrt.«

Nicholas schaltete runter und nutzte die Motorbremse, um etwas langsamer zu werden, als ihr Wagen dem Mercedes auf die breite Straße folgte. Er konnte die Rücklichter weit vor sich sehen, der Mercedes hatte über hundert Meter Vorsprung gewonnen.

Nicholas beschleunigte wieder, um die Distanz zu verkürzen.

»Er nimmt die Auffahrt zur Périphérique, Richtung Osten. In der Richtung liegt auch Gagny, da hat er das größte seiner Lagerhäuser, übrigens auch das einzige in diesem Teil der Stadt. Ich tippe darauf, dass sie dorthin wollen.«

»Ich lasse mich etwas zurückfallen. Ist er am Telefon?«

Sie klappte den Laptop auf. »Bisher nicht. Savich hat eine Überwachung eingerichtet, damit hören wir, wenn er einen Anruf tätigt.«

»Irgendwie bin ich mir sicher, dass das nicht lange dauern wird.«

Nach etwa zehn Minuten Fahrt leuchtete die Markierung für Lanighans Handy auf.

»Ein Anruf, von Lanighan ausgehend.« Mike drehte die Lautstärke des Laptops auf. Lanighans Stimme war kratzig und die Qualität ließ zu wünschen übrig, war aber zu erkennen.

Ist alles bereit?

Alles bereit.

Ist die Schlampe schon da mit meinem Stein?

Bisher noch nicht. Immer mit der Ruhe, sie wird kommen. Sie hängt zu sehr an ihrem Geld, als dass sie sich das entgehen lassen würde. Geld ist ja ohnehin das Einzige, was sie je interessiert hat. Wie lange noch, bis Sie hier sind?

Dreißig Minuten, höchstens.

Ich werde bereit sein.

Dann war die Leitung wieder tot.

Kaum hatte Lanighan aufgelegt, klingelte Mikes Handy.

»Hi, Dillon, habt ihr das mitgehört?«

»Ja, haben wir. Der Anruf ging an dieselbe Nummer, die wir schon einmal verfolgt haben. Lanighan hat eben mit William Mulvaney gesprochen, dem Geist.«

»Also, mit wem arbeitet der denn jetzt zusammen? Mit Lanighan oder dem Fuchs?«

»Ich denke, das finden wir bald raus«, meinte Nicholas. »Savich, ist Menard bereit? Kann er uns am Lagerhaus treffen?«

»Ja, unsere französischen Kollegen haben ihm ein Team zusammengestellt, er ist bereit und erwartet unsere Anweisungen.«

»Sie sollen in Gagny auf uns warten, aber bloß nicht eingreifen, bevor wir da sind. Wir wollen zuerst sehen, was vor sich geht, dann geben wir das Signal. Wir wollen nicht, dass das alles überkocht und in einem Blutbad endet.«

»Passt auf euch auf!«, empfahl Savich nur.

»Er wird nicht alleine sein, Nicholas«, gab Mike zu bedenken. »Wir brauchen Menard und seine Leute.«

Er wollte gar nicht argumentieren. »Ich habe ja auch gar kein Problem damit, Menards Team als Verstärkung zu haben. Mir ist es nur lieber, wenn wir uns erst mal dort umsehen, genau wissen, was in dem Lagerhaus vor sich geht, ehe die Kavallerie mit fliegenden Fahnen ankommt.«

Sie waren inzwischen in Gagny eingetroffen, die Straßen wurden kleiner, der Verkehr spärlicher. Nicholas ließ den Wagen etwas zurückfallen, sodass sie den Mercedes nicht mehr direkt im Blick hatten. Dazu schaltete er auch die Scheinwerfer aus und ließ sich den Weg von Mond und Straßenlaternen beleuchten. »Als Mulvaney über den Fuchs geredet hat, hörte er sich irgendwie bitter an, fast zornig. Ich frage mich, was da vorgefallen ist.«

Fünf Minuten später endete die Straße in einer Sackgasse an einem großen Tor, über dem eine Sicherheitskamera thronte.

»Bleib besser hier stehen.« Mike wies auf die Kamera. »Wir wollen nicht riskieren, dass sie uns kommen sehen.«

Nicholas zog den Wagen an den Straßenrand. Es war leise hier und sehr dunkel. Hinter dem Tor erstreckte sich das Lagerhaus weit in das Grundstück hinein. Nichts bewegte sich.

»Ich fürchte, da führt kein Weg dran vorbei«, stöhnte Nicholas. »Wir müssen wohl über den Zaun klettern. Meinst du, das bekommst du mit deinem Arm hin? Oder soll ich lieber ein Loch in den Zaun schneiden?«

Mike schüttelte den Kopf. »Nicholas, wir müssen auf Menard und seine Männer warten.«

Nicholas grinste. »Nicht zwingend. Kommst du mit oder soll ich schon mal vorgehen?«

Sie dachte kurz an die drei Assassinen, die Lanighan bislang auf sie gehetzt hatte, dachte daran, wie viele von Herzen kommende Schwinger sie dem Fuchs noch schuldig war. Sie brauchte ganze zwei Sekunden Bedenkzeit für ihren Entschluss. »Gut, gehen wir.«

»Fangen wir damit an, das Terrain auszukundschaften.«

Er legte den Schalter für die Innenbeleuchtung um, ehe er die Tür öffnete. Mit seiner Tasche über der Schulter stieg er aus. Einen Augenblick sah sie sein Gesicht im Mondlicht. Dem machte das alles auch noch Spaß, diesem Idioten.

Aber sie fühlte sich stark, es fühlte sich richtig an. Trotzdem überprüfte sie ihre Glock, ehe sie ihm aus dem Wagen folgte. Wenn man schon in den Krieg zog, sollte man sicherstellen, dass man den Krieg auch gewann.

Kapitel 91

Lagerhaus der Lanighan Enterprises, Gagny
Samstag, 21:40 Uhr

Kitsune ließ sich über den Zaun an der Rückseite des Lagerhauses gleiten und kletterte direkt auf das Dach des nächsten Gebäudes innerhalb des Geländes.

Von hier konnte sie das Tor im Gitterzaun überblicken, den Parkplatz und die Hälfte der Gebäude.

Sie wusste, dass Mulvaney irgendwo im Inneren dieses Lagerhauses sein musste. Sie stellte sich vor, wie Lanighan ihn gefangen hielt, ihn folterte. Vermutlich wand er sich jetzt gerade vor Schmerzen und fragte sich, wo sie steckte, ob sie ihn retten würde. Ihr Plan war einfach. Heute Nacht würde sie Saleem Lanighan komplett zerstören.

Zehn Minuten vor zehn kam Lanighans Mercedes auf das Gelände. Über ihr Fernglas beobachtete sie, wie Lanighan selbst ausstieg und in das Lagerhaus eilte. Er brüllte seinem Fahrer etwas zu, sie konnte ihn jedoch auf die Entfernung nicht verstehen. Es war aber offensichtlich, dass er wütend war. Auf sie? Das wäre gar nicht so verkehrt, wer wütend war, handelte unüberlegt, was wiederum ihren Job einfacher machen würde.

Weit oben im zweiten Stock hatte das Lagerhaus Fenster, durch die Schatten hinter diesen konnte sie grob ausmachen, wer sich wo aufhielt.

Sie zählte die Sekunden, bis sie seinen Schatten im zweiten Stock auftauchen sah. Dreißig Sekunden. Wahrscheinlich musste man durch einen Flur und eine Treppe hoch. Sie hatte sich die Blaupausen herausgesucht, nach denen das Haus damals erbaut worden war, daher wusste sie, dass das Gebäude in zwei Ebenen unterteilt war. Das Erdgeschoss war offen gehalten, hier wurden die großen Gemälde und Skulpturen gelagert. Der Raum war hier groß genug, dass ein normaler Lastwagen in das Gebäude passte. Sie wusste auch, dass die Anlage durchdacht und vollständig automatisiert war. Hunderte Gemälde wurden hier in Archivhalterungen aufbewahrt, die über eine elektronische Steuerung für leichtere Lagerung ein- und ausgefahren werden konnten.

Das zweite Stockwerk bestand aus einem sehr großen Büro, in dem der Manager des Lagers arbeitete und in welchem auch gelegentlich Käufer empfangen wurden, die sich für bestimmte Stücke aus Lanighans Sammlung interessierten. Sie war sich sicher, dass Mulvaney hier festgehalten wurde.

Die Wachen patrouillierten das Grundstück in einem engen Muster ab, schienen aber noch nicht in höchster Alarmbereitschaft. Sie rechneten wohl bislang nicht mit ihr – was genau der Grund war, warum sie jetzt schon hier war.

Mit der linken Hand schraubte sie einen Schalldämpfer auf ihre H&K MK23. Sie hasste Schusswaffen, hatte sie noch nie leiden können, seit damals, seit der Sache mit ihren Eltern. Aber in diesem Fall würde es wohl notwendig sein. Die H&K lag gut in der Hand, der Schalldämpfer fügte ihr nur wenige Hundert Gramm hinzu. Sie steckte die Waffe in ein maßgefertigtes Lederholster, prüfte mit einer schnellen Handbewegung die beiden Tränengasgranaten in den Taschen ihrer Cargohose und die vier Messer, die sie am Körper verborgen hielt. Zwei Messerscheiden hatte sie an den Oberschenkeln befestigt, die anderen beiden quer über dem Bauch.

Sie beruhigte ihren Atem mit einer alten Yoga-Technik, dem Square-Breathing: vier Sekunden einatmen, vier Sekunden anhalten, vier Sekunden ausatmen, wieder vier Sekunden anhalten. Als sie die vertraute gereinigte Leere spürte, ließ sie sich vom Dach gleiten.

Leise wie eine Katze huschte sie durch die Nacht, ihre Augen waren an die Dunkelheit angepasst, der Mond leitete ihre Schritte, sicher und schnell. Hundertfünfzig Meter bis zum Lagerhaus. Noch hundert. Dann fünfzig. Sie schluckte einmal, während sie langsamer wurde und nach Wachen lauschte, die auf ihrem Patrouillengang um das Gebäude kommen könnten.

Nichts. Der Weg war frei.

Sie zog die Waffe und schlich vorwärts, den Blick fest auf der metallenen Wendeltreppe, die sie zu den Fenstern im zweiten Stock nehmen konnte.

Bis eine Stimme aus der Dunkelheit ertönte. »Stopp. Keine Bewegung.«

Sie wirbelte herum und ging gleichzeitig in die Hocke, die Waffe erhoben, den Finger am Abzug. Doch ihr war klar, dass sie nicht riskieren konnte, jetzt schon zu schießen. Nicht hier im Freien. Selbst mit dem Schalldämpfer konnte das Geräusch noch laut genug sein, um die anderen Wachen zu alarmieren.

Im Bruchteil einer Sekunde hatte sie die Entscheidung getroffen und mit einer einzigen Bewegung steckte sie die Waffe zurück in das Holster und zog eins der Messer aus der Scheide am Oberschenkel. Die Klinge ließ ein unheilvolles Flüstern ertönen, als sie aus dem Webstoff der Scheide glitt.

Der Mann trat jetzt aus den Schatten, unbeeindruckt. »Ich würde das an Ihrer Stelle wegstecken.«

Drummond!

Sie stach nach ihm, doch er wich tänzelnd zurück, aus ihrer Reichweite, den Rücken nach hinten gebogen, den Bauch eingezogen. Nah dran, aber doch verfehlt.

Sie zückte das zweite Kampfmesser und ließ die Klinge zischen, drängte vorwärts. Ihr Gewicht lag jetzt komplett auf den Fußballen. Er wich in gleicher Geschwindigkeit zurück, als eine dunkle Wolke sich vor den Mond schob und das Gelände in komplette Dunkelheit tauchte.

Die Messer bereit, aber der Sicht beraubt, hieb sie in seine ungefähre Richtung, versuchte, den Schatten im Dunklen zu erwischen. Seine Faust flog hervor und traf sie hart im Gesicht. Schmerz strahlte von ihrer Wange aus, sie keuchte auf, duckte sich und ließ sofort einen Fußfeger folgen, auf die Stelle gezielt, wo sie seine Beine vermutete. Er war aber schon wieder verschwunden, hatte sich blitzschnell in ihren Rücken gebracht und packte ihre Haare. Er riss ihr den Kopf in den Nacken, gab damit ihre Kehle ungeschützt frei. Sie stach mit einem der Messer nach hinten, doch er drehte sich rechtzeitig, das Messer stach wieder ins Leere.

Seine Hand schloss sich um ihr rechtes Handgelenk, zog sie eng zu ihm. Ein Fehler. Jetzt könnte sie ihn werfen – sie ging in Position, ein Bein vor, Gewicht auf den Zehen, bereit, ihn mit einer Drehung über ihre Schulter fliegen zu lassen. Sie erstarrte mitten in der Bewegung, als sie kalten Stahl an der Schläfe spürte.

»Lass die Messer fallen oder ich drücke ab. Und glaub mir, das würde mir Freude bereiten.«

Mike Caine.

Die Zeit schien einen Moment stillzustehen. Sie hörte nichts außer ihrem eigenen schweren Atem, spürte Blut aus der Nase sickern und fragte sich, ob Drummond ihr das Handgelenk gebrochen hatte.

»Wenn ich die Messer fallen lasse«, erklärte Kitsune, »wird das ziemlich viel Lärm machen. Dann sind die Wachen in einem Augenblick hier und keiner von uns kommt lebend davon.«

Statt einer Antwort nahm Mike einfach mit der freien Hand eins der Messer an sich. Nicholas nahm die zweite Klinge und zog ihre Pistole aus dem Holster.

Dann drehte er ihr die Arme auf den Rücken, während Mike ihm Handschellen zuwarf. Er ließ sie einrasten, drehte sie wieder um und grinste. Seine Zähne blinkten weiß im Mondlicht.

»Hallo, Victoria.«

Kapitel 92

Nicholas führte sie zurück zum Gitterzaun. An einer schlecht einsehbaren Stelle hatte er ein mannsgroßes Loch in das Gitter geschnitten. Mike schlüpfte zuerst durch, hielt dabei Ausschau nach Wachen. An der Straße angekommen, gab sie Zeichen, dass alles sicher sei. Nicholas schob Victoria vor sich durch und folgte ihr.

Er war froh, dass Mike genau im richtigen Augenblick eingegriffen hatte. Er war sich nicht sicher, wie lange er noch diesen wirbelnden Klingen hätte ausweichen können. Er tastete nach einem feuchten Gefühl an seinem Rücken – vermutlich war eine der Nähte aufgerissen. Wobei er schon ganz zufrieden war, dass keine weiteren dazugekommen waren.

Am Wagen schob Mike Victoria auf den Rücksitz und drückte ihr die Glock dabei fest gegen die Rippen.

Nicholas setzte sich hinter das Steuer und ließ den Wagen leise die Straße zurückrollen, in die Richtung, aus der sie gekommen waren.

»Wo bringt ihr mich hin?« Ihre Stimme zitterte leicht, aber wohl nicht aus Angst, schätzte Mike, sondern eher vor Adrenalin.

»Weg von hier«, antwortete Nicholas. »Wir sind wegen des Koh-i-Noor hier, den wir jetzt gerne wiederhätten. Wo haben Sie ihn versteckt?«

Kitsune lachte. »Und ihr glaubt wirklich, dass ich den einfach so aushändige?«

»Ja.« Sein Tonfall hörte sich eher nach einem »*Wenn nicht, dann bringe ich dich persönlich um*« an.

»Also, wohin fahren wir?«, fragte sie erneut.

Wenn Mike ehrlich war, hätte sie das auch gerne gewusst. Stattdessen konzentrierte sie sich aber darauf, den Lauf ihrer Waffe in Victorias Rippen gepresst zu halten.

Nicholas fuhr inzwischen schnell, nahm die Ecken fast zu schnell, während er tiefer in die Pariser Vororte eindrang. Nach einer Viertelstunde zog er den Wagen in eine kleine Gasse hinter einer Gruppe Reihenhäuser. »Mike, ich bin in drei Minuten zurück. Pass auf, dass sie sich keinen Millimeter bewegt«, sagte er, während er auch schon aus dem Wagen huschte.

Kitsune wandte sich an Mike. »Du bist gut darin, Befehle anzunehmen, oder, Mike? Warum? Er ist doch nicht dein Boss. Und du bist bestimmt nicht so dumm, mit ihm zu schlafen. Warum machen wir es nicht so: Du hilfst mir ein bisschen und dafür gebe ich dir mehr Geld, als du dir je erträumt hast?«

Urplötzlich erinnerte sich Mike daran, wie sehr sie diese Frau windelweich prügeln wollte. »Halts Maul, Victoria!«

Kitsune blieb still und schwieg.

Kurz danach kehrte Nicholas zurück, öffnete die Tür an Kitsunes Seite. »Mitkommen. Und kein Wort!«

Kitsune sah ihre Chance und setzte zu einem Schrei an.

Nicholas riss sie mit einem Ruck aus dem Wagen und klatschte seine Hand auf ihren Mund. »Ich sagte, leise sein«, flüsterte er.

Sie versuchte, ihn zu beißen, also schlug er einmal kräftig gegen ihr Ohr. Genug, um sie benommen zu machen, damit er sie zum Hintereingang des Reihenhauses ziehen konnte.

Mike folgte ihnen, innerlich applaudierend.

In der Küche fesselte Nicholas Victoria an einen Stuhl. Arme und Beine wurden mit Kabelbindern festgezurrt, dann knebelte er sie mit einem Geschirrtuch, das er in einer Schublade gefunden hatte.

Mike spürte nach Victorias Puls. Er war vorhanden, stark und gleichmäßig. Gut. Sie war also nicht ernsthaft verletzt. Sie wandte sich zu Nicholas, der auf dem Tisch hockte, vorgelehnt, die Ellbogen auf den Knien, abwartend, beobachtend.

»Begehen wir hier gerade einen Einbruch?«, wollte Mike wissen.

»Unterschlupf aus alten Tagen«, grinste er.

Aus seiner Zeit als Superspion, ohne Zweifel.

»Und was jetzt?«

Er machte eine Geste in Richtung Victoria, die inzwischen wieder klar genug war, dass sie ihre Augen öffnen konnte. Hinter dem Knebel ertönten krächzende Laute.

»Jetzt wollen wir herausfinden, wo sich der Koh-i-Noor befindet.« Er hüpfte vom Tisch und zog den Knebel aus ihrem Mund. Mike gab ihr einen Schluck Wasser zu trinken.

»Schreien ist übrigens zwecklos, das ganze Haus ist schallisoliert.«

Kitsune betrachtete ihn mit zur Seite geneigtem Kopf. »Und wenn ich nur daran denke, dass ich gewartet habe, bis du aus dem Haus warst, ehe ich die Bombe gezündet habe. Solch ein Fehler!«

»Augenscheinlich, ja. Wo ist der Koh-i-Noor?«

»Noch in Genf.«

»Gut, Victoire Couverel. Ja, wir haben Ihren Bruder getroffen, wir wissen von Ihren Eltern, von dem Doppelmord. Wir wissen auch über Ihre Adoptiveltern Bescheid, die Missionare. Und jetzt sieh mal einer an, wie aus all dem der Fuchs geworden ist, einer der berüchtigtsten Diebe der Welt. Oder, anders ausgedrückt, wir wissen genug über Sie, dass uns klar ist, dass der Koh-i-Noor hier ganz in der Nähe sein muss. Also, wo?«

Sie war beeindruckt, aber sie wollte es ihn nicht wissen lassen.

Stattdessen grinste sie nur spöttisch. »Da hat wohl jemand seine Hausaufgaben gemacht.«

»Mal so ausgedrückt«, setzte Nicholas erneut an. »Alles, was wir wollen, ist der Diamant. Wenn wir ihn bekommen, werden Sie diesen Abend überleben.«

»Ich habe nicht gelogen. Er liegt in Genf, an einem sicheren Ort.«

Nicholas wollte sich gerade bedrohlich aufrichten, als sein Telefon klingelte. Er zögerte einen Augenblick, dann zog er das Handy aus der Tasche. Penderley.

»Mike, versuch du doch mal, ob du unserem Gast etwas Verstand beibringen kannst.« Er warf ihr das Messer zu, das er nach dem Kampf an sich genommen hatte. Mike schnappte es aus der Luft und wirbelte es direkt herum, sodass die Spitze auf Victorias blütenweiße Kehle zeigte.

Beeindruckend. Nicht dass es viel gebracht hätte, aber nett anzusehen. Im Wohnzimmer nahm er den Anruf entgegen. »Ja?«

»Ich habe mit Miles gesprochen«, eröffnete Penderley übergangslos. »Sie haben eine mögliche undichte Stelle im Tower of London gefunden.«

»Sind die Yeoman Warder nicht die Einzigen außer der Königsfamilie, die in den Plan eingeweiht waren? Hat jemand von denen kürzlich den Dienst quittiert oder was?«

»Nein, aber letztes Jahr ist eine Verlobung aufgelöst worden. Der Name des Mannes ist Grant Thornton, seine Verlobte hat ihn einfach sitzenlassen. Und niemand hat sie seitdem mehr gesehen.«

»Gibt es ein Foto?«

»Ist schon per Mail unterwegs.«

»Moment.« Er wechselte auf seinem Smartphone zur E-Mail-App und öffnete das Foto. Es zeigte einen großen, dunkelhaarigen, durchtrainierten Mann, der auf eine lächelnde Frau hinabblickte. Ihr Blick war genau in die Kamera gerichtet, es schien aber, als ob sie nicht wusste, dass sie gerade fotografiert wurde. Es war eindeutig Victoria Browning, auf gewisse Art. Ihre Haare waren dunkler, die Augen hatten eine andere Farbe, ein strahlendes Hellblau, und ihr Lächeln war diesmal nicht verstellt. Die Kombination machte sie mehr als nur schön, geradezu exotisch.

»Das ist sie. Ist der Mann in Gewahrsam?«

»Nein. Wir denken alle, dass er selbst nichts davon wusste. Wir lassen ihn aber überwachen.«

»Gut. Wenn wir ein Druckmittel brauchen, könnt ihr ihn abholen. Wenn er mit dem Fuchs verlobt war, hat sie vielleicht wirklich Gefühle für ihn entwickelt. Ich melde mich später wieder.«

Kapitel 93

Nicholas legte auf und trat zurück in die Küche. Mike sah so aus, als ob sie nur noch Momente davon entfernt wäre, Victoria auszupeitschen. Sie hatte offensichtlich wieder etwas gesagt, was Mike aufgebracht hatte.

Er nahm sich einen der Küchenstühle, drehte ihn um und setzte sich, die Arme auf der Lehne überkreuzt. Entspannt, als hätten sich alle Probleme der Welt gerade in Luft aufgelöst.

Mike trat ein paar Schritte zurück und verschränkte die Arme vor der Brust.

»Victoria«, setzte Nicholas lächelnd an. »Oder Victoire. Wie sollen wir Sie nennen?«

»Kitsune. Ihr könnt mich Kitsune nennen.«

»Kitsune also. Japanisch für Fuchs. Haben Sie Japaner unter Ihren Vorfahren? Ich muss zugeben, die DNS war da etwas verwirrend, der Bericht erinnerte mich am ehesten an eine Promenadenmischung.«

»Wuff.«

Er stand auf und lehnte sich zu ihr. »Also, ich erkläre Ihnen jetzt mal, wie das funktioniert. Sie werden mir den Koh-i-Noor übergeben und im Austausch dafür werde ich ein gutes Wort für Grant Thornton einlegen. Sie erinnern sich doch an ihn, oder? Der Mann, aus dem Sie die Informationen über den Koh-i-Noor rausgeholt haben, lange, bevor es öffentlich bekannt wurde? Jetzt im Moment wird er gerade vom Tower of London in das Gefängnis von London verfrachtet. Gemischte Zellen. Und Sie wissen ja, wie gut sein hübsches Gesicht da ankommen wird. Und wenn dann noch jemand mitbekommt, dass er früher bei der SAS war …«

Sie wurde bleich, konnte es nicht vermeiden.

Ertappt, dachte Nicholas zufrieden.

Trotzig hob Kitsune das Kinn. »Er hat nichts damit zu tun und das wisst ihr genau.«

»Ich befürchte, das sehen wir etwas anders, und die Regierung Ihrer Majestät ist da eher unserer Auffassung. Thornton wird seine Stellung verlieren, seinen Rang, seine Arbeit, seine Altersvorsorge. Er wird ein Ausgestoßener in seiner Welt sein. Und zu all der Schande wird er auch noch für Jahre ins Gefängnis gehen. Vorausgesetzt, er überlebt es so lange, natürlich.«

Er marschierte um sie herum, wie ein Raubtier, das die Beute umkreist. »Jemand wie er, der sein Leben dem Dienst an Land und Königin verschrieben hat? Das steht er nicht durch, Kitsune, und Sie haben ihn vernichtet. Sie ganz alleine. Er hat alles verloren, nur weil er den Fehler gemacht hat, sich in Sie zu verlieben. In eine Betrügerin, ein Trugbild, die Illusion einer ehrbaren, liebenswerten Frau, die so nie existiert hat.«

Kitsune schloss die Augen und sah Grant vor sich. Ihr tapferer, unschuldiger Grant. Er würde den Preis für ihre Sünden zahlen müssen. Der Brite hatte recht.

»Ich kann ihn retten, aber ich will den Koh-i-Noor haben.«

Sie warf ihm einen langen Blick zu. Er wusste, dass sie seine Worte abwägte, ihn selbst abschätzte, ehe sie antwortete. »Ich habe Bedingungen.«

Nicholas hörte auf herumzutigern, schlenderte zurück zu seinem Stuhl und setzte sich, die Augenbrauen auffordernd erhoben. »Sie sind zwar nicht in einer Position, um verhandeln zu können, aber ich höre.«

»Grant bleibt unbehelligt, sein Ruf und seine Karriere unangetastet. Weiß er von meiner Rolle dabei?«

»Nein.«

Sie war offensichtlich erleichtert. »Gut, er soll es auch nie erfahren. Nichts über mich, nichts über Lanighan, nichts, was er nicht eh in den Nachrichten sieht.«

»Gut, weiter?«

»Lanighan hält einen Mann in seinem Lagerhaus gefangen. Dieser Mann ist mir sehr wichtig. Sobald er frei ist, verrate ich, wo der Diamant ist.«

»Ah, nun, Kitsune, da müssen Sie aber schon mehr anbieten. Wenn Sie unsere Hilfe wollen, werden Sie uns im Voraus verraten, wo der Koh-i-Noor steckt. Dann können wir über Ihre Bedingungen reden.«

Sie schüttelte den Kopf. »Zuerst mein Freund! Und ich will Ihr Wort als Gentleman, dass ihm nichts geschieht.«

Mike meldete sich zu Wort. »Sprechen wir hier von William Mulvaney?«

Kitsune konnte es nicht glauben. Wusste inzwischen jeder über Mulvaney Bescheid?

»Ja, sein Name ist Mulvaney.«

»Was für eine Beziehung haben Sie zu ihm?«

»Er ist ein Freund.«

Sie bemerkte Nicholas' erhobene Augenbrauen und sah sich genötigt, zu präzisieren. »Mehr als ein Freund. Er ist mein Mentor, mein Partner. Er ist ein Mann, den ich seit mehr als meinem halben Leben kenne.«

»Das hört sich an, als ob Sie ihr Leben für ihn geben würden«, meinte Mike.

»Ja«, erwiderte Kitsune einfach nur.

»Aber ist er wirklich Ihr Freund? Ein Mann, dem Sie Ihr Leben anvertrauen würden? Ein Mann, für den Sie sich opfern würden? Ganz ehrlich?«, bohrte Nicholas und spielte dann die Konversation ab, die sie im Auto mitgehört hatten.

Ist die Schlampe schon da, mit meinem Stein?

Bisher noch nicht. Immer mit der Ruhe, sie wird kommen. Sie hängt zu sehr an ihrem Geld, als dass sie sich das entgehen lassen würde. Geld ist ja ohnehin das Einzige, was sie je interessiert hat.

»Ist das die Stimme Ihres *Freundes* Mulvaney?«, fragte Mike mehr rhetorisch.

»Ach, kommt schon«, winkte Kitsune mit einem Augenrollen ab. »Ich kenne eure Methoden doch. So eine Aufnahme ist leicht zu manipulieren. Gebt mir fünf Minuten mit der Technik des FBI und Drummond hier hört sich an wie der Präsident der Vereinigten Staaten.«

»Ja, technisch ist das bestimmt machbar«, gab Mike zu. »Aber schauen Sie sich mal das hier an. Das können wir wohl kaum selbst fabriziert haben.« Sie zog ihren eigenen Laptop sowie den von Kitsune hervor und stellte sie nebeneinander auf den Tisch. »Den hier haben wir übrigens vorhin in Ihrem Wagen gefunden.«

Sie klappte die beiden Computer auf. Erst wählte sie auf Kitsunes Computer die Aufzeichnungen der Sicherheitskamera im Büro des Lagerhauses an, in dem Mulvaney festgehalten wurde. Dann startete sie auf ihrem eigenen Rechner denselben Feed, der allerdings noch weiter live übertrug.

Mike ließ das Video zurücklaufen und setzte den kleinen Computer in Kitsunes Schoß.

»Die Aufnahme wurde vor weniger als einer Stunde gemacht.«

Kitsune blickte auf den Bildschirm hinunter, begutachtete den Zeitstempel. Auf dem Bild sah sie Mulvaney, allerdings nicht gefesselt und geknebelt, sondern aufrecht. Er bewegte sich frei durch den Raum, trat zu dem Wachmann nahe der Tür, schien mit ihm zu sprechen. Er war weder gefesselt, noch hatte es den Anschein, als ob er irgendwie gegen seinen Willen festgehalten wurde. Im Gegenteil, sie schienen über irgendwas zu lachen.

Was ging hier vor?

»Wir wissen alles, Kitsune«, erklärte Nicholas. »Lanighan hat sehr detaillierte Aufzeichnungen gemacht.«

»Das ist gelogen«, entgegnete sie ruhig, mit einem Lächeln. »Ich habe alles zerstört.«

Jetzt war Nicholas an der Reihe, sie anzulächeln. »Nein, nicht wirklich. Zumindest nicht schnell genug. Wir waren wohl zuerst da – Sie erinnern sich an Savich? Er weiß schon seit mehr als einem Tag über Lanighan Bescheid. Mehr als genug Zeit, um alle Daten zu finden und zu sichern. Lanighan hat Kopien aller Ihrer E-Mail-Konversationen angefertigt. Die gesamte Planung in allen Details. Und wir haben auch die E-Mails gefunden, die Lanighan mit Ihrem Freund Mulvaney ausgetauscht hat. Ich darf doch eine vorlesen? Diese hier ist von letztem Jahr:

> *Sie können Kitsune nicht vertrauen. Damit Sie mich besser verstehen, lassen Sie mich eine kurze Geschichte erzählen. Ihr wahrer Name ist Victoire, Victoire Couverel. Als ich sie getroffen habe, war sie eine leichtsinnige kleine Gossenratte, höchstens sechzehn Jahre alt. Ich habe sie damals vor dem Gefängnis in Neapel gerettet. Ich sah Potenzial in ihr und habe sie selbst ausgebildet. Aber sie hat mich hintergangen und wird auch Sie verraten, sobald sie die Chance hat. Denken*

Sie an meine Worte, passen Sie gut auf, dass sie Sie nicht betrügt. Ich werde Ihnen den Diamanten von Anatoly besorgen. Die Kontonummer sende ich, sobald ich den Stein aus Amerika habe. Wenn sie den Koh-i-Noor übergeben hat, töten Sie sie. Sie brauchen das Blut einer Frau, um die Prophezeiung wahr werden zu lassen. Wenn Sie es nicht über sich bringen, kann ich es auch für Sie übernehmen.«

»Aufhören! Sofort aufhören!«

»Der Verrat schmeckt bitter, oder, Victoire?«

»Verdammter Bastard!« Ihre Stimme war flach, emotionslos.

Schock, erkannte Mike. Die Frau war im Schockzustand.

Kitsune ließ den Kopf sinken. Sie war müde, so müde. Sie verstand einfach nichts mehr. Sie hatte Mulvaney nie hintergangen. Sie würde eher ihren eigenen Arm abschneiden, ehe sie ihn verraten würde. Warum hatte er so was gesagt? Und was meinte er damit, dass ihr Blut gebraucht werden würde, um die Prophezeiung zu erfüllen?

Sie wollte heulen. Warum nur hasste der Mann sie so, den sie doch mehr liebte als ihren eigenen Vater? Was sollte sie jetzt tun?

Kapitel 94

Ihre Welt stürzte um sie herum ein und doch konnte sie nicht aufhören, Pläne zu schmieden und Taktiken zu entwerfen. Nicholas konnte geradezu die kleinen Rädchen in ihrem Kopf sich drehen hören.

Also wandte er sich an Mike. »Ruf Menard an. Sie sollen das Lagerhaus stürmen. Wir werden Kitsune der Préfecture de Police überstellen, die können sich dann um den Papierkram für die Auslieferung in die Staaten kümmern.«

Ihre Stimme hallte durch die kleine Küche. »Nein!«

Er blickte zu ihr, sprach aber weiter mit Mike. »Sie sollen sich nicht zurückhalten, das Lager ist gut befestigt. Sobald wir sie überwältigt haben …«

»Nein!«

Er hörte auf und wandte ihr seine Aufmerksamkeit zu.

»Was?«

Sie presste die Worte durch zusammengebissene Zähne. »Ich werde helfen. Ich gebe euch alles, was ihr wollt, und mehr. Aber wir machen es auf meine Art.«

Sie ging ein enormes Risiko ein. Aber es handelte sich hier um Mulvaney. Sie hatte keine Wahl. Er hatte ihr das Leben gerettet – nein, eigentlich noch mehr als das. Er hatte ihr überhaupt erst ein Leben gegeben. Selbst, wenn er sie genug hasste, um sie zu betrügen, schuldete sie ihm doch so viel.

»Das Lagerhaus kann nicht mit Gewalt genommen werden. Es gibt Sicherungen.«

»Sie meinen Sprengstoff?«

»Wenn Mulvaney die Verteidigung geplant hat, ja. Er wird wohl das ganze Haus vermint haben.«

Mike wartete, das Handy in der Hand. »Und was schlagen Sie vor?«

»Ich werde gehen, wie verlangt. Dann hole ich den Detonator von Mulvaney. Sobald ich das Signal gebe, können Ihre Leute kommen.«

»Das soll doch wohl ein Scherz sein?«

»Ich werde euch alles erzählen, was ich weiß. Alles über seine Verbrechen und meine, die ich sicher verraten kann. Sie können den größten Assassinen der Welt schnappen und Hunderte offener Fälle schließen, sowohl Diebstähle als auch Morde und Spionagefälle. Und ich werde den Koh-i-Noor zurückgeben.«

»Und was wollen Sie dafür?«, erkundigte sich Nicholas.

»Ich will frei bleiben. Niemand soll nach mir suchen. Ich nehme das Geld von meinen Konten und die Bezahlung von Lanighan und verschwinde für immer. Das war mein letzter Job, ich werde mich zur Ruhe setzen, niemand wird je wieder von mir hören.«

»Und warum sollten wir glauben, dass Sie sich daran halten?«, fragte Nicholas zweifelnd.

»Ja, das würde mich auch interessieren«, stimmte Mike zu.

»Die Wahrheit? Der einzige Mensch, dem ich je vertraut habe, hat mich verraten. Ich will wissen, warum. Er hat Elaine getötet.« Sie blickte Nicholas direkt in die Augen, er erkannte wahre Trauer. »Als ich von dem Cyanid hörte, war mir eigentlich klar, dass er es gewesen sein musste. Er hat es schon früher eingesetzt, es ist eine Art Markenzeichen von ihm. Dabei war es so unnötig, so eine Verschwendung. Elaine hatte nichts getan, aber das spielte keine Rolle. Und diese Betäubungspistole. Er meinte immer, dass es so schonender für seine Knöchel wäre. Dazu lachte er dann. Dabei muss man wissen, dass er einer der besten Kämpfer ist, die ich je gesehen habe. Er hat mir alles beigebracht.«

Sie blieb einen Augenblick in Gedanken verloren. »Und Grant ...« Sie brach ab, ihre Stimme verlor sich.

»Was kümmert es Sie, was aus Elaine wurde?«

»Sie war auch meine Freundin. Und ich bin schuld an ihrem Tod, sie musste wegen dem sterben, was ich ihr erzählt habe. Mir war damals nicht klar, wie sehr sie an die Legende des Steins glauben wollte, aber sie hat alles so begeistert aufgenommen, die Möglichkeiten, die Magie ... Mulvaney hätte sie nicht töten müssen, sie stellte keine Bedrohung dar.«

»Und doch hat es Ihnen nichts ausgemacht, ihr die Schuld für den Diebstahl des Diamanten zuzuschieben«, erwiderte Nicholas ausdruckslos. »Sie waren es schließlich, die uns von dem Treffen mit Kochen erzählt hat.«

Sie zuckte mit den Schultern. »Sie war tot, ich lebte noch. Ich habe nur versucht, mich selbst zu retten.«

»Elaine hat mir von der Prophezeiung berichtet, dass die drei Steine die Kranken heilen können«, meinte Nicholas.

Kitsune schüttelte leicht den Kopf. »Es ist mehr als das. Lanighan glaubt, dass die drei Steine ihn unsterblich machen werden. Auch sein Vater hat daran geglaubt.«

Nicholas war fasziniert. »Sie haben also schon früher versucht, den Koh-i-Noor zu stehlen? Für seinen Vater?«

»Nein, aber sein Vater hat mir von der Prophezeiung erzählt und mich beauftragt, den dritten Stein zu finden. Jenen, den Anatoly hatte. Aber ich habe es damals nicht rechtzeitig geschafft.«

»Ich will eine Liste von allen Sachen, die Sie je gestohlen haben, damit wir sie zu den rechtmäßigen Besitzern zurückbringen können.«

»Sie wissen doch selber, dass ich das nicht kann, Drummond. Damit würde ich so viele Leute gegen mich aufbringen, dass ich keine fünf Minuten überleben würde. Es ist eine Sache, einen Auftrag nicht zu erledigen, aber ich bin schon so lange im Geschäft, dass es einfach unmöglich ist, alle meine früheren Kunden zu verraten. Ich werde eine Liste mit allen Sachen anfertigen, die ich für Lanighans Vater gestohlen habe, und mit allem, was Mulvaney getan hat. Wir haben nie dieselben Kunden bedient. Außerdem kann ich alle Informationen von Kunden teilen, die inzwischen nicht mehr leben, diese sind keine Bedrohung mehr. Reicht das aus?«

Nicholas merkte, dass Mike nicht glücklich war. »Komm mal mit.«

Kitsune hörte sie im Hintergrund tuscheln, dann ging Mike telefonieren, mehrere Anrufe. Sie hörte Zorn in ihrer Stimme.

Kitsune mochte sie nicht wirklich, aber sie respektierte sie. Vielleicht, in einem anderen Leben, wäre die kleine Victoire Couverel auch jemand wie Michaela Caine geworden. Aber alleine der Gedanke, eine Polizistin zu sein, brachte sie fast zum Lachen.

Eine Viertelstunde später kam Nicholas zurück. »Gut, wir haben eine Abmachung.«

Kitsune bemühte sich, keine Emotionen zu zeigen. Sie nickte einfach bloß. »Sehr gut. Ich werde die Informationen zusammenstellen, dafür erhalte ich ein unterschriebenes und notariell bestätigtes Dokument, das mir zusichert, dass ich weder von den USA noch von Großbritannien direkt oder indirekt in irgendeiner Weise für meine Verwicklung in den Diebstahl des Koh-i-Noor belangt werde, sowie auch Immunität für jegliche anderen Vergehen, die Sie mir anhängen wollen.«

»Aber zuerst bekommen wir den Koh-i-Noor.«

»Wie spät ist es? Ich kann meine Uhr nicht sehen.«

»Kurz vor Mitternacht. Elf Uhr fünfundvierzig, um genau zu sein.«

»Dann sollten wir uns beeilen, dass wir es zum Lagerhaus schaffen.«

Mike schnaubte. »Wir werden Sie bestimmt nicht alleine dorthin lassen.«

»Sie haben aber keine Wahl«, meinte Kitsune. »Der Stein befindet sich dort und Sie brauchen mich, um ihn zu holen.«

Kapitel 95

Während Nicholas seine Kevlar-Weste anlegte, umkreiste Mike ihn wie ein hungriger Wolf.

»Nicholas, du kannst sie nicht alleine da reingehen lassen!«

Er bedeutete ihr, auch eine Weste anzulegen, während er mit der anderen Hand den Klettverschluss strammzog. Die Schmerzen in seinem Rücken ignorierte er für den Augenblick.

»Natürlich nicht. Ich gehe mit ihr.«

»Du alter Depp. Das ist Wahnsinn. Du weißt doch, dass sie nicht fair spielen wird.«

»Ehrlich gesagt, nein, diesmal, denke ich, wird sie sich an die Regeln halten.« Er warf einen Blick auf Kitsune, die ein Stückchen entfernt still auf der Rückbank des Peugeots saß, von bewaffneten Männern des Einsatzkommandos umgeben. »Ich glaube, unsere Füchsin ist verliebt. Sie hasst vielleicht Mulvaney für alles, was er getan hat, und hasst wahrscheinlich uns dafür, dass wir sie gefasst und unter Druck gesetzt haben. Aber sie liebt Grant Thornton genug, dass sie sich für ihn opfern würde.«

Mike baute sich vor ihm auf, die Hände in die Hüften gestemmt. »Und woher weißt du, dass sie die ganze Kooperation nicht nur vortäuscht?«

Nicholas grinste, während er den letzten Klettstreifen festzurrte. »Ich denke, das ist der Grund, warum Mulvaney sie überhaupt erst verraten hat. Für ihn geht es nicht um das Geld oder das Ansehen, das der Job bringt. Für ihn ist es eine Herzensangelegenheit. Erinnerst du dich, wie bitter und wütend seine Stimme in dem Telefonat mit Lanighan geklungen hat, das wir mitgehört haben? Du hast selbst die Mail gesehen und wie sie darauf reagiert hat. Der Mann war wie ein Vater für sie, ihr Mentor, der Mann, dem sie ohne nachzudenken vertraute. Er hat sie gerettet, beschützt. Sie ausgebildet. Aber dann hat sie die eine Sache getan, die keiner von ihnen geahnt hätte. Sie hat sich in eins ihrer Opfer verliebt.«

Nicholas blickte ernst. »Und das ist eine Art des Verrats, die jemand wie Mulvaney nicht ertragen kann. Vor allem, wenn er in eine Frau verliebt ist, die seine Liebe nicht erwidert. Zumindest nicht in der Art, die er gerne hätte. Ich vermute mal, dass er sie früher ebenso geliebt hat, wie er sie jetzt hasst.«

»Aber er ist alt genug, um ihr Vater zu sein.«

Nicholas hob eine Augenbraue. »Liebe ist nicht an Jahre gebunden. Aber du hast natürlich recht, für sie ist Mulvaney nichts anderes als eine vertraute, geliebte Vaterfigur.«

Sie nahm sich auch eine Weste und blickte ihn herausfordernd an. »Ehe du irgendwas sagst, ich gehe mit dir.«

Sie hatte Widerspruch erwartet, aber er sagte nichts dagegen. Genau genommen sah er sogar etwas erleichtert aus. »Danke. Ich kann deine Hilfe bestimmt gebrauchen.« Dann legte er ihr eine Hand auf die Schulter. »Und ich wüsste nicht, wen ich lieber an meiner Seite hätte.«

»Wenn wir beide deinetwegen sterben, nehme ich dir das ernsthaft übel.«

Er grinste, ehe er sich an den Rest des Kommandos wandte. »Alle herhören. Hier kommt der Plan.« Er rollte die Blaupausen für das Lagerhaus aus, teilte jedem seine Aufgabe zu, wies den Scharfschützen ihre Positionen an. »Ihr sichert hier den Umkreis des Lagerhauses. Sobald Mike das Signal gibt, rückt ihr vor und schaltet die Wachen aus.« Er lächelte. »Kitsune, Mike und ich werden durch den Zaun gehen, am Lagerhaus teilen wir uns dann auf. Kitsune nimmt den Haupteingang, die Wachen werden sie begleiten. Da sie nicht mit anderem Besuch rechnen, kann ich dann hinter ihnen herschleichen. Mike wird die Feuertreppe hochgehen und die Zimmer von außen absichern. Sobald alle in Position sind, spazieren wir rein, holen den Diamanten und verschwinden wieder. Irgendwelche Fragen?«

Einer von Menards Männern hob die Hand. »Sollen wir sie lebend fassen?«

»Nur Lanighan und Mulvaney, die beiden brauchen wir noch.«

Damit wandte sich Nicholas dann an Menard. »Wenn alles schiefläuft, können wir uns drauf verlassen, dass Sie reinkommen und die Trümmer aufheben?«

»Geben Sie mir einfach nur das Signal, mein Freund, dann räumen wir auf. Und versuchen Sie, sich in der Zwischenzeit nicht in die Luft sprengen zu lassen.«

»Ich versuche es. Mike, bereit?«

»Bereit. Bekommt Kitsune auch eine kugelsichere Weste?«

Kitsune war inzwischen aus dem Auto geholt worden und stand lediglich noch ein paar Meter von ihnen entfernt. »Nein, besser nicht«, antwortete sie selbst. »Wenn ich schwer gerüstet reingehe, könnten die etwas ahnen. Ich bin ja offiziell da, um den Stein zu übergeben und soll eigentlich immer noch davon ausgehen, dass Mulvaney ein Gefangener ist. Die werden das Spiel sicher aufrechterhalten, bis sie den Stein in der Hand haben.«

»Gut, es wird Zeit«, meinte Nicholas. »Wo ist der Diamant?«

Sie atmete tief durch und grinste. »In Lanighans Aktentasche. Er hat ihn selbst reingetragen.«

Mike umkreiste sie. »Und das sollen wir glauben?«

»Es ist die Wahrheit. Ich bin heute am früheren Abend bei Lanighan zu Hause gewesen und habe nach Mulvaney gesucht. Da bisher so ziemlich alles schiefgelaufen ist, wollte ich den Diamanten an einem sicheren Ort wissen, wo ihn niemand vermuten würde. Ich wollte wirklich meinen Teil der Abmachung einhalten und irgendwie erreichen, dass auch Lanighan seinen Teil hält. Daher habe ich den Stein in das Futteral seiner Tasche geschoben. Er hat keine Ahnung davon. Ich wusste, dass ihr mich verfolgt. Es war die einzige Möglichkeit, wie der Stein den Ort der Übergabe absolut sicher erreichen würde.«

Sie steckte die Hand in ihre Bluse und zog einen kleinen, blauen Samtbeutel hervor. »Gut, dass Sie so ein Gentleman sind, Drummond. Wenn Sie mich genauer durchsucht hätten, wäre Ihnen bestimmt dies hier aufgefallen.« Sie ließ einen Edelstein aus dem Säckchen gleiten. »Für eine Fälschung ist dieser Stein extrem gut gelungen. Peter Grisley ist hoffentlich stolz auf seine Arbeit.«

Nicholas ließ den Stein durch die Finger gleiten. »Gute Arbeit, die Nachbildungen zu stehlen.«

Sie lächelte. »Danke. Eigentlich brauchte ich ja nur eine, aber ich dachte mir, wer weiß? Man kann die zweite ja vielleicht irgendwann noch gebrauchen. Und in Genf war sie genau passend.«

Sie nahm ihm den Stein wieder aus der Hand, steckte ihn in den Beutel zurück und war froh, dass niemand hier einen Diamantentester hatte.

»Eine Frage habe ich aber noch«, meinte sie.

»Und zwar?«

»Was planen Sie, mit den anderen beiden Teilen des Diamanten zu machen?«

»Ich denke mal, das wird jemand entscheiden, der ein paar Stufen höher sitzt als wir. Zumindest müssen wir uns darüber nicht den Kopf zerbrechen«, erklärte Nicholas.

»Sollte mir irgendwas zustoßen, Nicholas, versprechen Sie mir bitte, die Steine zusammen mit Lanighan zu zerstören. Er ist der Letzte seiner Familie. Alles wird mit ihm enden.«

Sie machten sich in Richtung Zaun auf.

»Eine letzte Sache noch«, meinte Nicholas. »Wenn die Prophezeiung wahr ist, brauchen die Steine das Blut einer Frau, um die Verschmelzung abzuschließen. Dafür wird er versuchen, Sie zu töten, Kitsune.«

Kitsune schwieg einen Moment. »Er soll es nur versuchen.«

Kapitel 96

Lagerhaus der Lanighan Enterprises, Gagny
Samstag, Mitternacht

Saleem Lanighan tigerte durch das Büro im zweiten Stock, ungeduldig gespannt, was kommen würde. Sie würde bald hier sein. Noch eine Viertelstunde und die Steine wären vereint, noch fünfzehn Minuten, bis er seine Leukämie los war, für immer geheilt.

Er war auch nervös, vor allem, weil er nicht wusste, was er erwarten sollte. Sein Lebenswerk, die Arbeit eines jeden Mannes seines Geschlechts, gelangte zu einem Ende. Niemand vor ihm war je so weit gekommen, er betrat Neuland.

Aber er wusste genau, was er morgen machen würde.

Morgen wäre er geheilt und würde die perfekte Frau suchen gehen, die ihm ein Kind schenken sollte.

Einer der Wachmänner trat an seine Seite. »Sir, sie ist hier.«

Mulvaney drehte sich vom Fenster aus um. »Sie kommt zum Eingang und trägt einen kleinen Rucksack bei sich.«

»Gut. Die Männer sollen sie reinbringen.«

Lanighan bemerkte, wie sehr seine Hände zitterten. Er wollte einen Drink oder mehrere. Ob es wohl schmerzen würde, wenn er die Steine zusammenfügte? Ob der Krebs sofort verschwinden würde? Er erinnerte sich für einen Augenblick an das Gesicht seines Großvaters, rosig und glatt, ohne jegliche Falten, solange er den Stein hielt. Nein, es würde keine Schmerzen bereiten. Es würde wundervoll werden.

Mulvaney raunte ihm etwas zu. »Reißen Sie sich zusammen, Mann.«

Lanighan öffnete die Augen. Er hatte gar nicht gemerkt, dass er sie geschlossen hatte. Er lächelte. »Ich bin bereit.« Er nickte zu der Wache. »Bring sie her.«

Dann wandte er sich wieder zu Mulvaney um. »Und wir lassen sie weiter in dem Glauben, dass sie Sie rettet?«

»Natürlich«, sagte Mulvaney. »Und ich bringe Ihnen ihr Blut für diesen Zauber.«

»Und dann stirbt sie?«

»Sobald wir ihr Blut haben, brauchen wir sie nicht mehr.«

Die Tür öffnete sich und die Wache führte Kitsune herein. Sie sah verängstigt aus. *Gut,* dachte Lanighan. *Sie soll sich fürchten.*

»Diese hier hatte sie bei sich«, meinte die Wache.

Er legte eine halbautomatische Pistole, zwei Messer und zwei Tränengasgranaten vor ihnen ab.

Als Lanighan sicher war, dass der Wachmann außer Hörweite war, wandte er sich an Kitsune.

»Wo ist der Koh-i-Noor?«

»Wo ist Mulvaney?«

»Wollen Sie nicht erst Ihr Geld?«

»Ich will zuerst Mulvaney sehen.«

Mulvaney trat hinter der Tür hervor. Kitsunes Gesicht wurde bleich vor Schock.

»Deine Treue steht dir gut, mein Schatz.«

Sie blickte von ihm zu Lanighan und zurück. Sie schluckte einmal schwer. »William? Ich verstehe nicht, was geht hier vor? Ich dachte, er hielte dich gefangen.«

Er nahm ihre Messer auf. »Oh, nein. Komm her zu mir, mein kleiner Fuchs.«

Sie ging zögerlich auf ihn zu, doch Lanighan griff ihren Arm und riss sie zurück. »Nein! Erst den Koh-i-Noor!«

Mulvaney lächelte weiter, ein bitteres Lächeln, voller Hass und Schatten. »Ja, mein Kleines, wo ist der Diamant?«

Vielleicht hatte sie es bisher nicht wahrhaben wollen, aber Mulvaneys Verhalten ließ keinen Zweifel mehr. Kitsunes Augen brannten vor Zorn und Enttäuschung, und ohne, dass er es wollte, musste Mulvaney einen Schritt zurückweichen. »Du hast mich verraten! Du arbeitest mit ihm zusammen! Warum? William, warum? Was habe ich denn getan, dass du mich so sehr hasst?«

Es war, als ob ein Damm gebrochen wäre. Mulvaney schrie mit gleicher Intensität zurück. »Ich habe dir alles gegeben, du treulose Schlampe! Ich habe dich aus dem Dreck gefischt, dich ausgebildet, dir alles beigebracht, was du weißt. Verdammt, ich habe dich geliebt! Ich habe dich zum Zentrum meines Lebens gemacht! Wir waren zusammen, wir haben zusammengehört, wir hätten für ewig zusammenbleiben müssen!«

Er redete sich immer mehr in Rage. »Und wie hast du es mir vergolten? Ich habe deinen Internetverlauf gesehen, Kitsune. Ich habe mitbekommen, wie du wieder und wieder nach diesem Mann geschaut hast, diesem Thornton. Wahrscheinlich hast du heimlich darauf gehofft, wenn du mit fünfzig Millionen vor seiner Tür stehst, würde er dich zurücknehmen. Du wolltest mich für einen anderen Mann verlassen, dein ganzes Leben für ihn aufgeben, unser Leben! Ich habe Jahre damit verbracht, alles für dich perfekt zu gestalten, dich für mich perfekt zu machen. Wir gehörten zusammen! Du bist es, die mich betrogen hat!«

Tief in ihrem Innersten hatte sie es wohl geahnt, es sich aber nie eingestehen wollen. Hatte nicht wahrhaben wollen, dass so was möglich sei. Sie wurde plötzlich sehr ruhig. »Ich habe dich nie betrogen, William. Du warst wie ein Vater für mich und ich habe dich wie einen Vater geliebt. Ich habe dir alles gegeben, was ich dir nur geben konnte.«

»Nein, du hast mir nicht gegeben, was ich wollte, was ich verdiente! Alles, was mein hätte sein sollen, hast du Thornton geschenkt. Er hätte nicht mehr als ein Werkzeug für dich sein dürfen, ein Mittel zum Zweck, das man wegwirft, sobald es seine Aufgabe erfüllt hat. Was hat er je für dich getan, außer mit dir zu schlafen? Verdammt, Kitsune. Er ist ein Nichts, und doch hast du ihn mir vorgezogen!«

»Nein. Ich habe ihn aufgegeben, weil es sein musste. Wegen des Auftrags. Und warum spionierst du mir eigentlich nach? Das ist erbärmlich, alter Mann.«

Es gab nichts mehr zu sagen. Kitsune griff in ihr Hemd und zog den kleinen, blauen Beutel hervor. Sie warf ihn Lanighan zu.

»Hier ist Ihr verdammter Stein. Ich gehe.«

Lanighan schaute von Mulvaney zu Kitsune. »Ist euer kleines Familiendrama jetzt vorbei? Sehr schön. Kitsune, wir beide sind noch nicht fertig. Da gibt es noch etwas, was ich brauche – sozusagen ein letztes Geschenk für mich. Los, Mulvaney, jetzt!«

Mulvaney sprang auf sie zu. Er packte ihren Arm und drehte ihn auf den Rücken. Sie wand sich aus seinem Griff und kämpfte gegen ihn an, mit allem, was sie hatte. Als ihr ehemaliger Mentor kannte er alle ihre Techniken, dazu kam, dass er gut zwanzig Kilo mehr Masse einbrachte. Dafür war sie aber jünger und schneller – und für ihren Körperbau ungewöhnlich stark.

Lanighan ignorierte den Kampf, der sich zwischen den beiden entwickelte, und öffnete das Säckchen, ließ den Koh-i-Noor in seine Handfläche gleiten. Er strahlte, funkelnd, fast wie von innen heraus leuchtend. Der Stein erkannte seinen wahren Meister. Er war nach Hause zurückgekehrt.

Saleem trat zu dem kleinen Ecktisch, auf dem das uralte Kästchen aus Palisander stand, das ihm sein Großvater vermacht hatte.

Er nahm das Messer mit dem Knochengriff heraus, das er extra zu diesem Zweck aus dem Landhaus seiner Familie mitgebracht hatte. Ein schneller Schnitt über den Daumen, dann presste er den Finger auf das goldene Schloss. Der Mechanismus begann sich zu drehen, mit demselben Laut, den er noch so gut in Erinnerung hatte, als sei es erst gestern gewesen. Das Schloss sprang auf.

Andächtig klappte er den Deckel auf und bewunderte den großen Stein seines Großvaters. Dann nahm er den kleinsten der drei Steine aus dem Wandsafe, jenen, den Mulvaney für ihn von Anatoly besorgt hatte. Beide schienen blass und stumpf im Vergleich zum Koh-i-Noor, ihr inneres Feuer gut verborgen. Er nahm die Steine und legte sie nebeneinander auf den kleinen Tisch. Saleem meinte, ein Summen zu hören, einen Laut, der immer stärker anschwoll und die Geräusche des Kampfes hinter ihm stetig mehr in den Hintergrund verbannte. Es schien, als ob die Steine einander grüßten. Als er die Steine näher aneinanderschob, wurde das Summen stärker, wurde zu einem Schreien. Er legte einen Finger auf jeden Stein, liebkoste sie, dankte ihnen.

Die Schreie steigerten sich, hallten in seinem Kopf wider, bis sie alles andere verdrängten, doch er konnte den Blick nicht von der unglaublichen Schönheit vor ihm abwenden. Sie waren wunderschön und schienen zueinander zu wollen, näherten sich einander an, wie von einer unsichtbaren Kraft getrieben. Noch waren sie aber getrennt, drei Teile des einen Steins, nicht eins. Noch nicht.

Er blickte ins Herz des Chaos, wurde eins mit ihm und stieg daraus empor. Aus der Höhe blickte er hinab und sog all die wunderlichen Eindrücke in sich auf. Er nahm die Steine an sich, einen nach dem anderen, hütete sie liebevoll in seinen

Händen. Ihr Herz rief nach ihm und er wusste, dass es an der Zeit war. Als er sprach, übertönte seine Stimme die Schreie. Sie war laut und klar. Die Stimme eines Gottes.

»Bring mir das Blut der Frau!«

Mulvaney wurde langsam müde, ließ aber nicht nach. Sein Messer stach und schnitt in gefährlichen Mustern vor ihm Bahnen, drängte sie weiter zurück, immer näher auf Lanighan zu. Kitsune war komplett auf Mulvaney und seine Bewegungen konzentriert, ihr eigenes Messer immer wieder zu Ausfällen bereit, stach vor, wann immer sich eine Gelegenheit bot. Ein Schnitt zerriss seinen Ärmel, sie sah Blut austreten, doch auch das machte ihn nicht langsamer. Er rückte weiter vor, zwang sie weiter zurück, immer näher zu Lanighan.

Der jetzt schrie. »Sofort!«

Mit einer überraschenden Bewegung schoss Mulvaneys Arm vor und griff ihre Hand, umschloss das Handgelenk fest und riss ihren Arm zu ihm. Ein schneller Schnitt öffnete den Arm von Handgelenk bis Ellbogen.

Sie schrie vor Schmerz und Schock auf, beobachtete mit seltsam taubem Gefühl, wie das Blut aus ihrem Arm spritzte.

Lanighan hielt die drei Steine in den Fluss aus Blut, tränkte sie rot und warf den Kopf in den Nacken, schrie zum Himmel. »Es ist vollbracht!«

Und die Schreie endeten.

Lanighan betrachtete die Steine in seinen blutigen Händen und sah ein Licht – blau, durchscheinend, von blendender Intensität. Es schien die Umrisse der einzelnen Steine nachzuziehen, um die Steine zu wirbeln, durch sie zu gleiten, sie zu verbinden, bis die Grenzen zwischen den Steinen verschwammen. Während die Steine eins wurden, vibrierten sie in seiner Hand. Ein Kreischen ertönte, lauter und lauter, wie ein Kabel, das man bis zum Zerreißen spannte und zupfte. Das Licht wurde immer greller und heller, umhüllte die Steine, trat aus ihnen aus, durch seine Hände, durch den Raum.

Er fühlte, wie das Licht ihn durchdrang, konnte geradezu spüren, wie all die Zellen, die ihm schadeten, herausgebrannt wurden, zerplatzten und eingingen. Es war, als ob das Licht durch ihn brannte, mit heißer Flamme. Es schmerzte, schmerzte so sehr, die Schmerzen stiegen aus jedem Teil seines Körpers auf. Der Stein – er tötete den Krebs, doch er tötete auch den Mann. Sein Herz raste, sein Atem wurde flacher. Er wollte den Stein fallen lassen, doch er konnte es nicht. Das Licht ging durch ihn hindurch, hüllte ihn ein und formte sich plötzlich zu einem einzelnen, feinen Strahl, der durch das Dach des Lagerhauses drang, hoch in den Nachthimmel, zu den Sternen hinauf.

Und damit verschwand auch der Schmerz. Er floss aus ihm und hinein in das Licht, wurde eins mit ihm. Er konnte den Blick nicht abwenden, es war so rein und mächtig und es entsprang aus ihm selbst. Die Nacht wurde zum Tag; er starrte in das Angesicht seiner eigenen Sonne, folgte ihren pulsierenden Strahlen durch die Nacht und darüber hinaus, bis zur Seele des Universums. Jetzt verstand er es. Er erkannte ihr wahres Wesen. Er erkannte die wahre Natur der Menschheit. Und er war ihr König, ihr Meister.

Er war die Perfektion.

Er war ein Gott.

Und dann begann der Boden unter seinen Füßen zu schwanken.

Kapitel 97

Stimmen, laute, zornige Stimmen, dann nichts mehr. Kein Laut mehr. Nur für einige Momente, aber es schien so viel länger, weil er nicht wusste, was geschah. Dann hörte Nicholas Kitsune schreien. Er tippte an das Kommunikationsgerät in seinem Ohr. »Jetzt, Mike!«

Als Antwort hörte er sie Menards Männern zubrüllen. »Los, los, los!«

Nicholas hatte nahe bei Kitsune bleiben wollen, aber sechs Wachen hatten sie bis zu dem großen Büro im zweiten Stock begleitet. Hier war er gezwungen gewesen, sich in den Schatten zu verbergen.

Die Wachen hörten Kitsunes Schrei, doch regte sich keiner von ihnen. Offensichtlich hatten sie Anweisung erhalten, nicht hereinzukommen, egal, was geschah. Man sah ihnen an, dass sie etwas tun wollten, dass aber niemand da war, der ihnen sagen konnte, was.

Als das Erdreich unter dem Gebäude zu wackeln begann, war die Entscheidung für sie getroffen. Alle außer einem rannten sie die Treppe hinab, aus dem Lagerhaus heraus. Nicholas hörte die Feuerstöße von Menards Männern, die sie draußen in

Empfang nahmen. Der letzte Wachmann machte sich auch zur Tür auf, die Waffe bereit.

Nicholas löste sich hinter ihm aus den Schatten, legte ihm den Arm um den Hals und drückte zu. Nur Augenblicke später sank der Mann bewusstlos zu Boden.

Nicholas trat die Tür zu dem großen Büro ein. Als Erstes sah er Mulvaney, der gerade Kitsune gegen die Wand schleuderte.

Als dieser auch Nicholas bemerkte, grinste er erfreut – dasselbe Grinsen, das Nicholas auch schon zu sehen bekommen hatte, als Mulvaney ihm über den Gitterzaun entkommen war, in der Sackgasse hinter Mikes Haus. »Ich hatte mich schon geärgert, dich nicht getötet zu haben. Aber das können wir ja noch nachholen, was? Du hast gerade deinen letzten Fehler gemacht, Kleiner.«

Nicholas erkannte den Detonator in Mulvaneys Hand. Ohne nachzudenken feuerte er, seine Kugel drang durch die Hand und zerschmetterte ihn – aber er war zu spät, Mulvaney hatte schon gedrückt. Der Boden unter ihren Füßen schwankte bedrohlich.

Der Lärm von berstenden Stahlträgern war brutal, von hinten rollte eine Feuerwand auf sie zu. Er warf sich neben der Tür in Deckung, keine Chance, durch diese zurück zu entkommen.

Auf der anderen Seite des Raumes war Mulvaney zu Boden gegangen, fluchend, die durchschossene Hand umklammert.

In der nächsten Ecke des Raumes sah Nicholas Lanighan stehen. Sein Blick schien entrückt, der Kopf in den Nacken gelegt, gen Himmel gerichtet. Aus seiner Kehle drang ein langer, dünner Schrei. In seinen Händen lagen die drei Steine, über und über von Kitsunes Blut bedeckt, sodass man nicht mehr sagen konnte, ob sie wirklich noch drei oder inzwischen nur noch ein einzelner Stein waren.

Nicholas schrie. »Mike! Stopp Lanighan!«

Fast sofort kam sie durch das splitternde Fenster geflogen, war mit drei Schritten bei Lanighan, wirbelte herum und ließ ihre Faust unter sein Kinn krachen. Er ging ohne weiteren Laut zu Boden, die Augen nach innen verdreht.

Mulvaney war auf die Knie gebrochen und wollte sich gerade wieder erheben, als Kitsune hinter ihm auftauchte und ihn mit einem harten Tritt in den Rücken wieder zu Boden streckte. Damit war sie schon über ihn hinweg und auf dem Weg zu Lanighan.

Rund um sie herum tobten die Flammen wild, die Wände selbst begannen, Feuer zu fangen.

Mike stürzte auf ihn zu und zog an seinem Arm. »Nick, wir müssen hier raus! Komm schon!«

Er sah Kitsune durch den dichter werdenden Rauch, sie hockte bei Lanighan, Blut aus ihrem Arm rann über sein Gesicht. Sie war schwer verletzt. Sie würde dringend Hilfe brauchen. Er stand auf und wollte zu ihr, als sie ihm etwas zuwarf.

Er schnappte es. Es war ein Edelstein – nicht die drei Steine vereint, sondern nur der Koh-i-Noor, getränkt in ihr Blut. Was war aus den anderen beiden Steinen geworden?

Kitsunes Gesicht wurde von dem flammenden Inferno beleuchtet. Er sah, wie ihr Mund ein Wort formte: »Geh!«

Er wollte zu ihr, wollte sie greifen, mit sich ziehen. Doch sie war schon unterwegs zu Mulvaney, in das dichte Ende von Rauch und Flammen.

Mike schrie ihn an. »Nicholas, komm schon! Ich hole Lanighan!« Sie zerrte den leblosen Körper heran und wuchtete ihn über eine Schulter, um ihn zur Feuertreppe zu schaffen. Nicholas kletterte durch das zersplitterte Fenster, übernahm den Körper des Mannes von draußen.

Zusammen schafften sie es, Lanighan die wacklige Treppe nach unten zu bugsieren, bis sie Menards Männer auf sie zulaufen sahen. Nicholas warf ihnen Lanighan fast schon entgegen und wandte sich wieder der Treppe zu. Das Haus vor ihm stand in lodernden Flammen, die Wände selbst schienen durch die Hitze des Feuers zu pulsieren. Trotzdem kletterte er die Feuerleiter wieder empor.

Mike ergriff seinen Arm. »Nein, Nick, es ist zu spät!«

Er wandte sich zu ihr um, schaute sie kurz an. »Ich muss wieder rein. Ich muss sie da rausholen.« Hilflos sah sie zu, wie er wieder nach oben kletterte.

Das Metall war heiß unter seinen Händen, und je höher er stieg, desto heißer wurde es. Er erreichte schließlich das Fenster, konnte aber nichts sehen außer endlosen Flammen und schwarzem Rauch, ineinander verwoben wie in einem wahnsinnigen Tanz. Er schrie ihren Namen, wieder und wieder.

Dann sah er sie. Nur einen Augenblick. Er schrie erneut. Sie drehte sich um und lächelte, deutete einen Salut an und verschwand dann wieder in den Flammen. Er sah sie über den Körper ihres früheren Mentors gebeugt und meinte, durch all den Lärm der tosenden Flammen einen Schuss zu hören.

Und dann war sie weg.

Er kletterte wieder nach unten, die Feuertreppe hinab, zurück zu Menards Männern, die Lanighans verbleibende Wachleute unter Kontrolle gebracht hatten. Einer der Männer erstattete Bericht. »Wir haben vier vor dem Haus erwischt. Und die Feuerwehr ist unterwegs.«

Mike trat an seine Seite, griff mit einem Arm seine Schulter. Ihr Gesicht war schwarz vor Ruß.

Vorsichtig hob er eine Hand und strich ihr über die Wange.

»Bist du okay?«, fragte sie, tastete ihrerseits über seine Arme, seine Brust. »Nicholas, hör mir gut zu. Du blutest, aber ich kann keine Wunde finden. Wo bist du getroffen?«

Seine Ohren sausten, seine Kehle kratzte von Hitze und Rauch. Seine Hände waren an mehreren Stellen durch das heiße Metall verbrannt. Er schaute an sich herab und bemerkte, dass sein Hemd von Blut getränkt war, wo er den Edelstein abgewischt hatte. »Nein, mir geht es gut. Das ist nicht mein Blut, es kommt von Kitsune. Sie ist fort. Ich glaube, sie hat Mulvaney erschossen.«

All das war in so kurzer Zeit geschehen.

Mit einem erleichterten Lachen schlug Mike ihm gegen die Schulter. »Du hast mir wieder Angst gemacht. Lass das gefälligst bleiben!«

Er griff in die Tasche und holte den Koh-i-Noor hervor, auf dem immer noch Spuren von Kitsunes Blut klebten.

Mike starrte den rötlich schimmernden Stein an. »Also hat sie ihr Wort gehalten.«

Er sah sie wieder vor sich, sah ihr Lächeln, als sie ins Zentrum der Flammen ging. Er räusperte sich. »Der Koh-i-Noor war nie in Lanighans Aktentasche gewesen, sie hatte ihn die ganze Zeit. Ich habe das blaue Säckchen gesehen, als sie den Stein aus Lanighans Hand nahm. Aber sie hat ihn mir gegeben.«

Mike sagte nichts. Sie hatte nur beobachtet, wie sich Kitsune über Lanighan gebeugt hatte, mehr als das hatte sie durch den Rauch auch nicht mitbekommen.

Sie wandten sich zusammen den Flammen zu, hörten im Inneren des Lagerhauses vereinzelte kleinere Explosionen, als weitere von Mulvaneys Brandsätzen zündeten oder von der Hitze ausgelöst wurden. Nicholas hätte schwören können, dass der Koh-i-Noor in seiner Hand warm glühte, aber als er hinabblickte, sah er nur die verbrannte Haut, auf der sich Blasen bildeten.

»Hast du gesehen, was aus den anderen Diamanten geworden ist?«, fragte Mike.

»Nein.« Oder hatte er? Er wusste es einfach nicht mehr.

»Und all die Kunstwerke im Erdgeschoss, alles zerstört.«

Das Dach brach über dem Lagerhaus ein, die gewellten Metallwände gaben ein schauerliches Ächzen von sich. Nicholas legte ihr den Arm über die Schulter und drehte sie fort.

»Das reicht. Lass uns nach Hause gehen.«

Kapitel 98

Hotel Ritz, Place Vendôme, Paris
Sonntagmorgen

Mike trat aus dem Schlafzimmer und fand Nicholas bereits voll angekleidet vor. Er hatte schon geduscht und saß an dem kleinen Tisch in ihrem Wohnzimmer, ein Croissant in der Hand, das sie ihm am liebsten direkt entrissen hätte.

Er blickte auf und lächelte sie an. »Guten Morgen. Und ehe du fragst, ja, die Nähte an meinem Rücken haben die Strapazen gut überstanden.« Er sah, dass sie ihren Arm wieder in der Schlinge trug. Kein Wunder, so, wie sie Lanighan gestern trotz der Verletzung hochgewuchtet hatte. »Wie geht es deinen Verletzungen?«

Sie winkte ab. »Alles gut.«

Sie setzte sich zu ihm an den Tisch und bewunderte das umwerfende Frühstück. Café au Lait, Joghurt, Croissants mit Erdbeerkonfitüre und eine schöne, große Brioche.

»Und das Beste von allem, der Kaffee«, kommentierte er ihren Blick. »Du wirst deine Kraft brauchen, die Nachbesprechung fängt in einer halben Stunde an.«

»Was machen deine Hände?«

»Muss gehen.« Damit verfielen beide in ein angenehmes Schweigen, während sie das Frühstück genossen.

Etwa dreißig Minuten später wischte sich Mike die Krümel vom Hemd und warf einen Blick auf ihre Uhr. »Gut, so langsam sollten wir mal von unseren Abenteuern gestern Nacht berichten.«

Sie klappte den Laptop auf und meldete sich im sicheren CIVITS-Videokonferenzsystem am. Einen Augenblick später nahm der Konferenzraum im zwanzigsten Stock des Federal Plaza den Bildschirm ein. Zachery, Ben, Gray, Savich und Sherlock saßen um den Tisch verteilt.

Mike winkte ihnen mit einem Croissant zu. »*Bonjour*!«

Leichtes Lachen überall, bis Zachery das Wort ergriff. »Ihr seid in den Nachrichten, überall in der Welt. Und das Internet spricht von nichts anderem. Der Koh-i-Noor wurde gerettet, aber keiner weiß Genaueres. Wahrscheinlich hat einer von Menards Leuten euch mit dem Diamanten gesehen, ohne zu wissen, wie ihr ihn bekommen habt. Nachdem wir hier über alles Bescheid wissen, werden wir eine Pressekonferenz abhalten. Für den Moment bin ich einfach nur froh, dass ihr beide noch lebt. Ist das Feuer im Lagerhaus inzwischen unter Kontrolle?«

»Meinem letzten Stand nach«, erklärte Nicholas, »waren zweihundert Feuerwehrmänner mit fünfundvierzig Einsatzwagen vor Ort und es brannte immer noch. Was man über Mulvaney auch sagen mag, er versteht etwas von seinem Handwerk. Das Feuer ist ebenfalls auf die angrenzenden Lagerhallen übergesprungen, am Ende mussten die Häuser in der Gegend evakuiert werden; das Feuer hat sich fast einen Kilometer in alle Richtungen ausgebreitet, ehe sie es unter Kontrolle hatten.«

»Was leider auch bedeutet, dass jegliche Beweise vernichtet wurden«, fügte Mike hinzu. »Gar nicht zu sprechen von den unbezahlbaren Kunstwerken, die den Flammen zum

Opfer gefallen sind. Es wird bestimmt eine Woche dauern, bis alle Brandherde so weit abgekühlt sind, dass die forensischen Ermittlungen aufgenommen werden können.«

»Wurden Leichen geborgen?«, erkundigte sich Ben.

»Vier Wachen nahe dem Eingang, sie hatten das Feuer auf Menards Männer eröffnet. Dazu ein Wachmann im oberen Stockwerk.«

»Und was ist mit dem Geist und dem Fuchs?«, wollte Zachery wissen.

Nicholas schüttelte den Kopf. »Das letzte Mal, dass ich Kitsune, also den Fuchs, gesehen habe, stand sie über Mulvaney gebeugt, der bewusstlos am Boden lag. Die Flammen breiteten sich sehr schnell aus.« Er sammelte sich einen Moment und fuhr dann mit emotionsloser Stimme fort. »Sie blutete stark. Sie hat mir den Koh-i-Noor gegeben und ist danach wieder in den Flammen verschwunden.« Den Schuss erwähnte er nicht, weil er nicht sicher sein konnte, ob sie die Kugel für Mulvaney oder für sich selbst benutzt hatte. Er wollte es eigentlich auch gar nicht wissen.

»Wie geht es Lanighan?«, meldete sich Savich.

»Er befindet sich in der geschlossenen Abteilung im Hôpital Saint-Antoine«, berichtete Mike. »Menard zufolge hat er sich komplett in sich selbst zurückgezogen, singt nur Sutras vor sich hin. Er reagiert nicht einmal mehr auf seinen eigenen Namen und bekommt nichts von seiner Umgebung mit. Die Ärzte konnten keine Prognose abgeben, ob er sich überhaupt wieder erholen wird.«

Sie warf einen Seitenblick auf Nicholas. »Ihr habt wahrscheinlich alle gehört, was er vorhatte. Er wollte die drei Steine vereinen und sich damit selbst heilen, unsterblich werden.« Damit nickte sie Nicholas zu.

»Ich kann kaum beschreiben, was ich gestern gesehen habe«, übernahm dieser. »Ich versuche mein Bestes. Als ich in das große Büro im zweiten Stock kam, stand Lanighan in einer Ecke. Sein Gesicht schien von innen zu leuchten, seine Arme waren ausgestreckt und zur Decke gerichtet und seine Hände umschlossen etwas, was wie ein einzelner, riesiger Edelstein aussah, von Blut bedeckt. Sein Blick … Nun, es schien, als ob er etwas sehen würde, was sonst niemand sehen konnte. Er wirkte, als ob ihm etwas Göttliches widerfahren sei … Ich weiß, das hört sich komisch an, aber es tut mir leid, ich kann es nicht besser beschreiben.« Er hielt einen Moment inne, ehe er fortfuhr. »Ihr werdet euch sicher erinnern, dass er als Teenager Leukämie hatte, die erfolgreich mit einer Chemotherapie behandelt wurde, vor Kurzem aber zurückgekehrt war. Fragt mich nicht, wieso, es war wohl nur Neugier, aber ich habe die Ärzte in der Notaufnahme gebeten, auch einen Bluttest vorzunehmen.« Er zögerte wieder einen Augenblick. »Und, nun, sein Blut war komplett ohne jeglichen Befund.«

Alle schwiegen für einen Augenblick, ehe Savich wieder das Wort ergriff. »Willst du damit sagen, dass die alte Legende wirklich wahr sei? Also, dass er geheilt wurde, weil er die drei Diamanten vereint hat?«

»Alles, was ich sagen kann, ist, dass keine Spur von Krebs mehr in seinem Körper zu finden ist. Er ist bei perfekter Gesundheit, zumindest körperlich. Mehr weiß ich auch nicht.«

Weiteres Schweigen, während alle diese Informationen verarbeiteten. Es war schließlich Sherlock, die sie wieder zurück in die Realität brachte. »Du meintest, der Fuchs hat dir den Koh-i-Noor zurückgegeben. Ist er irgendwie beschädigt?«

»Nein, sowohl ich als auch Mike haben ihn eingehend untersucht und können nichts finden. Wir haben ihn im Augenblick hier bei uns im Hotelsafe. Ich denke mal, die Leute vom Met würden ihn gerne so schnell wie möglich holen und in die Krone zurücksetzen, alleine schon aus Versicherungsgründen.«

»Darauf kannst du schwören«, meinte Zachery. »Das letzte Mal, als ich den Direktor traf, rieb er sich die Hände und frohlockte, wie viele zusätzliche Besucher die Ausstellung ›Juwel des Löwen‹ jetzt wohl anziehen würde. Das Ereignis des Jahrhunderts. Wahrscheinlich wird es sogar eine ganz neue Legende begründen. Wenn wir ihm alle Details erzählen, wird er euch vermutlich lebenslange Freikarten für das Met schenken.«

»Ich bin froh, dass zumindest irgendjemand Nutzen zieht aus dieser …« Nicholas wackelte mit der Hand. *Wie sollte man es nennen? Dieser Verschwendung? Tragödie?* Auf gewisse Weise war ja alles gut ausgegangen, aber er konnte einfach nicht über die unnötigen Verluste hinwegsehen. Elaine tot, Kitsune in den Flammen verschollen.

»Und das Met wird jetzt nicht nur vor Besuchern aus allen Nähten platzen, Bo ist auch weiterhin für die Sicherheit zuständig. Wobei das Budget für zusätzliches Sicherheitspersonal verdoppelt wurde«, fasste Savich zusammen.

»Ja, Bo hüpft immer noch vor Glück herum«, bestätigte Sherlock lächelnd.

Zachery bat sie schließlich, noch einmal detailliert den letzten Abend durchzugehen, fragte immer wieder nach, wenn ihm etwas nicht klar genug wurde, bis wirklich alles abgehandelt war. Als sie schließlich fertig waren, dankte er allen Beteiligten. »Das war wirklich gute Arbeit, meine Damen und Herren. Und ganz besonders auch meinen Dank an Drummond, der dem FBI ein klein wenig unter die Arme gegriffen hat.« Er konnte sich ein Lachen nicht verkneifen.

»Nick, hast du noch einen Moment?«, bat Savich. »Ich würde dich gerne noch kurz unter vier Augen sprechen.« Um ihn herum leerte sich der Konferenzraum bereits.

»Natürlich, Savich«, antwortete Nicholas mit einem Seitenblick auf Mike.

»Ich bin schon weg«, meinte sie. »Ich höre schon meine schöne, heiße Dusche rufen.«

Damit waren sie allein.

Savich machte ein verheißungsvolles Gesicht. »Ich hätte da noch ein Angebot für dich.«

Nicholas hob zur Antwort nur eine dunkle Augenbraue.

»Nick, du hast viel Talent und einen guten Blick, und wenn wir mal ehrlich sind, gehst du komplett idiotische Risiken ein und kümmerst dich nicht im Geringsten um dein eigenes Wohlergehen. Außerdem hast du mehr Glück als jeder andere, den ich bisher getroffen habe, und so was sollte man nie zu gering schätzen. Aber das Wichtigste ist, du lieferst Ergebnisse.«

Die Augenbraue blieb weiter oben. »Danke schön, sehr nett von dir?«

Savich grinste. »Nein, so nett bin ich gar nicht. Ich bin eigentlich ziemlich egoistisch. Ich will dich auf unserer Seite haben, Nick. Was meinst du, könnten wir dich überreden, New Scotland Yard zu verlassen und dem FBI beizutreten?«

Nicholas spuckte fast den Kaffee aus. »Was? Ich im amerikanischen FBI?«

»Ja. Du müsstest natürlich noch die offiziellen Bewerbungsschritte durchlaufen, aber mit deinem Hintergrund als Polizist und Geheimagent, deinem Talent für Sprachen und deinen Computerfähigkeiten bist du eigentlich genau das, wonach wir suchen. Du bist zwar ein bisschen älter als die normalen Einstiegskandidaten, aber du arbeitest gut mit unseren Agenten zusammen und hast Großes geleistet, indem du den Koh-i-Noor zurückbeschafft hast. Ich würde natürlich ein gutes Wort für dich einlegen. Wenn du akzeptiert wirst, müsstest du die FBI-Akademie in Quantico besuchen wie alle anderen Agenten, wobei ich aber nicht garantieren kann, dass du diese Ausbildung überstehst.«

»Nach alledem wäre es doch zu schade, die Landung zu vermasseln«, scherzte Nicholas.

Savich lachte. »Ich kann nichts versprechen, aber ich würde davon ausgehen, dass du hier dem New Yorker Büro zugeteilt würdest. Du würdest hier gut reinpassen, und wenn ich Zacherys Andeutungen richtig verstehe, hält er große Stücke auf dich. Ich würde dich auch gerne gelegentlich für mein Team in Washington D.C. ausleihen.«

So langsam setzte sich der Gedanke. Das FBI. Nicholas Drummond von New Scotland Yard – im FBI. Er antwortete bedächtig. »Eigentlich hatte ich keine einschneidenden Veränderungen in meinem Leben geplant, Savich. Ich weiß das alles wirklich zu schätzen, aber da müsste ich erst gut drüber nachdenken.« Wobei, wenn er ehrlich war, musste er das gar nicht.

»Ich kann nicht mehr als anfragen. Aber denk nicht zu lange nach. Der nächste Kurs bei der Akademie startet bald. Aber jetzt seht erst mal zu, dass ihr heil nach Hause kommt, Mike und du. Und noch einmal meinen Glückwunsch.«

Der Anruf endete und Nicholas lehnte sich im Sofa zurück. Sein Blick fiel auf den Pariser Himmel. Es hatte angefangen zu regnen. Das würde hoffentlich helfen, die letzten Brände im Lagerhaus zu löschen.

Das amerikanische FBI. Der Vorschlag hatte ihn wirklich überrascht, aber irgendwie reizte es ihn. Die letzten Tage hatten ihn an all die Gründe erinnert, warum er damals dem Außenministerium beigetreten war, die Reisen um die Welt, seinen Beitrag zu leisten, die Welt zu einem besseren Ort zu machen. Das FBI würde ihm all dies wieder ermöglichen, ohne die negativen Aspekte und Belastungen seiner Geheimagententätigkeit. Es war die perfekte Kombination der Vorteile seiner ersten Tätigkeit mit denen seines aktuellen Jobs als Polizist. Nicht zu vergessen war es das Leben seines Onkels gewesen, und damit überhaupt erst der Grund, warum Nicholas Polizist geworden war.

Mike kam ins Wohnzimmer. »Und? Wirst du der erste Brite im FBI?«

»Agent Caine, Sie haben doch nicht etwa gelauscht?«

»Doch, natürlich. Wusstest du, dass er dich an Bord holen wollen würde?«

Er schüttelte den Kopf.

»Und, machst du mit? Kommst du zu uns?«

Er legte seinen Arm über die Lehne des Sofas. »Was meinst du, Mike? Hättest du mich gerne im Team?«

Sie sah ihn lange an. Er sah aus, als ob er gerade eine der größten Schlägereien der Welt überstanden und sogar gewonnen hätte, wenn auch nur knapp. Er sah überhaupt nicht mehr wie Mr Bin-ich-nicht-toll aus. Er sah zäh und gefährlich aus, und müde, und unter all dem lag ein tiefer Brunnen der Aufregung mit vielleicht einem Klacks Ungewissheit.

Schließlich antwortete sie langsam. »Nun, Dillon hat recht. Alles in allem bist du gar kein so übler Polizist. Du bist nicht auf den Kopf gefallen. Wenn die Akademie dir ein bisschen Disziplin beibringt, könntest du das Zeug zu einem echten Agenten haben. Und dann, ja, vielleicht könnte ich es akzeptieren, dass du zu uns nach New York kommst.«

»Zu viel der Ehre, ich werde ja noch ganz rot, bei all den Komplimenten, die du und Savich auf mir anhäufen.«

Sie ließ sich neben ihm auf dem Sofa nieder und nahm eine seiner ramponierten Hände. »Ich wäre nicht überrascht, wenn die Königin dich zum Ritter schlagen würde oder so was.«

Als sie so seine Hand hielt, spürte er, wie sich ihre Wärme auf ihn übertrug. Es fühlte sich gut an. Ihm fiel auf, dass sie wieder nach Jasmin und wild wachsendem Gras roch. »Also, auch wenn ich das nicht gerne zugebe, ohne deine Hilfe hätte ich das nie geschafft.«

Sie neigte ihren Kopf leicht und betrachtete ihn nachdenklich. »Ich denke, wir beide sind ein ziemlich gutes Team, meinst du nicht? Wenn du nach New York kommst, könnten wir wirklich offiziell Partner werden.«

»Du meinst, wenn ich ins FBI eintrete, stärkst du mir den Rücken?«

Sie tätschelte ihm die geschundene Wange. »Mit all seinen Nähten.«

Kapitel 99

Landsitz der Familie Drummond, Farrow-on-Grey, England Dienstagmorgen

Nicholas bog auf die Zufahrt zu Old Farrow Hall ein, seit Generationen der Sitz seiner Familie. Im Frühling und Sommer verknüpften sich die Äste der uralten Bäume über der Einfahrt zu einem Torbogen, wie ein geheimer Tunnel in eine magische Welt. Jetzt, mitten im Winter, waren die Äste kahl und wirkten irgendwie fremd und doch geradezu schmerzhaft schön, zumindest auf ihn.

Sobald er das alte Steintor passiert hatte, waren es noch einige Hundert Meter, bis das Haupthaus selbst sich über ihm erhob. Drei Stockwerke aus vierhundert Jahre alten roten Backsteinen, komplett mit all den Ecksteinen, Giebeln und Türmchen, die zu solch einem Herrenhaus nun einmal gehörten. Zu Hause. Als er auf das Rondell vor dem Haupteingang rollte, knirschte der Kies unter seinen Reifen.

Ein kleiner Mann mit ergrauter Tonsur stand an der offenen Tür, gekleidet in eine taubengraue Livree mit blütenweißem Hemd und Krawatte.

»Guten Morgen, Master Nicholas. Beeilen Sie sich, der Regen wird stärker.«

»Morgen, Horne«, antwortete Nicholas und trat in den Eingangssaal der alten Halle. »Sie sehen gut aus. Nigel sendet seine Grüße.«

Hornes Ausdruck änderte sich nicht, selbst als sein geliebter Sohn erwähnt wurde. Über Jahrhunderte geprägte Prinzipien des Verhaltenscodes verhinderten es. Er gestattete sich aber ein ausdrucksstarkes »Ah«.

Nicholas holte einen großen Präsentkorb hervor. »Könnten Sie das vielleicht heimlich für mich reinbringen, Horne? Es wäre mir unangenehm, wenn Köchin Crumbe sehen würde, dass ich Backwaren von Fortnum and Mason für meine Mutter mitgebracht habe.«

Hornes Nase zuckte. »Natürlich. Wir wollen sie nicht unnötig aufbringen. Ihre Mutter und seine Lordschaft warten im Frühstückszimmer auf Sie.«

»Vielen Dank, Horne. Ich werde sofort hingehen.«

Er schritt durch die große Eingangshalle zum hinteren Teil des Hauses, zu dem Raum, der von irgendeinem Vorfahren vor Jahrhunderten als Frühstückszimmer deklariert worden war. Auf dem Weg roch er bereits Zimt und Apfel und Kardamom. Crumbe musste Apfelküchlein zum Frühstück gemacht haben, seine Lieblingsspeise. Gesegnet sei der verheißene Sohn. Er hoffte, man würde ihn nicht rauswerfen.

Das lange, schmale Zimmer bot einen schönen Blick auf den Rasen hinter dem Haus. Eine Reihe von sechs hohen Fenstern ging direkt auf den unteren Garten und das Labyrinth, ein bezaubernder Anblick, selbst mit dem Regen, der jetzt in Strömen auf die Scheiben prasselte. Im Kamin knisterte ein Feuer, der Raum war vielleicht etwas zu gut geheizt, aber sein Großvater liebte es so. Nicholas machte es nichts aus, zumindest heute nicht.

Sein Großvater, Eldridge Augustus Nyles Drummond, der achte Baron de Vesci, hatte sich auf dem handgeschnitzten Sessel am Kopf des Tisches niedergelassen, gebettet auf ein dunkelrotes, beinahe antikes Samtkissen, das dicker war als Nicholas Faust. Vor ihm stand eine Schüssel von Köchin Crumbes berühmtem schottischem Porridge, weithin bekannt für seine fast vollständige Abwesenheit jeglichen Geschmacks. Sein Großvater hatte schon die halbe Schüssel geschafft und begrüßte seinen Enkel mit einem Wink seines Löffels und ruppiger Stimme. »Nicholas, mein Junge! Wird auch Zeit, dass du endlich kommst. Du bist spät.«

»Die Wagen, die ich eben auf dem Hinweg fast von der M11 gedrängt hätte, wären da wohl anderer Meinung.«

Der Baron lachte pfeifend.

»Guten Morgen, Mutter. Mir gefällt dein Pullover, er bringt deine Augen gut zum Ausdruck.«

Der alte Mann prustete und löffelte mehr Porridge. »Das verdammte Ding passt überhaupt nicht zu ihren Augen.«

Mitzie Drummond lachte, erhob sich vom Tisch, legte sanft eine Hand auf seine Wange und gab ihm einen Kuss auf selbige. »Guten Morgen, mein Schatz.«

»Wo ist Vater?«

»Am Telefon«, erwiderte Mitzie. »Er spricht mit jemandem vom Innenministerium über irgendeine Sache im Nahen Osten, die ihn eigentlich gar nichts angeht.« Sie schüttelte den Kopf, der perfekt gestylte Kurzhaarschnitt schwang elegant mit. »Er hatte schon seinen Tee, mehr braucht er morgens nicht.«

Nicholas wandte sich an Horne. »Könnten Sie ihn bitten, sich zu uns zu gesellen? Ich habe Neuigkeiten, die ich gerne berichten würde.«

Mitzies Augen verengten sich. »Was für Neuigkeiten denn?«

»Warten wir auf Vater, ja? Was gibt es Neues hier?«

Mitzie akzeptierte den Themenwechsel und erzählte ihm von dem lecken Dach im Westflügel und dass sie vermutete, dass Gwynne Willis, die Frau des Dorfmetzgers, langsam ihren Mann vergiftete, was diesem aber recht geschah, weil dieser wohl seine Frau misshandelte, wann immer man es nicht sehen konnte. Mitzie zweifelte an ihrem eigenen Urteilsvermögen, weil sie es eigentlich ganz fair fand, den Mann bald unter der Erde zu sehen. Ob sie Beweise für all dies hätte? Sie nickte, leider ja, aber sagte nicht mehr.

Einige Minuten später gesellte sich Harry zu ihnen – Harold Mycroft St. John Drummond. Er war größer als sein Sohn, schlank und athletisch, auf dem Kopf eine schwarze Mähne, die Schläfen mit noblem Grau durchsetzt. Nicholas stand auf und gab seinem Vater zum Gruß die Hand. Dieser setzte sich und goss Tee ein.

Wie auch bei seinem Großvater war jede Bewegung seines Vaters durchdacht und diente einem Zweck, typisch für die Familie Drummond. Er war ein Mann von unbeirrbarer Ruhe, was ihn zu einem idealen Diplomaten machte, zu einem vernünftigen Mann mit logischer Denkweise und gesundem Menschenverstand. Er war in vielerlei Art ganz anders als sein Sohn, in dessen Adern das ungeduldige, impulsive, amerikanische Blut floss, ein Mann, der erst sprang und dann schaute, wo er landen konnte.

Ausreichend vorbereitet lehnte sich Harry im Stuhl zurück. »Was für Neuigkeiten hast du denn, Nicholas?«

Der Angesprochene goss sich auch eine Tasse heißen Tee ein, gab Milch und einen Löffel Zucker hinzu. Flüssiger Mut. Er nahm einen kleinen Schluck, ehe er sprach. »Ich habe beschlossen, ins FBI einzutreten.«

Todesstille füllte den Raum, alle Augen waren auf ihn gerichtet. Nun, ihre Aufmerksamkeit hatte er zumindest. Auf das Schweigen folgte weitere Stille.

»Ich habe mich erfolgreich bei der FBI-Akademie in Quantico beworben. Ein Kurs, zwanzig Wochen Intensivtraining. Danach werde ich wahrscheinlich dem New Yorker Büro zugeteilt werden, um mit denselben Leuten zu arbeiten, mit denen ich schon den Koh-i-Noor gefunden habe.«

Er blickte sich im Raum um, registrierte nur geschockte Gesichter. »Also, möchte jemand etwas dazu sagen?«

Harry musterte das Gesicht seines Sohns. »Du hast schon einmal dein Leben komplett umgeworfen, als du das Außenministerium aufgegeben hast und New Scotland Yard beigetreten bist. Bist du dir sicher, dass du schon wieder eine neue Richtung einschlagen willst?«

»Ja, ich bin mir sicher.«

Harry lehnte sich zurück und blickte seinem verwegen dreinblickenden Sohn direkt in die dunklen Augen. Er kam so sehr nach seiner Mutter, mit seinen ansehnlichen Gesichtszügen, seinem unbezähmbaren Geist und seiner Sturheit, alles Eigenschaften, die Harry stolz machten. Und ihm gelegentlich große Sorgen bereiteten. Nicholas hatte seine ganze Karriere über versucht, jegliche Andeutung von Bevorzugung und Vetternwirtschaft zu vermeiden, wollte immer aus eigener Kraft nach oben kommen. Sein Sohn hatte Mut und Ehrgefühl, was ihn in den Augen des Vaters zu einem guten Vertreter der Familie Drummond machte. Und manchmal hatte er dann diese Tage, in denen er wild gegen alles anging, sich etwas so Unerwartetes leistete, dass alle sprachlos blieben. Etwas, das Harry an seinen eigenen Vater erinnerte.

Nicholas' Mutter biss sich auf die Lippe. »Und du würdest also nach New York ziehen? Wann bekämen wir dich dann noch zu sehen?«

»Ich komme zu Besuch, so oft ich kann, versprochen.«

Sie schüttelte den Kopf. »Ich wusste schon immer, dass dein Onkel Bo dich irgendwann in seine Räuberhöhle verschleppen würde.«

»Es ist nicht der Wilde Westen, Mutter«, versetzte Nicholas mit einem sanften Lächeln. »Vergiss nicht, dass es auch dein Land ist.«

Sie winkte mit einer eleganten Handbewegung ab. »Natürlich, Nicholas, aber es ist einfach zu weit entfernt für meinen Geschmack.« Sie seufzte. »Ich kann mir vorstellen, dass das die Erfüllung eines Kindheitstraums für dich ist, aber …« Sie ließ den Satz im Raume stehen. Stattdessen kam sie zu ihm und umarmte ihn, bis er sich entspannte. Das hier, den Entschluss seiner Familie mitzuteilen, war der Teil, der ihm die meiste Angst gemacht hatte. Penderley war kein Problem gewesen. Er hatte ihn beglückwünscht und ihm eine überschwängliche Empfehlung geschrieben. Insgeheim vermutete Nicholas, dass Penderley eigentlich ganz froh war, ihn loszuwerden.

Er blickte heimlich zu seinem Großvater, der sie alle gekonnt zu ignorieren schien und störrisch weiter sein Porridge löffelte. Er war inzwischen hoch in den Achtzigern, sein Rücken immer noch aufrecht wie ein Ladestock, seine Augen nach wie vor scharf und einschätzend und im typischen Braun der Drummonds. Das einzige Zugeständnis an das Alter war sein ausgedünntes Haar, und, ohne darauf herumreiten zu wollen, seine Ohren und Nase, die jedes Jahr größer zu werden schienen.

Nicholas war der Enkel eines Barons, das konnte er nicht abstreiten. Der Zweite in der Erbfolge, wie Penderley ihn oft im Scherz genannt hatte. In seiner Zukunft würde das bedeuten, dass er Verantwortung würde übernehmen müssen, aber noch nicht jetzt. Sein Großvater war immer noch gesund und rüstig, von seinem Vater ganz zu schweigen.

Nein, jetzt noch nicht.

Schließlich legte sein Großvater den Löffel beiseite und blickte ihm in die Augen. »Vergiss nie, wo du herkommst, Nicholas. Dies hier sind dein Haus und deine Heimat, und das wird es immer sein.« Er betonte es doppelt. »Vergiss das nie!«

Nicholas lächelte. »Niemals.«

Epilog

Farrow-on-Grey, England
Freitagmorgen

Sie schritten zusammen aus der normannischen Kirche des dreizehnten Jahrhunderts, ein langsamer Marsch, die Schritte im Einklang mit dem Takt ihrer Herzen. Ihre Hände lagen verschränkt vor den Gürtelschnallen, der schwere Sarg ruhte auf ihren Schultern. Nicholas spürte die Kante des Holzes in seinen Nacken drücken, eine letzte Verbindung zu Elaine York, ein letzter Schmerz. Zumindest erinnerte der Schmerz ihn daran, dass er noch lebte, während so viele andere gestorben waren.

Er hatte Mike mitten in der Kirche sitzen sehen, ihren Kopf bedeckt mit einem lächerlichen Ding, das sie in der Damenmodeabteilung von Harrods in London gefunden hatte. Sie hatte gelacht und erklärt, dass die enthusiastische Verkäuferin ihr versichert habe, dass es genau das Richtige für ein britisches Begräbnis mit Stil sei. Elaine hätte es geliebt, vor allem, weil sie selbst keine Hüte tragen konnte und unglaublich neidisch auf Frauen war, denen Hüte gut standen.

Elaines Mutter, die mit Hut einfach toll aussah, saß mit ihrer Begleitung nicht weit von Mike entfernt. Zumindest hatte sie jetzt zweihunderttausend Dollar mehr auf dem Konto, die sie dringend brauchen konnte. Wenigstens in diesem einen Fall hatte Kitsune ihrer Freundin einen guten Dienst erwiesen.

Nicholas meinte, dass sie verstehen würde, was vor sich ging, aber ganz sicher konnte man sich nie sein. Zumindest war sie bei klarem Geist gewesen, als sie seine großen Hände in ihre kleinen genommen hatte und ihn um diesen letzten Dienst an ihrer Tochter gebeten hatte. »Bitte, Nicholas, lass meine Tochter hier ihre letzte Ruhe finden, in Farrow-on-Grey. Sie hat diesen Ort immer so geliebt.« Danach war sie dann wieder verblasst, sozusagen, hatte sich in das seelenlose Gefängnis ihres eigenen Geistes zurückgezogen.

Nicholas blickte über den Sarg zu Ben Houston, der mit gesenktem Kopf marschierte, Trauer und Leid ins Gesicht geschrieben. Er spürte, wie sich seine eigene Kehle zusammenschnürte.

Elaine wurde als ausgezeichnete Polizistin begraben, mit allen Ehren, die sie verdiente. Ihre Freunde und Kollegen aus London waren alle hier. Immer noch konnte man vielen Schock und Unglauben ansehen, kaum jemand hatte verarbeitet, was geschehen war. Schließlich war sie nur als Verbindungsbeamtin nach New York gefahren, nicht zu einem gefährlichen Einsatz, mehr eine Art polizeiliche Diplomatin.

Vor sich sah Nicholas Penderley, der stillschweigend das Gewicht von Elaines Sarg auf den Schultern trug.

Er hörte ein Räuspern und blickte zu seinem Onkel Bo, der vor Ben marschierte. Nicholas war ihm dankbar, dass er gekommen war. Mit ihm an seiner Seite würden die nächsten Tage einfacher sein.

Als alles vorbei war, als Nicholas sein stilles Gebet an ihrem Grab dargebracht hatte, öffnete der Himmel seine Pforten. Der Regen fiel in Strömen, weinte für ihn, weinte für sie alle.

Freunde vom Yard gingen noch ins *Drunken Goose*, den Pub von Farrow-on-Grey, ein historisches Gebäude aus dem fünfzehnten Jahrhundert mit den typischen kleinen Butzenscheiben, den uralten Eichenbalken und der heißen, süßen Luft. Erstaunt stellte Nicholas fest, dass auch Penderley sich ihnen anschloss. Nicholas selbst war nicht nach Pub und Gesellschaft zumute. Er wollte nichts, als nach Hause zu verschwinden, sich aus diesem verdammten Begräbnisanzug zu schälen, eine heiße Dusche zu nehmen und sich einen ordentlichen Drink zu gönnen.

Er ging über den Friedhof zu Bo, der ihm einen Moment lang die Hand auf die Schulter legte. Sie warteten auf Mike und Ben. Als alle versammelt waren, nickte Bo ihnen zu. »Lasst uns gehen.«

Es dauerte nur ein paar Minuten bis Old Farrow Hall. Sie fuhren schweigend.

Köchin Crumbe hatte ihnen Brote vorbereitet. Als sie ankamen und alle ihre Schirme ausschüttelten und versuchten, Mikes enormem Hut auszuweichen, geleitete Horne sie direkt ins Speisezimmer. Er sorgte dafür, dass jeder mit Essen und Trinken versorgt war.

Nicholas nickte dem alten Mann dankbar zu, der sich so viele Jahre gut um ihn und seine Familie gekümmert hatte. Er räusperte sich, um seine verengte Kehle zu lockern. »Vielen Dank, Horne.«

Horne nickte einfach nur zurück und antwortete förmlich wie stets. »Selbstverständlich, Master Nicholas, selbstverständlich.«

»Inspector York hat mir einst erzählt, wie dankbar sie immer war, dass sie hier so freundlich aufgenommen wurde.«

Horne beugte den Kopf und antwortete mit nüchterner Stimme. »Sie war eine besondere junge Frau, die Freundlichkeit verdiente. Ich werde sie vermissen.«

Mike sah wortlos zu, wie Nicholas mit dem Butler der Familie Drummond sprach – sie konnte es nach wie vor nicht fassen, dass jemand in der modernen Welt so etwas wie einen

Butler haben sollte. Sie bemerkte, dass Nicholas' britischer Klang und seine Stimme mehr akzentuiert wirkten, wenn er hier bei seiner Familie war. Es war ein schwerer Tag für ihn gewesen. Eigentlich sogar eine schwere Woche. Es war ihm bestimmt nicht leichtgefallen, seinen Eltern von dem Entschluss zu berichten, ins FBI einzutreten. Sie hätte zu gerne als kleine Fliege an der Wand gesessen und dem Gespräch gelauscht. Er hatte ihr berichtet, dass seine Eltern und sein Großvater, sogar Horne und die Köchin Crumbe, seine Entscheidung den Umständen entsprechend gut angenommen hätten, aber sie meinte, dass er vielleicht nur versuchte, sich selbst die Entscheidung schönzureden.

Dann hatte er sich um das Begräbnis gekümmert und alle Arrangements für Elaines kranke Mutter übernommen. Mike war froh, dass Elaine ihrer Mutter noch das Geld überwiesen hatte, ehe man sie getötet hatte.

Sie wusste, dieses enorme, weitschweifige Haus mit seinen Jahrhunderten an Geschichte und endlosen Dramen würde ewig ein Teil von ihm bleiben, immer sein Maßstab sein. Sie dachte an ihre eigenen Eltern. Sie hatte mit ihrem Vater telefoniert und ihm haarklein von seiner Heldin berichtet. Sie hatte ihm die wunderschöne Mitzie Drummond beschrieben, eine liebenswerte, liebevolle Frau, die in ihrer Freizeit Rätsel löste und Mysterien aufdeckte.

Mike sah Mitzie am anderen Ende des Raumes. Sie hatte alles zurückgelassen, Ruhm und Reichtum, um Nicholas' Vater zu heiraten, einen Mann, der so anders war als sein Sohn. Einschüchternd groß und unnahbar, doch wenn er lächelte, ging eine Wärme durch sein Gesicht, dass man nicht anders konnte, als ebenfalls zu lächeln.

Nicholas' gerissener alter Großvater hatte sie gefragt, ob sie sich auch gut um seinen Enkel kümmern würde. Und keine fünf Minuten später hatte Nicholas' Mutter ihr dieselbe Frage gestellt. Und höchstens fünf weitere Minuten später hatte die

Köchin Crumbe aus der Küche geschaut und sie gebeten, gut auf Master Nicholas achtzugeben. Und sie hatte ihnen allen dasselbe versichert: Ja, sie würde gut für Nicholas Drummond sorgen, sie könnten ganz beruhigt sein.

Sie aß von Köchin Crumbes delikaten Shrimps mit Curry und lauschte den Gesprächen.

Horne wartete, bis Nicholas gegessen und einige Schlucke gediegenen Whiskey zu sich genommen hatte, ehe er ihm ein flaches Paket überreichte.

»Dies hier hat eine Frau für Sie abgegeben, während Sie aus waren.«

Nicholas warf nur einen kurzen Blick darauf. »Kann es nicht warten?«

»Sie meinte, nein, Sir. Sie hat betont, dass Sie das Paket öffnen sollen, sobald Sie heimkommen.«

Etwas in Hornes Tonfall ließ Nicholas aufhorchen. »Wer war diese Frau?«

»Das weiß ich nicht, Sir. Sie war klein, mit dunklem Haar. Strahlend blaue Augen, so hell …«

Nicholas drückte Horne sein Glas in die Hand und nahm das Päckchen an sich, riss es sofort auf. Alle verstummten und schauten ihm zu. Aus dem Umschlag zog er ein dickes Bündel Papiere. Der vertraute blaue Einband zeigte ihm direkt, dass es Rechtsdokumente waren.

»Nicholas, was hast du da?«, fragte Mike, die näher getreten war.

Er blätterte durch die Seiten und lachte laut auf. »Es ist eine eidesstattliche Erklärung. Guter Gott, alles notariell beglaubigt.«

»Von wem? Und worüber?«

»Hunderte von Seiten. Unglaublich. Hier steht alles über jeden Diebstahl, jeden Raub, jeden Mord, den Mulvaney je begangen hat. Alles, was sie uns versprochen hat.«

Er blickte auf. »Kitsune lebt. Und sie hat ihr Wort gehalten.«

London, England

März

Die Dächer waren noch rutschig vor Frost, die Sonne brach eben erst durch den düsteren Himmel. Es würde noch einmal Schnee geben, das spürte sie. Sie bewegte sich minimal, um eine komfortablere Position zu finden. Das ATN-Nachtsichtgerät konnte sie jetzt wegstecken, zufrieden, dass sie PVS7 gewählt hatte. Alles unter militärischem Standard kam nicht infrage. Diese Geräte hatten ihr bei den nächtlichen Ausflügen gute Dienste geleistet.

Sie hob ihr Fernglas und prüfte erneut. Alles war noch still. In ihren Quartieren, den winzigen Wohnungen, wachten die Männer gerade erst auf, gingen ihre tägliche Morgenroutine durch. Die Frauen duschten, bereiteten das Frühstück vor, machten sich bereit, um in die Welt auszuziehen. Die Männer würden hierbleiben. Ihre Arbeit war hier, ebenso wie ihr Heim.

Ihr Puls beschleunigte sich, als sie ihn entdeckte. Ihr Atem wurde flacher, etwas rührte sich tief in ihr.

Sie setzte das Fernglas ab und goss den letzten Tee aus der Thermoskanne in ihre Tasse. Sie trank einen Schluck, genoss die Wärme, die sich ausbreitete, und nahm das Fernglas wieder auf. Wachwechsel. Die Nachtwache kam heim, in Tarnanzügen und bepackt mit schweren Waffen.

Die Tore würden sich um neun Uhr für die Besucher öffnen. Die dynamischste und wunderbar düsterste Attraktion von London würde wieder Horden von Touristen anlocken, die ungeachtet des Wetters hereinströmen würden. Es war schon später März, aber die Luft war immer noch eisig kalt und durchdrang selbst dick gepolsterte Daunenjacken.

Kitsune würde sich später unter sie mischen, in ihre Jacke vergraben, wie jeden Tag seit einer Woche.

Heute würde sie ihn ansprechen. Ihn um ein Gespräch bitten. Um Verzeihung bitten.

Sie war vorbereitet, vielleicht sogar zu sehr. Aber sie brauchte das, nur so konnte sie den Mut aufbringen, es zu versuchen. Heute würde sich alles ändern. Entweder würde er sie abweisen oder sie zurücknehmen. Es gab keine Zwischenstufen. Er war nicht die Art Mensch, die mit früheren Geliebten gut Freund bleibt.

Sie ignorierte den schwelenden Schmerz in ihrem Unterarm, packte ihre Sachen und krabbelte vom glatten Dach hinunter. Die Wunde heilte, aber die lange, dünne Narbe würde bleiben.

Das Fenster im zehnten Stock war immer noch nicht repariert. Sie glitt vorsichtig hinein, achtete darauf, dass alles ungestört blieb. Die letzten Wochen war sie hier täglich ein und aus gegangen, da das Haus renoviert wurde, war sie hier weitgehend ungestört. Sie hatte sich nicht alleine auf ihr Glück verlassen wollen, daher hatte sie das Haus mit klarem Blick auf den Tower kurzerhand selbst gekauft und die Renovierung in Auftrag gegeben. Natürlich über eine Briefkastenfirma. Nichts sollte ihr im Wege stehen. Und wie der Wohnungsmarkt aktuell aussah, würde sie es wohl nach der Renovierung sogar mit Profit wiederverkaufen können. Auf jeden Fall war es angenehm gewesen, die letzten Tage auf dem Dach ungestört zu sein.

Sie zog sich um und murmelte ein letztes Gebet, verstaute den schwarzen Tarnanzug, der sie so perfekt mit den nächtlichen

Dächern verschmelzen ließ, und wurde wieder zu der jungen Nachwuchsforscherin von der Universität Edinburgh. Jeans, Turnschuhe, Pulli und Regenmantel, die Haare zu einem Pferdeschwanz gebunden. Die falschen braunen Augen waren wieder ihrer natürlichen, hellblauen Farbe gewichen. Jene seltene genetische Anomalie, die in einem anderen Leben vielleicht zu einer Karriere als Model geführt hätte. Nicht, dass sie etwas bereute – sie hätte ihr altes Leben um nichts in der Welt ändern wollen, doch das war die Vergangenheit, mit der sie in Gagny abgeschlossen hatte.

Sie zog das Satellitentelefon aus dem Rucksack, verschlüsselte das Signal und wählte die Handynummer, die sie inzwischen auswendig kannte.

Seine Stimme war tief, gerade aus dem Schlaf erwacht. Sie hatte ihn wohl aufgeweckt. Sie konnte es ihm auch nicht wirklich verdenken, sich ordentlich auszuschlafen. Nach allem, was er durchgemacht hatte, verdiente er seine Ruhe. Und sein Leben war mindestens ebenso in Aufruhr wie ihres.

»Drummond hier.«

»Danke«, flüsterte sie nur und legte auf, ehe er antworten konnte.

Zeit zu gehen.

Mit einem Lächeln hob sie den Rucksack auf, trat in den Aufzug und verschwand.

Anmerkungen der Autorin

Koh-i-Noor – sprecht den Namen einfach mal laut aus und lasst ihn einen Augenblick auf der Zunge verweilen. Spürt ihr nicht auch diese flüchtige Wärme des Lichts, die in euer Gesicht steigt? Oder vielleicht ein Gefühl von etwas, das ihr euch nicht erklären könnt, welches aber eine unerklärliche Sehnsucht auslöst? Auf die Magie des Namens anspricht?

Wenn man sich nur einmal vorstellt, dass dieser unglaubliche Stein einst einmal 793 Karat groß gewesen sein soll. Das ist die Größe der Faust eines ausgewachsenen Mannes. Ein Schatz, der dem göttlichen Krishna gerecht wird. Wenn man sich jetzt noch die Geschichte voller Betrug und Hinterlist hinzudenkt, garniert mit einem Fluch, der über die Jahrhunderte jedem Mann, der den Koh-i-Noor für sich haben wollte, Tod, Chaos und Zerstörung gebracht hat …

Der Stoff, aus dem Legenden sind. Aber im Falle des Koh-i-Noor sind es mehr als nur Sagen und Legenden, seine Geschichte ist tatsächlich mit Blut beschmiert. Tod und Zerstörung folgten ihm auf dem Fuße. Vor langer Zeit ließ ein indischer Mogul den Stein von 793 Karat auf gerade noch 186 Karat schleifen. 1850 kam er dann zu Königin Victoria, die sich mehr Glanz wünschte. So blieben nur noch die 105 Karat übrig, die der Stein heute noch hat.

»Das gestohlene Juwel« basiert auf Fakten. Frei erfunden ist jedoch die Legende der Familie Lanighan, die über die Generationen von Vater zu Sohn weitergegeben wurde:

Krishnas Stein wird einst wieder geeint sein.
Und die Hand, die ihn trägt, wird wieder geheilt.
Bade den Berg des Lichts im Blute einer Frau,
Und wir werden neues Leben und Glück erfahren.

Ich hoffe, »Das gestohlene Juwel« hat euch beim Lesen so begeistert, wie die Geschichte uns beim Schreiben verzaubert hat. Wir haben viel Herzblut in dieses Buch gesteckt und vielleicht auch ein klein wenig Magie.

Also, sagt laut *Koh-i-Noor* und erlaubt es euch zu träumen.

Catherine Coulter und J. T. Ellison

* * *

Geschichte des Koh-i-Noor

Der Legende zufolge gehörte der Koh-i-Noor einst dem göttlichen Krishna, bis ein hinterlistiger Dienstbote ihm den Edelstein im Schlafe stahl. Das war der Moment, in dem der Diamant mit seinem Fluch belegt wurde.

Derjenige, der diesen Diamanten besitzt, wird die ganze Welt besitzen.
Aber ihn wird auch alles Unglück dieser Welt treffen.
Nur Gott oder eine Frau kann den Diamanten ungestraft tragen.

Andere Geschichten erzählen davon, dass der Koh-i-Noor um 3.000 vor Christi Geburt in einem Flussbett gefunden wurde, zusammen mit seinem Schwesterstein, dem pinken Darya-i-Noor, der heute im Iran weilt.

Das erste Mal, dass der Koh-i-Noor schriftlich erwähnt wurde, war im Jahr 1305, als Stein, der außerordentliche 793 Karat wog. Er wurde von Hand zu Hand gereicht, während Reiche um ihn entstanden und zerfielen. Stets begehrt, doch nie verkauft, nur durch Eroberung wechselten seine Eigentümer.

Der erste Schliff

Im siebzehnten Jahrhundert wollte Kaiser Aurangzeb, Letzter der großen Mogule, einen französischen Edelsteinspezialisten beeindrucken, der den Osten bereiste, um seltene und besondere Steine aufzufinden. Aurangzeb gab dem italienischen Edelsteinschleifer Borgio die Aufgabe, den Stein für den Besuch zu schleifen. Borgio machte Fehler und von den ehemals 793 Karat blieben nur noch mickrige 186 Karat übrig.

Ungeachtet dessen hatte der Stein immer noch einen überwältigenden Wert. Er wechselte weiterhin die Besitzer durch blutige Eroberung oder hinterhältige Tricks, wanderte einige Zeit sogar nach Pakistan und Persien, ehe er nach Indien zurückkehrte. Daher erheben auch alle drei Länder Anspruch auf den Stein und ersuchen regelmäßig die britische Regierung um Rückgabe des Steins.

Wie der Koh-i-Noor zu Königin Victoria kam

Im Jahre 1850 musste Duleep Singh, der jüngste Sohn des berühmten Löwen von Punjab und der letzte Maharadscha von Lahore, zugunsten der Briten abdanken, die sein Land Punjab annektierten. Hierbei wurde er im Vertrag von Lahore auch gezwungen, den Koh-i-Noor als Geschenk an die Briten abzutreten. Duleep Singh wurde jedoch weder eingesperrt noch schlecht behandelt. Er wurde von der britischen Gesellschaft begeistert aufgenommen und wurde sogar zu einem der Favoriten von Königin Victoria.

Im folgenden Jahr präsentierte die Königin den Koh-i-Noor der britischen Öffentlichkeit. Der Diamant mit seinen 186 Karat war jedoch seit dem missglückten Schliff durch Borgio nicht weiter überarbeitet worden, er sah stumpf und hässlich aus, nicht der strahlende Brillant, den das Volk erwartet hatte.

Nach langer Diskussion bestellte Prinz Albert einen Edelsteinschleifer mit Namen Coster aus Amsterdam ein, der den Stein erneut schneiden sollte. Als Coster mit seiner Arbeit fertig war, strahlte der Koh-i-Noor in blendendem Licht, auch wenn der Stein nun dadurch auf ein Gewicht von nur noch 105 Karat geschrumpft war.

Die Briten waren auch stets sehr vorsichtig, den Fluch nie herauszufordern. Nur die Frauen der königlichen Familie trugen diesen Diamanten. Der Koh-i-Noor war ursprünglich in eine Brosche für Königin Victoria eingefasst, fand dann seinen Weg in die Kronen von Königin Alexandra und Königin Mary, bis er schließlich an seinen aktuellen Ort gelangte, als Kernstück der Krone der Königinmutter. Man kann ihn im Tower von London bewundern.

Für meine Geschichte habe ich eine Situation erfunden, in der die britische Regierung erlaubt, dass die Krone der Königinmutter in die Vereinigten Staaten reist, um im Metropolitan Museum of Art als Kernstück der Ausstellung »Juwel des Löwen« zu dienen.

Wenn man bedenkt, was danach alles geschieht, ist es äußerst fraglich, ob die Briten je zulassen werden, dass der begehrte Koh-i-Noor die Insel verlässt.

24536399R00331

Printed in Poland
by Amazon Fulfillment
Poland Sp. z o.o., Wrocław